KNAUR

Im Knaur Taschenbuch Verlag sind bereits folgende Bücher der Autorin erschienen:
Im Tal der Lügen
Insel der verlorenen Liebe
Tochter der Schuld

Über die Autorin:
Ricarda Martin wurde 1963 in Süddeutschland geboren und lebt als freie Autorin im schwäbischen Raum. Bereits in früher Jugend wurde ihre Leidenschaft für England und britische Geschichte geweckt. Seit sie die Insel 1984 zum ersten Mal bereist hat, zieht es sie jedes Jahr mehrmals nach Großbritannien. Nachdem sie in verschiedenen Berufen gearbeitet hat, widmet sich Ricarda Martin seit einigen Jahren nur noch dem Schreiben und einer ehrenamtlichen Tätigkeit im Tierschutzverein im Bereich der Katzenhilfe, denn Tiere sind neben Büchern ihre zweite Leidenschaft.

Ricarda Martin

Das Lied der Lüge

Roman

Knaur Taschenbuch Verlag

Besuchen Sie uns im Internet:
www.knaur.de

FSC
www.fsc.org
MIX
Papier aus verantwortungsvollen Quellen
FSC® C083411

Originalausgabe Knaur Taschenbuch

Ein Unternehmen der Droemerschen Verlagsanstalt
Th. Knaur Nachf. GmbH & Co. KG, München

Redaktion: Ilse Wagner
Umschlaggestaltung: ZERO Werbeagentur, München
Umschlagabbildung: plainpicture/Onimage;
Gettyimages/Kate & Joel Photography
Satz: Adobe InDesign im Verlag
Druck und Bindung: CPI – Clausen & Bosse, Leck
Printed in Germany
ISBN 978-3-426-50814-5

2 4 5 3 1

A child is born where the wild wind blows,
In a country torn from the south to the north,
And a family runs from day to day,
When will we see our home again?

When will we see the simple truth,
That the only thing that's worth a damn,

The life of a child is more than a forest,
The life of a child is more than a border,
Could ever be …

Auszug aus dem Lied
The Simple Truth (A Child Is Born) von Chris de Burgh
Veröffentlicht auf der CD *Flying Colours* (1987)

Prolog

London, November 1906

Der über Nacht aufgezogene Nebel hatte sich im Laufe des Tages verdichtet. Gemischt mit dem Rauch aus Tausenden Kaminen, der die Stadt wie eine Saugglocke bedeckte, schien er den Tag zur Nacht zu machen. Es war erst drei Uhr am Nachmittag, als die Droschke vor dem schmalen, hohen Haus in dem eleganten Stadtteil Kensington hielt, aber die Dame hatte das Gefühl, der Abend wäre bereits angebrochen. Mit fahrigen Fingern holte sie die Münzen aus ihrer Geldbörse und bezahlte den Kutscher.

»Soll ich auf Sie warten, Mylady?«

Mit kundigem Blick hatte der Kutscher an der eleganten Kleidung der Dame erkannt, dass sein Fahrgast eine hochgestellte Persönlichkeit war, und er witterte ein gutes Geschäft, denn eine Wartezeit wurde gut bezahlt. Die Frau verneinte jedoch.

»Das ist nicht nötig. Danke.«

Langsam schritt sie die Stufen zu der hellen Eingangstür hinauf. An der Wand wies ein blankpoliertes Messingschild auf den Bewohner des herrschaftlichen Hauses hin.

Dr. Harold Martin
Arzt für Frauenleiden

Sie musste den Türklopfer nur ein Mal betätigen, sogleich wurde ihr geöffnet. Eine ältere Frau in der Tracht einer Krankenschwester lächelte sie freundlich an.

»Kommen Sie herein, Mrs. Green. Der Herr Doktor lässt sich entschuldigen. Er wurde zu einem Notfall gerufen. Ein Kindchen kann es nicht abwarten, ins Leben zu treten, und meldete sich vier Wochen zu früh an. Aber Doktor Martin wird in einer Stunde zurück sein.«

Die Dame folgte der Schwester in ein mit Samtsesseln und schweren, roten Vorhängen üppig eingerichtetes Zimmer. Dankend nahm sie das Angebot einer Tasse Tee an, um die Wartezeit zu verkürzen. Erst, als sie allein war, schlug sie den Schleier, der ihr Gesicht bedeckte, zurück und fuhr sich seufzend über die Stirn. Noch eine Stunde warten! Nun, das bescherte ihr vielleicht eine Galgenfrist, denn sie hatte schon drei Wochen gewartet. Bei der Erinnerung an die vergangenen Untersuchungen lief der Dame ein kalter Schauer über den Rücken, obwohl das Kaminfeuer den Raum gut beheizte. Am liebsten würde sie ihren ersten Besuch im Haus des Arztes vergessen. Die Erinnerung an diese äußerst beschämende Untersuchung hatte sich fest in ihr Gedächtnis eingegraben. Manchmal träumte sie sogar von dem Augenblick, als sie sich mit entblößtem Unterleib einem Mann nicht nur zeigen, sondern sich von ihm sogar an Stellen betasten lassen musste, die sonst nur ihr Ehemann berühren durfte. Dieser tat es ausschließlich im Schutz der Dunkelheit unter der Bettdecke, während Doktor Martin sie bei hellem Tageslicht untersucht hatte. Aber ihre zweite Konsultation war beinahe noch schrecklicher gewesen, denn Doktor Martin hatte von ihr verlangt, wiederzukommen, wenn sie ihre unpässlichen Tage hatte. Noch jetzt schoss der Dame bei der Erinnerung an diese Demütigung das Blut in den Kopf. Ihr Mann ahnte nicht, was sie erleiden musste, um ihm endlich den gewünschten Sohn und Erben zu schenken. Rasch nahm sie einen Schluck Tee, der inzwischen in der Tasse erkaltet war. Da hörte sie Schritte auf dem Flur, und die Tür wurde geöffnet.

»Mrs. Green, ich bin untröstlich, ich habe Sie warten lassen.«

Ein großer, untersetzter Mann mit einer Stirnglatze kam auf sie zu. »Wenn Sie mir bitte in das Untersuchungszimmer folgen würden?«

Ihre Beine zitterten, als sie dem Arzt in den Nebenraum folgte. Bitte, nicht wieder eine Untersuchung, betete sie im Stillen, und das Schicksal hatte ein Einsehen. Doktor Martin bat sie, Platz zu nehmen, dann setzte er sich ihr gegenüber an seinen Schreibtisch.

»Haben Sie die Ergebnisse vorliegen, Doktor Martin?« Ihre Stimme klang selbstbewusster, als ihr zumute war.

Der Arzt nickte und betrachtete seine Patientin. Er wusste, dass ihr Name nicht Dora Green lautete, aber dies spielte keine Rolle. Die Dame bezahlte nach der Konsultation sein hohes Honorar, ohne mit der Wimper zu zucken, immer bar. Doktor Martin besaß genügend Erfahrung, um zu erkennen, dass Mrs. Green die Ehefrau eines einflussreichen, vermögenden Mannes war, der nicht erfahren sollte, dass sie seine Hilfe in Anspruch nahm. In ganz London hatte er sich den Ruf aufgebaut, sogar in ausweglosen Situationen eine Möglichkeit zu finden, den Frauen den sehnlichsten Wunsch nach einer Schwangerschaft zu erfüllen. Als einer der ersten Ärzte in Europa hatte Doktor Martin eine Methode entwickelt, die es ermöglichte, verklebte Eierstöcke – die häufigste Ursache ungewollter Sterilität – wieder durchlässig zu machen. Dies ließ er sich gut bezahlen, aber nicht jede Dame wollte, dass ihr Mann davon erfuhr, und daher konsultierten ihn viele unter einer falschen Identität, denn eine ärztliche Schweigepflicht gegenüber Ehemännern sah das Gesetz nicht vor.

Doktor Martin legte die Fingerspitzen seiner Hände aneinander und lehnte sich in dem bequemen Stuhl zurück. Es waren leider keine guten Nachrichten, die er der Dame mitteilen musste.

»Mrs. Green, Sie haben mich für meine Arbeit gut bezahlt«, begann er und sah der Dame ernst in die Augen. »Darum ist es Ihr gutes Recht, die Wahrheit zu erfahren.«

»Ich bitte darum, Herr Doktor.« Äußerlich schien sie ganz ruhig, während in ihrem Inneren ein Sturm der Gefühle tobte.
»Nun, Mrs. Green, es tut mir aufrichtig leid, Ihnen mitteilen zu müssen, dass ich Ihnen leider nicht helfen kann.« Jetzt war es heraus, und Doktor Martin entging nicht das nervöse Zucken ihres linken Augenlides. Rasch fuhr er fort und bemühte sich um eine sachliche Ausdrucksweise. »In Ihrem Fall liegt die Sache so, dass Ihre Eileiter nicht funktionsfähig sind. Es kommt zwar zum Eisprung und somit zu Ihrem monatlichen Zyklus –«, er bemerkte, wie die Dame tiefrot wurde, als er die Sache derart direkt ansprach –, »nach meinen Erkenntnissen jedoch sind die Eier nicht ausgereift, so dass eine Befruchtung unmöglich ist.«
Mehrere Minuten herrschte Schweigen. Die Dame hielt den Kopf gesenkt, als sie endlich leise fragte: »Und daran kann man nichts ändern? Es gibt keine Medizin oder sogar Operation, um dies zu … verbessern?«
»Leider nicht.« Doktor Martin seufzte. Er liebte seinen Beruf, aber es war ihm lieber, seinen Patientinnen erfreuliche Nachrichten mitzuteilen. Das Strahlen in den Gesichtern der Frauen, denen er hatte helfen können, war ihm fast mehr wert als Münzen. »Es tut mir leid«, wiederholte er. »Sie müssen sich damit abfinden, niemals ein Kind zu empfangen.«
Die Dame erhob sich. Sie schwankte leicht, hatte sich aber gleich wieder im Griff.
»Ich danke Ihnen trotzdem, Doktor Martin.« Endlich hob sie den Kopf, und Doktor Martin sah nicht nur Traurigkeit, sondern tiefste Verzweiflung in ihren Augen.
»Es gibt die Möglichkeit einer Adoption. Allein in London warten Tausende von Waisen auf ein neues Zuhause …«
»Das kommt nicht in Frage.« Heftig unterbrach sie ihn. »Diese Möglichkeit scheidet völlig aus.«
Doktor Martin seufzte innerlich. Die heftige Reaktion der Dame bestärkte ihn in seiner Vermutung, dass ihr Ehemann eine

hochgestellte Persönlichkeit sein musste. Leute aus der mittleren Gesellschaftsschicht, wie zum Beispiel Händler oder Kaufleute, waren eher bereit, einem Waisenkind ein neues Zuhause zu geben, als die Adligen. Bei denen musste es immer ihr eigen Fleisch und Blut sein, das den Familiennamen fortführte – dies hatte Doktor Martin im Laufe seiner jahrzehntelangen Tätigkeit häufig erlebt.

Sie wusste nicht, wie sie zur Tür gekommen war. Als die Krankenschwester sie fragte, ob sie ihr eine Mietdroschke rufen sollte, kam sie wieder zu sich.

»Nein danke, ich möchte ein paar Schritte zu Fuß gehen.«

Obwohl erst Nachmittag, waren die Gaslampen bereits entzündet worden. Ohne auf die Richtung zu achten, ging sie die Straße entlang. Doktor Martin war ihre letzte Möglichkeit gewesen. All ihre Hoffnung hatte sie in diesen Mann gesetzt, von dem ganz London sprach, doch es war alles umsonst gewesen. Die demütigenden Untersuchungen – für nichts und wieder nichts. Sie würde ihrem Mann kein Kind schenken können. Was das bedeutete, wusste sie leider nur zu gut – er würde sich von ihr trennen. Seit vier Jahren sagte er es ihr immer wieder, dass er sich eine Frau suchen würde, die in der Lage war, ihm einen Erben zu schenken. Das Recht war auf seiner Seite, sie würde eine Scheidung nicht verhindern können. Nicht, dass sie ihren Mann besonders liebte und ihn vermissen würde. Nein, aber er besaß Macht und Geld. Einst hatte er sie aufgelesen, als sie ganz unten gewesen war und nicht gewusst hatte, wovon sie die nächste Mahlzeit bezahlen sollte. In den fünf Jahren ihrer Ehe hatte sie sich an ein Leben frei von jeglichen finanziellen Sorgen gewöhnt. Ein Leben, wie es ihr der Geburt nach zustand, das ihr gewissenloser Vater jedoch beinahe ruiniert und sie und ihre Mutter in bittere Armut gestürzt hatte. Nach einer Scheidung würde sie erneut mittellos sein, denn ihr Mann verfügte über Mittel und Wege, sie – die unfruchtbare Ehefrau – zurück in die Gosse zu stoßen.

Die Dunkelheit schloss sich dicht um sie, als sie das Ufer der Themse erreichte. Sie wusste, zu Hause würde man mit dem Abendessen auf sie warten, aber wie konnte sie jetzt noch in das Haus in Belgravia zurückkehren, in der Gewissheit, es bald bettelarm verlassen zu müssen. Zum ersten Mal, seit sie die vernichtende Diagnose erfahren hatte, weinte sie. Die Tränen liefen über ihre Wangen, als sie näher an die Uferböschung trat. Dunkel, schmutzig und träge lag das Wasser der Themse vor ihr. Sie wollte nicht wieder arm und von der Gesellschaft ausgeschlossen sein. Niemals wieder! Da war es besser, sie schied aus dem Leben. Sie sah sich um, soweit es der dichte Nebel zuließ. Niemand war zu sehen, das Wetter lockte die Menschen nicht auf die Straße.
Sie schwang ein Bein über die Absperrung. Dabei verhakte sich der Rock an dem Gitter und riss bis übers Knie ein. Es war ihr gleichgültig. Dann stand sie mit beiden Füßen auf der Böschung. Jetzt brauchte sie nur noch einen Schritt vorwärts zu machen. Sie schloss die Augen und sprang …

Erster Teil

Susan

November 1906 bis Dezember 1907

1. Kapitel

London, November 1906

Ein naher Kirchturm schlug die fünfte Stunde, und Susan beschleunigte ihre Schritte. Obwohl sie bereits zwei Meilen kräftig ausgeschritten war, fröstelte sie, denn der Nebel durchfeuchtete ihren dünnen, fadenscheinigen Umhang und drang ihr in alle Glieder. Sie hasste dieses Wetter! Sie hasste London im November, wenn sich der Rauch aus Tausenden von Kaminen mit dem Nebel vermischte und die Luft zum Schneiden dick war. Noch mehr hasste sie ihre Arbeit. Es blieb ihr jedoch nichts anderes übrig, als tagein, tagaus in der Fleischerei in Smithfield blutige Stücke zu zerteilen, wenn sie und ihr Sohn nicht verhungern wollten. Obwohl sie ihre Hände und Arme mit Seife und einer harten Bürste schrubbte, bis sie rot und rissig waren, schien sich der Geruch nach rohem Fleisch in jede ihrer Poren eingegraben zu haben und wich nie von ihr. Heute war es wieder einmal später als vereinbart geworden, bis der alte Carter sie endlich gehen ließ, denn er hatte darauf bestanden, dass Susan alle Holzbänke, auf denen das Fleisch zerteilt wurde, penibel reinigte, bevor sie Schluss machen durfte. Dabei wusste Carter, dass sie einen Sohn hatte, der auf Susan wartete. Die Nachbarin, die sich um den Jungen kümmerte, während Susan tagsüber bei der Arbeit war, liebte das Kind zwar wie ihr eigenes, arbeitete jedoch in einer Bar und konnte nicht länger als bis sechs Uhr am Abend auf den Jungen aufpassen. Öfter schon war es vorgekommen, dass der kleine Jimmy allein in dem Loch, das Susans Vermieter als Zimmer bezeichnete, hockte und weinend auf seine Mutter warten musste. In den letzten Monaten hatte Susan alles versucht, eine andere Arbeitsstelle zu bekommen – allerdings erfolglos. In London gab es zu viele Arbeitslose und zu wenige freie Stellen. Sie musste froh sein, überhaupt Arbeit zu haben und nicht mit ihrem Sohn in ein Armenhaus ziehen zu müssen. Zudem war jetzt etwas eingetreten, das es ihr unmöglich machte, eine andere Anstellung zu bekommen. Susan seufzte und begann zu rennen, obwohl heftiges Seitenstechen ihr das Atmen erschwerte. Sie roch den Fluss und ahnte, dass sie bald die Westminster Bridge erreicht haben würde, denn sehen konnte sie keine drei Fuß weit, so dicht war der Nebel, der sich besonders in der Nähe der Themse wie ein graues Leintuch über alles legte. Wenn sie den Fluss überquert hatte, war es nur noch eine knappe halbe Stunde bis zur Wadding Street. Natürlich hätte Susan den Bus oder die U-Bahn nehmen und damit schneller zu Hause sein können, aber öffentliche Verkehrsmittel kosteten Geld. Geld, das Susan nicht hatte, denn der Fleischer Carter zahlte seinen Angestellten einen Hungerlohn. Obwohl Susan die gleiche anstrengende Arbeit wie die beiden Männer, die ebenfalls bei Carter beschäftigt waren, verrichtete, erhielt sie nur knapp die Hälfte des Lohns wie die Männer. Sie war eben nur eine Frau, und der Fleischer wusste genau, dass sie auf die Arbeit angewiesen war. Susan schüttelte sich wie ein junger Hund, als könne sie damit all die Sorgen, die schwer auf ihren schmalen Schultern lasteten, abwerfen. Es war sinnlos, mit dem Schicksal zu hadern. Das war etwas, was Susan im Laufe ihres zweiundzwanzigjährigen Lebens gelernt hatte. Sie musste sich mit Dingen und Situationen, die nun mal nicht zu ändern waren, abfinden. Hätte sie diese Fähigkeit nicht, wäre sie schon längst vor die Hunde gegangen. Susan seufzte, straffte die Schultern und bog auf den schmalen Fußweg an der Uferpromenade ein, der zur Brücke hinaufführte. Plötzlich hörte sie ein Geräusch direkt vor sich. Es klang wie das Einreißen von Stoff, begleitet von einem Laut, der sich wie das

Stöhnen eines Menschen anhörte. Während der letzten Meile war Susan niemandem begegnet, jedenfalls hatte sie niemanden gesehen, was bei dem dichten Nebel nicht verwunderlich war. Wer das Haus nicht verlassen musste, blieb in der warmen Stube am Kamin sitzen. Susan zögerte nicht, sie kannte keine Angst, denn Furcht war etwas, das sie sich nicht erlauben konnte, wollte sie in dem Sumpf, in dem sie steckte, überleben. Als Susan jedoch ganz deutlich hörte, wie etwas auf das Wasser der Themse aufschlug, lief ihr ein kalter Schauer über den Rücken.

Geh einfach weiter, rief eine Stimme in ihr, aber eine andere sagte, sie müsse nachsehen, was hier los war. Die zweite Stimme siegte, und so beugte sich Susan über den niedrigen Zaun, der den Uferweg von der Böschung trennte. Sie kniff die Augen zusammen und versuchte, etwas zu erkennen. Es schien, als würde unten im Fluss ein großes Bündel treiben. Dies war nichts Ungewöhnliches, denn die Menschen warfen regelmäßig ihren Abfall in die Themse, dennoch war Susan plötzlich voller Sorge. Sie war sicher, einen menschlichen Laut gehört zu haben. Was, wenn jemand ausgeglitten und in den Fluss gestürzt war?

»Ach, zum Teufel«, fluchte Susan, raffte ihren Rock und kletterte über das Geländer. Sie dachte an Jimmy, der jetzt noch ein wenig länger auf seine Mama warten musste, aber sie konnte nicht einfach verschwinden und so tun, als hätte sie nichts bemerkt. Vielleicht war es wirklich nur ein Bündel Lumpen, das sie im eiskalten Wasser erspäht zu haben meinte. Dann würde sie sich eben nasse Füße holen und zusehen, dass sie nach Hause kam. Sollte jedoch wirklich ein Mensch in Not geraten sein, dann würde sie es sich nie verzeihen, einfach weitergegangen zu sein.

Die Böschung war steil und glitschig, und Susan musste achtgeben, um nicht auszurutschen. Als die ersten leichten Wellen ihre Knöchel umspielten und sie vor Kälte nach Luft schnappte, erkannte sie den dunklen Fleck, der auf dem Wasser trieb. Es war tatsächlich ein Kleid, ein Frauenkleid, wie Susan entsetzt feststellte, und sie erkannte auch zwei Füße mit Schuhen, die unter dem Rock hervorragten. Dort trieb eindeutig eine Frau, die in großer Not war. Das Kleid sog sich rasend schnell mit Wasser voll, und die Person drohte binnen weniger Augenblicke zu versinken. Susan zögerte nicht lange, warf ihren Umhang auf den Boden und schlüpfte aus den Schuhen. Als kleines Kind hatte sie in einem der Teiche im Hyde Park schwimmen gelernt, und auch wenn sie seit Jahren in keinem Gewässer mehr gewesen war – so etwas verlernte man nie wieder. Susans Herzschlag drohte auszusetzen, als das eiskalte Wasser über ihr zusammenschlug, aber sie kam schnell wieder an die Oberfläche. Ihre Hände tasteten nach der Frau, die, regungslos auf dem Bauch liegend, nur einen Meter vor ihr im Wasser trieb. Sie musste sich beeilen, denn sonst würden ihre eigenen Kleider sie ebenfalls unweigerlich in die Tiefe ziehen. Zwar war hier in Ufernähe die Themse nicht tief, aber die Strömung zerrte an ihrem Rock, und Susan befürchtete, von ihr erfasst und abgetrieben zu werden. Endlich gelang es ihr, die Person an einem Arm zu packen, doch zu ihrem Entsetzen begann die Frau, ihre Hilfe abzuwehren und nach ihr zu schlagen.

»Lassen Sie mich in Ruhe …«

Susan meinte, sich verhört zu haben, die Abwehrbewegungen der Frau waren jedoch eindeutig.

»Halten Sie still, ich hole Sie hier raus«, rief Susan, so laut sie konnte, und fügte noch ein »Hilfe! Zu Hilfe, ist denn niemand hier?« an.

Plötzlich spürte sie Boden unter ihren Füßen, und sie bohrte diese fest in den schlammigen Untergrund des Flusses. Es gelang ihr, die Fremde an der Taille mit beiden Armen zu umklammern und näher an sich heranzuziehen. Obwohl Susan nur mittelgroß und sehr schlank war, steckte in ihrem zierlichen Körper mehr Kraft, als ein Betrachter vermutet hätte. Das Leben hatte Susan stark gemacht, und das nicht nur in körperlicher Hinsicht. In der Fleischerei schleppte sie sechs bis acht Stunden täglich Schweine- und Rinderhälften, daher waren ihre Oberarme muskulöser als bei manchem Mann.

Die Abwehrbewegungen der Fremden wurden schwächer, und endlich gelang es Susan, sie auf die sichere Böschung zu hieven. In der Dunkelheit konnte sie kaum die Gesichtszüge erkennen, bemerkte jedoch, dass ihr Kleid aus Seide sein musste, obwohl Susans Finger nie zuvor einen solch edlen Stoff ertastet hatten.

»Sind Sie völlig verrückt? Wir hätten beide ertrinken können!« Susans Anspannung entlud sich in Ärger. Die Frau zuckte jedoch nur lapidar mit den Schultern.

»Genau das wollte ich. Warum haben Sie mich nicht einfach in Ruhe gelassen?«

Ihre Stimme war leise und klang deprimiert, was Susan bei Menschen, die mit ihrem Schicksal haderten, schon gehört hatte. Der Frau war es mit ihrem Vorhaben wahrscheinlich wirklich ernst gewesen. Sie hatte sich das Leben nehmen wollen. Susan zögerte. Sie war bis auf die Knochen durchnässt, fror erbärmlich, und Jimmy wartete sehnsüchtig auf sie. Dennoch konnte sie jetzt nicht einfach gehen, denn sie zweifelte nicht daran, dass die Frau erneut versuchen würde, sich umzubringen. Darum tastete sie nach ihren Schuhen, schlüpfte hinein und fand auch ihren Umhang. Susan legte ihn der Fremden um die Schultern, denn diese fror nicht weniger als sie selbst.

»Ich weiß zwar nicht, warum ich es tue, aber ich bringe Sie jetzt nach Hause.« Kaum hatte Susan die Worte ausgesprochen, hätte sie sie am liebsten zurückgenommen. Was ging sie die Fremde an? Sie hatte getan, was ihre christliche Pflicht gewesen war, und sie aus dem Fluss gezogen. Wenn die Lebensmüde sich erneut hineinstürzen wollte, so war es nicht ihre Sache.

»Nach Hause …« Resigniert strich sich die Frau die nassen Haarsträhnen aus der Stirn. »Vielleicht ist es das Beste, wenn ich nach Hause gehe. Ich weiß nicht, ob ich noch einmal den Mut finde, mein Leben zu beenden.«

»Hören Sie auf, einen solchen Unsinn zu reden. Selbstmord hat nichts mit Mut zu tun, sondern viel mehr mit Feigheit.« Susans Stimme hörte man an, wie wütend sie war. »Nichts auf dieser Welt ist so schlimm, als dass es keine Lösung dafür gäbe.«

Langsam erhob sich die Fremde und stützte sich schwer auf Susans Arm.

»Sie haben leicht reden«, murmelte sie. »Was wissen Sie schon vom Leben?«

Susan verzichtete auf eine Antwort, denn sie musste sich konzentrieren, zusammen mit der Frau die glitschige Böschung zu erklimmen, ohne dabei auszurutschen und zurück in den Fluss zu fallen. Als sie endlich die Uferpromenade erreicht hatten, war immer noch weit und breit keine Menschenseele zu sehen. Die beiden Frauen taumelten ein Stück den Weg entlang, bis sie in das fahle Licht einer Straßenlaterne traten. Hier sah Susan zum ersten Mal das Gesicht der Frau, deren Leben sie soeben gerettet hatte. Obwohl sie blass war, das nasse Haar ihr wirr um den Kopf hing und Schmutz auf ihren Wangen klebte, war die Fremde sehr attraktiv und nur wenige Jahre älter als Susan.

»Wohnen Sie hier in der Nähe?« Susan stellte die Frage in der Hoffnung auf eine positive Antwort. Sie wollte die Frau so schnell wie möglich abliefern, damit sie selbst nach Hause konnte, aus den nassen Sachen herauskam und Jimmy nicht mehr länger warten musste, aber die Fremde schüttelte den Kopf.

»Wenn Sie uns vielleicht eine Droschke besorgen könnten?« Ihre Stimme klang zart, beinahe schon schüchtern, und sie umklammerte Susans Oberarm so fest, als wolle sie diesen nie wieder loslassen.

Susan seufzte und sah sich um.

»Wir müssen ein paar Schritte laufen, am Parlamentsgebäude werden wir bestimmt eine Droschke finden. Schaffen Sie das?«

Die Fremde nickte, ließ Susan jedoch nicht los, so dass Susan sie mehr oder weniger mitschleppte. Just in dem Moment, als der mächtige Glockenturm im Nebel auftauchte, schlug Big Ben die sechste Abendstunde. Jetzt musste Lilo Jimmy allein lassen, um zur Arbeit zu gehen, dachte Susan und seufzte. Nun, in einer Stunde würde sie wohl zu Hause sein, so lange musste der Junge eben warten.

Auf dem Vorplatz des Parlaments standen einzelne Droschken, die Kutscher, in dicke Mäntel gehüllt und Tücher vor Mund und Nase gezogen, trotzten der nebligen Kälte.

»Von hier kommen Sie sicher nach Hause. Ich muss mich jetzt nämlich beeilen«, sagte Susan und versuchte, sich von der Frau zu lösen.

Wie die Krallen eines Raubvogels schlossen sich die Finger der Frau um Susans Arm.

»Kommen Sie mit. Bitte, Sie haben versprochen, mich nach Hause zu begleiten.«

»Mein Junge ist ganz allein«, wandte Susan ein. »Er ist erst zwei Jahre alt und ...«

In die Augen der Frau schossen Tränen, und Susan befürchtete, sie würde hier mitten auf der Straße zu weinen anfangen.

»Bitte, lassen Sie mich jetzt nicht allein!«, flehte sie, griff in ihre Manteltasche und holte eine Münze hervor. »Hier, ich bezahle Sie auch für Ihre Zeit.«

Unschlüssig betrachtete Susan die Münze. Einerseits wollte sie Jimmy nicht länger warten lassen, aber für das Geld, das die Frau ihr anbot, musste sie bei Carter beinahe eine ganze Woche arbeiten. Sie gab sich einen Ruck und murmelte: »Nun gut, aber ich habe nicht viel Zeit«, und steuerte dann die erste Droschke auf dem Platz an. Der Kutscher musterte die beiden Frauen kritisch, als sie einstiegen.

»Wo soll's denn hingehen?«, fragte er wenig freundlich, was Susan ihm nicht verdenken konnte. Sie beide boten einen wenig vertrauenswürdigen Anblick – völlig durchnässt, über und über mit Schlamm und Schmutz bespritzt und mit aufgelösten, wirren Haaren.

Die Fremde nannte eine Adresse, die Susan unbekannt war, obwohl sie ihr ganzes Leben in London verbracht hatte. Der Kutscher pfiff durch die Zähne und zögerte. »Das ist aber ein Stück.« Es war eindeutig, dass er sich fragte, ob diese beiden abgerissenen Gestalten wohl in der Lage waren, die Fahrt zu bezahlen. Die Fremde verstand und nickte.

»Keine Sorge, Sie werden Ihr Geld erhalten. Ich werde es sogar verdoppeln, wenn Sie so schnell wie möglich fahren. Auch als kleine Entschädigung, weil wir Ihre Polster beschmutzen.«

Der skeptische Gesichtsausdruck blieb, aber dann setzte sich die Droschke endlich in Bewegung. Während sich die Frau mit geschlossenen Augen zurücklehnte, versuchte Susan, durch das Fenster etwas von der Umgebung zu erkennen. Der Nebel lichtete sich zwar nicht, die Straßen wurden jedoch breiter und waren von zahlreichen Laternen gesäumt, die die hohen Häuser in ein diffuses Licht tauchten. Sie befanden sich eindeutig in einer der besseren Gegenden Londons – ein Stadtviertel, in dem Susan nie zuvor gewesen war. Nach zwanzig Minuten hielt die Kutsche vor einem vierstöckigen Haus, zu dessen verzierter Eingangstür fünf von Säulen flankierte Stufen hinaufführten. Das Haus war eines von rund einem Dutzend ähnlicher Gebäude, die sich in einem Halbrund um einen großen Platz gruppierten. Susans erster Eindruck hatte sie nicht getrogen – wenn die Selbstmörderin hier wohnte, dann gehörte sie zur privilegierten Oberschicht, wenn nicht gar zum Adelsstand.

Auch Reiche haben offenbar Sorgen, dachte Susan und musste gegen ihren Willen schmunzeln. In ihrem eigenen Leben hatte es bisher viele Situationen gegeben, in denen labilere Menschen als sie den Weg ins Wasser gewählt hätten. Gerade jetzt befand sie sich wieder in einer prekären Lage, aber Susan war es gewohnt, zu kämpfen. So einfach ließ sich eine Susan Hexton nicht unterkriegen, außerdem brauchte ihr Sohn sie. Sein Vater hatte ihn bereits verlassen, die Mutter würde er nicht auch noch verlieren, wenngleich Susans derzeitige Situation alles andere als rosig war und sie sich manchmal wünschte, einfach einzuschlafen und niemals wieder aufzuwachen.

Beim Gedanken an Jimmy sagte Susan laut: »So, jetzt sind Sie zu Hause, und ich werde machen, dass ich ebenfalls heimkomme. Ihr Geld nehme ich gerne an, denn davon kann ich die Droschke bezahlen. Zu Fuß ist es nämlich ein ganz schönes Stück, das ich laufen müsste, und ich möchte mein Kind nicht noch länger warten lassen.«

Susan hatte den Schlag der Kutsche bereits geöffnet, als sich die langen, schlanken Finger der Dame um ihr Handgelenk schlossen. Der Blick aus ihren dunkelbraunen Augen war ebenso flehend wie ihre Stimme.

»Kommen Sie mit herein. Ihre Sachen sind nass, Sie werden sich noch erkälten. Ich lasse Ihnen ein Bad bereiten, eine heiße Tasse Tee und etwas zu essen.«

So verlockend die Aussicht auf etwas Warmes – innerlich wie äußerlich – auch war, Susan schüttelte den Kopf.

»Das geht nicht …«

»Bitte! Ich brauche Sie jetzt. Sie sind doch meine Lebensretterin.«

Susan gab sich einen Ruck und seufzte. »Nun gut, aber nur wenige Minuten. Nur so lange, bis ich sehe, dass Sie da drinnen in guten Händen sind, dann muss ich wirklich gehen.«

Der Kutscher nannte seinen Lohn, und die Fremde händigte ihm, wie versprochen, die doppelte Anzahl von Münzen aus, die sie einer Geldbörse in ihrer Rocktasche entnahm. Als Susan den Kutscher bitten wollte, zu warten, um sie nach Hause zu fahren, schien die Dame ihre Gedanken erraten zu haben, denn sie sagte: »Meine eigene Kutsche wird Sie später heimbringen.«

Susan nickte und folgte der Fremden die Stufen hinauf. Die Fenster in den ersten zwei Stockwerken waren hell erleuchtet, und die Haustür wurde sofort geöffnet, nachdem die Dame den Türklopfer betätigt hatte.
»Monkton, veranlassen Sie, dass zwei heiße Bäder eingelassen werden. Meine Begleitung und ich sind etwas nass geworden.«
Erstaunt hörte Susan, wie bestimmend, fast schon arrogant plötzlich die Stimme der Dame klang. Von ihrer Verzweiflung war nichts mehr zu spüren. Offenbar war sie es gewohnt, Befehle zu erteilen, ebenso, wie der Butler diese nicht in Frage stellte und unverzüglich befolgte. Er verbeugte sich mit unbewegter Miene und sagte mit sonorer Stimme: »Selbstverständlich, Mylady, ich werde sofort zwei Mädchen nach oben schicken.«
Während Susan an dem hochgewachsenen, grauhaarigen Mann vorbeiging, warf sie einen verstohlenen Blick in sein Gesicht. Wenn er sich darüber wunderte, dass seine Herrin verdreckt und durchnässt und dazu noch mit einer Unbekannten im Schlepptau nach Hause kam, so wies nichts in seiner Mimik darauf hin. Sie hatte keine Zeit, sich in dem Vestibül und in der Halle umzusehen, denn die Dame schritt so entschlossen und schnell die Treppe hinauf, dass Susan Mühe hatte, ihr zu folgen. Im zweiten Stock öffnete sie eine Tür.
»Das Wasser wird gleich eingelassen. Ich werde anweisen, dass man Ihnen ein trockenes Kleid bringt.«
Susan, die sonst nicht auf den Mund gefallen war, trat durch die Tür, in der Annahme, eines der Gästezimmer zu betreten. Umso erstaunter war sie, als sie erkannte, dass sie sich in einem Badezimmer befand. Sie hatte davon gehört, dass die reichen Leute Räume hatten, die einzig und allein dafür da waren, um sich darin zu waschen und zu baden, hatte aber nicht geglaubt, so etwas einmal mit eigenen Augen zu sehen. In den Kreisen, in denen Susan verkehrte, erhitzte man das Wasser auf dem Feuer in der Küche, wo man sich auch wusch, und wenn man baden wollte –

falls überhaupt, denn ein Vollbad war ein Luxus, den sich nur wenige leisten konnten –, wurde eine Zinkwanne in die Küche geschleppt und diese mit Wasser gefüllt. Susan konnte sich nicht erinnern, wann sie das letzte Mal ein Vollbad genommen hatte, es war jedoch schon einige Jahre her.
Kaum war die Dame verschwunden, betrat ein junges Mädchen, nicht älter als fünfzehn Jahre, den Raum. Zu Susans Verwunderung knickste sie vor ihr.
»Ihr Bad ist gleich bereit, Miss.«
Das Mädchen trat zu der großen, beinahe den ganzen Raum einnehmenden Badewanne und drehte beide Messinghähne auf. Dampf stieg auf, als das heiße Wasser in einem dicken Strahl in die emaillierte Wanne schoss. Fließendes Wasser, dachte Susan und seufzte kaum vernehmlich vor Freude, endlich die nassen Sachen ausziehen zu können. Erst jetzt merkte sie, dass sie vor Kälte am ganzen Körper zitterte. Nachdem die Wanne halb gefüllt war, sah das Mädchen sie fragend an.
»Darf ich Ihnen Rosenöl zusetzen, oder bevorzugen Sie Badeschaum?«
»Äh … Rosenöl …«, antwortete Susan verwirrt. Sie kannte weder das eine noch das andere und schnupperte fasziniert, als das Mädchen einen Glasflakon öffnete und ein paar Tropfen einer hellroten Flüssigkeit in das Wasser träufelte.
Während Susan ihr Kleid aufknöpfte, fragte sie: »Wie lautet noch mal der Name deiner Herrin?« Als sie den erstaunten Blick des Hausmädchens bemerkte, fuhr Susan, rasch erklärend, und die Wahrheit ein wenig verändernd, fort: »Wir haben uns erst vorhin kennengelernt, und ich habe ihren Namen nicht richtig verstanden.«
»Oh, ich verstehe.« Das Mädchen nickte zwar, Susan vermutete jedoch, dass sie ebenso wenig wie der Butler verstand, warum Susan in diesem Haus war. Für die Domestiken gab es jedoch klare Anweisungen, sich nicht in die Angelegenheiten der Herr-

schaft zu mischen, daher beantwortete sie bereitwillig Susans Frage. »Das ist das Haus von Lord und Lady Callington. Mylord ist der sechste Viscount of Tredary in Cornwall und Parlamentsabgeordneter für Südost-Cornwall. Er und Lady Lavinia sind seit fünf Jahren verheiratet.«

»Haben sie Kinder?«, fragte Susan, die Gesprächigkeit des Mädchens ausnutzend.

»Bisher nicht, Miss.«

»Wie ist eigentlich dein Name?«, fragte Susan und lehnte sich mit geschlossenen Augen wohlig in dem warmen, aber nicht zu heißen und köstlich duftenden Wasser zurück.

»Emma. Emma Monkton.«

»Monkton?« Susan öffnete die Augen, und das Mädchen nickte. »Ich bin die Enkelin des Butlers und sehr glücklich, in diesem Haus arbeiten zu dürfen. Lady Lavinia ist eine gute und gerechte Herrin.«

Susan wurde einer Antwort enthoben, als es an die Tür klopfte. Emma öffnete und nahm ein Tablett entgegen. Über den Badewannenrand legte sie ein Holzgestell, auf dem sie das Tablett abstellte. Bei dem Anblick einer Tasse goldgelben Tees und eines Tellers mit Kresse verzierten Gurkensandwiches lief Susan das Wasser im Mund zusammen. Seit dem Mittag hatte sie nichts mehr gegessen und merkte erst jetzt, wie hungrig sie war.

»Wenn Sie mich nicht mehr benötigen, kümmere ich mich um Ihre Kleidung, Miss«, sagte Emma und nahm Susans nasses Kleid vom Boden auf.

Mit einer Handbewegung gab Susan dem Mädchen zu verstehen, dass sie gehen konnte, und fühlte sich dabei wie die Queen höchstpersönlich. Dann nippte sie an dem heißen Tee und verspeiste die Sandwiches binnen weniger Minuten. Das alles hier kam ihr vor wie in einem Traum. Dieser hatte zwar dramatisch begonnen, sich nun jedoch in eine Richtung gewandelt, die Susan mehr als gefiel.

»Das wäre ein Leben!« Laut sagte sie diese Worte und schlug spielerisch mit der Handfläche auf das Wasser, das nach allen Richtungen spritzte. Dass dadurch auch der Fußboden nass wurde, war Susan egal. Wofür gab es schließlich Personal? Wenn sie ihr Bad beendet hatte, würde dieser Traum ohnehin vorbei sein und sie in ihr karges Zimmer, das kaum größer als das Badezimmer hier war, zurückkehren.
Susan war keine schlechte Mutter, aber nun dachte sie nicht mehr an ihren Sohn. Zu fantastisch waren der Luxus eines duftenden Vollbades, des Essens und die dicken, flauschigen Handtücher, die griffbereit neben der Wanne lagen. Jimmy war es gewohnt, öfter mal allein zu sein, die paar Stunden würden dem Jungen nicht schaden. Susan interessierte es brennend, zu erfahren, was Lady Lavinia bewogen hatte, in die eiskalte Themse zu springen. Ein Mensch, der in einer solchen Umgebung lebte, konnte unmöglich so große Sorgen haben, die einen dazu trieben, Selbstmord zu begehen.
»Lavinia Callington …« Laut ließ Susan den Namen auf der Zunge zergehen. Er passte zu ihr, denn er klang ebenso edel, wie die Gesichtszüge der Dame geformt waren. Bestimmt stammten sie und ihr Mann aus einem uralten Adelsgeschlecht und verkehrten regelmäßig bei Hofe. Sie war gespannt, Lady Lavinia näher kennenzulernen.

Eine halbe Stunde später geleitete Emma Susan in das Boudoir von Lady Lavinia. Ihr eigenes Kleid war nicht mehr zu retten gewesen, so hatte Emma ihr ein abgelegtes ihrer Herrin gebracht, ebenso frische Unterwäsche. Beinahe ehrfurchtsvoll war Susan in die schneeweiße, knielange Hose und das Unterkleid aus Baumwolle geschlüpft. Sie hatte von dem Material, das sich warm und weich an den Körper schmiegte, gehört, konnte sich aber selbst keine Unterwäsche aus Baumwolle leisten. Ihre war aus derber, rauher Wolle, an zahlreichen Stellen geflickt und

durch das viele Waschen grau verfärbt. Lady Lavinias altes Kleid war Susan zwar in der Taille zu weit, und der Rocksaum und die Manschetten waren abgestoßen, doch der maulbeerfarbene Samt fühlte sich wie eine Wolke an, wenn Susan über den Stoff strich. Nie zuvor hatte sie ein schöneres und eleganteres Kleid besessen, wenngleich dieses nur ein schlichtes Vormittagskleid ohne jeglichen Zierat war. Susan hoffte, das Kleid behalten zu dürfen, denn Emma hatte ihr gesagt, sie habe ihr altes verbrannt. Dann würde sie dieses Kleid für den Rest ihres Lebens in Ehren halten und es nur zu besonderen Anlässen tragen. Noch während sie sich fragte, welche besonderen Anlässe es in ihrem Leben wohl geben könnte, öffnete Emma eine Tür, und Susan sah sich Lavinia Callington gegenüber, die sich während der letzten Stunde völlig verwandelt hatte. Nichts an der hohen, schlanken Erscheinung in dem senfgelben Seidenkleid mit den perfekt aufgesteckten, brünetten Haaren erinnerte mehr an die Frau, die sich noch vor zwei Stunden in der Themse hatte ertränken wollen. Das Boudoir war mittels Gaslampen hell erleuchtet, das Licht spiegelte sich in den dunkelbraunen Augen der Lady, und nur eine leichte Blässe auf ihren Wangen ließ auf das dramatische Ereignis des späten Nachmittags schließen.
»Setzen Sie sich«, forderte sie Susan auf. »Ich hoffe, das Bad und der Imbiss haben Sie etwas aufgewärmt.«
Susan nickte. »Ja, danke, Lady Callington, auch für das Kleid, es ist wunderschön.«
»Ach, das ist ein uraltes, ich trage es schon lange nicht mehr.« Lavinia winkte ab. »Wie ich höre, hat das Hausmädchen Sie über meine Person aufgeklärt. Verzeihen Sie meine Unhöflichkeit, mich Ihnen bisher nicht vorgestellt zu haben. Nachdem Sie jetzt wissen, wer ich bin, darf ich Sie wohl um Ihren Namen bitten?«
Susan runzelte über die hochtrabende Ausdrucksweise die Stirn. Sie war einen solchen Umgangston nicht gewohnt und wollte jetzt nur noch so schnell wie möglich nach Hause.

»Ich heiße Susan Hexton und lebe im Stadtviertel Lambeth, südlich der Themse.«
Bei der Erwähnung des Flusses verzog Lavinia unwillig das Gesicht. Sie senkte ihre Stimme zu einem Flüstern, obwohl sie allein im Zimmer waren.
»Es ist nicht nötig, dass irgendjemand erfährt, was sich vorhin … zugetragen hat. Dem Mädchen habe ich gesagt, ich wäre bei einem Spaziergang im Hyde Park ausgeglitten und in die Serpentine gefallen. Sie sind zufällig vorbeigekommen und waren mir behilflich.«
»Ein Spaziergang im Park bei diesem Nebel?«, entfuhr es Susan skeptisch. »Ist das nicht sehr unwahrscheinlich?« Da sich Lavinias Gesicht verschloss, zuckte Susan mit den Schultern und fuhr fort: »Nun, mir soll es gleich sein, ich möchte jetzt nach Hause.«
Sie wollte aufstehen, aber Lavinia gebot ihr mit einer Handbewegung, sitzen zu bleiben.
»Ich schäme mich nicht, zuzugeben, dass ich Ihnen zu großem Dank verpflichtet bin. Mein Verhalten … vorhin … es war dumm. Sie haben recht, es ist feige, aus dem Leben zu scheiden, statt sich seinen Problemen zu stellen.« Lavinia lächelte, aber es war ein bitteres Lächeln. Sie machte eine raumgreifende Handbewegung. »Ich werde lernen, ohne all dies hier zu leben, wenngleich ich jetzt noch nicht weiß, wie ich das bewerkstelligen soll.«
Obwohl alles in Susan nach Hause zu ihrem Sohn drängte, war ihr Interesse nun doch geweckt.
»Sind Sie etwa pleite?« An Lavinias Zusammenzucken merkte Susan, wie taktlos ihre Frage war. »Entschuldigung, das geht mich zwar nichts an, aber …«
Lavinia unterbrach sie mit einem Seufzer, der aus ihrer tiefsten Seele zu kommen schien.
»Warum sollte ich es Ihnen nicht erzählen? Da Sie mir das Leben gerettet haben und wir beide uns nie wieder begegnen wer-

den, tut es mir vielleicht gut, mit jemandem über meine Sorgen zu sprechen. Nein, *pleite*, wie Sie es nennen, sind wir nicht. Vielmehr mein Mann ist es nicht, im Gegenteil, in der Familie der Tredarys gab es niemals finanzielle Schwierigkeiten. Genau das ist jedoch mein Problem. Mein Mann braucht einen Erben, der die Familientradition fortsetzt, und heute habe ich erfahren, dass ich niemals ein Kind bekommen kann.«

Susan war von Lavinias Offenheit beschämt, aber auch beeindruckt. Lediglich der traurige Ausdruck in ihren Augen sagte ihr, wie sehr Lavinia unter dieser Erkenntnis litt.

»Das tut mir leid für Sie, Mylady, wenn Ihr Mann Sie jedoch liebt, dann …«

»Das tut er eben nicht!« Schrill, mit einem Anflug von Hysterie, schnitt Lavinia Susan das Wort ab. »Mein Ehemann ist über zwanzig Jahre älter als ich, und wir heirateten, weil meine Eltern die Verbindung als eine gute Partie ansahen. Unsere Vermählung hatte nichts mit Liebe zu tun, außerdem galt ich bereits als spätes Mädchen, da ich mit dreiundzwanzig Jahren noch ledig war. Im Laufe der Zeit habe ich gelernt, Edward zu respektieren und zu schätzen, wenn auch nicht zu lieben. Er hat mir jedoch unmissverständlich klargemacht, dass er nicht mehr lange auf Nachwuchs warten möchte, dafür sei er zu alt. Entweder schenke ich ihm binnen eines Jahres einen Sohn, oder er trennt sich von mir.«

Susan lachte laut heraus, schlug sich aber sofort die Hand auf den Mund.

»Verzeihen Sie, Mylady, aber das hört sich sehr unwahrscheinlich an. Früher haben Könige ihren Frauen den Kopf abschlagen lassen, wenn diese ihnen kein Kind schenkten, heute jedoch ist das doch kein Trennungsgrund mehr. Außerdem ist Ihr Mann doch nicht so etwas wie ein König.«

»Ich verstehe, dass Ihnen dies lächerlich erscheinen muss. Sie haben jedoch keine Ahnung von den Konventionen, die in unseren Kreisen herrschen.« Lavinia hob in einer hilflosen Geste die

Hände, und Susan konnte sich eines Anflugs von Mitleid nicht erwehren, das stärker wurde, als Lavinia fortfuhr: »Unglücklicherweise hat mein Mann bei unserer Vermählung durch einen Anwalt verfügt, dass ich – sollte ich ihm keinen Erben gebären – im Falle einer Scheidung keinen Penny erhalte.«

»Das ist doch nicht rechtens, oder?« Susan starrte Lavinia ungläubig an.

»Leider schon. Wir Frauen haben in unserem Staatssystem ohnehin keine Rechte, also kann ich gegen diese Verfügung nichts unternehmen. Das heißt, ich werde wohl bald kein Dach mehr über dem Kopf haben und mir meinen Lebensunterhalt erbetteln müssen.«

»Nun mal langsam.« Susan runzelte die Stirn. »Ich bin nicht so gebildet wie Sie, Mylady, aber ich bin nicht dumm, darum frage ich mich: Was ist mit Ihren Eltern oder anderen Verwandten? Sie stammen sicherlich nicht aus ärmlichen Verhältnissen, irgendwo wird es wohl einen Platz geben, an dem Sie Ihr gewohntes Leben fortführen können.«

»Was wissen Sie denn schon?« Susan war über Lavinias plötzlichen Stimmungswechsel überrascht, denn plötzlich wirkte diese richtiggehend zornig. »Meine Eltern sind bankrott, pleite, wie man in Ihrer Schicht zu sagen pflegt. Darum drängten sie auf die Ehe mit Edward, wenngleich er ihnen auch nicht mehr aus der Misere helfen konnte. Die wenigen Verwandten, die wir hatten, wandten sich von uns ab, als sich mein Vater vor zwei Jahren erschoss, weil er mit der Schande der Mittellosigkeit nicht länger leben konnte. Für meinen Mann ist meine Mutter ebenfalls gestorben, denn mit der Frau eines Selbstmörders verkehren wir in unseren Kreisen nicht. Somit habe ich niemanden, an den ich mich wenden kann und der mir helfen würde. Außerdem ist eine geschiedene Frau nicht gesellschaftsfähig, und es bleiben ihr die Türen aller guten Häuser verschlossen. Diese Schande kommt zu der finanziellen Misere hinzu.«

»Wie wäre es mit Arbeit?« Fassungslos schüttelte Susan den Kopf. Sie merkte, wie langsam Zorn in ihr hochkroch. »Sie haben sicher eine gute Schulbildung genossen, nicht wahr? Das ist mehr, als Millionen anderer Frauen in diesem Land haben. Sehen Sie mich an – ich habe nie richtig schreiben und lesen gelernt, sondern habe mir das erst in den letzten Jahren selbst beigebracht. Trotzdem habe ich eine Arbeit, mit der ich meinen Sohn und mich ernähre. Nun, meistens mehr schlecht als recht, aber bisher sind wir nicht verhungert. Doch bald werde ich diese Stellung verlieren, denn ich erwarte ein Kind. Sobald der Metzger, bei dem ich arbeite, davon erfährt, wird er mich hochkantig rauswerfen, und niemand anderer stellt eine Schwangere ein. Wie es dann weitergehen und wovon ich mit zwei Kindern leben soll … keine Ahnung. Trotzdem springe ich nicht in die Themse und versuche, mich umzubringen.«

»Sie erwarten ein Kind?« Lavinias Augen flackerten unruhig. »Was ist mit dem Vater? Hat er Sie sitzenlassen? Ich nehme nicht an, dass Sie verheiratet sind.«

»Oh, doch!« Trotzig streckte Susan das Kinn vor. »Mein Mann kann sich derzeit nur nicht um mich und unseren Sohn kümmern.« Susan war nicht gewillt zu erzählen, dass ihr Mann seit über einem Jahr wegen schweren Raubes und Körperverletzung im Gefängnis von Wandsworth einsaß, also nicht der Vater ihres ungeborenen Kindes sein konnte. Sie hatte nun endgültig genug von Lady Lavinia, ihrem vornehmen Getue und Gejammer. Mochte sie in ihrem Haus auch mehrere Badezimmer und weiche Handtücher haben – sie wollte nur noch von hier fort.

Ohne Lavinia weiter zu beachten, stand Susan auf und ging zur Tür. Eine Hand bereits auf dem Knauf, hörte sie, wie Lavinia rief: »Geben Sie mir Ihr Kind! Ich meine das Ungeborene. Sie können es für mich austragen, und ich werde Sie dafür gut bezahlen. Dann sind Sie Ihre Sorgen los.«

Susan glaubte, sich nun wirklich in einem Traum zu befinden, allerdings wandelte dieser sich zu einem Alptraum. Mit einem Schnauben fuhr sie herum.

»Sie sind ja verrückt und wissen nicht mehr, was Sie sagen! Ich hätte Sie am besten im Wasser lassen sollen.«

»Es ist mein Ernst.« Plötzlich klang Lavinias Stimme ruhig und leise. »Wir könnten auf unseren Sommersitz nach Cornwall fahren. Mein Mann würde uns dort nicht besuchen, über den Winter kann er London nicht verlassen. Dort bekommen Sie in aller Ruhe Ihr Kind, das ich als das meinige annehmen werde. Den Leuten dort kann ich hundertprozentig vertrauen, sie würden ihr Leben für mich opfern, wenn es sein müsste. Wenn alles vorbei ist, gebe ich Ihnen …« Sie zögerte kurz und runzelte nachdenklich die Stirn. »Sagen wir, eintausend Pfund. Wenn Sie mit dem Geld gut haushalten, reicht es einige Jahre und kann Ihnen den Start in ein neues Leben ermöglichen.«

Die Summe fuhr wie ein heißes Eisen durch Susans Körper. Eintausend Pfund! Sie hatte keine Vorstellung, wie viel das war, es hörte sich jedoch unglaublich hoch an. Lavinia bemerkte Susans Zögern. Sie trat neben sie, legte eine Hand auf Susans Schultern und sah ihr eindringlich in die Augen.

»Überlegen Sie sich mein Angebot, Sie wissen ja, wo Sie mich finden. Übrigens – in welchem Monat sind Sie eigentlich?«

»Im vierten, das Kind wird im April erwartet.« Gegen ihren Willen entschlüpfte Susan die Antwort, dann jedoch schüttelte sie vehement den Kopf. »Sie sind wirklich verrückt«, wiederholte sie, schüttelte Lavinias Hand ab und verließ schnell das Zimmer. Mühelos fand sie den Weg nach draußen. Erst als sie auf der kalten und feuchten Straße stand, wurde Susan bewusst, dass sie jetzt wohl den ganzen weiten Weg bis nach Haus zu Fuß gehen musste. Keine zehn Pferde würden sie wieder in das Haus zurückbringen und Lady Lavinia an ihr Versprechen, sie mit ihrer eigenen Kutsche nach Hause bringen zu lassen, erinnern. Die

Frau war eindeutig von Sinnen, wer wusste schon, was sie in ihrem Wahn, ihr Kind zu bekommen, anstellen würde? Susan schüttelte sich wie ein junger Hund, denn so einer Person wie Lavinia Callington war sie zuvor nie begegnet. Wahrscheinlich wäre es besser gewesen, wenn sie Lavinia in der Themse hätte ertrinken lassen. Susan kannte ihren Ehemann zwar nicht, es wunderte sie jedoch nicht, dass er sich von Lavinia trennen wollte. Ihre Kinderlosigkeit war bestimmt nicht der einzige Grund, denn eine Frau, die einer anderen das Angebot machte, deren Kind abzukaufen, war doch nicht richtig im Kopf. Sicher hatte sie noch zahlreiche andere Eigenheiten, die ein Zusammenleben mit ihr erschwerten.

Fröstelnd, denn Susan hatte weder Umhang noch Mantel, machte sie sich auf den Weg durch den kalten Abend. Bei jedem Schritt, der sie weiter von Belgravia fortführte, wurde es ihr etwas leichter ums Herz. Dennoch konnte Susan nicht verhindern, dass auch nach zwei Stunden, als sie endlich den Stadtteil Lambeth erreichte, Lavinias Stimme ihr immer noch in den Ohren klang. Es war nur ein Satz, aber diesen wurde Susan nicht los: »Ich gebe Ihnen eintausend Pfund.«

2. Kapitel

Nachdem Susan das Boudoir verlassen hatte und die Tür mit einem lauten Knall hinter ihr ins Schloss gefallen war, sank Lavinia in einen Sessel. Sie schlug die Hände vors Gesicht und stöhnte gequält. Warum hatte sie sich zu einem solchen Angebot hinreißen lassen? Der Gedanke, dieser, aus der armen Unterschicht stammenden, Frau ihr Kind regelrecht abzukaufen, war Lavinia spontan gekommen, und sie hatte ihn ausgespro-

chen, ohne darüber nachzudenken. Kein Wunder, dass Susan sie für verrückt halten musste. Erst fischte sie sie aus der Themse, und dann machte sie Susan ein nicht nur unmoralisches, sondern schon kriminelles Angebot. Natürlich war der Vorschlag völlig unzumutbar gewesen, geboren aus Lavinias tiefster Verzweiflung, niemals ein eigenes Kind in den Armen zu halten. Die Nachricht des Arztes am Nachmittag war wie der Schlag einer eisernen Faust in ihre Magengrube gewesen, und Lavinia hatte keine Ahnung, wie es jetzt weitergehen sollte. Sie wusste, irgendwann musste sie ihrem Mann die Wahrheit gestehen. Seine Geduld war nach fünf Ehejahren, in denen sie nicht schwanger geworden war, erschöpft, und natürlich schloss er aus, die Schuld könne eventuell auch bei ihm liegen. In den letzten Monaten hatte Lavinia alles, was sie über Sterilität in die Hände bekam, gelesen und dabei überrascht festgestellt, dass in fünfzig Prozent der Fälle, wenn die Frau kein Kind empfing, der Mann zeugungsunfähig war. Meistens war das auf Krankheiten, wie zum Beispiel Mumps, im Kindes- oder Jugendalter zurückzuführen. Edward würde sich jedoch niemals untersuchen lassen. Das war jetzt auch nicht mehr nötig, denn Lavinia hatte ja die Gewissheit, dass die Schuld einzig bei ihr lag. Sie war unfruchtbar und damit eine nutzlos gewordene Frau. Wie lange konnte sie Edward noch hinhalten? Ein Jahr, vielleicht zwei? Länger gewiss nicht, denn Edward wurde auch nicht jünger, und sein Wunsch nach einem Sohn und Erben wurde von Tag zu Tag stärker.
Das Eintreten eines der Mädchen riss Lavinia aus ihren trüben Gedanken.
»Soll ich Ihnen das Abendessen hier servieren, Mylady?«, fragte das Mädchen und tat so, als würde es die geröteten und geschwollenen Augen ihrer Herrin nicht bemerken.
»Nein, ich habe keinen Hunger«, antwortete Lavinia.
»Mylord ist gerade angekommen«, fuhr das Mädchen fort. »Er hat bereits in seinem Club gegessen.«

Lavinia nickte und entließ das Mädchen. Sie stand auf, trat vor den Spiegel und straffte die Schultern. Mit ein paar geschickten Handgriffen steckte sie ihr Haar, das inzwischen getrocknet war, im Nacken zusammen und kniff sich zwei-, dreimal in die Wangen, um ihnen mehr Farbe zu verleihen. Sie musste Edward von ihrem *Unfall* erzählen. So loyal das Personal auch war, es war besser, er erfuhr es von ihr, anstatt von einem der Hausmädchen oder gar vom Butler, dass seine Frau völlig durchnässt und in Begleitung einer Fremden erst in den Abendstunden heimgekommen war. Bevor Lavinia hinuntergehen konnte, klopfte es auch schon an der Tür, und ihr Mann trat ein.
Edward Callington, der Viscount von Tredary, war ein großer, breitschultriger Mann. In jungen Jahren war er zweifelsohne attraktiv gewesen, jetzt jedoch war sein Körper aufgrund von Mangel an Bewegung und seiner Vorliebe für reichhaltiges Essen in die Breite gegangen. Eine Laune der Natur hatte Edward Callington mit rotblondem Haar und wässrig-blauen Augen ausgestattet, so dass Lavinia, wenn sie ihren Mann ansah, unwillkürlich an König Heinrich den Achten erinnert wurde. Auch er hatte sich vom attraktiven Jüngling in einen feisten Despoten verwandelt und zwei seiner Frauen verstoßen, weil sie ihm keine Söhne gebären konnten. Lavinia hatte viel über Anne Boleyn gelesen und fühlte sich dieser unglücklichen Königin sehr nahe, befand sie sich doch in einer ähnlichen Situation. Glücklicherweise wurden Frauen heute, wenn sie den Erwartungen ihrer Ehemänner nicht entsprachen, nicht mehr hingerichtet, doch das war für Lavinia nur ein geringer Trost.
»Meine Liebe, ich hörte, du hast heute ein schreckliches Erlebnis gehabt.« Edward trat zu Lavinia und küsste sie mit feuchten Lippen auf die Wange.
Die Dienstboten hatten also bereits getratscht, dachte Lavinia. Sie bemühte sich um ein unbefangenes Lächeln, als sie antwortete: »Ach, Edward, ich war etwas ungeschickt. Beim Spazier-

gang im Hyde Park glitt ich auf dem rutschigen Untergrund neben dem Teich aus und fiel ins Wasser. Obwohl es nicht tief ist, geriet ich vor Schreck in Panik. Glücklicherweise kam gerade eine junge Frau vorbei, die mir behilflich war. Ich habe sie eingeladen, hier ihre Sachen zu trocknen, das war das mindeste, was ich als Dank tun konnte.«

Tadelnd blickte Edward seine Frau an.

»Du musst besser aufpassen, Lavinia. Du hättest dir etwas brechen oder dich ernsthaft verletzen können. Wie kamst du bloß auf die Idee, bei diesem Nebel im Park spazieren zu gehen?«

Lavinia, die mit dieser Frage gerechnet hatte, lächelte unbekümmert.

»Mir war einfach nach frischer Luft, du weißt, wie gerne ich im Hyde Park bin. Der dichte Nebel zog auch erst auf, als ich bereits unterwegs war.« Sie stellte sich auf die Zehenspitzen und küsste Edward flüchtig auf die Lippen. »Danke, dass du so besorgt um mich bist. Ich verspreche, besser aufzupassen. Jetzt lass uns nicht mehr davon sprechen, es ist ja nichts geschehen.«

Edward nickte und meinte, er müsse im Arbeitszimmer noch einige Papiere durchsehen.

»Warte nicht auf mich, es wird später werden. Morgen Abend werden wir dann wieder zusammen speisen.«

Lavinia war froh, als Edward gegangen war und sie wieder allein sein konnte. Auf ihrem Landsitz in Cornwall hatten sie getrennte Schlafzimmer, doch das Londoner Stadthaus war etwas beengt, so dass sie sich ein Zimmer teilten. Sie hoffte, sie würde bereits fest schlafen, wenn Edward seine Arbeit beendet hatte und zu Bett ginge. Seine Berührungen waren für Lavinia eine einzige Qual. Von Beginn an hatte sie dieser Seite der Ehe nichts abgewinnen können, hatte jedoch ihre Pflicht erfüllt, ohne sich etwas anmerken zu lassen. In den letzten Monaten war aus Edwards nächtlichen Umarmungen jedoch jegliche Zärtlichkeit verschwunden. Der Akt der Vereinigung vollzog sich schnell und lieblos und diente lediglich dazu, sie zu schwängern. So gesehen wäre eine Trennung von Vorteil, dann musste Lavinia dies nicht mehr über sich ergehen lassen. Andererseits waren diese Augenblicke im Schlafzimmer zunehmend seltener geworden und rasch vorbei, während sie tagsüber ihr Leben genoss und sich nicht vorstellen mochte, dass sich dies eines Tages ändern könnte. Lavinia liebte schöne Kleider und Schmuck. Sie war eine gute und elegante Gastgeberin und bewegte sich geschickt und charmant in den höchsten Adelskreisen, in denen Geld keine Rolle spielte. Nie mehr wollte sie auf die Heerschar von Dienern verzichten, die ihr bei jedem Klingeln bereitwillig ihre Wünsche erfüllten. Im Haus ihrer Eltern hatte sie jahrelang jeden Penny dreimal umdrehen, ihre Kleider unauffällig flicken und auf Fleisch verzichten müssen, nur damit niemand merkte, wie es finanziell um die Familie stand. Der äußere Schein musste gewahrt bleiben, denn nur so war es möglich, für Lavinia einen vermögenden Ehemann zu bekommen. Wie oft hatte sie in den Wintermonaten gefroren, weil kein Geld für Holz und Kohle vorhanden war, aber das Hausmädchen und die Köchin mussten bezahlt werden. Für Lavinias Mutter war es undenkbar gewesen, im Haushalt selbst Hand anzulegen – was hätten da wohl ihre Nachbarn und Bekannten gedacht, wenn sie kein Personal gehabt hätten?

Nein, in Armut wollte sie nie wieder leben! Lavinia schüttelte so heftig den Kopf, dass sich einzelne Haarsträhnen aus ihrem Dutt lösten. Es würde, es musste eine andere Lösung geben, damit sie Edward ein Kind schenken und somit ihren Status in der Gesellschaft wahren konnte.

»Na endlich! Spinnst du eigentlich, erst jetzt nach Hause zu kommen?« Wie eine Furie fuhr die ältere Frau auf Susan los, als diese den dunklen, muffigen Flur des vierstöckigen Mietshauses betrat. »Seit Stunden schreit sich dein Sohn die Seele aus dem Leib.«

»Es tut mir leid.« Zerknirscht blickte Susan ihre Nachbarin Mary an. »Lilo wollte auf ihn aufpassen …«
»Das hat sie auch«, unterbrach Mary scharf. »Aber das Mädchen hat Arbeit, sie musste pünktlich los. Ich habe Jimmys Weinen bis hier unten gehört und ihn zu mir genommen. Du bist eine Rabenmutter, Susan Hexton! Treibst dich herum, während dein eigenes Kind hungert.« Mit zusammengekniffenen Augen kam sie näher und musterte Susan von oben bis unten. »Hast ein neues Kleid, hä? Wohl von einem deiner Liebhaber, mit dem du dich im Bett gewälzt hast.«
»Ich habe weder einen Liebhaber, noch habe ich mich herumgetrieben.« Trotzig verschränkte Susan die Arme vor der Brust und funkelte Mary wütend an. Am liebsten hätte sie der Frau, die grundsätzlich allen Bewohnern des Hauses hinterherspionierte und sich als Moralapostel aufspielte, einmal richtig die Meinung gesagt. Mary Scott war aber nicht nur die Älteste im Haus, sondern sie fungierte als eine Art Hauswart und stand mit dem Vermieter auf gutem Fuß. Es sich mit Mary zu verderben, hieße, sich gleich eine neue Unterkunft suchen zu müssen.
»Ich war auf dem Weg von der Arbeit nach Hause, als ich einen kleinen Unfall hatte.« Susan hasste es, sich Mary gegenüber rechtfertigen zu müssen, sie hatte jedoch keine andere Wahl. »Dabei wurde ich nass, und die Dame, die ebenfalls in den Unfall verwickelt war, nahm mich mit zu sich nach Hause und gab mir dieses Kleid.«
»Aha.« Susan sah Mary Scott an, dass sie ihr kein Wort glaubte. »Nun denn, jetzt bist du ja hier. Kannst deinen Sohn mit nach oben nehmen, ich habe ihm etwas Haferbrei gegeben, und seit einer halben Stunde schläft er.«
Mary trat zur Seite, und Susan ging in Marys Wohnung. Obwohl sie allein lebte, bewohnte sie zwei Zimmer, die zudem weder feucht noch schimmlig waren. Welch ein Luxus, dachte Susan und seufzte verhalten. Sie wusste, dass Mary, die alles andere

als attraktiv war, regelmäßig das Bett ihres Vermieters teilte. Bei dem Gedanken daran lief Susan ein eiskalter Schauer über den Rücken, und sie verdrängte die Erinnerung an den feisten Hausbesitzer und sein schmieriges Lächeln. Schnell hob sie ihren Sohn von dem durchgesessenen Sofa und drückte ihr Gesicht in sein weiches Haar. Jimmy erwachte nicht, während Susan zur Treppe ging. Sie war schon auf dem ersten Absatz, als Mary ihr nachrief: »Übrigens, da war heute Nachmittag so ein Kerl da, der dich sprechen wollte. Übler Bursche, sage ich, ich hoffe nicht, dass der dein neuer Freund ist. In diesem Haus wird kein Gesindel geduldet.«

Susan runzelte die Stirn.

»Ich habe keine Ahnung, wer das sein könnte, Mary. Hat er gesagt, wie er heißt?«

»Nee, aber er war ziemlich sauer, als ich sagte, dass du erst heute Abend zu Hause bist. Er wollte dann noch mal vorbeikommen.« Mary Scotts Blick sah man an, dass sie gespannt darauf wartete, Susan würde ihr sagen, wer der Mann war und was er von ihr wollte. Susan jedoch dachte nicht daran. Zum einen, weil es Mary nichts anging, zum anderen hatte sie wirklich keine Ahnung, wer der Mann gewesen sein könnte. Seit sie mit Jimmy nach Lambeth gezogen war, hatte sie kaum Bekannte, mit denen sie mehr als ein paar unverbindliche Worte während des Einkaufens wechselte. Außer der Nachbarin Lilo, die tagsüber Jimmy hütete, wenn Susan arbeitete, hatte sie auch keine Freundin oder sonst einen Menschen, der über ihre Vergangenheit Bescheid wusste. Das sollte auch so bleiben. An einem Mann hatte Susan kein Interesse, obwohl es ihr an Angeboten nicht mangelte, wenn sie es darauf anlegen würde, aber es stimmte, was sie Lady Lavinia gesagt hatte: Sie war verheiratet, auch wenn Susan mit ihrer Ehe abgeschlossen hatte. Paul Hexton saß seit über einem Jahr im Gefängnis und würde dort noch lange Zeit bleiben. Als sie vor sechs Jahren Paul kennenlernte, hatte sie sich sofort in

den zehn Jahre älteren Mann verliebt. Damals war sie sechzehn gewesen und schuftete, ebenso wie ihre Mutter, bereits seit vielen Jahren auf dem Fischmarkt von Billingsgate, dem lautesten und unflätigsten Markt Londons. So etwas wie Elternliebe hatte Susan nie kennengelernt. Sobald sie laufen konnte, musste sie in den Fischhallen mitarbeiten, und heftige Schläge, wenn sie zu langsam war oder etwas fallen ließ, waren an der Tagesordnung. Ihre Eltern setzten so gut wie jeden Penny sofort in Gin um, daher war meist Schmalhans Küchenmeister. Wenn Susan nicht immer wieder die Abfalltonnen nach etwas Essbarem durchstöbert hätte, wären sie und ihr vier Jahre älterer Bruder wohl verhungert. Dann hatte sich ihr Vater totgesoffen, und ihre Mutter verfiel auch immer mehr dem Alkohol. An manchen Tagen war sie derart betrunken, dass sie nicht arbeiten konnte, und Susan musste sehen, dass sie genug verdiente, um die Mutter mit durchzufüttern. Auf ihren Bruder konnte sie ebenfalls nicht zählen, denn der trieb sich meistens irgendwo herum, und Susan vermutete, dass er sich sein Essen nicht gerade auf legale Weise besorgte. Eines Tages war er dann einfach verschwunden. Lediglich ein schmieriger Zettel lag eines Morgens auf dem Tisch: *Fare zur Se. Bis amerika und dan weider. Weis nich, wan ich zurük bin,* hatte er in seiner krakeligen Schrift mitgeteilt.
Seitdem hatte Susan nichts mehr von ihrem Bruder gehört und schloss nicht aus, dass er tot war oder sich irgendwo auf der Welt ein neues Leben aufgebaut hatte. Zufällig lernte Susan Paul auf der Straße kennen. Nach ein paar belanglosen Worten lud er sie in ein Wirtshaus ein, und noch am selben Abend ließ sie sich von ihm küssen. Paul, der Sohn eines Sargtischlers, ging keiner geregelten Arbeit nach, schien aber immer Geld in der Tasche zu haben. Er führte Susan in Lokale, die sie sonst nur ehrfurchtsvoll von außen betrachtet hatte, und schenkte ihr Kleider und bunte Bänder, von denen Susan nur träumen konnte. Als sie nach sechs Monaten schwanger wurde, heirateten sie. Ihre Mutter erhob

keine Einwände. Obwohl Susan noch keine siebzehn war, war sie doch froh, eine unnütze Esserin aus dem Haus zu haben, zumal sie meistens so sehr betrunken war, dass sie ohnehin nicht mehr viel von ihrer Umgebung mitbekam. Am Anfang ihrer Ehe hatte Susan noch ein paar Mal ihre Mutter besucht, dann jedoch konnte sie nicht mehr mit ansehen, wie sich die Frau ebenso zu Tode trank wie ihr Vater. Sie sah auch nicht ein, die Mutter finanziell zu unterstützen, denn die hätte ohnehin jeden Penny für Gin ausgegeben. So prunkvoll das Leben zur Jahrtausendwende im viktorianischen England war – dies galt nur, wenn man reich oder von Adel war. Gehörte man nicht zu diesem privilegierten Kreis, fristete man ein Dasein am Existenzminimum. Für Gefühle war hier kein Platz, denn jeder aus der Arbeiterklasse kämpfte für sich allein ums Überleben.

Paul und sie waren kaum verheiratet, als Susan herausfand, womit ihr Mann sein Geld *verdiente*. Zumeist waren es nur geringfügige Straftaten wie Einbruch oder Raub, später war er aber auch an Hehlerei und Schmuggel beteiligt. Trotzdem liebte Susan ihn, außerdem war sie schwanger. Ihr Kind, ein Mädchen, durfte jedoch nur wenige Wochen leben. Durchfälle und Fieber – Krankheitssymptome, die in ihrem Umfeld häufig auftraten – brachten das Kind in ein frühes Grab. Heute fragte sich Susan, warum sie Paul damals nicht verlassen hatte. Wahrscheinlich war es eine Art Sicherheitsdenken, denn finanziell ging es ihnen einigermaßen gut. Susan hatte einfach die Augen vor Pauls Charakter verschlossen, insgeheim sogar gehofft, er würde sich eines Tages ändern. Als sie vor über zwei Jahren Jimmy gebar, zeigte sich Paul tatsächlich als liebevoller Vater. Leider hatte er da schon angefangen, mehr zu trinken, als ihm guttat. Alkoholmissbrauch war in ihren Kreisen an der Tagesordnung, nur Susan hielt sich von diesem Teufelszeug fern. Jimmy brauchte sie, und keinesfalls wollte sie ihrem Sohn eine ständig betrunkene Mutter sein, wie ihre eigene es gewesen war. Bei einem Einbruch war Paul, betrunken und dadurch unachtsam, vom Hausherrn überrascht worden. Anstatt zu fliehen, hatte Paul einen Hammer genommen und wie ein Irrer auf den Mann eingeschlagen. Durch dessen Schreie aufgeschreckt, gelang es Nachbarn, Paul dingfest zu machen. Es war Pauls Glück, dass der Mann den Überfall zwar schwer verletzt, jedoch ohne bleibende Schäden, überlebte. In einem kurzen Verfahren wurde Paul zu vier Jahren Zuchthaus in Wandsworth verurteilt, und plötzlich stand Susan mit ihrem Sohn allein da.

Sie verließ ihre Wohnung, kratzte ihre letzten Pennys zusammen und zog in das kleine Zimmer hier in Lambeth, das zwar schäbig, aber billig war. Zwei Wochen lief sie auf der Suche nach Arbeit durch London, bis sie schließlich die Stelle bei dem Fleischer in Smithfield bekam. Susan hatte sich mit ihrem Leben arrangiert. Sie glaubte nicht, Paul jemals wiederzusehen. Vier Jahre waren eine lange Zeit, und davon war erst ein Jahr vergangen, in dem sie Paul kein einziges Mal besucht hatte. Sie hatte nicht vor, in drei Jahren immer noch dieses karge Dasein zu fristen, auch wenn Susan jetzt noch nicht wusste, was sie tun konnte, um ihr Leben und das ihres Sohnes zu ändern.

Der kleine Jimmy grummelte ein wenig, während Susan ihn auszog und in das Bett legte. Ein Kinderbett besaß sie nicht, so hielt sie Jimmy jede Nacht in ihrem Arm. Der Junge wuchs jedoch – wie es Susan schien – rasend schnell. In ein, zwei Jahren würde das Bett für sie beide zu eng werden. Nachdem Jimmy fest eingeschlafen war, setzte Susan den Wasserkessel auf. Sie hatte keinen Hunger, aber eine Tasse Tee würde ihr jetzt guttun. Das Erlebnis mit Lavinia Callington erschien ihr wie ein Traum, so unwirklich waren die letzten Stunden gewesen. Susan konnte nicht fassen, wie man sich das Leben nehmen wollte, nur weil man keine Kinder bekommen konnte. Selbst wenn es für die Lady die Scheidung bedeutete – für eine Frau ihrer Gesellschaftsschicht gab es immer Möglichkeiten. Dass die Frau allerdings nicht ganz richtig im Kopf war, zeigte ihr Angebot, Susan ihr ungeborenes Kind abzukaufen. Susan lächelte bitter, während sie das kochende Wasser in die abgeschlagene Teekanne, an der der Henkel fehlte, goss. Das Kind in ihrem Bauch war kein Produkt der Liebe so wie Jimmy. Auch wenn sie wünschte, Paul nie wiederzusehen, ihren gemeinsamen Sohn liebte sie sehr. Dem neuen Leben hingegen, das in ihrem Körper entstand, konnte sie keinerlei zärtliche Gefühle entgegenbringen. Sie hatte sich mit diesem Mann nur eingelassen, damit Jimmy und sie nicht das Dach über dem Kopf verloren. Bei der Erinnerung an die Stunde, in der der schmierige Vermieter ihren Körper besessen hatte, wurde Susan übel, und sie schob die Teekanne zur Seite. Weil sie die Miete für dieses Loch hier nicht hatte aufbringen können, hatte sie sich wie eine Hafendirne prostituiert. Wäre es nur um sie gegangen, hätte sie dem Hausbesitzer in sein feistes Gesicht geschlagen und ihn stehenlassen, als er ihr das Angebot machte. Susan hatte jedoch an ihren Sohn gedacht und die Sache über sich ergehen lassen. Zwei Monatsmieten war der Sex mit ihr ihm wert gewesen. Zwei Monate, in denen es Susan gelungen war, genügend Geld zu verdienen, um die kommenden Monate zu bezahlen. Seitdem hatte er sie in Ruhe gelassen, und Susan hoffte, nie wieder zu einem solchen Mittel greifen zu müssen. Die eine Stunde war jedoch nicht ohne Folgen geblieben, denn jetzt trug sie das Kind dieses Erpressers unter ihrem Herzen. Sie wusste, in der Stadt gab es Frauen, die sie von dieser Last befreien konnten, doch diese Weiber kosteten Geld, das Susan nicht hatte. Außerdem erinnerte sie sich an eine frühere Nachbarin ihrer Mutter, die ihr Kind auf diesem Weg zwar loswurde, binnen dreier Tage aber selbst unter großen Qualen verblutete. Nein, sie würde dieses Kind bekommen und es eines Tages vielleicht auch lieben können. Es würde sich irgendwie alles finden, so, wie sich in Susans Leben bisher immer alles geregelt hatte.

Susan zuckte zusammen, als es plötzlich an der Tür klopfte. Sie öffnete nur einen Spalt und sah den Mann skeptisch an, denn sie hatte ihn nie zuvor gesehen.
»Was wollen Sie?« Ihr Ton ließ keinen Zweifel daran, dass Susan über die Störung wenig erfreut war.
Der Fremde zog seine Lippen hoch, es sollte wohl ein Lächeln sein, und entblößte ein lückenhaftes Gebiss und schwarze Zahnstummel.
»Sind Sie Susan? Susan Hexton?«
»Wer will das wissen?« Susan war nicht gewillt, die Tür weiter zu öffnen. »Was wollen Sie?«
Nun grinste er, aber es sah mehr verschlagen als freundlich aus. »Wenn Sie Susan sind, dann habe ich schöne Grüße von Paul zu bestellen.« Er sah das Erschrecken in Susans Augen. »Sie wissen doch noch, wer Paul ist, oder? Ihr Ehemann.«
»Kommen Sie rein.« Widerwillig trat Susan zur Seite. Es war nicht nötig, dass das ganze Haus ihn hörte. Wenn der Mann etwas von Paul wusste, dann war es auf keinen Fall etwas Gutes. Die Arme abwehrend vor der Brust verschränkt, blieb Susan mit dem Rücken zur Tür stehen, nachdem sie diese wieder geschlossen hatte. »Was ist mit Paul?«
Der Mann sah sich kurz in dem Zimmer um und ließ sich dann unaufgefordert auf den einzigen Stuhl fallen.
»Haben Sie was zu trinken da?«, fragte er ungeniert und leckte sich die Lippen.
»Nur Tee, ich trinke keinen Alkohol«, gab Susan harsch zurück. »Also los, wer sind Sie, und was wollen Sie von mir?«
»Ich bin Bob, man nennt mich auch Longfinger Bob, und ich hatte das Vergnügen, mit Paul eine Zelle in Wandsworth zu teilen.«
Über diese Eröffnung war Susan nicht sonderlich überrascht. Der Mann hatte auf sie gleich einen zweifelhaften Eindruck gemacht.
»Wie geht es Paul?«, fragte sie pflichtschuldig, obwohl es Susan nicht interessierte.

»Oh, sehr gut.« Bob lachte laut und klatschte sich auf die Schenkel. »In vier Wochen wird es ihm noch besser gehen, denn dann kommt er raus.«
Scheppernd fiel der blecherne Becher, in den sich Susan gerade Tee einschenken wollte, zu Boden.
»Wie kann das sein? Er hat vier Jahre gekriegt, und eines ist erst vorbei.«
»Wandsworth ist völlig überfüllt. Täglich werden Mörder und andere Schwerverbrecher eingeliefert. Deshalb schmeißen die gerade alles raus, was sich einigermaßen gut benimmt. Paul ist ein sogenannter Mustergefangener. Ich hätte eigentlich auch noch drei Jahre vor mir gehabt, aber jetzt bin ich draußen. Was für ein Glück, dass die Deportationen nach Australien seit Jahrzehnten eingestellt worden sind, dann wären wir nämlich fällig gewesen.«
»Die Nachricht überrascht mich«, gab Susan zu und versuchte, ihre zitternden Hände vor Bob zu verbergen. »Ich wusste nicht, dass einem Gefangenen so viele Jahre einfach geschenkt werden.«
»Tja, der alte Paul und ich haben Glück gehabt.« Bob kniff die Augen zusammen und musterte zuerst Susan von oben bis unten, dann blickte er zum Bett auf den schlafenden Jimmy, der von nichts etwas mitbekommen hatte. »Mein Kumpel hat mich beauftragt, bei seiner Familie nach dem Rechten zu schauen. Schließlich will er bald in die Arme seiner liebenden Ehefrau zurückkehren. War gar nicht so einfach, Sie zu finden, denn Paul gab mir Ihre alte Adresse, doch da sind Sie einfach abgehauen.«
»Wir mussten von dort wegziehen«, gab Susan ausweichend zur Antwort. »Sie haben uns ja nun gefunden und mir ausgerichtet, was ich wissen muss.« Susan wandte sich zur Tür und hoffte, Bob würde den Wink verstehen und gehen.
Er stand tatsächlich auf, trat aber so dicht vor Susan, dass sie seinen abgestandenen Atem riechen konnte. Bob senkte seine

Stimme, als er sagte: »Paul lässt Sie schön grüßen, und er hofft, Sie haben nicht vergessen, mit wem Sie verheiratet sind. Er würde sehr böse werden, wenn inzwischen ein anderer Mann seinen Platz eingenommen hätte. Sehr, sehr böse sogar, darum hat er mich gebeten, bei Ihnen mal nach dem Rechten zu schauen und Sie daran zu erinnern, dass er bald wieder bei seiner Frau sein wird …«

Susan atmete heftig, ihre Augenlider zuckten, trotzdem gelang es ihr, relativ ruhig und bestimmt zu antworten: »Das ist eine Sache, die nur Paul und mich etwas angeht. Wenn Sie jetzt bitte gehen würden?«

Bob tippte kurz an seine schmuddelige Kappe, dann war er verschwunden. Plötzlich gaben Susans Knie nach. Sie sank auf den Fußboden und schlug die Hände vors Gesicht. Ihr Körper zuckte vor Aufregung. So schnell wurde sie von ihrer Vergangenheit eingeholt. Noch vor einer Stunde hatte sie an Paul gedacht und gehofft, ihn niemals wiederzusehen. Am liebsten wäre sie sofort zum Gefängnis gelaufen und hätte die Verantwortlichen zur Rede gestellt, die Schwerverbrecher vor Ablauf ihrer Strafe einfach freiließen. Susan wusste jedoch, dass das sinnlos war. Ein Jahr für einen Raubüberfall mit Körperverletzung! Das war doch ein Witz! Susan zweifelte nicht im mindesten daran, dass Paul sein kriminelles Leben wieder aufnahm, sobald sich das Gefängnistor hinter ihm geschlossen hatte. Sie wollte aber nicht länger mit einem Verbrecher ihr Leben teilen. Das war jedoch nicht das Schlimmste. Susan stöhnte laut und richtete sich langsam auf. Unwillkürlich presste sie eine Hand auf ihren Bauch. In vier Wochen würde sie ihre Schwangerschaft nicht mehr verbergen können. Paul war zwar nie in eine Schule gegangen, aber er war nicht dumm und würde sofort wissen, dass Susan mit einem anderen Mann das Bett geteilt hatte. Sie kannte Paul gut genug, um zu wissen, dass er ihr das niemals verzeihen würde, auch nicht, wenn sie ihm erklärte, dass sie keine andere Wahl gehabt hatte. Noch heute brannten in Susans Gesicht die Stellen, als Paul sie geschlagen hatte, nur weil sie sich auf dem Markt einmal etwas länger als nötig mit einem Gemüsehändler unterhalten hatte. Paul sah sie und Jimmy als sein Eigentum an. Einen Besitz, den niemand ihm streitig machen durfte. Er würde sie erneut schlagen, wenn nicht sogar umbringen, wenn er von dem Kind erfuhr.

»Was soll ich jetzt bloß tun? O Gott, was soll ich nur tun?« Susan kniete sich ans Bett und nahm Jimmy in die Arme. Der Junge erwachte und sah seine Mutter aus großen Augen, die die Augen Pauls waren, an.

»Mami …«

»Schscht, mein Junge«, flüsterte Susan und küsste Jimmy auf die Stirn. »Es ist alles in Ordnung. Schlaf ruhig weiter.«

Die ganze Nacht über saß Susan neben dem Bett und starrte in die Dunkelheit. Sie besaß noch ein wenig Geld, vielleicht sollte sie doch den Weg zu einer Engelmacherin wagen? Es musste nicht immer schiefgehen, sie durfte dieses Kind jedoch auf keinen Fall bekommen. Es musste verschwinden, bevor Paul entlassen wurde. Es gab keinen anderen Ausweg, denn Paul würde sie finden, und sie musste zu ihrem Ehemann zurückkehren.

Es kostete Susan vier Tage und ein vorsichtiges Herumfragen in den Läden und in den Straßenschluchten von Smithfield, wo ebenfalls eine arme Bevölkerung lebte, um an eine Adresse zu kommen, wo Frauen in ihrer Situation geholfen wurde. Noch auf dem Weg nach Southwark in eine der schmutzigsten und verwahrlosesten Gegenden Londons war Susan drauf und dran, umzukehren und sich ihren kommenden Problemen zu stellen. Dann jedoch stand sie vor dem hohen, schmalen Haus mit dem abblätternden Verputz und den schmutzigen Fensterscheiben. Wie von selbst klopfte ihre Hand an die Tür. Sie musste nicht lange warten, bis schlurfende Schritte erklangen und die Tür ge-

öffnet wurde. Ein altes, fast zahnloses Weib mit grauen, strähnigen Haaren musterte sie skeptisch von oben bis unten.
»Haste einen Termin?«
Susan schüttelte den Kopf. Es störte sie nicht, dass die Alte sie einfach duzte.
»Man sagte mir, Sie können mir helfen.«
Ein höhnisches Grinsen huschte über das faltige Gesicht der Frau.
»Komm rein, ich hoffe, du hast Geld.«
Susans Finger schlossen sich fester um den Beutel mit Münzen, den sie in ihrer Rocktasche trug. Es war alles, was sie besaß, und sie und Jimmy würden die nächsten Wochen nur von Wasser und Brot leben müssen. Susan war jedoch fest entschlossen, die Alte erst nach getaner und erfolgreicher Arbeit zu entlohnen, darum zog sie den Beutel nicht heraus.
»Es ist nicht viel, aber mehr habe ich nicht«, sagte sie und schauderte, denn in dem Zimmer, in das sie der Engelmacherin folgte, war es kalt. Kein Feuer brannte im Kamin, und es roch äußerst unangenehm nach Schmutz und auch nach getrocknetem Blut. An der linken Seite stand ein eisernes Bettgestell, und mit einem Blick erkannte Susan rostbraune Flecken auf der gräulichen Wäsche. Susan schluckte, ein Ekelgefühl stieg ihr in die Kehle. Am liebsten hätte sie auf der Stelle kehrtgemacht und wäre geflohen, aber sie hatte keine andere Wahl.
Die Alte musterte sie erneut, forderte sie auf, sich auszuziehen und auf das Bett zu legen.
»Hast dir einen Braten in der Röhre andrehen lassen, und jetzt ist der Vater wohl über alle Berge, hä?« Sie lachte gackernd. »Dabei bist doch gar nicht mehr so jung. Normalerweise passiert das nur jungen Dingern, und dann ist die Jammerei groß.«
»Ich bin verheiratet.« Susan wusste nicht, warum sie der Alten das sagte, sie hatte jedoch das Gefühl, sich verteidigen zu müssen. »Wir können uns nur kein weiteres Kind leisten«, fügte sie hinzu.

Die Alte zuckte mit den Schultern und murmelte: »Soll nicht meine Sache sein.«
Als Susan nur noch im Unterkleid vor der Frau stand, kniff diese die Augen zusammen. Mit einem routinierten Griff zog sie Susan das Hemd nach oben und legte eine Hand auf deren Bauch.
»Das ist zu spät.«
»Wie meinen Sie das?«, fragte Susan.
»Nun, du bist schon im fünften Monat. Unter dem Kleid ist kaum etwas zu sehen, aber ich fühle es ganz deutlich. Mädchen, da ist nichts mehr zu machen.«
Ein eisiger Schreck durchfuhr Susan. Sie umklammerte das Handgelenk der Alten und flehte: »Sie müssen mir aber helfen! Ich kann dieses Kind nicht bekommen, es darf einfach nicht sein. Ich bezahle auch jeden Preis … in Raten, wenn es geht.«
Für einen Moment flackerte ein Funken von Mitleid in den Augen der Engelmacherin, als sie erkannte, wie verzweifelt Susan war. Ihre Stimme klang jedoch kalt und hart, als sie sagte: »Das hättest du dir früher überlegen müssen, Mädchen. Wenn ich es versuchen würde, könnte das dein Leben kosten. Ich mache es nicht um jeden Preis, denn ich will niemanden umbringen. Tja, es wird dir nichts anderes übrigbleiben, als das Kind zu bekommen.«
Wie betäubt zog Susan sich wieder an. Obwohl sich alles in ihr gewehrt hatte, war sie furchtbar enttäuscht, dass die Frau das Kind nicht abtreiben wollte. Susan wusste nicht, ob sie noch mal den Mut aufbringen könnte, eine andere Frau aufzusuchen, die ihr dann wahrscheinlich dasselbe sagen würde.
An der Tür hielt die Alte die Hand auf.
»Kostet `nen halben Penny.«
»Wofür?«, fauchte Susan wütend, aber die Alte blieb eisern.
»Hab dich schließlich untersucht und meine Zeit verschwendet.«
Zähneknirschend entnahm Susan dem Beutel einen Halfpenny und gab die Münze der Alten. Beim Fortgehen hörte sie, wie sie

ihr nachrief: »Kannst dein Kind immer noch in einer Kirche oder vor einem Waisenhaus ablegen, wenn es da ist und du es nicht haben willst. Das machen viele …«
Susan hielt sich die Ohren zu, um nichts mehr zu hören. In gut drei Wochen kam Paul nach Hause, und sie musste bis dahin eine Lösung finden. Sie musste einfach!

Eine Woche später wurde Susan von Lärm und lautem Schreien geweckt. Als sie die Augen öffnete, erhellte ein rötlicher Schein das Zimmer, obwohl es mitten in der Nacht war. Mit einem Satz war sie aus dem Bett, zog den Stuhl unter das Dachfenster und stieg hinauf, um hinausschauen zu können. Was sie erblickte, ließ ihr den Atem stocken. Das Nebenhaus – ein altes, vierstöckiges Mietshaus, dem ihren nicht unähnlich – brannte lichterloh. Die Flammen hatten sich über die unteren zwei Etagen ausgebreitet, der Rauch hüllte es bis zum Dach ein. Dennoch erkannte Susan durch den Qualm, dass in den oberen Stockwerken Menschen an den Fenstern hingen und um Hilfe schrien. Sie warf sich schnell ihr Kleid über, steckte alles Geld, das sie hatte, in die Tasche, dann weckte sie Jimmy, zog ihn ebenfalls an und verließ mit ihrem Sohn das Zimmer. Auf dem Flur drängten sich die anderen Mieter auf der Treppe nach unten. Jeder dachte dasselbe wie Susan: Die Flammen könnten auf ihr Haus übergreifen, darum war es wichtig, so schnell wie möglich nach draußen zu kommen. In ihren Armen begann Jimmy zu weinen, aber darauf konnte Susan jetzt keine Rücksicht nehmen. Auf der Straße schlug ihr eine unvorstellbare Hitze entgegen, und der Rauch erschwerte das Atmen. Susan hustete, presste eine Hand auf Jimmys Mund und drängte sich durch die Menschenmenge, von dem brennenden Haus so weit fort wie möglich. Endlich waren die Signalhörner der Feuerwehrwägen zu hören, doch als der Löschzug eintraf, erkannte nicht nur Susan, dass es für die eingeschlossenen Menschen keine Rettung mehr gab. Erschöpft ließ sie sich mit Jimmy am Straßenrand nieder und hoffte, die Feuerwehr würde ein Übergreifen der Flammen auf die benachbarten Häuser verhindern. Hunderte von Leuten liefen aufgeregt umher. Immer wieder drangen Satzfetzen an Susans Ohr.

»Binnen weniger Minuten hat alles gebrannt …«, »Muss wohl unten passiert sein …«, »Sind so viele noch drinnen, besonders oben …«

»Die armen Menschen und auch die Kinder …«

Es dauerte bis zum Morgengrauen, als endlich die letzten Flammen gelöscht waren. Nach wie vor drang Qualm aus den Mauerresten des einst großen Mietshauses. Da die Gefahr für ihr Haus gebannt war, kehrte Susan in ihr Zimmer zurück. Jimmy war in ihren Armen eingeschlafen, doch jetzt wachte er auf und hatte Hunger. Susan bereitete ihm einen dünnen Haferbrei zu, sie selbst konnte nichts essen, ihr Magen war wie zugeschnürt. Obwohl das Dachfenster geschlossen war, roch es überall so stark nach Rauch, als hätte es auch in ihrem Zimmer gebrannt. Es würde Tage dauern, bis dieser Geruch abgezogen war, und Susan musste alle ihre Sachen waschen. Mary Scott, die neugierige Nachbarin, drängte sich ins Zimmer.

»Was für eine Nacht. Zum Glück hat es unser Haus nicht erwischt.«

Susan nickte. »Wissen Sie, ob drüben viele Menschen gestorben sind? Ich habe einige an den oberen Fenstern gesehen.«

Mary hob mit einer bedauernden Geste die Hände. »Die Feuerwehr kann noch nichts sagen, aber es scheint, dass es nicht alle geschafft haben. Hab vorhin gehört, wie jemand gesagt hat, es wären acht Kinder im vierten Stock eingeschlossen gewesen.«

Susan wurde es eng in der Brust. Sie wusste nicht, warum das Feuer ausgebrochen war, aber es hätte ebenso ihr Haus erwischen können. Sie und Jimmy wohnten im vierten Stock, und es gab nur eine Treppe nach unten. Und diese war aus Holz …

»Möge Gott ihren Seelen gnädig sein«, murmelte sie, obwohl sie sonst nicht gläubig war und seit Jahren keine Kirche mehr betreten hatte. Menschen aus ihrer Gesellschaftsschicht glaubten nicht an Gott, der sie offenbar vergessen hatte und sich nur um die Reichen kümmerte.

»Ist das nicht schrecklich?« Lilo Jones, die Nachbarin, die tagsüber, wenn Susan arbeitete, nach Jimmy sah, drängte sich hinter Mary ins Zimmer. »Als ich die Bar verließ, sah ich den Feuerschein. Ich rannte, so schnell ich konnte, denn ich hatte schreckliche Angst, dass es hier brennt. Zum Glück war es das Nachbarhaus.«

»Wollt ihr eine Tasse Tee?«, fragte Susan, obwohl sie sonst kaum etwas mit den Nachbarn teilte. Dazu hatte in diesem Haus jeder zu wenig, aber jetzt war sie froh, nicht allein zu sein. Sogar die Anwesenheit von Mary Scott störte sie nicht, so sehr war Susan von den Ereignissen der Nacht aufgewühlt.

Mary und Lilo nahmen die Einladung dankend an. Während Susan Wasser aufstellte, streichelte Lilo Jimmys Haar.

»Es wäre schrecklich, wenn deinem Jungen etwas passiert wäre«, sagte sie leise. »Er ist ein solch goldiges Kind.«

Susan nickte nur stumm. Sie wusste, Lilo würde nie ein eigenes Kind bekommen, denn sie hatte vor ein paar Jahren einen Unfall gehabt, bei dem sich ein spitzer Zweig in ihren Unterbauch gebohrt hatte. Unter großen Mühen war es den Ärzten gelungen, Lilos Leben zu retten, ihre Gebärmutter war dabei jedoch so sehr verletzt worden, dass sie niemals ein Kind würde austragen können. Lilos Verlobter hatte sich daraufhin von ihr getrennt, da er auf jeden Fall eigene Kinder wollte. Jetzt war Lilo Mitte dreißig und hatte die Hoffnung, heiraten zu können, aufgegeben. Susan dachte, dass sie eine wunderbare Mutter gewesen wäre, so liebevoll, wie sie mit Jimmy umging. Der Junge mochte Tante Lilo ebenso sehr, und so konnte Susan beruhigt ihrer Arbeit nachgehen. Nur dass Lilo in einer Bar arbeitete und sich am Abend nicht um Jimmy kümmern konnte, machte Susan manchmal Probleme. So wie in der vergangenen Woche, als der Junge bei Mary hatte warten müssen. Susan überließ Mary ihren Sohn nur ungern, während sie sich keine Sorgen machte, wenn Jimmy bei Lilo war.

Plötzlich schoss eine Idee durch Susans Kopf, die ihr ganz spontan gekommen war. Sie schüttelte den Kopf, als könne sie diesen unsinnigen Gedanken daraus verbannen, aber er hatte sich bereits festgesetzt.

»Lilo, musst du jetzt schlafen, oder kannst du ein oder zwei Stunden auf Jimmy aufpassen?«, fragte Susan.

Lilo lachte. »Ich bin zwar müde, aber deinen Kleinen nehme ich mit großer Freude. Nachher musst du ohnehin zur Arbeit, nicht wahr?«

An ihre Arbeit in der Fleischerei hatte Susan gar nicht mehr gedacht, aber es war auch gleichgültig, wenn sie heute dort nicht erschien. Wenn ihr Plan funktionierte, würde sie niemals wieder zu Carter gehen und Schweinehälften zerteilen. Sie stand auf, nahm ihren Mantel und ging zur Tür. Susan schaute nicht zurück, als sie sagte: »Danke, Lilo, und gib auf Jimmy bitte gut acht.«

Dann lief sie schnell aus dem Haus, bevor sie es sich anders überlegte. Susan wusste, wenn sie noch einen Blick auf ihren Sohn geworfen hätte, dann hätte sie ihr Vorhaben niemals in die Tat umgesetzt. Ihr Plan war jedoch die einzige Chance, ihr Leben nachhaltig zum Besseren zu verändern.

3. Kapitel

»Was wollen Sie hier an der Vordertür?« Missbilligend rümpfte Monkton die Nase, als er Susan in ihrem mit Ruß beschmutzten Kleid vor dem Portal stehen sah, nachdem er die Tür geöffnet hatte. »Lieferanten und Dienstboten haben den Eingang im Souterrain zu benutzen.«

Susan ließ sich durch das arrogante Verhalten des hageren Butlers nicht aus der Ruhe bringen und sagte bestimmt: »Ich habe weder etwas zu liefern, noch suche ich eine Stellung, sondern ich komme in einer wichtigen, geschäftlichen Angelegenheit. Melden Sie mich bitte Lady Lavinia. Ich muss sie unbedingt sprechen.«

»Um diese Uhrzeit schläft Mylady noch«, gab der Butler hochnäsig zurück. In seinem Gesicht war zu lesen, dass er sich fragte, was Susan für Geschäfte mit seiner Herrschaft zu tätigen hätte. »Kommen Sie in zwei oder drei Stunden wieder, dann melden Sie sich aber am Dienstboteneingang.«

Monkton wollte Susan die Tür vor der Nase schließen, aber blitzschnell schob sie ihren Fuß in den Spalt.

»Ich bestehe darauf, dass Sie Lady Lavinia wecken. Es ist von außerordentlicher Dringlichkeit, dass ich sie auf der Stelle spreche.«

Susans Gesichtsausdruck war so entschlossen, dass Monkton zögerte. Er hatte in Susan sofort die Frau wiedererkannt, die vor rund einer Woche Mylady aus dem Wasser gerettet hatte. Zweifelsohne stammte die Person jedoch aus dem Arbeiterviertel, und ihr Gesicht war voller Ruß und das Haar unfrisiert.

»Warten Sie hier.« Monkton schob Susan energisch aus der Tür, schloss diese und ließ sie auf der Straße stehen.

Susan musste etwa zwanzig Minuten warten. Die Zeit erschien ihr unendlich lange, und sie kämpfte mit sich, wieder zu gehen und ihren Plan fallenzulassen, doch schließlich harrte sie aus. Sie dachte an Paul und an Jimmy, in erster Linie an Jimmy, der ein besseres Leben, als sie ihm bieten konnte, verdient hatte. Wenn Paul erst wieder zurück war, dann würde die ganze Familie erneut in den Sumpf der Armut und des Verbrechens gezogen, und das musste sie verhindern. Susan hatte sich entschlossen und durfte jetzt nicht schwachwerden. Vielleicht war Lavinia Callingtons Angebot nicht ernst gemeint gewesen, in diesem Fall konnte sie immer noch nach Hause zurückkehren und so tun, als sei nichts geschehen. Endlich öffnete sich die Tür wieder, und ein Hausmädchen führte Susan nach oben in das ihr bereits bekannte Boudoir. Lady Lavinia schien gerade erst aufgestanden zu sein, denn sie empfing Susan in ihrem Morgenmantel, das hüftlange, brünette Haar offen und nur notdürftig gekämmt.

»Was wollen *Sie* hier?«

Susan hatte mit einer solch unfreundlichen Begrüßung gerechnet und ließ sich nicht aus der Ruhe bringen. Sie wartete, bis Lavinia das Mädchen hinausgeschickt hatte. Dabei registrierte sie, dass Mylady ihr keinen Kaffee oder Tee anbot, obwohl sie selbst eine Kaffeetasse vor sich stehen hatte. Susan sah Lavinia entschlossen in die Augen und sagte: »Seit unserem Gespräch vorige Woche frage ich mich, ob Sie überhaupt in der Lage sind, tausend Pfund aufzutreiben.«

Lavinia schnappte hörbar nach Luft.

»Wie kommen Sie dazu, mir eine solch unverschämte Frage zu stellen?«

»Unverschämt? Das finde ich nicht.« Susan lächelte unschuldig, obwohl ihr vor Aufregung das Herz im Hals klopfte. Während des Weges von Lambeth nach Belgravia hatte sie sich ihre Worte gut überlegt. »Ich stelle diese Frage, da Sie erwähnten, im Falle einer Trennung würden Sie völlig mittellos dastehen. Das kann ich jedoch nicht verstehen, wenn Sie offenbar in der Lage sind, mir eine solch große Summe zu geben, falls ich Ihnen mein Kind überlasse.« Unwillkürlich legte Susan eine Hand auf ihren Bauch. »Ich nehme an, von dieser Zahlung darf Ihr Ehemann selbstverständlich nichts wissen, oder?«

Lavinia kniff die Augen zusammen. Sie ahnte, worauf die junge Frau hinauswollte, und auch ihr Herzschlag beschleunigte sich, und sie bekam kreisrunde rote Flecken auf den Wangen.

»Warum wollen Sie das wissen, Susan Hexton?«

Susan holte tief Luft und stieß hervor: »Ich bin gekommen, Ihr Angebot anzunehmen.« Als sie die Überraschung auf Lavinias Gesicht sah, fuhr sie schnell fort, damit sie es sich ja nicht anders überlegte: »Sie bekommen mein Kind und ich das Geld dafür. Das war es doch, was Sie mir vorgeschlagen haben, nicht wahr?«

»Und was Sie sofort vehement abgelehnt und mich sogar als verrückt bezeichnet haben.« Lavinia starrte Susan fassungslos an. »Wie kommt es zu diesem plötzlichen Sinneswandel?«

Nun kam für Susan der schwerste Teil, und sie hoffte, überzeugend zu wirken.

»Sie haben es wahrscheinlich noch nicht gehört, aber letzte Nacht brannte das Haus, in dem ich lebte, vollständig nieder. Außer dem, was ich auf dem Leib trage, konnte ich nichts retten, bin nun also völlig mittellos. Also habe ich mich entschlossen, auf Ihren Vorschlag einzugehen, um künftig nicht betteln gehen zu müssen.«

In Lavinias Kopf wirbelten die Gedanken durcheinander, dann erinnerte sie sich, was Susan damals gesagt hatte.

»Sie erwähnten einen Sohn. Haben Sie ihn bei sich?«

»Mein Sohn ist tot.« Susan senkte den Blick und hoffte, Lavinia würde ihr diese schwere Lüge nicht ansehen. Die Worte, mit denen sie ihren Sohn verriet, fielen ihr unendlich schwer. Wenn Lavinia jedoch auf ihren Vorschlag einging, dann würde es nur zu Jimmys Besten sein. »Es gelang nicht, ihn zu retten.«

»Oh, das tut mir leid.« Mitleid durchflutete Lavinia, und endlich forderte sie Susan auf, sich zu setzen. »Also gibt es niemanden mehr, der zu Ihnen gehört?«
Susan schüttelte den Kopf. »Ich stehe nun völlig allein auf dieser Welt. Das Kind in meinem Bauch hat keinen Vater, und ich habe keine Ahnung, wie ich es durchbringen soll. Bei Ihnen, Mylady, weiß ich jedoch, dass er oder sie ein sorgenfreies und angenehmes Leben haben wird. Auf diese Weise wäre uns beiden geholfen. Sie bekommen ein Kind und ich die Hilfe, um ein neues Leben zu beginnen.«
Lavinias Atmung beschleunigte sich. Was als irrsinnige Idee durch ihren Kopf geschossen war, schien jetzt konkrete Formen anzunehmen. Wenn die junge Frau es wirklich ernst meinte, dann wäre sie, Lavinia, alle ihre Sorgen los. Susan merkte, wie Lavinia zögerte, und sagte: »Die Sache geht natürlich nur, wenn Sie mir wirklich das Geld geben können, ohne dass Ihr Mann etwas davon erfährt. Wie wollen Sie es eigentlich anstellen, dass er nicht bemerkt, dass Sie nicht schwanger sind? Und was ist mit den Angestellten und den Nachbarn.«
»Das ist kein Problem.« Lavinia winkte ab. »Wir werden uns auf unseren Landsitz nach Cornwall zurückziehen. Dort habe ich sehr gute Freunde, die mir helfen werden. Wann, sagten Sie, wird das Kind erwartet?«
»Etwa Anfang April.«
»Gut.« Lavinia nickte zufrieden. »Folglich ist es normal, dass man heute noch nicht viel bemerkt. Ich werde meinem Mann sagen, dass ich es ihm erst erzählen wollte, wenn ich sicher war, das Kind nicht zu verlieren. Zudem habe der Arzt mir Ruhe verordnet, darum werde ich nach Cornwall reisen und dort mein Kind zur Welt bringen. Was das Geld betrifft: Ich habe ein eigenes Konto, auf das mein Mann mir regelmäßig Geld für meine persönlichen Belange überweist und nicht nachprüft, wofür ich es ausgebe.«

Susan runzelte die Stirn über Lavinias letzte Aussage und fragte: »Tausend Pfund sind eine sehr hohe Summe, Lady Lavinia. Wenn sich Ihr Mann von Ihnen trennen würde, könnte dieses Geld Ihnen doch einen gewissen Lebensstandard sichern. Warum wählen Sie nicht diesen Weg?«
Lavinia lachte und sah Susan von oben herab an. Ihre Stimme klang überheblich, als sie sagte: »Für eine Frau wie Sie mögen tausend Pfund viel Geld sein, ich jedoch könnte mit dieser Summe vielleicht drei oder vier Monate auskommen, und das auch nur, wenn ich mich sehr einschränke. Ohnehin spielt es keine Rolle, denn im Falle einer Trennung würde ich über das Geld nicht verfügen können. Es mag zwar ein Konto auf meinen Namen sein, aber wir Frauen haben diesbezüglich keinerlei Rechte. Das Geld gehört nach wie vor meinem Ehemann, und im Falle einer Scheidung würde er es wieder an sich nehmen. Dagegen könnte ich nichts unternehmen. Außerdem wünsche ich mir seit Jahren ein Kind. Sie werden das vielleicht nicht verstehen, aber ich möchte ein Wesen, das ganz mir allein gehört, das ich umsorgen und dem ich meine ganze Liebe schenken kann.«
»Das verstehe ich sogar sehr gut.« Ein Kloß bildete sich in Susans Hals, und sie verdrängte den Gedanken an Jimmy. Der Junge würde es bei Lilo gut haben, die Nachbarin würde ihn nicht im Stich lassen. Die Zeit bis April verging schnell. Wenn sie dieses Kind in ihrem Bauch, das sie nicht gewollt hatte und niemals würde lieben können, erst los war und das Geld hatte, würde sie Jimmy wieder zu sich holen. Dann würde sie in der Lage sein, ihrem Sohn endlich ein sorgenfreies Leben zu bieten.
»Da ich letzte Nacht alles verloren habe, weiß ich nicht, wo ich jetzt hingehen soll«, fuhr Susan fort. »Es ist also nötig, dass ich sofort bei Ihnen bleibe.«
Lavinia zuckte zusammen.
»In diesem Haus auf keinen Fall! Das geht alles zu schnell. Bis wir nach Cornwall aufbrechen können, brauche ich noch einige

Tage Zeit.« Sie stand auf, griff nach ihrer Geldbörse in der Schublade, nahm eine Handvoll Münzen heraus und gab sie Susan. »Drei Querstraßen weiter finden Sie eine günstige, aber gute Pension. Die Adresse lautet Wooton Street Nummer sieben. Dort nehmen Sie sich ein Zimmer und warten auf Nachrichten von mir. Wenn jemand fragt, geben Sie sich als Witwe aus, die darauf wartet, mit einer Cousine oder sonstigen Verwandten aufs Land zu reisen, am besten in die Cotswolds oder nach Yorkshire. Auf keinen Fall dürfen Sie meinen Namen erwähnen oder irgendetwas, das auf mich hindeuten könnte. Sollten Sie das tun, hat sich unser Geschäft erledigt. Ich würde leugnen, Sie überhaupt zu kennen. Haben Sie das verstanden, Susan?«

Susan nickte, steckte das Geld in ihre Rocktasche und wandte sich zur Tür.

»Lassen Sie sich aber nicht zu lange Zeit, Mylady.« Susan zwinkerte Lavinia verschwörerisch zu, und ihr Gesichtsausdruck war zuversichtlicher, als ihr zumute war. »Wir müssen die Sache so schnell wie möglich in die Gänge bringen, nicht, dass jemand noch etwas von dem Schwindel bemerkt.«

Vor allem, damit ich es mir nicht anders überlegen kann, dachte Susan und schloss für einen Moment die Augen. Nie zuvor hätte sie gedacht, sich auf einen derartigen Plan einlassen zu können. Das Wasser stand ihr jedoch bis zum Hals, und wenn sie auf einen Streich das ungeliebte Kind in ihrem Bauch loswerden und dazu noch Geld bekommen konnte, dann würde sie eben die Zähne zusammenbeißen und diesen Schritt tun. Sie tat es ja schließlich nicht für sich, sondern in erster Linie für ihren Sohn Jimmy.

Bevor Lavinia etwas erwidern konnte, war Susan verschwunden. Lavinia knirschte mit den Zähnen. Sie wusste, dass sie möglicherweise einen großen Fehler beging, und hatte noch keine Ahnung, wie ihr Plan gelingen sollte. Das Angebot, oder vielmehr die verrückte Idee, die sie selbst Susan unterbreitet hatte, war jedoch zu verlockend, und wenn sie geschickt vorging, konnte es funktionieren. Die junge Frau wollte das Kind offensichtlich nicht haben, während sie selbst dringend eines benötigte. Edward würde sie nicht daran hindern, nach Cornwall zu fahren, auch befürchtete sie nicht, dass Edward ihr vorschlagen könnte, sie zu begleiten. Seine Geschäfte hielten ihn in London fest. Zur Sicherheit konnte sie sich in Cornwall ja ein Kissen unter den Rock stecken. Frauen ihrer Gesellschaftsschicht ließen sich in den letzten Monaten der Schwangerschaft ohnehin nicht in der Öffentlichkeit blicken. Folglich würden die Nachbarn Verständnis haben, wenn sie keine Einladungen gab und selbst auch keine annahm.

Während Lavinia sich mit Hilfe ihrer Zofe Jessy ankleidete, verflog die erste Euphorie über ihren wagemutigen Plan und machte ernsthaften Zweifeln Platz. Es war illegal, wenn nicht sogar kriminell. Menschenhandel nannte man das, was sie im Begriff war zu tun, und wenn die Sache aufflog, dann drohte ihr eventuell sogar Gefängnis. Mit aller Gewalt verdrängte Lavinia diese Gedanken. Es war eine einmalige Chance, die ihr hier in Gestalt von Susan Hexton geboten wurde, und sie würde sie ergreifen. Es war vielleicht ihre letzte Chance.

An diesem Abend sah Lavinia ihren Mann nicht mehr, was ihr die Zeit gab, über die richtigen Worte nachzudenken. Monkton ließ ihr ausrichten, ein Bote habe die Nachricht gebracht, Mylord sei bis Mitternacht bei einer Besprechung und würde in seinem Club übernachten, um Mylady nicht zu stören. Lavinia war über diesen Aufschub dankbar. Die ganze Nacht lag sie wach und versuchte, ihre Gedanken zu ordnen. Sie musste jetzt genau überlegen, was zu tun war, und durfte sich keinen Fehler erlauben. Für die nächsten Tage war Susan gut untergebracht. Lavinia glaubte nicht, dass es mit der jungen Frau Schwierigkeiten geben würde. Sehr deutlich hatte Lavinia die Geldgier in deren Augen bemerkt. Eine Frau wie Susan würde für Geld fast alles tun, dennoch musste Lavinia dafür sorgen, dass Susan sich an die Spielregeln hielt. Und sie musste so schnell wie möglich nach Cornwall abreisen. Wenn sie und Susan erst auf Sumerhays, ihrem Landsitz an der Südküste, waren, würde der Rest ein Kinderspiel werden.

Noch in dieser Nacht setzte Lavinia sich hin und schrieb zwei lange Briefe. Einer ging am nächsten Morgen nach Cornwall, ein anderer wurde durch einen Boten Susan überbracht. Obwohl Lavinia keine Minute geschlafen hatte, fühlte sie sich frisch und ausgeruht wie schon lange nicht mehr. Um sieben Uhr nahm sie ein ausgiebiges Bad und ließ sich von Jessy in ein besonders elegantes und helles Kleid helfen, das ihrem Teint schmeichelte und sie frisch und munter wirken ließ. Pünktlich um zehn Uhr betrat sie das Speisezimmer, gerade in dem Moment, als Edward heimkehrte.

»Du siehst heute Morgen entzückend aus, meine Liebe.« Bewundernd glitt sein Blick über Lavinias Gestalt. Er küsste ihre kühle und nach Rosenwasser duftende Wange. »Es tut mir leid, dass sich die Sitzung gestern Abend so lange hingezogen hat, darum war es besser, im Club zu übernachten.«

Da solch zärtliche Momente zwischen dem Ehepaar selten waren, beschloss Lavinia, die Gunst der Stunde zu nutzen. Sie wartete, bis Monkton den Tee serviert, Edwards Wunsch, wie er seine Eier wollte, entgegengenommen und sie schließlich allein gelassen hatte, dann sagte sie: »Edward, mein Lieber, ich würde gerne nach Sumerhays fahren.«

Seine Augenbrauen ruckten nach oben, und er setzte die Tasse ab.

»Nach Sumerhays? Zu dieser Jahreszeit? Wir verbringen den Winter doch stets in der Stadt. Du weißt zudem, dass ich in nächster Zeit hier unabkömmlich bin.«

Lavinia nickte und lächelte geheimnisvoll.

»Ich weiß, dass wir den Winter nie in Cornwall verbringen, der Arzt meint jedoch, die Landluft würde mir guttun, zumal es in Cornwall nicht so kalt und feucht ist wie hier in London. Der ewige Nebel zieht durch alle Ritzen, und ich sehne mich nach etwas Sonne.«

»Der Arzt?« Edward Callington war ernsthaft besorgt. »Du bist doch nicht etwa krank, Lavinia? Jedenfalls hast du einen rosigen Teint, und deine Augen leuchten wie schon lange nicht mehr.«

Lavinia senkte den Blick und tat betont verschämt.

»Es ist keine Krankheit, Edward, dennoch muss ich mich schonen. Jedenfalls die nächsten Monate, meint der Arzt …«

Edward begann zu verstehen. Klirrend stellte er die Tasse auf den Tisch, stand auf und trat vor Lavinias Stuhl. Er legte einen Finger unter ihr Kinn und hob ihren Kopf, damit sie ihm in die Augen sehen musste.

»Willst du damit sagen, dass du …?«

Lavinia nickte, und eine leichte Röte überzog ihre Wangen. »Es ist alles in Ordnung, aber der Arzt meint, ich brauche sehr viel Ruhe, frische Landluft und keinerlei Aufregungen.«

»Wann?«, fragte Edward, und Lavinia verstand.

»Etwa Ende März oder Anfang April.«

Edward runzelte die Stirn. »So bald schon, dann bist du ja schon länger …«

»Ich bin im fünften Monat«, unterbrach Lavinia. Es gelang ihr sogar, zu erröten, und verlegen senkte sie den Blick. In ihren Kreisen war es nicht üblich, über Schwangerschaften und Geburten zu sprechen, zumindest nicht mit einem Mann, nicht einmal, wenn dieser ihr Ehemann war. Selbst Frauen untereinander unterhielten sich über dieses Thema nur leise und hinter vorgehaltener Hand. »Ich wollte erst ganz sicher sein, bevor ich es dir sagte. Die ersten Monate sind die gefährlichsten, da kann leicht etwas … schiefgehen. Ich wollte uns beiden eine Enttäuschung ersparen.«

Edward nickte verstehend, schenkte sich eine zweite Tasse Tee ein und setzte sich Lavinia gegenüber.
»Wann warst du bei Doktor Houseman?«
»Ich war nicht bei Houseman.« Lavinia schluckte, sie hatte sich ihre Worte gut überlegt. »Obwohl Doktor Houseman seit vielen Jahren der Arzt der Familie ist, scheint er mir für eine solche … Angelegenheit etwas zu alt. Ich habe einen anderen Arzt konsultiert. Er wurde mir von einer Cousine von Lady Thorne empfohlen, die bereits ihr drittes Kind erwartet.«
»Um wen handelt es sich?« Edward runzelte skeptisch die Stirn. »Du weißt, Doktor Houseman hat mein vollstes Vertrauen. Er hat sich immer um unsere Familie gekümmert.«
»Es ist Doktor Green«, antwortete Lavinia rasch. »Er praktiziert noch nicht lange in London, wird jedoch von vielen Damen aus unseren Kreisen aufgesucht und genießt den besten Ruf.«
Edward gab sich mit Lavinias Erklärung zufrieden. Alles, was eine Schwangerschaft anging, war Frauensache, und Lavinia hatte recht, wenn sie sagte, dass Doktor Houseman für solche Sachen mit seinen knapp siebzig Jahren vielleicht zu alt wurde und bei den ständigen medizinischen Neuerungen nicht mehr auf dem aktuellen Stand war.
»Muss es unbedingt Sumerhays sein?«, fragte er stattdessen. »Du könntest auch nach Kent oder Sussex fahren, vielleicht in ein Seebad, dann könnte ich dich übers Wochenende besuchen.«
Lavinia schüttelte den Kopf.
»Du weißt, wie sehr ich Sumerhays liebe.« In ihren Augen lag ehrliche Aufrichtigkeit, als sie ihren Mann anblickte. »Zudem sind die Winter in Cornwall kurz und mild. Es wäre doch schön, wenn dein erster Sohn in dem Bett zur Welt kommt, in dem bereits du das Licht der Welt erblickt hast, nicht wahr, Edward?«
Diesem letzten Argument gab sich Edward geschlagen. Er zuckte mit den Schultern und lächelte.

»Also gut, du musst mir jedoch versprechen, Doktor van Roosen in Looe zu konsultieren.«

»In Caja Nankerris habe ich eine wunderbare Hebamme zur Seite«, wich Lavinia aus. »Du erinnerst dich an die Nankerris? Sie sind einer deiner Pächter. Ihre Farm liegt nur drei Meilen von Sumerhays entfernt.«

Edward nickte. »War das nicht die Familie, deren Junge wegen Schmuggelei gehängt werden sollte und dann plötzlich freikam?« Streng sah er Lavinia an. »Ich hoffe, die Nankerris haben nichts mehr mit dem Schmuggeln oder anderen kriminellen Machenschaften zu tun.«

»Ganz sicher nicht«, antwortete Lavinia schnell. Beinahe zu schnell, denn Edward konnte nicht wissen, wie eng die Beziehung zwischen den Nankerris und Lavinia war.

Plötzlich sah er seine Frau so liebevoll an wie schon seit Jahren nicht mehr. Durch diesen Blick wurde es Lavinia deutlich bewusst, dass er sie nur als Mutter seiner Kinder an seiner Seite duldete, dass sie ihm als Frau jedoch gleichgültig war. »Wann möchtest du fahren?«

»Noch diese Woche, Edward. Ich werde den Mädchen gleich sagen, dass sie mit dem Packen beginnen können.«

Edward nickte. »Nimm Monkton mit und die Zofe …«

»Das ist nicht nötig.« Lavinia unterbrach ihren Mann so hastig, dass sie fürchtete, er könne Verdacht schöpfen. Schnell legte sie eine Hand auf seinen Arm und sah Edward entschuldigend an. »Verzeih, aber ich habe nicht vor, Empfänge zu geben oder Einladungen anzunehmen. Monkton ist hier unabkömmlich, wer sonst sollte deine Geschäftsfreunde empfangen? Die Windles verwalten Sumerhays in der Zeit, wenn wir nicht dort weilen, hervorragend. Mrs. Windle wird mir zur Hand gehen und auch kochen, außerdem arbeitet das Mädchen der Nankerris im Haus. Sie kann mir bei den alltäglichen Dingen behilflich sein.«

Edward runzelte skeptisch die Stirn. »Du wirst nicht jede Einladung der Nachbarn ausschlagen können, Lavinia«, äußerte er seine Bedenken. »Unsere Freunde werden sicher für deine Situation Verständnis zeigen, aber du darfst dich da draußen nicht völlig abkapseln, schließlich sind es noch vier Monate bis zur Geburt.«

»Vier Monate, in denen ich mich nach Ruhe sehne.« Lavinia seufzte, legte beide Hände auf ihren Bauch und hoffte, die Geste würde echt wirken. »Doktor Green riet mir zu völliger Ruhe, und nichts anderes habe ich vor. Jessy kann mich nach Cornwall begleiten und bleiben, bis ich mich eingerichtet habe. Ich werde sie dann jedoch wieder nach London zurückschicken. Du weißt, wie ungern das Mädchen auf dem Land ist. Jessy langweilt sich dort zu Tode …«

»Sie ist eine Angestellte und wird sich dort aufhalten, wo ihre Herrin ist«, unterbrach Edward unwillig. »Wenn es Jessy nicht passt, dann soll sie sich eine andere Stellung suchen.«

Lavinia lächelte und sah Edward um Verständnis bittend an.

»Ach, lass das Mädchen doch, ich bin mit ihr sehr zufrieden, brauche sie in Sumerhays jedoch wirklich nicht.«

»Nun gut.« Edward war zwar nicht völlig damit einverstanden, dass seine Frau eine so lange Zeit fast ganz allein in Sumerhays verbringen wollte, doch er gab schließlich nach. Das Wohl Lavinias, und damit das des ungeborenen Kindes, stand für ihn an erster Stelle. Caja Nankerris war eine sehr gute Hebamme, der Arzt in Looe konnte binnen einer Stunde vor Ort sein, und das Hausmeisterehepaar Windle besaß sein Vertrauen. Er hauchte Lavinia einen Kuss auf den Scheitel.

»Du musst mir versprechen, regelmäßig zu schreiben, meine Liebe. Sobald Komplikationen auftreten sollten, dann suchst du Doktor van Roosen auf oder begibst dich in seine Klinik.«

»Natürlich, Edward.« Lavinia nickte schnell. »Ich werde nichts tun, was die Gesundheit deines Kindes gefährden könnte.«

Sumerhays! Hörbar stieß Lavinia den Atem aus, als die Kutsche um die Kurve fuhr und sie das wuchtige, zweistöckige Torhaus am Ende des Weges sah.

»Geht es Ihnen nicht gut, Mylady?« Die Zofe Jessy beugte sich besorgt vor und musterte ihre Herrin ängstlich.

»Alles in Ordnung, Jessy«, beruhigte Lavinia sie. »Ich bin nur glücklich, wieder hier zu sein.«

Statt des nassen, nebligen Londoner Wetters zeigte sich der Herbst in Cornwall von der besten Seite. Bis Liskeard waren sie mit der Eisenbahn gefahren, dort hatte die Kutsche von Sumerhays sie abgeholt. Als Kutscher fungierte Basil Windle, der Hausmeister, der zugleich auch der Gärtner war. Da Edward regelmäßig geschäftliche Termine wahrnehmen musste, konnte er in London weder auf den Butler noch auf den Kutscher verzichten. Zudem war die Fahrt mit der Eisenbahn wesentlich schneller und komfortabler. In zwei, drei Tagen würde Lavinia die Zofe wieder nach London zurückschicken. Sie würde weiterhin ihr Gehalt bekommen, die Zeit, bis Lavinia in die Stadt zurückkehrte, allerdings bei ihrer Familie verbringen. Das war sehr großzügig von Lavinia, und Edward hatte erst nach längerem Zögern zugestimmt, aber je weniger Leute über Lavinias wahren Zustand Bescheid wussten, desto besser. Lavinia wusste, mit Geld konnte man zwar Schweigen erkaufen, aber gerade junge Mädchen wie Jessy konnten sich unbewusst verplappern. Aus diesem Grund wollte sie die Zofe nicht in ihren abenteuerlichen Plan einweihen.

Als sich die Kutsche näherte, trat eine untersetzte Frau aus dem Pförtnerhaus. Sie wischte sich die Hände an der Schürze ab, knickste und öffnete dann rasch das zweiflügelige Tor.

»Willkommen daheim, Viscountess«, rief die Frau, und Lavinia nickte ihr aus dem Fenster wohlwollend zu.

Der Wagen fuhr die eine Meile lange, gewundene Auffahrt zum Haus entlang. Der Weg war gesäumt von dichten Hecken, an denen sich trotz des nahenden Winters kaum ein Blatt verfärbt

hatte. Lavinia, die das Kutschenfenster geöffnet hatte, atmete tief die würzige Luft ein, in der ein Hauch Salz vom nahen Meer lag. Obwohl sie die Oper, das Theater und glanzvolle Empfänge liebte, war sie glücklich, wieder in Cornwall zu sein. Wenn sie wollte, konnte sie auch hier so manchen Vergnügungen nachgehen. So war zum Beispiel die Stadt Plymouth, in der es neben zahlreichen Vergnügungen auch ein ganz hervorragendes Theater gab, nicht weit entfernt, doch Lavinia stand nicht der Sinn nach Ausgehen und Partys. Sie hoffte, Susan Hexton hatte sich an alle ihre Anweisungen gehalten und würde im Laufe der Woche ebenfalls in Cornwall eintreffen. In den letzten Tagen hatte Lavinia sich ständig Gedanken gemacht, wie sie die kommende Zeit am besten arrangieren sollte. Sie wusste, die Windles und die Nankerris standen auf ihrer Seite, ihnen konnte sie vorbehaltlos vertrauen, und die Nachbarn musste sie sich irgendwie vom Leib halten. Keiner durfte mehr als nötig von ihrem Plan erfahren, denn sonst würde sie nicht nur Edward verlieren, sondern auch mit einem Fuß im Gefängnis stehen.
Lavinias Gedanken wurden unterbrochen, als die Kutsche vor dem Portal hielt. Sumerhays war ein altes, dreistöckiges Haus. Das ursprüngliche Hauptgebäude war gegen Ende des siebzehnten Jahrhunderts erbaut worden, von damals standen jedoch nur noch die Grundmauern. Generationen von Callingtons hatten an dem Haus stets um- und angebaut, so dass daraus ein Wirrwarr von verschiedenen Stilrichtungen entstanden war. Dies störte jedoch nicht, im Gegenteil – es verlieh Sumerhays einen ganz eigenen Charme. Die tiefstehende Sonne spiegelte sich in den blankgeputzten Fensterscheiben, und Mrs. Windle wartete auf der obersten Stufe der Treppe, die zum Haupteingang hinaufführte. Basil Windle half Lavinia beim Aussteigen, und seine Frau knickste und wiederholte die Worte der Pförtnersfrau: »Willkommen zu Hause, Mylady. Ich hoffe, ich habe alles zu Ihrer Zufriedenheit vorbereitet.«

Lavinia schenkte ihr ein dankbares Lächeln.
»Da bin ich sicher, Mrs. Windle. Vor allen Dingen, wenn man bedenkt, wie kurzfristig die Mitteilung über meinen Besuch kam. Ich hoffe, Sie haben nicht alle Räumlichkeiten von oben bis unten geputzt.« Am leichten Erröten der Frau erkannte Lavinia, dass genau das der Fall war. »Ich habe nicht vor, Empfänge oder gar große Feste zu geben«, fuhr Lavinia fort.
»Ich verstehe, Mylady, bis Weihnachten ist es jedoch nicht mehr fern, und da …«
Weihnachten lag Lavinia im Magen. Sie wusste, es war unmöglich, in Sumerhays zu residieren, ohne zumindest an den hohen Festtagen die Nachbarn zu einem Umtrunk einzuladen. Ebenso wie sie selbst zahlreiche Einladungen erhalten würde. Das Argument, sie müsse sich wegen der Umstände, in denen sie sich befand, schonen, würde die eine oder andere Dame nicht gelten lassen. Und in fünf Wochen – wenn die Weihnachtstage kamen – musste sie dafür sorgen, dass die Frauen, die alle schon selbst Kinder geboren hatten, nicht merkten, dass ihr eigener Körper nicht dazu in der Lage war, seine Pflicht zu erfüllen.
»Lassen Sie mir bitte ein Bad ein, Mrs. Windle«, bat Lavinia, um sich abzulenken. »So schön und nützlich die Eisenbahn auch ist, der Ruß zieht durch alle Ritzen, und ich fühle mich, als hätte ich höchstpersönlich Kohlen geschaufelt.«
»Ich kümmere mich sofort darum, dann bereite ich das Abendessen zu, Mylady.« Dienstbeflissen knickste die Haushälterin.
In ihrem Zimmer fand Lavinia ein wärmendes Feuer vor, und die Bettwäsche duftete nach Lavendel. Lavinia streifte ihre Handschuhe ab, löste die Hutnadeln, warf den Hut achtlos auf einen Stuhl und ließ sich rücklings aufs Bett fallen. Der roséfarbene Baldachin über ihr war mit beigen Stickereien verziert und harmonierte mit den Vorhängen und den Teppichen. Es war, als wäre mit ihrer Ankunft in Sumerhays eine große Last von ihren Schultern genommen worden. Sie liebte das Haus und den weit-

läufigen Park, in dem es fast das ganze Jahr über üppig blühte und grünte. Da ihr Schlafzimmer im ersten Stock lag, konnte sie durch die breite, nach Süden ausgerichtete Fensterfront bei klarem Wetter das Fischerdorf Polperro und das Meer sehen. Schon bei ihrem ersten Besuch vor rund sechs Jahren hatte Lavinia sich in Sumerhays mehr verliebt als in Edward. Sie hatte Edward bei einem Souper im Haus von Freunden ihrer Eltern in London kennengelernt. Der ältere Viscount hatte ihr sofort seine volle Aufmerksamkeit geschenkt und keinen Hehl aus seiner Sympathie ihr gegenüber gemacht. Bereits zwei Wochen später war an Lavinia und ihre Eltern eine Einladung erfolgt, das Wochenende auf dem Land zu verbringen. Hatte Lavinia bis dahin gezögert, Edwards Avancen größere Aufmerksamkeit zu schenken oder diese sogar zu erwidern, obwohl ihre Familie mit dieser Verbindung all ihrer finanziellen Sorgen entledigt wäre, so hatte der Anblick von Sumerhays ihre Meinung schlagartig geändert. Schon nach wenigen Minuten hatte sie gewusst, dass das alte, aus hellen Quadersteinen und mit Holzbalken durchzogene Haus ihr neues Zuhause werden *musste*. Im unteren Stockwerk waren im Laufe der Jahrzehnte Wände entfernt worden, damit helle und luftige Räume entstanden, die für die zahlreichen Festivitäten auf Sumerhays genügend Platz boten. Die oberen Zimmer, zu denen ihr Schlafzimmer gehörte, hatten mit der niedrigen Balkendecke und den holzvertäfelten Wänden den Charme des siebzehnten Jahrhunderts beibehalten. Lediglich die Fensterfront war erweitert worden, damit mehr Licht in den Raum drang. Direkt daneben hatte Edward, als er in jungen Jahren Herr von Sumerhays wurde, ein Badezimmer mit fließendem Wasser eingebaut, und im letzten Jahr war Sumerhays an das elektrische Stromnetz angeschlossen worden. Damit war es das einzige Haus in der ganzen Umgebung, das über elektrisches Licht verfügte, und die Arbeiten hatten Edward ein kleines Vermögen gekostet.

Während Lavinia Mrs. Windle im Nebenraum hantieren hörte, wie sie das Bad vorbereitete, öffnete sie die Tür auf der anderen Seite des Zimmers. Dahinter lag ein Raum, in Größe und Form ähnlich dem ihren. Er war spärlich möbliert, in der Regel schlief ihre Zofe hier, wenn diese sie aus London nach Cornwall begleitete. Als Lavinia den Raum zum ersten Mal gesehen hatte, wusste sie, dass das einmal das Kinderzimmer werden sollte. Entgegen der in ihren Kreisen immer noch herrschenden Auffassung, Kinder sollte man zwar sehen, aber nicht hören, also wurden sie von Ammen und Kindermädchen erzogen, war Lavinia der Meinung, dass nichts für ein Kind besser war als bei seiner Mutter zu sein. Die Vorstellung, dass Kinder einen eigenen Trakt bewohnten und ihre Eltern höchstens zwei oder drei Mal in der Woche zu Gesicht bekamen, stammte aus dem letzten Jahrhundert. Sosehr Lavinia die verstorbene große Königin Victoria nach wie vor schätzte – ihre Ansichten über Kindererziehung waren antiquiert, auch wenn sie neun Kindern das Leben geschenkt hatte. Was dabei herauskam, wenn man seine Kinder von strengen, fremden Menschen erziehen ließ, sah man an König Edward. Obwohl Lavinia ihrem König selbstverständlich loyal ergeben war, widerstrebte ihr dessen Lebensweise. Der König war träge, lernfaul, und seine zahlreichen Affären bewiesen, wie sehr er unter dem Liebesentzug in seiner Kindheit und Jugend gelitten haben musste.

Gedankenverloren strich Lavinia über die verblasste gelbliche Tapete. Sie würde den Raum so bald wie möglich renovieren lassen. Auch neue Vorhänge und Teppiche waren vonnöten, am besten in einem zarten Blau. Ebenso würde sie die alte Wiege, in der schon Generationen von Callingtons gelegen hatten, vom Dachboden holen und restaurieren lassen. Noch diese Woche wollte sie nach Looe gehen, dort Stoff und Wolle kaufen, um sich damit an den langen Abenden die Zeit zu vertreiben. Sie wollte für ihr Kind nähen und stricken, obwohl die meisten ihrer Nach-

barinnen dafür wenig Verständnis zeigen würden. In ihren Kreisen fertigte man Handarbeiten für Basare an, damit sie dort für wohltätige Zwecke verkauft wurden, zum Beispiel für die Kirche oder für ein Armen- oder Waisenhaus. Sie jedoch wollte ihr Kind in Kleidern sehen, die von ihrer Hand gefertigt waren, und nicht ausschließlich die alten, steifen Kleider der Familie verwenden.
In den letzten Tagen hatte Lavinia verdrängt, dass in ihrem Körper kein neues Leben heranwuchs. Seit sie mit Susan den Plan geschmiedet hatte, fühlte sie sich tatsächlich schwanger. Erst gestern Morgen hatte sie sich plötzlich übergeben müssen. Edward, dem das nicht verborgen geblieben war, hatte laut gelacht. »Ich habe gehört, Frauen, die sich regelmäßig übergeben, gebären die schönsten Söhne.«
Lavinia hatte sein Schmunzeln etwas gezwungen erwidert. Seit Tagen aß sie doppelte Portionen, obwohl sie sich zu jedem Bissen zwingen musste. Edward meinte jedoch, sie müsse für zwei essen, und auch ihr selbst könne es nicht schaden, etwas rundlicher zu werden, denn Schwangere nahmen nicht nur in der Leibesmitte, sondern auch im Gesicht zu.
Mrs. Windle rief, ihr Bad wäre bereit, und Lavinia verließ das Zimmer, in dem bald ihr Kind schlafen würde. Bevor sie sich entkleidete, bat sie Mrs. Windle, der jungen Nankerris zu sagen, sie möge ihrer Mutter bitte ausrichten, sie, Lavinia, wolle sie am nächsten Vormittag sprechen. Während Lavinia in das Wasser tauchte und die Wärme ihre Glieder entspannte, erinnerte sie sich an den Tag, als der junge Nankerris, Ennis war sein Name, beim Schmuggeln erwischt worden war. Sie und Edward weilten auf Sumerhays und kehrten gerade von einem Besuch zurück, als ihr Wagen auf der Straße nach Pelynt aufgehalten wurde. Rund zwei Dutzend Männer führten einen jungen Kerl, kaum den Kinderschuhen entwachsen, mit einem Strick um den Hals in ihrer Mitte. Edward bat den Kutscher zu halten, stieg aus und fragte laut: »Was geht hier vor sich?«

Die Männer erkannten den Viscount Tredary, denn die meisten arbeiteten auf seinem Land und in den Dörfern, die zu Sumerhays gehörten. Ein größerer Kerl, wohl der Anführer, trat vor und erklärte: »Wir haben Ennis Nankerris beim Schmuggeln erwischt und bringen ihn jetzt nach Bodmin vor den Richter.«

»Schmuggeln?« Edward lachte und sah einem Mann nach dem anderen ins Gesicht. »Ich glaube, unter euch ist keiner, der sich dieses Vergehens nicht auch schon einmal schuldig gemacht hat. Warum wollt ihr also einen Jungen, fast noch ein Kind, zum Sündenbock stempeln?«

»Bei allem Respekt, Sir, aber uns sitzt die Behörde im Nacken. Tag und Nacht patrouillieren sie durch Polperro und durchsuchen unsere Häuser und Keller.« Der Anführer reckte sein Kinn vor und fuhr stolz fort: »Wir und unsere Familien sind unschuldig, aber Ennis haben wir erwischt, als er eine Ladung französischen Cognac an Land bringen wollte.«

»Aha.« Edward wusste, dass der Schmuggel an diesem Küstenabschnitt blühte. Ein guter Segler konnte in einer Nacht an die Küste Frankreichs und zurück gelangen, zugleich zweifelte er an der Unschuld der anderen. Das Leben in dieser Gegend war hart, wenn man nicht zur privilegierten Oberschicht gehörte, dennoch musste der Schmuggelei Einhalt geboten werden. »Nun, dann möchte ich euch nicht länger aufhalten«, fuhr er fort und stieg wieder in die Kutsche.

Entsetzt hatte Lavinia den Vorfall schweigend verfolgt. Als die Kutsche anfuhr, sagte sie aufgeregt zu ihrem Mann: »Du kannst doch nicht zulassen, dass sie den Jungen nach Bodmin bringen! Er wird dort gehängt werden.«

Edward zuckte mit den Schultern. »Das ist die übliche Strafe, die auf Schmuggeln steht. Wenn er schuldig ist, dann geschieht es ihm recht. Er hat gewusst, wie mit Schmugglern verfahren wird.«

»Er ist noch ein halbes Kind.« Entrüstet starrte Lavinia ihren Mann an. »Handelt es sich nicht um den Jungen eines deiner

Pächter? Vielleicht ist er schuldig, trotzdem solltest du dich für ihn verwenden.«

Stirnrunzelnd, eine Falte des Ärgers über der Nasenwurzel, erwiderte Edward: »Halt dich aus der Sache raus, Lavinia. Der Junge ist alt genug, um zu wissen, auf was er sich einließ.«

»Aber Edward …«

»Ich möchte nichts mehr hören!« Barsch schnitt er Lavinia das Wort ab. »Du bist eine Frau und hast keine Ahnung, wie man einen Besitz führt. Wenn ich mich für den Jungen verwende, so gleicht das einem Freibrief für andere Strolche, auf meinem Grund und Boden Schindluder zu treiben. Als Nächstes werden sie sich an fremdem Eigentum vergreifen oder gar Einbrüche begehen.«

Lavinia schwieg, bis sie Sumerhays erreicht hatten. Sie wusste, wann es besser war, den Mund zu halten, denn Edward konnte sehr böse werden, wenn man ihm widersprach. Die Erinnerung an den Ausdruck der Verzweiflung auf dem Gesicht des Jungen ließ sie allerdings nicht los. Im Morgengrauen des folgenden Tages nahm sie den Einspänner und fuhr allein nach Bodmin. Lavinia wusste, Edward würde ihr eine schreckliche Szene machen, wenn ihre Mission jedoch gelang, wäre dies den Streit wert. Ennis Nankerris hatte die Nacht in einer feuchten Zelle verbracht und sollte in den nächsten Stunden dem Richter vorgeführt werden. Da Schmuggel in Cornwall an der Tagesordnung war, gab es keinen langen Prozess. Der Angeklagte erhielt zwar einen Rechtsbeistand, der jedoch nur ein paar schwache Versuche einer Verteidigung unternahm, da das Vergehen eindeutig war, und das Urteil wurde schnell gefällt: Tod durch Erhängen. Noch vor Sonnenuntergang würde Ennis Nankerris im Gefängnis von Bodmin hingerichtet werden.

Lavinia flehte und bettelte, beschwor den Richter, nicht ein Kind zu verurteilen, das sich der Tragweite seines Handelns nicht bewusst war. Erst als sie dem Richter ihre handtellergroße Brosche mit zwölf fein geschliffenen Diamanten und einem Rubin in der Mitte anbot, war der gestrenge Herr bereit, Gnade vor Recht ergehen zu lassen. Das Gehalt eines Richters in Cornwall war gering, so dass die Herren des Gesetzes gerne bereit waren, beide Augen zuzudrücken, wenn sie damit ihr Einkommen aufbessern konnten.

»Sie verbürgen sich höchstpersönlich für den Mann.« Streng musterte der Richter die Dame. Selbstverständlich kannte er den Viscount und die Viscountess von Tredary, wenngleich er noch nie jemandem aus der Familie persönlich begegnet war. »Sollte er je wieder mit dem Gesetz in Konflikt kommen, ganz besonders, was die Schmuggelei angeht, haften Sie persönlich für ihn.«

Lavinia hatte keine Ahnung, welche Konsequenzen sich für sie aus einer erneuten Straffälligkeit von Ennis Nankerris ergeben könnten, war jedoch sofort bereit, für den Jungen zu bürgen. Eine Stunde später konnte sie Ennis mitnehmen. Sie brachte ihn nach Hause auf die Park Farm, wo er sich stammelnd und mit unbeholfenen Worten bei Lavinia bedankte. Anders seine Mutter. Als Caja Nankerris erfuhr, was geschehen war, sank sie auf die Knie und versuchte, Lavinias Rocksaum zu küssen. Diese wehrte sie verlegen ab.

»Es ist nicht nötig, dass der Viscount oder Ihr Mann von der Sache erfahren«, sagte Lavinia. »Reden Sie Ihrem Sohn ins Gewissen, er möge künftig die Finger vom Schmuggeln lassen und sich eine anständige Arbeit suchen.«

Caja nickte mit Tränen in den Augen.

»Ich weiß nicht, wie ich Ihnen danken soll, Viscountess. Meine Familie und ich stehen für immer in Ihrer Schuld, Mylady.«

»Stehen Sie auf, und seien Sie nicht so theatralisch.« Barsch wehrte Lavinia weitere Dankesbezeugungen ab. »Ich habe nur getan, was jede andere Frau auch getan hätte. Niemand kann es zulassen, dass ein Junge in Ennis' Alter wegen einer jugendlichen Dummheit gehängt wird.«

»Trotzdem, Mylady, wenn es jemals irgendetwas geben sollte, das ich für Sie tun kann, lassen Sie es mich wissen.« Caja Nankerris eilte ins Haus und kehrte mit der Bibel zurück. Sie legte eine Hand auf den Buchdeckel und hob die andere Hand zum Schwur. »Ich schwöre bei Gott und bei allem, was mir heilig und lieb ist – ich werde alles für Sie tun, und wenn es mein eigenes Leben kosten sollte.«

Seitdem – die Sache lag etwa zwei Jahre zurück – hatte Lavinia nicht mehr an Cajas beinahe schon fanatischen Schwur gedacht, zumal weder Ennis Nankerris oder ein anderer aus der Familie jemals wieder mit dem Gesetz in Konflikt geraten war. Lavinia erfuhr nie, ob Edward etwas von ihrem Besuch in Bodmin erfuhr, ihr gegenüber äußerte er sich niemals darüber. Auch nicht, als er mitbekam, dass Ennis Nankerris wieder auf der Farm seiner Eltern war und bei einem Fischer in Polperro in die Lehre ging. Edward war aber auch nur selten in Sumerhays. Seine Geschäfte machten eine dauerhafte Anwesenheit in London erforderlich, und der Landbesitz wurde von den Windles gut verwaltet.

Als Susan Hexton in Lavinias Leben getreten war, erinnerte diese sich wieder an den Schwur der Hebamme. Jetzt würde die Frau Gelegenheit haben, ihre Dankbarkeit unter Beweis zu stellen. Lavinia zweifelte keinen Moment, in Caja eine verschwiegene Helferin zu finden.

4. Kapitel

Susan konnte sich an der vorbeirauschenden Landschaft nicht sattsehen. Obwohl sie seit vier Uhr am Morgen auf den Beinen war und jetzt am späten Nachmittag die Dämmerung hereinbrach, fühlte sie sich kein bisschen müde. Als sie an der Victoria Station in den Zug nach Cornwall gestiegen war, hatte es wie aus Kübeln gegossen, und ein scharfer, eisiger Wind drang durch ihren Mantel und jagte Susan eine Gänsehaut über den Rücken. Je weiter sie jedoch nach Westen fuhren, desto schöner und strahlender zeigte sich der Tag. Nachdem der Zug die tristen und heruntergekommenen Vororte Londons verlassen hatte, ratterte er durch die lieblichen Landschaften von Hampshire, Wiltshire, Somerset, am östlichen Rand des Dartmoors durch Devon und schließlich bei Plymouth über die imposante stählerne, von Isambard Kingdom Brunel im letzten Jahrhundert erbaute *Royal Albert Bridge* hinein nach Cornwall. Obwohl es Ende November war, gab es hier fast keine Anzeichen des kommenden Winters. Nur wenige Bäume trugen verfärbtes Laub oder hatten ihr Blätterkleid ganz abgeworfen. Voller Staunen bemerkte Susan mannshohe Farngewächse und sogar Palmen, die hier so selbstverständlich den Wegrand säumten, als befänden sie sich nicht auf der britischen Insel, sondern an der Küste des Mittelmeers. Hier und da zeigten dunkelblaue bis violette Hortensienbüsche ihre letzten Blüten, und die Luft war so mild, dass Susan ihren Mantel ablegte. Unmittelbar nach der Überquerung des Flusses Tamar, der natürlichen Grenze zwischen den Grafschaften Devon und Cornwall, hatte der Zug einen dreißigminütigen Aufenthalt in der Stadt Saltash, bevor er nach Liskeard, der Endstation für Susan, weiterfuhr. Susan nutzte die Zeit, auszusteigen und sich auf dem Bahnsteig einen Tee zu kaufen. Mit einem Lächeln bemerkte sie den Eisstand, der sich trotz der Jahreszeit großer Beliebtheit erfreute. Sie selbst verkniff sich jedoch die süße und kalte Leckerei, setzte sich mit der Tasse Tee auf eine Bank und reckte ihr Gesicht in die Sonne. Die letzte Woche war eine der aufregendsten in ihrem Leben gewesen. Hatte Susan auf dem Weg in das Haus in Belgravia noch an ihrem Plan gezweifelt, ja, eigentlich befürchtet, dass Lady Lavinia sie hinauswerfen würde, so hatte sich für sie nun alles verändert.

Die von Lady Lavinia genannte Pension war klein, aber sauber und ordentlich, und die freundliche Wirtin hatte sie herzlich aufgenommen, als Susan erklärte, sie wäre seit kurzem verwitwet und würde demnächst zu Verwandten aufs Land reisen. Tags darauf überbrachte ein Botenjunge einen langen Brief von Lady Lavinia, in dem sie Susan neben der Summe von zwanzig Pfund – für ihre Ausgaben in den kommenden Tagen – ausführliche Anweisungen erteilte und die Bitte äußerte, den Brief nach dem Lesen unverzüglich zu vernichten. Von dem Geld hatte Susan sich neu eingekleidet – vorrangig dunkle und schlichte Kleider, die ihrem Witwenstand entsprachen. Außerdem hatte sie sich Bücher über Cornwall besorgt und diese mit steigendem Interesse gelesen. Vorher hatte sie über die Grafschaft nicht mehr gewusst, als dass sie die westlichste der britischen Insel war. Vor drei Tagen nun war Lavinia Callington nach Cornwall gereist und hatte Susan durch einen Boten deren Fahrkarte und die Anweisung, welche Zugverbindung sie nehmen sollte, zukommen lassen.

Man wird Sie am Bahnhof in Liskeard abholen und zu einem Cottage bringen. Dort hören Sie dann von mir …

Auch diese Nachricht hatte Susan im Kamin verbrannt und heute Morgen ihre Reise gen Westen angetreten. In Cornwall, vom Golfstrom begünstigt, herrschte ganzjährig ein ausgewogenes Klima, was der Grafschaft eine üppige, fast schon mediterrane Flora bescherte. Die Sommer waren selten heiß, ebenso gab es im Winter nur wenige frostige Tage, Schneefall war eine Seltenheit. Wenn sich Susan hier umsah, konnte sie dies nur bestätigen.

»Bitte einsteigen zur Fahrt nach Penzance, über Liskeard, Bodmin, St. Austell, Truro und Redruth.«

Laut rufend lief ein Schaffner über den Bahnsteig und forderte die Passagiere auf, wieder ihre Plätze im Zug einzunehmen. Nach einer halben Stunde hatte Susan ihr Ziel erreicht. Etwas verloren, einen Koffer und eine kleinere Reisetasche in den Händen, stand sie auf dem Bahnsteig in Liskeard und blickte sich suchend um. Nur wenige Reisende waren mit ihr ausgestiegen, und als Susan überlegte, was sie jetzt tun sollte, kam ein schlaksiger Jüngling in bäuerlicher Kleidung auf sie zu.

»Mrs. Hexton? Susan Hexton?«, fragte er. Susan nickte. »Entschuldigen Sie meine Verspätung, aber eine Schafherde versperrte die Straße. Ich musste einen kleinen Umweg fahren.«

Unaufgefordert nahm der Junge Susans Gepäck. Durch das kleine Bahnhofsgebäude folgte sie ihm hinaus auf einen belebten Marktplatz zu einem offenen Wagen, dessen Ladefläche mit zahlreichen Kisten beladen war. Er half Susan beim Aufsteigen, schwang sich dann auf den Kutschbock und tippte an seine Mütze.

»Ich heiße Max, meine Mutter hat gesagt, ich soll Sie hier abholen.«

»Danke, das ist sehr freundlich«, gab Susan unverbindlich zur Antwort, fragte jedoch nicht, wer Max' Mutter war. Sie war gespannt, was sie erwartete, wusste aber schon jetzt, dass sie sich in dieser Gegend sehr wohl fühlen würde.

»Wir müssen uns beeilen, es wird bald stockdunkel sein«, sagte Max und zeigte nach Westen zum Horizont, wo nur noch ein schmaler Streifen der untergehenden Sonne über der hügeligen Landschaft zu sehen war.

Die Fahrt ging nach Süden über holprige und enge, gewundene Straßen. Etwa neun Fuß hohe Hecken säumten die Wege und verhinderten eine Sicht auf die Landschaft. Sie passierten kleine Gehöfte und Dörfer mit den Namen St. Keyne, Duloe und Sandplace. Im letzten Ort verließ Max an der Kirche die Hauptstraße und bog in einen schmalen Feldweg ein. Steil ging es bergan, das Pferd schnaufte heftig, dann fiel der Weg plötzlich wieder ab, und sie überquerten auf einer schmalen, steinernen Brücke einen Bach, der so reines Wasser führte, wie Susan es nie zuvor gesehen hatte. Links und rechts breitete sich ein Waldgebiet aus,

und in der Luft lag außer dem Duft nach Harz ein frischer, würziger Geruch, der Susan unbekannt war.
»Wir sind gleich da, Mistress«, sagte Max und bemerkte, wie sie leicht schnüffelte. »Sie können hier schon das Meer riechen. Das Cottage liegt keine Meile vom Wasser entfernt, und es führt ein Spazierweg zur Küste. Sie müssen aber sehr vorsichtig sein, denn die Klippen sind hoch und besonders bei Sturm sehr gefährlich. Am besten gehen Sie nach Polperro oder Looe, wenn Sie ans Meer wollen.«
»Ach ja, danke.« Das war alles, was Susan, verwirrt von den vielen Namen, einfiel. Sie war zum ersten Mal in ihrem Leben am Meer, und ihr Herzschlag beschleunigte sich. Hier im Wald war es stockdunkel, nur schemenhaft konnte sie die Umrisse der Bäume links und rechts des Weges erkennen.
»Haben Sie eine Lampe?«, fragte sie mit dem mulmigen Gefühl, der Wagen würde jederzeit in den Graben rutschen.
»Keine Angst, Mistress.« Max lachte und schnalzte mit der Zunge. »Sari kennt den Weg.«
»Sari?«
»Die Stute, sie findet auch blind nach Hause.«
Susan versuchte, sich zu beruhigen, indem sie ruhig durchatmete, obwohl sie kaum noch die Hand vor Augen erkennen konnte. Für eine Frau wie sie, die ihr ganzes Leben in dem belebten London verbracht hatte, hatte diese stille Einsamkeit etwas Bedrückendes. Endlich lichtete sich der Wald und gab den Blick auf die Umrisse mehrerer Gebäude frei – offenbar hatten sie ihr Ziel erreicht. Susan hätte nicht gedacht, dass in dieser Einsamkeit Menschen lebten. Max lenkte den Einspänner auf den Hof und grinste.
»Herzlich willkommen auf der Park Farm. Meine Mutter wird Ihnen gleich Ihr Cottage zeigen.«
Max' Mutter musste auf die Ankömmlinge gewartet haben, denn prompt öffnete sich die Tür des größten Hauses, und eine

ältere, untersetzte Frau mit einer Lampe in der Hand eilte Susan entgegen.

»Mrs. Hexton, hatten Sie eine gute Reise?«

Susan bejahte und blickte sich um.

»Schön haben Sie es hier. Wirklich sehr schön, so ruhig und idyllisch, soweit man dies in der Dunkelheit erkennen kann, Mrs. …?«

»Nankerris, aber bitte nennen Sie mich Caja. Ich darf Sie doch Susan nennen, nicht wahr?«

Das Licht der Lampe fiel auf das Gesicht der Frau, und Susan erkannte, dass sie einmal sehr schön gewesen sein musste, auch wenn sich jetzt tiefe Falten in ihre Stirn und um die Augen gegraben hatten und ihr dunkles Haar mit grauen Strähnen durchzogen war.

»Gerne, Mrs. … äh … Caja, ein schöner Name, nie zuvor habe ich einen solchen gehört.«

Die Frau lächelte. »Caja ist ein sehr alter cornischer Name, er stammt noch aus der keltischen Sprache. Das englische Gegenstück ist Daisy, aber so nennt mich niemand.« Sie fasste Susan am Unterarm. »Lady Callington hat mich gebeten, mich um Sie zu kümmern. Sie armes Ding, so jung und schon Witwe, das muss ja furchtbar für Sie sein. Woran ist Ihr Mann denn gestorben?«

Cajas Blick fixierte Susan erwartungsvoll. So nett die Bäuerin auch war, Susan spürte instinktiv, dass sie vorsichtig sein musste, denn die Frau war von Natur aus neugierig. Sie hatte keine Ahnung, was ihr Lavinia gesagt hatte oder in welcher Beziehung die Adlige zu der Bauersfrau stand, daher antwortete sie ausweichend: »Verzeihen Sie, aber es ist noch sehr frisch. Ich kann noch nicht darüber sprechen.«

Caja nickte verstehend. »Möchte Sie nicht drängen, Kind. Bei allem Unglück ist es jedoch schön, dass Sie nicht allein zurückbleiben. Sie werden sehen, wenn Ihr Kleines erst da ist, wird die Trauer sich legen.«

Max stand daneben und nickte verständnisvoll. Die Familie Nankerris wusste also über ihre Schwangerschaft Bescheid. Susan presste die Lippen zusammen. Sie musste so bald wie möglich mit Lavinia sprechen, wusste jedoch nicht, wo diese zu finden war. Daher blieb ihr nichts anderes übrig, als zu fragen: »Ist das Haus des Viscount Tredary hier in der Nähe?«

»Aber sicher doch.« Caja nickte eifrig. »Sumerhays liegt nur zwei Meilen westlich von hier, direkt oberhalb des Fischerdorfes Polperro. Unsere Farm gehört zu Sumerhays, ebenso das ganze Land hier bis nach Looe rüber. Wir beliefern den Herrensitz mit frischer Milch und Eiern.«

»Sumerhays?« Susan runzelte die Stirn. Sie hatte den Namen nie zuvor gehört.

»Ja, Sumerhays heißt das Landhaus von Lord und Lady Callington.« Caja schmunzelte. »Die vielen Namen müssen Sie verwirren. Also, der Besitz hieß bis vor rund hundert Jahren Tredary Manor. Dann jedoch heiratete eine junge Frau in die Familie ein, die den Begriff *Manor* für das Haus zu streng und altmodisch fand. So wurde es in Sumerhays umbenannt, was meiner Ansicht nach auch viel besser zu dem Haus passt. Vielleicht werden Sie es ja irgendwann selbst sehen. Bevor ich Ihnen Ihr Cottage zeige, essen Sie mit uns. Sie werden bestimmt furchtbar hungrig von der Reise sein. Es gibt zwar nur ein einfaches Mahl, aber meiner Familie schmeckt es.«

Susan wäre zwar lieber gleich ins Cottage gegangen, denn sie war viel zu müde, um hungrig zu sein, wollte jedoch nicht unhöflich sein und folgte der Bauersfrau in das zweistöckige Haus, um dessen Hof sich Stallungen gruppierten. Ein schwarz-weißer, etwas zotteliger Hund schnüffelte an Susans Rocksaum und wedelte mit dem Schwanz.

»Sitz, Moss«, befahl Caja, und der Hund setzte sich sofort auf seine Hinterpfoten, ließ Susan jedoch nicht aus den Augen.

Durch eine niedrige Tür trat Susan in den Wohnraum. Ein Feuer brannte im Kamin, und es war mollig warm. Aus der benachbarten Küche zog ein köstlicher Geruch ins Zimmer, und nun knurrte Susans Magen doch vernehmlich. Caja bat sie, sich zu setzen, und bot Susan ein Glas Wasser an.

»Das Essen ist gleich fertig, dann werden Sie auch den Rest der Familie kennenlernen. Mein Mann Denzil ist noch im Stall, und unsere Tochter Mae erwarten wir erst später. Sie müssen wissen, Susan, Mae arbeitet als Küchenmädchen auf Sumerhays. Wir sind sehr froh, dass sie diese Stellung bekommen hat, denn der Lord und die Lady sind gute Herrschaften. Meinen Sohn Maxwell kennen Sie bereits, und da kommt Ennis, unser Jüngster.«

Mit einem breiten Grinsen stolperte ein vielleicht vierzehn- oder fünfzehnjähriger Junge mit kurzen, dunklen Stoppelhaaren in das Zimmer.

»Grüß dich, Mama.« Er hauchte seiner Mutter einen Kuss auf die Wange, dann streckte er Susan die Hand entgegen. Der strenge Fischgeruch, der von dem Jungen ausströmte, erinnerte sie unwillkürlich an ihre Kindheit in Billingsgate, und ein Schatten fiel über ihr Gesicht. Caja hatte die Ablehnung von Susan sofort bemerkt und sagte streng: »Wasch dich erst, bevor du dich an den Esstisch setzt.«

Ennis nickte und verschwand wieder nach draußen.

»Ennis geht bei einem Fischer in Polperro in die Lehre«, erklärte Caja. »Er ist einer meiner Cousins, und Denzil hatte nichts dagegen, da Max eines Tages die Farm übernehmen wird, die ihm, dem Ältesten, auch zusteht. Obwohl aus unserer Familie noch nie jemand Fischer war, macht Ennis diese Arbeit Freude.«

Susan nickte nur stumm, denn sie wurde von Minute zu Minute müder. Das Essen – Lammeintopf mit getrockneten Bohnen – schmeckte jedoch ausgezeichnet, und sie wechselte mit Denzil und mit Mae Nankerris, die inzwischen nach Hause gekommen war, ein paar belanglose Worte.

»Sie müssen mir unbedingt von London erzählen!« Das junge Mädchen verdrehte träumerisch die Augen. »Ach, ich wünschte, ich könnte in die Stadt fahren und all die schönen Dinge dort sehen.«

»Irgendwann wirst du das, Mae«, wies Caja ihre Tochter zurecht. »Lass unseren Gast jetzt in Ruhe, sie ist müde. In den nächsten Monaten wird sie Ihnen, Susan, sicher Löcher in den Bauch fragen.«

Susan lächelte. »London ist nicht unbedingt der Traum einer Stadt. Wie überall gibt es auch dort Licht und Schatten.«

Dankbar stand Susan auf, als Caja fortfuhr: »Mae, du räumst den Tisch ab und spülst das Geschirr, ich werde Susan das Cottage zeigen.«

Sie entzündete eine zweite Lampe und reichte sie Susan.

»Bei Dunkelheit müssen Sie aufpassen, wohin Sie treten, der Boden ist etwas uneben. Wir wollen doch nicht, dass Sie stürzen und dem Kindchen etwas geschieht, nicht wahr?«

Susan überraschte diese Bemerkung, sie war jedoch zu erschöpft, um etwas zu erwidern. Die beiden Frauen stiegen einen Hügel hinauf, und im Licht des aufgegangenen Halbmondes erkannte Susan ein kleines Haus. Die Tür stand offen, und Susan trat direkt in einen kleinen Wohnraum, dessen rechte Wand von einem mannshohen Kamin dominiert wurde. Erfreut stellte sie fest, dass im Ofen ein Feuer brannte, denn jetzt, am Abend, war von den milden Tagestemperaturen nichts mehr zu spüren, und es war empfindlich kalt geworden. Caja stellte ihre Lampe auf den Tisch und sah sich um.

»Es ist nicht groß und nicht luxuriös, aber bequem und sauber.« Sie öffnete die Tür zu ihrer Linken. »Hier ist Ihr Schlafzimmer. Das Haus trägt den Namen *Tinners Cottage*, weil früher, als es in der Nähe noch zahlreiche Zinnminen gab, ein Minenarbeiter und seine Familie hier gelebt haben. Die Grundmauern des Cottages sind über dreihundert Jahre alt, aus der Zeit stammten

auch der Kamin und der große Hauptstützbalken.« Caja deutete nach oben. »Erst vor drei Jahren haben wir die Küche und ein kleines Badezimmer anbauen lassen.« Susan folgte der Bäuerin durch den Wohnraum, von dem drei Stufen in die Küche hinunterführten. Es war alles da, was sie benötigte. Nachdem Caja die Tür zum Badezimmer geöffnet hatte, entfuhr Susan ein Schrei der Überraschung.
»Eine Badewanne mit fließendem Wasser!«
Caja nickte voller Stolz.
»Lady Lavinia hat die ganze Farm ans Wassernetz anschließen lassen. Bei großen Festlichkeiten wohnen in Tinners Cottage oft Bekannte der Herrschaften, die nicht im Haupthaus untergebracht werden können.«
Susan drehte sich zu Caja um.
»Ich danke Ihnen, Sie sind so freundlich.« Sie seufzte. »Ich glaube, hier werde ich mich wohl fühlen, nach allem, was in der letzten Zeit geschehen ist.«
Plötzlich veränderte sich Cajas bisher freundlicher, fast einfältiger Gesichtsausdruck, und sie wirkte beinahe verschlagen, als sie leise flüsterte, obwohl niemand in der Nähe war: »Wir wollen doch alle, dass Sie sich wohl fühlen und dass es Ihnen gutgeht. Vor allem Lady Lavinia ist daran interessiert, dass Sie ein gesundes Kind zur Welt bringen, nicht wahr?«
Susan erschrak. »Was wollen Sie damit sagen?«
Caja lächelte scheinbar unbedarft, aber Susan schien es ein hinterhältiges Lächeln zu sein.
»Nun, ich denke, wir wissen beide, wovon die Rede ist. Ich werde mich um Sie kümmern und dafür sorgen, dass mit dem Kind alles in Ordnung ist. Und Sie werden sich meinen Anweisungen fügen, schließlich steht viel Geld für Sie auf dem Spiel.« Ein eiskalter Schauer lief Susan über den Rücken. Sie wusste es! Die Bauersfrau wusste über ihren und Lavinias Plan Bescheid. Cajas nächste Worte bestätigten Susans Vermutung. »Ich bin die beste

Hebamme weit und breit. Das weiß die Lady, und ich habe genaue Anweisungen erhalten.«

»Was ist mit Ihrer Familie?«, stieß Susan hervor und konnte nicht verhindern, dass ihre Stimme zitterte.

Caja machte eine wegwerfende Handbewegung.

»Es ist nicht nötig, dass einer von denen etwas erfährt. Für meinen Mann und die Kinder sind Sie eine bedauernswerte Witwe, die ihren Mann verloren hat, obwohl sie ein Kind unter dem Herzen trägt.«

»Was wollen Sie denn sagen, wenn …« Susan zögerte, ihr war auf einmal furchtbar kalt, und Caja verstand.

»Leider werden Sie eine Totgeburt haben. Das kommt vor, auch wenn es vorher keine Probleme gab. Bis dahin ist aber noch ein wenig Zeit. Lady Lavinia sagte, Sie wären im fünften Monat. Ich werde Sie morgen Nachmittag, wenn mein Mann und Max im Stall, Ennis in Polperro und Mae auf Sumerhays sind, gründlich untersuchen, um festzustellen, ob alles in Ordnung ist.« Caja wandte sich zur Tür. »Jetzt lasse ich Sie allein, Sie müssen schlafen. In der Küche finden Sie alles, was Sie für ein Frühstück brauchen, und Max wird morgen Vormittag zum Einkaufen fahren. Wenn Sie wollen, können Sie ihn nach Polperro begleiten, dann sehen Sie gleich etwas von der Gegend. Sie stehen hier zwar unter meiner Aufsicht, sind aber keine Gefangene.« Die letzten Worte hatte Caja mit einem verschlagenen Lächeln gesagt, das Susan unangenehm berührte. Ihr erster Eindruck von Caja Nankerris hatte sie nicht getrügt – vor dieser Frau musste sie auf der Hut sein.

Susan stand immer noch wie angewurzelt unter der Badezimmertür, als das Licht der Lampe, die Caja in der Hand trug, längst verschwunden war. Zum ersten Mal, seit sie am frühen Morgen aufgebrochen war, wurde ihr bewusst, dass es jetzt kein Zurück mehr gab. Lavinia Callington hatte offenbar an alles gedacht – sogar eine Hebamme würde stets an ihrer Seite sein.

»Du hast es nicht anders gewollt«, sagte Susan laut zu sich selbst und zwang sich, an das Geld und nicht an ihren Sohn zu denken. Tausend Pfund waren für Susan eine unvorstellbar hohe Summe. In vier, spätestens fünf Monaten würde sie wohlhabend nach London zurückkehren, Jimmy zu sich nehmen und irgendwo auf dem Land ein neues Leben beginnen. Diese kurze Zeit musste sie durchhalten und sich vor allen Dingen nicht ständig von den Schuldgefühlen, Jimmy im Stich gelassen zu haben, peinigen lassen. Dem Jungen ging es bei Lilo gut, es würde ihm an nichts fehlen. Er war noch so klein – später würde er sich an die Zeit ohne seine Mutter bestimmt nicht mehr erinnern.

Als Susan im Bett lag, fand sie trotz ihrer Erschöpfung keinen Schlaf. Sie lauschte nach draußen und – sie hörte nichts! Susan, seit ihrer Geburt an den Lärm der Großstadt gewöhnt, störte die ungewohnte Stille. In London waren stets, gleichgültig, zu welcher Tages- oder Nachtzeit, Geräusche zu hören: das Streiten der Nachbarn, wenn der Mann mal wieder zu viel getrunken hatte und seine Frau schlug, das Schreien von Kindern, der wenig melodiöse Gesang Betrunkener, die aus dem Wirtshaus nach Hause taumelten, gemischt mit dem lauten Kichern wenig ehrbarer Frauen, dazwischen das Klack-Klack von Pferdehufen und das Rumpeln von Wagenrädern auf dem Kopfsteinpflaster. Sogar immer wieder mal das laute Brummen und Rattern der neuen, pferdelosen Kutschen, die man Automobile nannte. Doch hier war es vollkommen still. Still wie in einem Grab, dachte Susan unwillkürlich. Plötzlich schrie ein Tier, und Susan erschrak. Es klang wie ein Vogel, ein Käuzchen vielleicht oder ein Uhu. Susan hatte weder das eine noch das andere jemals zuvor gehört. Unruhig warf sie sich von einer Seite auf die andere, doch der Schlaf wollte sich nicht einstellen.

Ich brauche nur ein paar Tage, mich einzugewöhnen, dachte sie. Susan war sicher, in drei oder vier Tagen die Hektik und den Lärm Londons nicht mehr zu vermissen. Was Susan jedoch nicht

aus ihrem Kopf ausblenden konnte, war die Erinnerung an Jimmy. Sie hatte ihren Sohn schändlich im Stich gelassen.
»Es ist ja nur für kurze Zeit«, sagte sie sich, um sich selbst zu verteidigen. »Wenn ich das Geld habe, beginnt für uns zwei ein neues, ein besseres Leben.«

Der nächste Tag brach neblig trüb an, jedoch während Susan sich das Frühstück bereitete, lichtete sich der Nebel, und immer mehr Sonnenstrahlen durchdrangen die Wokendecke. Gegen neun Uhr klopfte Max an der Tür des Cottages und fragte, ob sie ihn nach Polperro begleiten wolle.
»Muss einiges erledigen, und Ma meinte, Sie würden sich gerne das Dorf ansehen«, nuschelte er und sah sich neugierig in dem kleinen Wohnraum um.
»Sehr gerne, Max. Ich darf dich doch Max nennen?«
»Natürlich, so nennt mich jeder, obwohl ich auf Maxwell getauft worden bin.«
»Maxwell!« Susan lächelte. »In deiner Familie tragen alle sehr klangvolle Namen … Denzil, Ennis, Mae, Caja und natürlich Maxwell.«
Max sah sie von der Seite an, über sein Gesicht huschte ein Lächeln.
»Ma hält viel von alten Traditionen, wobei es natürlich Zufall war, dass meine Mutter ausgerechnet einen Mann mit dem Namen Denzil geheiratet hat. Sie werden merken, Mrs. Hexton, dass die meisten Leute in Cornwall alte Namen tragen. Auch wenn unsere Sprache ausgestorben ist, versuchen wir trotzdem, ein Stück der Vergangenheit zu bewahren.«
»Wenn ich dich Max nenne, dann musst du aber auch Susan zu mir sagen.« Leicht legte Susan eine Hand auf seinen Arm.
Er errötete. »Nun gut … Miss Susan, aber das mit dem Duzen, das lassen wir lieber. Wäre Ma nicht recht.«
Die Fahrt in dem von zwei Pferden gezogenen Fuhrwerk war

angenehm und kurz. Nach einer knappen halben Stunde fiel die Straße steil ab, und die ersten Häuser des Dorfes kamen in Sicht. Max zügelte die Pferde und hielt vor einer alten Mühle. Kleine, einstöckige und weißgetünchte Häuser mit schiefen Dächern drängten sich um ein großes Mühlrad, über dessen Schaufelblätter das Wasser eines Flusses sprang.

»Das ist die Crumplehorn Mill«, erklärte Max und reichte Susan beim Absteigen die Hand. »Wir bringen unser Getreide zum Mahlen hierher, später kann ich dann das Mehl mitnehmen. Ich schlage vor, Sie gehen derweil ins Dorf und sehen sich alles an. Einfach die Straße hier weiter, dann kommen Sie direkt zum Hafen. Wir treffen uns in drei Stunden wieder hier.«

Susan nickte und sah sich um. Die Häuser waren alle in der gleichen Bauweise erstellt – höchstens zwei Stockwerke hoch, die Wände schief, weiß getüncht und die Dächer mit Schieferplatten versehen. Je weiter sie kam, desto älter wurden die Häuser. Während der Fahrt hatte Max ihr erzählt, dass Polperro ein uraltes Fischerdorf ist, in dem sich im letzten Jahrhundert kaum etwas verändert hat. Eingezwängt zwischen steilen Abhängen, liegt es in einem Tal, durch das sich der Fluss Pol schlängelt, der dem Ort seinen Namen gibt. Wegen dieser beengten Lage konnte sich Polperro niemals ausbreiten, lediglich in der Umgebung der Mühle standen neuere Häuser. Susan hatte noch nicht den Hafen erreicht, als ihr durchdringender Fischgeruch in die Nase stieg, der sie unweigerlich an die Zeit in Billingsgate erinnerte, als sie und ihre Mutter auf dem Fischmarkt gearbeitet hatten. Seitdem verabscheute Susan Fisch und aß diesen nur, wenn sie nichts anderes bekam. Nach einigen Minuten, inzwischen hatte sie sich an den Geruch gewöhnt, erreichte sie das Hafenbecken. Es herrschte Flut, und Dutzende von bunten Fischerbooten in allen Größen schaukelten auf den sanften Wellen. Außer dem Fischgeruch lag nun auch der Duft nach Salz und Seetang in der Luft, und Susan ging rechts am Hafen entlang weiter. Fasziniert blieb sie an der niedrigen Kaimauer stehen und starrte auf das offene Meer. Wenn die Wellen an den Kai schlugen, spritzte wegen des Windes, der hier immer blies, Gischt hoch und benetzte Susans Gesicht. Es war herrlich! Wie durch einen Zauber fielen plötzlich alle trüben Gedanken von Susan ab. Am liebsten hätte Susan die Arme in die Luft geworfen und vor Freude laut gejuchzt. Sie bemerkte einen schmalen Weg, der rechter Hand am Hafenbecken hinauf auf die Klippen führte. Leichtfüßig erklomm sie den steilen Anstieg und wurde mit einem atemberaubenden Ausblick belohnt. So weit das Auge reichte, lag das blaue Meer vor ihr, auf dem sich weiße Schaumkronen türmten. Die Luft schmeckte nach Salz und Torf, und diese Mischung erschien ihr köstlicher als das beste Parfüm, das sie jemals gerochen hatte. Sie drehte sich um. Von hier oben hatte sie einen wundervollen Blick über Polperro. Susan dachte, dass das Dorf vor hundert, ach, vor zweihundert Jahren ebenso ausgesehen haben musste. In den Unterlagen, die sich Susan vor ihrer Reise über Cornwall besorgt hatte, hatte sie gelesen, dass in Polperro seit Jahrhunderten nicht nur der Schmuggel, sondern auch die Wrackräuberei blühte. Offiziell lebten die Dorfbewohner zwar vom Fischfang, besserten ihr Einkommen aber regelmäßig mit diesen gesetzwidrigen Unternehmungen auf, obwohl darauf die Todesstrafe stand. Nun, das sollte ihr gleichgültig sein. Polperro war bezaubernd schön. Vielleicht sollte sie sich hier ein Cottage kaufen? Der Gedanke schoss Susan spontan durch den Kopf. Hier oben auf den Klippen, wo sie jeden Tag diesen fantastischen Ausblick genießen konnte. Ein kleines Haus mit einem Garten, in dem sie selbst Gemüse und auch ein paar Blumen zog. Jimmy würde es am Meer gefallen. Hier gab es keine rußige, schlechte Luft wie in London, die einem oft das Atmen erschwerte. Jimmy … Was er wohl jetzt gerade machte? Vielleicht spielte er mit seinen Bauklötzen oder malte ein Bild. Ob er sie wohl vermisste und manchmal nach ihr fragte? Wenn ja, was sagte Lilo ihm? »Die Mama kommt bald wieder …« oder etwa: »Deine Mama hat dich verlassen …« Würde der kleine Junge überhaupt verstehen, dass seine Mutter ihn im Stich gelassen hatte?

Schnell presste Susan die Zähne zusammen, aber der Tag hatte seinen Zauber verloren. Sie wollte jedoch nicht weinen, denn sie hatte sich für diesen Weg entschieden. Für eine Umkehr war es jetzt zu spät.

»Kann ich Ihnen behilflich sein, Miss?«

Susan zuckte zusammen. Sie hatte den näher kommenden Mann nicht bemerkt, der sie interessiert, aber auch besorgt musterte.

»Danke nein«, erwiderte sie abweisend.

Er lächelte. »Ich hatte den Eindruck, Sie wären traurig. Dabei sollte an einem solch schönen Tag wie heute niemand trüben Gedanken nachhängen. Besonders nicht so eine junge und schöne Frau wie Sie.«

Scharf zog Susan die Luft ein. Was bildete sich der Mann eigentlich ein? Zugegeben, er war attraktiv, groß und schlank, mit dichtem, dunklem Haar und hellbraunen Augen, vielleicht ein paar Jahre älter als sie selbst. Dennoch gab ihm das nicht das Recht, sie derart plump anzusprechen. Da der Küstenpfad eng war, versperrte er ihr den Weg. Sie sah ihn herausfordernd an.

»Treten Sie bitte zur Seite. Ich möchte weitergehen.«

Fast hatte Susan erwartet, dass er sie nicht vorbeilassen würde, er machte jedoch einen Schritt zur Seite und zog dabei seinen Hut.

»Verzeihen Sie, dass ich mich noch nicht vorgestellt habe. Ich bin Stephen Polkinghorn, und Ihr Name, Miss …?«

»Mistress, und nun lassen Sie mich vorbei, Mr. Polkinghorn.«

Susan lief, so schnell sie konnte, den steilen Weg zum Hafen hinunter. Sie widerstand der Versuchung, sich umzudrehen, um zu schauen, ob er ihr folgte. Sie hatte keine Angst, denn das Dorf

war voll von Menschen, außerdem hatte Susan in ihrem Leben sich schon vieler ungewünschter Aufmerksamkeiten erwehrt.
Während Susan die nächste Stunde durch Polperro schlenderte, sich die alten, geduckten Fischerhäuschen und die engen Gässchen betrachtete, blickte sie sich immer wieder nach Mr. Polkinghorn um, doch der Fremde war nirgendwo zu sehen. In einem Geschäft kaufte Susan ein paar handgefertigte Taschentücher, in einem anderen ein kleines Bild, das den Hafen von Polperro darstellte. Die Sachen waren nicht teuer und würden sie später an ihre schöne Zeit in Cornwall erinnern. Pünktlich zum vereinbarten Termin war Susan wieder an der Crumplehorn Mill, wo sie von Max Nankerris bereits erwartet wurde. Die Ladefläche des Wagens war mit Mehlsäcken, Kartoffeln und Kisten, über deren Inhalt Susan nichts wusste, randvoll beladen.
»Hatten Sie einen schönen Tag, Miss Susan?«, fragte Max, während er die Plane festzurrte.
»Polperro ist sehr schön«, antwortete Susan. »Aber auch sehr arm, nicht wahr? Den meisten Häusern würden ein neuer Anstrich oder neue Fenster guttun.«
Max grinste. »Och, die Leute mögen es so, wie es ist. Sie haben jedoch recht – Vermögende findet man hier keine. Die einzigen Vermögenden der Gegend sind die Tredarys aus Sumerhays. In den letzten Jahren kommen im Sommer auch immer mehr Besucher aus London oder den Städten im Norden, manche bauen sich hier wegen der guten Luft ein Haus. Das sind reiche Leute, und ein wenig Geld fällt für uns dabei ab, wenn sie hier einkaufen, aber dann gehen sie im Herbst zurück, und Cornwall gehört wieder uns Einheimischen.«
Während Max den Wagen aus der Einfahrt der Mühle auf die Straße lenkte, kam ein Reiter aus dem Dorf ihnen entgegen. Susan erkannte sofort den Fremden von den Klippen. Auch Polkinghorn erkannte sie, denn er tippte an seinen Hut und verneigte sich in Susans Richtung.

»Sagen Sie nicht, Sie kennen diesen Kerl?« Max verzog grimmig die Lippen, gab ein Schnauben von sich und trieb das Pferd mit der Peitsche an.
»Kennen ist zu viel gesagt. Wir begegneten uns zufällig auf den Klippen.«
»Wenn ich Ihnen einen Rat geben darf, Miss: Gehen Sie Polkinghorn aus dem Weg. Er genießt, was Frauen betrifft, den schlechtesten Ruf in ganz Ostcornwall, wenn Sie verstehen, was ich meine.«
Susan nickte. Lächelnd antwortete sie: »Du brauchst dir keine Sorgen zu machen, Max. Ich bin eine Witwe, die dazu noch ein Kind erwartet. Wohl kaum eine Person, an der Polkinghorn Interesse hat.«
Max warf ihr einen skeptischen Seitenblick zu.
»Sie sind aber sehr hübsch, ja sogar schön, wenn ich das so sagen darf, Miss Susan. Polkinghorn hat es schon immer gereizt, das zu bekommen, was er auf den ersten Blick nicht haben kann.«
Obwohl es das Kompliment von einem halbwüchsigen Jungen war, freute sich Susan über Max' Worte.
»Nun, ich glaube nicht, dass sich die Wege von Polkinghorn und mir noch mal kreuzen werden, oder lebt er etwa in Polperro?« Dies würde Susan bedauern, denn sie hatte vor, das Dorf in den nächsten Monaten häufiger zu besuchen.
Max schüttelte den Kopf. »Der Besitz seiner Familie liegt weiter westlich, bei Fowey. Die Familie war bis vor einigen Jahren recht vermögend, was sie in erster Linie ihren Zinnminen verdankten. Die Minenindustrie in Cornwall stirbt allerdings aus, auch die Minen der Polkinghorns mussten geschlossen werden, weil sie keine Erträge mehr einbrachten. Es heißt zudem, das Geld rinne ihnen nur so durch die Finger. Man sagt, der alte Polkinghorn verspielte das Geld ebenso gerne wie sein Sohn, der es auch sonst für einige … lasterhafte Dinge ausgibt.« Max sah Susan ernst an. »Ich habe kein Recht, Ihnen Vorschriften zu machen, Miss

Susan, aber meine Mutter sähe es gar nicht gern, wenn Sie sich mit diesem Beau treffen würden.«

Susan lachte unbekümmert.

»Wie ich schon sagte – diesbezüglich besteht keine Gefahr. Wir sind uns heute zufällig begegnet, und Polkinghorn machte auf mich gleich einen aufdringlichen Eindruck. Ich bin nach Cornwall gekommen, um Abstand zu gewinnen und in aller Ruhe mein Kind zur Welt zu bringen. Nach einem Techtelmechtel steht mir wahrlich nicht der Sinn.«

»Dann ist es ja gut.« Max' Worte waren nicht mehr als ein Murmeln.

Susan kuschelte sich in die Decke und lehnte sich zurück. Obwohl dieser Stephen Polkinghorn in der Tat recht attraktiv war, stand ihr nicht der Sinn nach einer Liebelei. Sollten sie sich zufällig erneut begegnen und Stephen feststellen, dass sie sich in anderen Umständen befand, dann würde sich sein Interesse an ihr ohnehin schnell in Luft auflösen. Noch bevor Susan und Max die Park Farm wieder erreichten, hatte Susan die kurze Begegnung auf den Klippen schon vergessen.

Zwei Tage später überbrachte Caja Susan am Abend eine Nachricht von Lavinia Callington. In Lavinias steiler, akkurater Handschrift stand da:

Kommen Sie morgen Vormittag zu der Talland Bay. Caja wird Ihnen den Weg dorthin erklären ...

Das Wetter hatte sich geändert, seit dem Morgen nieselte es, die Luft war jedoch noch angenehm mild. Jedenfalls war es viel wärmer als Ende November in London. Der Weg war nicht weit, und Susan sah bald das offene Meer vor sich liegen. Hinter einer uralten Kirche, deren niedriger, gedrungener Turm darauf schließen ließ, dass sie aus normannischer Zeit stammte, fiel der Weg steinig und steil zu einer kleinen, unbewohnten Bucht ab. Susan erkannte Lavinia sofort. Auch sie war zu Fuß gekommen, ein Wagen hätte diesen Weg auch kaum bewältigen können. Lavinia Callington war in ein dunkles Cape gehüllt, dessen Kapuze ihr Gesicht fast vollständig verbarg. Als sie Susan erblickte, lief sie ihr entgegen und hielt sich nicht lange mit Vorreden auf.

»Ich hoffe, es ist alles zu Ihrer Zufriedenheit?«

»Ja, danke, die Nankerris sind sehr freundlich«, antwortete Susan.

Lavinia nickte. »Das habe ich erwartet. Ihnen und dem Kind geht es gut?«

»Ich fühle mich wohl, und das Kind hat sich gestern zum ersten Mal bewegt«, sagte Susan und konnte nicht verhindern, dass sie lächelte. Ein Schatten fiel über Lavinias Gesicht.

»Gewöhnen Sie sich nur nicht zu sehr an das Kind.« Ihre Stimme war hart und kalt. »Wir haben eine Abmachung.«

Susan straffte die Schultern. »Keine Sorge, Lady Lavinia, ich vergesse das nicht. Ich dachte nur, es interessiert Sie, dass mit dem Kind alles in Ordnung ist. Caja Nankerris hat es bestätigt, nachdem sie mich gründlich untersucht hat. Die Frau muss Ihr uneingeschränktes Vertrauen besitzen, da Sie sie eingeweiht haben.«

»Nun, ganz ohne Hilfe geht es nicht, oder wollen Sie das Kind etwa allein in einer einsamen Hütte zur Welt bringen? Zerbrechen Sie sich darüber nicht den Kopf, es läuft alles nach Plan. Wenn es Frühling wird, erhalten Sie das Geld und können dann machen, was Sie wollen. Bis dahin werden Sie sich jedoch nach Cajas Anweisungen richten oder auch nach meinen, sofern ich Ihnen Nachrichten zukommen lasse.«

»Ich bin mir meiner Pflichten durchaus bewusst«, sagte Susan unterwürfig. Dabei interessierte es sie brennend, wie Lavinia ihre nicht vorhandene Schwangerschaft gegenüber dem Personal in Sumerhays erklärte. Ihr eigener Bauch rundete sich zu-

sehends, in zwei, drei Wochen würde die Schwangerschaft auch in bekleidetem Zustand deutlich zu erkennen sein. Lavinia hingegen war von Natur aus rank und schlank wie ein Reh, da nutzte auch die weite Kleidung, die sie heute trug, um sie dicker erscheinen zu lassen, nichts. Lavinia bemerkte Susans Blick, der unweigerlich zu ihrer Körpermitte gewandert war.
»Das lassen Sie meine Sorge sein«, beantwortete sie Susans unausgesprochene Frage. »Ich hörte, Sie haben die zweifelhafte Bekanntschaft von Stephen Polkinghorn gemacht.«
Susan runzelte die Stirn. Sie hätte sich denken können, dass Max seiner Mutter sofort von dieser Begegnung berichtet hatte.
»Bekanntschaft ist zu viel gesagt«, entgegnete sie ruhig. »Er sprach mich in Polperro an, ich gab ihm jedoch zu verstehen, dass ich an einer Unterhaltung oder gar einer näheren Bekanntschaft nicht interessiert bin.«
»Gut, das sollten Sie auch künftig tun.« Lavinia sah Susan scharf an. »Dieser Mann ist nicht nur ein Schürzenjäger, sondern auch eine der größten Klatschbasen der ganzen Grafschaft, schlimmer als jedes Fischweib. Unsere Familien verkehren nicht miteinander.«
Susan nickte. Sie hätte gerne gewusst, warum Polkinghorn derart unbeliebt war, denn spielen taten viele Männer, und Frauengeschichten hatten auch die meisten. Sie merkte jedoch an Lavinias ablehnendem Verhalten, dass sie das Thema nicht weiter verfolgen wollte.
»Haben Sie noch genügend Geld?«, fragte Lavinia plötzlich und zog ihre Geldbörse aus der Manteltasche.
»Danke, ja, auf der Farm brauche ich ja nicht viel. Caja kocht am Abend immer eine Portion für mich mit, die sie mir ins Cottage bringt, und frische Lebensmittel kauft Max für mich ein.«
Lavinia nahm ein paar Münzen aus der Börse und drückte sie Susan in die Hand.
»Nehmen Sie das Geld trotzdem. Ich weiß nicht, wann wir uns das nächste Mal treffen können. Jetzt kommt die Vorweihnachts-

zeit, da ist es für mich unmöglich, mich völlig von allen Bekannten und Nachbarn zurückzuziehen. Wahrscheinlich können wir uns erst im neuen Jahr wiedersehen.«

Susan bedankte sich und steckte das Geld in ihre Rocktasche. Sie nahm an, Caja Nankerris wurde von Lavinia für ihre Dienste ebenso bezahlt, daher nahm sie das kostenlose Essen der Farmersfrau widerspruchslos an.

Die beiden Frauen trennten sich mit einem Nicken. Während Susan den Anstieg zur Straße hinaufkletterte, schlug Lavinia den Küstenweg in Richtung Polperro ein. Für einen Moment war Susan versucht, Lavinia zu folgen. Zu gerne hätte sie einen Blick auf Sumerhays geworfen, aber sie wusste, Lavinia wäre darüber sicher ärgerlich. Nun, irgendwann würde sie mal einen Spaziergang an den Klippen unternehmen und ganz zufällig am Herrenhaus vorbeikommen. Susan war neugierig darauf, zu erfahren, wie vermögende Leute wie Lavinia wohl lebten. Bald würde auch sie nicht mehr jeden Penny zweimal umdrehen müssen und sich mehr leisten können. Da musste sie schließlich wissen, was prunkvoll war, ohne überladen oder gar billig zu wirken. Wobei sie sich einen Besitz, wie dieses Sumerhays sein musste, natürlich nicht würde leisten können. Susan hatte jedoch die feste Absicht, mit ihrer Vergangenheit zu brechen und sich künftig nur noch in besseren Kreisen zu bewegen.

5. Kapitel

Erschöpft vom Spaziergang zur Talland Bay und dem Gespräch mit Susan, kehrte Lavinia nach Sumerhays zurück. Sie sehnte sich nach einer heißen Tasse Tee, um in Ruhe nachzudenken. Diese Susan Hexton machte zwar nicht den Eindruck, als würde sie

Schwierigkeiten bereiten, aber Lavinia musste auf der Hut sein. Menschen aus solchen Verhältnissen wie Susan durfte man nicht trauen. Für ein paar Pennys verrieten die ihre eigene Großmutter, und Anstand und Ehre waren für die meisten ohnehin Fremdwörter. Lavinia wollte, dass es Susan gutging, nun ja, in erster Linie wollte sie natürlich, dass das Kind in ihrem Bauch wuchs und gedieh und dass es ihm an nichts fehlte. Trotzdem durfte sie Susan nicht zu viel Geld geben. Nicht, dass sie sich plötzlich bei Nacht und Nebel aus dem Staub machte und Lavinia damit in eine äußerst prekäre Situation brachte. Sie hoffte, Susan richtig einzuschätzen, dass die junge Frau nämlich scharf auf die versprochenen tausend Pfund war, die sie selbstverständlich erst nach der Geburt und Übergabe des Kindes erhalten würde.

Als Lavinia die Tür zum Herrenhaus öffnete und in die Halle trat, stolperte sie fast über einen Berg von Koffern, Taschen und Hutschachteln.

»Was ist hier los?«, schimpfte sie, und die Vorahnung jagte wie ein kalter Schauer über ihren Rücken.

»Ah, da bist du ja endlich! In deinem Zustand solltest du nicht so lange Spaziergänge machen, das schadet deiner Gesundheit.«

»Mutter!« Lavinia wurde weiß wie die Wand. Haltsuchend griff sie nach der Kante einer Kommode.

Aus einem Sessel neben der Treppe erhob sich eine große, stattliche Frau. Ihr brombeerfarbenes Kleid war mit allerlei Schleifen und sonstigem Zierat ebenso pompös wie ihre ganze Erscheinung. Zenobia Heddingham, die ihre Schwiegertochter um einen ganzen Kopf überragte, musterte Lavinia von oben bis unten. Lavinia fühlte sich unter ihrem strengen Blick unwohl und nestelte verlegen an den Knöpfen ihres Mantels.

»Der Arzt hat mir frische Luft verordnet«, sagte sie leise und lächelte gezwungen. Sie hatte ihre Schwiegermutter seit dem vergangenen Sommer nicht mehr gesehen. Da sie sich in Zenobias Gegenwart immer etwas unwohl fühlte, war sie froh, dass

Edwards Mutter im Norden Englands, im Lake District, lebte und sie einander nur zwei oder drei Mal im Jahr besuchten.

»Du scheinst nicht erfreut, mich zu sehen.« Lady Zenobias Stimme war ebenso klangvoll wie ihr Vorname, auf den sie sehr stolz war. Die Königin Zenobia herrschte im dritten Jahrhundert über die Stadt Palmyra in Syrien. Lady Zenobias Vater betätigte sich einst als Hobbyarchäologe und Altertumsforscher und war von der schönen und wagemutigen Königin so fasziniert, dass er deren Namen seiner Tochter gab.

Lavinia rang um Fassung und versuchte, so unbeschwert wie möglich zu antworten. »Ich habe nicht mit dir gerechnet.« Sie hauchte einen Kuss auf die faltige Wange ihrer Schwiegermutter. »Warum hast du nicht geschrieben oder telegrafiert, dass du kommst?«

Zenobia runzelte die Stirn.

»Als Edward mich informierte, dass unser Warten endlich ein Ende hat und du dich in anderen Umständen befindest, war es für mich eine Selbstverständlichkeit, sofort nach Sumerhays abzureisen, um dir zur Seite zu stehen. Allerdings bin ich enttäuscht, dass du mir nicht selbst geschrieben und mich um meinen Rat und meine Hilfe gebeten hast. Immerhin handelt es sich um deine erste Schwangerschaft.«

Wenig damenhafte Ausdrücke schossen Lavinia durch den Kopf. Von Kindheit an jedoch dazu erzogen, immer und in allen Situationen die Contenance zu wahren, zuckte lediglich eines ihrer Augenlider nervös, als sie auf Zenobias Vorwurf nicht einging, sondern sagte: »Edward hat dir sicherlich auch geschrieben, dass der Arzt mir absolute Ruhe verordnet hat, um die Gesundheit des Kindes nicht zu gefährden.«

»Darum, meine Liebe, bin ich gekommen.« Zenobia Heddingham nickte wohlgefällig. »Ich werde mich um dich kümmern und dafür sorgen, dass der Erbe von Tredary unbeschadet das Licht der Welt erblickt.«

»Das ist wirklich nicht nötig …« Lavinias Worte waren nicht mehr als ein Flüstern, lösten jedoch auf Zenobias Stirn eine Unmutsfalte aus.

»Ich hätte mir etwas mehr Freude deinerseits gewünscht, Lavinia.« Der Tadel in ihrer Stimme war unüberhörbar. »Außerdem ist meine Anwesenheit auf Sumerhays dringend vonnöten.« Zenobia machte eine raumgreifende Handbewegung. »Warum ist niemand hier? Wo ist das Personal? Ich fand die Tür unverschlossen und das Haus regelrecht verwaist vor. Dadurch sah ich mich gezwungen, den Kutscher der Mietdroschke, mit der ich vom Bahnhof in Liskeard gekommen bin, zu bitten, das Gepäck in die Halle zu tragen. Seit einer Stunde sitze ich hier und warte, aber das Haus scheint wie ausgestorben zu sein. Wo ist Monkton? Und deine Zofe?«

Lavinia versuchte, ihre flatternden Nerven unter Kontrolle zu bekommen. Die Gedanken wirbelten in ihrem Kopf durcheinander. Sie musste dafür sorgen, dass ihre Schwiegermutter so schnell wie möglich wieder abreiste, denn vor ihr würde sie ihr Geheimnis nicht lange hüten können.

»Ich bin allein nach Sumerhays gekommen«, antwortete sie auf Zenobias Fragen. »Wie ich bereits sagte – ich brauche völlige Ruhe, darum habe ich nicht vor, Einladungen auszusprechen oder gar Empfänge zu geben. Monkton wird in London von Edward benötigt, und die Windles kümmern sich ganz rührend um mich. Als Zofe geht mir die junge Mae Nankerris zur Hand, die ihre Sache gut macht.«

Missbilligend schüttelte Zenobia den Kopf und stieß einen verächtlichen Laut aus.

»Die beiden Alten mögen zwar das Anwesen verwalten können, haben jedoch keine Ahnung, was einer Schwangeren guttut und was nicht. Dass du deine Ruhe brauchst, akzeptiere ich selbstverständlich, dennoch darfst du nicht vergessen, was du dem Namen Tredary schuldig bist. Ein wenig Repräsentation wird unumgänglich sein, zumal Weihnachten nicht mehr fern ist. Aber keine Sorge, Kind, jetzt bin ich ja da und werde mich um alles kümmern?«

»Wie lange hast du vor zu bleiben?« Lavinia hoffte, Zenobia möge den bangen Unterton in ihrer Stimme nicht bemerken. Die Antwort ihrer Schwiegermutter war für Lavinia wie ein Schlag ins Gesicht.

»Selbstverständlich so lange, bis ich meinen Enkel in den Armen halte!« Stolz hob Zenobia das Kinn. »Wenn du schon nicht an Edwards Seite sein willst, wo du meiner Ansicht nach hingehörst, anstatt dich hier auf dem Land zu vergraben, so werde ich mich eben hier um dich kümmern.«

Lavinia wurde es beinahe schlecht vor Angst. Sie wusste, wenn Zenobia sich etwas in den Kopf gesetzt hatte, konnte sie nichts und niemand mehr davon abbringen. Sie wagte einen letzten Versuch, ihre Schwiegermutter umzustimmen.

»Kannst du Ravenwood und deinen Mann denn so lange allein lassen? Besonders an Weihnachten wird dich Archibald sicher sehr vermissen.«

Nach dem frühen Tod von Edwards Vater hatte Zenobia vor neun Jahren einen vermögenden, ebenfalls verwitweten Lord geheiratet und lebte seitdem mit ihm zusammen auf dem Besitz Ravenwood in der Nähe von Windermere im Lake District. Zwei, drei Mal im Jahr besuchte Zenobia ihren Sohn und Lavinia in London, die ihrerseits im letzten Jahr einige Wochen auf Ravenwood verbracht hatten. Es war nicht so, dass Lavinia ihre Schwiegermutter nicht mochte oder Zenobia ihr unfreundlich oder gar ablehnend gegenüberstand, nein, bis auf ihre Herrschsucht und ihre Art, dass grundsätzlich alle das zu tun und zu lassen hatten, was Zenobia anordnete, kam Lavinia mit ihr recht gut aus. An ihre ständigen Bevormundungen hatte sie sich gewöhnt und gelernt, in der Zeit, die sie mit Zenobia verbrachte, zu allem ja und amen zu sagen und ihrer Schwiegermutter nicht zu widersprechen. Jetzt jedoch wünschte sie Zenobia ans Ende der Welt. Wie

sollte sie ausgerechnet ihr verheimlichen, dass sie kein Kind unter ihrem Herzen trug?
»Archibalds Rheuma lässt es leider nicht zu, dass er mich begleitet«, beantwortete Zenobia Lavinias Frage. »Zudem plagt ihn neuerdings die Gicht im linken Fuß.« Sie seufzte. »Wir werden alle nicht jünger. Umso erfreuter bin ich, dass ich noch die Geburt meines Enkels erleben kann.«
Lavinia schluckte trocken. Für Zenobia war es bezeichnend, dass sie nicht in Erwägung zog, dass es auch eine Enkelin werden konnte.
»Ach, Mutter, wir werden euch in Ravenwood besuchen. Du wirst mich und das Kind regelmäßig sehen. Es ist wirklich nicht notwendig, so lange Zeit von zu Hause fortzubleiben. Bis zur Geburt sind es noch mindestens vier Monate.«
Abschätzend glitt Zenobias Blick über Lavinias Körper und blieb auf ihrem Bauch hängen.
»Rede keinen Unsinn, Kind!« Resolut unterband sie mit einer Handbewegung Lavinias Einwand. »Ich brauche dich nur anzusehen, um zu erkennen, dass du zu wenig isst. Für eine Schwangere bist du viel zu dünn und auch zu blass. Als ich mit Edward in anderen Umständen war, war ich fast von Anfang an rund wie eine Tonne.«
Und bist es heute noch, dachte Lavinia in einem Anfall von Gehässigkeit, bereute ihren Gedanken jedoch gleich wieder und bemühte sich um ein unverbindliches Lächeln.
»Mir geht es gut, Mutter. Es tut mir leid, zu hören, dass es um Archibalds Gesundheit nicht gut bestellt ist. Umso besser wäre es doch für ihn, wenn du Weihnachten an seiner Seite bist, oder?«
Lavinia dachte, bis Weihnachten würde sie gegenüber Zenobia die Scharade aufrechterhalten können, doch dann würde es unweigerlich kritisch werden. Zenobia runzelte die Stirn.
»So langsam gewinne ich den Eindruck, du willst mich gar nicht hier haben, mein liebes Kind.« Zenobias Stimme war ein einzi-

ger Vorwurf. »Am liebsten wäre es dir, wenn ich gleich heute wieder abreise, nicht wahr?«

»Aber Mutter, wie kannst du so etwas denken?«, beeilte Lavinia sich zu versichern. »Es ist ebenso dein Haus wie meines, und du weißt, dass du jederzeit willkommen bist. Ich bin über deinen Besuch nur überrascht und habe ein schlechtes Gewissen, wenn du wegen mir deinen Mann so lange vernachlässigst.«

Wie dreist ich lügen kann, dachte Lavinia und hoffte, nicht zu erröten. Zenobia hingegen schien besänftigt. Mit einem wohlwollenden Lächeln legte sie eine Hand auf Lavinias Arm und sagte: »Da die Dienerschaft hier mehr als unzureichend ist, werde ich jetzt mal mein Zimmer aufsuchen. Ich hoffe nur, dass dieser alte Windle irgendwann auftaucht, um mein Gepäck hinaufzuschaffen. Zudem sehne ich mich nach einer starken Tasse Tee. Du könntest nicht vielleicht …?«

Lavinia verstand und versprach, sofort nach Mrs. Windle zu suchen, damit diese Tee und einen kleinen Imbiss zubereitete. Sie war froh, Zenobia für den Moment entfliehen zu können. Als sie in den Garten ging, überlegte sie fieberhaft, was sie tun konnte, um ihre Schwiegermutter zur baldigen Abreise zu bewegen.

Eine Stunde später hatte Mrs. Windle, die sich im Kräutergarten aufgehalten hatte, Tee bereitet und servierte diesen mit Gurkensandwiches im Salon. Während Zenobia herzhaft zugriff, schien Lavinias Kehle wie zugeschnürt zu sein. Sie brachte keinen Bissen hinunter und nippte nur hin und wieder an ihrer Tasse. Unweigerlich kam Zenobia erneut auf ihre Schwangerschaft zu sprechen. Sie war entsetzt, zu hören, dass Lavinia bisher keinen Arzt in Cornwall konsultiert hatte.

»Du musst zu Doktor van Roosen!« Beschwörend fixierten Zenobias graue Augen Lavinia. »Er ist ein sehr guter Arzt, schon sein Vater hat geholfen, Edward auf die Welt zu bringen.«

»Mir geht es gut, und ich habe Caja Nankerris in erreichbarer Nähe«, antwortete Lavinia. »Sie ist eine hervorragende Hebamme und hat bereits über hundert Kindern geholfen, das Licht der Welt zu erblicken.«

»Die Frau eines Pächters!« Verächtlich winkte Zenobia ab. »Als Hebamme mag sie nicht schlecht sein, regelmäßige Konsultationen eines Arztes sind jedoch unabdingbar. Du musst bedenken, Lavinia, du bist nicht mehr die Jüngste. Wie leicht kann es da zu Komplikationen kommen.«

»Mutter, ich bin erst achtundzwanzig, und ich bin völlig gesund. Ich denke nicht, dass es Grund zur Sorge gibt, wenn ich mich an die Anweisungen des Londoner Arztes halte und mir viel Ruhe gönne.«

Zenobia runzelte die Stirn. »Dennoch bestehe ich auf einer Konsultation bei Doktor van Roosen.«

Lavinia seufzte verhalten. Zugegeben – aus Zenobias Sicht hatte die Schwiegermutter sicher recht. Mit achtundzwanzig Jahren zählte sie in ihren Kreisen tatsächlich schon zu den Spätgebärenden, und oft genug hörte man von schweren Geburten, bei denen Kind und Mutter in Lebensgefahr gerieten. Das alles mochte vielleicht stimmen – wenn sie schwanger wäre.

»Also, wann suchst du Doktor van Roosen auf?« Zenobia ließ nicht locker. »Ich werde dich selbstverständlich begleiten.«

»Im nächsten Jahr, Mutter.« Lavinia wusste, im Moment musste sie nachgeben. Sie hoffte, dass Zenobia im Januar vielleicht doch den Wunsch verspürte, wieder nach Hause zu fahren.

»Nun gut, doch wenn du vorher Beschwerden irgendwelcher Art verspürst, dann lasse ich sofort den Arzt rufen.« Zenobia griff nach dem letzten Sandwich und kaute genüsslich. »Du brauchst keine Angst zu haben, Lavinia, Kinderkriegen ist gar nicht so schwer. Ich muss es ja schließlich wissen, denn ich habe drei Kindern das Leben geschenkt.« Sie stockte und fuhr dann leise fort: »Von denen mir nur Edward geblieben ist.«

»Du vergisst Rosalind«, entfuhr es Lavinia.

Zenobias Gesichtsfarbe wurde erst fahl und wechselte dann zu einem tiefen Rot. Sie keuchte, stand so hastig auf, dass sie an den Tisch stieß und dabei ihre Teetasse umwarf. Der Rest Tee ergoss sich dunkelbraun auf das blütenweiße Tischtuch. Zenobias Augen verengten sich zu Schlitzen, als sie zischte: »Wie kannst du es wagen, diesen Namen zu erwähnen! Ich schreibe es deinem Zustand zu, dass du dich mir gegenüber derartig vergisst. Schwangere Frauen sind manchmal etwas seltsam, aber ich hoffe, du lässt es nicht öfter an dem nötigen Respekt mir gegenüber fehlen.«

Sie rauschte aus dem Zimmer und schloss die Tür lauter als notwendig hinter sich. Lavinia legte beide Hände auf ihr wild pochendes Herz. Wie hatte sie nur Rosalind erwähnen können! Wahrscheinlich war es der enormen psychischen Anspannung, unter der sie seit Zenobias Ankunft stand, zuzuschreiben, dass sie den Namen, der in der Familie nicht genannt werden durfte, ausgesprochen hatte. Sie stand auf und trat zur Anrichte, auf der immer eine Auswahl von alkoholischen Getränken stand. Lavinia trank selten Alkohol, und wenn doch, dann einen leichten Weißwein oder im Winter ein Glas Punsch. Jetzt jedoch brauchte sie etwas Stärkeres, darum schenkte sie sich einen Brandy ein. Scharf rann der Alkohol durch ihre Kehle, und sie musste husten. Im Magen jedoch wärmte er, und Lavinia begann, sich zu entspannen.

Rosalind Callington … Es war etwa zwei Jahre her, dass Lavinia zufällig auf diesen Namen gestoßen war. Als sie Edward heiratete, wusste sie, dass sein jüngerer Bruder bereits im Kleinkindalter an Scharlach gestorben war, von einem weiteren Kind wurde jedoch nie gesprochen. Eines Tages – Lavinia erinnerte sich noch heute, als wäre es gestern gewesen, an diesen regnerischen Sonntagnachmittag – war sie, mehr aus Langeweile als aus Interesse, in die Bibliothek gegangen, um sich ein Buch zu holen. Dabei stieß sie auf das Stammbuch der Familie Callington, das sie nie zuvor in Händen gehabt hatte. Sie blätterte es durch und fand die Eintragung von Rosalind Callington. Es handelte sich um eine Schwester Edwards, die allerdings erst vierzehn Jahre nach Edward geboren wurde. Da im Stammbuch kein Sterbedatum vermerkt war, sprach Lavinia ihren Mann auf den Namen an. Damals reagierte Edward ähnlich aufgeregt wie seine Mutter heute und meinte, er wolle nicht darüber sprechen. Lavinia ließ jedoch nicht locker, und so erfuhr sie die Geschichte von Edwards jüngerer Schwester.

Rosalind war ein Nachzügler, Zenobia hatte nicht geglaubt, noch einmal ein Kind zu bekommen. Von Anfang an war das Mädchen der Liebling der Familie. Edward, damals bereits im jugendlichen Alter, war weit davon entfernt, auf seine kleine Schwester eifersüchtig zu sein. Im Gegenteil – er liebte und umsorgte das Mädchen, als wäre es sein eigenes Kind. Schon als Kleinkind war erkennbar, dass Rosalind einmal eine Schönheit werden würde. Dichtes, schwarzes, lockiges Haar umrahmte ein herzförmiges Gesicht, und dem Blick aus ihren veilchenblauen Augen konnte niemand widerstehen. Noch bevor Rosalind in die Gesellschaft eingeführt wurde, hatte sie zahlreiche Verehrer, die oft tagelang um Sumerhays herumschlichen, in der Hoffnung, einen einzigen Blick auf das Mädchen werfen zu können.

Rosalinds Debüt in London war der Erfolg der Saison. Sie wurde sogar Königin Victoria persönlich vorgestellt und erhielt in diesem Sommer mehr als drei Dutzend Heiratsanträge. Zenobia, die ihre Tochter gut verheiratet sehen wollte, zog einige der respektabelsten Herren in die engere Wahl. Besonders einen jungen Mann – Spross und Erbe einer Familie, die ihre Abstammung bis zu Zeiten Wilhelm des Eroberers zurückverfolgen konnte und über einen großen Besitz in Gloucestershire verfügte – hätte Zenobia gerne als künftigen Schwiegersohn gesehen. Der Mann war nicht nur äußerst vermögend, sondern auch gebildet, höflich und attraktiv. Umso mehr wunderten sich Edward und seine Mutter, als Rosalind seinen Antrag ablehnte. Im

Herbst zurück auf Sumerhays, gestand Rosalind, dass ihr Herz einem anderen Mann gehöre und sie nur diesen und sonst niemanden heiraten würde. Zenobia tobte, als sie erfuhr, dass Rosalinds Auserwählter ein irischer Pferdezüchter war. Sie hatte keine Ahnung, wo und wann ihre Tochter diesen Bauerntrampel, wie sie ihn nannte, ohne ihn jemals zu Gesicht bekommen zu haben, kennengelernt hatte, eine derartige Verbindung kam jedoch auf keinen Fall in Frage. Allein die Tatsache, dass es sich um einen Iren handelte, machte es Zenobia unmöglich, diesen Mann zu empfangen. Wusste doch jeder, dass Iren dumme, ungebildete Trunken- und Raufbolde waren, die auf armseligen Farmen ihr Dasein fristeten und stets bemüht waren, die Autorität der britischen Regierung zu untergraben.
Da Rosalind sich weigerte, den Antrag des Adligen anzunehmen, verordnete ihr Zenobia Hausarrest auf Sumerhays. Rosalind müsste so lange in ihrem Zimmer bleiben, bis sie einer Vermählung zugestimmt hatte. Schließlich war sie noch unmündig und hatte sich den Wünschen ihrer Mutter, die eher Befehle waren, zu beugen. An einem Morgen war Rosalind verschwunden. Zurück blieb nur ein Zettel, auf dem sie in ihrer schön geschwungenen Handschrift mitteilte, sie sei auf dem Weg nach Irland. Nichts und niemand würde sie von ihrer großen Liebe trennen. Zenobia schrie und tobte drei Tage ohne Unterlass. Edward ließ nichts unversucht, die Spur seiner Schwester zu verfolgen – ohne Erfolg. Wahrscheinlich hatte sie sich unter einem falschen Namen eingeschifft und England bereits verlassen, und da weder Zenobia noch Edward jemals nach dem Namen von Rosalinds Liebhaber gefragt hatten, konnte er auch keine Nachforschungen in Irland anstellen. Die Geschichte machte natürlich die Runde unter allen guten Familien Englands, und die Callingtons sahen sich so manchen spöttischen Bemerkungen ausgesetzt.
»Seit diesem Tag gilt Rosalind für unsere Familie als gestorben«, hatte Edward seinen Bericht beendet, »und ihr Name wird nicht

mehr erwähnt. Ich bitte dich, Lavinia, dies zu respektieren und besonders gegenüber meiner Mutter meine Schwester niemals zu erwähnen.«

»Möchtest du denn nicht wissen, wie es Rosalind geht?« Lavinia war über Edwards kaltes Verhalten entsetzt. Beschwörend sah sie ihn an. »Vielleicht ist sie gar nicht mehr am Leben oder fristet in Irland ein Dasein, das ihrer nicht würdig ist.«

Edwards Augen wurden hart wie Stein, als er mit kalter Stimme sagte: »Dann hat sie sich das selbst zuzuschreiben, denn sie hat große Schande über unsere Familie gebracht. Ich habe keine Schwester mehr, und ab sofort möchte ich über das Thema nicht mehr sprechen. Nie wieder, Lavinia, hörst du?«

Obwohl Lavinia Edward nicht aus übergroßer Liebe geheiratet hatte, ihm jedoch Sympathie und Freundschaft entgegenbrachte und ihn in den letzten Monaten wirklich gern gewonnen hatte, begann sie sich damals zu fragen, ob ihre Ehe ein Fehler gewesen war. Wie konnte ein Mann nur derart herzlos sein und seine eigene Schwester einem ungewissen Schicksal überlassen? Da es Lavinia aber ebenso ging wie Edward und sie den Namen des Mannes, mit dem Rosalind durchgebrannt war, nicht wusste, ebenso wenig, wo er in Irland beheimatet war, konnte sie keine Nachforschungen anstellen. Zudem kannte sie niemanden, der in irgendeiner Beziehung zu Irland stand. In der folgenden Zeit verdrängte der Alltag die Gedanken an Rosalind, und erst heute hatte sich Lavinia wieder an sie erinnert.

Lavinia schenkte sich ein zweites Glas ein. Wahrscheinlich hatte sie Zenobia ernsthaft verärgert, als sie Rosalinds Namen erwähnte, aber eigentlich konnte ihr das nur recht sein. Vielleicht würde das dazu führen, dass Zenobia abreiste. Lavinia würde damit zwar den Zorn Edwards auf sich ziehen, aber das war ihr gleichgültig. Hauptsache, Zenobia würde nicht hinter ihr Geheimnis, dass sie kein Kind unter ihrem Herzen trug, kommen.

Zenobia reiste nicht ab. Die nächsten drei Tage grollte sie ihrer Schwiegertochter und sprach nur das Nötigste, machte jedoch keine Anstalten, ihren Besuch auf Sumerhays zu beenden. Lavinia war äußerst nervös und angespannt. Vorausschauend hatte sie sich bereits in London ein Korsett besorgt, das ihr einige Nummern zu groß war, denn sie konnte sich auf Sumerhays nicht völlig von den Nachbarn zurückziehen. Nun probierte sie das Korsett an, nahm ein kleineres Kissen und stopfte es vorn auf ihren Bauch. Da Lavinia nicht gewohnt war, sich selbst ein Korsett zu schnüren, musste sie sich so sehr verrenken, dass Schweißperlen auf ihre Stirn traten, aber schließlich hatte sie es geschafft. Nachdem sie ein Kleid übergezogen hatte, betrachtete sie sich von allen Seiten im Spiegel. Auf den ersten Blick zeigte sich tatsächlich eine leichte Rundung in ihrer Leibesmitte, und Lavinia hoffte, die Täuschung würde auch vor den strengen Augen ihrer Schwiegermutter Bestand haben. Sie musste nur darauf achten, dass Zenobia nicht auf die Idee kam, ihren Bauch berühren zu wollen, und das Thema der ärztlichen Untersuchung würde sie auch irgendwie aus der Welt schaffen müssen. Lavinia seufzte und setzte sich auf die Bank in der Fensternische. Von ihrem Zimmer aus bot sich ein Blick weit über das Land bis zum Fischerdorf Polperro. Dahinter zog sich das endlose Band des blauen Meeres, das heute ruhig und glatt wie ein Spiegel in der Bucht lag. Alles wirkte so friedlich, als würde es auf der Welt kein Elend und kein Leid geben. Lavinia ballte die Hände zu Fäusten. Sie liebte Cornwall, und sie liebte Sumerhays! Gleichgültig, wie gut oder schlecht ihre Ehe war – allein Sumerhays war es wert, alles zu ertragen, und sie würde wie eine Löwin kämpfen, damit niemand sie von hier vertrieb. Lavinia wusste, würde sie Zenobia von Edwards Drohung, sie zu verstoßen und mittellos zurückzulassen, erzählen, würde ihre Schwiegermutter zuerst zwar entsetzt sein, schließlich aber ihrem Sohn beistehen. Das Geschlecht der Tredarys durfte nicht aussterben und brauchte einen Erben. Wenn Lavinia nicht in der Lage war, die Linie der Familie fortzuführen, dann musste sie eben gegen eine andere, fruchtbare Frau ausgetauscht werden. Zwar sah das englische Scheidungsgesetz nicht vor, dass sich zwei Eheleute trennten, nur weil die Frau keine Kinder gebären konnte, Edward verfügte jedoch über so viel Einfluss und Macht, dass es ihm ein Leichtes wäre, Lavinia des Ehebruches und des mutwilligen Verlassens zu bezichtigen. In seiner Umgebung gab es genügend Männer, die für ein paar Goldstücke allzu gern bereit waren, infame Lügen über sie zu verbreiten. In ihrer Gesellschaftsschicht bedeutete eine Scheidung zwar einen ungeheuerlichen Skandal, letztlich jedoch würde jeder Edward bedauern, weil er mit einer solchen *liederlichen und verwerflichen Frau* verheiratet war. Lavinia hatte sich noch nie für Politik interessiert, das war kein Thema, um das Frauen sich kümmerten, dennoch empfand sie die geltenden Gesetze den Frauen gegenüber als sehr ungerecht. Ein Ehemann konnte so viele Geliebte haben, wie er wollte, und mit denen auch zahlreiche Bastarde zeugen – kein Gericht in England würde einer Scheidungsklage seiner Frau stattgeben. Wenn aber eine Frau sich nur das Geringste zuschulden kommen ließ, dann war eine Scheidung nur noch Formsache. Ebenso ungerecht fand Lavinia, dass Frauen über kein eigenes Einkommen verfügten. Alles, was eine Frau besaß und mit in die Ehe einbrachte, gehörte ab dem Tag der Hochzeit automatisch ihrem Mann. Von nun an war sie auf Gedeih und Verderb dem Wohlwollen ihres Gatten ausgeliefert.

Im vergangenen Frühjahr hatte Lavinia zum ersten Mal von einer Frau mit dem klangvollen Namen Emmeline Pankhurst gehört, wenn auch nur flüsternd und hinter vorgehaltener Hand über sie gesprochen wurde, denn diese Frau war nicht gesellschaftsfähig. Vor drei Jahren hatte Mrs. Pankhurst in Manchester die *Women's Social and Political Union* gegründet, die sich für mehr Rechte für die Frauen einsetzte. Die Organisation ging sogar so weit, das allgemeine Wahlrecht für Frauen zu fordern, was selbst Lavinia für völlig unrealistisch und übertrieben hielt. Das Gehirn einer Frau war nicht dafür geschaffen, sich mit Politik zu beschäftigen. Eines Abends hatte Edward sie dabei überrascht, als sie einen Artikel in der Zeitung las, in dem über eine der spektakulären Aktionen von Mrs. Pankhurst berichtet wurde. Edward war vor Zorn rot angelaufen, hatte Lavinia die Zeitung aus der Hand gerissen und sie ins lodernde Kaminfeuer geworfen.

»Niemals wieder möchte ich sehen, dass du dich mit dieser Frau und mit dieser schändlichen Organisation beschäftigst!«, schrie er wütend und starrte Lavinia böse an. »Ich verstehe nicht, warum die Regierung dieses Mannweib und ihre ganze Sippschaft nicht längst zur Räson gebracht hat.«

»Edward, Lieber, die Idee, Frauen mehr Rechte zu gewähren, ist doch nicht grundsätzlich schlecht …« Lavinia versuchte, ihren Mann zu besänftigen, Edward war jedoch so in Rage, dass er ihr brüsk das Wort abschnitt.

»Ich sagte, ich möchte kein Wort darüber hören, hast du verstanden? Diese Weiber sind alle nur sexuell verklemmt und frustriert, eine normale, gesunde Frau käme niemals auf den Gedanken, wählen zu wollen. Politik ist von jeher Männersache. Eine anständige Frau heiratet, bekommt Kinder und führt den Haushalt. Damit ist sie beschäftigt und verfällt erst gar nicht auf solch irrsinnige Ideen.«

Lavinia war über Edwards rüde Sprache schockiert und errötete. Leise wandte sie ein: »Soviel ich weiß, ist Mrs. Pankhurst verwitwet und hat fünf Kinder geboren. Ich glaube nicht, dass sie bisher ein unausgefülltes Dasein geführt hat.«

Edward packte Lavinia an den Schultern und schüttelte sie. Seine Lippen waren zwei schmale Striche, als er zischte: »Wenn du noch einmal diesen Namen in meinem Haus nennst, dann vergesse ich mich.«

Lavinia senkte den Kopf und nickte. Edwards Wutausbrüche waren ihr bekannt, und sie tat alles, um einen solchen zu vermeiden. Eigentlich interessierte sie sich gar nicht für die Frauenrechtlerin und glaubte auch nicht, dass deren Vorstellungen Erfolg haben könnten. Diese Emmeline Pankhurst war es nicht wert, mit Edward in Streit zu geraten.

»Es tut mir leid«, sagte sie leise und sah Edward um Verzeihung bittend an. »Ich habe gleich ein Treffen mit dem Komitee des Waisenhauses von St. Mary-in-Common. Ein Ausbau der Schlafsäle ist nötig, und wir müssen überlegen, wie wir das dafür erforderliche Geld zusammenbekommen können. Wenn du mich bitte entschuldigen würdest, ich muss mich noch umkleiden.«

Edward ließ sie los und nickte. »Das ist eine sinnvolle Aufgabe, mit der sich Frauen deiner Klasse beschäftigen sollten. Zumindest, solange sie keine eigenen Kinder haben.«

Lavinia war regelrecht aus dem Zimmer geflohen. Edwards Verhalten und seine Worte hatten sie verletzt, und sie musste sich erst mit kaltem Wasser das Gesicht kühlen, bevor sie zu der Sitzung fahren konnte.

Die Erinnerung an diese kleine Szene schoss Lavinia durch den Kopf, als sie aus dem Fenster schaute. Seit Monaten hatte sie von Emmeline Pankhurst weder etwas gehört noch gelesen und auch nicht mehr an die Frauenrechtlerin gedacht, jetzt jedoch fragte sie sich, ob die Suffragetten – wie die Frauen um Mrs. Pankhurst auch genannt wurden – es tatsächlich schafften, mehr Rechte für die Frauen zu erwirken. Eine völlige Gleichberechtigung gegenüber Männern oder gar das Wahlrecht für Frauen war natürlich Unsinn und fern jeglicher Realität.

Nun, sich über solche Dinge den Kopf zu zerbrechen, die mit ihr nicht das Geringste zu tun hatten, war Zeitverschwendung. Für Lavinia war es wichtiger, ihrer Schwiegermutter die schwache und schonungsbedürftige Schwangere vorzuspielen und zu hoffen, dass Zenobia keinen Verdacht schöpfte.

Der Trick mit dem Kissen in ihrem Korsett funktionierte. Da man in der Öffentlichkeit niemals über Schwangerschaften sprach und so tat, als sehe man den wachsenden Bauch einer Schwangeren nicht, absolvierte Lavinia an der Seite Zenobias in den nächsten Wochen einige Pflichtbesuche in der Nachbarschaft. Sie blieben nie lange, nur zu einer oder zwei Tassen Tee, und wieder zurück auf Sumerhays, zog sich Lavinia rasch in ihr Zimmer zurück.

»Der Besuch hat mich erschöpft«, sagte sie mit leiser Stimme und legte eine Hand auf die Stirn. »Du weißt, ich darf mich nicht anstrengen.«

Zenobia, die um Lavinias Wohl – und noch mehr um das Wohl des ungeborenen Kindes – besorgt war, akzeptierte, dass Lavinia das Abendessen in ihrem Zimmer allein einnahm und früh zu Bett ging. Da Zenobia eine Spätaufsteherin war, ging Lavinia fast jeden Morgen eine oder zwei Stunden spazieren. Meistens war es noch dunkel, und der fortschreitende Winter brachte auch Kälte nach Cornwall, doch Lavinia musste einfach hinaus, sonst würde sie wahnsinnig werden. Sie war Untätigkeit nicht gewohnt, musste jedoch die Maskerade der erschöpften und ruhebedürftigen Schwangeren aufrechterhalten. Etwa alle zwei Wochen steckte sie ein etwas größeres Kissen in ihr Korsett, so dass es aussah, als würde sich ihr Bauch mit der Zeit tatsächlich immer mehr runden.

Weihnachten verbrachten Lavinia und Zenobia allein. Von Edward kam ein Brief, in dem er sein Bedauern, das Fest nicht im Kreise seiner Familie verbringen zu können, ausdrückte und mit dem er Lavinia ein Smaragdarmband als Weihnachtsgeschenk übersandte. Obwohl das Schmuckstück geschmackvoll und bestimmt sehr teuer gewesen war, bedeutete es Lavinia nichts. Zwischen den Zeilen in Edwards Brief las sie heraus, dass er froh war, nicht auf dem Land zu sein, sondern die Festtage in der pulsierenden Großstadt zu verbringen. Edward war zwar der Herr von Sumerhays, und er kümmerte sich um den Besitz, wie es sich gehörte, doch sein Herz hing nicht daran.

»Wie leichtsinnig, ein solch kostbares Geschenk per Post zu schicken«, bemerkte Zenobia. Es war selten, dass sie ihren Sohn kritisierte, und sie fuhr auch gleich fort: »Nun, Edward wird es sicher gut versichert haben.«

Wenn nicht, er hat doch genügend Geld, ein neues zu kaufen, falls das Armband auf dem Postweg abhandengekommen wäre, dachte Lavinia und legte das Geschenk achtlos zur Seite. Sie liebte zwar schönen und kostbaren Schmuck, derzeit war sie jedoch zu angespannt, um sich über Edwards Geschenk wirklich zu freuen.

Am zweiten Weihnachtstag kam Lavinia nicht umhin, nach dem Gottesdienst den Pfarrer und seine Frau zum Lunch nach Sumerhays zu bitten. Das hatte eine langjährige Tradition, mit der sie nicht brechen konnte. Wie üblich zwang Lavinia sich zum Essen, obwohl ihre Kehle wie zugeschnürt war. Es war eine andere Sache, Edward und ihrer Schwiegermutter etwas vorzuspielen, als dem Pfarrer, den sie schätzte und mochte. Lavinia war gläubig erzogen worden und befürchtete, der freundliche alte Herr würde ihr den Schwindel an der Nasenspitze ansehen. Doch auch dieser Tag ging problemlos vorbei. Am Abend bat Zenobia sie jedoch um ein Gespräch, dem Lavinia nicht ausweichen konnte.

»Du isst zu wenig, Kind.« Zenobia kam gleich zur Sache. »Ich fand ja schon immer, dass du viel zu dünn bist, aber jetzt musst du für zwei essen. Wir wollen doch nicht, dass das Kind zu klein und zu schwach auf die Welt kommt, nicht wahr?«

Lavinia nickte stumm. Sie war noch nie eine große Esserin gewesen, hatte daher auch eine überschlanke Figur. Zusätzlich schlug ihr die enorme Anspannung, unter der sie seit Wochen stand, auf den Magen und machte jede Mahlzeit zur Qual.

»Ich werde mich bemühen, mehr zu essen, Mutter.«
Zenobia ließ diese Antwort nicht gelten. Sie runzelte die Stirn und fuhr fort: »Ich werde Doktor van Roosen informieren. Er soll nach Sumerhays kommen und dich untersuchen. Deine Appetitlosigkeit erscheint mir seltsam, zudem ist eine ärztliche Untersuchung längst überfällig.«
Lavinia wusste, sie konnte sich nicht länger gegen den Wunsch ihrer Schwiegermutter sträuben. Es war ja auch nicht normal, dass sie sich, seit sie London verlassen hatte, keinem Arzt mehr anvertraut hatte, zumal es sich um ihr erstes Kind handelte. Sie seufzte und sah Zenobia mit einem aufrichtigen Blick an.
»Du hast recht, Mutter, aber ich bitte dich, den Arzt erst nächste Woche zu informieren. Vielleicht kehrt bis dahin mein Appetit wieder zurück. In der Weihnachtszeit möchte Doktor van Roosen sicher mit seiner Familie zusammen sein und bestimmt nur in Notfällen gerufen werden.«
Zenobia war mit diesem Vorschlag einverstanden und ließ Lavinia allein. Unruhig ging sie im Zimmer auf und ab. Ihr musste etwas einfallen, um die Konsultation des Arztes zu verhindern. Tausend Gedanken schossen ihr durch den Kopf, dann jedoch kristallisierte sich einer heraus und nahm konkrete Formen an. Bevor sie es sich wieder anders überlegen konnte, klingelte sie nach dem Hausmädchen.
Mae Nankerris erschien binnen weniger Minuten.
»Richte deiner Mutter bitte aus, ich möchte sie so schnell wie möglich sprechen«, befahl Lavinia dem Mädchen. »Am besten noch heute Abend.«
Mae knickste. »Selbstverständlich, Mylady«, sagte sie und verschwand.
Die nächsten zwei Stunden kamen Lavinia unendlich lange vor, doch dann meldete Basil Windle, die Hebamme sei da. Lavinia bat Basil, Caja in ihr Zimmer zu führen. Dass Lavinia mit Caja Nankerris sprechen wollte, erregte keinen Verdacht, denn auch

Zenobia wusste, welch großes Vertrauen Lavinia in die Hebamme hatte, dennoch schloss sie die Tür ab und senkte ihre Stimme zu einem Flüstern, damit niemand etwas von ihrem Gespräch mitbekommen konnte.

Als Caja nach wenigen Minuten Sumerhays wieder verließ, lehnte sich Lavinia aufatmend im Sessel zurück. Sie hatte gewusst, dass Caja ihrem Plan zustimmen und keine Fragen stellen würde. Jetzt galt es, dass Caja ihren Sohn davon überzeugte, ihr diesen kleinen Gefallen zu tun, aber daran zweifelte Lavinia nicht. Ennis Nankerris verdankte Lavinia schließlich sein Leben – jetzt war die Zeit gekommen, sich zu revanchieren.

Die nächste Woche verging quälend langsam für Lavinia. Sie schützte Unwohlsein und Schwindelanfälle vor, um so wenig wie möglich mit Zenobia zusammenzutreffen. Dies nutzte ihre Schwiegermutter jedoch sogleich, Lavinia erneut ins Gewissen zu reden, Doktor van Roosen aufzusuchen oder ihn nach Sumerhays zu bitten.

»Nächste Woche fahre ich nach Looe, Mutter.« Mit einem unschuldigen Blick sah Lavinia auf. »Ganz bestimmt, ich verspreche es dir, wenngleich ich denke, dass ein wenig Schwäche in meinem Zustand völlig normal ist.«

Zenobia nickte und gab sich mit Lavinias Versprechen zufrieden. Sie saßen gerade beim Abendessen, als Basil Windle eintrat.

»Verzeihen Sie, Mylady, ein Bote aus Liskeard hat gerade ein Telegramm gebracht.«

Er legte das Kuvert achtlos neben Zenobias Teller und zog sich mit einer Verbeugung wieder zurück. Zenobia schürzte die Lippen und sah ihre Schwiegertochter vorwurfsvoll an.

»Es ist unhaltbar, dass du hier ohne Butler bist. Auch auf dem Land müssen gewisse Formen gewahrt bleiben, und es kann nicht angehen, dass ein Hausmeister die Post einfach auf den Tisch legt, anstatt sie, wie üblich, auf einem Silbertablett zu überreichen.«

»Ja, Mutter«, antwortete Lavinia mit klopfendem Herzen. »Möchtest du das Telegramm nicht öffnen? Es ist hoffentlich keine schlechte Nachricht.«
Während Zenobia den Umschlag aufschlitzte, fuhr sie fort: »Wenn Monkton in London für Edward unabkömmlich ist, was ich zu einem gewissen Grad verstehe, dann müssen wir sehen, ob wir hier einen geeigneten Ersatz finden. Das wird auf dem Land nicht einfach sein, aber gleich morgen kümmere ich mich darum, einen kompetenten Butler einzustellen.«
Die letzten Worte hatte sie gesagt, während ihre Augen schon die ersten Wörter des Telegramms überflogen. Plötzlich wurde sie kreideweiß, und ihre Hände zitterten unkontrolliert.
»Mutter? Was ist?« Lavinia war bemüht, einen unschuldigen Eindruck zu vermitteln, denn sie ahnte, was in dem Telegramm stand.
»Archibald ... er hatte ... einen Unfall.« Zenobia stand auf, das Blatt Papier fiel aus ihrer Hand. »Ich muss sofort nach Hause.«
Lavinia nahm das Telegramm auf und las:

MYLORD HEDDINGHAM AUF TREPPE GESTÜRZT +++ ZUSTAND KRITISCH +++ IHRE ANWESENHEIT ERFORDERLICH +++ IN SORGE PHILLIPS

»Oh, das ist ja schrecklich!« Lavinia legte einen Arm um Zenobias Schultern. »Du darfst dir aber keine zu großen Sorgen machen, wahrscheinlich klingt es schlimmer, als es ist.«
»Phillips würde mir nicht telegrafieren, wenn Archibalds Zustand nicht ernst wäre.« Benedict Phillips war der Verwalter von Heddingham und ein treuer und zuverlässiger Mann. »Ich werde sofort packen.«
»Ich helfe dir«, bot sich Lavinia an. Zenobia schüttelte den Kopf. »Du musst dich schonen, Mrs. Windle kann mir helfen. Ihr Mann soll herausfinden, wann morgen der erste Zug nach Lon-

don fährt. Er soll auch die Fahrpläne ab Plymouth überprüfen, ob es von dort eine schnellere Verbindung gibt, und die Kutsche bereithalten.«

»Ja, Mutter«, antwortete Lavinia und vermied es, Zenobia direkt in die Augen zu sehen. Sie kannte den Verwalter von Ravenwood nur flüchtig, wusste jedoch, dass er ruhig und besonnen war und nicht zu Übertreibungen neigte. Wenn er telegrafierte, dass Archibald Heddinghams Zustand kritisch wäre, so gab das Anlass zur Sorge.

Die Hand bereits auf der Türklinke, sagte Zenobia: »Es ist bedauerlich, dass Sumerhays noch keinen Telefonanschluss hat, dann könnte ich anrufen und fragen, wie es um Archibald steht. Manchmal sind die Errungenschaften der Technik gar nicht so schlecht. Ich werde Edward bitten, so schnell wie möglich einen Anschluss installieren zu lassen.«

Nachdem Zenobia das Speisezimmer verlassen hatte, sank Lavinia auf einen Stuhl. Ihre Hände zitterten, als sie zum Weinglas griff und einen Schluck trank. Das hatte sie nicht gewollt! Archibald sollte keinesfalls so schwer verletzt werden, dass sein Leben in Gefahr war, sondern lediglich einen kleinen Unfall erleiden, der Zenobia zwang, zu ihrem Mann zurückzukehren. Diesbezüglich hatte sie Caja genaue Anweisungen gegeben. Archibald war jedoch ein alter Mann und Ennis ein junger und kräftiger Bursche. Wahrscheinlich war der Schubs, den der Junge ihm gegeben hatte, zu heftig gewesen. Lavinia schlug die Hände vors Gesicht. Sie hatte nicht geahnt, was ihr Vorhaben, das Kind einer anderen Frau als ihr eigenes auszugeben, für eine Kettenreaktion auslösen würde, dabei hatte sie doch alles so gut durchdacht. Jede Eventualität konnte man jedoch nicht ausschließen. Nun, sie hatte ihr Ziel erreicht, und Zenobia würde abreisen. Wenn Archibald jedoch sterben sollte, dann würde Lavinia sich das niemals verzeihen können.

Archibald Heddingham starb nicht, er würde jedoch für den Rest seines Lebens im Rollstuhl sitzen müssen. Die Nachricht erreichte Lavinia vier Tage nach Zenobias Abreise. Dem Telegramm folgte einige Zeit später ein ausführlicher Brief, in dem Zenobia schrieb, dass eines der Hausmädchen ihren Herrn in den frühen Morgenstunden am Fuße der Treppe in der Halle gefunden hatte.

Keiner weiß, wann und warum Archibald gestürzt ist, denn er war weder schlecht zu Fuß, noch litt er an Schwindelanfällen

schrieb Zenobia in ihrer steilen, energischen Handschrift.

Da er eine Gehirnerschütterung erlitten hat, kann er sich an nichts erinnern. Sein Rückgrat ist bei dem Sturz gebrochen, und Archibald kann von Glück sagen, dass er überlebt hat. Er braucht nun rund um die Uhr Hilfe und Pflege. Du verstehst, liebste Lavinia, dass ich dies nicht einer fremden Pflegerin überlassen, sondern mich selbst um meinen Mann kümmern möchte. Aus diesem Grund kann ich nicht mehr nach Sumerhays zurückkehren, zumindest nicht in den nächsten Monaten. Ich hoffe, Du hast Doktor van Roosen zwischenzeitlich konsultiert und achtest auf Deine Gesundheit. Wenn es Archibalds Zustand zulässt, werde ich selbstverständlich zur Taufe kommen …

Es folgten noch ein paar Sätze, in denen sich Zenobia über die Vor- und Nachteile einer Tauffeier in Cornwall, oder doch besser in London ausließ, und jede Menge gute Ratschläge für Lavinia. Lavinia ließ den Brief sinken und schloss die Augen. Das hatte sie nicht gewollt, dennoch fühlte sie sich unendlich erleichtert.

Die letzten Wochen, bis Susan das Kind bekam, würde sie sich jetzt vollständig zurückziehen und keine Besuche mehr machen oder empfangen. Das Risiko, so kurz vor Ende doch noch entlarvt zu werden, war einfach zu groß.

6. Kapitel

Susan Hexton erfuhr von den Ereignissen auf Sumerhays nur wenig. Für sie, seit der Kindheit an harte und unermüdliche Arbeit gewohnt, vergingen die Tage zäh und eintönig, und die viele Ruhe machte sie eher nervös, als dass sie sich entspannte, zumal sie durch die Schwangerschaft auch keine gesundheitlichen Probleme hatte. Wenn es das Wetter zuließ, unternahm sie stundenlange Spaziergänge, die sie fast immer ans Meer führten. Oft setzte sie sich auf einen Felsen und beobachtete stundenlang das brausende Meer, das unablässig gegen die Klippen peitschte. Solange die Sonne schien, wurde es Susan auch nicht zu kalt, doch als sich das Wetter änderte und Sturm und Regen über Cornwall zogen, war sie gezwungen, die meiste Zeit im Cottage zu verbringen. Caja brachte ihr jeden Abend einen Topf mit Essen, das sich Susan auf dem Herd aufwärmte, und untersuchte sie regelmäßig. Sonst sprachen die beiden Frauen aber kaum miteinander. Alle zwei Wochen fragte Max, ob er ihr etwas aus Polperro oder Looe mitbringen konnte, nie jedoch, ob sie ihn noch einmal begleiten wollte, und Susan mochte nicht darum bitten, denn der Weg in die Fischerdörfer war nicht weit, und so beschloss sie eine Woche vor Weihnachten, zu Fuß nach Polperro zu gehen. Es war ein milder Tag, und Susan genoss das Herumschlendern in den engen Gassen des Fischerdorfes. Sie war zwar sechs Stunden unterwegs, bis sie am Spätnachmittag wieder zurück auf der Farm war, aber der lange Spaziergang hatte Susan gutgetan. In dieser Nacht schlief sie so tief wie lange nicht mehr. Den Weihnachtstag verbrachte Susan zusammen mit den Nankerris, da Caja sie überraschend ins Farmhaus eingeladen hatte. Zuerst war es Susan etwas bang gewesen, denn sie fürchtete, es würde ein langweiliger Tag werden, aber die Stunden verliefen wider Erwarten in froher Stimmung. Caja und Denzil, beide eingefleischte Cornwaller, hielten nicht viel von der neumodischen Art, Weihnachten zu feiern, wie Caja sich ausdrückte, sondern begingen das Fest nach alter Tradition. Anstelle eines Weihnachtsbaums wurde das Farmhaus mit Mistel- und Stechpalmenzweigen geschmückt, Caja buk den traditionellen Weihnachtspudding, in dem sie einen Penny versteckte, am Abend brannte der Julscheit im Kamin, und sie aßen einen mit aromatischen Gewürzen gefüllten Truthahn. Susan erhielt als Geschenk eine von Caja handgenähte Decke, während sie der Familie ebenfalls kleine Geschenke überreichte, die sie vorsorglich in Polperro besorgt hatte: für Caja drei bestickte Taschentücher, Denzil bekam ein Päckchen Pfeifentabak, über das er sich sehr freute, die Jungen jeweils einen neuen Gürtel und Mae ein buntes Halstuch. Es war das erste Mal in ihrem Leben, dass Susan in der Lage war, anderen Menschen Geschenke zu kaufen. Sie fragte sich, was es wohl für ein Gefühl wäre, wenn sie erst die von Lavinia versprochenen tausend Pfund in den Händen halten würde. Windle, der Hausmeister von Sumerhays, brachte das obligatorische Weihnachtspaket mit ein paar nützlichen Haushaltsgegenständen für Caja, ein weiteres Päckchen Tabak für Denzil, zwei Pullover für Max und für Ennis, und Mae erhielt eine neue Schürze. Caja erzählte, dass früher, noch zu Lebzeiten des alten Viscount Tredary, für die Angestellten und Pächter auf Sumerhays ein Ball stattgefunden hatte.

»Das war immer ein lustiges Vergnügen. Da Mylord Edward jedoch den Winter stets in London verbringt, ist dieser Brauch in

Vergessenheit geraten, und in diesem Jahr lässt Myladys Zustand ein solches Fest natürlich nicht zu.«

Susan wunderte sich, wie selbstverständlich Caja über Lavinia Callingtons *Zustand* sprach, obwohl sie genau wusste, wie es um die Dame bestellt war. Sie fragte sich, inwieweit Denzil und die Kinder in den Plan eingeweiht waren, hütete sich jedoch, Caja danach zu fragen.

Am zweiten Weihnachtstag machte Denzil Nankerris den großen Wagen bereit, in dem sie alle Platz fanden, und sie fuhren nach Polperro. Susan freute sich, die Familie bei diesem Ausflug begleiten zu dürfen. Es wurde ein unvergesslicher Tag. Im Hafen trugen Chöre aus der ganzen Umgebung traditionelle cornische Weihnachtslieder vor, Stände boten heiße Kastanien, warmen Würzwein und Früchtepunsch an, und die Leute sangen und tanzten in den schmalen Gassen. Da hier jeder jeden kannte, traf Susan so mancher fragende Blick, den sie jedoch unkommentiert ließ. Wurde Caja auf ihre junge Begleiterin angesprochen, so meinte sie nur kurz: »Die Dame ist Witwe und verbringt den Winter bei uns auf der Farm.«

Nach dem Besuch in Polperro saß Susan noch am Abend mit Caja und Denzil ein oder zwei Stunden plaudernd zusammen, dann zog sie sich in ihr Cottage zurück. So viel wie in den vergangenen zwei Tagen hatte sie mit den Nankerris in den ganzen Wochen zuvor nicht geredet, doch nach den Festtagen und dem Jahreswechsel kehrte die langweilige Routine zurück. Außerdem änderte sich Anfang Januar erneut das Wetter, und es wurde jetzt richtig kalt, stürmisch und regnerisch. Susan hatte längst alle aus London mitgebrachten Bücher gelesen, und auf der Park Farm gab es außer der Bibel keine Lektüre. Als sie Caja nach einer öffentlichen Bücherei fragte, zuckte diese nur mit den Schultern.

»Keine Ahnung, zum Lesen haben wir keine Zeit. Also, in Polperro gibt es sicher keine, vielleicht in East Looe, das Dorf ist doch etwas größer. Bestimmt ist auch in Plymouth eine Bücherei zu finden.«

Susan wagte nicht, zu fragen, ob Max oder Ennis sie nach Plymouth fahren könnten, denn die beiden hatten von früh bis spät zu tun. Einzig am Sonntag war Müßiggang, aber da hätte die Bibliothek ohnehin geschlossen. Somit blieb Susan nichts anderes übrig, als sich die Zeit mit weiteren Spaziergängen zu vertreiben, sofern das Wetter dies gestattete. Die Schwangerschaft bereitete ihr nach wie vor keinerlei Probleme, es war ja auch schon ihre dritte, aber nie zuvor hatte Susan deren Ende so herbeigesehnt wie in diesen Tagen. Sie hoffte, in den kommenden drei Monaten in dieser Einsamkeit nicht verrückt zu werden.

Zu einem zweiten Treffen mit Lavinia Callington kam es nicht, denn von Sumerhays wurde keine Nachricht geschickt. Durch Mae Nankerris erfuhr Susan, dass Lavinias Schwiegermutter Zenobia im Herrenhaus weilte, und später, dass deren Mann einen schweren Unfall hatte, woraufhin Zenobia von einem Tag auf den anderen abreisen musste. Susan machte sich so ihre eigenen Gedanken. Sie ahnte, in welch prekärer Situation Lavinia sich während der Anwesenheit ihrer Schwiegermutter befunden hatte. Da war der Unfall des Ehemannes doch ein seltsamer Zufall. Da Susan wusste, dass Lady Lavinia dem jungen Ennis einst das Leben gerettet hatte – in einer schwachen Minute hatte Caja ihr davon erzählt –, würde Susan sich nicht wundern, wenn der Unfall gar kein Unfall gewesen war.

Unmittelbar, bevor Zenobias Mann in seinem Haus im Norden so schwer gestürzt war, war Ennis für einige Tage plötzlich verschwunden gewesen, und das, obwohl er seine Arbeit bei dem Fischer nie im Stich ließ. Caja hatte auf Susans Nachfrage, wohin Ennis gefahren war, nur mit einem Schulterzucken geantwortet. Seitdem lief ein Frösteln über Susans Rücken, wenn sie Ennis ansah. Hatte der Junge, der mit seinen hellblauen Augen aussah, als könne er kein Wässerchen trüben, tatsächlich etwas mit dem

Treppensturz von Lord Heddingham zu tun? Wenn Lavinia Callington derart kaltblütig war, dem Mann ihrer Schwiegermutter Schaden zuzufügen, dann wagte Susan nicht, sich vorzustellen, was mit ihr geschehen könnte, wenn sie sich nicht an die Regeln hielt. Susan hatte jedoch keinen Beweis, und sie versuchte, die Überlegungen zu verdrängen. Bald wäre ihr Aufenthalt hier vorbei, und sie würde weder Lady Lavinia noch jemanden von den Nankerris jemals wiedersehen.

Ende Januar wechselte, wie in Cornwall im Winter üblich, das Wetter erneut. Sonne und milde Temperaturen gaben einen kleinen Vorgeschmack auf den Frühling, der in Cornwall früh begann. Nach Wochen der Tristesse in dem Cottage beschloss Susan, nach Looe zu gehen. Die frische Luft würde ihr guttun, vielleicht fand sie dort auch eine Einrichtung, in der sie sich Bücher ausleihen konnte. Gleich nach dem Frühstück ging sie los, musste jedoch unterwegs mehrmals stehen bleiben, da sie ihre Kräfte überschätzt hatte. Sie fühlte sich zwar gut, aber die fortschreitende Schwangerschaft ließ sie nicht mehr so leichtfüßig sein, wie Susan es gewohnt war. Sie war jedoch fest entschlossen, Looe aufzusuchen, irgendwie würde sie schon wieder zurückkommen. Leider hatte sie keinen Erfolg, denn weder in West noch in East Looe gab es eine Bücherei, und im Pfarrhaus, in dem sich die Einwohner Looes Bücher ausleihen konnten, fand Susan nur christliche Literatur vor, nach der ihr aber nicht der Sinn stand. Dennoch genoss Susan den Tag, denn das alte Fischerdorf mit seinen engen, kopfsteingepflasterten Gassen und den weißgekalkten, niedrigen Häusern gefiel ihr ebenso wie Polperro. Looe war durch den gleichnamigen Fluss in zwei Teile geteilt – das ältere East Looe war bereits im Mittelalter ein wichtiger Hafenort, dessen Schiffe an jeder Seeschlacht teilnahmen, ebenso spielte Fischfang von jeher eine wichtige Rolle und war noch heute der Haupterwerb der Einwohner. Ähnlich wie Polperro lag

Looe eingezwängt zwischen steilen, dichtbewaldeten Abhängen, jedoch dehnte sich der Ort auf der anderen Flussseite aus und West Looe entstand. Eine vor fünfzig Jahren erbaute Brücke verband die beiden Ortsteile. Weiter flussabwärts gab es noch eine ältere Brücke, die jedoch nicht mehr benutzt wurde und allmählich verfiel. Dies alles erfuhr Susan von einer freundlichen und geschwätzigen Verkäuferin in einer Bäckerei, in der sie sich eine cornische Pastete, die Spezialität Cornwalls, kaufte und die köstlich schmeckte. Als Susan beschloss, sich wieder auf den Heimweg zu machen, hörte sie ein Geräusch, das wie ein lautes Knattern klang und in den engen Gassen unangenehm in den Ohren dröhnte. Die Menschen wichen erschrocken zurück, einige bekreuzigten sich und flüchteten in Hauseingänge, und dann kam eine stinkende Rauchwolke direkt auf Susan zu. Im letzten Moment sprang sie zur Seite, dann lachte sie laut. Aus London kannte Susan das Gefährt, das sich in, wie es schien, atemberaubender Geschwindigkeit auf der Straße bewegte, aber die Einwohner von Looe schienen nie zuvor ein Automobil gesehen zu haben. Ängstlich, einige auch panisch, starrten sie auf die pferdelose Kutsche, die nicht nur furchtbar stank, sondern auch diesen Höllenlärm machte. Susan hatte nicht gewusst, dass es hier in Cornwall Menschen gab, die sich ein Automobil leisten konnten, denn diese neuartigen Fahrzeuge waren horrend teuer. In dem Moment, als das Automobil sie passierte, erkannte Susan den Fahrer – es war Stephen Polkinghorn. Susan war nicht überrascht. Es passte zum Ruf des Mannes, ein Auto zu fahren und damit die Leute zu erschrecken. Auch Stephen hatte Susan entdeckt, denn er bremste und hielt nur wenige Meter weiter an. Mit einem Satz sprang er vom Sitz, schob die Brille auf die Stirn und begrüßte Susan mit einem strahlenden Lächeln.

»Haben Sie Lust auf eine kleine Spazierfahrt?«, fragte er unverblümt und so direkt, als läge ihre letzte Begegnung nicht mehrere Wochen zurück.

Susan zögerte. »Ich weiß nicht … ich bin noch nie in einem Automobil gefahren …«
»Dann wird es höchste Zeit!« Stephen nahm ihren Arm und half ihr beim Einsteigen. »Heute ist ein herrlicher Tag für eine Ausfahrt.«
Susan fühlte sich zwar überrumpelt, war jedoch zu aufgeregt, um zu protestieren. Sie machte sich keine Gedanken darüber, was die Leute dachten, wenn sie so einfach mit einem Mann, den sie kaum kannte und der den schlechtesten Ruf der ganzen Gegend besaß, losfuhr. Sie hatte mit den Menschen in Looe nichts zu tun, und in einigen Monaten würde sie Cornwall verlassen und niemals zurückkehren.
»Sie brauchen keine Angst zu haben.« Stephen lächelte ihr zu, während er das Automobil startete. »Ich rate Ihnen, halten Sie Ihren Hut fest, er könnte leicht fortgeweht werden.«
Susan löste ihren Schal und band mit diesem den Hut am Kinn fest. Ihr Herz klopfte aufgeregt. In London hatte sie öfter Automobile gesehen, dort gehörten sie beinahe schon zum Straßenverkehr. In den letzten Jahren waren sie immer zahlreicher geworden, wenngleich diese nicht so bald die Pferde von den Straßen verdrängen würden, wie es einige Pessimisten voraussagten. Wie viele andere meinte auch Susan, dass sich diese neuartige Errungenschaft der Technik aus Blech niemals dauerhaft durchsetzen würde. Dazu waren Automobile nicht nur zu teuer, sondern auch zu laut, und sie verpesteten mit ihren Abgasen die Luft. Dennoch war es faszinierend, einmal in einem solchen Fahrzeug zu sitzen. Krampfhaft hielt sie sich am Sitz fest, als Stephen Looe verließ, auf die Straße nach Osten einbog und beschleunigte.
»Sie brauchen wirklich keine Angst zu haben«, wiederholte Stephen lachend. »Es kann nichts passieren, ich habe schon ein paar Wochen Fahrpraxis.«
Susan nickte und kniff die Augen zusammen, weil der Fahrtwind, da sie keine Brille trug, ihr wie spitze Nadeln ins Gesicht

stach. Die Straße führte nun steil bergan, und eine Pferdekutsche wäre in langsamen Schritt verfallen. Nicht so das Automobil – es ging so rasant voran, dass die Bäume links und rechts der Straße regelrecht an Susan vorbeizufliegen schienen.
»Es ist herrlich!« Sie musste die Worte laut schreien, damit Stephen sie verstehen konnte.
Sie passierten ein paar kleine Dörfer, in denen die Menschen auf die Straße liefen und ihnen staunend nachblickten. Susan war die Gegend unbekannt, aber immer wieder blitzte rechter Hand das Meer durch die Bäume. Dann durchquerten sie ein Dorf, und plötzlich lag das blaue Band eines breiten Flusses unterhalb von ihnen, auf dessen gegenüberliegender Seite sich eine große Stadt mit einem weitläufigen Hafen ausbreitete. Stephen hielt an, schaltete den Motor ab und stieg aus. Bereitwillig nahm Susan seine Hand und ließ sich beim Aussteigen helfen.
»Das ist Plymouth.« Er deutete zuerst auf das andere Flussufer, dann auf eine Ansammlung mehrerer Häuser den Hügel hinab. »Hier unten in Torpoint kann man mit der Fähre übersetzen.« Er sah Susan von der Seite an, und sie ahnte, was er fragen würde. »Wie ist es? Haben Sie Zeit, den Tamar zu überqueren, um einen Fuß nach England zu setzen?«
Die cornischen Einwohner neigen dazu, zu sagen, sie begeben sich nach England und nicht nach Devon, wenn sie den Grenzfluss überqueren. Sie behaupten, am anderen Ufer des Tamars liege ein anderes Land und nicht nur eine andere Grafschaft. Stephen Polkinghorn war offenbar keine Ausnahme.
Susan schüttelte bedauernd den Kopf. »Es geht leider nicht, ich muss wieder zurück. Man wird sich ohnehin fragen, wo ich so lange bleibe. Es ist Wahnsinn, wie schnell wir hier waren, mit einer Kutsche hätte man sicher doppelt so lange gebraucht.«
»Nicht nur doppelt, sondern mindestens fünfmal so lange«, korrigierte Stephen. Er klopfte auf den Kotflügel seines Automobils. »Ist eine feine Erfindung, so ein Auto. Man spart sich den Unter-

halt eines Pferdes, und wer keinen Stall oder Schuppen hat, kann das Auto einfach auf der Straße stehen lassen.«
Susan ging um das Gefährt herum. Der dunkelgrüne Lack glänzte in der Sonne, aber die vielen Röhren und Schläuche verwirrten sie. Dann blickte sie über den Fluss.
»Ich war zwar noch nie in Plymouth, muss Sie jedoch bitten, mich jetzt wieder nach Looe zurückzubringen.«
Stephen schenkte ihr ein bedauerndes Lächeln.
»Haben Sie kommenden Sonntag etwas vor?« Als Susan verneinte, fuhr er fort: »Wie wäre es mit einem Theaterbesuch in Plymouth? Oder sind Sie für einen sonntäglichen Ausflug zu beschäftigt?«
»Ich weiß nicht.« Susan lachte, dennoch zögerte sie. Caja würde es sicher nicht gutheißen, wenn sie sich mit Stephen traf. Von dem heutigen spontanen Ausflug würde sie ihr am besten nichts erzählen. »Zeit habe ich schon«, fuhr sie fort. »Es ist sogar so, dass ich viel zu viel Zeit habe und oft nicht weiß, wie ich diese herumbringen soll. Ich halte mich nämlich auf einer Farm auf, die ziemlich abgelegen liegt, und die Farmer müssen den ganzen Tag arbeiten, so dass sie keine Zeit für einen Plausch haben.« Sie wusste nicht, warum sie einem nahezu Fremden von der Farm und den Nankerris erzählte, ja, warum sie überhaupt mit ihm gefahren war. Er war ihr jedoch nicht mehr unsympathisch wie bei ihrer ersten Begegnung. Im Gegenteil, Stephen Polkinghorn schien ein charmanter Unterhalter zu sein, und was würde sie schon riskieren, wenn sie sich mit ihm traf, um sich ein wenig die Zeit zu vertreiben.
Stephen hatte die Unentschlossenheit in Susans Blick bemerkt und berührte einen Moment lang ihre Hand, eine Berührung, die Susan nicht unangenehm war.
»Dann überlegen Sie es sich«, sagte er. »Ich warte um elf Uhr in East Looe an der Brücke auf Sie und würde mich sehr freuen, wenn Sie mich begleiten. Hoffen wir nur, dass das Wetter ebenso trocken ist wie heute. Ich sollte mir doch ein Automobil mit

Dach anschaffen, in denen ist man bei Regen ebenso geschützt wie in einer Kutsche. Leider sind diese Gefährte noch nicht vollständig ausgereift und deswegen auch sehr teuer.«
Während der Rückfahrt sprachen sie nicht, und Susan genoss jeden Augenblick der vorbeirauschenden Landschaft. Sie wusste zwar noch nicht, wie sie es bewerkstelligen sollte, am Sonntag mit Stephen nach Plymouth zu fahren, ohne dass Caja – und damit Lady Lavinia, die es ebenso missbilligen würde – etwas davon erfuhr, war jedoch fest entschlossen, sich diesen Ausflug nicht entgehen zu lassen.

Es war nicht nötig, jemandem von dem geplanten Treffen mit Stephen zu erzählen, denn am Samstagabend sagte Caja zu Susan, als sie das Abendessen brachte: »Morgen hat meine Mutter Geburtstag, sie wird vierundachtzig, ist aber noch rüstig und lebt allein in Fowey, einige Meilen die Küste hinauf in Richtung Westen. Wir werden daher ganz früh losfahren, um sie zu besuchen. Susan, es wird Ihnen doch nicht zu langweilig werden, den ganzen Sonntag so allein, denn wir werden sicher erst nach Sonnenuntergang wieder zurückkehren.«
Susan versicherte, dass es ihr nichts ausmachte, und jubilierte innerlich. Hatte sie bis eben noch gezögert, Stephen Polkinghorns Einladung anzunehmen, so konnte sie jetzt nichts und niemand davon abhalten, sich mit ihm zu treffen. Keiner würde etwas davon erfahren, und sie könnte wenigstens für einen Tag dem langweiligen Alltag entfliehen.
Die Fahrt von Looe nach Plymouth war dank Stephens Art zu plaudern sehr kurzweilig. Er erzählte einige technische Details über das Automobil, die Susan weder verstand, noch interessierten sie diese, aber sie wollte Stephen den Spaß, den er mit seinem Automobil hatte, nicht verderben. Daher nickte sie nur wortlos und genoss die Fahrt. So ein Automobil war vielleicht doch nicht so eine schlechte Erfindung …

Stephen fuhr dieselbe Strecke wie einige Tage zuvor, doch heute hielt er nicht auf dem Hügel an, sondern lenkte das Auto zur Küste hinab. In Torpoint wurden sie auf die dampfbetriebene Fähre gewunken, die gleich darauf ablegte. Für Susan wurde die kurze Überfahrt zum unvergesslichen Erlebnis, und sie stand die ganze Zeit an der Reling. Der Wind war zwar kühl, aber die Sonne glitzerte auf den Wellen des Tamars, der an der Nordküste Cornwalls entsprang und sich wenige Meilen weiter südlich in den Atlantik ergoss.

»Was, wenn wir Bekannte von Ihnen in Plymouth treffen?«, fragte Susan, als die Fähre das Ufer erreicht hatte und sie die ersten Häuserzeilen von Plymouth passierten. »Werden diese nicht Fragen stellen, wenn Sie sich öffentlich mit einer schwangeren Frau zeigen? Oder gar Schlüsse daraus ziehen, die jeglicher Grundlage entbehren?«

Stephen wandte ihr den Kopf zu und lachte laut. Erneut dachte Susan, wie gut er aussah, aber ihr Herz blieb bei seinem Anblick unberührt. Männer wie Stephen Polkinghorn kannte sie zur Genüge. Wenngleich sie sich gerne in seiner Gesellschaft befand – an einer Liebelei hatte sie kein Interesse. Wenn sie erst das Geld in den Händen hielt, waren ihre Ziele andere.

»Meine liebe Susan, da ganz Ostcornwall ohnehin denkt, ich wäre für mindestens die Hälfte aller Kinder unter zehn Jahren in Polperro und in Looe verantwortlich, kommt es auf ein Gerücht mehr oder weniger nicht an. Ich weiß, was man über mich redet –«, er zwinkerte ihr vertrauensvoll zu und fuhr unbekümmert fort – »und die Leute haben in vielen Dingen recht.«

»Ach, aber an meinen Ruf denken Sie nicht?« Susan runzelte ärgerlich die Stirn, da Stephen nur von sich sprach.

»Ihr Ruf?« Erneut lachte er laut auf und schnalzte mit der Zunge. »Meine liebe Susan, ich hätte Sie niemals für den heutigen Tag eingeladen, wenn ich überzeugt wäre, dass Ihr Ruf tadellos ist.«

»Was?« Susan fuhr hoch und wäre beinahe vom Sitz gefallen, wenn Stephen sie nicht im letzten Moment am Arm gepackt und festgehalten hätte.

»Vorsicht, meine Liebe!«, sagte er und drosselte die Geschwindigkeit, aber Susan war wütend.

»Wie kommen Sie dazu, so etwas zu sagen? Sie sind der unverschämteste Mensch, der mir jemals begegnet ist! Ich möchte sofort aussteigen.«

»Aber, aber, meine Liebe.« Stephen schüttelte in übertriebener Missbilligung den Kopf. »Es ist ein langer Fußweg zurück nach Looe. Susan, wir sollten uns nichts vormachen. Ich finde, wir sind uns sehr ähnlich. Ich nehme Ihnen die Geschichte, Sie wären Witwe, nicht ab. Für eine Witwe sind Sie nämlich viel zu lebenslustig, und in Ihren Augen glimmt der Funke der Abenteuerlust und der Wunsch, das Leben mit allen Sinnen zu genießen. Glauben Sie mir, ich kenne diesen Ausdruck, ich sehe ihn doch täglich, wenn ich in den Spiegel schaue.«

»Vielleicht war meine Ehe nicht glücklich, so dass ich keine große Trauer über den Verlust meines Mannes hege.« Susan wusste, es war ein schwacher Versuch der Verteidigung, denn Stephen Polkinghorn hatte sie in der Tat durchschaut. Er schüttelte den Kopf und lächelte herablassend.

»Ich denke vielmehr, dass Sie … nun ja … in eine prekäre Lage geraten sind, für die ich Sie keinesfalls verurteile. Im Gegenteil, ich mag Frauen, die – was Sitte und Moral angeht – nicht mehr im letzten Jahrhundert leben. Es wird noch Jahre dauern, bis die durch Königin Victoria errichteten Grundfesten zu bröckeln beginnen, obwohl unser jetziger König es mit der Moral selbst nicht genau nimmt. Seine Mutter würde sich im Grabe umdrehen, wüsste sie über die zahlreichen Affären ihres Sohnes Bescheid. Aber zurück zu Ihnen, liebe Susan. Ich empfinde es nicht als Schande, dass es zu Ihrem Kind offenbar keinen Vater gibt. Jedenfalls keinen, der Sie zu einer ehrbaren Frau machen will.

Also sind Sie aus der Stadt geflüchtet, um hier Ihr Kind zu bekommen. Was haben Sie vor, wenn es auf der Welt ist? Werden Sie hierbleiben und sich weiterhin als Witwe ausgeben? Und wovon leben Sie? Ich nehme nicht an, dass Sie über ein Vermögen verfügen, denn sonst würden Sie nicht auf der Farm der Nankerris wohnen.«

Susan verschränkte die Arme vor der Brust und starrte zur Seite. Auf der einen Seite war sie über Stephens direkte Art verärgert und auch erschrocken, wie schnell er sie durchschaut hatte, andererseits mochte sie Menschen, die aussprachen, was sie dachten.

»Das geht Sie nichts an«, entgegnete sie kühl.

Er zuckte lapidar mit den Schultern. »Damit haben Sie recht, meine Liebe. Ich frage mich nur, was Lady Tredary bewogen haben kann, Sie unter ihren Schutz zu nehmen. Auch wenn Sie nicht auf Sumerhays wohnen, so weiß doch jeder, dass die Farm zum Besitz gehört und die Nankerris für Lavinia alles tun.«

»Wir sind uns in London begegnet«, gab Susan zu. Es war besser, Stephen einen Teil der Wahrheit zu sagen. Sonst würde er eigene Vermutungen anstellen, die vielleicht in eine für Lavinia und sie fatale Richtung gehen könnten. »Da Lady Lavinia sich ebenfalls in anderen Umständen befindet, hatten wir uns viel zu sagen. Als sie von … meiner Lage … erfuhr, lud sie mich spontan nach Cornwall ein, um hier zur Ruhe zu kommen.«

»Aha.« Diesem einen Wort war anzuhören, dass Stephen ihr kein Wort glaubte. Lady Lavinia und Susan trennten gesellschaftlich Welten, da war es mehr als unwahrscheinlich, dass sich eine Viscountess einer Frau aus der Unterschicht annahm und diese sogar auf ihrem Besitz wohnen ließ. Da die Straßen nun jedoch enger und der Verkehr dichter wurde – hier und da begegneten ihnen sogar andere Automobile –, verstummte das Gespräch, und Stephen konzentrierte sich auf den Verkehr. Stephen fuhr nicht direkt zum Theater, sondern machte einen Abstecher in das alte Hafenviertel. Vor dem Hafenbecken hielt er

und deutete auf ein paar unscheinbare Stufen, die vom Kai ins Wasser hinabführten.
»Das sind die Mayflower Steps«, erklärte er. »Hier brachen vor fast dreihundert Jahren, genau am sechsten September 1620, einhundertzwei wagemutige Männer und Frauen auf, um in dem großen, fernen und völlig unerschlossenen Land jenseits des Meeres ein neues Leben zu beginnen.«
Susan nickte und erwiderte: »Und heute sind die Vereinigten Staaten eines der größten Länder der Erde. Das hat das Land nur den Menschen zu verdanken, die damals den Mut hatten, eine Seereise von sechsundsechzig Tagen zu unternehmen und allen Widrigkeiten des Meeres zu trotzen.«
Stephen sah Susan bewundernd an.
»Sie sind sehr gebildet, Susan«, gab er offen zu. »Ich meine, für eine Frau Ihrer Gesellschaftsschicht.«
»Ach, und welcher Klasse ordnen Sie mich zu?« Susan runzelte ärgerlich die Stirn. Sie begann zu bereuen, Stephens Einladung angenommen zu haben. »Ich wüsste nicht, Ihnen etwas von meinem Leben erzählt zu haben.«
Stephen lachte über ihre offensichtliche Verärgerung und nahm ihren Arm.
»Kommen Sie, wir müssen weiter, sonst fängt das Stück ohne uns an. Ich wollte Sie keinesfalls beleidigen, habe jedoch ausreichend Erfahrung mit Menschen, um beurteilen zu können, dass Sie und Lady Tredary gesellschaftlich nicht auf einer Stufe stehen, aber genau das macht Sie mir sympathisch. Ich genieße es einfach, den Tag mit Ihnen zu verbringen, und Sie sollten es auch tun. Alles andere geht mich nichts an.«
»Stimmt, es geht Sie nichts an.« Susans Gesicht verschloss sich, sie stieg wieder in das Auto und hoffte, der Nachmittag möge rasch vorbeigehen. Danach wollte sie Stephen Polkinghorn niemals wiedersehen, denn er schien die Fähigkeit zu haben, ihr auf den Grund ihrer Seele schauen zu können.

Nach wenigen Minuten hatten sie ihr Ziel erreicht. Das Theater in der Union Street war ein viktorianisches Gebäude mit einer aufwendig gestalteten Fassade und zahlreichen kleinen Türmchen.
»Es brannte nur acht Monate, nachdem es im Jahre 1898 eröffnet wurde, fast vollständig nieder«, erklärte Stephen, »wurde jedoch so schnell wie möglich wieder aufgebaut, und bereits im folgenden Jahr fanden erneut Aufführungen statt.«
Das Foyer des Theaters war ganz in Rot und Gold gehalten. Plüschsessel luden zum Verweilen ein, und Samtportieren schmückten die deckenhohen Fenster. Der Teppich war so dick und weich, dass Susan meinte, ihre Füße würden darin versinken. Ihren Ärger auf Stephen vergessend, griff sie nach seinem Arm und flüsterte: »Ist das elegant!«
Mit einem Lächeln legte er seine Hand auf die ihre.
»Es ist nur ein kleines Theater. Wir sind eben auf dem Land, wenngleich Plymouth sich gerne als Weltstadt sehen würde.«
Stephen hatte Karten für eine Loge direkt gegenüber der Bühne besorgt, die sie mit niemandem zu teilen brauchten, da in der Nachmittagsvorstellung nur knapp die Hälfte der Plätze besetzt war. Gespannt wartete Susan auf den Beginn. Es war ein einfaches, anspruchsloses Lustspiel. Zwei Brüder buhlten um die Gunst eines jungen Mädchens, das sich nicht zwischen ihnen entscheiden konnte. Es schenkte beiden Männern Beweise seiner Gunst und spielte die Brüder gegeneinander aus. Obwohl es einige recht komische Dialoge gab, bei denen Susan schmunzelte, zog das Spiel sie nicht in den Bann. Die Schauspieler, die die Brüder darstellten, machten ihre Sache zwar gut, das Mädchen jedoch spielte gekünstelt und an vielen Stellen völlig affektiert. Sie schien zu glauben, dass die Zuschauer nur wegen ihr gekommen waren, und warf auch in unpassenden Szenen immer wieder kokette Blicke ins Parkett. Zugegebenermaßen war sie sehr hübsch – mit wallenden, goldblonden Locken und strahlend blauen Augen –, aber ihre Stimme war schwach, an vielen Stel-

len so leise, dass Susan Mühe hatte, die Worte zu verstehen, und ihre Bewegungen wirkten übertrieben. Obwohl Susan zum ersten Mal in ihrem Leben ein Schauspiel auf der Bühne sah, ertappte sie sich dabei, wie sie bei manchen Monologen des Mädchens dachte, dass diese mit einer anderen Betonung wesentlich eindrucksvoller gewesen wären.

In der Pause besorgte Stephen zwei Gläser warmen Früchtepunsch, die er zu Susan in die Loge brachte.

»Wie finden Sie das Stück?«, fragte er.

Susan zuckte mit den Schultern. »Ich denke, es könnte eine ganz nette Geschichte sein, aber die Hauptdarstellerin finde ich nicht überzeugend.«

Stephen lachte. »Sie haben recht, Janna ist eine ganz miserable Schauspielerin, und heute ist sie besonders schlecht.«

Susan war über seine offenen Worte nicht überrascht.

»Wenn sie nicht gut ist, warum hat sie dann die Hauptrolle? Es gibt doch zahlreiche andere Schauspielerinnen, die diese Rolle spielen könnten.«

»Sie ist recht hübsch, nicht wahr?« Stephen zwinkerte ihr zu. »Der Besitzer des Theaters ist Janna Howards Gönner.«

»Aha.« Susan verstand, was er meinte, und es erklärte, warum eine mittelmäßige Schauspielerin eine tragende Rolle erhielt.

»Nun, ich möchte die liebe Janna nicht allzu schlechtmachen«, fuhr Stephen fort, »denn sie träumt davon, eines Tages so berühmt wie Sarah Bernhardt zu sein. Wer weiß, wenn sie die richtigen Leute kennenlernt, schafft sie es vielleicht sogar an ein Theater in London.«

»Sarah … wer?«, fragte Susan und nippte an ihrem Punsch.

Stephens Augenbrauen zuckten nach oben, und er sah sie erstaunt an.

»Sarah Bernhardt«, wiederholte er langsam. »Sie waren wohl noch nicht oft im Theater, nicht wahr?«

»Es ist heute mein erstes Mal«, gab Susan zu.

»Trotzdem müssen Sie doch von *Madame Sarah* gehört haben! Ganz London, ach was, ganz England liegt ihr zu Füßen, wenn sie eine Gastspielreise in unser Land macht. Sie ist die beste Schauspielerin der Welt, obwohl es Stimmen gibt, die meinen, dass die Duse ihr inzwischen überlegen ist.«
Da Susan auch den Namen Duse nie zuvor gehört hatte, nickte sie nur lächelnd. In London hatte es zwar immer mal wieder kleine Straßenaufführungen gegeben, bei denen Susan manchmal zugesehen hatte, aber ein großes Theater, in dem eine weltbekannte Schauspielerin auftrat, hatte Susan bisher nur von außen gesehen.
»Mein Wunsch ist es, Sarah Bernhardt einmal persönlich zu begegnen«, fuhr Stephen fort, und in seinem Blick lag etwas Träumerisches. »Vor einigen Jahren durfte ich sie auf der Bühne im Gaiety Theatre in der Rolle als Esther erleben. Mein Vater jedoch sah Madame Sarah nicht nur in ihrer wohl besten Rolle als Phédre, sondern war auch zu einem Empfang geladen, bei dem die Schauspielerin ebenfalls anwesend war. Damals war die Londoner Gesellschaft noch gespalten, wenn es darum ging, eine Frau wie Sarah Bernhardt einzuladen, doch mein Vater gehörte zu den Glücklichen, die bei Tisch ihr gegenübersitzen durften. Zwar wechselten sie kein Wort miteinander, doch mein Vater schwärmt noch heute von dieser Begegnung. Inzwischen ist es *en vogue*, diese Grande Dame des Theaters in seinem Haus begrüßen zu dürfen. Leider beehrt uns Madame Sarah nur selten mit ihrer Anwesenheit, denn die Tourneen rund um die Welt erfordern viel Zeit. Allein in den vergangenen zwei Jahren tourte sie mehrere Monate durch ganz Nordamerika. Wenn Sarah Bernhardt wieder einmal in London gastiert, müssen Sie unbedingt eine ihrer Vorstellungen besuchen, Susan.«
Susan nickte, murmelte ihre Zustimmung und war froh, als der Gong das Ende der Pause einläutete und das Spiel fortgesetzt wurde. Sie konnte Stephens Begeisterung zwar nicht nachempfinden, ihm war jedoch anzumerken, dass diese Schauspielerin

etwas ganz Besonderes für ihn sein musste. Susan beschloss, wenn sie wieder in London war, sich über die Frau zu informieren. Es konnte nicht schaden, über etwas Bildung im Bereich der Kunst zu verfügen.

Der zweite Teil des Schauspiels war sogar noch schlechter und absurder als der erste. Nachdem die beiden Brüder erkannten, welches Spiel das Mädchen mit ihnen trieb, wandten sich beide von ihr ab und heirateten jeweils andere Frauen. Das Mädchen, inzwischen sicher, den älteren Bruder zu lieben, war darüber so verzweifelt, dass sie versuchte, sich das Leben zu nehmen. Im letzten Moment wurde sie von einem Freund, dem sie bisher kaum Beachtung geschenkt hatte und der in dem Stück auch nur kurz aufgetreten war, gerettet und verliebte sich prompt in diesen. Am Ende waren alle glücklich, und die Zuschauer applaudierten pflichtschuldig.

Während Susan und Stephen zum Ausgang drängten, trat ein älterer Herr ihnen in den Weg. Er zog seinen Hut vor Susan, nickte Stephen kurz zu, dann wanderte sein Blick zu Susans Körpermitte. Daraufhin schnalzte er mit der Zunge, sah Stephen an und meinte: »Oh, là, là, mein Lieber, ich sehe, du bleibst deinem Lebensstil treu.«

Susan schoss das Blut in die Wangen, doch bevor sie dem Fremden ein paar richtigstellende Worte entgegnen konnte, sagte Stephen: »Mein lieber Humphrey, ich hörte, dass deine dritte Scheidung läuft, die dich wieder eine Stange Geld kosten wird. Es scheint wohl keine Frau zu geben, die es länger mit dir aushält, was?«

Der Mann grinste, war aber keinesfalls verlegen.

»Ach, ich liebe die Frauen so wie du auch.« Er tippte sich an die Hutkrempe. »Ich wünsche einen schönen Tag.« Der Blick, mit dem er Susan bedachte, sprach Bände, aber Stephen lachte nur unbekümmert.

»Sie müssen sich über den alten Sack keine Gedanken machen«, sagte er unverblümt. »Er ist selten nüchtern, auch heute hatte er getrunken. Morgen wird er sich an unsere Begegnung schon nicht mehr erinnern können.«

Susan fragte sich, wie Stephen zu einem solchen Bekannten kam, aber im Grunde ging es sie ja nichts an. Außerdem wurde ihr Interesse auf etwas anderes gelenkt, denn Stephen führte sie nicht zum Automobil zurück, sondern links um das Theatergebäude herum.

»Wohin gehen wir?«

»Wir machen der lieben Janna unsere Aufwartung«, antwortete Stephen. »Keine Sorge, nur ein paar Minuten, aber sie erwartet es von mir. Wir sind schließlich alte Freunde.«

Susan wollte gar nicht wissen, welcher Art diese *Freundschaft* war, konnte es sich jedoch denken. Janna Howard war hübsch, und Stephen liebte schöne Frauen.

Der Mann an der Hintertür ließ sie passieren, als Stephen seinen Namen nannte, und durch einen verwinkelten, bis an die Decke mit Kisten und Kartons vollgestellten Gang erreichten sie Jannas Garderobe. Außer ihnen hatten sich bereits andere Zuschauer eingefunden. Stephen ging auf Janna zu und küsste ihr die Hand, die sie ihm wie die Königin persönlich entgegenstreckte.

»Meine Liebe, ich gratuliere dir. Du warst heute mal wieder ganz bezaubernd! Ich bin ehrlich beeindruckt und hoffe, dass bald ein Londoner Theater dein großes Talent erkennt und dich engagiert. Du gehörst einfach auf die großen Bühnen dieser Welt.«

Mit Erstaunen hörte Susan Stephens Lobhudelei. Sie selbst gab der Schauspielerin nur kurz die Hand, nachdem er sie vorgestellt hatte, enthielt sich jedoch jeglichen Kommentars über ihr Spiel. Er wurden Erfrischungen und kleine Canapées gereicht, und Susan nahm sich ein Glas Zitronenlimonade. In einer ruhigen Ecke, während Janna Howard sich im Gespräch mit anderen befand, flüsterte sie Stephen zu: »Ich denke, Sie fanden sie schlecht.«

Stephen zuckte mit den Schultern und lächelte.

»Das sagt man einem Künstler doch nicht ins Gesicht. Schmeichelei gehört zum Geschäft, meine liebe Susan, jeder tut das hier.

Schauspieler, ganz besonders die weiblichen, leben von Lob und Anerkennung. Das ist für sie fast noch wichtiger als die Gage. Ein paar nette Worte kosten mich nichts, Janna jedoch versüßen sie den Tag.«

»Wecken Sie mit Ihren Worten nicht Hoffnungen, die sich niemals erfüllen werden?«, gab Susan zu bedenken.

»Künstler leben von der Hoffnung. Hintenherum schimpft in diesem Metier jeder über jeden, aber offen ins Gesicht sagen tut es niemand. Das ist so eine Art Ehrenkodex. Lediglich den Kritikern ist es erlaubt, offene und ehrliche Worte zu finden.«

Susan begann zu verstehen. »Aber wenn Janna die Kritiken in der Zeitung liest, wird sie feststellen, dass all die schönen Worte nur Schall und Rauch sind. Ist das für eine Schauspielerin nicht viel frustrierender, als von ihren Freunden die Wahrheit zu erfahren?«

Stephen beugte sich herunter und flüsterte Susan ins Ohr: »Nicht hier in Plymouth. Der Herausgeber der wichtigsten Zeitung ist ebenfalls ein Gönner Jannas. Es werden keine Verrisse über das Stück in der Zeitung erscheinen. Die gute Janna wird jedoch zeit ihres Lebens an provinziellen Bühnen bleiben, außer sie trifft jemanden, der sie nach London, und von dort aus nach Europa bringt. Nun, hübsch genug dafür ist Janna ohne Zweifel.«

Susan verstand und nickte, wenngleich sie Stephens Meinung nicht teilte. Wenn sie an Jannas Stelle wäre, würde sie ehrlich wissen wollen, wie andere über sie dachten und ob sie wirklich eine gute Schauspielerin war. Ein kurzes, bitteres Lächeln huschte über Susans Lippen. Überall auf der Welt war es das Gleiche – wer über Beziehungen verfügte, der machte seinen Weg, gleichgültig, ob mit oder ohne Talent.

Während der Fahrt zurück nach Looe schwieg Susan. In den wenigen Stunden des Nachmittags hatte sie einen Blick in eine Welt geworfen, die ihr vorher fremd gewesen war. So schlecht das Stück und vor allem die Hauptdarstellerin gewesen war – Susan hatte sich einer gewissen Faszination nicht entziehen können.

Hinter der Bühne hatte es nach Schweiß, Tabak und Schminke gerochen, gleichzeitig aber auch nach Holz und frischer Farbe. Diesem Geruch hatte etwas Aufregendes angehaftet. Sie fragte sich, wie es wohl wäre, auf einer Bühne zu stehen und sich den Menschen zu präsentieren. Dazu gehörte sicher viel Mut und Selbstbewusstsein, aber es würde bestimmt auch Spaß machen, für eine oder zwei Stunden in eine Rolle zu schlüpfen und jemand anderen darzustellen: eine Person, die man gerne wäre, oder auch eine Szene zu spielen, die man sonst niemals erleben würde.
Da es bereits dunkel war, als sie nach Looe kamen, fuhr Stephen bis zur Kreuzung, von der der Weg zur Farm abzweigte, damit Susan nicht im Dunkeln zurückgehen musste. Hier wollte Susan aussteigen. Da sie nicht wusste, ob die Nankerris bereits von Fowey zurückgekommen waren, wollte sie nicht riskieren, dass man sie und Stephen zusammen sah.
»Ich danke Ihnen für diesen schönen Nachmittag.« Susan meinte es ehrlich, die kleine Missstimmung, die am Anfang des Ausflugs geherrscht hatte, war verflogen. Warum auch sollte sie Stephen zürnen? Er hatte doch mit allem, was er gesagt hatte, recht gehabt. Sie war keine ehrbare Frau, schon gar keine Lady. Susan hatte den Tag, das Theaterstück und letztendlich auch Stephens Gesellschaft genossen. Schon lange hatte sie sich nicht mehr so amüsiert. Alles, was in den vergangenen Monaten geschehen war, hatte sie für ein paar Stunden vergessen, sogar an Jimmy hatte sie nicht gedacht.
»Ich würde mich freuen, wenn wir einen solchen Tag bald wiederholen könnten«, sagte Stephen.
Susan lachte und deutete auf ihren Bauch. In Gegenwart von Stephen Polkinghorn musste sie sich nicht so verschämt geben, wie es in der Gesellschaft erwartet wurde.
»Es wird Ihnen wenig Spaß machen, mit einer Tonne unterwegs zu sein, Stephen. In vier, fünf Wochen werde ich aufgedunsen, unförmig und hässlich sein.«

»Nein, Susan, Sie werden niemals hässlich sein.« Stephens Stimme klang so ernst, wie Susan sie nie zuvor gehört hatte. »Sie haben eine innere Schönheit, die äußere Umstände niemals überdecken können.«

Susan schlief kaum in dieser Nacht. Der Ausflug und der Theaterbesuch hatten sie aufgewühlt. Obwohl Stephen ihr unverblümt seine Meinung sagte und keinen Zweifel daran ließ, dass er sie für eine leichtfertige Person hielt, konnte Susan ihm nicht ernsthaft böse sein. Sie mochte ihn und fühlte sich wohl in seiner Gesellschaft, wenngleich ihr Herz bei seinem Anblick nicht schneller schlug. Nein, sie würde sich nicht in Stephen Polkinghorn verlieben. In ihrer derzeitigen Situation gab es keinen Platz für Gefühle, und auf eine belanglose Affäre hatte Susan schon gar keine Lust. Außerdem war sie hochschwanger und dadurch wenig attraktiv, wenngleich Stephen ihr schmeichelte, er finde sie dennoch schön. Nun, er hatte auch Janna nette Worte gesagt, obwohl er ihre schauspielerische Leistung in Wahrheit schlecht fand. Stephen Polkinghorn war ein Mann, der wusste, wie man mit Frauen umging. Nur war sie, Susan, kein naives Dummchen, das auf Süßholzgeraspel hereinfiel. Wenn er jedoch dazu diente, der eintönigen Langeweile zu entfliehen, dann kam er Susan gerade recht. Sie fürchtete nicht, dass Stephen sich ihr in einer Art und Weise nähern würde, die sie nicht wollte, und selbst wenn, würde sie ihn in die Schranken weisen. Susan war in einem Umfeld aufgewachsen, in dem sich hübsche, junge Frauen ständig Nachstellungen von Männern ausgesetzt sahen. Sie konnte damit umgehen.

Es schien wie ein Zufall, als Susan Stephen drei Tage später bei einem ihrer Klippenspaziergänge erneut traf. Sie vermutete allerdings, er habe auf sie gewartet, da er wusste, dass sie sich oft hier aufhielt, sprach es jedoch nicht an. Stephen war

wieder mit seinem Automobil unterwegs, und da es ein trockener Tag war, ließ sich Susan zu einer erneuten Spazierfahrt einladen.
»Waren Sie schon einmal in Lostwithiel?«, fragte er. »Nein? Sie müssen sich das kleine, verschlafene Städtchen unbedingt ansehen, besonders die Kirche und die Ruinen der normannischen Burg sind interessant.«
Susan zögerte nicht lange, und wenig später fuhren sie auf der Straße, die Liskeard mit Lostwithiel verband. Die gewundene Straße war besonders schmal und an beiden Seiten von meterhohen, selbst jetzt im Winter noch dichten und grünen Hecken gesäumt. Später konnte Susan nicht sagen, wann sie das Pferdefuhrwerk gesehen hatte, das plötzlich aus einem Seitenweg einbog, ohne auf den Verkehr zu achten, aber als sie es erkannte, war es bereits zu spät. Sie hörte Stephen schreien: »Platz da!«, dann quietschten die Bremsen, und Stephen versuchte, dem Fuhrwerk auszuweichen. Das Automobil rutschte nach rechts in den Heckenwall, schien eine Sekunde in der Luft zu hängen, dann war plötzlich unten oben und oben unten. Susan merkte noch, wie sie vom Sitz geschleudert wurde und ihr Kopf auf etwas Hartem aufschlug. Ihr Kopf schien zu explodieren, dann wurde alles schwarz um sie herum.

7. Kapitel

»Sie kommt zu sich.« Wie aus weiter Ferne hörte Susan die Worte. Sie stöhnte und versuchte, die Augen zu öffnen. Sofort schien ein rasender Schmerz ihren Kopf in zwei Teile spalten zu wollen. »Bleiben Sie ruhig liegen«, fuhr die Stimme fort. »Sie haben eine Gehirnerschütterung.«

Susan gelang es, die Augen zu öffnen. Sie lag in einem ihr fremden Bett, und eine ältere Frau, die sie nie zuvor gesehen hatte, tupfte mit einem kühlen, feuchten Tuch ihre Stirn ab. Langsam kehrte Susans Erinnerung zurück. Die Ausfahrt mit Stephen, die enge Straße und dann plötzlich das Fuhrwerk …

»Was ist mit meinem Kind?« Unwillkürlich fuhren Susans Hände zu ihrem Bauch, und sie seufzte erleichtert, als sie die Wölbung ertastete.

»Sie haben mehr Glück als Verstand gehabt.« Eine zweite Stimme drang an Susans Ohr. Eine Stimme, die sie kannte, und an der anderen Bettseite erschien Caja Nankerris und funkelte Susan zornig an. »Dem Kind ist nichts geschehen, jedenfalls soweit ich es feststellen kann. Sie haben jedoch Prellungen am ganzen Körper, Ihr linkes Handgelenk ist verstaucht, und Sie haben eine Gehirnerschütterung.«

»Und Stephen?«, fragte Susan. »Was ist mit Stephen?«

Caja schnaubte verächtlich. »Der verantwortungslose Kerl hat nur ein paar Kratzer abbekommen, hat jedoch über seine Höllenmaschine, die nunmehr ein einziger Schrotthaufen ist, mehr gejammert als über seine Blessuren.« Cajas Augen verengten sich zu Schlitzen, als sie wütend zischte: »Was haben Sie sich dabei gedacht, mit diesem Kerl durch die Gegend zu fahren? Dazu noch in Ihrem Zustand.«

Susan wurde einer Antwort enthoben, denn die Tür öffnete sich, und Lavinia Callington trat ein. Susan war überrascht, sie zu sehen, und Lavinias Zorn stand dem Cajas in nichts nach.

»Danke, Mrs. Windle, Sie können jetzt gehen«, sagte Lavinia mühsam beherrscht zu der älteren Frau, die auf Susans Bettkante saß. »Ich habe mit unserer *Patientin* zu sprechen.«

Kaum hatte die Frau das Zimmer verlassen, schüttelte Lavinia Susan so heftig an den Schultern, dass der Schmerz in ihrem Kopf unerträglich wurde. Susan stöhnte und flüsterte: »Es tut mir leid, Mylady. Wirklich, das habe ich nicht gewollt.«

»Es ist nicht nur der Unfall, bei dem Sie oder das Kind hätten sterben können, sondern auch die Tatsache, dass Sie sich mit Stephen Polkinghorn herumtreiben! Wissen Sie nicht, dass er den schlechtesten Ruf in der ganzen Grafschaft hat?«

Susan nickte vorsichtig. »Das war mir bewusst, Mylady, und ich kann mich nicht mehr als entschuldigen. Wir sind bereits mehrmals zusammen ausgefahren, und Stephen ist ein guter Autofahrer. Da war aber plötzlich das Fuhrwerk, es bog einfach in die Straße ein, ohne dass der Kutscher uns gesehen hatte. Stephen trifft keine Schuld ...«

»Nein, sicher nicht, aber Sie sind die verantwortungsloseste Person, die mir jemals begegnet ist.« Scharf unterbrach Lavinia Susans Erklärungsversuch. »Ich bezahle Sie mehr als gut, damit Sie ein gesundes Kind zur Welt bringen, und wie danken Sie mir das? Indem Sie sich wie ein billiges Flittchen mit einem zweifelhaften Mann herumtreiben und das Leben des Kindes gefährden.«

»Es tut mir leid«, wiederholte Susan. Sie war über Lavinias Wutausbruch nicht böse, denn sie hatte ja recht. Es war von ihr unverantwortlich gewesen, sich als Schwangere in ein Automobil zu setzen. »Es wird nicht wieder vorkommen, und Mr. Polkinghorn werde ich auch nicht wiedersehen.«

»Das werden Sie ganz sicher nicht.« Lavinia erhob sich und blickte zu Caja. »Sie werden nämlich im Bett bleiben und dieses Zimmer nicht mehr verlassen.«

Susan nickte schuldbewusst. »Selbstverständlich, Mylady, ich tue alles, um bald wieder gesund zu werden.«

Caja verschränkte die Arme vor der Brust und lächelte zynisch. »Sie verstehen nicht, Susan. Was Lady Lavinia meinte, ist, dass Sie bis zur Geburt in diesem Zimmer bleiben werden. Wir alle möchten nicht, dass Sie sich erneut einer solchen Gefahr aussetzen, nicht wahr?«

Erschrocken blickte Susan sich um. Erst jetzt nahm sie wahr, dass sie sich in einem zwar kleinen, spärlich möblierten Dachzimmer befand, der Raum sich jedoch unmöglich auf der Park Farm befinden konnte. Die Bettwäsche war schneeweiß, weich und duftete nach Veilchen. Eine Ahnung durchfuhr Susan.

»Wo bin ich eigentlich?«, fragte sie.

»Auf Sumerhays«, antwortete Caja. »Und hier werden Sie auch bleiben, bis Sie Ihre Abmachung gegenüber Mylady erfüllt haben.«

»Sie können mich hier doch nicht einsperren!«, rief Susan, aber weder Lavinia noch Caja reagierten auf ihren Protest. Die beiden Frauen verließen ohne ein weiteres Wort das Zimmer, und Susan hörte deutlich, wie der Schlüssel im Schloss umgedreht wurde. Obwohl ihr Kopf furchtbar schmerzte, richtete sie sich auf und schwang die Beine aus dem Bett. Der Schwindel war unbeschreiblich, aber nach einiger Zeit wurde es besser. Vorsichtig tappte sie zur Tür und drehte am Knauf – sie hatte sich nicht getäuscht, man hatte sie tatsächlich eingeschlossen. Susan sah sich um und runzelte ärgerlich die Stirn. Eine zweite Tür gab es nicht, und das Gaubenfenster war so schmal, dass sie selbst ohne ihren dicken Bauch nicht hindurchgepasst hätte. Trotzdem zog Susan einen Stuhl unter das Fenster, kletterte hinauf und konnte so hinaussehen. Auch wenn es ihr gelänge, auf diesem Weg das Zimmer zu verlassen – sie befand sich im dritten oder vierten Stock und konnte ja schlecht an der Fassade hinunterklettern. Offensichtlich hatte man sie in einem der Dienstbotenzimmer untergebracht. Zähneknirschend und erschöpft legte Susan sich wieder hin. Bis zur Geburt waren es noch acht oder zehn Wochen. Auf keinen Fall wollte sie sich so lange einsperren lassen! Gut, sie hatte mit Stephen Polkinghorn einen Fehler gemacht und hätte auch niemals in sein Automobil steigen dürfen, doch es war weder ihr noch dem Kind etwas geschehen. Zwar hatte sie mit Lavinia eine Abmachung, diese gab der Lady aber noch lange nicht das Recht, sie wie eine Gefangene zu behandeln. Allerdings wusste Susan nicht, was sie dagegen tun konnte. Nun, die nächsten Tage würde sie ohnehin im Bett bleiben müssen, denn ihr Körper war grün und blau und ihr linkes Handgelenk aufgrund der Verletzung nicht zu gebrauchen. Wenn sie erst wieder ganz gesund war, würde sie einen Ausweg finden.

Die nächsten Tage war Susan über ihre *Gefangenschaft* sogar dankbar, denn jede Bewegung bereitete ihr Schmerzen. Ihr Kopf fühlte sich an, als würden Zahnräder darin rotieren, das verstauchte Handgelenk konnte sie nicht belasten, und die Prellungen an ihrem Körper wandelten sich in grün-violette Blutergüsse, die bei jeder Bewegung schmerzten. Susan erschien es wie ein Wunder, dass bei dem Unfall dem Kind nichts geschehen war. Caja untersuchte sie täglich – meistens kam die Hebamme in den Abendstunden nach Sumerhays –, konnte jedoch nichts Ungewöhnliches feststellen. Susan wusste, dass sie bei eventuellen Komplikationen keinen Arzt würden holen können, denn ihre Anwesenheit musste ja geheim bleiben. Mrs. Windle, die Haushälterin, brachte Susan das Essen, war aber mürrisch und wortkarg. Susan vermutete, dass die ältere Frau ebenfalls in Lavinias Plan eingeweiht war. Lavinia selbst sah Susan über eine Woche nicht. Obwohl sie auch tagsüber viel schlief, um die Verletzungen auszukurieren, vergingen die Stunden quälend langsam. Hatte sie schon auf der Farm unter Langeweile gelitten, erschien ihr nun die Zeit unendlich. Als sich Lavinia endlich bequemte, sie eines Abends aufzusuchen, fuhr Susan sie barsch an: »Wie lange wollen Sie mich hier noch gefangen halten? Ich bin fast wieder gesund, dem Baby geht es auch gut, also kann ich wieder in das Cottage ziehen.«

»Das kommt nicht in Frage.« Lavinias Blick war herablassend. »Sie und ich – wir haben eine Vereinbarung, bei der ich bisher meinen Anteil mehr als erfüllt habe. Ich habe Ihnen tausend Pfund versprochen, habe Ihnen zusätzlich eine gemütliche Unterkunft verschafft und auch immer wieder Geld zugesteckt. Wie haben Sie mir das gedankt? Indem Sie sich mit Männern herumtrieben und verantwortungslos das Leben des Kindes aufs Spiel gesetzt haben.« Lavinia schüttelte den Kopf, ihre Lippen wurden zu einem schmalen Strich, als sie zischte: »Eigentlich hätte ich es mir bei einer Frau wie Ihnen denken können.«

»Was wollen Sie damit sagen?« Nur mühsam beherrschte sich Susan, ihre Stimme klang jedoch gefährlich leise. Plötzlich sah sie Lavinia nicht mehr als Lady der Oberschicht an, sondern wie eine Frau ihresgleichen, und mit solchen Personen konnte sie umgehen.

»Nun, Sie sind nichts anderes als eine Hure.« Susan schnappte nach Luft, doch bevor sie sich wehren konnte, fuhr Lavinia fort: »Zwischenzeitlich zweifle ich, ob meine Idee überhaupt richtig war. Ich weiß nichts über den Erzeuger Ihres Kindes. Wahrscheinlich war es ein ebenso zwielichtiger Bursche wie Sie selbst. Es heißt ja, dass sich Charaktereigenschaften von den Eltern auf die Kinder übertragen.«

»Nun machen Sie aber mal einen Punkt!« Susan konnte sich nicht länger beherrschen. Ihre Augen funkelten zornig, und sie sah keinen Grund, ihre Stimme zu senken. »Ich gebe zu, Fehler gemacht zu haben, und für diese habe ich mich mehrmals entschuldigt. Auch wenn Sie eine Lady sind, gibt Ihnen das noch lange nicht das Recht, mich zu beleidigen! Am Tag unserer ersten Begegnung haben Sie gewusst, aus welcher Gesellschaftsschicht ich komme, trotzdem haben Sie mir das Angebot gemacht, mein Kind als das Ihre aufzuziehen. Ich habe mich niemals mit Männern herumgetrieben, sondern bin seit mehreren Jahren verheiratet. Mein Mann und ich haben uns getrennt, darum kann ich für das Kind nicht sorgen.«

Susan verschwieg Pauls Gefängnisstrafe und dass das Kind von ihrem Vermieter gezeugt wurde, dem sie sich hatte hingeben müssen, um nicht das Dach über dem Kopf zu verlieren. Sie glaubte nicht, dass der Charakter eines Menschen durch seine

Eltern vorgegeben war, sondern dass dieser durch das soziale Umfeld, in dem das Kind lebte und aufwuchs, geprägt wurde.
In Lavinias Gesicht zeigte sich keine Regung, ihre Augen musterten Susan kühl, als sie antwortete: »Nun, wir sitzen im selben Boot und können nichts mehr ändern. Darum müssen wir versuchen, das Beste daraus zu machen.«
»Irrtum, Mylady!« Susan lachte bitter. »*Ich* kann jederzeit gehen und auf Ihr Geld pfeifen, mein Kind bekommen, und da ich einen Ehemann habe, würde mir das auch keine Probleme bereiten, zumal in meiner Klasse es nicht unüblich ist, eine alleinerziehende Mutter zu sein. Sie jedoch« – Susan deutete mit dem Zeigefinger auf Lavinia – »sitzen in der Klemme, wenn ich gehe. Was wollen Sie Ihrem Mann und Ihrer Schwiegermutter erzählen, wenn es in drei Monaten plötzlich kein Kind mehr gibt? Gut, Sie können sagen, eine Fehlgeburt erlitten zu haben. Caja Nankerris wird Sie dabei unterstützen, aber damit ist das Problem, den Stammbaum der Familie fortzuführen, nicht gelöst. Im Gegenteil – die Tatsache, dass Sie nicht in der Lage waren, ein Kind auszutragen, wird Ihren Mann eher gegen Sie einnehmen, und ruck, zuck sitzen Sie auf der Straße.«
Das Zucken eines Augenlides war die einzige Reaktion, die verriet, wie betroffen Lavinia über Susans Worte war. Verflixt, das Luder hat recht, dachte sie. Sie stand auf und ging zur Tür.
»Ich will das Kind, und Sie wollen das Geld«, sagte sie kühl. »Jetzt haben wir die Sache so lange gemeinsam betrieben, dass wir es zu Ende bringen werden. Danach werden sich unsere Wege trennen, und ich hoffe, Ihnen niemals wieder zu begegnen.«
»Das ist ganz in meinem Interesse«, gab Susan betont schnippisch zurück, um sich nicht anmerken zu lassen, wie verletzt sie über Lavinias Verhalten war. Dass sie nie Freundinnen werden würden, war Susan von Anfang an klar, dass Lavinia jedoch so schlecht von ihr dachte, traf Susan mehr, als sie gedacht hatte.

»Also, wann kann ich Ihre *Gastfreundschaft* verlassen und auf die Farm zurückkehren?«

»Sie bleiben hier.«

»Das werde ich nicht!« Mit vor der Brust verschränkten Armen stellte Susan sich Lavinia in den Weg. »Ich schreie das ganze Haus zusammen!«

Lavinia lächelte, aber es war ein kaltes Lächeln, als sie erwiderte: »Das nützt Ihnen nichts, denn jeder hier auf Sumerhays weiß Bescheid.«

Susan lief ein kalter Schauer über den Rücken, obwohl das Zimmer gut beheizt war.

»Sie meinen es also ernst – Sie wollen mich hier tatsächlich gefangen halten, bis das Kind geboren ist!«

»Endlich scheinen Sie zu verstehen, meine Liebe. Was wollen Sie denn? Es fehlt Ihnen an nichts. Im Gegenteil, ich glaube, so gutes und reichhaltiges Essen wie hier haben Sie nie zuvor bekommen.«

Susan fühlte, wie Panik in ihr aufstieg. »Aber ... ich meine ... ich muss auch mal raus. Ich werde wahnsinnig, wenn ich in diesem Zimmer bleiben muss. Das ist wohl wenig förderlich für die Gesundheit des Kindes.«

»Das, meine Liebe« – Lavinias Blick bekam plötzlich etwas Wohlwollendes –, »hängt ganz von Ihnen ab. Wenn Sie schön brav sind und nicht daran denken, davonzulaufen, werde ich Mrs. Windle bitten, mit Ihnen am Abend einen Spaziergang im Garten zu machen. Es wäre jedoch äußerst würdelos, wenn ich Sie dabei fesseln müsste, oder? Das kann nicht in unser beiderseitigem Interesse sein.«

Susan wusste, wann sie verloren hatte. Sie hatte sich auf dieses perfide Spiel eingelassen, um ihr ungewolltes Kind loszuwerden und damit sie und Jimmy ein neues Leben beginnen konnten. Niemand hatte sie dazu gezwungen, sich in Lady Lavinias Hände zu begeben.

»Sie haben gewonnen«, sagte sie leise. »Eine Bitte habe ich dennoch – Sie haben hier doch bestimmt eine Bibliothek, nicht wahr? Ich möchte mir Bücher ausleihen.«
»Bücher?« Überrascht hob Lavinia eine Augenbraue. »Ich glaube nicht, dass die Lektüre, die wir auf Sumerhays haben, Ihrem Niveau entspricht, denn es handelt sich nicht um Romane, sondern um anspruchsvolle Literatur, geschichtliche und wissenschaftliche Bände.«
»Genau das, was ich gerne lese.« Susan schluckte zwar eine heftige Erwiderung auf Lavinias Überheblichkeit hinunter, über ihrer Nasenwurzel bildete sich jedoch eine Unmutsfalte.
»Also gut, Mrs. Windle wird Ihnen nachher ein paar Bücher bringen. Ansonsten haben wir uns jetzt verstanden, ja?«
Susan nickte, ein Kloß bildete sich in ihrem Hals. Sie hielt die Tränen jedoch so lange zurück, bis Lavinia das Zimmer verlassen hatte – nicht ohne die Tür hinter sich zu verschließen –, dann warf sie sich aufs Bett und weinte. Es waren Tränen des Zorns und der Ohnmacht, gleichzeitig wusste Susan, dass sie sich die Suppe selbst eingebrockt hatte. Nun würde sie diese auch bis zum bitteren Ende auslöffeln müssen.

Es war unvermeidlich, dass Susan in ihrer Einsamkeit immer wieder an Stephen Polkinghorn dachte. Lavinia hatte zwar gesagt, er sei bei dem Unfall glimpflich davongekommen, trotzdem machte sich Susan Sorgen um ihn. In der Abgeschiedenheit des Dachzimmers eingeschlossen, bekam sie nicht mit, wie Stephen eines Nachmittags Sumerhays aufsuchte. Lavinia befand sich allein im Haus, die Windles waren gemeinsam nach Looe zum Einkaufen gefahren. Lavinia saß in ihrem kleinen Arbeitszimmer im Erdgeschoss, als es an der Vordertür klopfte.
»Was wollen Sie denn hier?«, sagte Lavinia unfreundlich, nachdem sie die Tür geöffnet hatte. »Sie sind in diesem Haus nicht willkommen.«

Stephen Polkinghorn wirkte ehrlich zerknirscht.

»Der Unfall tut mir furchtbar leid, Lady Lavinia. Glauben Sie mir bitte, dass ich keine Schuld daran trage. Ich hoffe, Ihrer Bekannten geht es gut?«

»Meiner Bekannten?« Lavinia blieb im Türrahmen stehen. Sie hatte keine Lust, Stephen hereinzubitten, und hoffte, er würde wieder gehen.

»Susan Hexton, Mylady. Ich nehme an, sie befindet sich in Ihrem Haus.«

»Wie kommen Sie auf die Idee?« Lavinia verbarg ihr Erschrecken. »Wieso sollte ich diese Frau auf Sumerhays beherbergen?«

Stephen bemerkte das nervöse Flattern von Lavinias Augenlidern. Bevor sie reagieren konnte, drängte er sich an ihr vorbei in die Halle und schloss die Tür hinter sich.

»Kein Mensch will mir verraten, wie es Susan geht oder wo sie sich befindet.« Stephen sah sich in der Halle um, seine Stimme klang entschlossen. »Ich war bereits auf der Park Farm bei den Nankerris. Bevor mir diese alte Hebamme jedoch die Tür vor der Nase zugeschlagen hat, sagte sie mir, Susan wäre nach London abgereist.«

Lavinia atmete auf. Sie war Caja für diese schlagfertige Auskunft dankbar.

»Ja, und? Was ist daran nicht zu verstehen? Nach dem Unfall, bei dem Mrs. Hexton glücklicherweise keine schwerwiegenden Verletzungen davongetragen hat, wollte sie wieder nach Hause.«

»Das, meine Liebe, glaube ich nicht.« Stephen Polkinghorn trat so dicht an Lavinia heran, dass diese zurückwich. Was wollte er von ihr? Sie war mit ihm allein im Haus – von Susan abgesehen, die jedoch im dritten Stock ihre Schreie, wenn es nötig sein sollte zu schreien, weder hören noch ihr zu Hilfe eilen konnte –, daher musste sie sehen, dass sie Stephen so schnell wie möglich wieder loswurde.

»Sir Polkinghorn«, sagte Lavinia und wählte die offizielle Anrede, »ich verstehe Ihr Interesse an Mrs. Hexton, aber ich kann Ihnen versichern, dass es ihr den Umständen entsprechend gutgeht und dass sie zu ihrer Familie nach London zurückgekehrt ist. Gleich am Tag nach dem Unfall nahm sie den Zug von Liskeard aus.«

Stephens Augen verengten sich zu Schlitzen.

»Sie lügen, Mylady«, sagte er unverblümt. »Susan hat keine Familie mehr, sie steht allein auf der Welt. Aus diesem Grund haben Sie sie doch nach Cornwall eingeladen und ihr das Cottage auf der Park Farm zur Verfügung gestellt, nicht wahr?«

Lavinia spürte, wie Wut in ihr hochstieg.

»Ich wüsste nicht, was Sie das angeht, Polkinghorn. Unsere Familien verkehren nicht miteinander, so, wie keine anständige cornische Familie Sie in ihrem Haus empfängt. Daher bitte ich Sie, mein Haus sofort zu verlassen. Oder soll ich erst nach meinem Diener rufen, der Sie an die Luft setzt?«

Stephen hob abwehrend die Hände und lächelte spöttisch.

»Keine Sorge, ich gehe ja schon, wobei ich vor dem alten Windle keine Angst habe. Soviel ich weiß, sind er und seine Frau ohnehin heute Vormittag mit dem Wagen fortgefahren. Somit sind Sie, liebe Lady Lavinia, allein im Haus.«

Lavinia erschrak und konnte dies auch nicht verbergen.

»Was wollen Sie?«

Er zuckte lächelnd mit den Schultern.

»Susan besuchen.«

»Sie ist nicht hier.« Lavinia hoffte, er würde nicht bemerken, dass ihre Stimme zitterte, und glücklicherweise wandte Stephen sich zur Tür.

»Ich glaube Ihnen zwar kein Wort, meine Liebe, trotzdem bin ich, allen Gerüchten zum Trotz, ein Gentleman. Und als solcher werde ich nicht in Ihr Haus eindringen und es vom Dach bis zum Keller durchsuchen, obwohl Sie mich nicht daran hindern könnten, wenn ich es ernsthaft wollte. Richten Sie Susan bitte aus, dass ich nach ihr gefragt habe und dass sie sich bei mir melden soll, damit ich mich persönlich bei ihr entschuldigen kann.«

Lavinia nickte nur und öffnete die Tür, in der Hoffnung, Stephen würde jetzt endlich gehen. Als das Licht des hellen Nachmittags auf Lavinia fiel, musterte Stephen sie von oben bis unten. Sein Blick blieb an ihrer Körpermitte hängen, und er runzelte die Stirn.

»Für Ihren fortgeschrittenen Zustand sind Sie noch bemerkenswert schlank.«

Seine Worte waren wie ein Schlag in Lavinias Gesicht. Erst jetzt wurde ihr bewusst, dass sie heute ihr Korsett nicht mit Kissen ausgestopft hatte, da sie allein im Haus war und auch keinen Besuch erwartet hatte. Sie verschränkte die Arme vor ihrem Körper und starrte Stephen erschrocken an.

»Gehen Sie jetzt bitte.«

Stephen tippte sich spöttisch grüßend an die Stirn und wandte sich ab. Während er die Stufen hinabging, drehte er sich noch mal um und rief: »Ich weiß nicht, was hier gespielt wird, aber ich werde es herausfinden. Und ich werde Susan finden. Verlassen Sie sich darauf, Lady Lavinia.«

Selbstverständlich erzählte Lavinia Susan nichts von Stephens Besuch, auch nicht Caja oder den Windles. Der Schreck saß ihr in den Gliedern. Wie hatte es ihr nur passieren können, dass sie einfach so die Tür geöffnet hatte, ohne daran zu denken, ihren Körper entsprechend zu präparieren? Auf der anderen Seite – was ging es Stephen Polkinghorn an, wie sie aussah? Seine und ihre Familie hatten keinen Kontakt, ebenso wenig wie die meisten Nachbarn von Sumerhays. Polkinghorn war aufgrund seiner leichtlebigen Art und seiner vielen Affären nicht gesellschaftsfähig. Da nutzte es auch nichts, dass er sehr vermögend war – sogar mit viel Geld konnte man sich nicht in die feine Gesellschaft einkaufen. Zudem gab es Gerüchte, den Großteil seines Vermögens hätte er den Londoner Spieltischen zu verdanken, wobei er nicht immer ehrlich zu sein schien. Zugegeben, die Zinnmine,

die sich auf Polkinghorns Besitz befand, war eine der rentabelsten in Ostcornwall, während weiter im Westen immer mehr Minen schließen mussten, weil sie keinen Ertrag mehr brachten. Trotzdem verkehrte kaum jemand mit Stephen, und Lavinia hoffte, dass niemand seinem Gerede, das er vielleicht über sie verbreiten würde, Glauben schenkte.
Worauf hatte sie sich nur eingelassen? Nicht zum ersten Mal zweifelte Lavinia an ihrem Plan. Sie hatte nicht nur zugelassen, sondern sogar veranlasst, dass der Mann ihrer Schwiegermutter schwer verletzt wurde, spielte vor den Nachbarn eine Rolle und musste jetzt noch dafür sorgen, dass niemand von Susans Anwesenheit auf Sumerhays erfuhr. Lavinia ballte die Hände zu Fäusten und hoffte, die nächsten Wochen mögen schnell vergehen, damit dieses Theater ein Ende hatte.

Da ihre Verletzungen weitgehend abgeheilt waren – lediglich das verstauchte Handgelenk bereitete ihr noch länger Probleme –, verschlang Susan regelrecht die Werke von William Shakespeare, von denen es in der Bibliothek von Sumerhays eine beinahe vollständige Ausgabe gab. Natürlich hatte sie zuvor schon von Englands größtem Dichter gehört und kannte auch in groben Zügen die Handlungen von *Romeo und Julia* und *Hamlet*. Zuerst tat sie sich mit den in einer altertümlichen Sprache verfassten Versen schwer, las sich jedoch immer mehr ein und war bald fasziniert von der Ausdruckskraft und Wortgewalt Shakespeares. Besonders angetan hatte es ihr das Stück *Viel Lärm um nichts*, in dem Susan vor allem die Rolle der Beatrice mochte. Sie ertappte sich dabei, wie sie ganze Passagen laut las, diese dann wiederholte und ihnen einen anderen Klang gab. Susan erinnerte sich an den Theaterbesuch in Plymouth. Bereits damals hatte sie Dialoge wiederholt, die sie anders als die Hauptdarstellerin gesprochen hatte. Sie trat vor den Spiegel und zitierte eine Passage von Beatrice' Text. Dann änderte sie ihre Körperhaltung und probierte es erneut, beim nächsten Mal senkte sie ihre Stimme, um den Dialog in einer höheren Tonart zu wiederholen. Erstaunt stellte Susan fest, wie viel Spaß ihr das Rezitieren machte. Vielleicht eignete sie sich ja als Schauspielerin? Sie lachte und betrachtete ihren geschwollenen Leib. Nun, im Moment ganz gewiss nicht, denn sie hatte noch nie davon gehört, dass schwangere Frauen auf der Bühne standen. Außerdem – sie hatte in dieser Richtung keine Ausbildung. Nur weil sie einmal ein Theaterstück gesehen hatte und Gefallen an den Stücken Shakespeares fand, war es doch vermessen, zu glauben, sie wäre für die Bühne geeignet.

»Besser als diese Janna Howard wäre ich auf jeden Fall«, sagte sie laut, lachte und warf ihr offenes Haar zurück. Es war Unsinn, an so etwas zu denken, aber wenn sie erst wieder in London war, wollte sie auf jeden Fall ein großes Theater besuchen. Das Geld, sich eine Eintrittskarte zu kaufen, hatte sie dann ja.

Je weiter Susans Schwangerschaft voranschritt, desto weniger empfand sie ihren Aufenthalt auf Sumerhays als Gefangenschaft. Sie hatte zwar nicht mehr Probleme als bei ihren ersten beiden Schwangerschaften, dennoch fragte sie sich, ob die ungewohnte Ruhe der letzten Wochen sie nicht verweichlicht hatte. Als sie Jimmy und das Kind, das nicht leben durfte, erwartete, hatte sie von früh bis spät hart gearbeitet. Natürlich war sie auch damals am Abend erschöpft und müde gewesen, hatte darüber aber nicht geklagt, denn so wie ihr erging es allen Frauen ihrer gesellschaftlichen Schicht. Man musste arbeiten, um zu überleben – gleichgültig, ob man sich wohl fühlte oder nicht. Je mehr sich nun jedoch ihr Bauch rundete, umso mehr schlief sie. Manchmal legte sie sich sogar am Nachmittag für ein oder zwei Stunden hin – ein gänzlich ungewohnter Luxus, den Susan sehr genoss, ebenso, dass sie sich nicht um das Essen kümmern musste. Dreimal am Tag brachte Mrs. Windle ihr ein Tablett ins Zim-

mer, und die Speisen waren reichhaltig und von guter Qualität. Einmal in der Woche nahm Susan ein Bad, bei dem ihr Mae Nankerris zur Hand ging, und wenn es nicht regnete, machte sie am Abend einen Spaziergang im Garten, bei dem die strenge und humorlose Mrs. Windle sie begleitete. Die Anlage rund um das Herrenhaus als Garten zu bezeichnen, war untertrieben. Sumerhays lag in einem, wie es Susan schien, riesigen Park, der sich in rund ein Dutzend verschiedene Abschnitte gliederte. Direkt hinter dem Haus, auf der Seite des Küchentraktes, lag der mit einer hohen Ziegelsteinmauer eingefriedete Kräuter- und Gemüsegarten. Auf der anderen Seite des Hauses, nach Süden hin, erstreckte sich terrassenartig ein üppiger Blumengarten, in dem sich bereits Anfang März die ersten Blüten den Sonnenstrahlen entgegenstreckten. An die fünfzig bis sechzig Meter lange Hortensien- und Rhododendronhecken durchzogen den Garten, und Susan bedauerte, nicht mehr hier zu sein, wenn diese in voller Pracht standen. Mit zwei Teichen, in denen Seerosen schwammen, und kleinen, mit Efeu überwucherten Nischen war der Blumengarten eine Oase der Ruhe. Weiter südlich, in Richtung des Meeres, erstreckte sich der weitläufige Landschaftspark mit uralten, mächtigen Eichen, Buchen und Edelkastanien. Aufgrund der ausgewogenen Jahrestemperaturen an der Südküste Cornwalls wuchsen hier sogar haushohe Palmen und Pflanzen, die es sonst nirgendwo in England gab. Besonders faszinierend fand Susan das Gewächs, das aussah wie übermannshoher Rhabarber. Mrs. Windle nannte ihr auf Nachfrage den lateinischen Namen dieser Pflanze, der jedoch so kompliziert war, dass Susan ihn sofort wieder vergaß. Es gab einen Bach, der nördlich von Sumerhays am Rand des Bodmin-Moors entsprang und kurz vor Polperro in den Fluss Pol mündete. Das Ufer wurde von Trauerweiden gesäumt, deren Äste bis auf die Wasseroberfläche hingen.
»Der Garten wurde in der zweiten Hälfte des achtzehnten Jahrhunderts von Capability Brown höchstpersönlich gestaltet und

angelegt«, erklärte Mrs. Windle an einem der seltenen Abende, an denen sie sich etwas gesprächiger zeigte. Der Stolz, auf einem solchen Herrensitz zu arbeiten, klang deutlich in ihrer Stimme. »Seitdem wurde der Garten ständig erweitert, die von Brown geschaffene Grundform jedoch stets beibehalten.«

»Sehr interessant«, murmelte Susan, die den Namen Capability Brown nie zuvor gehört hatte. »Es ist bestimmt viel Arbeit, das alles in Schuss zu halten. Müssen Sie und Ihr Mann das allein bewältigen?«

»Es macht uns Freude«, erwiderte Mrs. Windle knapp und verfiel wieder in Schweigsamkeit.

Manchmal bekam Susan mit, dass Lady Lavinia Besuch erhielt. Es handelte sich um Damen aus der Nachbarschaft, die zum Tee kamen, aber nie lange blieben, da Lavinia Unwohlsein vorschützte und darauf hinwies, dass sie viel ruhen müsse. Susan grinste, wenn sie daran dachte, wie Lavinia ihren Bauch mit Kissen ausstopfte und die Damen der feinen Gesellschaft nicht erkannten, wie sie an der Nase herumgeführt wurden.

Mitte März zog sich Lavinia in ihr Zimmer zurück und empfing keine Besucher mehr. Somit war sie eigentlich ebenso eine Gefangene wie Susan, und nicht nur Susan sehnte das Ende ihrer Schwangerschaft herbei. Caja untersuchte sie nun täglich und war mit dem Verlauf zufrieden.

»Es wird nicht mehr lange dauern«, sagte sie am letzten Tag des Märzes.

Susan blieb stumm. Seit Wochen versuchte sie, das neue Leben, das in ihrem Bauch heranwuchs, zu ignorieren. Sie beachtete nicht das Treten des Kindes und zog ihre Hand sofort weg, wenn sie bemerkte, wie sie nach den Bewegungen tastete. Nein, sie durfte keine Gefühle für das Baby empfinden. Es war gegen ihren Willen gezeugt worden. Wenn es auch keine Vergewaltigung im eigentlichen Sinn gewesen war – Susan hatte sich schließlich nicht gewehrt, als der Vermieter ihren Körper in Besitz genommen hatte –, so wollte sie diese Stunden ganz aus ihrer Erinnerung tilgen. Solange das Kind jedoch da war, würde ihr das niemals gelingen. In zwei, drei Wochen würde alles vorbei sein, und bald könnte sie ihren Sohn, ein Produkt der Liebe, auch wenn ihre Gefühle für Paul längst erloschen waren, endlich wieder in die Arme schließen.

Es war eine schnelle und unkomplizierte Geburt. Susan erwachte in den frühen Morgenstunden am ziehenden Schmerz im Rücken, der ihr vertraut war. Als Mrs. Windle das Frühstück brachte, kamen die Wehen in immer kürzeren Abständen, so dass Mrs. Windle sofort Mae ausschickte, ihre Mutter zu holen. Als Caja eintraf, war die Fruchtblase bereits geplatzt. Routiniert bereitete Caja alles vor, während Lavinia mit wachsbleichem Gesicht in einer Ecke stand und die Gebärende keinen Moment aus den Augen ließ. Bei jedem Schrei Susans zuckte Lavinia zusammen, fast so, als würde sie selbst die Schmerzen empfinden. Das Kind machte es Susan leicht – noch vor der Mittagsstunde erblickte es das Licht der Welt.

»Was ist es?« Erschöpft und schweißgebadet hob Susan den Kopf und versuchte, einen Blick auf das Baby zu werfen.

»Ein Mädchen«, antwortete Caja knapp, trocknete das Kind ab und legte es Lavinia in den Arm.

»Bitte, ich möchte es sehen«, bat Susan. »Es hat sicher Hunger.«

»Es wird gleich gestillt, die Amme wartet bereits.« Lavinia wandte sich zur Tür, ohne Susan einen weiteren Blick zu gönnen.

»Aber das kann ich doch tun!« Susan stemmte sich hoch, doch Lavinia war bereits verschwunden. »Caja, was hat das zu bedeuten? Warum wurde eine Amme geholt? Ich werde doch genügend Milch haben, um die Kleine zu stillen.«

»Ladys stillen ihre Kinder nicht selbst.« Caja schaute Susan nicht an, als sie begann, die blutigen Laken zu entfernen. »Wir haben die Amme heute Morgen holen lassen, als Ihre Wehen einsetzten. Sie wartet bereits im Kinderzimmer.«

»Weiß sie Bescheid?«, fragte Susan.

Caja nickte. »Das war leider nötig, aber die Frau wird schweigen. Sie hat vor einer Woche ihr elftes Kind geboren, und ihr Mann, ein Minenarbeiter, kann kaum die Familie ernähren. Für ihre Dienste erhält sie so viel Lohn, wie ihr Mann in einem Jahr verdient.«

»Was geschieht jetzt?«

Mit einem kalten Blick sah Caja Susan an. »Sie können noch drei, vier Tage bleiben, bis Sie sich erholt haben. Dann werden Sie Cornwall verlassen. Ich nehme an, Sie werden nach London zurückgehen.«

»Kann ich ...« Susan zögerte, platzte dann jedoch heraus: »Ich möchte mein Kind sehen.«

»Ihr Kind?« Caja lachte spöttisch. »Sie haben kein Kind. Wenn Sie die kleine Countess Tredary meinen, dann glaube ich nicht, dass Mylady Sie in die Nähe ihres eben geborenen Babys lässt.«

»Aber ich möchte sie nur ein Mal sehen«, bettelte Susan. »Nur einen Augenblick, damit ich weiß, wie sie aussieht.«

Caja gab keine Antwort und ging, die Arme voll schmutziger Wäsche, zur Tür. Susan begann zu verstehen. Mit einem Seufzer sank sie in das Kissen zurück. Vor einer Stunde hatte sie einem Kind das Leben geschenkt, doch ab dem Moment, als die Kleine ihren ersten Schrei getan hatte, war das Baby zu Lavinias Kind geworden. Sie, die leibliche Mutter, hatte kein Recht an dem Baby und würde es niemals wiedersehen. Susans Augen füllten sich mit Tränen, die sie rasch fortwischte. Die sentimentale Stimmung war sicher nur auf die Geburt zurückzuführen, denn sie hatte dieses Kind niemals gewollt und sollte froh sein, es weggegeben zu haben. Sumerhays war ein prachtvoller Besitz, und die Callingtons waren eine vermögende und einflussreiche Familie. Hier würde es dem Mädchen gutgehen. Es würde von Liebe und

Sicherheit umgeben aufwachsen, die besten Schulen des Landes, später vielleicht sogar in Frankreich oder in der Schweiz, besuchen, bei Hofe vorgestellt werden und irgendwann einen Mann ihrer Gesellschaftsschicht heiraten. Was dagegen hätte sie, Susan, dem Kind bieten können? Einen Vater, der sie erpresst hatte, mit ihm zu schlafen, und den Susan aus ganzem Herzen verabscheute. Dann war da noch Paul – ihr Ehemann, der sie halb totgeprügelt hätte, wenn er von ihrer Schwangerschaft erfahren hätte. Auch wenn sie mit Paul und dem Kind wieder in einer ehelichen Gemeinschaft gelebt hätte – früher oder später würde Paul wieder im Gefängnis landen, denn er war für ehrliche Arbeit nicht geschaffen. Ihr Leben würde von früh bis spät aus harter, unermüdlicher Arbeit bestehen, doch sosehr sie auch schuftete – das Geld würde niemals reichen. Das Mädchen würde keine Schule besuchen können, sondern mit zehn oder elf Jahren selbst für ihren Lebensunterhalt arbeiten müssen, so, wie sie es auch hatte tun müssen.

Susan schüttelte den Kopf. Fort mit diesen Gedanken! Sie hatte die richtige Entscheidung getroffen. Nächste Woche würde sie ihren Sohn holen und sich dann nach einem kleinen Laden umsehen. Vielleicht ein Blumengeschäft oder etwas mit Konfekt wäre auch nicht schlecht, denn Susan liebte Schokolade. Den Laden wollte sie aber nicht am südlichen Ufer der Themse eröffnen, sondern in einer Gegend, in der die feinen und reichen Leute verkehrten. Vielleicht in Kensington, Chelsea oder gar in Mayfair? Susan gelang es, zu schmunzeln. Nun, diese Bezirke waren vielleicht etwas übertrieben, aber rund um Covent Garden würde sie bestimmt fündig werden. Sie schloss die Augen und malte sich aus, wie sie ihr künftiges Geschäft und die darüberliegende Wohnung einrichten würde. Natürlich erhielt Jimmy ein eigenes Zimmer, und sie wollte ihm eine Holzeisenbahn kaufen. Über solch positiven Gedanken schlief Susan bald ein, während ein Stockwerk tiefer im Ostflügel Lavinia voller Stolz zum ersten Mal *ihr* Kind wickelte. Das würde künftig natürlich ein Kindermädchen machen, aber ein solches musste Lavinia erst noch einstellen. Die nächsten Tage wollte sie ihr Mutterglück mit niemandem außer der Amme teilen.

Basil Windle war nach Looe geritten, um Telegramme an Zenobia und Edward aufzugeben. Lavinia wusste, ein Besuch beider würde nicht lange auf sich warten lassen, aber sie war bereit, ihrem Mann und ihrer Schwiegermutter das neue Familienmitglied zu präsentieren. Zuerst war sie enttäuscht gewesen, dass Susan keinen Jungen geboren hatte, doch bereits nach wenigen Minuten hatte Lavinia das Mädchen in ihr Herz geschlossen. Sie war sich sicher, auch Edward würde seine Tochter lieben. Außerdem – eines Tages konnte ein Mädchen gut verheiratet werden und damit das Vermögen der Tredarys vermehren. Lavinia drückte das Baby an ihre Brust und hauchte einen Kuss auf den fast haarlosen Kopf.

»Anabell …«, flüsterte Lavinia. »Du sollst Anabell heißen. Und du gehörst mir, ganz allein nur mir …«

8. Kapitel

London! Susan sog die dicke, von zahllosen Kaminen rauchgeschwängerte und mit vielfältigen Gerüchen vermischte Luft ein und schloss die Augen. Sosehr sie von Cornwall mit seiner nahezu unberührten Natur und der stets frischen Meerluft beeindruckt gewesen war – London war eben London und mit keinem Ort dieser Welt zu vergleichen. Hier war Susan geboren und hatte ihr bisheriges Leben verbracht, und sie war glücklich, nach den langen Monaten endlich wieder zu Hause zu sein. Vor allen Dingen war in London das, was sie schmerzlich

vermisste – ihren Sohn Jimmy. Susan konnte kaum erwarten, ihn endlich wieder in die Arme zu schließen.
Vor vier Tagen hatte Susan Sumerhays verlassen, ohne ihre Tochter noch einmal gesehen zu haben. In einem unbedachten Moment hatte Caja ihr verraten, dass die Kleine auf den Namen Anabell getauft werden würde, aber Susan hatte den Stich, der ihr dabei ins Herz fuhr, ignoriert. Bei einem letzten Gespräch mit Lavinia Callington hatte diese Susan eine Geldbörse mit fünfzig Pfund in die Hand gedrückt.
»Das ist eine Anzahlung, die es Ihnen ermöglicht, nach London zurückzukehren und dort die nächste Zeit zu leben. Ich rate Ihnen, gleich bei einer Londoner Bank ein Konto einzurichten. Es ist gefährlich, mit viel Geld zu reisen. Telegrafieren Sie Caja die Bankverbindung, dann überweise ich Ihnen die restliche Summe.«
Misstrauisch schüttelte Susan den Kopf. »Ich hätte das Geld lieber sofort.«
»Zweifeln Sie etwa an meiner Aufrichtigkeit?« Lavinias Lippen wurden schmal, und sie zog eine Augenbraue hoch. »Sie können mir vertrauen, ich bin schließlich eine Dame, und in meinen Kreisen bricht man sein Wort nicht. Wenn Sie jedoch darauf bestehen, dann werde ich die Summe besorgen und sie Ihnen in bar auszahlen, damit Sie sie mitnehmen können, obschon ich das für sehr leichtsinnig halte.«
Susan hatte darauf bestanden, denn trotz allem traute sie Lavinia in der Tat nicht. Wenn sie erst von Sumerhays fort wäre, dann gab es keinen Beweis mehr, dass Anabell ihre Tochter war. Susan wusste, dass eine entsprechende Geburtsurkunde erstellt worden war – wenn man über genügend Geld verfügte, war sogar dies möglich –, und keiner der hier in Cornwall Eingeweihten würde jemals die Wahrheit über das Kind preisgeben.
»Nun gut, wie Sie wollen.« Lavinia nickte grimmig. »Ich rate Ihnen dennoch zu einem Konto, oder wollen Sie etwa künftig stets einen Koffer voller Geld mit sich herumtragen?«

»Das lassen Sie nur meine Sorge sein.« Susan wollte das Gespräch rasch beenden, um endlich von Sumerhays fortzukommen. Je länger sie in Cornwall bliebe, desto stärker wurde die Sehnsucht nach ihrer Tochter, die niemals die ihre sein würde. Aus diesem Grund gab sich Susan betont forsch und geschäftsmäßig. »Wann kann ich mit dem Geld rechnen?«

Zwei Tage später brachte Caja eine kleine Reisetasche – randvoll mit bunten Pfundnoten. Susan beherrschte sich, beim Anblick des Geldes nicht in Freudenschreie auszubrechen. Nie zuvor hatte sie so viel Geld gesehen! Sie widerstand der Versuchung, die gebündelten Scheine an Ort und Stelle nachzuzählen, denn es sah nach so unheimlich viel aus, dass es bestimmt die versprochenen tausend Pfund waren. Nachdem Susan Sumerhays verlassen hatte, verbrachte sie zwei Tage in Plymouth, um sich neu einzukleiden. Hier gab es eine reiche Auswahl an Geschäften, in denen sie fertige Kleider kaufen konnte. Wenn diese zu weit oder zu lang waren, wurden sie binnen weniger Stunden auf ihre Größe geändert. Sie wohnte in einem schönen Hotel direkt am Meer und fühlte sich wie eine Königin, als sie in dem eleganten Speisesaal von einem Ober aufmerksam bedient wurde, obwohl sie allein reiste. Susan wollte jedoch nicht zu viel Zeit in Plymouth verschwenden, es zog sie nach London und zu ihrem Sohn zurück. Seit Tagen schon kreisten ihre Gedanken ständig um Jimmy. Ob er sich in den vergangenen fünf Monaten wohl sehr verändert hatte? Bestimmt war er ein ganzes Stück gewachsen. Vielleicht konnte er sogar neue Wörter, wenn nicht gar ganze Sätze sprechen? In diesem Alter veränderten sich Kinder ständig. Susan schmunzelte, als sie an die kleine Trommel dachte, die sie in Plymouth gekauft hatte. Sie würde Jimmy gefallen, und bald würde sie ihm noch mehr Spielzeug kaufen. Er sollte alles bekommen, was er sich wünschte. Als Erstes jedoch wollte sie sich eine kleine Wohnung suchen, denn das alte, muffige Mietshaus in der Wapping Street war kein Ort für den Jungen,

auch sie selbst wollte niemals wieder in einer solchen Umgebung wohnen.
Susan verließ den Zug am Bahnhof Charing Cross. Während der ganzen Fahrt hatte sie die kleine Reisetasche stets fest umklammert und sie keinen Moment aus den Augen gelassen. Ihr Leben befand sich in dieser Tasche, und sie musste Lavinia recht geben – es war wahrscheinlich wirklich besser, das Geld zu einer Bank zu bringen. Da Susan mit Banken aber bisher nichts zu tun gehabt hatte, eine solche nie jemals betreten hatte, traute sie diesen Institutionen nicht. Nun, sie würde sich sofort ein Zimmer für den Übergang suchen, Jimmy zu sich holen und dann nachdenken, wie es weitergehen sollte.
Nach den milden Temperaturen Cornwalls, wo sich der Frühling bereits in seiner ganzen Pracht entfaltet hatte, fröstelte Susan in dem trüben und regnerischen Wetter Londons. Es erinnerte sie an den Tag im vergangenen November, als sie Lavinia Callington aus den Fluten der Themse rettete. Dieser Abend hatte ihr Leben verändert. Was, wenn sie nur zehn Minuten früher oder später an der Stelle vorbeigegangen wäre? Sie war nicht gläubig und glaubte auch nicht, dass alles von einem Schicksal, auf das niemand Einfluss hatte, bestimmt wurde, dennoch war die Begegnung mit der vermögenden Dame ein so großer Zufall gewesen, wie es ihn vielleicht nur ein Mal im Leben gab.
Vom Bahnhof aus nahm Susan eine Mietdroschke, in der sie ihr Gepäck verstauen konnte, und ließ sich nach Fulham kutschieren. Das war eine der besseren Londoner Gegenden, in der viele Kaufleute, Ärzte und Rechtsanwälte lebten, aber kaum Adlige. An einem dreistöckigen Haus mit hellem Verputz las Susan das Schild *Zimmer zu vermieten* und bat den Kutscher, anzuhalten. Sie bezahlte die Fahrt, und der Kutscher trug ihr noch das Gepäck vor die Haustür, bevor er davonfuhr. Zwanzig Minuten später war sie mit der Hauseigentümerin und Wirtin handelseinig. Susan gab sich als Witwe aus, die den Winter auf dem Land ver-

bracht hatte und in dieser Gegend nun auf der Suche nach einem Geschäft und einer kleinen Wohnung war.

»Wie tragisch!«, rief Mrs. Oxcombe, die Wirtin, und rang ihre Hände, die ebenso fleischig wie ihr ganzer Körper waren. »So jung und schon Witwe! Jaja, das Schicksal ist manchmal grausam. Wie ist Ihr Mann denn gestorben?«

Susan wich Mrs. Oxcombes neugierigem Blick aus, als sie leise antwortete: »Es war eine verschleppte Lungenentzündung. Es liegt erst wenige Monate zurück, Sie verstehen, dass ich darüber nicht sprechen möchte?«

Im selben Moment, als Susan dies ausgesprochen hatte, wusste sie, dass sie einen Fehler begangen hatte, denn sie trug ein hellblaues Kleid mit einem zartgelben Kragen und einen farblich passenden Hut. Das war nun wahrlich keine angemessene Kleidung für eine Witwe, die sich noch im Trauerjahr befand. Mrs. Oxcombe runzelte auch prompt die Stirn und musterte Susan mit einem skeptischen Blick von oben bis unten.

»So, erst einige Monate? Nun ja … die Zeiten ändern sich eben. Als mein Gatte damals starb, Gott hab ihn selig, legte ich die Trauerkleidung für drei Jahre nicht ab. Ihr jungen Leute seht das heute eben anders, aber mein Vater … er war Geistlicher, müssen Sie wissen … achtete stets auf die Einhaltung der Konventionen.«

Susan ging auf Mrs. Oxcombes Ausführungen nicht ein, sondern sagte: »Wenn ich jetzt vielleicht das Zimmer sehen könnte?«

»Jaja, selbstverständlich.« Susan folgte der Wirtin die Treppe hinauf, dabei sprach Mrs. Oxcombe weiter: »Nicht, dass ich es nötig hätte, zu vermieten. Nein, weiß Gott nicht, denn mein seliger Gatte hat mir ein kleines Auskommen hinterlassen und eben dieses Haus hier. Aber es ist für mich allein doch zu groß, und ich habe gerne Menschen um mich herum.« Auf dem ersten Absatz wandte sie sich zu Susan um. »Leben Ihre Verwandten auch in London?«

Susan verneinte und sagte, sie stünde ganz allein auf der Welt. Sie machte sich keine Gedanken darüber, wie sie der Wirtin erklären sollte, wenn sie Jimmy zu sich holte, da sie dann ohnehin so schnell wie möglich sich eine Wohnung suchen wollte. Dann endlich hatten sie das zu vermietende Zimmer erreicht. Es war lang und schmal, nicht sehr groß, aber zweckmäßig und gemütlich eingerichtet, außerdem ruhig, da das Fenster nach hinten in einen kleinen Garten hinausging. Susan bezahlte für eine Woche im Voraus, denn länger hatte sie nicht vor zu bleiben. Instinktiv spürte sie, dass die Wirtin bei aller Freundlichkeit eine sehr neugierige Person war, die sich gerne in die Angelegenheiten ihrer Mieter einmischte. Bevor Mrs. Oxcombe sie allein ließ, wies sie noch darauf hin, dass es um neun Uhr Frühstück und um acht Uhr Abendessen geben würde. Um das Mittagessen musste Susan sich selbst kümmern. Endlich allein, fiel Susans Blick auf eine kleine Uhr auf dem Kaminsims. Es war kurz vor sechs und noch hell. Susan beschloss, sich sofort auf den Weg in die Wapping Street zu machen. Sie wollte so schnell wie möglich Jimmy wieder in die Arme schließen. Ohne sich umzuziehen – sie erfrischte sich nur kurz das Gesicht und die Hände –, verließ sie das Haus. An der nächsten Straßenecke fand sie eine Droschke, die sie in den Stadtteil Lambeth brachte. In der Wapping Street hatte sich nichts verändert, außer dass das Mietshaus über den Winter noch weiter heruntergekommen war. Der Verputz bröckelte an vielen Stellen, und zahlreiche Fensterscheiben waren gesprungen. Susan schluckte, als sie die Haustür öffnete. Plötzlich wurde ihr bewusst, dass Lilo, der sie Jimmy anvertraut hatte, bestimmt schon auf dem Weg zu ihrer Arbeit in der Bar war und ihren Sohn wahrscheinlich bei Mary Scott gelassen hatte. Sie zögerte. Vielleicht sollte sie doch besser am nächsten Vormittag wiederkommen? Lilo würde sie sicher verstehen, während Mary Scott sie nur mit Vorwürfen überhäufen würde. Sie wollte gerade wieder gehen, als sich die Tür zu Marys Wohnung öffnete.

»Was wollen Sie hier?« Marys Stimme klang barsch. Im Zwielicht des Treppenhauses erkannte sie Susan nicht sofort, ihre gute Kleidung allerdings schon. »Sie haben sich sicher im Haus geirrt, hier wohnen keine feinen Leute.«
»Guten Abend, Mrs. Scott«, sagte Susan und trat vor, so dass das Licht auf ihr Gesicht fiel. »Ist mein Sohn bei Ihnen?«
Mary Scotts Augen weiteten sich vor Überraschung.
»Ach nee, sieh mal an! Susan Hexton, wo kommst du denn plötzlich her? Wir dachten, du wärst tot. Dein altes Zimmer ist längst neu vermietet, da kannste nicht mehr rein. Und deine Sachen sind auch weg. Bist ja damals einfach abgehauen, da hat der Vermieter sie verhökert, um wenigstens etwas von der Miete zu bekommen.«
»Ich habe nicht vor, wieder hier zu wohnen, Mrs. Scott.« Susans Stimme klang ruhiger, als ihr zumute war, und es schwang ein Hauch Arroganz darin. »Ich kann mir jetzt leisten, in einer besseren Gegend zu wohnen, und bin nur gekommen, um meinen Sohn … um Jimmy zu holen.«
»Jimmy?« Mary, die Arme vor der Brust verschränkt, lachte gackernd. »Der ist längst fort.«
»Fort?« Ein kalter Schauer rann Susan über den Rücken. »Was soll das heißen? Ist er denn nicht bei Lilo?«
»Nee, nee, als du so einfach abgehauen bist, hat Lilo sich erst um den Jungen gekümmert, aber ein paar Wochen später kam jemand, der sagte, er wäre Jimmys Vater. Tja, wenn der Mann der Vater ist … also er hat ihn mitgenommen.«
Susans Beine drohten nachzugeben, und sie lehnte sich haltsuchend an die Wand, gleichgültig, dass dabei ihr Kleid beschmutzt wurde. Keinen Augenblick in den letzten Monaten hatte sie daran gedacht, dass Paul Jimmy mitnehmen könnte, wenn er feststellte, dass sie verschwunden war. Wie hatte sie nur so dumm sein können! Natürlich hatte Paul von seinem zweifelhaften Kumpel und ehemaligen Zellengenossen erfahren, wo sie inzwi-

schen wohnte. Unmittelbar nach seiner Entlassung aus dem Gefängnis wollte er sie aufsuchen. Das war ja einer der Gründe gewesen, warum sich Susan auf Lavinias Angebot eingelassen hatte. Was aber wollte Paul mit Jimmy anfangen? Susan war sich sicher, dass Paul früher oder später wieder ein krummes Ding drehen würde, wie sonst sollte er seinen Lebensunterhalt bestreiten? Dabei war Jimmy ihm doch nur ein Klotz am Bein.

»Wissen Sie, wohin der Mann gegangen ist?« Zögernd stellte Susan die Frage und sah bang Marys Antwort entgegen, die ihre Befürchtungen bestätigte.

»Nee, das hat er nicht gesagt. Wir haben ja gedacht, du bist tot, wie sonst hätten wir uns dein plötzliches Verschwinden erklären sollen? Und wenn der Mann sagt, er wäre der Vater des Jungen, so ist es allemal besser, wenn der Kleine bei ihm ist als in einem Waisenhaus.« Mary Scotts Augen verengten sich zu Schlitzen, als sie sich vorbeugte und flüsterte: »Stimmt mit dem Mann etwas nicht? Aber warum biste einfach abgehauen und hast dein Kind im Stich gelassen? Hast auch nie vorher erzählt, dass du verheiratet bist. Ich war von den Socken, als dein Mann plötzlich vor der Tür stand. Und woher haste plötzlich das Geld, dir ein schickes Kleid zu leisten? Hast wahrscheinlich einen reichen Freund, der dich aushält, was?«

Von Marys vielen Fragen schwirrte Susan der Kopf, krampfhaft suchte sie nach Antworten, ohne jedoch zu viel zu verraten.

»Es kann tatsächlich sein, dass mein Ehemann plötzlich hier aufgetaucht ist«, antwortete Susan. »Er ist Jimmys Vater. Ich ... ich musste damals fort, es ging nicht anders.«

Mary zuckte die Schultern. Sie spürte, Susan würde ihr nicht mehr verraten, auch nicht, weshalb sie plötzlich so viel Geld zu haben schien.

»Kannst ja mal Lilo fragen, ob die was weiß. Sie hat sich länger mit dem Mann unterhalten, als sie Jimmys Sachen zusammenpackte.«

»Lilo arbeitet noch in der Bar?«

Mary nickte, und Susan lief ohne ein weiteres Wort aus dem Haus. Alles in ihr war in Aufruhr. Sie war davon ausgegangen, dass Paul, wenn er entlassen war und feststellte, dass sie verschwunden war, sich nicht um Jimmy kümmern würde. Sie war sicher, dass er sich noch in London aufhielt. Wie jedoch sollte sie Paul und ihren Sohn in dieser Millionenstadt finden?

Nach wenigen Minuten hatte Susan die Bar erreicht. Um diese Uhrzeit herrschte kaum Betrieb, so sah Lilo sie sofort, als sie eintrat. Die Freundin wurde erst blass, als hätte sie ein Gespenst gesehen, dann eilte sie hinter dem Tresen hervor und schloss Susan in die Arme.

»Susan! Mein Gott, du bist es wirklich! Wir glaubten alle, du wärst tot!«, wiederholte sie Mary Scotts Worte.

Susan machte sich aus der Umarmung frei.

»Lilo, ich kann dir jetzt nicht alles erklären, aber ich muss wissen, wo Jimmy ist.«

Ein Schatten fiel über Lilos Gesicht.

»Als du zwei, drei Wochen lang verschwunden warst, da kam ein Mann …«

»Ja, ich weiß.« Susan winkte ungeduldig ab. »Ich habe bereits mit Mary Scott gesprochen.«

Lilo seufzte. »Er sagte, sein Name wäre Paul Hexton und er wäre dein Ehemann und Jimmys Vater. Ach Gott, Susan, was hätte ich denn tun sollen?« Entschuldigend blickte Lilo Susan an. »Ich arbeite doch jeden Abend bis spät in die Nacht. Meistens hat sich Mary dann um Jimmy gekümmert, aber wir wissen beide, wie sie ist. Wenn der Mann sein Vater ist, dann musste ich ihm den Jungen doch mitgeben.«

»Du hast keinen Fehler gemacht.« Beruhigend legte Susan eine Hand auf Lilos Arm. »Ich ganz allein bin dafür verantwortlich. Hat Paul gesagt, was er vorhat oder wo er wohnt?«

Lilo überlegte, schüttelte dann den Kopf.

»Nein, nicht, dass ich mich erinnern könnte. Aber willst du mir jetzt nicht sagen, wo du warst? Ich habe mir große Sorgen um dich gemacht.«

»Es tut mir leid, ich kann nicht darüber sprechen.« In Susans Blick trat Verzweiflung. »Ich muss Jimmy finden, so schnell wie möglich, er darf nicht bei seinem Vater bleiben.«

»Magst du einen Drink?«, fragte Lilo und ging hinter den Tresen. »Also, ich kann auf die Überraschung, dich wiederzusehen, einen vertragen.«

Obwohl die wenigen männlichen Gäste der Bar erstaunt auf Susan schauten, als diese den Brandy mit einem Schluck hinunterstürzte, ließ sich Susan das Glas gleich noch einmal füllen. Dann jedoch musste sie gehen, denn das Lokal füllte sich, und Lilo hatte alle Hände voll zu tun. Außerdem konnte ihr die Freundin ohnehin nicht weiterhelfen.

Susan kam pünktlich zurück in die Pension, als Mrs. Oxcombe das Abendessen servierte. Bei dieser Gelegenheit lernte sie die anderen Gäste kennen: zwei ältere, griesgrämig blickende Schwestern, die nur leise eine Begrüßung murmelten, aber sonst den ganzen Abend über nicht sprachen; ein Ehepaar mittleren Alters, das in der Gegend auf der Suche nach einer Wohnung war, weil sie nicht mehr auf dem Land leben wollten; ein älterer Herr aus dem Norden, der geschäftlich in der Stadt weilte, und ein großer, hagerer junger Mann mit abstehenden Ohren und einer dicken Hornbrille. Er stellte sich als Ernest Hornsby vor und fragte, ob er an Susans Tisch Platz nehmen dürfe.

Susan, die eigentlich mit ihren Gedanken allein sein wollte, konnte die Bitte schlecht ablehnen, aber Mr. Hornsby war ein stiller Mensch. Ihre spärliche Konversation drehte sich ausschließlich um das Wetter, das für diese Jahreszeit typisch kühl und regnerisch war. Nachdem sich der junge Mann zurückgezogen hatte, setzte sich Mrs. Oxcombe ungefragt zu Susan.

»Ein netter Mensch, dieser Mr. Hornsby, nicht wahr?« Susan antwortete nur mit einem unverbindlichen Lächeln, was die Wirtin jedoch nicht davon abhielt, sich über den Gast auszulassen. »Hornsby wohnt schon drei Monate bei mir«, fuhr sie mit gesenkter Stimme fort. »Es wäre wohl günstiger, wenn er sich eine eigene Wohnung suchen würde, aber wahrscheinlich fühlt er sich hier wohler, wo er nicht allein ist. Er kennt offenbar niemanden in der Stadt und lebt nur für seine Arbeit.«
»Was macht Mr. Hornsby beruflich?« Susan fragte mehr aus Höflichkeit als aus Interesse.
»Er ist Gehilfe bei einem Anwalt zwei Straßen weiter. Muss eine eintönige Arbeit sein, den ganzen Tag nur in verstaubten Akten zu blättern und Schriftstücke anzufertigen.«
»Anwalt?« Plötzlich war Susans Interesse geweckt. Vielleicht konnte ein Anwalt herausfinden, wo Paul sich aufhielt. Sie stand auf. »Sie entschuldigen mich, Mrs. Oxcombe. Ich bin von der Reise erschöpft und möchte früh zu Bett gehen.«
Ohne die Wirtin weiter zu beachten, verließ sie den Raum und ging in ihr Zimmer. In ihrem Kopf wirbelten die Gedanken durcheinander. Am liebsten hätte sie Ernest Hornsby sofort aufgesucht, aber sie konnte ja schlecht an seiner Tür klopfen. Mrs. Oxcombe hätte es sicher missbilligt, wenn eine Frau einen alleinstehenden Mann in dessen Zimmer aufgesucht hätte, noch dazu in den Abendstunden. Also musste sie bis zum nächsten Morgen warten.
Bereits um acht Uhr ging Susan hinunter. Vielleicht war dieser Hornsby ein Frühaufsteher, und sie wollte ihn auf keinen Fall verpassen. Erleichtert atmete sie auf, als er nur wenige Minuten nach ihr den Frühstücksraum betrat.
»Guten Morgen, Mr. Hornsby«, rief sie und lächelte. »Möchten Sie sich wieder zu mir setzen?«
Die Wangen des Mannes färbten sich rot, und er stotterte eine Zustimmung. Seine Bewegungen waren linkisch und fahrig, als er sich Tee einschenkte und den Toast mit Butter bestrich.

»Mrs. Oxcombe erwähnte, Sie wären Anwalt?«, begann Susan das Gespräch.
»Anwalt? Nein … das heißt, noch nicht …« Er sah Susan an und errötete erneut. »Das heißt, ich möchte mal einer werden … vielleicht …«
»Aber Sie kennen sich bestimmt mit Recht und Gesetz aus, nicht wahr?« Susan beschloss, gleich zur Sache zu kommen. »Ich suche hier in London eine Person, habe jedoch keinen Anhaltspunkt, wo diese sich aufhalten könnte.«
»Oh, da kann ein Anwalt nicht viel tun, Mrs. Hexton.« Er zuckte bedauernd mit den Schultern. »Sie müssten sich eher an einen Privatdetektiv wenden, aber das ist sehr teuer.«
Geld spielt keine Rolle, dachte Susan, wenn ich nur meinen Sohn wiederfinde.
»Können Sie mir vielleicht einen solchen Detektiv empfehlen?«, fragte sie direkt. »Es ist wirklich sehr dringend.«
Ernest Hornsby zögerte erst, dann nickte er langsam. »Mein Vorgesetzter arbeitet manchmal mit einem Detektiv zusammen. Er übernimmt aber nur Fälle, die legal sind und sich nicht am Rande der Kriminalität bewegen.«
»Das ist selbstverständlich«, antwortete Susan rasch. Sie lächelte Hornsby unter gesenkten Lidern so charmant an, dass er erneut errötete. »Wie ich sagte, die Angelegenheit ist dringend. Wenn Sie mir helfen können, dann wäre ich Ihnen sehr dankbar.«
»Begleiten Sie mich doch in die Kanzlei, wenn es Ihre Zeit erlaubt«, schlug Hornsby vor. »Dort kann ich Ihnen die Adresse geben.«

Bereits am Nachmittag war Susan von einer großen Last befreit. Sie hatte die Adresse des Privatermittlers erhalten und dessen Büro unverzüglich aufgesucht. Der Detektiv, ein seriös wirkender Herr mit grauen Schläfen, verlangte zwar für seine Nachforschungen zehn Pfund pro Tag, hatte Susan jedoch Hoffnungen auf Erfolg machen können.

»Da Sie sagen, Miss Hexton, dass der Gesuchte im letzten Herbst aus dem Gefängnis entlassen wurde, so stehen unsere Chancen sehr gut, seinen Aufenthaltsort festzustellen. In der Regel müssen sich nämlich vorzeitig Entlassene ein Mal im Monat bei der Polizei melden, folglich ist ihr Aufenthaltsort registriert.«
Susan war dem Detektiv dankbar, dass er so tat, als würde er ihre Geschichte, warum sie Paul suchte, glauben, obwohl diese recht seltsam klang. Sie hatte ihm, ebenso Hornsby und seinem Vorgesetzten, erzählt, dass Paul ihr Bruder war, um den sie sich große Sorgen machte, da er sich seit seiner Entlassung nicht bei ihr gemeldet hatte.
»Unsere Mutter ist sehr krank«, erklärte sie mit einem unschuldigen Blick. »Sie wird nicht mehr lange leben, und ihr größter Wunsch ist es, Paul noch einmal in die Arme zu schließen. Vielleicht schämt er sich, nach Haus zu kommen, es ist jedoch gleichgültig, ob er straffällig geworden ist – Mutterliebe ist durch nichts zu zerstören.«
Susan verschwieg ebenfalls, dass sich bei Paul ein kleiner Junge befinden musste. Wenn sie erst seine Adresse hatte, dann würde sie die Sache mit Jimmy selbst regeln.
Sie zahlte für drei Tage im Voraus und verließ das Büro. Jetzt konnte sie nichts weiter tun, als zu warten und zu hoffen, dass der Detektiv hielt, was er versprochen hatte.

»Du meine Güte«, rief Susan entsetzt. »Das ist ja schlimmer als in der Wapping Street.«
Der Detektiv war sein Geld wert gewesen. Gestern Abend hatte Susan Pauls Adresse erhalten. Nun stand sie fassungslos in einer engen, mit Müll und sonstigem Unrat verschmutzten Gasse im Bezirk St. Giles-in-the-Fields und starrte auf das Haus, in dem Paul angeblich wohnte. Obwohl ein leichter Wind wehte, schienen die üblen Gerüche nach verfaultem Kohl und menschlichen wie tierischen Exkrementen wie eine Glocke über der Straße zu

hängen. Susan gab sich einen Ruck und ging entschlossen auf das Haus zu. Es war ein typisches Mietshaus, wie vor etwa hundert Jahren zahlreiche Häuser in London erbaut worden waren, mit vier Stockwerken und engen, muffigen Fluren. Susan klopfte an die erste Tür im Erdgeschoss. Schlurfende Schritte näherten sich, die Tür wurde einen Spalt geöffnet, und ein Mann mit langen, ungepflegten grauen Haaren und einem ebensolchen Bart murrte: »Was wollen Sie?«

»Ich suche einen Mr. Hexton«, antwortete Susan. »Paul Hexton, er soll in diesem Haus wohnen.«

Der Alte gab ein grunzendes Geräusch von sich.

»Eine Treppe hoch, zweite Tür links.« Bevor der Alte die Tür zuschlug, rief er noch: »Wenn Sie die Leute kennen, dann richten Sie denen aus, dass das ewige Kindergeschrei nicht zu ertragen ist. Die sollen zusehen, dass sie ihren Balg ruhig bekommen, sonst passiert was.«

Einen Moment lang stand Susan wie erstarrt da, dann hastete sie, zwei Stufen auf einmal nehmend, die Treppe hinauf. Bereits vor der besagten Tür hörte sie ein Kind weinen.

»Jimmy!«

Sie schrie den Namen ihres Sohnes und drückte auf die Klinke. Zum Glück war die Tür unverschlossen. Ein unbeschreiblicher Gestank schlug Susan entgegen, und sie stolperte über einen Berg von schmutzigen Lumpen. Die Wohnung, oder vielmehr das, was als Wohnung bezeichnet wurde, bestand aus zwei Räumen, und in dem einen, der auch als Küche diente, saß ein kleiner Junge auf dem Boden und weinte.

»Jimmy! O Gott, Jimmy!« Susan rannen Tränen der Erleichterung, aber auch des Entsetzens über die Wangen, als sie das Kind in die Arme schloss. Sofort begann Jimmy lauter zu weinen. Susan strich ihm übers Haar, das lang und schmutzig über die Ohren hing. »Ganz ruhig, mein Kleiner, du musst nicht mehr weinen. Mami ist ja jetzt da.«

Jimmys kleiner Körper versteifte sich in ihren Armen.
»Geh weg … weg …«, schluchzte er, und in seinen Augen lag Angst.
Er erkennt mich nicht mehr, dachte Susan erschrocken. Ihr kleiner Sohn wusste nicht mehr, wer sie war.
»Wir gehen jetzt, Jimmy«, sagte sie leise und versuchte, ihn zu beruhigen. »Ich bin deine Mami, und Mami bringt dich jetzt wohin, wo es schöner ist.«
Sie nahm den Jungen auf den Arm. Er war schwerer geworden und musste seit langer Zeit nicht mehr gewaschen worden sein, denn seine Ausdünstungen raubten Susan beinahe den Atem. Plötzlich wurde die Tür aufgestoßen, und eine rothaarige Frau stellte sich Susan in den Weg.
»Wer sind Sie? Was machen Sie da? Geben Sie sofort das Kind her, sonst rufe ich einen Bobby!«
Die Stimme der Frau, wohl einige Jahre älter als Susan, war rauh, und ihr Cockney-Dialekt wies sie als eine Angehörige der Unterschicht aus.
»Wer sind Sie?«, gab Susan die Frage zurück und blickte hinter die Frau. »Ist Paul auch hier?«
»Was wollen Sie denn von Paul?« Die grünen Augen der Frau verengten sich misstrauisch. »Wie kommen Sie dazu, einfach in unsere Wohnung einzudringen und das Kind an sich zu nehmen?«
»Ihre Wohnung?« Susans Gedanken arbeiteten fieberhaft. »Dann leben Sie also mit Paul Hexton zusammen?«
»Wüsste nicht, was Sie das angeht. Verschwinden Sie, aber sofort, oder soll ich Sie eigenhändig rauswerfen?«
Sie machte einen Schritt auf Susan zu, und ihr entschlossener Gesichtsausdruck ließ keinen Zweifel daran, dass sie, wenn nötig, auch handgreiflich werden würde.
Susan straffte die Schultern und hielt Jimmy, der inzwischen immer lauter weinte und auf ihrem Arm strampelte, fest umklammert.

»Ich bin Susan Hexton, Pauls Ehefrau. Ich bin gekommen, meinen Sohn zu holen.« Verächtlich sah sie sich in dem Zimmer um. »Wie kann man ein Kind nur in einem solchen Dreck verkommen lassen?«

»Ach, sieh an, die tote Ehefrau.« Die Frau stellte sich mit ausgebreiteten Armen in die Tür. Da sie sehr füllig war, konnte Susan sich mit dem Jungen auf dem Arm nicht an ihr vorbeidrängen.

»Mama!«, rief Jimmy mit krebsrotem Gesicht und streckte die Arme nach der fremden Frau aus.

»Ich sage Ihnen zum letzten Mal – geben Sie mir das Kind.« Die Stimme der Frau wurde gefährlich leise, und ihre Augen verengten sich zu Schlitzen. »Sie haben Ihren Sohn bei Nacht und Nebel verlassen, sind einfach verschwunden. Paul dachte, Sie wären tot, auch wenn niemand Ihre Leiche gefunden hat. Jimmy hat eine neue Mutter. Sie sehen doch, dass er Sie längst vergessen hat.«

Da Jimmy immer heftiger um sich trat und Susan ihn nicht mehr halten konnte, blieb ihr nichts anderes übrig, als ihren Sohn abzusetzen. Jimmy lief sofort zu der Frau und drückte seinen Kopf in deren Rock.

»Mami, die Frau soll weggehen.«

»Da hören Sie es.« Triumphierend sah sie Susan an. »Verschwinden Sie, und lassen Sie sich hier nie wieder blicken.«

»Nicht ohne meinen Sohn!« Zornig ballte Susan die Hände zu Fäusten und trat entschlossen einen Schritt nach vorn. »Ich bin seine Mutter und werde ihn mitnehmen.«

»Was isn' hier los?«

Obwohl Susan ihren Mann seit fast zwei Jahren nicht mehr gesehen hatte, erkannte sie ihn sofort, denn er hatte sich nicht verändert. An der Frau vorbei, mit der er offenbar zusammenlebte, schob er sich in die Wohnung und blieb so dicht vor Susan stehen, dass sie ihm direkt in die Augen blicken musste. Susan schluckte trocken. Pauls dunkelbraune Augen hatten sie bei ih-

rer ersten Begegnung fasziniert, wenngleich er sonst im landläufigen Sinn nicht gerade attraktiv war. Paul war nur wenig größer als sie selbst, seine Statur gedrungen und kräftig, und sein schwarzes Haar war bereits in jungen Jahren schütter.
»Hallo, Paul«, war das Einzige, was Susan einfiel.
Seine Lippen verzogen sich zu einem ungläubigen Lächeln.
»Susan! Ich glaub's ja nicht. Dachte, du bist tot.«
»Sieht nicht so aus.« Susan hatte sich wieder in der Gewalt. Da war kein Gefühl, wenn sie ihn anschaute. Nein, mit diesem Mann verband sie nichts mehr, nichts, außer Jimmy. »Ich bin gekommen, um Jimmy zu holen«, sagte sie fest.
Er grinste, und Susan bemerkte, dass ihm ein Schneidezahn fehlte. Wahrscheinlich war er im Gefängnis in eine Schlägerei geraten.
»Wie kommst du denn auf die Schnapsidee, dass du Jimmy bekommst?«
»Jimmy ist ebenso mein Sohn, und er gehört zu seiner Mutter.«
»Einer Mutter, die die Fliege gemacht und ihn alleingelassen hat«, warf die Frau gehässig ein, Paul schob sie jedoch zur Seite.
»Halt den Mund, Rose, und bring den Jungen raus. Ich kläre das mit meiner *Frau*.« So wie Paul das letzte Wort betonte, kam es einer Beschimpfung gleich.
Rose verzog unwillig die Lippen, nahm Jimmy, der sich immer noch an ihren Rock schmiegte, an der Hand und verließ die Wohnung. Hilflos sah Susan ihr nach und ballte vor Wut die Hände zu Fäusten.
»Ich hatte meine Gründe, einige Zeit … zu verreisen«, sagte sie und bemühte sich, ruhig zu bleiben. »Jetzt jedoch bin ich wieder in London und habe zudem die finanziellen Mittel, Jimmy ein anständiges Leben zu ermöglichen.«
Abschätzend glitt Pauls Blick über Susans Kleid, dann pfiff er zwar anerkennend durch die Zähne, seine Stimme war jedoch kalt, als er sagte: »Ich sehe, du bist was Besseres geworden. Hast

wahrscheinlich einen Freund, der dich aushält? Würde mich nicht wundern. Kaum war ich im Knast, haste dich dem nächsten Kerl an den Hals geworfen. Offenbar bezahlt er dich für deine Dienste gut.«

»Ach, das sagst gerade du?« Zornig stemmte Susan die Hände in die Hüften. »Was ist mit dieser Frau? Rose heißt sie, nicht wahr? Du hast keine Zeit verloren, dich anderweitig zu orientieren.«

»Anderweitig zu orientieren …« Paul lachte laut. »Seit wann redest du denn so fein? Bist wohl in höhere Kreise aufgestiegen, was?« Er zuckte mit den Schultern. »Nun, mir soll's egal sein, was du machst, wir beide sind miteinander fertig, aber Jimmy bleibt bei mir.«

»Warum?« Susan runzelte die Stirn. »Was willst du mit dem Jungen anfangen? Ihn in deine kriminellen Machenschaften mit reinziehen, damit er ein ebensolcher Verbrecher wie sein Vater wird?«

Paul trat einen Schritt auf Susan zu, und für einen Moment befürchtete sie, er würde sie schlagen, doch Paul beherrschte sich. Seine Augen funkelten vor Zorn, als er zischte: »Du hast von dem Geld, das ich verdiente, immer gut gelebt. Es geht dich zwar nichts mehr an, aber mit den krummen Touren ist es vorbei. Ich habe eine ehrliche Arbeit in Aussicht und wollte Rose heiraten, damit Jimmy wieder eine Mutter hat. Bis eben dachte ich ja, ich wäre Witwer. Nun, jetzt müssen wir uns halt scheiden lassen, wenn's nicht zu teuer wird.«

»Du willst dich scheiden lassen?« Die Nachricht überraschte Susan, obwohl ihr an ihrer Ehe nichts mehr lag. »Von mir aus, ich bin froh, wenn ich dich los bin. Mein Kind gehört jedoch zu mir.« Paul kratzte sich am Haaransatz und schüttelte den Kopf.

»Red keinen Quatsch, meine Liebe. Du hast ohne ein Wort nicht nur mich, sondern auch deinen Sohn verlassen. Kenne mich mit den Gesetzen nicht aus, hab aber davon gehört, dass eine Frau, die ihr Kind verlässt, das nicht wieder zurückbekommt.« Er trat

zur Seite und gab die Tür frei. »Und jetzt verschwinde! Wo kann ich dich wegen der Scheidung erreichen? Bei welchem Liebhaber biste denn untergekrochen?«
»Du kannst mich mal, aber kreuzweise!« Susan vergaß, wie sie sich in den letzten Monaten bemüht hatte, ihren Gassenjargon abzulegen. Paul quittierte ihre Worte mit einem lauten Lachen.
»Ah, jetzt biste wieder die Susan, die ich kenne. Du bleibst eine Frau aus der Unterklasse, Susan Hexton, da kannste noch so teure Kleider tragen und einen auf feine Dame machen. Wenn man von unten kommt, bleibt man sein Leben lang dort.«
Ich nicht, dachte Susan, ich werde es schaffen, diesem Sumpf zu entfliehen. Für sich und für Jimmy wollte sie wie eine Löwin für ein besseres Leben kämpfen, aber sie sah ein, dass sie im Moment nichts erreichen konnte. Während sie an Paul vorbeiging, funkelte sie ihn wütend an.
»Wir sind noch nicht miteinander fertig. Ich bekomme Jimmy, und wenn ich die besten Anwälte Londons bemühen muss. Du wirst schon sehen!«
Paul lächelte nur spöttisch und schloss dann die Tür hinter Susan. Auf der Straße sah sie sich suchend nach Rose und Jimmy um, aber von beiden war keine Spur zu entdecken. Sie verzichtete auf eine Mietdroschke, die es in dieser Gegend ohnehin nicht gab, und ging bis zur nächsten U-Bahn-Haltestelle zu Fuß. Der flotte Gang und die frische Luft taten ihr gut. Sie wusste nun, was sie zu tun hatte.

»Das ist nicht Ihr Ernst!« Mit vor Erregung geröteten Wangen beugte Susan sich vor und starrte den Anwalt an.
»Ich habe Ihnen gleich gesagt, dass die Sache schlecht für Sie aussieht«, wandte Ernest Hornsby schüchtern ein.
Susan beachtete den jungen Gehilfen nicht, ihre Aufmerksamkeit galt seinem Vorgesetzten, Mr. Adam Chatham, einem älte-

ren, vertrauenswürdig wirkenden Herrn mit grauen Schläfen und verständnisvollem Blick. Nachdem sie Paul verlassen hatte, war sie direkt in die Kanzlei, in der ihr junger Mitbewohner Hornsby arbeitete, geeilt und hatte darauf bestanden, mit dem Anwalt zu sprechen. Sie hatte ihm ihren Fall geschildert, ungeachtet, welches Licht die Sache auf sie selbst warf, da sie zuvor geschwindelt hatte, was Paul Hexton anging. Allerdings verschwieg Susan den Grund ihres Verschwindens und erwähnte weder Lavinia Callington, noch, dass sie ein Kind geboren und dieses fortgegeben hatte.

»Man kann mir doch nicht einfach mein Kind wegnehmen! Sie hätten diese Wohnung, vielmehr das Loch, in dem mein Sohn lebt, sehen sollen, Mr. Chatham. Es starrt vor Dreck, Jimmys Kleidung ist seit Wochen nicht mehr gewaschen worden, und mein Mann wird früher oder später wieder im Zuchthaus oder gar am Galgen landen.«

Adam Chatham zuckte bedauernd mit den Schultern und klopfte auf ein Buch, in dem er zuvor in den zuständigen Paragraphen nachgelesen hatte.

»Es tut mir leid, Mrs. Hexton, Ihnen keine positive Antwort geben zu können, aber das Gesetz ist auf der Seite Ihres Ehemannes. Sie haben nicht nur ihn, sondern auch Ihr Kind, ohne sich in einer Notsituation zu befinden, von einer Stunde auf die andere verlassen, und damit Ihren Sohn einem ungewissen Schicksal überlassen.«

»Jimmy war bei einer Freundin in guten Händen«, warf Susan ein, aber Mr. Chatham unterbrach sie mit einer Handbewegung.

»Das ändert nichts an den Tatsachen. Die Rechtsprechung nennt so etwas mutwilliges Verlassen und urteilt ganz besonders streng, wenn Kinder im Spiel sind. Kein Gericht in diesem Land wird Ihnen das Sorgerecht für Ihren Sohn zusprechen. Sein leiblicher Vater kümmert sich um den Jungen – gleichgültig, in welchen Verhältnissen das Kind lebt.«

»Aber ich bin die Mutter!« Susan wurde zunehmend verzweifelter. »Es gab Gründe … gute Gründe, warum ich London verlassen musste. Von Anfang an war mir jedoch klar, dass ich zurückkehren werde, um Jimmy wieder zu mir zu holen.«
Adam Chatham runzelte nachdenklich die Stirn und fragte: »Welche Gründe haben Sie zu einem solch drastischen Schritt veranlasst?«
»Ich war … krank.« Blitzschnell arbeiteten Susans Gedanken. »Ich musste mich aufs Land begeben, um wieder zu genesen. Jetzt bin ich wieder völlig gesund und in der Lage, mich um meinen Sohn zu kümmern.«
»Aha.« Chatham tauschte mit Hornsby einen Blick. »Das könnte eine Möglichkeit sein, nur eine kleine Chance, zugegeben, aber immerhin eine Chance. Wenn Sie ein ärztliches Attest des behandelnden Arztes vorlegen, in dem dieser bestätigt, dass Ihnen keine andere Wahl geblieben war, London und Ihr Kind zu verlassen, um Ihr eigenes Leben nicht zu gefährden, dann könnte das einen Richter vielleicht milder stimmen.«
»Und ich bekomme das Sorgerecht?«, rief Susan aufgeregt. Sie hatte zwar keine Ahnung, wie sie an ein solches Attest kommen konnte, aber es würde sich arrangieren lassen, wenn es sein musste.
»Nein, Mrs. Hexton, da muss ich Sie enttäuschen. Wir können jedoch versuchen, ein Urteil dahingehend zu bewirken, dass Sie Ihren Sohn hin und wieder sehen können.«
»Was wollen Sie damit sagen?« Susan starrte den Anwalt entsetzt an. »Doch nicht etwa, dass Paul nicht nur Jimmy bei sich behält, sondern mir auch noch verbieten kann, mein Kind zu sehen? Das glaube ich nicht!«
»So leid es mir tut, Mrs. Hexton, aber so ist die gültige Rechtslage. Verlässt eine Mutter ihr Kind, so urteilen die Richter dahingehend, dass dieser Mutter verboten wird, sich ihrem Kind auch nur zu nähern. In der Regel gilt das, bis das Kind einundzwanzig

Jahre und damit mündig ist. Danach kann Ihr Sohn selbst entscheiden, ob er den Kontakt zu Ihnen suchen möchte oder nicht.«
»Aber Jimmy hat mich jetzt schon nicht mehr erkannt.« Verzweifelt rang Susan die Hände. »Er hält diese Rose … die Frau, die jetzt mit meinem Mann zusammenlebt, für seine Mutter.«
Adam Chatham wiegte bedenklich den Kopf. In seiner Stimme lag ein Hauch von Mitleid, als er sagte: »Das erschwert die Sache zusätzlich. Ihr Sohn erkennt Sie nicht mehr und fühlt sich bei der anderen Frau wohl. Der Junge hat, nachdem Sie ihn verließen, genügend durchgemacht und scheint jetzt zur Ruhe gekommen zu sein. Man sollte ihm nicht einen erneuten Wechsel der Bezugspersonen zumuten.«
Wütend sprang Susan auf. »Auf welcher Seite stehen Sie eigentlich? *Ich* bin Ihre Mandantin, und ich werde Sie für Ihre Arbeit gut bezahlen. Liegt es etwa am Geld? Nun gut, ich erhöhe Ihr Honorar, wenn Sie mir nur meinen Jungen zurückgeben.« Sie konnte nicht mehr ruhig bleiben und schrie den freundlichen Anwalt regelrecht an.
Mr. Chatham hatte sich ebenfalls erhoben und versuchte, Susan zu beruhigen.
»Es tut mir wirklich sehr leid, Mrs. Hexton«, wiederholte er. »Kein Geld der Welt kann etwas an den geltenden Gesetzen ändern. Sollten Sie mit dem Gedanken spielen, einen Richter bestechen zu wollen, dann verlassen Sie bitte auf der Stelle meine Kanzlei. Mit solch kriminellen Machenschaften möchte ich nichts zu tun haben.«
»Dann suche ich mir einen anderen Anwalt!« Susans Stimme überschlug sich beinahe. »Einen, der kompetent ist und eine Frau in einer verzweifelten Lage nicht im Stich lässt. Schließlich geht es hier um mein Kind.«
Das Gesicht des Anwalts verschloss sich. »Es steht Ihnen frei, Kollegen zu Rate zu ziehen, diese werden Ihnen jedoch keine andere Auskunft geben. Ich rate Ihnen – stimmen Sie der Schei-

dung von Ihrem Mann zu, ohne ihm Schwierigkeiten zu machen, dann ist er vielleicht bereit, Sie hin und wieder zu Ihrem Sohn zu lassen.«

»Niemals gebe ich Jimmy auf«, rief Susan laut. »Ein Kind gehört zu seiner Mutter, und dafür werde ich kämpfen. Kein Gesetz der Welt kann mich zurückhalten.«

Adam Chatham zuckte mit den Schultern und bat Hornsby, Susan zur Tür zu begleiten. Im Vorraum der Kanzlei erhob sich eine ältere, großgewachsene Dame in einem dunklen Mantel und trat Susan in den Weg.

»Es tut mir leid«, sagte die Dame schlicht und sah Susan so verständnisvoll an, dass diese überrascht stehen blieb. »Ich wollte nicht lauschen, es war jedoch unvermeidlich, einen Teil Ihres Gespräches mit anzuhören.«

»Schon gut«, murmelte Susan geistesabwesend, nahm ihren Mantel vom Haken und zog ihn an.

Die Frau griff in ihre Tasche, holte eine Karte hervor und sagte: »Wir sollten uns unterhalten. Vielleicht möchten Sie mich einmal zum Tee besuchen?«

Susan runzelte die Stirn. Ihr stand nicht der Sinn danach, neue Bekanntschaften zu knüpfen und sich zu einer zwanglosen Teestunde zu verabreden. Es war schon peinlich genug, dass die Dame ihr Gespräch mitbekommen hatte.

»Ich bin sehr beschäftigt«, antwortete sie daher diplomatisch.

Die Frau lächelte. »Mein Name lautet übrigens Pankhurst. Mrs. Emmeline Pankhurst, und ich kann Ihnen vielleicht helfen.«

»Können Sie mir meinen Sohn zurückbringen?«, fragte Susan und starrte die Frau, deren Name ihr nicht das Geringste sagte, an.

»Nein, leider nicht. Die Gesetze werden von Männern gemacht, von Männern vertreten und ausgeführt, und deswegen werden Männer immer recht bekommen – gleichgültig, ob das moralische Recht auf ihrer Seite ist.«

»Nun, dann entschuldigen Sie mich.« Susan nahm zwar die Karte der Dame, steckte sie jedoch achtlos in die Manteltasche.
»Alles Gute, Susan«, murmelte Emmeline Pankhurst und sah der jungen Frau mitleidig nach, als diese die Kanzlei verließ.

9. Kapitel

Die folgenden Tage verlebte Susan wie in einem Nebel, in dem sie herumirrte und keinen Ausweg fand. Sie kontaktierte einen anderen Anwalt, doch die Auskunft, die sie dort erhielt, war dieselbe wie die von Mr. Chatham. Dieser Anwalt fügte noch erklärend hinzu, dass, wenn ein Mann seine Familie verließ, er trotzdem das Sorgerecht für die Kinder behielt, nicht jedoch die Frau, wenn sie die Schuldige war.
»Mrs. Hexton, durch das mutwillige Verlassen Ihres Sohnes haben Sie für alle Zeiten den Anspruch auf das Kind verloren«, sagte er ernst.
Allmählich begann Susan zu begreifen, dass das Gesetz gegen sie war und dass sie dies akzeptieren musste. Nach vier Tagen raffte sie sich auf und fuhr noch einmal nach St. Giles-in-the-Fields hinaus. Heute schien zwar die Sonne, dadurch wurde jedoch das Triste dieser Gegend noch deutlicher. Von einem Nachbarn erfuhr Susan, dass Paul Hexton nicht mehr hier wohnte. Zusammen mit Rose und Jimmy hatte er die Gegend vor zwei Tagen verlassen und niemandem seine neue Adresse mitgeteilt. Voller Entsetzen überlegte Susan, sich erneut an den Detektiv zu wenden, verwarf den Gedanken indes wieder. Sie war sicher, dieses Mal hatte Paul dafür gesorgt, dass sie ihn nicht fand, sogar, wenn ihm das Ärger mit der Polizei einbringen konnte. Vielleicht hatte er London verlassen? An den einsamen Abenden, die Susan

allein in ihrem Pensionszimmer verbrachte, schien ihre Verzweiflung übermächtig zu werden. Sie vermisste Jimmy schmerzlich, gleichzeitig musste sie immer wieder an die kleine Anabell denken. Während sie bei Jimmy geglaubt hatte, ihn nur vorübergehend in andere Hände gegeben zu haben, hatte sie ihre Tochter mutwillig verlassen, ja, sogar verkauft. Susan tröstete sich zwar mit dem Gedanken, dass Anabell in sicheren und guten Verhältnissen aufwuchs, während das ungewisse Schicksal, das Jimmy bevorstand, ihr beinahe das Herz zerriss. Vergessen war die Idee, sich nach einem Ladengeschäft umzusehen. Wozu sollte sie das jetzt noch tun? Ihr genügte das Pensionszimmer bei der Witwe Oxcombe, wenngleich Ernest Hornsby ihr zunehmend auf die Nerven ging. Seit er die Wahrheit über Susan – nun ja, einen Teil der Wahrheit – wusste, schien sich seine linkische Schüchternheit in eine Art Beschützerinstinkt gewandelt zu haben. Er suchte beim Frühstück und beim Abendessen ihre Gesellschaft und führte belanglose Gespräche, die Susan langweilten. Sie wollte jedoch nicht unhöflich sein, darum hörte sie scheinbar interessiert zu, wenn er von seiner Heimat in Yorkshire erzählte, und warf hin und wieder eine Frage ein. Wenn Ernest Hornsby von seinem Zuhause erzählte, schien er seine Schüchternheit zu verlieren. Seine Augen glänzten, und er errötete nur noch, wenn Susan ihn direkt anblickte. Seine Einladung, ihn am Wochenende zu einem Spaziergang in den Hyde Park zu begleiten, wies sie jedoch zurück.

»Es tut mir leid, Mr. Hornsby, aber ich bin derzeit keine gute Gesellschafterin«, sagte Susan. »Der Verlust meines Kindes belastet mich sehr.«

Er nickte verständnisvoll.

»Vielleicht sollten Sie gerade deswegen auf andere Gedanken kommen? Sie verlassen die Pension nur selten, ein zwangloser Spaziergang würde Ihnen guttun, zumal der Frühling endlich nach London gekommen ist.«

Susan blieb jedoch bei ihrer Ablehnung, erst recht, als sie bemerkte, dass Mrs. Oxcombe sie beide aufmerksam beobachtete. Später machte die Wirtin eine Bemerkung, die Susan verriet, dass Mrs. Oxcombe vermutete, es bahne sich zwischen ihr und dem Anwaltsgehilfen eine zarte Freundschaft an, aus der vielleicht mehr werden könnte. Susan wusste, es wäre besser, die Pension zu verlassen und sich woanders ein Zimmer zu suchen, doch dafür fehlte es ihr im Augenblick an Kraft. Sie lebte von einem Tag auf den anderen, aß wenig und schlief schlecht. Nicht einmal das viele Geld, das sie nach wie vor in der Reisetasche unter ihrem Bett verwahrte, ließ ihr Herz höherschlagen. Was hatte sie für Pläne gehabt! Pläne für sich und Jimmy. Ein eigenes Geschäft, eine hübsche Wohnung und für Jimmy die besten Schulen. Irgendwann hätte sie einen netten Mann kennengelernt – einen Kaufmann oder gutsituierten Handwerker – und sich neu verliebt. Jetzt jedoch war das Thema Liebe für Susan so unvorstellbar wie der Gedanke, zum Mond zu fliegen.

Es war an einem Samstagnachmittag, als Susan mit dem Pferdebus in die Stadt fuhr. Sie brauchte dringend neue Schuhe, denn die Temperaturen stiegen, und ihre mit Fell gefütterten Lederstiefel, die sie sich noch in Plymouth gekauft hatte, wurden ihr zu warm. Sie schlenderte durch die Straßen von Kensington, zögerte jedoch, eines der eleganten Geschäfte zu betreten. Trotz ihres Vermögens fühlte sie sich in dieser Umgebung fehl am Platz. Pauls Worte, sie würde immer der Unterschicht angehören, gleichgültig, wie viel Geld sie hatte, kamen ihr in den Sinn. Wahrscheinlich hatte er recht gehabt. Vor einem Schaufenster blieb sie stehen und betrachtete die reichhaltige Auslage. Ein Paar Stiefel erweckte ihre Aufmerksamkeit, doch gerade, als sie sich entschloss, das Geschäft zu betreten, hörte sie jemanden ihren Namen rufen.
»Susan! Ja, ich glaube es nicht, das ist tatsächlich Susan Hexton!«

Susan wandte sich um, und ihre Augen weiteten sich vor Erstaunen.

»Mr. Polkinghorn! Was machen Sie denn in London?«

Stephen Polkinghorn hatte sich in den vergangenen Monaten nicht verändert. Sein Gesicht hatte immer noch etwas Lausbubenhaftes, das helle Haar fiel ihm in die Stirn, und wenn er, so wie jetzt, lachte, wirkte er sehr charmant und attraktiv.

Stephen nahm Susans Hand und drückte sie.

»Ich bin glücklich, Sie zu sehen, Susan.« Sein Blick wurde ernst, als er fortfuhr: »Es tut mir so leid, was damals geschehen ist. Der Unfall … Sie wissen schon. Seitdem habe ich mir große Vorwürfe gemacht, Sie derart in Gefahr gebracht zu haben.«

»Sie tragen keine Schuld«, antwortete Susan und lächelte. »Sie hätten den Unfall ja nicht verhindern können. Mir ist kaum etwas geschehen, nur eine Gehirnerschütterung, ein paar Prellungen und ein verstauchtes Handgelenk.«

»Ihr Kind …?« Stephen vollendete den Satz nicht, aber Susan verstand.

»Dem Kind ist nichts geschehen, es grenzte beinahe an ein Wunder.«

Stephen sah sich auf der Straße um.

»Ich würde mich gerne länger mit Ihnen unterhalten, Susan. Darf ich Sie zu einem Kaffee oder Tee einladen?«

Susan wusste, sie hätte jetzt nein sagen und sich von Stephen verabschieden müssen, doch seine unerwartete Anwesenheit tat ihr gut und lenkte sie von ihren trüben Gedanken ab, darum nahm sie seine Einladung an. Wenig später saßen sie in einem eleganten Caféhaus in der Kensington Road, das mit zahlreichen südländischen Pflanzen wie ein großer Wintergarten eingerichtet war. Susan bestellte Kaffee und Schokoladenkuchen, und zum ersten Mal seit Tagen aß und trank sie mit Genuss. Nachdem Stephen seinen Tee getrunken hatte, zündete er sich eine Zigarette an, lehnte sich zurück und schlug die Beine übereinander. Susan kam nicht umhin, zu bemerken, dass seine schlanken Beine in den engen, dunklen Hosen gut zur Geltung kamen. Sie verstand, warum kaum eine Frau Stephen widerstehen konnte. Schnell wandte sie den Blick ab und fragte: »Was führt Sie nach London?«

»Ach, das Landleben war mir zu langweilig. Hin und wieder zieht es mich in die Stadt, um etwas Zerstreuung zu finden. Aber zu Ihnen, Susan, wie geht es Ihnen und Ihrem Kind? Was ist es denn – ein Junge oder ein Mädchen?«

Ein eisiger Schrecken durchfuhr Susan und trübte die Freude über das Wiedersehen mit Stephen. Natürlich, er musste davon ausgehen, dass sie ein gesundes Kind geboren hatte, nachdem sie ihm eben gesagt hatte, dass der Autounfall keine Folgen gehabt hatte.

»Ich habe mein Kind verloren«, sagte sie leise und senkte den Blick. Das war nicht gelogen, denn sie hatte sowohl Anabell wie auch Jimmy unwiderruflich verloren.

Seine Augen weiteten sich erschrocken.

»Wie furchtbar! Vorhin sagten Sie doch, dass der Unfall … ich meine …«

»Nein, nein«, beeilte sich Susan zu versichern, »das hatte nichts mit dem Unfall zu tun, es war wenige Wochen später. Im Februar wurde ich sehr krank … Typhus. Ich erholte mich zwar wieder, aber das Kind …«

»Ich verstehe.« Vertrauensvoll und tröstend nahm Stephen Susans Hand und drückte sie, gleichgültig, was die anderen Gäste des Cafés von dieser intimen Geste halten würden. »Als Sie nach dem Unfall so plötzlich verschwunden waren, habe ich mir große Sorgen gemacht. Ich sprach auf der Park Farm vor, aber diese Caja Nankerris hat ja Haare auf den Zähnen. Sie meinte, ich solle Sie in Ruhe lassen, ich hätte genügend Unglück über Sie gebracht. Dann warf sie mich aus dem Haus, ohne mir sagen zu wollen, wo ich Sie finden kann. Auf Sumerhays wurde mir die gleiche Abfuhr erteilt.«

»Sie waren auf Sumerhays?« Susans Augen weiteten sich, dann hatte sie sich aber schnell wieder im Griff. »Warum haben Sie dort nachgefragt?«
»Nun, ich dachte, Sie und Lady Lavinia wären befreundet, so erschien es mir naheliegend, dass man Sie dort aufgenommen und gepflegt hat, nachdem Sie das Cottage auf der Farm verlassen hatten.«
»Ich kehrte nach London zurück.« Leicht kam Susan diese Lüge über die Lippen. »Wie Sie selbst feststellten, waren die Nankerris nach dem Unfall wenig freundlich zu mir, so war es besser, ihre Gastfreundschaft nicht länger zu strapazieren.«
»Und Lady Lavinia?«, fragte Stephen. »Hat sie Sie einfach gehen lassen?«
»Wir waren nicht eng befreundet«, antwortete Susan ausweichend. »Es war nur eine vorübergehende kurze Sympathie, da wir uns beide in anderen Umständen befanden.«
»Sie wissen, dass Lady Lavinia ein Mädchen zur Welt gebracht hat?« Susan umklammerte ihre leere Kaffeetasse und hoffte, Stephen würde nicht bemerken, wie sehr ihre Hände zitterten. Sie mied seinen Blick, als er fortfuhr: »Ich glaube, der Viscount hoffte zwar auf einen Erben, aber es heißt, dass er seine Tochter vergöttert. Für nächsten Monat ist ein großes Tauffest auf Sumerhays geplant.«
»Sind Sie eingeladen?« Susans Stimme klang dünn, die Worte bereiteten ihr Mühe.
Stephen schüttelte den Kopf und lachte.
»Ich doch nicht! Die Familie Tredary verkehrt nicht mit den Polkinghorns, dazu ist mein Ruf viel zu schlecht.«
Es gelang Susan, sein Lächeln zu erwidern, dann schaute sie auf die Uhr, die in Form einer Brosche am Revers ihres Kleides befestigt war.
»Es wird Zeit für mich, zu gehen. Es hat mich gefreut, Sie wiederzusehen.« Susan meinte die Worte ehrlich. In der vergange-

nen Stunde hatte sie sich so lebendig gefühlt wie seit Wochen nicht mehr.

»Haben Sie heute Abend schon etwas vor?«, fragte Stephen.

»Nein, warum?«

»Würden Sie mir die Ehre geben, mich ins Theater zu begleiten?«

Susans Herzschlag beschleunigte sich, als sie sich an ihren gemeinsamen Theaterbesuch in Plymouth erinnerte.

»Hat Ihre Freundin Janna etwa endlich eine Rolle in London bekommen?«, fragte sie lachend.

»Du meine Güte, das möge Gott verhindern.« Stephen rollte mit den Augen und grinste. »Nein, ich habe Karten für das Gaiety ergattern können. Und jetzt raten Sie mal, wer dort heute Abend auftritt.«

»Ich bin sicher, Sie werden es mir gleich verraten.«

»Sarah Bernhardt«, erwiderte Stephen stolz. »Die Vorstellung ist seit Wochen ausverkauft, doch meine eigentliche … Begleitung hat mich versetzt, so dass ich nun eine Karte übrig habe.«

Susan erinnerte sich an den Namen Sarah Bernhardt und wie Stephen von dieser Schauspielerin geschwärmt hatte. Sie musste wirklich etwas ganz Besonderes sein, denn auch jetzt glänzten Stephens Augen, als er ihren Namen aussprach.

»So, und dann komme ich als Lückenbüßer gerade recht?«, scherzte Susan und drohte spielerisch mit dem Finger.

Stephen beugte sich vor und sah Susan tief in die Augen.

»Wenn ich gewusst hätte, Sie in London zu treffen, hätte ich niemals gewagt, jemand anderen als Sie einzuladen.« Obwohl Stephens Worte nicht mehr als ein harmloses Geplänkel waren, stärkten sie ihr Selbstbewusstsein und waren Balsam für ihre Seele. »Bitte, machen Sie mir die Freude, mich zu begleiten, und ich verspreche Ihnen, Sie werden einen unvergesslichen Abend erleben. Madame Sarah muss man auf der Bühne gesehen haben, denn nichts und niemand ist mit ihr zu vergleichen.«

Susan überlegte nicht länger. Was erwartete sie in der Pension? Ein weiterer einsamer und langweiliger Abend und nichtssagende Gespräche mit Ernest Hornsby, dessen liebeskranker Blick, mit dem er sie inzwischen ansah, ihr gehörig auf die Nerven ging. Obwohl Stephen Polkinghorn ein Filou war, wie er im Buche stand, belebte seine Anwesenheit Susan ungemein. In London interessierte es niemanden, ob sie mit Stephen ausging. Nach wie vor empfand sie keine tieferen Gefühle für ihn, doch warum sollte sie nicht einen Abend in seiner angenehmen Gesellschaft verbringen? Wobei der Gedanke, einmal ein Londoner Theater von innen zu sehen, Susan mehr in Erregung versetzte als Stephens Anwesenheit. Sie nannte ihm ihre Adresse, und er versprach, sie gegen sieben Uhr abzuholen.

Stephen war pünktlich und wartete vor dem Haus. Susan nahm schmunzelnd zur Kenntnis, dass Mrs. Oxcombe hinter der Gardine eines Zimmers im Erdgeschoss Susans Begleitung genau beobachtete. Ihr war gleichgültig, was die Wirtin dachte, wenn sie – eine junge Witwe – mit einem gutaussehenden Mann ausging. Nachdem Stephen Susan mit einem angedeuteten Handkuss begrüßt hatte, wandte er sich lächelnd um.

»Ich hoffe, Sie haben nicht das Vertrauen in mich verloren und steigen in mein Automobil. Ich verspreche, ganz besonders aufzupassen, damit nicht wieder etwas geschieht.«

Am Straßenrand stand ein schwarzer Wagen, der dem anderen, beim Unfall zerstörten Automobil ähnlich war.

»Sie scheinen diese pferdelosen Kutschen zu lieben«, sagte Susan und ging um das Auto herum. »Ich hätte gedacht, nach dem Unfall haben Sie genug von diesen stinkenden Dingern.«

»Das ist die Zukunft, bald wird es auf den Straßen keine Pferdefuhrwerke mehr geben.« Stephen klopfte auf einen Kotflügel und fuhr stolz fort: »Es ist das neueste Modell, erst seit wenigen Monaten auf dem Markt, ein Ford, Modell N, ich habe es mir aus

Amerika schicken lassen. Sehen Sie« – er deutete in den Innenraum –, »der Wagen hat ein Planetengetriebe zur Gangwahl.«
»Ach ja?« Susan hatte keine Ahnung, wovon Stephen sprach.
»Der Motor hat fünfzehn Pferdestärken«, fuhr er fort und fügte erklärend hinzu: »Das bedeutet, dass das Automobil so schnell werden kann, als würde es von fünfzehn kräftigen Pferden gezogen.«
Das war Susan verständlich, und sie ließ sich von Stephen beim Einsteigen helfen. Ein paar Passanten drehten sich interessiert zu ihnen um, als Stephen den Wagen startete und langsam anfuhr.
»Wollten Sie sich nicht ein Auto mit Dach besorgen?«, fragte Susan in Erinnerung an Stephens frühere Aussage.
»Am liebsten schon, damit man bei Regen geschützt ist, aber die Entwicklung dieser Automobile ist noch nicht so weit. Durch ein Dach werden die Wagen sehr schwer und sind daher nicht sehr leistungsfähig. Es wird jedoch eifrig daran gearbeitet, und ich halte mich auf dem Laufenden. Im Süden von Deutschland gibt es eine Firma, die diesbezüglich gute Fortschritte macht. Vielleicht kaufe ich mir als Nächstes einen solchen Mercedes.«
Susan ließ ihn reden, denn es war offensichtlich, wie stolz Stephen auf sein Wissen über Automobile war. Wie schon in Cornwall genoss sie es, durch die Straßen zu fahren, ebenso die Blicke der Menschen, die ihnen nachstarrten. Obwohl in London im Vergleich zu Cornwall etliche Automobile unterwegs waren, erregte man in einem solchen Wagen doch viel Aufmerksamkeit.
Die Fahrt dauerte nur eine knappe halbe Stunde, dann hatten sie die lange Straße, *Strand* genannt, im Londoner West End erreicht. Das *Gaiety-Theatre* befand sich am östlichen Ende der Straße. Stephen hatte Mühe, für seinen Wagen einen Platz zu finden, denn Dutzende von Kutschen und auch eine große Anzahl von Automobilen drängten sich um das Theater.

»Ich sagte doch, dass die Vorstellung ausverkauft ist«, bemerkte Stephen und zwängte den Wagen in eine Lücke, die so schmal war, dass Susan befürchtete, er würde an einer Mauer hängenbleiben. Staunend betrachtete Susan die Leute. Der Kleidung nach zu urteilen, kamen sie aus allen Gesellschaftsschichten – sie sah elegante Ladys mit federgeschmückten, ausladenden Hüten ebenso wie einfache Frauen des Mittelstands. Susan trug ein dunkelblaues Kleid mit einem schicklichen Ausschnitt und einen kleinen Hut auf ihrem aufgetürmten Haar. Sie konnte sich damit zwar nicht mit den Damen der ersten Gesellschaft messen, fühlte sich jedoch angemessen gekleidet. Das Theater war ein imposanter Bau im viktorianischen Stil mit einer wuchtigen Kuppel, zahlreichen Türmchen und sonstigen Verzierungen an der Fassade. Es war dem in Plymouth nicht unähnlich, obschon ungefähr vier bis fünf Mal so groß und dadurch wesentlich imposanter.
Da die Vorstellung bis auf den letzten Platz ausverkauft war, führte Stephen sie in eine Loge im zweiten Stock, in der bereits sechs weitere Personen Platz genommen hatten. Man stellte sich einander mit einem unverbindlichen Nicken kurz vor, dann hatte Susan Zeit, das Theater von innen zu betrachten. Hier konnte das Plymouther Haus, das Susan schon äußerst prächtig und elegant vorgekommen war, nicht mehr mithalten. Der Innenraum – die Einrichtung war in Gold und in Rot gehalten – ragte über vier Geschosse in die Höhe, die auf drei Seiten von Logen begrenzt waren. Der rote, schwere Vorhang auf der großen Bühne war noch geschlossen, im Innenraum drängten sich die Menschen zu ihren Plätzen.
»Das Theater verfügt über zweitausend Plätze«, flüsterte Stephen Susan ins Ohr, da er ihre Faszination bemerkt hatte. »Damit zählt es zu den kleineren Theatern Londons. Das Royal-Court-Theater fasst beinahe die doppelte Menge an Zuschauern.«
Susan war beeindruckt und wurde von einer angespannten Erregung ergriffen. Stephen hatte ein Programmheft besorgt, in dem

Susan sich über das Stück informierte, denn es wurde in französischer Sprache aufgeführt. Sie beugte sich zu Stephen und fragte: »Verstehen die Menschen hier diese Sprache? Es erscheint mir seltsam, dass so viele Leute gekommen sind, um ein französisches Stück zu sehen.«

»Die Menschen sind nicht wegen des Stückes gekommen, sondern um Sarah Bernhardt zu sehen. Die Grande Dame des Theaters könnte auch nur still auf einem Stuhl sitzen und kein Wort sagen – die Vorstellung wäre trotzdem ausverkauft.«

Susan runzelte skeptisch die Stirn. Nun, sie würde sich überraschen lassen. Das Stück des Autors Racine hieß *Esther* und war, laut Stephens Aussage, eine der Paraderollen von Sarah Bernhardt. Als sich der Vorhang hob, wurde es plötzlich ganz still. Man hätte eine Nadel fallen hören können. Als dann eine Frau in weißen, wallenden Gewändern, die mehr an orientalische Tücher als an ein Kleid erinnerten, auf die Bühne trat, brandete unbeschreiblicher Applaus auf. Sarah Bernhardt verbeugte sich und begann dann mit einem Monolog, von dem Susan – ebenso wie wahrscheinlich die Mehrzahl der Besucher – kein Wort verstand. Dennoch wurde Susan vom ersten Augenblick an in den Bann dieser kraftvollen, außergewöhnlichen Stimme gezogen. Stephen reichte ihr ein Fernglas, damit sie die Schauspielerin auch von nahem betrachten konnte.

»Aber die ist ja schon alt!« Unbedacht hatte Susan die Worte so laut gerufen, dass ihr dies sofort tadelnde Blicke der anderen Zuschauer in der Loge einbrachte. Wegen Stephens schwärmerischen Worten über Sarah Bernhardt hatte Susan eine junge und schöne Akteurin erwartet, und nicht eine ältere Dame.

Stephen lächelte und flüsterte dicht an ihrem Ohr: »Madame Sarah mag zwar auf dem Papier die sechzig überschritten haben, sie wird jedoch immer jung sein. Eine Frau wie sie ist alterslos.«

Je länger Susan das Spiel verfolgte, dessen Handlung sich ihr trotz des Programmheftes nicht erschloss, desto mehr wurde sie in den Bann von Sarah Bernhardt gezogen. Es war, als versinke die Welt um Susan herum, und es gab nur noch diese kleine, zierliche, weißgekleidete Frau auf der großen Bühne, die sie völlig ausfüllte. Sie war nicht schön im landläufigen Sinne, und betrachtete man ihr Gesicht durch das Fernglas, sah man deutlich die Spuren des Alters, dennoch agierte die Schauspielerin wie ein junges Mädchen. Ihre Bewegungen waren anmutig und leichtfüßig, fast schien es, als würde sie über die Bühne schweben.

Das Stück wurde ohne Pause gespielt, und am Ende wollte der Applaus nicht aufhören. Alle erhoben sich von den Plätzen, und erst nach vierundzwanzig Vorhängen wurde Sarah Bernhardt von der Bühne entlassen.

»Sie haben recht gehabt, die Frau ist etwas ganz Besonderes.« Susan lächelte Stephen an. »Ich danke Ihnen für diesen herrlichen Abend.«

»Oh, der Abend ist noch nicht vorbei, ich habe eine Überraschung parat.« Er zwinkerte ihr zu, fasste sie am Arm, und sie strebten, eingekeilt zwischen Hunderten von Zuschauern, zum Ausgang. »Wir werden Madame Sarah unsere Aufwartung machen. Es ist mir gelungen, meinen Namen auf die Liste der Gäste zu setzen, die Madame Sarah nach der Vorstellung empfängt.«

Susan wollte lieber nicht wissen, wie Stephen ein solches Kunststück gelungen war, und ihr Herz klopfte heftig. Der Empfang wurde in den Bereichen hinter der Bühne gegeben, und als Stephen und Susan eintraten, drängten sich an die hundert Personen in den kleinen Räumen. Büfetts mit kalten Speisen waren aufgebaut, und Diener schenkten Champagner und Limonade aus. Sie drängten sich zwischen den Leuten hindurch, und dann sah Susan die Schauspielerin direkt vor sich. Sarah Bernhardt hatte sich nicht umgezogen, sie trug immer noch die wallenden Gewänder, und ihr längliches, spitzes Gesicht war weiß geschminkt, die Lippen mit roter Farbe bemalt, und ihre hellen Augen schimmerten wie zwei Diamanten. Sie war sehr klein und so mager und zierlich, dass sie wie ein vierzehnjähriger Jüngling wirkte. Einer Königin gleich thronte sie inmitten zahlreicher bunter Kissen auf einer Chaiselongue und nahm lächelnd die Komplimente ihrer Gäste entgegen. Aus der Nähe betrachtet, ließ sich Sarahs Alter nicht verleugnen, dennoch meinte Susan, nie zuvor eine schönere und vor allen Dingen würdevollere Frau gesehen zu haben. Stephen trat zu ihr, verbeugte sich und sagte ein paar Worte auf Französisch, die die Diva wohl belustigen mussten, denn sie lachte laut auf. Dann deutete Stephen auf Susan, die zögernd näher kam, und stellte sie vor. Sarah Bernhardt musterte sie von oben bis unten, nickte wohlgefällig und sagte etwas, das Stephen ihr flüsternd übersetzte: »Sie findet Sie sehr hübsch, Susan, und sie meint, Sie würden sie an ihre eigene Jugend erinnern.«

»Merci«, murmelte Susan, das einzige französische Wort, das ihr im Moment einfiel, dann waren sie und Stephen entlassen, und Madame Sarah gab sich den Huldigungen der anderen Gäste hin. Sie aßen ein paar Canapés, Susan trank ein Glas Champagner, und dabei kam sie ins Gespräch mit Männern und Frauen, die allesamt Sarah Bernhardt verehrten. Man sprach über das Stück und äußerte die Hoffnung, die berühmte Schauspielerin möge ihr Gastspiel in London um einige Wochen verlängern.

Als Stephen mit einem Bekannten ins Gespräch vertieft war, trat eine junge Frau zu Susan und sagte in gebrochenem Englisch mit einem starken französischen Akzent: »Madame Sarah lässt Ihnen ausrichten, dass Sie ihre Aufmerksamkeit errungen haben. Sie findet Sie nicht nur hübsch, sondern sehr anmutig.«

Susan, an Komplimente nicht gewöhnt, errötete. »Danke, das ist sehr freundlich«, stammelte sie.

Die junge Frau lächelte. Jetzt erkannte Susan sie – sie war in einer kleinen Nebenrolle aufgetreten.

»Madame Sarah meint, Sie erinnern sie an sich selbst, als sie noch jung war.«

»Ja, das sagte sie bereits zu meinem Begleiter«, erwiderte Susan mit einem wachsenden Gefühl von Stolz.
In der Tat bestand zwischen Susan und Sarah Bernhardt eine gewisse Ähnlichkeit, wenngleich die vierzig Jahre Altersunterschied sich nicht leugnen ließen. Susan war jedoch ebenso zierlich, ihr längliches, schmales Gesicht wurde von großen, grauen Augen beherrscht, und ihr Haar war dick und kräftig, allerdings glatt und nur an den Spitzen gewellt, während Madame Sarahs Haar eine einzige wilde Lockenpracht war.
»Danke«, wiederholte Susan nur, unsicher, was sie sagen sollte.
»Madame Sarah würde sich freuen, wenn Sie übermorgen wieder ihre Vorstellung besuchen«, fuhr die junge Frau fort. »Sie gibt den Herzog von Reichstadt in dem Stück L'Aiglon von Rostand.« Die Frau senkte die Stimme und zwinkerte Susan zu. »Eine ihrer besten Rollen, wie ich finde. Keine Frau war in einer Hosenrolle jemals besser.«
»Ja, das ist auch meine Meinung«, stimmte Susan zu, obwohl sie weder das Schauspiel noch den Autor kannte.
»Als Madame Sarah vor einigen Jahren den Herzog von Reichstadt spielte, verliebte sich ein junges Mädchen so sehr in sie, dass sie jeden Abend mit Rosen am Bühneneingang stand und schwor, niemand anderen als den Herzog heiraten zu wollen. Es kostete Madame Sarah große Mühe, das Mädchen zu überzeugen, dass sie, eine Frau, in dem Kostüm steckte und nicht ein junger, schnittiger Mann. Das Mädchen soll untröstlich gewesen sein.«
Interessiert hatte Susan zugehört. Je mehr sie über Sarah Bernhardt erfuhr, desto mehr interessierte die Schauspielerin sie.
»Ich würde die nächste Vorstellung gerne sehen«, sagte sie, lächelte dann jedoch bedauernd. »Allerdings scheinen alle Vorstellungen ausverkauft zu sein, so weiß ich nicht, ob ich noch eine Karte bekomme.«
»Melden Sie sich am Bühneneingang, und fragen Sie nach

Christine. Das bin ich. Madame Sarah würde sich freuen, wenn Sie ihr nach der Vorstellung Ihre Aufwartung machen.«
Susan fühlte sich sehr geschmeichelt und stimmte begeistert zu. Christine drückte kurz ihre Hand, sah sich um, blickte zu Stephen und flüsterte: »Kommen Sie bitte ohne Ihren Begleiter, wenn es möglich ist.«
»Ja, ja, sicher …« Susan war verwirrt. Sie sah zu Sarah Bernhardt hinüber, die sich gerade aus einer reichhaltig gefüllten Obstschale bediente. Sie hatte allen Grund, sich zu wundern. Die Schauspielerin hatte sie nur wenige Minuten gesehen, ein Gespräch war wegen der Sprachprobleme nicht möglich gewesen, und doch wurde sie exklusiv zu einer Vorstellung eingeladen, zudem allein. So gern Susan Madame Sarah noch einmal auf der Bühne erleben wollte – sie zweifelte, ob sie hingehen sollte. Was sollte sie Stephen sagen? Er hatte sie schließlich in diesen Kreis eingeführt und sie vorgestellt, obwohl sie aus einfachsten Verhältnissen stammte. Konnte sie ihn jetzt einfach außen vor lassen und ihm nichts von der Einladung erzählen?
Susan war froh, als Stephen wenige Minuten später vorschlug, zu gehen. Obwohl es kurz nach Mitternacht war, herrschte auf den Straßen immer noch viel Verkehr. Je weiter sie in die Gegend, in der Susan wohnte, kamen, desto weniger Menschen waren unterwegs. Vor dem Haus der Witwe Oxcombe waren sie ganz allein. Stephen hielt unter einer Straßenlampe und stellte den Motor ab, doch das Geräusch des Automobils musste Mrs. Oxcombe bereits gehört haben, denn die Gardine am Fenster bewegte sich.
»Wir werden beobachtet.« Susan kicherte. »Meinem Ruf tut es nicht unbedingt gut, mitten in der Nacht in männlicher Begleitung nach Hause zu kommen.«
Stephen stimmte in ihr Lachen ein. Leicht legte er einen Arm um Susans Schultern und zog sie ein Stück näher. Susan ließ ihn gewähren, seine Nähe war ihr angenehm. Sie hatte ihm

nichts von Sarah Bernhardts Einladung gesagt, sich inzwischen jedoch entschlossen, hinzugehen. Männer mussten ja nicht alles wissen.

»Es war ein schöner Abend«, sagte Stephen leise.

»Das finde ich auch. Madame Sarah ist wirklich eine herausragende Schauspielerin. Kein Wunder, dass Sie sie derart verehren.«

Im schwachen Schein der Laternen konnte Susan Stephens Gesicht nur undeutlich erkennen, sie merkte jedoch, wie sich der Druck seines Armes verstärkte.

»Während des Abends habe ich kaum auf die Bühne gesehen.« Seine Stimme war leise und schmeichelnd. »Ich habe immer nur dich angesehen, Susan. Du warst die Schönste im ganzen Saal.«

Susan schluckte und war um eine Antwort verlegen.

»Das hast du nett gesagt, Stephen«, sagte sie schließlich und ging ebenfalls zum vertraulichen Du über.

Er zog sie noch näher an sich heran, Susan war jetzt nur noch wenige Zentimeter von seiner Brust entfernt.

»Glaubst du, deine Wirtin ist noch wach?«, fragte er leise, und Susan konnte die heisere Erregung in seiner Stimme hören.

»Sie steht hinter der Gardine«, erwiderte Susan und versuchte, von ihm abzurücken, aber Stephen hielt sie fest. Plötzlich war ihr seine Nähe unangenehm. Zwar mochte sie Stephen als charmanten und unterhaltsamen Begleiter, zu mehr war sie jedoch nicht bereit. Vor allen Dingen wollte sie ihren Ruf als Frau, die erst im letzten Herbst ihren Mann verloren hatte, nicht aufs Spiel setzen.

»Dann kann ich nicht mit hineinkommen? Ich verspreche, auch ganz leise zu sein.«

»Nein, Stephen, auf keinen Fall! Auch wenn Mrs. Oxcombe wie ein Stein schlafen und nicht mitbekommen würde, wenn wir das Haus betreten, muss ich dich jetzt bitten zu gehen.«

»Ach, Susan, warum bist du bloß so zurückhaltend?« Er neigte seinen Kopf, und seine Lippen berührten fast die ihren. »Einen Kuss habe ich mir doch verdient …«

Susan ließ es zu, dass er sie küsste. Seine Lippen waren weich und warm, und sein Atem schmeckte nach Rauch und Champagner. Nach einiger Zeit erwiderte sie seinen Kuss und ließ sich in seine Umarmung fallen. Es war so furchtbar lange her, dass ein Mann sie liebkost hatte. Stephen war ein Frauenkenner, das bewies sein Kuss, der zärtlich sanft und zugleich fordernd war. Als Stephens Hand nun jedoch über ihren Körper wanderte und ihre rechte Brust umschloss, machte Susan sich mit einem Ruck von ihm frei.

»Das reicht, Stephen.«

»Ach, Susan, du willst es doch ebenso wie ich. Das habe ich gerade ganz deutlich gespürt. Dein Körper schreit regelrecht danach, wieder geliebt zu werden.«

Es war Susan peinlich, dass er ihre Sehnsucht nach Zärtlichkeit so deutlich bemerkt hatte.

»Wie stellst du dir das vor?« Sie schaute sich um. »Etwa hier mitten auf der Straße in einem Automobil?«

»Wir können in mein Haus fahren«, schmeichelte Stephen und spielte mit einer Haarsträhne, die sich während des Kusses aus ihrer Frisur gelöst hatte. »Mein Personal ist verschwiegen.«

»Das müssen sie bei deinem Lebenswandel wohl auch sein«, erwiderte Susan. »Bitte, lass mich jetzt gehen. Mrs. Oxcombe wird ohnehin ihren Stab über mich brechen.«

»Na und? Es sollte dir gleichgültig sein, was andere Menschen über dich denken. Sieh Sarah Bernhardt an. Die Frau hat stets so gelebt, wie es ihr beliebte, und die ganze Welt bewundert sie.«

Susan lachte leise. »Ich habe weder den Erfolg noch die finanziellen Mittel, ein solches Leben, bei dem man auf andere nicht angewiesen ist, zu führen.«

Susan machte sich nun endgültig aus seiner Umarmung frei und stieg ohne seine Hilfe aus dem Wagen. »Ich danke dir für diesen

Abend, wenn du jedoch hoffst, es könnte mehr daraus werden, so muss ich dich leider enttäuschen.«

»Warte, Susan, du weißt, dass ich dich sehr attraktiv finde. Wir verstehen uns doch auch gut, ich glaube, wir könnten eine Menge Spaß zusammen haben.«

Susan sah ihn ernst an.

»Für diese Art von Spaß bin ich nicht zu haben, Stephen Polkinghorn. Ich gebe zu, ich mag es, in deinem Automobil zu fahren, und du bist ein angenehmer Gesellschafter. Es tut mir jedoch leid, wenn ich einen anderen Eindruck erweckt habe.«

»Ach, jetzt spiel nicht das Blümchen Rührmichnichtan.« Stephens Ton wurde schärfer. »Ich habe dir schon mal gesagt, dass ich dir nicht glaube, dass du Witwe bist. Dein Kind war von irgendeinem Kerl, der dich verlassen hat, darum bist du nach Cornwall gekommen, um es dort zur Welt zu bringen.«

Susan merkte, wie sie zornig wurde. Da sie jedoch befürchtete, Mrs. Oxcombe lausche hinter der Tür, beherrschte sie ihre Stimme, als sie sagte: »Glaub, was du willst, mir ist deine Meinung über mich zu unwichtig, als dass ich mir darüber den Kopf zerbreche. Gute Nacht, Stephen.«

Bevor Stephen etwas erwidern konnte, lief Susan eilig zum Haus, schloss die Tür auf und verriegelte sie rasch wieder hinter sich. Im Flur war alles dunkel, dennoch meinte sie, ein leises Atmen hinter der Tür zum Speisezimmer zu hören. Als ob sie ein kleines Teufelchen ritt, rief sie laut: »Gute Nacht, Mrs. Oxcombe, ich hoffe, ich habe Sie nicht aufgeweckt.«

Immer zwei Stufen auf einmal nehmend, lief sie die Treppe hinauf in ihr Zimmer. Sie bedauerte, Stephen Polkinghorn nun wohl niemals wiederzusehen, denn er hatte ein wenig Abwechslung in ihren tristen Alltag gebracht. Schon in Cornwall und auch jetzt in London wusste sie nicht, was sie mit ihrer Zeit anfangen sollte. Susan dachte an seinen Ruf und war überzeugt, dass all die Gerüchte, die über Stephen im Umlauf waren, stimmten. Nun, es war sein Leben, aber sie war nicht bereit, sich in die lange Reihe seiner Liebschaften einzureihen. Sie mochte zwar aus der Unterschicht stammen, war jedoch bestrebt, sich ein besseres Leben aufzubauen. Dazu gehörte auch ein untadliger Ruf, denn nur so hätte sie eine Chance, eines Tages vielleicht ihren Sohn zurückzubekommen.

Am nächsten Morgen erwachte Susan sehr früh nach einer unruhig verbrachten Nacht. Rasch wusch sie sich, zog sich an und ging dann hinunter. Sie hoffte, Mrs. Oxcombe würde über den gestrigen Abend kein Wort verlieren, dennoch wappnete sie sich innerlich gegen einen eventuellen Angriff, dass sie erst mitten in der Nacht in männlicher Begleitung nach Hause gekommen war. Die Wirtin war an diesem Morgen allerdings recht wortkarg und fragte Susan lediglich, wie sie ihre Eier wollte. Susan war froh, mit niemandem sprechen zu müssen, und beeilte sich mit dem Frühstück, um fertig zu sein, bevor Ernest Hornsby erschien. Sie trank gerade den letzten Schluck Tee, als dieser das Speisezimmer betrat. Susan grüßte nur kurz und ließ den jungen Mann dann stehen. Wenige Minuten später verließ sie das Haus. Es war ein angenehm milder Morgen Anfang Mai, daher verzichtete Susan auf eine Droschke oder die U-Bahn und ging zu Fuß nach Westminster. Einige Tage zuvor hatte sie dort bei einem Spaziergang eine öffentliche Bücherei entdeckt und sich heute Morgen entschlossen, mehr über Sarah Bernhardt zu erfahren.
Susan verbrachte den ganzen Tag in der Bibliothek. Es gab einige Essays über die Schauspielerin, aber am meisten interessierten Susan die zahlreichen Zeitungsberichte, die fast drei Jahrzehnte zurückreichten. Im Juni 1879 war Sarah Bernhardt zum ersten Mal in London aufgetreten. In Frankreich war die Tochter einer holländischen Jüdin, über deren Vater nur vage Vermutungen angestellt wurden, bereits eine berühmte Künstlerin. Besonders die Gerüchte über ihre exzentrischen Gewohnheiten und ihren

lockeren Lebenswandel waren ihr über den Kanal vorausgeeilt, so dass das Publikum ihre Ankunft kaum hatte erwarten können. Obwohl Sarah Bernhardt kein Englisch sprach und ihre Stücke in französischer Sprache aufgeführt wurden, zudem zahlreiche kirchliche Würdenträger gegen die Schauspielerin protestierten und ihre Gemeinden aufriefen, die Theatervorstellungen zu meiden, waren alle ihre Aufführungen schon damals ausverkauft. Von der sogenannten *Guten Gesellschaft* wurde Madame Sarah trotz, oder vielleicht wegen, der Ruchbarkeit ihres Lebenswandels mit offenen Armen empfangen. Sie selbst sah ihrer ersten Vorstellung in England mit großem Lampenfieber entgegen. Madame Sarah hätte sich keine Gedanken zu machen brauchen – das Londoner Publikum feierte sie frenetisch, sogar die sonst eher zurückhaltende Presse veröffentlichte geradezu ekstatische Besprechungen.

»Die Kombination von Lyrismus und erschreckender Direktheit ist weltweit wohl einzigartig …«, las Susan in einer großen britischen Tageszeitung. Ein Kritiker nannte Sarah Bernhardt *orchideenhaft,* während ein anderer wegen ihres *tuberkulösen Aussehens und ihrer tiefliegenden Augen* regelrecht in Verzückung geriet und dies in seinem Artikel zum Ausdruck brachte.

Über ihr Privatleben erfuhr Susan aus den Zeitungen nur Bruchstücke, die sich zum Teil gegenseitig widersprachen. Manche schrieben, die Schauspielerin habe mehr Liebhaber gehabt als eine Krake Arme, und je älter sie wurde, desto jünger wurden die Männer an ihrer Seite. Andere Journalisten schrieben jedoch, dass sie ihrem Ehemann bis zu dessen Tod zutiefst ergeben und treu gewesen sei, obwohl dieser sie schändlich behandelt und es nur auf ihr Geld abgesehen hatte. Sarah Bernhardt war Mutter eines unehelichen Sohnes, Maurice, der Jahre vor ihrer Ehe geboren wurde. Über Maurice' Vater gab es, ebenso wie über Sarahs eigenen Vater, wilde Spekulationen, manche sprachen davon, er sei ein hochgestellter französischer Adliger gewesen.

Nun, Susan interessierte sich nicht für eventuelle Gerüchte über die Schauspielerin, sondern lediglich für ihr Leben und ihr Wirken auf den großen Bühnen der Welt. Madame Sarah hatte auf zwei mehrmonatigen Tourneen durch Amerika großen Erfolg erlebt, und es gab kaum eine Großstadt in Europa, deren Theater ihre Pforten für diese Grande Dame nicht bereitwillig öffneten. Susan versuchte, sich so viel wie möglich von Sarahs Stücken und Rollen einzuprägen, falls am nächsten Abend das Gespräch darauf kommen sollte. Keinesfalls wollte sie sich vor Sarah Bernhardt blamieren.

Die Schauspielerin war als Mann in der Rolle des Herzogs von Reichstadt einfach umwerfend, und erneut vergaß Susan, dass diese kleine, zierliche und dennoch vor Kraft strotzende Frau in diesem Jahr ihren zweiundsechzigsten Geburtstag feiern würde. Die junge Schauspielerin Christine hatte Susan mit drei Wangenküssen überschwenglich begrüßt und sie dann zu einem Platz in der ersten Reihe, von der Bühne links versetzt, geführt. Viel zu schnell war das Stück vorbei, aber Susan freute sich auf ein erneutes Zusammentreffen mit Sarah. Wie bereits beim letzten Mal waren die Räumlichkeiten, in denen Madame Sarah ihre Verehrer empfing, verschwenderisch eingerichtet und dekoriert. Susan fühlte sich an Berichte aus orientalischen Palästen erinnert, denn Sitzkissen waren auf dem Fußboden verteilt, die Wände mit bunten Tüchern verhängt, und exotische Pflanzen waren aus den Gewächshäusern der Stadt herbeigeschafft worden. Susan nippte nur an ihrem Champagnerglas, da allein die Atmosphäre sie berauschte. Ein aufregendes Kribbeln lief durch ihren Körper – zum ersten Mal war sie allein ausgegangen und plauderte mit Männern jeglichen Alters, die daran nichts Ungewöhnliches zu finden schienen. Madame Sarah winkte Susan zu sich heran, und Christine übersetzte ihr kleines Gespräch:

»Es freut mich, dass Sie gekommen sind«, sagte Sarah Bernhardt.

»Ich bedanke mich für die Einladung, Madame. Sie waren einfach umwerfend. Nie zuvor habe ich ein derartiges Schauspiel erlebt.«

Sarah schlug die Augen nieder und tat, als wäre sie verlegen, dabei genoss sie jedes Wort der Anerkennung. Lob war der Nektar und viel mehr wert als alles Geld, von dem sie aber auch jede Menge verdiente. Susan erinnerte sich, in einem Artikel gelesen zu haben, die Schauspielerin sei extrem verschwenderisch, lebe in Saus und Braus und habe ständig Schulden, obwohl sie Gagen erhielt, die nie zuvor in diesem Metier gezahlt worden waren. Zudem vertraue sie keiner Bank und schleppe ihr Barvermögen stets in einer Truhe mit sich herum. Nun, da hatten sie und Susan etwas gemeinsam. Nach wie vor bewahrte Susan ihr Geld in der Tasche unter dem Bett auf, sie hatte sich noch nicht dazu aufraffen können, ein Konto zu eröffnen.

»Sind Sie auch Schauspielerin?«, fragte Madame Sarah und riss Susan aus ihren Gedanken.

»Oh, nein!« Susan hob abwehrend die Hände. »Ich habe noch nie auf einer Bühne gestanden.«

Madame Sarah musterte sie von oben bis unten.

»Das sollten Sie aber, meine Liebe. Mit diesem Gesicht gehören Sie auf die Bühne.«

»Aber ich habe überhaupt kein Talent.«

Dieses Argument ließ Sarah Bernhardt nicht gelten.

»Das kann man lernen. Hauptsache, Sie sind mit Leib und Seele dabei, dann ziehen Sie das Publikum schon in den Bann.«

Susan erinnerte sich an die zahlreichen Dramen von William Shakespeare, die sie auf Sumerhays gelesen hatte, und wie sie einzelne Szenen vor dem Spiegel geprobt hatte. Das hatte ihr Spaß gemacht, aber vor einem Publikum auftreten? Nein, das würde sie nicht können.

Ein Herr hatte das Gespräch mit angehört und trat neben Susan. »Ich suche ständig junge, talentierte Schauspielerinnen«, sprach er sie an. »Wenn Sie möchten, können Sie bei mir vorsprechen.«
Susan erschrak. »Ich glaube nicht, dass ich das kann«, wiederholte sie.
Der Herr lächelte, zog eine Karte aus seiner Westentasche und reichte sie Susan.
»Gestatten Sie, dass ich mich vorstelle – mein Name ist Theodor Murphy. Mir gehört zwar nur ein kleines, jedoch feines Theater in der Nähe von Covent Garden.«
»Susan Hexton«, stellte Susan sich ihrerseits vor. »Ich bin Witwe …«, fügte sie rasch hinzu.
»Das tut mir leid.« Murphy schien sein Bedauern ehrlich zu meinen. »Haben Sie Familie, für die Sie sorgen müssen, oder sind Sie unabhängig?« Der Mann war kein Freund vieler Worte, er kam gleich zur Sache. »Wenn Sie Schauspielerin werden wollen, dann müssen Sie sich hundertprozentig darauf einlassen, jede Ablenkung, gleich welcher Art, ist fehl am Platz.«
»Ich bin alleinstehend«, versicherte Susan schnell, gleichzeitig fragte sie sich, auf was sie sich hier einließ. Sie hatte doch wohl nicht ernsthaft vor, zu einem Vorsprechen zu gehen?! Nun, vielleicht sollte sie es tun, denn sie würde sich dabei sicher schrecklich blamieren, Murphy würde sie auslachen und aus dem Theater werfen, und somit wäre dieser Gedanke für immer aus Susans Vorstellung getilgt. Warum sollte sie es nicht tun? Ihren ursprünglichen Plan, ein kleines Geschäft zu eröffnen, hatte Susan nicht länger weiterverfolgt. Seit sie Jimmy verloren hatte, fehlte ihr jeglicher Antrieb, sich ein neues Leben aufzubauen.
»Ich werde Sie in den nächsten Tagen aufsuchen.« Susan glaubte kaum, dass sie es war, die diese Worte sprach. Was jedoch hatte sie zu verlieren?

10. Kapitel

Zwei Wochen später stand Susan auf der Bühne des *Blue Horizon*, dem Theater von Theodor Murphy, das in einer Seitenstraße von Covent Garden lag. Ihr Mund war trocken wie eine Wüste zur Mittagshitze, die Zunge klebte ihr am Gaumen, und sie war überzeugt, kein einziges Wort herauszubringen. Nie zuvor in ihrem Leben war sie derart aufgeregt gewesen. Krampfhaft versuchte sie, sich zu erinnern, was ihr von Sarah Bernhardt in den letzten Tagen beigebracht worden war. Nachdem die junge Schauspielerin Christine von Murphys Angebot, sie, Susan, solle bei ihm vorsprechen, erfahren hatte, hatte diese sofort Madame Sarah davon berichtet. Daraufhin war Susan von der großen Diva eingeladen worden, jeden Nachmittag eine Stunde in ihr Hotel zu kommen, sie wolle Susan gerne unterrichten. Wegen ihrer unterschiedlichen Sprachen konnte Susan zwar nur nachahmen, was Sarah ihr vormachte – bei schwierigen Passagen fungierte Christine als Dolmetscherin –, dennoch schien Madame Sarah mit ihrer Leistung zufrieden zu sein. Susan lernte die richtige Atemtechnik beim Sprechen kennen, wobei dies, um es perfekt zu beherrschen, natürlich eine jahrelange Übung erforderte. Es waren nur ein paar Dinge, die Sarah Bernhardt ihr beibringen konnte, aber das wenige reichte aus, um bei Susan den Ehrgeiz zu wecken, Schauspielerin zu werden. Sie bedauerte nur, dass Madame Sarahs Aufenthalt in London nächste Woche beendet war, aber neue Termine und Auftritte in Frankreich warteten auf die großartige Schauspielerin. Susan konnte sich nicht erklären, warum Madame Sarah ihr half, dass die alte Dame sie jedoch mochte, war unübersehbar. Sie lud Susan sogar nach Frankreich zu sich nach Hause auf ihren Landsitz auf der Belle-Île-en-Mer ein. Von Christine erfuhr Susan mehr über die bretonische Insel.

»Madame Sarah hat sich dort ein wunderschönes Haus gebaut, in das sie sich stets zurückzieht, wenn sie lange Tourneen hinter sich oder einfach von dem Trubel um ihre Person genug hat.« Christine lächelte versonnen. »Sie müssen wirklich einmal kommen, denn schon das Haus und die Einrichtung sind eine Reise wert. Eigentlich ist es eine alte Festung aus dem siebzehnten Jahrhundert, auf einer Landzunge gelegen und nur über eine schmale Zugbrücke zu erreichen. Seit Jahren baut Madame das Gebäude um, aus und an, so dass es heute wie ein Landhaus mit umliegenden Pächterhäusern wirkt. Die Inneneinrichtung ist ebenso individuell wie Madame Sarah selbst – ein Sammelsurium von Stücken aus aller Welt, eigentlich passt nichts so richtig zusammen. Schön ist jedoch der halboffene, windgeschützte Innenhof, in dem Tamarisken wuchern und sogar ein Feigenbaum wächst. Der Hof ist mit zahlreichen Korbmöbeln und Polstersitzen ausgestattet und wird allgemein nur *Sarahtorium* genannt.« Dank Christines lebhafter und anschaulicher Art, zu erzählen, konnte sich Susan das Haus gut vorstellen.

»Vielleicht sollte ich wirklich einmal nach Frankreich reisen.« Sie lächelte. »Ich war noch nie außerhalb Englands.«

Christine erwiderte ihr Lächeln, dann wurde sie jedoch wieder ernst. Sie senkte die Stimme, obwohl Sarah Bernhardt nicht im Zimmer war und diese die englische Sprache ohnehin nicht verstand.

»Ich muss Ihnen, liebe Susan, jedoch auch sagen, dass Madame Sarah Einladungen auf die Belle-Île leichtfertig, oftmals unüberlegt ausspricht und sie später bereut. So lud sie zum Beispiel auf einer ihrer Gastspielreisen durch England einmal einen jungen Offizier – ein glühender Anhänger ihrer Schauspielkunst – mit seiner ganzen Familie auf die Insel ein. Dieser junge Mann also kratzte sein ganzes Geld zusammen – er musste schließlich die Reisekosten für sich, für seine Frau und für drei Kinder aufbringen – und kam voller Erwartung auf der Belle-Île an. Dort wurde ihm jedoch die Tür vor der Nase zugeschlagen, denn plötzlich erinnerte sich Madame Sarah nicht mehr daran, eine solche Einladung ausgesprochen zu haben. Ja, sie behauptete sogar, den Offizier nie zuvor gesehen zu haben. Ein Freund von Madame lieh ihm das nötige Reisegeld, damit er wieder nach England zurückkehren konnte. Sie sehen also, liebe Susan, so liebenswürdig Madame Sarah ist, exzentrisch kann sie auch sein. Sie schließt schnell Freundschaften, vergisst sie ebenso schnell wieder, wenn neue Bekanntschaften in ihr Leben treten. Verstehen Sie mich bitte nicht falsch, ich liebe und verehre Madame Sarah, aber manchmal ist sie mit Vorsicht zu genießen.«

Susan wusste nicht, was sie dazu sagen sollte.

»Nun, ich glaube kaum, dass ich jemals nach Frankreich reisen werde«, murmelte sie schließlich und war dankbar, als Sarah Bernhardt eintrat und Christines Geplauder ein Ende machte.

Auf jeden Fall hatte Susan den Eindruck, in diesen wenigen Stunden bei Sarah Bernhardt mehr gelernt zu haben als andere in teuren Schauspielschulen. Darum war sie heute Morgen voller Optimismus zu Theodor Murphy gegangen, doch jetzt hatte sie nur einen einzigen Wunsch: so schnell wie möglich die Bühne zu verlassen und ihn und das Theater niemals wiederzusehen.

»Nur Mut, Mrs. Hexton«, forderte Theodor sie auf. »Wir haben noch niemanden gefressen.« Er lachte und zwinkerte seinem Sitznachbar zu. »Jedenfalls bis jetzt noch nicht, wobei mein Freund Jackmann heute noch nicht gefrühstückt hat.«

Beide Männer lachten über diesen Witz, der jedoch nicht dazu dienlich war, Susan etwas von ihrer Nervosität zu nehmen. Marcus Jackmann, so sollte sie später erfahren, war der Autor des Stückes, für das Theodor Murphy Darstellerinnen suchte. Daher war er bei dem Vorsprechen ebenfalls anwesend. Sie räusperte sich mehrmals und begann dann mit einem Monolog aus Shakespeares *Viel Lärm um nichts*, das nach wie vor ihr Lieblingsstück war.

Nach zwei Sätzen wurde sie von Murphy unterbrochen.
»So geht das nicht, Susan, Sie müssen lauter sprechen. Die Zuschauer auf den hinteren Rängen wollen schließlich auch etwas hören. Ihre Stimme muss den ganzen Raum füllen.«
Nun waren außer ihnen keine weiteren Personen im Theater, aber Susan verstand, was er meinte. Sie konzentrierte sich auf ihre Atmung.
»Sie müssen in den Bauch atmen«, hatte Sarah ihr geraten und Susans Hand auf ihren Bauch gelegt. »Spüren Sie, wie sich mein Bauch nach außen wölbt, wenn ich einatme? Und wie er sich bei der Ausatmung nach innen zieht?«
Susan legte beide Hände auf ihren Bauch und machte drei tiefe Atemzüge, dann begann sie erneut. Dieses Mal trug sie ihren knapp fünfminütigen Monolog vor, ohne unterbrochen zu werden. Nachdem sie geendet hatte, blickte sie gespannt in die Gesichter der beiden Männer, in denen sich jedoch keine Regung zeigte. Bange Minuten schienen zu vergehen, in Wirklichkeit wohl nur Sekunden, bis Theodor Murphy sagte: »Jetzt singen Sie bitte etwas.«
Susan schluckte. Damit hatte sie nicht gerechnet. Sie wusste nicht, ob sie eine schöne Singstimme hatte, denn außer für Jimmy hatte sie noch nie gesungen. Ihrem Jungen jedoch hatte es immer gut gefallen, er hatte seine kleinen Hände zusammengeschlagen und freudig gejuchzt.
»Ich habe nichts vorbereitet«, sagte Susan unsicher.
Theodor Murphy winkte ab.
»Das macht nichts. Sie werden ja wohl irgendein Lied kennen, nicht wahr?«
Susan konzentrierte sich wieder auf ihre Atmung, dann stimmte sie ein einfaches Kinderlied an, das Jimmy besonders gemocht hatte. Als der letzte Ton verklungen war, konnte sie erneut keine Reaktion auf den Gesichtern der Männer ablesen.
»Danke, Susan, bitte warten Sie draußen.«

Susan stolperte mehr, als dass sie ging, von der Bühne. Durch den Hinterausgang gelangte sie in einen kleinen Innenhof. Sie brauchte jetzt frische Luft.

»Ich war zu schlecht«, sagte sie leise zu sich. »Ich gehöre nicht auf die Bühne.«

Nervös ging sie auf und ab, immer acht Schritte in die eine Richtung, dann wieder acht Schritte in die andere. Sie fühlte sich in dem Hof wie in einer Gefängniszelle, wagte aber nicht, auf die Straße zu treten und sich weiter vom Theater zu entfernen. Sie hatte keine Uhr bei sich, daher erschien ihr die Wartezeit endlos. Von einem Kirchturm in der Nähe schlug es zur Mittagsstunde. Da Susan um zehn Uhr zum Vorsprechen gekommen war und kaum eine halbe Stunde auf der Bühne gestanden hatte, ließen sich die beiden Herren reichlich Zeit. Endlich erschien ein älterer Mann, der Portier, wie Susan später erfahren sollte, und bat sie ins Theater zurück. Das Herz klopfte ihr bis zum Hals, als sie wieder auf die Bühne trat, doch dann sah sie das aufmunternde Lächeln auf Theodor Murphys Gesicht.

»Mrs. Hexton«, sagte er, nun wieder förmlich, »wann können Sie anfangen?«

»Sofort …« Susan fehlten die Worte.

Murphy nickte. »Nächste Woche beginnen wir mit den Proben für ein Lustspiel. Ich werde Sie darin als eines der Blumenmädchen einsetzen. Es ist vorerst zwar nur eine kleine Sprechrolle, Sie können jedoch beweisen, wie ernst es Ihnen mit der Schauspielerei ist. Im nächsten Jahr planen wir ein musikalisches Stück. Ich finde, Sie haben eine sehr schöne Stimme, ich würde Sie gerne als Sängerin auf der Bühne sehen. Wenden Sie sich bitte an meine Mitarbeiterin, sie wird den Vertrag aufsetzen.«

Susan wusste immer noch nicht, was sie sagen sollte, so stammelte sie nur ein leises »Danke« und verließ die Bühne. Sie wurde bereits von einer kleinen, molligen Frau mit Brille erwartet.

»Herzlichen Glückwunsch, Susan«, sagte diese und streckte ihr die Hand entgegen. »Mein Name ist Dorothea Hawkins, aber alle nennen mich nur Doro. Willkommen in unserem Ensemble. Es ist dir doch recht, wenn ich dich Susan nenne? Wir duzen uns hier nämlich alle.«

»Ja, natürlich … Doro«, erwiderte Susan. »Ich bin völlig überrascht, ich hätte nie gedacht, dass ich überhaupt eine Chance habe …«

Doros Augen hinter den dicken Brillengläsern leuchteten.

»Ich habe dich auf der Bühne gehört, du bist wirklich gut.« Als sie Susans skeptischen Blick sah, fuhr sie lächelnd fort: »Das kannst du mir ruhig glauben. Auch wenn ich keine Schauspielerin bin, dazu ist mein Aussehen nicht ansprechend genug, so habe ich mein ganzes Leben in der Theaterwelt verbracht. Du musst wissen, meine Eltern waren auch Schauspieler, und so wurde ich in das Metier hineingeboren. Darum kann ich durchaus beurteilen, ob es jemand schafft, das Publikum zu erreichen, oder nicht. Und du, Mädchen, hast das Zeug dafür, du musst nur noch ein wenig Erfahrung sammeln.«

»Danke«, sagte Susan schlicht. Sie spürte, dass Doro es ehrlich meinte. Sie folgte ihr in ein kleines, fensterloses Büro, in dem ein Durcheinander herrschte, als wäre es gerade von Einbrechern durchwühlt worden. Auf allen Möbelstücken lagen Aktenordner und Papiere, selbst der Fußboden war mit allerhand Schriftkram und Büchern bedeckt. Offenbar hielt Doro nicht viel von Ordnung. Trotzdem zog sie zielsicher einen Ordner unter einem Stapel Zeitungen auf einem runden Tisch hervor, schob mit dem Arm ein Stück auf dem Schreibtisch frei und bat Susan, sich zu setzen. Susan entdeckte einen freien Stuhl und nahm auf ihm Platz.

Doro las ihr die Konditionen des Vertrages vor, in dem auch ihre Gage geregelt wurde. Susan verpflichtete sich vorerst für ein Vierteljahr, dann konnte der Vertrag sowohl von ihr als auch von Theodor Murphy, falls dieser mit ihrer Leistung nicht zufrieden sein sollte, ohne großes Aufhebens gekündigt werden. Sollte das nicht der Fall sein, verlängerte sich der Vertrag automatisch um ein volles Kalenderjahr. Die Gage, die Susan wöchentlich erhalten sollte, war nicht hoch, ihr kam es jedoch nicht auf das Geld an. Endlich hatte sie eine Aufgabe, für die es sich lohnte, morgens aufzustehen. Da fiel Susan etwas ein, und sie fragte: »Mein Zimmer, das ich derzeit bewohne, ist ein ganzes Stück von hier entfernt. Du kennst nicht zufällig eine gute und günstige Pension hier in der Nähe?«

Doro grinste, und zum ersten Mal dachte Susan, dass sie eigentlich ein ganz hübsches Gesicht hatte, wenn nur diese Brille nicht wäre und sie ihr dickes, dunkelblondes Haar vorteilhafter frisieren würde.

»Du hast Glück, Susan, bei uns ist ein Zimmer frei. Uns – das heißt, ich und drei andere Schauspielerinnen teilen uns eine Wohnung, und die eine ist letzte Woche ausgezogen, weil sie geheiratet hat. Somit haben wir Platz und sind auf der Suche nach einer neuen Mitbewohnerin. Am liebsten wäre uns natürlich jemand, der ebenfalls an diesem Theater engagiert ist, so kennt man sich wenigstens. Wenn du willst, kannst du dir das Zimmer nachher gleich ansehen.«

Susan konnte ihr Glück kaum fassen. Sie hatte nicht nur eine Stellung, sondern auch eine neue Bleibe gefunden. Das Argument, die vier Meilen von Fulham nach Covent Garden wären ihr zu weit, hatte Susan nur vorgeschoben. Früher war sie weiter zu ihrer Arbeitsstelle gelaufen, und heute konnte sie sich jederzeit eine Fahrt mit der U-Bahn oder in den motorisierten Bussen leisten. Susan wollte jedoch von Mrs. Oxcombe fort. Sie ahnte, dass die Wirtin eine Schauspielerin unter ihrem Dach nicht dulden würde, außerdem wollte Susan Ernest Hornsby nicht mehr sehen. Nicht nur, dass der junge Mann mit seinem verliebten Dackelblick ihr auf die Nerven ging – er und sein Vorgesetzter wussten zu viel von ihrer Vorgeschichte. Sie würde Jimmy nicht zurückbekommen, damit hatte Susan sich abgefunden, daher war es besser, die Vergangenheit zu vergessen und einen Schnitt in ihrem Leben zu machen. Sie wollte die Leute glauben lassen, sie wäre Witwe, und ihre Kinder mit keinem Wort erwähnen.

Am Nachmittag schaute sie sich das Zimmer in der Wohngemeinschaft an. Das fünfstöckige Haus lag nur zwei Querstraßen vom Theater entfernt in einer Reihe von Häusern, die sich wie ein Ei dem anderen ähnelten. Die Wohnung war im Dachgeschoss und bot einen fantastischen Blick über die Dächer der Stadt bis hin zur Themse. Das freie Zimmer war großzügig geschnitten und vollständig möbliert. Es verfügte sogar über einen kleinen Ofen, auf dem sich Susan Teewasser und kleine Speisen zubereiten konnte. Ansonsten teilten sich die vier Frauen die Küche und das Bad, in dem es eine Toilette mit Wasserspülung und eine Badewanne mit fließendem Wasser gab. Da an diesem Nachmittag keine Proben angesetzt waren, konnte Doro Susan gleich die Mitbewohnerinnen vorstellen.

»Das sind Joan und Hetty, zwei patente Frauen, mit denen man auskommen kann, auch wenn sie manchmal etwas anstrengend sind«, sagte Doro schmunzelnd.

Die Brünette, Joan, knuffte Doro spielerisch in die Seite.

»Na, es fragt sich, wer es hier mit wem aushält.« Sie lachte und schüttelte Susans Hand. »Willkommen im Club, wir sind gar nicht so schlimm. Es freut mich, dass du nicht nur mit uns zusammenarbeitest, sondern auch bei uns wohnen willst.«

Hetty, eine schlanke, große Frau mit so blonden Haaren, dass sie beinahe weiß wirkten, begrüßte Susan ebenso herzlich.

»Du bist also die Neue«, stellte sie fest, musterte Susan eindringlich und nickte dann. »Du bist hübsch, ohne Zweifel. Wenn du auch noch was kannst, dann wirst du bestimmt bald Erfolg haben.«

Susan freute sich über die herzliche Aufnahme. Der Mietpreis für das Zimmer war zwar fast doppelt so hoch wie bei Mrs. Oxcombe, aber ihr Zimmer war nicht nur größer, sondern lag auch zentraler und war damit das Geld wert. Sie vereinbarte, gleich am nächsten Tag einzuziehen, damit sie am kommenden Montag, wenn für sie die Proben begannen, vollständig eingerichtet war.

Noch am selben Abend packte Susan ihre Sachen und kündigte bei Mrs. Oxcombe. Die Wirtin war über Susans plötzlichen Auszug wenig erfreut, denn sie hatte gehofft, in der jungen Witwe eine Dauermieterin wie in Ernest Hornsby gefunden zu haben, an denen sie mehr verdiente als an den Leuten, die nur wenige Nächte blieben. Als Mrs. Oxcombe jedoch hörte, dass Susan nun zum Ensemble des *Blue Horizon Theatre* gehörte, verdüsterte sich ihr Gesicht, wie von Susan vermutet.

»Sie werden Schauspielerin?« So, wie Mrs. Oxcombe das Wort aussprach und verächtlich ihre Mundwinkel nach unten zog, klang und wirkte es, als wolle Susan als Prostituierte arbeiten, was wahrscheinlich für Frauen von Mrs. Oxcombes Alter und Erziehung ein und dasselbe war. »Nun, Sie müssen wissen, was Sie tun.«

Susan ließ sich durch das Verhalten der Wirtin nicht verunsichern. Als sie am nächsten Tag in die Wohnung bei Covent Garden zog, sah sie einer neuen, einer besseren Zukunft entgegen.

Schon nach einer Woche musste Susan feststellen, dass Theodor Murphy ein sehr penibler, unermüdlicher und auch strenger Regisseur war. Das Stück hieß *Laura's Dream* und handelte von einem einfachen Mädchen, das sich in einen jungen Mann der Upper Class verliebte, der zudem einer anderen versprochen war. Nach einigen Verwicklungen entschied sich der Mann jedoch dafür, seinem Herzen zu folgen, und es kam zu einem glücklichen Ende. Die Dialoge waren gespickt mit Humor, denn *Laura* war eine schlagfertige Frau, die jede Situation mit Wortwitz meisterte. Das Stück war eine romantische Komödie, nicht sehr anspruchsvoll, aber leicht zu verstehen und genau das Richtige für einen entspannenden Abend, wie Theo meinte.

»Tagein, tagaus müssen sich die Menschen mit Problemen herumschlagen«, erklärte Theo. »Da sehnen sie sich danach, sich am Abend einfach gemütlich hinzusetzen, die Beine auszustrecken und sich von etwas Unkompliziertem und Leichtem berieseln zu lassen. Wir spielen hier schließlich nicht für die Damen und Herren des Adels, sondern für das einfache Volk, das es sich leisten kann, ein Theater zu besuchen. Shakespeare ist unserem Publikum zu anspruchsvoll, es liebt das Blue Horizon wegen seiner leichten Stücke.«

Außer Joan und Hetty gehörten noch zwei weitere junge Frauen und drei Männer zum Ensemble. Zwei der Männer waren in Susans Alter, der dritte Mann ging bestimmt schon auf die fünfzig zu und wurde für Vaterrollen eingesetzt. Die Männer begrüßten Susan herzlich, und die Jüngeren ließen ihre Blicke unverhohlen über Susans schlanke Figur gleiten. Damit hatte Susan keine Probleme, denn bald würden Hunderte von Leuten sie betrachten. Sollten ihre Kollegen zudringlich werden, so würde sie sich ihrer Annäherungen erwehren können. Sie war hier, um zu spielen, zu nichts anderem.

Sie probten täglich von acht bis zwölf Uhr, dann hatten sie eine Stunde Mittagspause, in der sie meistens in ein benachbartes Lokal gingen, danach wurden die Proben bis sechs Uhr am Abend fortgesetzt. Wenn Theo, wie der Regisseur allgemein genannt wurde, nicht zufrieden war, scheute er sich nicht, die Mädchen einzelne Szenen wieder und wieder proben zu lassen, auch wenn es bis spät in die Abendstunden hinein dauerte. Obwohl Susan, ebenso wie ihre Mitbewohnerin Joan, nur eine kleine Rolle in dem neuen Stück hatte, mussten sie dennoch die ganze Zeit über anwesend sein. Oft saßen sie stundenlang tatenlos in den Kulissen herum, stets bereit, auf Theos Ruf hin auf die Bühne zu eilen.

»Ist manchmal ganz schön langweilig, nicht wahr?«, sagte Joan und zündete sich eine Zigarette an. »Willst du auch eine?«
Susan lehnte ab, sie hatte noch nie geraucht und wollte damit auch nicht anfangen, obwohl es immer mehr Frauen gab, die diesem Laster frönten und sich nicht scheuten, auch in der Öffentlichkeit zu rauchen.
»Es ist trotzdem faszinierend«, sagte Susan und verfolgte das Spiel auf der Bühne. »Ich kann mir nur nicht vorstellen, wie wir es schaffen sollen, das Stück in fünf Wochen aufzuführen. Es ist doch erst rund ein Viertel geprobt.«
Joan lachte und inhalierte tief den Rauch.
»Das schafft Theo schon, keine Bange. Ich arbeite jetzt seit drei Jahren für ihn. Manchmal ist er etwas derb, fast schon grob, und ein Lob kommt ihm selten über die Lippen. Schlussendlich jedoch werden seine Stücke immer große Erfolge, und du kennst ja den Spruch: Vor den Erfolg hat der liebe Gott den Schweiß gesetzt.«
Susan lachte, dann wurden die Blumenmädchen auf die Bühne gerufen. Am Anfang des Stückes gab es eine Szene, die in Covent Garden spielte, was sehr passend war, und Susans Rolle bestand darin, einem fein gekleideten Herrn einen Strauß Veilchen zu verkaufen. In der vergangenen Woche hatte sie den Satz: »Mein Herr, bitte kaufen Sie einen Strauß. Die Blumen sind ganz frisch und duften köstlich, sie werden Ihre Frau erfreuen«, sicherlich über hundert Mal gesagt. Wenn sie daran dachte, dass sie im mittleren Teil wieder einen Auftritt, der dann knappe fünf Minuten dauern sollte und mehrere Sätze beinhaltete, hatte, wurde ihr angst und bange. Wenn Theo sie diese kleine Szene immer und immer wiederholen ließ – wie lange sollte es dann mit der längeren dauern?

Das Zusammenleben mit Doro, Hetty und Joan gestaltete sich mehr als angenehm. Zum ersten Mal in ihrem Leben hatte Susan so etwas wie Freundinnen. Früher war ihr wegen der harten

Arbeit keine Zeit für Freundschaften geblieben, einzig Lilo und sie waren sich etwas nähergekommen, und so genoss Susan das Zusammensein mit den Frauen sehr. Joan war in ihrem Alter, Hetty zwei Jahre jünger, während Doro, die im Herbst dreißig wurde, die Älteste war. Da sie zudem als Sekretärin so etwas wie die rechte Hand Theos war und andauernd mit ihm zusammensteckte, spielte sie sich in ihrem Haushalt gerne als Mutter auf. Dies machte Doro aber auf eine so liebenswürdige Art und Weise, dass niemand ihr ihre bestimmende Art krummnahm.

»Es ist doch auch schön, ein wenig bemuttert zu werden«, bemerkte Joan, die ihre Eltern schon im Kindesalter verloren hatte und in einem Waisenhaus aufgewachsen war. »Was ist eigentlich mit dir, Susan? Leben deine Eltern noch?«

Susan bemühte sich um ein unverbindliches Lächeln.

»Mein Vater ist schon lange tot, meine Mutter starb vor ein paar Jahren«, antwortete sie. Ihre Kolleginnen sollten nicht erfahren, dass ihre Mutter wahrscheinlich immer noch als Fischweib in Billingsgate um ihr tägliches Dasein kämpfte und sich mit Alkohol betäubte. Joans Frage hatte jedoch Susan an etwas erinnert, was sie für abgeschlossen gehalten hatte. Wahrscheinlich war es wenig christlich, dass sie nicht versuchte, herauszufinden, ob ihre Mutter noch am Leben war, und, wenn ja, ihr etwas von dem Geld abgab, damit diese den armen Verhältnissen den Rücken kehren konnte. Susan konnte sich jedoch nicht dazu aufraffen, diesen Schritt zu tun. Für sie war ihre Mutter tot, zu sehr hatte sie unter deren Verhalten und ihrer Trunksucht gelitten. Niemals wieder wollte sie nach Billingsgate gehen und dort jemanden aus ihrer Vergangenheit treffen. Das war ein Kapitel ihres Lebens, das Susan für immer vergessen wollte.

Susan besuchte die letzte Vorstellung von Sarah Bernhardt, die diese in London gab. Aufgrund ihres immensen Erfolges hatte sich die Diva überreden lassen, ihre Gastspielreise um einige

Wochen zu verlängern und die Auftritte in Frankreich zu verschieben. Sie war durch halb England gereist, um an allen großen Bühnen des Landes zu spielen. Madame Sarah wurde in York, Lancaster, Manchester, Exeter oder Brighton ebenso gefeiert wie in der Hauptstadt. Zum letzten Mal führte sie nun die *Phédre* im *Gaiety-Theatre* auf, und es verstand sich von selbst, dass auch diese Vorstellung vor ausverkauftem Haus stattfand. Ja, es standen sogar an die hundert Menschen auf der Straße vor dem Theater, die hofften, einen letzten Blick auf die große Schauspielerin werfen zu können, bevor sie England den Rücken kehrte. Als Susan die Diva nach der Vorstellung in ihren Privaträumen aufsuchte – dieses Mal gab sie nur einen kleinen Empfang mit rund zwei Dutzend Gästen –, war sie sehr traurig, dass sie die Frau wohl lange nicht wiedersehen würde, denn in den nächsten Jahren war keine neue Englandtournee geplant. Christine fungierte wieder als Übersetzerin, und so konnte Susan für alles danken, was Sarah für sie getan hatte.

Wohlwollend nickte Madame Sarah, als sie hörte, dass Susan sich entschlossen hatte, Schauspielerin zu werden.

»Es gibt keinen schöneren Beruf auf dieser Welt«, übersetzte Christine. »Denn wo sonst kann man jeden Tag jemand anderer sein? Nicht nur sein Aussehen, sein Haar und seine Kleidung wechseln, sondern auch den Charakter. Mal bist du ein naives junges Mädchen, das seine erste große Liebe erlebt, und einen Tag später vielleicht eine kaltblütige Mörderin, die ihrem Feind den Dolch mitten ins Herz rammt. Trotzdem, oder gerade deswegen, lieben dich die Menschen. Nur eines solltest du niemals vergessen.« Madame Sarah winkte Susan zu sich heran und legte eine Hand auf deren Kopf. Sie senkte ihre Stimme, als sie fortfuhr: »Gleichgültig, wen du auf der Bühne darstellst und in welches Kostüm du schlüpfst – bleib in deinem Herzen immer du selbst. Tue nie etwas, zu dem dir dein Herz nicht rät, aber tue stets das, zu dem dein Herz dir rät. Das gilt im Beruf wie in der

Liebe.« Madame Sarah lächelte, und ihr Blick schweifte versonnen in die Ferne. »In meinem Leben habe ich viele Liebhaber gehabt. Warum sollte ich es leugnen, es weiß ohnehin die ganze Welt, und ich hoffe, es werden noch zahlreiche folgen, denn die Liebe stirbt nicht mit dem Alter. Manche Männer haben mir mehr bedeutet, manche weniger oder waren nur Mittel zum Zweck. Dennoch habe ich jeden einzelnen von ihnen in mein Herz geschlossen, und die Erinnerung an die gemeinsamen Stunden werden erst bei meinem Tod weichen. Du bist noch jung, liebe Susan, beneidenswert jung. Gleichgültig, was das Leben dir bringen und wohin dein Weg gehen wird – vergiss niemals, zu lieben. Liebe bedeutet zwar oft auch Verzicht und Schmerz. Schmerzen, die dich denken lassen, es würde dich innerlich zerreißen und du könntest keinen einzigen Tag länger ohne den geliebten Menschen leben, aber wir Menschen, besonders wir Frauen, sind stärker, als wir vermuten. Irgendwann lässt dieser Schmerz nach und wird nur noch eine bittersüße Erinnerung sein. Also, liebe Susan, verlerne niemals, auf dein Herz zu hören.«
Tief ergriffen von dieser langen Rede verabschiedete sich Susan von Sarah Bernhardt. Die Frau hatte nicht nur ihr Leben verändert, sondern ihr auch aus der Seele gesprochen. Allerdings war der Schmerz der verlorenen Liebe, der in Susans Herzen tobte, nicht die Sehnsucht nach einem Mann. Niemals hatte Susan einen Mann, auch nicht Paul, derart heftig geliebt, aber der Gedanke an ihre Kinder ließ sie manchmal verzweifeln. Und es war nicht nur Jimmy, nach dem sich Susan so sehr sehnte, dass es weh tat, sondern auch ihr kleines Mädchen. Anabell … das Kind, das aus einer Gewalttat entstanden war und das sie niemals gewollt hatte. Das Kind, das sie für tausend Pfund verkauft und alle Rechte an ihr abgetreten hatte. Das Kind, welches sie niemals im Leben wiedersehen und niemals erfahren würde, wie es ihm erging. Wenn das Liebe war, dann wollte Susan niemals wieder

lieben. Weder einen Mann noch ein Kind oder sonst jemanden auf dieser Welt. Liebe bedeutete Schmerz, und Susan wollte nicht leiden. Nein, sie würde ihr Herz verschließen, und niemandem sollte es gelingen, diesen Schutzwall zu durchbrechen.

Der Abend der Premiere war für Susan einer der schönsten Tage in ihrem Leben. Theodor Murphy hatte ein wunderbares Stück auf die Bühne gebracht, und das Publikum war begeistert. Auch wenn die Handlung nicht sehr anspruchsvoll war, so waren alle Vorstellungen zwei Wochen im Voraus ausverkauft. Dank Theos unermüdlicher Geduld bei den Proben brachte Susan ihre Szenen mit lauter, klarer Stimme und ohne einen einzigen Texthänger auf die Bühne. Hatte sie bislang gezweifelt, ob die Schauspielerei wirklich das Richtige für sie war, so wusste sie an diesem Abend, dass sie nichts anderes tun wollte. Obgleich ihre Rollen noch klein und unbedeutend waren und sie niemals wie Sarah Bernhardt brillieren würde, konnte sie sich ein Leben ohne Theaterluft nicht mehr vorstellen.
Nach der Vorstellung lud Theo das ganze Ensemble zu einem Umtrunk in ein Lokal ein, um dort die Premiere zu feiern. Theo geizte nicht, der Champagner floss in Strömen, es wurde getanzt und gelacht, und jeder beglückwünschte jeden zu der gelungenen Vorstellung. Nie zuvor hatte Susan sich derart amüsiert. Sie wechselte die Tänzer, flirtete mit dem einen oder anderen, zu mehr ließ sie sich jedoch nicht hinreißen. Der Morgen dämmerte bereits, und die ersten Vögel zwitscherten in den Bäumen, als sie, Doro, Joan und Hetty das Lokal verließen.
»Gut, dass wir heute Abend freihaben«, sagte Joan und gähnte herzhaft. »Ich glaube, ich werde den ganzen Tag schlafen.«
»Ich bin viel zu aufgeregt, um schlafen zu können.« Susan fühlte sich immer noch wie berauscht, aber nicht nur vom Champagner, sondern von der Erkenntnis, dass sie endlich ihren Weg in ein neues Leben gefunden hatte.

Doro drohte ihr spielerisch mit dem Finger.
»Glaube jetzt ja nicht, dass wir nach jeder Vorstellung ein solches Fest feiern. Das macht Theo nur nach der Premiere und auch nur, wenn er mit dieser vollkommen zufrieden war. Ihr werdet euch nicht auf euren Lorbeeren ausruhen können, denn Theo erwartet, dass jede Vorstellung die vorhergehende übertrifft. Und in zwei Monaten beginnen die Proben für das Singspiel. Die werden um ein Vielfaches härter werden als das, was ihr bisher geleistet habt.«
»Du alte Unke.« Lachend schloss Hetty Doro in die Arme. »Wir wissen, was Theo von uns erwartet, und wir wissen auch, was wir an ihm haben. Keine Sorge, wir werden unser Bestes geben, aber heute dürfen wir einmal so richtig ausgelassen sein, nicht wahr?«
Eingehakt schlenderten die vier Frauen durch die erwachenden Straßen. Plötzlich trat ihnen ein Mann in den Weg. Susan erkannte ihn sofort.
»Stephen! Was machst du denn hier?«
Stephen Polkinghorn zog seinen Hut und deutete eine Verbeugung an.
»Ich habe dich auf der Bühne gesehen, Susan.« Sein Blick hielt sie fest. »Leider konnte ich an eurer kleinen Feier nicht teilnehmen, da waren nur geladene Gäste zugelassen. Du bist also Schauspielerin geworden.«
»Na und? Hast du etwa was dagegen?« Susan wusste, sie hörte sich schnippisch an, aber sie hatte nicht geglaubt, Stephen jemals wiederzusehen.
»Keinesfalls, es ist dein Leben.« Stephens Blick wanderte zu den anderen Frauen. »Möchtest du mich nicht deinen Freundinnen vorstellen?«
Susan tat wie geheißen. Ihr entging nicht der Blick, den Hetty Stephen zuwarf, als dieser deren Hand nahm und einen Kuss andeutete. Hetty hatte keinen Freund und war auch kein Mäd-

chen, das leichtfertig flirtete, obwohl sie mit ihrer Schönheit alle Möglichkeiten dazu hätte, daher war Susan etwas beunruhigt. Nach ein paar höflichen Worten verabschiedete sich Stephen, und die Frauen gingen in die andere Richtung davon.

»Du hast uns nie erzählt, was für interessante und gutaussehende Männer du kennst«, sagte Hetty prompt, als Stephen außer Hörweite war. »Ist er dein Liebhaber?«

»Das möge Gott verhüten«, rief Susan. »Und dir rate ich, verlieb dich bloß nicht in ihn. Stephen Polkinghorn bricht reihenweise die Herzen der Frauen, ohne auch nur ein Wort von dem, was er sagt, ernst zu meinen. Zudem ist er der Spross eines alten Adelsgeschlechts und kann schon deshalb mit einer von uns nicht mehr als eine Affäre beginnen.«

»Na und? Was hast du gegen Affären?« Mit einer aufreizenden Bewegung warf Joan ihr offenes Haar zurück. »Zumindest wenn es sich um einen so attraktiven Mann wie Polkinghorn handelt. Wir sind nur einmal jung, und das Leben ist ohnehin kurz. Ich hoffe, wir werden Polkinghorn recht bald wiedersehen.«

Ich nicht, dachte Susan, schwieg jedoch. Sie war froh, dass sie sich von Stephen nicht zu mehr als zu diesem einen harmlosen Kuss hatte hinreißen lassen. Wäre sie mit ihm ins Bett gegangen, würde sie sich jetzt furchtbar schämen, nur eine unter vielen gewesen zu sein. So jedoch konnte sie hocherhobenen Hauptes in den Spiegel schauen.

Der Sommer war in diesem Jahr heiß und trocken. Obwohl viele Städter London verließen, um auf ihren Landsitzen Abkühlung und frische Luft zu suchen, machte das *Blue Horizon* keine Sommerpause. *Laura's Dream* lief nach wie vor gut, wenngleich nicht mehr alle Vorstellungen ausverkauft waren. Mit jeder Vorstellung gewann Susan mehr Sicherheit, und sie freute sich auf die Proben für das neue Stück, in dem sie eine größere Rolle erhalten sollte.

Es war unvermeidlich, dass Stephen Polkinghorn noch ein paar

Mal im Theater auftauchte. Susan wechselte ein paar höfliche Worte mit ihm, immer mit dem Hinweis, sie sei schrecklich in Eile und habe keine Zeit für eine längere Plauderei oder gar für eine Verabredung. Susan wollte einfach mit allem, was sie an die Vergangenheit, an Lady Lavinia und Sumerhays und an ihre Tochter erinnerte, nichts mehr zu tun haben. Nachdem sie Stephen mehrmals abgewiesen hatte, stellte sie fest, dass Hetty Stephens Einladungen annahm und an ihren freien Abenden mit ihm ausging.
Na, wenn schon, dachte Susan, Hetty war erwachsen und wusste, was sie tat. Es war nicht Susans Aufgabe, Hetty wie eine ängstliche Mutter zu beschützen. Sie hatte die Kollegin vor Stephen gewarnt – der Rest war allein Hettys Angelegenheit. Susan hoffte nur, Stephen würde Hetty nicht das Herz brechen, denn sie mochte die junge Schauspielerin sehr. Oder, schlimmer noch, er würde sie schwängern und sich dann aus dem Staub machen.
In den Monaten September und Oktober wurde Susan die Sorge um Hetty und Stephen abgenommen. Für das ganze Ensemble überraschend, verkündete Theo, sie würden auf Tournee durch Großbritannien gehen. Susan war wie alle ihre Kollegen und Kolleginnen nicht nur begeistert, sondern auch voller nervöser Anspannung. In dem Ensemble brach eine hektische Betriebsamkeit aus, denn für eine fast achtwöchige Gastspielreise mussten unzählige Dinge vorbereitet werden. Die Kostüme wurden durchgesehen und, wenn nötig, ausgebessert, und ein Teil der Kulissen, die sie mitnehmen wollten, musste neu gezimmert und bemalt werden. Theo setzte zwei Proben in der Woche zusätzlich an, obwohl alle meinten, das Stück zu beherrschen, aber er wünschte, dass sich alle Schauspielerinnen und Schauspieler nochmals steigerten, wenn sie in fremden Städten auftraten.
Die Tournee führte die Truppe durch das ganze Land. Susan lernte die Arbeiterstädte Birmingham und Manchester kennen, in denen sich, vom Kohlenstaub geschwärzt, ein Haus an das andere reihte; sie ging an der meilenlangen Strandpromenade von

Blackpool spazieren, ließ sich das Haar vom böigen Seewind zerzausen und war von Schottlands Hauptstadt Edinburgh so fasziniert, dass sie gerne mehr Zeit dort verbracht hätte. Der Reiseplan war jedoch straff organisiert, und so hatte die Truppe kaum Gelegenheit, sich die Sehenswürdigkeiten der Städte anzusehen. Sie spielten in Glasgow ebenso wie in Aberdeen und Inverness, und Susan bedauerte, dass auch hier die Zeit fehlte, einen Abstecher zu Loch Ness zu machen, um vielleicht einen Blick auf das berühmte Monster werfen zu können. Susan lernte Caernarfon in Nordwales kennen, den Ort, in dem seit Jahrhunderten der Prince of Wales gekrönt wurde, ebenso wie Cardiff, eine vom Kohlebergbau beherrschte und dadurch wenig schöne Stadt. Die Leute jedoch strömten auch hier ins Theater, und Theo hatte recht behalten – *Laura's Dream* war genau die richtige Kost für hart arbeitende Menschen, die für ein paar Stunden die Kümmernisse des Alltags vergessen wollten.

Die Wochen vergingen wie in einem Rausch, und Susan war so glücklich wie nie zuvor. Die Zeit ihrer Kindheit und Jugend, ihre Ehe mit Paul, ja, selbst ihre Schwangerschaft und der Verlust von Anabell und Jimmy kamen ihr vor, als wäre dies alles nicht ihr, sondern einer anderen Person widerfahren, einer Frau, die mit der heutigen Susan Hexton nichts mehr gemein hatte. Das andere Leben – so nannte Susan ihre Vergangenheit, und das würde es immer für sie bleiben – ein anderes Leben, in das sie niemals wieder zurückkehren wollte.

Gegen Ende der Tournee erreichten sie Plymouth in der Grafschaft Devon. Es war Ironie des Schicksals, dass ihr Stück im Theater in der Union Street aufgeführt wurde, in das Stephen Polkinghorn Susan damals eingeladen und in dem sie ihr erstes Bühnenstück gesehen hatte. Es hatte sich nichts verändert, und Susan erwartete fast, Janna Howard zu begegnen, aber offenbar spielte dieses Ensemble nicht mehr an diesem Haus. Sie fragte den Portier nach Janna, der ihr jedoch keine Auskunft geben konnte, da er erst seit dem Sommer in dem Theater arbeitete. Es war ein ergreifender Moment, die Bühne zu betreten, wo für Susan alles angefangen hatte. Wenn sie zurückdachte, so war ihr klar, dass sie bereits damals tief in sich den Wunsch gespürt hatte, Schauspielerin zu werden. Sie hatte Janna Howards Texte für sich interpretiert und bemerkt, was die junge Schauspielerin anders und besser hätte machen können. An diesem Abend spielte Susan ihre beiden kurzen Szenen mit derart viel Gefühl, dass Theo ihr nachher wohlwollend auf die Schulter klopfte.

»Wird Zeit, dass du eine größere Rolle bekommst, Mädchen. Wäre schade um dein Talent, dich im Hintergrund zu lassen.«

Dieses Kompliment – denn Theo lobte höchst selten, aber wenn, dann konnte man sich darauf verlassen, dass er es ernst meinte – versetzte Susan in Hochstimmung, und sie fühlte sich leicht und beschwingt wie nach einem guten Glas Champagner. Da sie drei Tage in Plymouth gastierten und zwei Abendvorstellungen gaben, hatte das Ensemble ausnahmsweise einen Tag zur freien Verfügung. Früh am Morgen schlenderte Susan hinunter zum Fährhafen. Hier war sie damals mit Stephen aus Cornwall angekommen … Sie kniff die Augen zusammen und spähte über den Fluss. Der Schmerz kam so unerwartet, dass Susan keuchend nach Luft schnappte. Es war, als würde ihre Brust innerlich zerrissen, und unvermittelt liefen ihr die Tränen über die Wangen, und es gelang ihr nicht, mit dem Weinen aufzuhören. Die plötzliche Erkenntnis, dass dort drüben – nur getrennt vom Fluss Tamar – vielleicht ihr Kind war, fuhr ihr wie ein stechender Schmerz ins Herz. Susan wusste nicht, ob sich die Callingtons in London aufhielten, es bestand jedoch die Möglichkeit, dass Lady Lavinia und Anabell auf Sumerhays weilten. Anabell – sie war jetzt ein halbes Jahr alt. Vielleicht konnte sie bereits sitzen, und ganz sicher hielt sie Lavinia für ihre Mutter.

Susan lehnte sich gegen eine Mauer und versuchte, sich zu beruhigen. In diesem Moment legte eine Fähre an. Sie überlegte

nicht lange, sondern lief zur Anlegestelle und löste ein Ticket nach Torpoint. Während der Fahrt stand sie an Deck, obwohl der Oktoberwind ihr schneidend ins Gesicht blies. In Torpoint angekommen, nahm sie sich eine Droschke und ließ sich nach Sumerhays bringen. Glücklicherweise hatte Susan heute Morgen ihre Geldbörse eingesteckt, obwohl sie nur einen kurzen Spaziergang machen wollte. Sie hatte keine Ahnung, was sie auf dem Landsitz erwartete. Auf keinen Fall konnte sie einfach an die Tür klopfen und verlangen, ihre Tochter zu sehen. Die Abmachung mit Lavinia Callington, niemals wieder mit ihr oder jemandem der Familie in Kontakt zu treten, musste sie respektieren, denn sie war dafür gut bezahlt worden.
Eine halbe Meile vor dem Torhaus bat Susan den Kutscher, zu halten und auf sie zu warten.
»Die Wartezeit kostet aber was«, brummte der Kutscher in seinem cornischen Akzent.
»Keine Sorge, guter Mann, Sie werden Ihren Lohn bekommen. Bitte warten Sie, ich muss bald wieder zurück zur Fähre.«
Vor dem Torhaus blieb Susan stehen. Das hohe, schmiedeeiserne Tor zur Auffahrt nach Sumerhays war geschlossen, auch im Pförtnerhaus regte sich nichts. Susan wusste nicht, was sie sagen sollte, falls jemand öffnete, trotzdem klopfte sie an die blaugestrichene Tür. Im Haus regte sich jedoch nichts. Sie versuchte, das Tor zu öffnen, aber ein großes Vorhängeschloss versperrte ihr den Weg. Offenbar hielt sich derzeit niemand auf Sumerhays auf.
Susan wandte sich gerade ab, um zur Kutsche zurückzugehen, als eine alte, ganz in Schwarz gekleidete Frau mit krummem Rücken die Straße entlangkam. Sie musterte Susan kurz und rief dann: »Die Herrschaften sind nicht da.«
Susan trat näher zu der Frau.
»Ich bin eine Bekannte der Familie und war zufällig in der Nähe. Ist Sumerhays derzeit nicht bewohnt?«

Die Alte schüttelte den Kopf.
»Nee, die sind vor zwei oder drei Wochen alle in die Stadt gefahren, um den Winter dort zu verbringen. Versteh ich zwar nicht, denn in Cornwall ist es milder, aber es geht mich ja nichts an. Mein Mann und ich sind nur Pächter.«
»Oh, dann kennen Sie Lady Lavinia?«, fragte Susan mit einem unverbindlichen Lächeln. »Vielleicht auch ihre Tochter. Anabell ist ihr Name, nicht wahr?«
Die Pächtersfrau lächelte und nickte.
»Natürlich, ist ein entzückendes kleines Mädchen. Wenn man bedenkt, wie lang Ihre Ladyschaft auf Mutterglück warten musste, ist es kein Wunder, dass die Kleine nach Strich und Faden verwöhnt wird.«
Susans Herzschlag beschleunigte sich.
»Dann geht es Anabell also gut?«
»Mehr als gut, alle behandeln sie wie eine kleine Prinzessin.«
»Und sie ist gesund?«
»Soviel ich weiß, ja.« Plötzlich wurde die Alte misstrauisch. »Wenn Sie 'ne Bekannte der Familie sind … warum fragen Sie mich das alles? Müssten Sie doch selber wissen.«
»Letztes Jahr hielt ich mich in Schottland auf.« Blitzschnell und überzeugend kam Susans Antwort, ihre Erfahrung als Schauspielerin machte sich bezahlt. »Deshalb habe ich Lady Lavinias Kind noch nie gesehen, meine Freundin schrieb mir nur in langen Briefen von ihr. Da ich nun zufällig in der Gegend bin, wollte ich die Gelegenheit nutzen, meine Glückwünsche persönlich vorzutragen.«
»Ach so, nun ja, das geht mich auch nichts an«, murmelte die Alte. »Wenn Sie die Familie besuchen wollen, müssen Sie schon nach London fahren.«
Die Alte setzte ihren Weg fort, und Susan ging langsam zur Kutsche zurück. Während der Fahrt nach Torpoint fragte sie sich, was sie eigentlich getan hätte, wenn Lady Lavinia und Anabell in Sumerhays gewesen wären. Nichts – sie wäre ebenso unverrich-

teter Dinge nach Plymouth zurückgekehrt. Die Begegnung mit der Pächterin war jedoch ein glücklicher Zufall gewesen. Susan wusste nun immerhin, dass ihre kleine Tochter gesund war und dass es ihr gutging. Genau das hatte sie für Anabell gewollt, warum schmerzte der Gedanke an sie dennoch wie ein Geschwür in ihrer Brust?

Wenige Tage vor Weihnachten – es schneite zum ersten Mal in diesem Winter, und das Ensemble hatte mit den Proben für das Singstück, das im Frühjahr im *Blue Horizon* aufgeführt werden sollte, begonnen – bat Theo Susan in sein Büro.

»Heute Vormittag erhielt ich den ersten Entwurf des Plakates für das neue Stück«, sagte er und bat Susan, sich neben Doro, die bereits im Büro war, zu setzen. »Ich möchte wissen, was ihr davon haltet.«

Das Stück hieß *Die Elenden* und stammte aus der Feder des französischen Schriftstellers Victor Hugo, der – wie Susan wusste – zu Lebzeiten ein enger Freund von Sarah Bernhardt gewesen war. Theodor Murphy hatte sich für dieses eher ernste Stück entschieden, es jedoch mit Gesangseinlagen etwas leichter und lockerer gemacht. Susan sollte die junge, verarmte Fantine darstellen, die zwar etwa in der Mitte der Handlung stirbt, im ersten Teil aber eine große und tragende Rolle hat.

Auf Theos Schreibtisch lag ein großes Plakat ausgebreitet, das Theo den beiden Frauen hinschob. Doro und Susan beugten sich vor und studierten gemeinsam den Text. In großen, fettgedruckten Buchstaben wurde das neue Stück angekündigt und die Darsteller aufgeführt. Links standen die Rollennamen, rechts daneben die Namen der Schauspieler. Hinter dem Namen *Fantine* war jedoch nichts eingetragen, und Susan schluckte. Hatte Theo es sich anders überlegt und besetzte die Rolle nicht mit ihr, obwohl sie seit Wochen unermüdlich probte? Joan hatte ebenfalls eine schöne Singstimme, auch Hetty konnte sich hören lassen.

Die beiden Kolleginnen waren bisher für andere, nicht so tragende Rollen vorgesehen gewesen.
»Es ist gut gelungen«, sagte Susan leise und wagte nicht, Theo anzusehen.
»Es ist der erste Entwurf.« Theo grinste, kam um den Schreibtisch herum und stieß Susan mit einem Finger in die Rippen. »Es wird dir sicher nicht entgangen sein, dass noch etwas fehlt.«
Susan nickte, und Doro brachte die Sache auf den Punkt.
»Susans Name fehlt, Theo. Hinter der Fantine ist ein leerer Fleck.«
Theo setzte sich halb auf den Schreibtisch und sagte: »Bitte, hör mir einen Moment zu, Susan.«
Susan wurde es flau im Magen, denn plötzlich wirkte Theo ungewöhnlich ernst. Gleich würde er ihr sagen, dass sie in den bisherigen Proben nicht überzeugte, obwohl sie Tag und Nacht geübt und sich alle Mühe gegeben hatte. Da ihr Name auch nicht in einer kleineren Nebenrolle erwähnt wurde, beendete Theo vielleicht gar ihren Vertrag mit dem Theater? Hatte sie sich und ihre Leistung derart überschätzt?
»Theo, ich versuche, mein Bestes zu geben …«, begann sie, wurde aber von Theo mit einer Handbewegung unterbrochen.
»Susan, du weißt, dass das Stück *Die Elenden* ein Risiko für unser Theater ist. Etwas Vergleichbares wurde hier nie zuvor aufgeführt, unsere potenziellen Besucher kennen Victor Hugo, obwohl er einer der größten Dramatiker des letzten Jahrhunderts ist, wahrscheinlich gar nicht. Aus diesem Grund muss das Stück einfach ein Erfolg werden.« Er wechselte einen Blick mit Doro, lächelte, und die Sekretärin erwiderte sein Lächeln und nickte.
Susan wurde traurig. Wusste Doro etwa schon Bescheid und hatte ihr nichts gesagt? Theo sah wieder zu Susan und fuhr fort:
»Du weißt, wie ich dich schätze, Susan, und ich möchte dir nicht zu nahe treten, aber …«
Er machte eine Pause, in die Susan nur ein leises »Ja?« hauchen konnte.

»Dein Name Susan Hexton ist nicht werbewirksam. Darum möchte ich dich bitten, dir einen anderen Namen, einen Künstlernamen, zu suchen, der den Menschen ins Auge sticht und ins Ohr geht. Wir müssen uns damit nur beeilen, damit die Plakate bald gedruckt werden können.«

Susan glaubte, sich verhört zu haben.

»Dann willst du mich nicht entlassen?«

»Entlassen?« Theo schüttelte lachend den Kopf. »Wie kommst du auf eine solche Idee? Einen Teufel werde ich tun, mein bestes Pferd im Stall rauszuwerfen. Nein, Susan, ich möchte dich mit diesem Stück groß herausbringen, dafür brauchen wir jedoch einen neuen und klangvollen Namen.«

Susan war froh, dass sie saß, denn plötzlich wurde ihr schwindlig, und ihre Wangen wurden blass. Doro begann zu verstehen. Sie legte freundschaftlich einen Arm um Susans Schultern.

»Theo, das war gemein«, sagte sie tadelnd. »Susan dachte, als ihr Name nicht auf dem Plakat stand, dass sie die Fantine nicht spielen würde.«

»Oh, das tut mir leid.« Theo wirkte ernstlich zerknirscht. »Vielleicht hätte ich mich anders ausdrücken sollen. Also, Susan, was schlägst du vor?«

Eine Stunde diskutierten sie zu dritt über einen Künstlernamen, bis Susan schließlich *Peggy Sue* vorschlug.

»Peggy war der Name meiner Großmutter«, erklärte sie, »und Sue ist ein Teil von Susan.«

»Peggy Sue … Peggy Sue …« Theo wiederholte den Namen mehrmals, griff dann nach einem Stift und setzte ihn auf dem Plakat hinter der Rolle der Fantine ein. »Peggy Sue ist genial! Er geht ins Ohr, hat zugleich etwas … Verruchtes … ganz so, wie man es von Schauspielerinnen erwartet.« Er hielt Susan die Hand hin, und sie schlug ein. »Also, dann ist es abgemacht – der neue Star am Blue Horizon heißt ab heute Peggy Sue.«

Zweiter Teil

Peggy Sue

Weihnachten 1910 bis April 1912

11. Kapitel

London, 25. Dezember 1910

Spann mich doch nicht so auf die Folter.« Susan wand sich unter der Bettdecke und bat und bettelte, aber der Mann schüttelte nur lachend den Kopf. »Wo hast du mein Geschenk versteckt?«, fuhr Susan fort und sah sich in ihrem Schlafzimmer um.

»Du wirst dich noch eine Weile gedulden müssen.«

»Ach, bitte, bitte, ich möchte jetzt mein Geschenk sehen.« Sie legte den Kopf schräg und zog einen Schmollmund. Er ließ sich jedoch nicht erweichen, sondern kitzelte Susan unter der Bettdecke, dass sie lachte, bis ihr die Tränen kamen.

»Ich weiß, dass Geduld nicht deine Stärke ist, Peggy, trotzdem dauert es noch ein Weilchen, bis ich dir dein Geschenk überreichen kann«, flüsterte er ihr ins Ohr, dann fanden seine Lippen den Weg zu ihrem Mund, und er küsste Susan leidenschaftlich.

Ronald McPhearson-Grant war seit etwa einem halben Jahr – wie es in ihrem Umfeld hieß – der *ständige Begleiter* von Susan, oder vielmehr Peggy Sue, der gefeierten Schauspielerin und Sängerin. Im vergangenen Frühjahr war er nach einer Vorstellung mit einem riesigen Blumenstrauß hinter die Bühne gekommen und hatte sich nicht abweisen lassen, bis Susan bereit war, ihn zu empfangen. Ronald McPhearson-Grant war Schotte. Der Stammsitz der Familie befand sich in der Nähe von Inverness, er lebte jedoch die meiste Zeit in London. »Weil hier der Regen wärmer ist als in Schottland«, hatte er erklärt und Susan dabei mit einem solch unwiderstehlichen Lächeln angesehen, dass sie seine Einladung zum

Essen angenommen hatte, obwohl sie sonst nie mit einem Mann, den sie eben erst kennengelernt hatte, ausging.
Ronald McPhearson-Grant war ein charmanter Plauderer, obwohl auf den ersten Blick nicht attraktiv im landläufigen Sinn. Er war zu groß – er überragte Susan um mehr als Haupteslänge –, zu hager, und sein Kopf wirkte im Vergleich zu seinem Körper zu klein, außerdem hatte er ein fliehendes Kinn. Die Lachfältchen um seine hellbraunen Augen zeugten jedoch von Humor, und in seinem dunkelblonden Haar zeigte sich noch kein Grau, obwohl er die dreißig bereits überschritten hatte.
Kurz nach ihrer ersten Verabredung verließ Susan England zu einer Gastspielreise auf den Kontinent, und der Kontakt zwischen ihnen brach ab. Bereits im Jahr 1909 war Susan mit dem Ensemble des *Blue Horizon* nach Frankreich, Belgien und in die Niederlande gereist, wo sie fast überall in ausverkauften Häusern spielten und gute Kritiken bekommen hatten. Damals waren es zwar nur Provinzbühnen gewesen, an denen Theodor Murphys Truppe auftrat, doch für das kommende Jahr lagen Theo auch Angebote größerer Bühnen vor, und im vergangenen Herbst hatte Susan mit dem immerwährenden Stück *Romeo und Julia,* in dem sie die Titelrolle spielte, drei fulminante Vorstellungen in Amsterdam gegeben. Susan war nicht eitel, aber sie litt auch nicht unter falscher Bescheidenheit, denn sie wusste, dass es auch ihr Verdienst war, wenn jedes Stück, das Theo inszenierte, nicht nur in England ein Kassenschlager wurde. Nach dem unerwarteten Erfolg von *Die Elenden,* in denen Susan als *Fantine* mit ihrer glockenhellen und kräftigen Singstimme praktisch über Nacht in ganz London bekannt geworden war, hatte sie Theodor Murphy und dem *Blue Horizon* die Treue gehalten, obwohl ihr regelmäßig Angebote von anderen Theatern auf den Tisch flatterten. Darunter waren auch große Londoner Häuser wie das *Royal Court Theatre* oder das *Gaiety,* in dem sie zum ersten Mal Sarah Bernhardt begegnet war. Natürlich boten ihr

diese Theater eine höhere Gage, doch Susan ging es nicht in erster Linie um das Geld. Von den eintausend Pfund, die sie einst von Lavinia Callington erhalten hatte, war längst kaum mehr etwas übrig, denn die Schauspieler mussten für ihre Kostüme und für die Schminke selbst aufkommen. Da dies recht kostspielig war, hatte der Beruf der Schauspielerin einen negativen Beigeschmack, denn viele Frauen – besonders, wenn sie jung und hübsch waren – suchten sich vermögende Gönner, mit denen sie das Bett teilten, um die Kosten für ihre Auftritte finanzieren zu können. Susans männliche Kollegen arbeiteten nebenher als Handlanger für Kaufleute oder Handwerker, wenn sie nicht von Haus aus über die notwendigen finanziellen Mittel verfügten. Marty Galland, der meist die männliche Hauptrolle übernahm und an Susans Seite den Romeo gespielt hatte, versuchte sich im Schreiben. Zu einem richtigen Schauspiel hatte es bisher nicht gereicht, doch Marty hatte schon bei verschiedenen Londoner Zeitungen Essays und Kurzgeschichten veröffentlicht. Susan mochte Marty, denn er war ein freundlicher Kollege, der ihr, selbst wenn sie Liebesszenen spielen mussten, nicht zu nahe trat. Marty war seit vier Jahren glücklich verheiratet, und seine Frau erwartete ihr zweites Kind. Ihr selbst genügte die Gage im *Blue Horizon* für ihren Lebensunterhalt, zudem hatte sie sich zu einer guten Geschäftsfrau entwickelt. Längst hatte sie ihre Abneigung gegen Banken überwunden und einen vertrauenswürdigen Anlageberater gefunden, so dass sich ihr Geld praktisch über Nacht vermehrte, ohne dass sie etwas dafür tun musste. Aus der Wohngemeinschaft mit Doro und ihren Kolleginnen war Susan vor einem Jahr ausgezogen und hatte sich eine eigene kleine Wohnung in Marylebone, südlich des Regent's Park, gemietet. In dieser eleganten Wohngegend reihte sich ein vornehmes Haus an das andere. Hier wohnten hauptsächlich Angehörige freier Berufe wie Ärzte und Rechtsanwälte, aber auch erfolgreiche Schriftsteller und Schauspieler. Es gab unzählige kleine Pubs, in denen sich die Künstler trafen, und direkt gegenüber von Susans Wohnung war gerade der Neubau der *Royal Academy of Music* vollendet worden. Susan nahm dort in regelmäßigen Abständen Musikunterricht, um ihre Stimme weiter zu schulen, denn sie hatte in den letzten Jahren gelernt, dass sich ein Künstler nie auf seinen Lorbeeren ausruhen durfte.

Das hatte ihr auch Sarah Bernhardt bestätigt, mit der sie immer noch in Freundschaft verbunden war. Seit dem damaligen Unterricht, der Susan den Weg in ein neues Leben geebnet hatte, waren sich die Frauen zwar nur ein Mal wieder begegnet, sie standen jedoch in regelmäßigem brieflichem Kontakt. Susan lächelte in der Erinnerung, wie sie begonnen hatte, sich die französische Sprache anzueignen. Sie hatte es auf die autodidaktische Art versucht und die erste Zeit befürchtet, es niemals zu lernen, da fast jedes Wort völlig anders geschrieben als ausgesprochen wurde. Plötzlich jedoch war es, als wäre ein Knoten geplatzt, und sie verstand die französischen Bücher, die sie sich regelmäßig aus den Bibliotheken auslieh, immer besser, ebenso, wenn ein Franzose langsam und deutlich mit ihr sprach. Ein starker Akzent prägte zwar ihre eigene Aussprache, aber nicht nur ein Mal wurde ihr bestätigt, dass gerade dieser Akzent ihr etwas Unwiderstehliches verlieh. Seit einem Jahr spielte und sang Susan nun auch in französischer Sprache, was ihr immer wieder Engagements auf dem Festland bescherte.

An ihre Vergangenheit dachte Susan nur selten. Sobald vor ihrem geistigen Auge die Erinnerung an Jimmy oder an ihre Tochter, die sie nie gesehen hatte, aufstieg, schob sie diese schnell beiseite und versuchte, sich auf das Auswendiglernen eines neuen Stücks zu konzentrieren. Es gab keinen Weg zurück – da konnte sie noch so viel Geld verdienen, ihre Kinder hatte sie für immer und ewig verloren.

»He, bist du wieder eingeschlafen?« Spielerisch stieß Ronald Susan in die Seite. »Oder bist du beleidigt, weil du auf dein

Weihnachtsgeschenk noch bis heute Nachmittag warten musst?«

Susan kehrte in die Gegenwart zurück. Sie lächelte und streckte sich ausgiebig.

»Ich habe Hunger«, sagte sie und schwang die Beine aus dem Bett. »Ich werde uns jetzt Frühstück machen.«

Ronald brummte zustimmend, und Susan warf sich den Morgenmantel über. Sie hatte kein Dienstmädchen, obwohl sie es sich hätte leisten können. Susan mochte jedoch keine Fremden in ihrer Wohnung. Sie war froh, einen Ort zu haben, der ganz allein ihr gehörte. Einen Ort, an den sie sich zurückziehen konnte, wenn sie dem Theatertrubel entfliehen wollte oder nach einer Vorstellung einfach nur ihre Ruhe brauchte. Während sie in der kleinen Küche, die mit allem Notwendigen ausgestattet war, Eier in die Pfanne schlug, kehrten ihre Gedanken erneut in die Vergangenheit zurück. In den ersten beiden Jahren, als sie sich als Peggy Sue etablierte und mit dem Ensemble regelmäßig durch Großbritannien tourte, hatte sie keinen Blick für Männer gehabt. Natürlich hatte es zahlreiche Verehrer gegeben, die einen Flirt oder auch mehr mit ihr suchten, aber Susan hatte alle Avancen freundlich lächelnd abgelehnt. Sie wusste, dass sie attraktiv war, und die Natur hatte es gut mit ihr gemeint, denn die drei Schwangerschaften hatten kaum Spuren an ihrem Körper hinterlassen. Jetzt, da sie sich schöne Kleider, Zierat und Schmuck leisten konnte, wurde ihr gutes Aussehen dadurch nur noch unterstrichen. Von ihren Verehrern nahm Susan höchstens einen Blumenstrauß oder Konfekt entgegen und ließ alle anderen Geschenke zurückgehen. Von Männern wollte sie damals nichts mehr wissen, sondern sie wollte sich zu hundert Prozent auf ihre Karriere konzentrieren, so, wie es Theodor Murphy von ihr verlangte. Obwohl sie eine wirklich schöne Stimme besaß, wusste Susan, dass sie diese noch weiterentwickeln konnte, darum nahm sie auch Gesangsstunden. Als dann

Ronald McPhearson-Grant in ihr Leben trat, wurde sie zum ersten Mal schwankend. Nicht, dass sie sich Hals über Kopf in ihn verliebt hätte, aber sie war eine junge Frau Mitte zwanzig, und die Sehnsucht nach Liebe und Zärtlichkeit ließ sich nicht für immer unterdrücken. Als sie nach ihrer Tournee aufs Festland Ronald wiedertraf, war sie mehrmals mit ihm ausgegangen. Sie genoss seine Bewunderung und seine zurückhaltende Art. In Ronalds Augen las sie zwar sein Begehren, aber er trat ihr nie zu nahe. Nach einer Premierenparty, die sie gemeinsam besuchten und bei der sie etwas zu viel Champagner getrunken hatte, hatte sie ihn mit in ihre Wohnung genommen. Seitdem waren sie ein Paar, wenngleich Susan stets ausgewichen war, wenn Ronald über die Zukunft zu sprechen begann. Sie lebte heute und jetzt, die Zukunft interessierte sie nur insofern, dass sie weiter spielen, singen und das Publikum begeistern konnte. Von Ronald wusste sie, dass er aus einer großen und alten schottischen Familie stammte, die offenbar recht vermögend war. Dennoch lehnte sie Geschenke auch von ihm ab und ließ sich von ihm lediglich zum Essen einladen.

Als die Eier und der Speck fertig waren und der Tee gezogen hatte, richtete Susan ein Tablett und kehrte ins Schlafzimmer zurück. Ronald saß, zwei Kissen im Rücken, im Bett. Die Decke bedeckte ihn nur bis zur Hüfte, und Susan dachte unwillkürlich, dass er einen schönen Körper hatte. Einen Körper, der sie in den Nächten wärmte, ihr Leidenschaft und Ekstase schenkte und ihr das Gefühl gab, ganz und gar Frau zu sein. Angst vor einer neuen Schwangerschaft hatte Susan keine, denn inzwischen hatte sie herausgefunden, dass es Mittel und Wege gab, eine solche zu verhindern.

»Hm, das duftet verlockend.« Ronald leckte sich die Lippen.

Susan stellte das Tablett aufs Bett und setzte sich auf die Kante. Gemeinsam stillten sie ihren Hunger, dann sagte Ronald plötzlich: »Musst du wirklich nach Frankreich fahren? Wir könnten es uns die nächsten Tage so richtig schön machen, jetzt, da du bis Anfang Januar spielfrei hast.«

Susan seufzte innerlich. In den letzten Wochen hatten sie das Thema mehrmals diskutiert.

»Du weißt, wie sehr ich mich darauf freue, Sarah wiederzusehen, und wie glücklich ich über ihre Einladung bin«, sagte sie bemüht ruhig. »Zudem sehne ich mich nach ein paar freien Tagen am Meer.«

»Warum kann ich nicht mitfahren?« Ronald griff nach ihrer Hand. »Ich glaube, deine Freundin Sarah hätte Verständnis, wenn du mit einem Mann kommst. Ihr eigener Lebenswandel ist ja alles andere als bescheiden gewesen. Selbst heute noch sagt man, ihre Liebhaber geben sich die Klinke in die Hand, obwohl sie weit über sechzig ist.«

Ein Schatten fiel über Susans Gesicht. Sie entzog Ronald ihre Hand und stand auf.

»Ich mag es nicht, wenn du so über Sarah Bernhardt sprichst. Ihr habe ich es zu verdanken, dass ich heute eine gefragte Schauspielerin bin.«

»Es tut mir leid«, sagte Ronald zerknirscht. »Ich wollte diese große Dame nicht beleidigen.«

»Dann beenden wir das Thema, aber ich bitte dich zu akzeptieren, dass ich in drei Tagen nach Frankreich abreise, und ich möchte allein fahren.«

Ronald McPhearson-Grant kannte Susan inzwischen gut genug, um zu wissen, dass es zwecklos war, weiter auf sie einzureden. Wenn sie sich etwas in den Kopf gesetzt hatte, konnte sie stur wie ein Esel sein, aber gerade das faszinierte ihn so an ihr. Peggy Sue war nicht wie andere Frauen, in gewisser Weise schlug sie sehr ihrem Vorbild Sarah Bernhardt nach. Zwar war sie nicht so exzentrisch wie die französische Diva, auch ging Peggy Sue nicht so verschwenderisch mit ihrem Geld um und hielt sich auch nicht – wie Madame Sarah – wilde Tiere in der Wohnung, dennoch war es Ronald bisher nicht gelungen, ganz zu ihr vorzudringen. Nun, vielleicht würde das *Geschenk*, das er ihr heute Nachmittag machen würde, daran etwas ändern. Er platzte beinahe vor Aufregung, aber er würde nichts verraten, denn die Überraschung sollte für Peggy Sue so groß sein, dass sie einfach nicht nein sagen konnte.

Ronald trank seine Tasse aus und stand auf.

»Ich muss jetzt gehen, mein Liebes. Ich hole dich um drei Uhr ab, wenn es dir recht ist.«

Susan nickte und reckte ihm die Wange zum Abschiedskuss entgegen. Nachdem Ronald gegangen war, ließ Susan ein heißes Bad ein. Während sie sich im warmen Wasser entspannte, begann sie, sich auf die folgenden zwei Wochen zu freuen. Sarah Bernhardt hatte sie eingeladen, den Jahreswechsel in ihrem Haus auf der Belle-Île zu verbringen. Zwar hatte Susan die warnenden Worte der Schauspielerin Christine nicht vergessen, die meinte, Madame Sarah würde oft Einladungen aussprechen, die sie später bereute oder an die sie sich nicht mehr erinnern konnte, trotzdem war Susan entschlossen, nach Frankreich zu reisen. Natürlich war es auch Neugierde, zu sehen, wie die berühmteste Schauspielerin der Welt lebte. Sarah Bernhardt war jetzt fünfundsechzig Jahre alt. Obwohl sie sich offenbar bester Gesundheit erfreute und nach wie vor um die ganze Welt tourte, war sie in einem Alter, in dem man nicht wusste, wie lange Sarah noch leben würde. Da in absehbarer Zeit kein Gastspiel in England geplant war, wollte Susan sich die Möglichkeit, diese großartige Frau wiederzusehen, nicht entgehen lassen. Auf den Nachmittag freute sie sich ebenfalls. Susan war gespannt, was für ein Geschenk sich Ronald für sie ausgedacht hatte. Vielleicht ein Schmuckstück oder einen Pelzmantel? Bisher hatte Susan zwar jegliche Geschenke Ronalds abgelehnt, aber heute war Weihnachten und daher ein besonderer Tag. Sie selbst hatte ihrem Geliebten eine handgeschnitzte Tabakpfeife geschenkt, da Ronald keine Zigaretten oder Zigarren, sondern nur Pfeife rauchte. Sie hatte ihm das liebevoll eingewickelte Päckchen gestern Abend überreicht und war ein wenig enttäuscht gewesen, als er kein Geschenk für sie hatte, sondern lediglich meinte, sie müsse bis heute Nachmittag warten. Ronald McPhearson-Grant war kein Mann großartiger Überraschungen, daher war Susan sehr gespannt, was er für sie vorbereitet hatte.

Ronald war pünktlich und holte Susan mit seinem neuen Automobil ab. Er fuhr ein deutsches Fabrikat, der Typ B der Firma Audi – das Neueste, das auf dem Markt angeboten wurde. Die Karosserie war gelb, und die Insassen wurden durch ein schwarzes Verdeck vor Wind und Regen geschützt. Immer, wenn Susan in das Auto stieg, erinnerte sie sich an Stephen Polkinghorn und ihre erste Ausfahrt in seinem Wagen. In den letzten Jahren hatten Automobile einen regelrechten Siegeszug um die Welt angetreten, waren auch von den Straßen Londons nicht mehr wegzudenken und verdrängten die Pferdekutschen immer mehr. Susan hatte sich längst an diese Art der Fortbewegung gewöhnt, kam man so doch wesentlich schneller zum Ziel als bisher.
Galant half Ronald Susan in den Wagen, der sogar über eine Heizung verfügte, so dass es im Innenraum angenehm warm war. Die Fahrt dauerte nicht lange, und am heutigen Feiertag waren die Straßen frei, so dass sie nach kurzer Zeit Piccadilly Circus erreichten, auf dem sich die Eros-Statue von Albert Gilbert im Sonnenlicht präsentierte. Susans Überraschung war groß, als Ronald den Wagen vor dem Hotel Ritz stoppte. Das Hotel, vor fünf Jahren eröffnet, war derzeit das eleganteste und auch teuerste Etablissement der Stadt, und Susan vermutete, Ronald würde sie zum Nachmittagstee einladen und ihr in diesem Rahmen ein Geschenk überreichen. Sie freute sich darüber, denn bisher hatte sie noch nie im Ritz gespeist.
»Was für eine wundervolle Idee, mich hierher auszuführen«,

flüsterte sie ehrfurchtsvoll, als sie die große, mit Marmor und Gold gestaltete Halle betraten, die von einem deckenhohen, üppig geschmückten Weihnachtsbaum dominiert wurde. Ronald nahm Susan den Mantel ab, überreichte diesen einer herbeieilenden Garderobiere und sah sie verlegen an.
»Meine Eltern und meine kleine Schwester sind in der Stadt. Sie logieren im Ritz, und ich möchte euch miteinander bekannt machen.«
Susan schnappte vor Überraschung nach Luft.
»Warum?«, war das Einzige, was ihr dazu einfiel. Sie wusste nicht viel von Ronalds Familie, nur, dass diese offenbar recht vermögend sein musste, was die Tatsache, dass die McPhearson-Grants im Ritz residierten, bestätigte.
Ronald ließ Susan keine Zeit, sich von ihrer Überraschung zu erholen, denn er nahm ihren Arm und führte sie in den ebenfalls mit viel Gold gestalteten Speisesaal, in dem bereits alle mit blütenweißen Tüchern gedeckten Tische besetzt waren. Susan war froh, sich für ein elegantes, weinrotes Kleid, das in schicklicher Weise ihren Brustansatz freigab und mit zahlreichen kleinen, grauen Perlen bestickt war, entschieden zu haben. Dazu trug sie einen passenden ausladenden, ebenfalls mit Perlen verzierten Hut mit einem zarten Schleier, der ihr bis über die Augen reichte. An einem Tisch an der Stirnseite erhob sich bei ihrem Eintreten ein älterer Herr mit grauem Backenbart und lichtem Haupthaar und sah ihnen erwartungsvoll entgegen. Die Ähnlichkeit zwischen Vater und Sohn war unverkennbar.
Da Susans Hand auf Ronalds Arm lag, bemerkte sie, wie er plötzlich leicht zitterte. Sie selbst fühlte sich auch alles andere als wohl in ihrer Haut.
»So, mein Sohn, das also ist die Besagte«, sagte Ronalds Vater statt einer Begrüßung, und sein Blick glitt flüchtig zu Susan. »Wurde auch langsam Zeit, dass wir sie kennenlernen.«

Susan fand sein Verhalten, so zu tun, als wäre sie nicht anwesend, derart unfreundlich, dass sie am liebsten auf dem Absatz kehrtgemacht hätte. Sie wollte Ronald jedoch nicht brüskieren, wenngleich sie sich keinen Reim darauf machen konnte, warum er sie seinen Eltern vorstellte.

»Vater …« Ronald schüttelte Graham McPhearson-Grant die Hand, beugte sich dann hinunter und küsste seine Mutter und einem jungen, vielleicht fünfzehn oder sechzehn Jahre alten Mädchen auf die Wangen. »Mama … Frances … darf ich euch Miss Peggy Sue vorstellen? Ich habe euch von ihr erzählt.« Ronald wartete die Reaktion seiner Eltern nicht ab, sondern wandte sich an Susan. »Meine Liebe, das sind meine Eltern und meine kleine Schwester Frances, die das Weihnachtsfest in London verbringen.«

Die Gesichter von Ronalds Eltern blieben unbewegt, lediglich Frances McPhearson-Grant lächelte Susan schüchtern an. Ihre Stimme war leise wie die eines jungen Vögelchens, als sie sagte: »Ich war so gespannt, Sie kennenzulernen, Miss Sue. Leider hatte ich bisher nicht das Vergnügen, Sie auf der Bühne zu sehen, aber vielleicht …«

»Nun, *diese* Art von Theater ist nicht gerade das, was wir zu unserer Erbauung aufsuchen.« Zum ersten Mal sprach Ronalds Mutter, und ihr Tonfall war kühl und der Blick aus ihren hellblauen Augen so eiskalt, dass Susan ein Schauer über den Rücken lief, obwohl der Saal gut beheizt war.

Susan nickte kurz und ließ sich von Ronald den Stuhl zurechtrücken. Bei dem herantretenden Ober bestellte Ronald Tee, Sandwiches und Kuchen für alle, dabei bemerkte Susan, dass sein Vater sie nicht aus den Augen ließ.

»Ich habe sie mir anders vorgestellt, Ronald. Nicht so elegant«, sagte er direkt. »Wenn man bedenkt, dass sie Schauspielerin ist.«

Bevor Susan antworten konnte, ergriff Ronald das Wort.

»Vater, ich sagte euch bereits, dass Peggy Sue keine gewöhnliche Schauspielerin ist, die auf irgendwelchen Tingeltangel-Bühnen auftritt. Nein, ihre Bühnen sind die großen in England, und auch auf dem Festland ist sie bekannt.«

Susan knetete ihre Finger im Schoß und knirschte innerlich mit den Zähnen. Erneut wurde über sie gesprochen, als wäre sie Luft, trotzdem behielt sie ein freundliches Lächeln bei. Frances McPhearson-Grant brach das Eis, indem sie interessiert fragte: »Sind Sie tatsächlich mit Sarah Bernhardt befreundet? *Der* Sarah Bernhardt?«

Susan nickte und bemühte sich um ein freundliches Lächeln.

»Ja, Miss Frances. Madame Sarah war so freundlich, mich in ihr Haus nach Frankreich einzuladen. Ich reise in zwei Tagen ab.«

»Oh, Ronald meinte, Sie würden den Jahreswechsel auf unserem Familienstammsitz in Schottland verbringen«, bemerkte Lady McPhearson-Grant und runzelte missbilligend die Stirn. »Das war einer der Gründe, warum wir die weite Fahrt von Inverness nach London gemacht haben. Ich dachte, während der Rückfahrt können wir uns ein wenig besser kennenlernen.«

Susan warf Ronald einen ärgerlichen Seitenblick zu. Trotz ihres Gesprächs am Morgen schien er nicht begriffen zu haben, dass sie nach Frankreich und sonst nirgendwohin fahren würde.

»Es tut mir leid, Mylady«, antwortete Susan so freundlich, wie es ihr möglich war. »Die Reise auf die Belle-Île ist seit Wochen geplant, und ich kann meine Pläne nicht mehr ändern.«

»In Frankreich ist es sicher wärmer als in unserem alten, zugigen Kasten«, rief Frances dazwischen, was ihr einen ermahnenden Blick von ihrer Mutter einbrachte. »Verzeih, Mama«, sagte sie und senkte den Blick.

Der Ober brachte den Tee und das Gebäck, und das Gespräch verstummte, bis er eingeschenkt und den Damen vorgelegt hatte. Nachdem der Laird einen Schluck Tee getrunken hatte – den Kuchen rührte er nicht an –, richtete sich sein Blick wieder auf Susan.

»Gestatten Sie mir anzumerken, dass ich es etwas … befremdlich finde, dass Sie als Frau allein nach Frankreich reisen möchten. Nun, für Schauspielerinnen gelten offenbar andere Regeln, das zeigt sich ja in allen Lebenslagen. Mein Sohn hat jedoch einen Dickkopf, und so war ich bereit, Sie mir anzusehen, bevor die Verlobung bekanntgegeben wird.«

»Verlobung?« Susan verschluckte sich an einem Kuchenkrümel und unterdrückte mit Mühe einen Hustenanfall, ihr Gesicht färbte sich jedoch purpurrot.

»Vater … Mama …« Ronald rutschte sichtlich unbehaglich auf dem Stuhl hin und her, und seine Mutter fiel ihm ins Wort.

»Ich stimme meinem Mann zu.« Ihre Stimme war immer noch kalt und emotionslos. »Wir wissen, lieber Ronald, dass wir dir diese Heirat nicht ausreden können. Du würdest dich eher von der Familie lossagen, als auf diese Frau zu verzichten. Da du jedoch unser einziger Sohn bist, müssen wir eben sehen, wie wir das Beste aus der Situation machen können.« Ihr Blick heftete sich auf Susan, die wieder frei atmen konnte. »Obgleich wir uns natürlich eine andere Schwiegertochter als ausgerechnet eine Schauspielerin gewünscht hätten. Sie verzeihen, Miss Peggy, dass wir über eine solche Verbindung nicht hocherfreut sind, trotzdem werden wir Ronalds Wunsch akzeptieren. Dennoch mutet es mich seltsam an, dass Sie allein verreisen möchten. Wäre Ihr Platz nicht an der Seite Ihres Verlobten?«

Äußerlich völlig ruhig, obwohl in ihrem Inneren ein Sturm der Gefühle und auch der Wut tobte, faltete Susan ihre Serviette zusammen, legte diese neben ihren Teller und erhob sich, bevor Ronald ihr den Stuhl zurückschieben konnte.

»Sie entschuldigen mich bitte für einen Moment? Ich möchte mir die Nase pudern.«

Gemessenen Schrittes durchquerte sie den Speisesaal. Erst, als sie die Blicke der McPhearson-Grants nicht mehr auf ihrem Rücken spürte, begann sie, schneller zu laufen. In der Halle bemerkte ein aufmerksamer Page ihren suchenden Blick und wies ihr mit einer diskreten Handbewegung die Richtung. In den Toilettenräumen war es angenehm kühl. Auch hier herrschte Luxus aus Marmor und goldenen Wasserhähnen, aber Susan hatte keinen Blick dafür. Die Hände auf den Waschtisch gestützt, betrachtete sie ihr gerötetes Gesicht im Spiegel. Sie begann zu ahnen, wie Ronalds Weihnachtsgeschenk aussah. Den Verlobungsring trug er wahrscheinlich in der Tasche. Susan öffnete den Hahn und benetzte ihr Gesicht, dann ließ sie den Strahl über ihre Handgelenke rinnen. Das kalte Wasser tat gut, und langsam beruhigte sie sich. Sie straffte die Schultern und verließ den Toilettenraum. Sie war nicht überrascht, von Ronald in der Halle erwartet zu werden.

»Peggy, Liebes, ich muss mich für meine Eltern entschuldigen.« Er wirkte ernsthaft zerknirscht. »Sie legen uns jedoch keine Steine in den Weg, denn ich habe Vater davon überzeugt, dass du die richtige Frau für mich bist.«

Susan atmete tief durch und beherrschte sich, obwohl sie Ronald am liebsten laut und deutlich ihre Meinung ins Gesicht geschleudert hätte. Um sie herum befanden sich jedoch zahlreiche Hotelgäste, und aufgeregtes Geschrei passte nicht in das Ambiente und würde nur unnötige Aufmerksamkeit erregen.

»Du hättest mich vorher wenigstens fragen können«, flüsterte sie und zog Ronald am Arm an den Rand der Halle, wo sie allein waren. »Und auf die Begegnung mit deinen Eltern wäre ich auch gerne vorbereitet gewesen. Ich bin kein Freund solcher Überraschungen.«

»Es tut mir leid.« Es klang aufrichtig. »Ich hatte Angst, du würdest nein sagen und Argumente vorbringen, dass ein Mann meines Standes nicht eine Schauspielerin zur Frau nehmen kann und ähnlichen Unsinn. Ich dachte, wenn du erst siehst, dass meine Eltern mit dieser Verbindung einverstanden sind, dann …«

»Das ist nicht der Punkt!« Susan hob die Hand. »Du hättest mich vorher fragen sollen, ob ich dich überhaupt heiraten *will*.«

Ronald sah sie verständnislos an.
»Warum solltest du das nicht wollen? Wir passen hervorragend zusammen, und schließlich teilst du seit Monaten mein Bett.«
Susan seufzte innerlich. Sie wollte Ronald nicht verletzen, hatte allerdings gedacht, er sehe ihre Beziehung genauso wie sie – eine lockere Affäre, die früher oder später zu Ende ging. Offenbar hatte sie sich in ihm getäuscht. Susan wusste, Dutzende von Frauen wären überglücklich, von einem Mann wie Ronald McPhearson-Grant geheiratet zu werden. Er war charmant und elegant, gebildet und kultiviert und verfügte dazu noch über ausreichende Mittel, einer Frau ein sorgenfreies Leben zu bereiten. Leicht legte Susan eine Hand auf Ronalds Arm.
»Nun, ich muss dir sagen, dass es mir leidtut, Ronald, aber ich kann dich nicht heiraten.«
Seine Augenbrauen zuckten nach oben. »Warum nicht? Wir müssen auch nicht ständig in Schottland leben, wenn es dir dort zu nass und zu kalt ist. Neben unserem Familienschloss und einer Stadtwohnung in Edinburgh verfügen wir noch über ein kleines Haus in Kensington und …«
»Stopp, Ronald!« Susan senkte sofort wieder ihre Stimme, da sie aus dem Augenwinkel sah, wie sich die Aufmerksamkeit einiger Gäste ihnen zuwandte. »Du hast sicher recht, du kannst einer Frau vieles bieten, wovon sie träumt, aber …« Sie holte tief Luft, bevor sie fortfuhr: »Ich liebe dich nicht. Nicht genügend, um deine Frau zu werden.«
Sie sah seinen entsetzten Blick und fühlte Mitleid, dennoch waren offene und ehrliche Worte angebracht.
»Aber du bist doch …« Er errötete und stammelte: »Ich meine … dass du und ich … im Bett … ich meine …«
Susan fühlte sich, als hätten sie die Rollen getauscht. Gewöhnlich war es so, dass sich eine Frau, die mit einem Mann Sex hatte, Hoffnungen machte, während der Mann diese Sache nicht sonderlich ernst nahm und sich aus der Verantwortung stahl. Selbst wenn sie

ihre Gefühle außer Acht lassen und Ronalds Antrag annehmen würde, um ihre Zukunft zu sichern und vielleicht sogar wieder ein Kind zu haben – sie konnte ihn nicht heiraten, denn sie war immer noch verheiratet. Seitdem Paul und Jimmy vor Jahren spurlos verschwunden waren, hatte sie nichts mehr von ihnen gehört. Paul hatte damals zwar davon gesprochen, sich scheiden zu lassen, sich bei Susan jedoch nie wieder gemeldet. Ihren Aufenthaltsort ausfindig zu machen, wäre ein Leichtes gewesen, denn schließlich standen ihr Name und die Termine ihrer Auftritte ständig in den Zeitungen, auch wenn sie inzwischen einen Künstlernamen trug. Auf Plakaten prangte ihre Fotografie, und wenn Paul sie ernsthaft hätte finden wollen, um die Scheidung einzuleiten, wäre das für ihn problemlos möglich gewesen.

»Ronald, ich mag dich wirklich sehr«, sagte Susan leise. »Für eine Ehe reichen meine Gefühle jedoch nicht, außerdem bin ich mit Leib und Seele Schauspielerin. Niemals werde ich die Bühne aufgeben. Solange es meine Gesundheit zulässt, werde ich spielen und auftreten. Ich denke nicht, dass deine Eltern über eine Schwiegertochter, die ständig auf Reisen ist, erfreut wären.«

»Wenn wir erst Kinder haben, dann würdest du die Schauspielerei nicht vermissen«, wandte Ronald ein. »Du bist nicht mehr die Jüngste. Wünschst du dir denn keine Kinder? Ich meine, alle Frauen wünschen sich doch ein Heim, Mann und Kinder.«

»Ich nicht.« Susans Blick verschloss sich. »Ich möchte niemals Kinder haben.«

Ronald runzelte die Stirn. »Aber …«

»Niemals!«, wiederholte Susan laut. Es war ihr inzwischen egal, was die Leute von ihr dachten. Sie wandte sich der Garderobe zu. »Holst du mir bitte meinen Mantel? Ich möchte jetzt gehen.«

»Aber meine Eltern … Was soll ich ihnen sagen?«

Susan sah Ronald fest in die Augen.

»Das ist deine Sache, Ronald. Du hast mich vor vollendete Tatsachen gestellt, und es tut mir leid, dass ich dich mit der Situation alleinlassen muss.« Sie merkte, wie verletzt er war, und fügte sanft hinzu: »Vergiss mich, Ronald, und such nach einer Frau, die einem Leben, wie du es ihr bieten kannst, würdig ist. Ich bin es nicht, und deine Eltern werden hocherfreut sein, wenn du ihnen sagst, dass aus einer Heirat nichts wird.«

Sichtlich betrübt griff er in seine Jackentasche und holte eine kleine Schachtel hervor.

»Ich habe dir einen Ring gekauft«, sagte er leise. »Ich hoffte, es würde dein Verlobungsring werden.«

Susan schüttelte den Kopf.

»Du bist ein lieber Kerl, Ronald, und ich möchte die Zeit mit dir nicht missen, aber ab heute trennen sich unsere Wege. Ich bin sicher, in ein paar Wochen lernst du eine nette, junge Frau kennen, der du diesen Ring an den Finger stecken kannst.«

Ronald McPhearson-Grant wusste, wann er verloren hatte. Er holte Susans Mantel von der Garderobe und begleitete sie nach draußen. Das schöne Wetter vom Vormittag hatte sich verzogen. Der Himmel war bewölkt, und in der einbrechenden Dämmerung fielen die ersten Schneeflocken. Ronald winkte nach einem Taxi. Als Susan im Wagen saß, beugte er sich zu ihr vor und küsste sie leicht auf die Stirn.

»Ich kann warten, Peggy. Fahr nach Frankreich und denk über meinen Antrag nach. Vielleicht überlegst du es dir noch mal anders.«

»Vielleicht«, antwortete Susan und wandte den Kopf ab. Sie wusste, sie hatte ihre Entscheidung getroffen, doch sie wollte Ronald nicht noch mehr verletzen. Dann nannte sie dem Fahrer die Adresse ihrer Wohnung und lehnte sich aufatmend in die Polster, als der Wagen anfuhr.

»Du hast *was?*« Doro schlug die Hände über dem Kopf zusammen, als Susan ihr von Ronalds Antrag erzählte. »Du wärst eine Lady geworden. Eine richtige Lady mit Schloss und allem Drum und Dran!«

In den letzten Jahren waren Susan und Doro Freundinnen geworden. Doro arbeitete immer noch als Assistentin von Theodor Murphy, und seit Susan nicht mehr mit ihr zusammenlebte, besuchten sich die beiden Frauen regelmäßig. Doro war auch die Einzige, der sich Susan anvertraute, denn sie wusste, die Freundin würde die Sache nicht herumerzählen. Die Welt des Theaters war eine einzige Klatschbörse, in der sich Geschichten und Gerüchte in Windeseile verbreiteten. Ronald als abgewiesenen Liebhaber in ein schlechtes Licht zu rücken, das war jedoch nicht Susans Absicht. Das hatte er nicht verdient.

»Ich fand es unmöglich, dass er mich nicht vorher gefragt hat, ob ich ihn überhaupt heiraten will«, sagte Susan. »Wenn er das getan hätte, wäre uns beiden die peinliche Begegnung mit seinen Eltern erspart geblieben.«

»Nun, eigentlich fände ich es ganz romantisch, wenn ein Mann mich an Weihnachten seinen Eltern vorstellen und mich bitten würde, ihn zu heiraten.« Doro verdrehte träumerisch die Augen. »Nur passiert es mir überhaupt nicht, dass ein Mann mich zur Frau will.«

»Du bist noch jung ...« Im selben Moment, als Susan die Worte ausgesprochen hatte, wusste sie, dass sie nur eine lapidare Floskel waren. Doro schüttelte auch sofort den Kopf.

»Im nächsten Jahr werde ich vierzig, liebe Susan.« Doro war die Einzige, die Susan bei ihrem richtigen Vornamen nannte, dies aber auch nur, wenn sie allein waren. Sonst war Susan für alle, Theo eingeschlossen, *Peggy Sue*. »Mit dem Thema Männer habe ich abgeschlossen. Hier und da mal ein kleiner Flirt, ein paar verstohlene Küsse in der Dunkelheit, aber eine eigene Familie werde ich niemals haben.«

Susan verzichtete auf eine Antwort, denn die Freundin hatte wohl recht. Es war nicht nur Doros wenig attraktives Äußeres, das die Männer nicht anzog, sondern auch ihre bestimmende, manchmal schon herrschsüchtige Art, die jeden Mann in die

Flucht schlug. Kein Mann wollte eine Frau, die ihm sagte, was er zu tun und zu lassen hatte, sondern er wollte der Herr im Haus sein und eine willige und sanftmütige Frau haben. Doro hatte bereits als Kind, nachdem die Mutter gestorben war, für ihre jüngeren Geschwister sorgen und sich dann als rechte Hand von Theo jahrelang im Theater durchsetzen müssen. Der Umgang mit Schauspielern war nicht einfach und erforderte starke Nerven und ein hohes Maß an Durchsetzungsvermögen. Susan verstand, warum Doro stets so entschlossen, oft sogar hart auftrat. In den Jahren ihrer Freundschaft hatte sie zwar auch eine weiche, nachgiebige Seite an Doro kennengelernt, die Freundin zeigte diese jedoch viel zu selten. Niemals würde sie sich einem Mann unterordnen und sich von diesem dominieren lassen. Diesbezüglich waren Susan und Doro sich eigentlich sehr ähnlich. Susan jedoch war vom Schicksal mit Schönheit beschenkt worden, kleidete sich elegant und damenhaft und konnte sich als Schauspielerin jederzeit so geben, wie ihr Gegenüber es von ihr erwartete. Unabhängig davon, dass sie noch verheiratet war – niemals würde sie sich wieder an einen Mann binden, niemals ihre Freiheit und das Leben, das sie jetzt führte, aufgeben. Und niemals wollte sie wieder jemanden lieben, so wie sie ihren Sohn und auch ihre nie gesehene Tochter geliebt hatte. Beide waren ihr entrissen worden. Diesen Schmerz wollte sie nie wieder erleben. Niemand, auch nicht Doro, wusste, dass Susan in den letzten zwei Jahren jeweils im Sommer, während ihrer mehrwöchigen Spielpause, nach Cornwall gefahren war. Unter einem falschen Namen hatte sie sich in dem Fischerdorf Polperro ein Zimmer genommen und war täglich nach Sumerhays, dem Landsitz der Tredarys, gegangen. Dort hatte sie am Tor verharrt, täglich in der Hoffnung, einen Blick auf ihre Tochter – nein, falsch, auf Anabell Callington – erhaschen zu können. Einmal war das Tor geöffnet worden, und eine offene Kutsche hatte das Grundstück verlassen. Gerade noch rechtzeitig war es Susan gelungen, sich im Gebüsch zu verbergen. In der Kutsche saßen Lady Lavinia und ein kleines Mädchen, dessen Gesicht mit einem großen Strohhut vor der Sonne geschützt war. Aus Gesprächen mit redefreudigen Dorffrauen hatte Susan erfahren, dass sich Lady Lavinia und ihre Tochter die meiste Zeit auf Sumerhays aufhielten und nur noch selten nach London fuhren. Lord Tredary besuchte seine Familie zwar regelmäßig, aber das Gerücht, es stehe um die Ehe der beiden wohl nicht zum Besten, hielt sich hartnäckig. Susan wusste nicht, warum sie sich diesen Schmerz antat, nach Cornwall zu fahren, um nur in der Nähe ihrer Tochter zu sein, mit der sie niemals auch nur ein Wort wechseln durfte, dennoch hatte sie die Reise im zweiten Jahr wiederholt. Es war gut, dass sie jetzt nach Frankreich fuhr, das würde sie auf andere Gedanken bringen.

»Schade, dass du nächste Woche nicht in London bist.« Doro riss Susan aus ihren Gedanken. »Ich werde am Neujahrstag zu einer Versammlung gehen und hätte mich gefreut, wenn du mich begleitest.«

»Versammlung?« Susan runzelte die Stirn, und Doro nickte.

»Mrs. Pankhurst spricht über ihre Verhaftung im vergangenen Herbst. Die Anklage wurde zwar fallengelassen, aber die Frauen, die nichts anderes getan hatten, als für ihre Rechte einzustehen, wurden vonseiten der Polizei mit großer Brutalität behandelt.«

»Nun, immerhin haben die Frauen zahlreiche Fensterscheiben im Unterhaus eingeschlagen und waren auch nach mehrmaliger Aufforderung durch das Wachpersonal nicht bereit, das Parlamentsgebäude zu verlassen.«

Susan hatte von dem Vorfall in der Zeitung gelesen. Es war das erste Mal, dass ihr der Name Emmeline Pankhurst wieder begegnet war. Unwillkürlich erinnerte sie sich an die große, energische Frau, die ihr vor Jahren ihre Karte gegeben und sie zum Tee eingeladen hatte. Die Karte hatte Susan längst nicht mehr, und auch eine Mrs. Pankhurst würde ihr nicht helfen können, ihren Sohn zurückzubekommen. Mochten die Damen ihrer Organisation auch gegen alles Mögliche demonstrieren und dabei nicht gerade zimperlich vorgehen – niemals würde es ihnen gelingen, die geltenden, von Männern gemachten Gesetze zu ändern.

»Ich finde, die Suffragetten haben recht, sich mit radikalen Maßnahmen Gehör zu verschaffen, da ihnen sonst niemand Aufmerksamkeit schenkt«, entgegnete Doro bestimmt.

»Suffra… was?« Susan hörte das Wort zum ersten Mal. »Ich denke, die Organisation nennt sich irgendetwas mit Frauen sozialer Union oder so ähnlich.«

Doro nickte. »Soziale und politische Frauenunion«, erklärte sie. »Da sich die Union jedoch für das Wahlrecht für Frauen einsetzt, hat sich in letzter Zeit im Volksmund die Bezeichnung Suffragetten gebildet – in Anlehnung an das Wort *suffrage*, das Wahlrecht bedeutet.«

Susan zuckte desinteressiert mit den Schultern. »Nun, ich hoffe nur, du gehst nicht auch auf die Straße und wirfst mit Steinen um dich, liebe Doro. Ich möchte dich nur ungern im Gefängnis besuchen müssen, außerdem brauchen wir dich im Theater nötiger als auf der Straße.«

Doro lachte und drückte Susans Arm.

»Keine Sorge, ich bin nur auf Mrs. Pankhurst neugierig, ansonsten teile ich deine Meinung, dass die ganze Sache früher oder später wohl im Sande verlaufen wird.«

Susan bereitete Tee zu, und die Freundinnen plauderten über dies und das. Eine Stunde später wurde es für Susan Zeit, ihre restlichen Sachen zu packen. Der Zug, der sie nach Dover zur Fähre bringen würde, ging am frühen Morgen, und Susan wollte für die lange Reise auf die Belle-Île an der französischen Atlantikküste ausgeruht sein.

12. Kapitel

Sumerhays, Cornwall, Weihnachten 1910

Mit großen, glänzenden Augen blickte Anabell auf die Tanne, die im Salon vom Fußboden bis zur Stuckdecke reichte und mit glitzernden Kugeln, Strohsternen und, wie es dem Mädchen schien, Tausenden von brennenden Wachskerzen geschmückt war.

»Schön!«, hauchte sie und griff nach der Hand ihrer Mutter. »War Santa Claus letzte Nacht hier und hat das gemacht?«

Lavinia Callington schmunzelte, ging in die Hocke, damit sie auf Augenhöhe mit Anabell war, und nahm das Mädchen in ihre Arme.

»Ja, mein Schatz, Santa Claus ist mit seinem Schlitten, der über und über mit Geschenken beladen ist und von einem Rentier gezogen wird, auf unserem Dach gelandet und ist dann durch den Kamin in das Zimmer gekommen. Möchtest du mal nachsehen, ob er vielleicht ein Geschenk für dich dagelassen hat?«

Anabell nickte, rührte sich jedoch nicht von der Stelle. Sie steckte einen Daumen in den Mund, obwohl sie sich das Daumenlutschen schon seit einem Jahr abgewöhnt hatte, aber heute war für sie ein solch aufregender Tag, dass sie wieder in die alte Gewohnheit verfiel.

»Wo ist das Geschenk?«, nuschelte das kleine Mädchen und sah sich im Salon um.

»Sieh mal am Kamin nach.« Lavinia gab ihr einen liebevollen Klaps und schob sie zum Kamin, an dem ein großer, roter und prall gefüllter Strumpf hing.

»Erzähl dem Kind doch nicht einen solchen Unsinn.« Edward Callington trat neben seine Frau und schüttelte missbilligend den Kopf. »Meine Eltern haben mir nie von Santa Claus vorgelogen, ich wusste bereits als kleiner Junge, dass die Dienstboten den Weihnachtsbaum aufstellen und meine Eltern die Geschenke kaufen.«

Über Lavinias Gesicht fiel ein Schatten, sie antwortete jedoch leise und beherrscht: »Es ist das erste Weihnachten, an dem Anabell alles bewusst mitbekommt. Letztes Jahr war sie noch zu klein, aber jetzt wird sie bald vier Jahre alt. Kinder lieben Weihnachten und all die schönen Geschichten, lassen wir ihr doch die Freude.«

Edward zuckte mit den Schultern.

»Wie du meinst, aber ich möchte nicht, dass aus meiner Tochter ein verträumtes, ängstliches Wesen wird, das sich vor allem und vor jedem fürchtet. Je schneller ein Kind lernt, wie die Welt wirklich ist, desto besser.«

»Ich finde, Edward hat recht.« Lavinia hatte nicht bemerkt, dass ihre Schwiegermutter eingetreten war. »Ich halte auch nichts von dieser Gefühlsduselei. Du verziehst das Kind völlig, Lavinia.«

Lavinia beherrschte sich, keine patzige Antwort zu geben, stattdessen beobachtete sie Anabell, die damit beschäftigt war, einen Karton zu öffnen, der eine Puppe enthielt. Was die Kindererziehung anging, waren sie und Zenobia selten einer Meinung, während Edward sich weitgehend heraushielt. Er interessierte sich lediglich für die Fortschritte, die Anabell beim Reiten machte, obwohl Lavinia fand, dass das Mädchen mit drei Jahren noch zu jung war, um auf einem Pferd zu sitzen, auch wenn es nur ein Pony war. Edward hatte jedoch eine andere Meinung, die er auch durchsetzte. Lavinia wusste, dass ihr Mann Anabell zwar liebte, aber immer noch enttäuscht war, dass sie nicht der erwünschte Sohn geworden war. Er versuchte, aus Anabell einen Jungen zu machen, was natürlich völlig unmöglich war, denn das Mädchen war für ihr Alter klein und zierlich und besaß ein empfindliches Gemüt.

Da es Weihnachtsmorgen war, wurde das Frühstück im Salon serviert und nicht wie sonst üblich im kleinen Morgenzimmer. Draußen war es neblig-trüb, doch die brennenden Kerzen auf dem Weihnachtsbaum erzeugten eine heimelige Atmosphäre, und der Duft der Blautanne durchzog das Zimmer. Anabell jauchzte, als sie die Puppe endlich ausgepackt hatte. Staunend betrachtete sie das Porzellangesicht, das so fein und genau gearbeitet war, als würde die Puppe jeden Moment zum Leben erwachen. Die Augenlider bewegten sich, und glücklich drückte Anabell das Geschenk, das Lavinia ausgewählt hatte, an sich. Der Holzeisenbahn, die Edward für seine Tochter gekauft hatte, schenkte sie ebenso wenig Aufmerksamkeit wie dem Holzschwert von Zenobia. Lavinia hatte mit ihrer Schwiegermutter lange diskutiert, ob es sinnvoll war, einem knapp vierjährigen Mädchen eine Waffe zu schenken, auch wenn diese nur aus Holz war, aber Zenobia stieß in das gleiche Horn wie Edward.

»Da du offenbar nicht in der Lage bist, unserer Familie einen Sohn und Erben zu schenken, und wir uns mit einem Mädchen abfinden müssen, werden wir dafür sorgen, dass aus Anabell eine Frau wird, die mit beiden Beinen im Leben steht. Eines Tages wird sie einen großen Besitz und eine Menge Geld erben. Ich möchte nicht, dass Anabell zum Ziel von Mitgiftjägern wird, sondern dass sie lernt, sich im Leben zu behaupten, und – wenn nötig – das Anwesen auch allein führen kann.«

»Das möchte ich auch«, hatte Lavinia geantwortet, auf eine weitere Diskussion jedoch verzichtet, denn das würde wie üblich zu keinem Ergebnis führen. Außerdem hatte Zenobia sie mit der Anspielung auf ihre Kinderlosigkeit verletzt. Nach Anabells Geburt, über die sich Edward zuerst enttäuscht gezeigt hatte, dann jedoch dem Liebreiz des Kindes verfallen war, hatte er, sobald es medizinisch möglich war, wieder Lavinias Bett aufgesucht. Edward ging ja davon aus, dass sie ein Mal schwanger geworden war – warum also sollte es nicht noch einmal klappen? Und dann würde Lavinia einen Sohn bekommen. Nur Lavinia wusste, dass dies, im wahrsten Sinn des Wortes, vergebliche Liebesmühe war, und ertrug schweigend die Minuten, in denen Edward ihren Körper benutzte, als wäre sie eine Zuchtstute. Nun waren seit Anabells Geburt fast vier Jahre vergangen, aber Lavinia war natürlich nicht wieder schwanger geworden. Zu ihrer Erleichterung hatte Edward in den letzten Monaten seine nächtlichen Besuche reduziert und sich damit abgefunden, dass Anabell wohl sein einziges Kind bleiben würde.

In den letzten Jahren war es Lavinia gelungen, die Wahrheit fast vollständig aus ihrem Kopf zu verbannen. Anabell war ihre Tochter. Ihr Kind, das sie neun Monate in ihrem Bauch getragen und unter Schmerzen geboren hatte. Sie ertappte sich sogar dabei, wie sie in Anabells Gesicht nach Ähnlichkeiten mit ihr oder Edward suchte. Ein glücklicher Zufall wollte es, dass Anabell dunkelbraune Augen hatte und ihr anfangs helles Haar sich mit der Zeit in ein sanftes Hellbraun wandelte wie das von Lavinia. Aber weder der Schnitt der Augen noch ihre Nase oder die Mundform entsprachen dem Aussehen der Familie Callington. Da aber weder Edward noch Zenobia aus Lavinias Familie außer deren Mutter jemanden kennengelernt hatte, meinte Zenobia, Anabell schlüge wohl nach ihrem Großvater mütterlicherseits.

»Das Frühstück ist serviert, Myladys.« Die Bemerkung des Butlers riss Lavinia aus ihren Gedanken, und sie merkte, wie hungrig sie war.

»Anabell, bitte komm frühstücken«, rief sie ihrer Tochter zu. »Du kannst nachher weiterspielen.«

Anabell tapste heran und setzte sich auf ihren Stuhl, ohne ihre Puppe aus dem Arm zu lassen.

»Mama, Clara hat auch Hunger«, sagte sie.

»Clara? Ist das der Name deiner Puppe?«

Anabell nickte ernsthaft. »Sie sieht aus wie die Clara.«

Lavinia unterdrückte ein Schmunzeln. Clara hieß die Tochter eines Pächters, etwas älter als Anabell, die ihren Vater manchmal begleitete, wenn er etwas mit Edward besprechen musste. Dabei hatte Anabell ein paar Mal mit Clara gespielt, obwohl dies von Zenobia missbilligend beobachtet worden war, und Lavinia musste zugeben, dass das Gesicht der Puppe tatsächlich eine gewisse Ähnlichkeit mit der Pächterstochter aufwies.
Das Frühstück verlief schweigend. Es war nicht üblich, sich beim Essen zu unterhalten. Normalerweise aß Anabell nicht zusammen mit den Eltern, sondern mit ihrer Kinderfrau in den Kinderzimmern im zweiten Stock. Da heute jedoch Weihnachten war, wurde eine Ausnahme gemacht.
Nachdem Edward seine Serviette zur Seite gelegt hatte, klingelte er und bat Monkton, dem Kindermädchen Bescheid zu sagen.
»Es soll mit Anabell nach oben gehen und die Geschenke mitnehmen. Dort kann das Kind dann weiterspielen.«
Lavinia hätte gern selbst mit ihrer Tochter gespielt, wusste jedoch, dass Edward dies nicht gerne sah. Was Kindererziehung betraf, lebte er noch im vorigen Jahrhundert, in dem Kinder ausschließlich im Kindertrakt lebten und die Eltern nur ab und zu nach ihnen schauten. Es gab Personal, das sich um die Erziehung kümmerte. Lediglich bei Besuchen wurden die Kinder den Gästen für wenige Minuten vorgeführt, mussten dabei aber wie Puppen still stehen und durften kein Wort sagen. Schon Lavinias Wunsch, sich nach Anabells Geburt selbst um das Kind zu kümmern, hatte Edwards Unwillen erregt, also hatte sich Lavinia seinen Wünschen fügen müssen. In den letzten Jahren waren sie und Anabell nur dann nach London gereist, wenn es zwingend erforderlich war, und hatten die meiste Zeit auf Sumerhays verbracht. Diese Zeit, wenn sie sich voll und ganz ihrer Tochter widmen konnte, war eine besonders glückliche Phase im Leben Lavinias gewesen, die sich nicht nach den Vergnügungen der Stadt sehnte. Leider war das Glück im vergangenen Sommer getrübt

worden. Archibald Heddingham, Zenobias zweiter Mann, war gestorben. Seit dem Unfall, an dem Lavinia Schuld trug, hatte sich sein Gesundheitszustand von Jahr zu Jahr verschlechtert, und eine anfangs leichte Sommergrippe hatte sich bald zu einer tödlichen Lungenentzündung entwickelt. Zenobia hatte Ravenwood nach dem Tod ihres Mannes einem Verwalter überlassen und war nach Sumerhays gezogen. Sie überlegte sogar, den Landsitz im Norden zu verkaufen, da sie keine Lust verspürte, jemals wieder dort zu leben. Seit Zenobia ständig im Haus wohnte, hatte Lavinia das Gefühl, Anabell entglitte ihr zusehends. Zenobia teilte die Meinung ihres Sohnes über eine strenge Erziehung und ließ Lavinia kaum Spielraum, sich weiterhin selbst um Anabell zu kümmern. Zusätzlich zum Kindermädchen wurde von Zenobia ein Dienstmädchen eingestellt, die ausschließlich für die Kinderzimmer verantwortlich war. Diese hatte Zenobia selbst ausgesucht und Lavinia vor vollendete Tatsachen gestellt, was sie noch heute furchtbar wütend machte. Dennoch zwang sie sich, nicht an solche Dinge zu denken. Heute war Weihnachten, das Fest der Freude und der Fröhlichkeit, und sie würde ohnehin nichts ändern können.

»Ist für heute Abend alles vorbereitet?«, fragte Edward und sah seine Frau an.

Lavinia nickte. »Ich werde nachher mit Mrs. Windle noch ein paar Einzelheiten des Dinners besprechen, aber in der Küche wird seit Tagen gekocht und gebacken.«

Die Callingtons hatten am Abend zum Weihnachtsdinner geladen. Sie erwarteten fünfundzwanzig Gäste aus Cornwall und aus Devon, und die Vorbereitungen für das Abendessen hatten Lavinia in den letzten Tagen auf Trab gehalten.

»Es ist eine Zumutung, dass wir diesen Polkinghorn in unserem Haus dulden müssen«, wandte Zenobia mit grimmigem Gesichtsausdruck ein. »Der Mann ist nicht gesellschaftsfähig, ganz gleich, in welche Familie er hineingeheiratet hat.«

Edward seufzte. »Ich teile deine Meinung, Mutter, aber wir können Veronica nicht ausschließen. Schließlich sind wir mit ihr verwandt.«

Als vor knapp zwei Jahren bekannt wurde, dass Stephen Polkinghorn sich mit Veronica Allerby verlobt hatte und diese wenig später heiratete, waren alle guten Familien der Grafschaften Devon und Cornwall außer sich gewesen. Die Allerbys blickten auf eine Ahnenreihe bis zu Wilhelm dem Eroberer zurück und verfügten nicht nur über weitläufigen Landbesitz in Devon und zwei Stadthäuser in London, sondern auch über Besitztümer im Essex, Cumbria und Wiltshire. Damit nicht genug: Veronica Allerby war die Enkelin von Arthur Allerby, einem Cousin zweiten Grades von Jonathan Callington, Zenobias erstem Mann und Vater von Edward, und somit mit den Callingtons verwandt. Wenngleich man sich nie zuvor begegnet war – Veronica Polkinghorn, wie sie jetzt hieß, gehörte zur Familie, und da sie nur wenige Meilen von Sumerhays entfernt lebte, konnte man sie, und damit auch ihren Mann, nicht aus der Gesellschaft ausschließen.

»Ich möchte nur wissen, wie es diesem Polkinghorn gelungen ist, sich eine Allerby zu angeln«, sprach Zenobia ihre Gedanken aus, und ihre Mundwinkel zogen sich nach unten. »Durch Veronicas Mitgift sind die Polkinghorns saniert, plötzlich spricht auch niemand mehr von Polkinghorns Vergangenheit, und die Türen der guten Häuser öffnen sich für ihn.«

»Es gehört sich an Weihnachten, die Nachbarn einzuladen«, bemerkte Edward. »Wir werden den Abend mit Polkinghorn schon überstehen.«

Zenobia seufzte, nickte dann aber. »Ich gebe ehrlich zu, dass ich auf Veronica gespannt bin. Wir sind uns ja nie begegnet, und ich bin neugierig, wie es ihr gelungen ist, den Filou Polkinghorn einzufangen.«

Während des Gesprächs zwischen ihrem Mann und Zenobia hatte Lavinia geschwiegen. Beide erwarteten auch keine Beteiligung von ihr, daher fiel es niemandem auf, wie unbehaglich sie sich fühlte. Auch Lavinia sah der Begegnung mit Stephen Polkinghorn mit Spannung entgegen, weniger, weil er bis vor kurzem als nicht gesellschaftsfähig galt, sondern weil sie an ihre letzte Begegnung denken musste. Dies lag fast vier Jahre zurück, und damals hätte er beinahe das Leben von Susan Hexton und ihrer kleinen Anabell auf dem Gewissen gehabt. Außerdem hatte Polkinghorn Verdacht geschöpft, dass mit Susans Schwangerschaft und der ihrigen etwas nicht stimmte. Als Lavinia hörte, er wäre nach London gegangen, war sie erleichtert gewesen, doch jetzt war Polkinghorn nicht nur wieder in Cornwall, sondern hatte sogar eine entfernte Verwandte geheiratet. Somit würden weitere Begegnungen nicht ausbleiben, und Lavinia hoffte, dass er Susan und alles, was damals geschehen war, längst vergessen hatte.

»Lavinia, hat Mr. Eathorne sein Kommen für heute Abend zugesagt?«

»Wie? Was?« Lavinia zuckte zusammen, dann erinnerte sie sich an den Namen. »Ja, Mutter, Mr. Eathorne hat eine Karte mit den Worten, es wäre ihm eine Freude, an unserem Dinner teilzunehmen, geschickt.«

»Gut.« Zenobia lächelte zufrieden. »Endlich lernen wir diesen geheimnisvollen Herrn kennen.«

»Ach, Mutter, ich hoffe, du hältst deine Neugierde heute Abend im Zaum.« Edwards Worte waren zwar von einem Lächeln begleitet, der mahnende Unterton jedoch unüberhörbar. »Mr. Eathorne hat ein schlimmes Schicksal erlitten. Er hat seine Gründe, so zurückgezogen zu leben.«

Zenobia legte eine Hand auf den Arm ihres Sohnes. »Keine Sorge, Edward, ich werde ihn nicht gleich bis ins kleinste Detail ausfragen, aber man möchte ja schließlich wissen, mit wem man in Nachbarschaft lebt. Zumal über diesen Mann gewisse Gerüchte im Umlauf sind …«

Auch Lavinia waren Gerüchte über Sebastian Eathorne zu Ohren gekommen. Vor vier Monaten hatte er das Anwesen Ladbrooke House in der Nähe der Stadt Lostwithiel erworben. Das Haus hatte lange leer gestanden, und Eathorne lebte jetzt dort nur mit einem Diener für die groben Arbeiten. Man sagte, er stamme aus Bristol, wäre verwitwet und hätte sich aus Kummer über den Tod seiner Frau aufs Land zurückgezogen. Allerdings kursierten auch Gerüchte, dass Eathorne am Tod seiner Frau schuld war, was ihm jedoch nicht nachgewiesen werden konnte. Niemand wusste genau zu sagen, wie seine Frau gestorben war, noch, womit Eathorne sein Geld verdiente. Er musste über ein gewisses Vermögen verfügen, denn die Instandsetzung und der Unterhalt von Ladbrooke House kostete bestimmt ein hübsches Sümmchen. Es war Zenobias Vorschlag gewesen, Mr. Eathorne eine Einladung zum Weihnachtsdinner auf Sumerhays zu schicken, obgleich er keinen Titel trug. Ihre Neugierde auf den Mann ließ sie diesen Mangel jedoch vergessen. Allerdings hatte Zenobia nicht geglaubt, er würde wirklich kommen, da er bisher alle Einladungen ausgeschlagen hatte.

»Nun, ich habe noch eine Menge zu erledigen.« Lavinia stand auf. »Edward … Mutter … wenn ihr mich bitte entschuldigen würdet?«

Zenobia wartete, bis sich die Tür hinter Lavinia geschlossen hatte, dann sagte sie zu ihrem Sohn: »Ich bin sicher, Lavinia geht gleich in die Kinderzimmer. Ich finde, sie verwöhnt Anabell zu sehr.«

»Ach, Mutter, lass sie doch. Wir wissen, wie sehr sich Lavinia ein Kind gewünscht hat. Anabell ist noch klein, ich werde schon dafür sorgen, dass sie nicht zu sehr verzärtelt wird.«

»Diesbezüglich habe ich keine Bedenken.« Zenobia seufzte und trank den letzten Schluck Tee aus ihrer Tasse. »Du bist allerdings viel zu selten auf Sumerhays.«

»Mutter, du weißt, meine Arbeit in London …«

Zenobia winkte ab und seufzte ein weiteres Mal.
»Es ist bedauerlich, dass Anabell kein Junge ist. Verstehe mich nicht falsch, Edward, ich liebe meine Enkeltochter von ganzem Herzen, dennoch denke ich, sie wäre am besten nie geboren worden. Denn dann ...«
Zenobia beendete den Satz nicht, aber Edward verstand. Er war über ihre harten Worte nicht schockiert, entsprachen sie ja nur seinen eigenen Gedanken. Damals, bevor Lavinia schwanger geworden war, hatte er sich ernsthaft mit einer Trennung beschäftigt. Er wäre noch jung genug gewesen, um sich eine andere Frau zu suchen, die ihm den ersehnten Sohn hätte schenken können. Doch jetzt, da es Anabell gab, war an eine Trennung nicht zu denken, niemand hätte Verständnis, wenn er Frau und Tochter verließ. Wie es aussah, würde Lavinia ihm kein weiteres Kind schenken. Zugegeben – Anabell war ein ganz entzückendes Mädchen, aber eben nur ein Mädchen. Nun, er würde dafür sorgen, dass sie eines Tages einen vermögenden Mann aus guter Familie heiratete, der Besitz der Tredarys würde jedoch niemals in fremde Hände geraten.
»Ich reite aus«, sagte Edward. »Ich möchte euch Frauen bei den Vorbereitungen für das Dinner nicht im Weg stehen.«
Zenobia lächelte wohlwollend.
»Ich hoffe, Lavinia weiß, was sie an dir hat, mein lieber Edward. Manchmal denke ich, sie weiß es nicht richtig zu schätzen, denn oft ist sie schon etwas ... aufsässig.«
Edward nickte. Seit Anabells Geburt hatte sich Lavinia verändert. Früher war sie all seinen Wünschen bedingungslos nachgekommen, jetzt jedoch äußerte sie eigene Meinungen und Vorstellungen, besonders wenn diese ihre Tochter betrafen. Nun, sie würden bis Anfang Januar in Sumerhays bleiben, danach wollte Edward darauf bestehen, dass Lavinia ihn nach London begleitete, ohne Anabell natürlich. Das Kind war bei seiner Großmutter und seinen Kindermädchen gut aufgehoben. Er jedoch musste in der Stadt ständig repräsentieren, dabei war es notwendig, dass

seine Frau an seiner Seite war. Edward wusste, dass Lavinia weder ihr Kind allein lassen noch das Frühjahr in London verbringen wollte, sie hatte sich jedoch für den Luxus und die Stellung in der Gesellschaft, die Edward ihr bieten konnte, entschieden, somit blieb ihr nichts anderes übrig, als sich zu fügen.

Das Dinner verlief zu Lavinias und Zenobias vollster Zufriedenheit. Als Vorspeise gab es frischen Lachs im Senfmantel, die gefüllten Truthähne schmeckten köstlich, und den obligatorischen Plumpudding spülten die Gäste mit Mengen von süßem Portwein hinunter. Ein wenig befangen war Lavinia Stephen Polkinghorn und seiner jungen Frau gegenübergetreten, aber Veronica machte es ihr leicht, sie auf Anhieb zu mögen. Sie war nicht hübsch im landläufigen Sinn, dazu war ihr Gesicht zu lang und zu schmal, die Nase zu spitz und ihre Lippen nicht voll genug. Wenn Veronica jedoch lächelte, strahlten ihre blaugrauen Augen, und sie verfügte über eine natürliche Anmut und Eleganz und verstand sich darauf, charmant und unterhaltsam zu plaudern. Stephen Polkinghorn wurde von allen Gästen zurückhaltend begrüßt und während des Essens verstohlen gemustert. Er selbst hielt sich bei den Gesprächen zurück, warf nur hier und da höfliche Floskeln wie »Wie interessant! Davon müssen Sie mir mehr erzählen« oder »Das wusste ich noch gar nicht« ein. Obwohl eine gelöste Atmosphäre herrschte, wurde Lavinia das Gefühl nicht los, von Polkinghorn beobachtet zu werden. Wenn sie ihm ihren Blick zuwandte, drehte er schnell den Kopf zur Seite und tat, als wäre er mit dem Fleisch auf seinem Teller beschäftigt. Lavinia war sich jedoch sicher, dass er nur darauf wartete, sie unter vier Augen sprechen zu können. Daher wandte sie ihre ganze Aufmerksamkeit dem neuen Gast zu. Da Sebastian Eathorne niemanden in der Runde kannte, saß er rechts neben Lavinia, so dass sie sich um ihn kümmern konnte. Eathorne war ein zurückhaltender Mann von etwa vierzig Jahren, groß, schlank, das dunkelbraune Haar an den Schläfen bereits ergraut. Tiefe Falten, die sich von der Nase zu seinen Mundwinkeln zogen, wiesen auf die hinter ihm liegende schwere Zeit hin. Selbstverständlich waren die Gerüchte, die über Eathorne in der ganzen Grafschaft kursierten, an diesem Abend tabu, daher suchte Lavinia nach einem Thema für eine unverfängliche Unterhaltung.

»Ich hörte, Sie haben Ladbrooke House gekauft«, begann sie und lächelte Eathorne freundlich zu. »War das Haus nicht in einem sehr schlechten Zustand? Hoffentlich haben Sie nicht zu viel renovieren müssen und haben es bequem dort.«

Er hob nur für einen Moment den Blick und sah Lavinia in die Augen, dann nahm er sein Weinglas und trank einen Schluck, bevor er antwortete: »Für meine Bedürfnisse ist das Haus ausreichend.«

»Sie leben dort ganz allein?«

»Mit einem Diener, ja.«

»Wo haben Sie vorher gelebt?« Lavinia konnte sich die Frage nicht verkneifen.

»Im Norden.«

An der Kürze seiner Antwort und dem barschen Tonfall erkannte Lavinia, dass Eathorne dieses Thema nicht weiterverfolgen wollte. Mit einem Fingernagel zeichnete sie ein Muster auf die Tischdecke, bis sie sich dem unverfänglichsten aller Themen zuwandte.

»Das Wetter in Cornwall ist im Winter recht mild, Mr. Eathorne. Sie werden überrascht sein, dass wir bisher keinen Schnee oder strengen Frost hatten. Es regnet jedoch häufig.«

»Ja, das habe ich bemerkt.« Wieder nur eine kurze Antwort.

Krampfhaft setzte Lavinia das Gespräch fort. Als Gastgeberin musste sie sich um den Herrn, der als Einziger ohne Begleitung gekommen war, kümmern.

»Der Frühling kommt in unserer Gegend immer sehr früh.« Lavinia wusste, dass ihre Worte lapidar und nichtssagend klangen, aber nichts war unverfänglicher, als über das Wetter zu sprechen. »Wenn wir Glück haben, blühen bereits im Februar die ersten Krokusse.«

»Im Frühling bin ich vielleicht nicht mehr in Cornwall«, entgegnete Eathorne und sah Lavinia zum ersten Mal ins Gesicht.

»Oh! Wir dachten, da Sie Ladbrooke House instand gesetzt haben, wollen Sie sich hier dauerhaft niederlassen.« Auf Lavinias Zunge brannte die Frage nach seinem Beruf oder der Tätigkeit, mit der Eathorne sein Geld verdiente. Vielleicht hatte er auch geerbt und war von Haus aus vermögend. Eine solche Frage verbot sich natürlich, besonders bei der ersten Begegnung. Aus den Augenwinkeln sah Lavinia, dass die Gäste ihre Teller mit dem Plumpudding geleert hatten, daher konnte sie die Tafel aufheben. Sie nahm ihre Serviette vom Schoß, legte sie sorgsam gefaltet neben ihren Teller und erhob sich.

»Meine Damen, wir sollten die Herren jetzt allein lassen. Der Kaffee wird im Salon serviert.«

Edward und der eine oder andere männliche Gast seufzte erleichtert. Nach dem reichhaltigen Mahl sehnten sich die Männer nach einem Brandy oder Whisky und einer Zigarre. Man trank oder rauchte jedoch nicht in Gegenwart der Damen, die sich aus diesem Grund zurückzogen, um unter sich Kaffee zu trinken und Gebäck zu essen. Außerdem gab es für die Herren wichtige Fragen der Politik und der Wirtschaft zu besprechen, die nicht für die Ohren der Frauen bestimmt waren.

Während Lavinia in den Salon ging, drängte sich Zenobia an ihre Seite.

»Du warst gegenüber Eathorne zu aufdringlich«, flüsterte sie Lavinia tadelnd ins Ohr. »Er fühlte sich sichtlich unwohl in deiner Gesellschaft.«

»Mutter!« Lavinia versuchte, ruhig zu bleiben. »Wir haben lediglich über das Wetter geplaudert. Außerdem – gerade dich interessiert seine Vergangenheit doch brennend, oder?«

»Ach, redet ihr etwa über den geheimnisvollen Sebastian Eathorne?« Lavinia hatte nicht leise genug gesprochen. Lady Tremayne sah sie interessiert an. »Er ist ein sehr interessanter Mann«, fuhr sie fort. »Ich hätte nicht gedacht, dass er so gut aussieht.«

Das Eintreten von Mrs. Windle, die Kaffee und Likör servierte, enthob Lavinia einer Antwort. Danach wandte sich die allgemeine Aufmerksamkeit Veronica Polkinghorn zu, die zuerst etwas verloren auf einem Stuhl saß und an ihrem Kaffee nippte.

»Lady Polkinghorn, Sie müssen uns erzählen, wie Sie Ihrem Mann begegnet sind«, sagte Zenobia auffordernd. »Wir dachten, Polkinghorn werde für immer Junggeselle bleiben.«

»Ach bitte, nennen Sie mich doch Veronica.« Sie sah lächelnd in die Runde und schien über Zenobias Direktheit nicht pikiert zu sein. »Stephen und ich wurden uns in London bei gemeinsamen Bekannten vorgestellt.«

»Ach, die Allerbys und die Polkinghorns haben einen gemeinsamen Freundeskreis?« Es war Zenobias Gesichtsausdruck anzusehen, dass dies sie überraschte. »Ich meine, mich zu erinnern, dass er in den letzten Jahren nicht in den guten Häusern verkehrte.«

Wenn Veronica den Zynismus in Zenobias Frage bemerkte, ließ sie sich nichts anmerken. Freundlich, aber bestimmt erwiderte sie: »Der Ruf, den mein Mann hatte, ist mir bekannt. Sie können mir glauben, meine Damen, dass ich nicht blauäugig diese Ehe eingegangen bin, sondern genau wusste, worauf ich mich einließ. Aber Menschen können sich ändern.« Veronica Polkinghorn warf den Kopf in den Nacken und sah selbstbewusst in die Runde.

Zenobia senkte beschämt den Kopf. »Ich wollte Ihnen nicht zu nahe treten, Veronica«, sagte sie leise. »Immerhin sind die Callingtons und Allerbys miteinander verwandt, darum haben wir uns Sorgen um Sie gemacht.«

»Dazu besteht kein Grund.« Veronica lachte. »Können wir nun das Thema wechseln? Was halten Sie denn von unserem Einsiedler? Es ist das erste Mal, dass er sich in der Öffentlichkeit zeigt, nicht wahr?«

Lavinia war erleichtert, dass Veronica das Gespräch auf Sebastian Eathorne brachte, und sie berichtete von ihrem kurzen Gespräch bei Tisch. Bald jedoch war auch dieses Thema erschöpft, und Anne Troy, die den Herbst in London verbracht hatte, berichtete von den neuen Modetrends und einigen pikanten Details aus dem Liebesleben des Königs, der keinen Hehl aus seinen zahlreichen Beziehungen zu oft zweifelhaften Frauen machte.

Mit einem Auge schielte Lavinia zur Uhr. Die Zeiger zeigten schon nach zehn, und sie begann, sich zu langweilen und müde zu werden. Mit einem Lächeln erhob sie sich.

»Sie entschuldigen mich bitte für ein paar Minuten? Ich möchte nur kurz nach meiner Tochter sehen. In der letzten Zeit hat sie manchmal Probleme beim Einschlafen.«

»Lavinia, das Kindermädchen …«

»Ich weiß, Mutter«, unterbrach Lavinia ihre Schwiegermutter, »trotzdem möchte ich selbst nach Anabell schauen.«

Ohne eine Antwort abzuwarten, verließ Lavinia den Salon. Auf dem Flur lehnte sie sich gegen die Wand und seufzte. Ein pochender Schmerz zog vom Nacken in ihren Kopf, und sie sehnte sich danach, allein zu sein. Nun, maximal noch eine Stunde, dann würden sich die Gäste verabschieden. Aus dem Rauchzimmer, in das sich die Männer zurückgezogen hatten, klangen laute Stimmen und Gelächter. Die Herren schienen sich prächtig zu amüsieren.

Lavinia machte kein Licht, als sie in den zweiten Stock, in dem die Kinderzimmer lagen, hinaufging, denn sie kannte das Haus wie ihre Westentasche. Leise öffnete sie die Tür zu Anabells Zimmer. Die Vorhänge waren zugezogen, durch den Spalt drang nur wenig Mondlicht, und Lavinia betrachtete ihre schlafende Tochter. Vor Liebe zog sich ihr Herz zusammen. Anabell schlief tief und fest, das hellbraune, wellige Haar wie ein Heiligenschein auf den Kissen ausgebreitet. Lavinia trat neben das Bett und zog die Decke, die herabgerutscht war, über Anabells Schultern. Sie hauchte einen leichten Kuss auf die Wange des Mädchens. Als sie das Zimmer wieder verlassen wollte, trat plötzlich eine Gestalt in den Türsturz.

»Was wollen Sie hier?«, flüsterte Lavinia und wollte sich an dem Mann vorbeidrängen, doch dieser fasste nach ihrem Arm.

»Ich hoffe, Ihrer Tochter geht es gut?«

Stephen Polkinghorn! Lavinias Herzschlag beschleunigte sich. Sie hätte es sich denken können, dass er den erstbesten Moment nutzte, sie allein zu sprechen.

»Was wollen Sie?«, wiederholte sie. »Bitte, ich möchte nicht, dass Anabell aufwacht.«

Stephen nickte und trat einen Schritt zur Seite. Erst als Lavinia die Tür hinter sich geschlossen hatte, sagte er: »Ich hatte noch keine Gelegenheit, Ihnen zu Ihrer Tochter zu gratulieren.«

Lavinia zuckte mit den Schultern. »In den letzten Jahren verkehrten wir nicht in denselben Kreisen.«

Er lachte leise. »Das hat sich ja nun glücklicherweise geändert. Die Familie Allerby ist allgemein geschätzt und anerkannt. Was für ein Glück, dass Veronica sich ausgerechnet in mich verliebt hat, nicht wahr?«

Lavinia hatte weder Zeit noch Lust, mit Polkinghorn über dessen Ehe zu sprechen.

»Man wird mich unten vermissen«, sagte sie daher und wollte gehen, aber Stephen hielt nach wie vor ihren Arm umklammert.

»Lassen Sie mich sofort los!«

Sein Griff lockerte sich, doch er beugte sich dicht zu Lavinia vor, so dass sie trotz des mangelnden Lichts seine blitzenden Augen erkennen konnte.

»Es ist jetzt wirklich schon vier Jahre her, seit Susan Hexton in diesem Haus war. Unheimlich, wie schnell die Zeit vergeht, nicht wahr?« Lavinia versuchte, ruhig zu atmen, aber das Herz pochte ihr im Hals. »Wie geht es denn unserer lieben Susan?«

»Woher soll ich das wissen?«, gab Lavinia scharf zurück. »Sie ist Schauspielerin geworden. Das ist doch eher eine gesellschaftliche Schicht, in der Sie verkehren, Polkinghorn.«

»Oh, Susan oder Peggy Sue, wie sie sich jetzt nennt, ist als Schauspielerin sogar ganz passabel. Ich habe sie mal auf der Bühne gesehen. Nur schade, dass sie von unserer einstigen Freundschaft nichts mehr wissen will.«

Lavinia trat ein paar Schritte zurück, denn Polkinghorn hatte sie endlich losgelassen.

»Wenn Sie Susan gesehen haben, warum fragen Sie mich dann nach ihr?«, fragte sie und bemühte sich, Polkinghorn ihre Nervosität nicht anmerken zu lassen. »Ich gehe jetzt wieder zu meinen Gästen ...«

»Sie haben eine zauberhafte Tochter«, sagte er plötzlich. »Sie und Ihr Mann sind bestimmt sehr stolz auf sie. Pech nur, dass Susan ihr Kind verloren hat, nicht wahr?«

Lavinia verharrte abrupt, alles in ihr schien zu Eis zu erstarren.

»Hat Susan Ihnen das gesagt?« Lavinias Stimme war nur ein Flüstern. Sie hatte nicht geahnt, dass Polkinghorn und Susan sich erneut begegnet waren, es schien jedoch logisch, dass Susan ihm erzählt hatte, sie hätte ihr Kind verloren.

»Ich dachte, Sie würden sich vielleicht um Ihre Freundin sorgen«, sagte er mit einem Unterton, der Lavinia einen kalten Schauer über den Rücken jagte.

»Wir waren nie Freundinnen. Nur, weil ich sie damals, als sie in einer prekären Situation war, einige Zeit auf unserem Besitz habe wohnen lassen, verbindet uns keine Freundschaft.«

»Ach ja?« Er lachte höhnisch. »Welch ein Zufall, dass Susan ihr Kind verliert, während Sie eines bekommen. Und das, nachdem Sie jahrelang versucht haben, schwanger zu werden.«

»Halten Sie den Mund!« Lavinias Beklemmung wich einer

grenzenlosen Wut. »Wie können Sie es wagen, derart mit einer Dame zu sprechen. Mein Leben und das Leben meiner Familie geht Sie nichts an, und jetzt möchte ich Sie bitten zu gehen, sonst rufe ich um Hilfe.«
So leicht ließ sich Polkinghorn nicht einschüchtern. Er sagte leise und eindringlich: »Damals schon vermutete ich, dass mit Ihrer Schwangerschaft etwas nicht in Ordnung war. Und als ich erfuhr, dass Susan kein Kind hat ...«
»Verschwinden Sie aus unserem Haus!« Lavinia machte sich keine Mühe mehr, ihre Stimme zu senken. Sie wusste, was Polkinghorn andeuten wollte, aber er hatte keinen Beweis. Nicht, wenn Susan Hexton den Mund gehalten hatte, und davon war Lavinia überzeugt. Selbst wenn sie geplaudert haben sollte – es gab nicht den kleinsten Beweis, dass sie Anabells Mutter war. Alle, die damals in die Angelegenheit involviert waren, standen auf Lavinias Seite und wurden für ihr Schweigen auch heute noch gut bezahlt.
»Ich werde die Wahrheit herausfinden, Lady Lavinia.« Polkinghorns Stimme war eine einzige Drohung. »Gerade weil ich jetzt über Veronica mit dem lieben Edward verwandt bin, möchte ich nicht, dass mein Großcousin, oder wie immer man unsere verwandtschaftliche Beziehung nennt, einer Lüge aufsitzt und vielleicht ein Kind aufzieht, das gar nicht seinen Lenden entsprungen ist.«
»Ich weiß nicht, wovon Sie sprechen.« Lavinia umklammerte das Treppengeländer so fest, dass ihre Knöchel schmerzten. »Wenn es mir auch für Ihre Frau leidtut – ich glaube, es ist besser, Sie verlassen auf der Stelle mein Haus und sehen künftig von Besuchen ab.«
»Genau das werde ich nicht tun, meine Liebe.« Er lachte anzüglich. »Nicht jetzt, da mir durch Veronica alle Türen offenstehen.«
»Lassen Sie die Lady in Ruhe!« Wie aus dem Nichts tauchte plötzlich Sebastian Eathorne auf. »Ich habe das Gefühl, die

Viscountess von Tredary möchte nicht länger in Ihrer Gegenwart verweilen.«
Erleichtert stieß Lavinia die Luft aus. Sie wusste nicht, wie lange Eathorne ihr Gespräch bereits belauscht hatte, trotzdem erschien er ihr wie ein rettender Engel. Zwischen ihr und Polkinghorn waren keine verräterischen Worte gefallen, jedenfalls nicht von ihrer Seite.
Eathorne baute sich vor Polkinghorn auf. Er überragte den jüngeren Mann fast um einen Kopf. Polkinghorn zuckte mit den Schultern und steckte die Hände in die Hosentaschen.
»Ich glaube, ich muss jetzt gehen. Danke für unser nettes Gespräch.« Spöttisch verbeugte er sich vor Lavinia. »Wir werden es zu gegebener Zeit fortsetzen, Mylady.«
Zitternd, die Hände hinter dem Rücken verschränkt, blieb Lavinia ans Geländer gelehnt stehen, als Polkinghorn die Treppe hinunterlief. Nachdem er außer Sicht war, wandte sie sich Sebastian Eathorne zu.
»Danke, Mr. Eathorne. Ich habe keine Ahnung, was dieser Mann von mir wollte.«
Aufgrund der Dunkelheit konnte Lavinia Eathornes Gesicht nur undeutlich erkennen, seine Stimme klang jedoch desinteressiert, als er sagte: »Ich war auf der Suche nach dem Badezimmer, als ich Ihre Stimmen hörte. Sie, Mylady, klangen, als würden Sie sich gerne von der Anwesenheit dieses Herrn befreien.«
Lavinia fiel auf, wie gewählt Eathorne sich ausdrückte, aber es gefiel ihr. Seit der Jahrhundertwende war der Umgangston weniger konventionell und leichter geworden, Lavinia jedoch mochte, wenn ein Mann einer Frau gegenüber in angemessener Art und Weise sprach. Sie vermutete, Eathorne stamme aus einer guten alten Familie, umso mehr interessierte es sie, was ihn hierher nach Cornwall verschlagen hatte.
»Sie dürfen nicht glauben, was Polkinghorn gesagt hat«, sagte sie, er unterbrach sie jedoch mit einer Handbewegung.

»Ich habe nur Ihren letzten Satz verstanden. Außerdem gehen mich Ihre Familienverhältnisse nichts an, Mylady.« Er verbeugte sich. »Es ist spät und Zeit für mich, mich zu verabschieden. Ich habe noch einen weiten Weg bis Lostwithiel vor mir.«

»Sie können gerne auf Sumerhays übernachten«, rief Lavinia spontan. »Die Gästezimmer sind jederzeit bereit …«

»Das ist sehr freundlich, aber danke nein.« Zum ersten Mal an diesem Abend zeigte Eathorne die Andeutung eines Lächelns. »Ladbrooke House habe ich gewählt, weil ich meine Ruhe möchte. Ich danke Ihnen, Mylady, für die freundliche Einladung, der ich gerne gefolgt bin, aber nun muss ich mich verabschieden.«

Das ist schade, dachte Lavinia und konnte gerade noch verhindern, dass ihr diese Worte über die Zunge kamen. Ihr Interesse an Sebastian Eathorne stieg, sie hätte gerne mehr von ihm erfahren.

»An Silvester werden wir einen kleinen Empfang geben«, sagte sie hastig. Der Gedanke war ihr eben ganz spontan gekommen, weder Zenobia noch Edward wussten etwas davon. »Ganz zwanglos, nur im Kreis von ein paar Freunden. Möchten Sie vielleicht kommen?«

Eathorne zog überrascht die Augenbrauen hoch.

»Ich ahnte nicht, dass ich nach der kurzen Zeit, in der wir uns kennen, mich bereits zu Ihren Freunden zählen darf, Mylady.«

Lavinia war über die Dunkelheit froh, denn sie errötete bis zu den Haarwurzeln. Sie wusste nicht, was sie dazu gebracht hatte, Eathorne so spontan einzuladen.

»Ich dachte nur, es wäre für Sie kurzweiliger, den Jahreswechsel nicht allein zu verbringen«, sagte sie hastig.

»Ich werde es mir überlegen.« Er verbeugte sich erneut und wandte sich der Treppe zu. Auf der ersten Stufe stehend, drehte er noch einmal den Kopf zu Lavinia und sagte: »Vielleicht gestattet Ihr Gatte, dass Sie einmal mit mir zusammen ausreiten und mir die Gegend zeigen? Ich kenne kaum etwas von Cornwall.«

»Um auszureiten, brauche ich nicht die Erlaubnis meines Mannes«, erwiderte Lavinia schnell. Ihr Herzschlag beschleunigte sich, als er zustimmend nickte.

»Wie wäre es mit übermorgen? Wir könnten uns um zehn Uhr an der Kreuzung der Straße zwischen Lostwithiel und East Taphouse treffen.«

»Um zehn Uhr«, sagte Lavinia.

Ein kurzes Kopfnicken, dann war Sebastian Eathorne verschwunden. Lavinia presste beide Hände auf ihre Brust, in der ihr Herz wie ein aufgescheuchter Vogel flatterte. Mein Gott, was hatte sie getan? Sich mit einem fast Fremden, über den seltsame Gerüchte kursierten, zu einem Ausritt verabredet. Edward würde das wenig gutheißen oder darauf bestehen, sie zu begleiten. In dem Moment, als Lavinia das dachte, wusste sie, dass sie auf keinen Fall Edward dabeihaben wollte. Sie wollte mit Sebastian Eathorne allein sein. Was geschah mit ihr? Warum dachte sie so etwas? Sie kannte den Mann doch überhaupt nicht, und in den vergangenen Stunden hatte er sich wenig gesprächig gezeigt. Nur weil er sie von der Anwesenheit Polkinghorns befreit hatte, war das noch lange kein Grund, sich gegen das Wissen ihres Mannes mit ihm zu verabreden.

»Lavinia Callington, er ist nur höflich gewesen«, murmelte sie, um sich selbst von den Worten zu überzeugen. »Was ist schon dabei, einem neuen Nachbarn die Umgebung zu zeigen? Selbst Edward kann darin nichts Unschickliches sehen.«

Während Lavinia in den Salon zurückging, wusste sie, dass sie weder Zenobia noch Edward von der Verabredung mit Eathorne erzählen würde. Sie ritt öfter allein aus, es würde also nicht auffallen, wenn sie es übermorgen wieder tat. Vielleicht regnete es ja auch, und die ganze Sache fiel ins Wasser und wäre damit erledigt. Lavinia wusste jedoch, dass sie genau dies nicht hoffte.

13. Kapitel

»Und … erzähl!« Doro beugte sich vor, und ihre hellen Augen blitzten interessiert hinter den dicken Brillengläsern. »Hält die Bernhardt wirklich wilde Tiere wie Löwen und Tiger in ihrem Haus? Die da frei herumlaufen?«

Susan schüttelte lachend den Kopf.

»Ganz so schlimm ist es nicht, liebe Doro. Sarah hat lediglich einen Puma, der ist aber ganz zahm, und sie führt ihn an der Leine. Nachts ist er in einem Käfig eingesperrt. Gut, im Sarahtorium tummeln sich noch eine Boa Constrictor, zwei kleine Totenkopfäffchen, bei denen man stets aufpassen muss, dass sie einem nicht das Essen vom Teller stehlen, dann noch vier Bluthunde und natürlich eine Menge Katzen, die nach Strich und Faden verwöhnt werden. Sarah ist sehr tierlieb, am liebsten würde sie die ganze Menagerie auf ihre Reisen mitnehmen.«

Doro schüttelte sich vor Entsetzen. »Keine einzige Nacht könnte ich es mit diesen Tieren unter demselben Dach aushalten. Da können wir ja froh sein, dass du heil und mit allen Körpergliedern wieder zurückgekommen bist.«

Susan griff nach der Weinflasche und schenkte die Gläser wieder voll. Am Nachmittag war sie in London eingetroffen, hatte ihr Gepäck in ihre Wohnung schicken lassen und war gleich ins Theater geeilt. Für Doro und Theo hatte sie je eine Kiste Merlot-Cabernet aus Frankreich mitgebracht. Theo befand sich den ganzen Tag irgendwo in der Stadt, aber die Freundin hatte es sich nicht nehmen lassen, eine der Flaschen gleich zu öffnen und mit der Freundin auf deren Rückkehr anzustoßen. Da es im Theater keine kostbaren Weingläser gab, schimmerte der Wein dunkelrot in den einfachen Wassergläsern, was seinem fruchtig-herben Geschmack jedoch keinen Abbruch tat.

Die Tage in Sarah Bernhardts Haus auf der Belle-Île waren für

Susan so aufregend und erlebnisreich gewesen, dass sie jetzt nicht in die Stille ihrer Wohnung gehen und für sich allein sein konnte. Susan wusste, in Doro hatte sie eine aufmerksame Zuhörerin.

»Wir waren eine bunt zusammengewürfelte Gruppe«, erzählte Susan. »Maler, Schriftsteller, Musiker, Politiker und Personen, die sich durch nichts anderes auszeichneten, als amüsant zu sein und das Geld, das ihre Vorfahren erwirtschaftet haben, mit beiden Händen auszugeben. Ich glaube, zum Jahreswechsel waren es an die sechzig Gäste, die in dem Haus logierten.«

»Dann war es ein rauschendes Fest?«, fragte Doro. »Du siehst jedenfalls gut erholt aus.«

Susan nickte. »Es war wundervoll, nie zuvor hatte ich so viel Spaß.«

»Und … waren auch interessante Männer dort?« Doro zwinkerte Susan verschwörerisch zu. »Vielleicht etwas Brauchbares?«

Für einen kurzen Moment huschte ein Schatten über Susans Gesicht, sie hatte sich aber gleich wieder im Griff. Ja, sie hatte einen Mann kennengelernt, aber von dieser Geschichte würde sie Doro nichts erzählen. Obwohl es in Theaterkreisen locker und unkonventionell zuging und Doro schon so manches mit ihren Schützlingen erlebt hatte, für *diese* Sache würde die Freundin wenig Verständnis aufbringen. Daher sprach Susan schnell weiter.

»Als es zwölf Uhr schlug und das Jahr 1911 anbrach, standen wir alle, obwohl es bitterkalt war, auf dem kleinen Turm, der dem Haus das Aussehen einer Festung gibt. Der Champagner wärmte uns von innen, und irgendjemand begann zu singen. Obwohl ich kaum ein paar Worte des Liedes verstand, stimmten wir alle ein und begrüßten so das neue Jahr. In dieser Nacht ging niemand schlafen, wir feierten bis zum Morgengrauen. Dann servierten die Diener ein reichhaltiges Frühstück, und ich legte mich erst gegen Mittag des Neujahrstags kurz hin.«

»Theo und ich haben den Jahreswechsel ganz ruhig in einem Restaurant in Soho verbracht«, bemerkte Doro, und eine leichte Röte überzog ihre Wangen. »Ebenso wie ich wollte er kein großes Fest besuchen, auch wenn er zahlreiche Einladungen bekommen hatte. Danach gingen wir an der Themse spazieren und tranken Wein in einer Bar, die noch geöffnet hatte. Es war eine der schönsten Nächte meines Lebens.«
Nicht zum ersten Mal bemerkte Susan den Glanz in Doros Augen, wenn sie von Theo sprach. Offenbar hegte die Freundin zarte Gefühle für den Theaterbesitzer. Bisher hatte Susan jedoch nicht bemerkt, dass Theo diese erwiderte. Dass die beiden nun gemeinsam die Silvesternacht verbracht hatten, war vielleicht ein Anfang. Susan wollte Doro nicht bedrängen, zumal diese die sentimentale Anwandlung sofort zur Seite schob und betont burschikos fragte: »Du warst zehn Tage in Frankreich. Was habt ihr an den anderen Tagen unternommen?«
»Die Vormittage verbrachte jeder Gast nach Lust und Laune. Manche standen früh auf und machten ausgiebige Spaziergänge, andere schliefen, bis das Mittagessen serviert wurde. Ich gehörte eher zu Letzteren.« Susan lachte. »Das lag aber daran, dass ich kaum eine Nacht vor drei oder vier Uhr ins Bett gekommen bin.«
»Allein?«, warf Doro ein, Susan ging jedoch nicht darauf ein, sondern fuhr fort: »Einmal organisierte Sarah einen Ausflug zum Krabbenfang. Mit einem Netz in der Hand, auf dem Kopf einen großen Schlapphut, der von flatternden, weißen Tüllschleiern gehalten wurde, den Rock bis über die Knie aufgesteckt, watete Sarah hinaus ins kalte Wasser, während die Gäste am Ufer standen und sie anfeuerten. An diesem Abend bekamen wir einen guten Fang serviert. Es ist immer wieder erstaunlich, über wie viel Kraft und Energie diese Frau verfügt. Sieht man nicht Sarahs Gesicht, in dem das Alter seine Spuren hinterlassen hat, so meint man, ein junges Mädchen vor sich zu haben. Leider

hat Sarah seit einiger Zeit immer wieder Schmerzen in einem Bein, so dass sie sich manchmal auf einen Stock stützen muss. Ihrer Lebenslust tut dies jedoch keinen Abbruch, diese Frau ist unternehmungslustiger als ich.«

Doro seufzte und verdrehte träumerisch die Augen.

»Ich wünschte, ich hätte dabei sein können. Wenn Sarah Bernhardt das nächste Mal zu einem Gastspiel nach London kommt, muss ich mir unbedingt eine Vorstellung ansehen.«

Susan schmunzelte und drohte Doro tadelnd mit dem Finger.

»Es ist eine Schande, dass du Madame Sarah noch nie auf der Bühne gesehen hast. Gerade du, die doch nur für das Theater lebt.«

Doro lachte und griff nach ihrem Weinglas. In diesem Moment klopfte es. Unwillig verzog sie das Gesicht, denn sie war über eine Störung wenig erfreut. Gerne hätte sie noch länger Susans Erzählungen gelauscht.

»Herein«, rief Doro und fügte leise, so dass es nur Susan hören konnte, hinzu: »Wenn es sein muss.«

Susan grinste, das Lachen erstarb jedoch auf ihren Lippen, als sie die Frau sah, die Doros Büro betrat. Nein, betrat war das falsche Wort – sie schien regelrecht in den Raum zu schweben. Sie war etwa in Susans Alter, groß und schlank, an den richtigen Stellen wohlproportioniert, mit nachtschwarzem Haar und veilchenblauen Augen. Neidlos musste Susan zugeben, dass sie selten eine schönere Frau gesehen hatte.

»Bin ich hier richtig, wenn ich ein Engagement haben will?« Die Dame hielt sich nicht mit langen Vorreden auf. Ihre Stimme klang etwas rauchig, und hinter ihren vollen roten Lippen blitzten zwei Reihen ebenmäßiger, schneeweißer Zähne.

Langsam erhob sich Doro aus ihrem Stuhl.

»Das kommt darauf an«, sagte sie zögernd. »Wer hat Sie zu mir geschickt?«

Die Frau machte eine abwertende Handbewegung.

»Ach, irgend so ein kleiner, hässlicher Mann mit Glatze und Bauch, der mich am Eingang aufhalten wollte und meinte, das Theater habe geschlossen. Ich sagte ihm jedoch, er würde es für den Rest seines Lebens bereuen, wenn er mich nicht einließe.«

»Aha.« Doro sagte nur dieses eine Wort, aber Susan, die ihre Freundin gut kannte, merkte, wie sie sich über das unverschämte Auftreten der Fremden ärgerte. »Bei diesem kleinen Mann, den Sie so abwertend beschreiben, handelt es sich um Peter, den Portier und das Faktotum des Hauses. Ohne ihn würde hier gar nichts gehen. Ich rate Ihnen, es sich nicht mit ihm zu verderben. Vielleicht hätten Sie jetzt die Freundlichkeit, mir Ihren Namen zu sagen, Miss …?«

»Montoya, Esperanza Montoya«, antwortete sie mit sichtlichem Stolz in der Stimme und fügte erklärend hinzu: »Mein Vater ist Spanier, meine Mutter stammt aus Dorchester. Ich wurde in England geboren und wuchs hier auf, wenngleich wir, sooft es möglich war, die Heimat meiner männlichen Vorfahren besuchten und dort stets eine herrliche Zeit verbrachten.«

Susan glaubte ihr die Geschichte sofort, denn der spanische Einschlag war unverkennbar. Die blauen Augen waren wohl das Erbe ihrer Mutter. Esperanza Montoya war elegant, für Susans Geschmack jedoch etwas zu auffällig gekleidet. Ihr violetter, mit Stickereien verzierter Samtmantel harmonierte mit ihrer Augenfarbe, und der ausladende Hut war mit einem halben Dutzend Straußenfedern und künstlichen Blumen verziert. Langsam zog sie ihre beigen Lederhandschuhe aus, sah sich in dem kleinen Büro um und schüttelte über das heillose Durcheinander, das hier herrschte, missbilligend den Kopf.

»Ich hoffe sehr, dass die Organisation des Theaters nicht so chaotisch ist wie dieses Zimmer hier. Immerhin hat man mir das Blue Horizon empfohlen, der Inhaber soll ein guter Regisseur sein.«

»Theodor Murphy ist der beste.« Susan sah, wie es in Doro zu kochen begann. Auch sie war über das hochnäsige Auftreten der

Fremden verärgert und hoffte, dass diese gleich wieder gehen würde. »Was führt Sie also zu uns?«, fuhr Doro mühsam beherrscht fort.
»Ich sagte es bereits, ich möchte engagiert werden. Ich bin ab sofort frei und kann morgen mit den Proben beginnen.«
Doro hob die Hand. »Langsam, Miss Montoya, wer hier engagiert wird und wer nicht, entscheidet immer noch Mr. Murphy. Ich nehme nicht an, dass Sie bei ihm vorgesprochen haben? Darüber hätte er mich nämlich informiert.« Sie gab sich einen Ruck und fügte hinzu: »Mein Name ist übrigens Dorothea Hawkins, ich bin für alles Geschäftliche, was das Blue Horizon angeht, zuständig, und das ist unser Star Peggy Sue.« Sie deutete auf Susan.
Esperanza Montoyas Blick streifte Susan nur kurz und desinteressiert.
»Ach ja, Peggy Sue … ich glaube, ich habe Ihren Namen schon mal irgendwo gelesen.«
Susan ballte die Hände zu Fäusten und sagte ruhig: »Wo haben Sie denn bisher gespielt? Sie sind doch Schauspielerin, nicht wahr?«
Esperanza warf den Kopf in den Nacken und lachte. Aus ihrer Manteltasche nahm sie einen dicken Briefumschlag und legte ihn vor Doro auf den überfüllten Schreibtisch.
»Das sind Empfehlungsschreiben der ersten Häuser Englands. Mein letztes Engagement hatte ich am Royal Court Theatre. Zwei Saisons spielte ich dort die *Iphigenie auf Tauris*. Mit großem Erfolg übrigens.«
»Ach ja?« Susan und Doro merkten auf, und Susan erinnerte sich daran, den Namen Esperanza Montoya schon gehört und in der Zeitung gelesen zu haben. Sie hatte die Schauspielerin aber nie auf der Bühne gesehen. Doro sprach aus, was Susan dachte. »Wenn Sie am ersten Theater Londons, dem Royal Court, gespielt haben, warum wollen Sie dann in einem so kleinen Thea-

ter wie dem Blue Horizon auftreten? Das wäre doch weit unter Ihrem Niveau, Miss Montoya?«

Susan verbiss sich ein Grinsen über Doros ironischen Unterton, während Esperanza diesen nicht zu bemerken schien. Sie sah hochnäsig in die Runde. »Ich habe meine Gründe«, sagte sie nur. »Was ist nun? Können wir den Vertrag gleich unterzeichnen?«

»Nun mal langsam.« Doro schüttelte den Kopf. »Ich sagte bereits, dass allein unser Intendant entscheidet, wer hier auftritt und wer nicht.«

»Dann rufen Sie ihn.«

»Mr. Murphy ist heute nicht im Haus«, antwortete Doro kühl. »Am besten, Sie hinterlassen mir, wo man Sie erreichen kann, dann vereinbare ich mit Mr. Murphy einen Termin zum Vorsprechen. Passt es Ihnen in der nächsten oder übernächsten Woche?«

Zum ersten Mal, seit sie das Büro betreten hatte, zeigte Esperanza eine kleine Unsicherheit.

»Das ist mir zu spät, außerdem sehe ich keine Notwendigkeit eines Vorsprechens, meine Referenzen sprechen wohl für sich.«

Susan bewunderte Doro, wie diese es schaffte, immer noch ruhig und überlegen zu wirken, während sie selbst nur mühsam ihre Wut beherrschte. Gerne hätte sie dieser Esperanza die Meinung gesagt, aus den geschäftlichen Belangen des Theaters hielt sich Susan jedoch heraus.

»Es tut mir leid, Miss Montoya, aber hier werden keine Entscheidungen über den Kopf von Mr. Murphy hinweg getroffen. Morgen beginnen wir mit den Proben für ein neues Stück, daher weiß ich nicht, wann der Direktor Zeit für Sie haben wird.«

»Hören Sie, Miss Hawkins.« Esperanza stützte sich mit einer Hand auf den Schreibtisch und sah Doro fest in die Augen. »Wegen des neuen Stückes bin ich gekommen. Ich bin für die Hauptrolle geradezu prädestiniert. Darum denke ich, wir sollten keine Zeit verlieren, damit ich morgen mit den Proben beginnen kann.« Ihr Blick schweifte missbilligend über die zahlreichen Aktenordner und Papierstapel, die im Büro verstreut waren. »Sie haben doch sicher irgendwo das Textheft herumliegen? Geben Sie es mir mit, dann kann ich mich heute Abend in die Rolle einlesen.«

Deutlich hörbar schnappte Susan nach Luft. Vor Wochen hatte sie den Vertrag für das neue Stück, in dem sie die Hauptrolle spielen sollte, unterzeichnet und sich während ihres Urlaubs in Frankreich bereits auf die Proben vorbereitet.

»Es tut mir leid, Miss Montoya«, sagte sie und trat vor Esperanza. »Die Hauptrolle ist bereits vergeben, aber vielleicht gibt es die Möglichkeit einer kleineren Nebenrolle für Sie.«

»Nebenrolle?« Spöttisch lachend warf Esperanza den Kopf zurück. »Ich gebe mich nicht mit Nebenrollen zufrieden. Ihr Direktor wird froh sein, mich in seinem Ensemble haben zu können, außer, er ist nicht daran interessiert, dass die Kasse klingelt. Sie, Miss Peggy, können ja die Zweitbesetzung spielen, wenn Sie sich schon auf die Hauptrolle vorbereitet haben.«

»Die Besetzung des neuen Stückes steht«, gab Susan scharf, die Hände zu Fäusten geballt, zurück. »Ich glaube kaum, dass Theo daran noch etwas ändern wird.«

»Das wage ich zu bezweifeln …«

Doro, die merkte, dass die beiden Schauspielerinnen nahe daran waren, aufeinander loszugehen, trat beschwichtigend zwischen Susan und Esperanza. Sie mochte Susan zwar und war ihr eine Freundin geworden, in erster Linie war sie jedoch Geschäftsfrau und für die Finanzen des Theaters zuständig. In diesem Punkt vertraute Theo ihr blind, der mit nüchternen Zahlen nichts am Hut hatte, sondern seine Zeit und Energie lieber in die Inszenierung der Stücke investierte. Obwohl ihr Esperanza Montoya von ganzem Herzen unsympathisch war und ihr deren arrogantes Auftreten gegen den Strich ging, war sie vielleicht eine gute Schauspielerin und damit eine Bereicherung für das *Blue Hori-*

zon. Sie war nicht umsonst am *Royal Court* aufgetreten, dieses Theater engagierte keine Dilettanten.
»Miss Montoya, Sie wissen es vielleicht nicht, aber bei unserem neuen Stück handelt es sich nicht um einen Klassiker, wie Sie es bisher gewohnt waren zu spielen, sondern um ein einfaches Lustspiel, das erstmalig auf einer Bühne gezeigt wird. Im Gegensatz zum Royal Court versteht sich das Blue Horizon als Theater für das Volk. Unsere Zuschauer sind Kaufleute, Handwerker und andere einfache Bürger. Wenn Sie eine Rolle wie die Iphigenie gespielt haben, werden Sie sich kaum mit etwas Geringerem zufriedengeben.«
»Das lassen Sie meine Sorge sein.« Esperanza blickte kühl auf Doro hinab, und dieser blieb nichts anderes übrig, als zu kapitulieren.
»Nun gut, Sie können warten«, sagte sie mit einem Seufzer. »Ich habe allerdings keine Ahnung, wann und ob Mr. Murphy heute noch ins Theater kommt.«
Susan sah die Freundin missbilligend an und deutete dann auf die halb gefüllten Weingläser.
»Dann bin ich hier wohl überflüssig«, sagte sie spitz. »Wir können unsere Unterhaltung ja ein andermal fortsetzen.«
Susan griff nach ihrem Mantel und verließ das Büro. Sie war von Doro enttäuscht, denn ihrer Meinung nach hätte Doro diese arrogante Ziege hinauswerfen sollen. Schließlich war sie, Susan, der Star des *Blue Horizon*, und mochte diese Esperanza auch wunderschön und vielleicht auch eine recht passable Schauspielerin sein – sie würde sich von ihr nicht die Rolle wegnehmen lassen. Susan vertraute auf Theo, der schließlich wusste, was er an ihr hatte.
Susan verzichtete auf die U-Bahn und ging den Weg zu ihrer Wohnung zu Fuß. Sie brauchte jetzt frische Luft. Der Abend war zwar kühl, aber trocken, und während ihre Absätze auf dem Asphalt klapperten, war sie froh, Doro nichts von ihrem Erlebnis in Sarah Bernhardts Haus erzählt zu haben, das ihren Aufenthalt

ein wenig überschattet hatte. In der Silvesternacht hatte Susan viel mit einem gewissen Jacques Marais, einem jungen, französischen Musiker, der durch das Land tingelte, getanzt und auch ein wenig geflirtet. Er fand ihr fehlerhaftes Französisch mit dem britischen Akzent ganz »sauber'aft« und machte ihr kleine, aber keinesfalls plumpe Komplimente. An den ersten beiden Januartagen erkundeten sie zu Fuß die kleine Insel, und am Abend, als erneut ausgelassen gefeiert wurde, ließ sich Susan von ihm küssen. Seine Aufmerksamkeit tat ihr gut, und sie wäre keine Frau gewesen, wenn sie seine Bewunderung nicht genossen hätte. Bereits in den Tagen zuvor hatte Susan bemerkt, dass einige der Gäste dicke, selbstgedrehte Zigaretten rauchten, die einen süßlichen Geruch verströmten. Sie selbst war jedoch bei den üblichen Zigaretten geblieben. Entgegen ihrem einstigen Vorsatz, nicht zu rauchen, hatte sie vor zwei Jahren damit begonnen. In der Welt des Theaters gehörten Zigaretten wie Wein und Champagner einfach zu jedem Fest, da konnte sie nicht als Außenseiterin dastehen. Irgendwann, es war schon weit nach Mitternacht, gab Jaques Marais ihr seine selbstgedrehte Zigarette, und Susan nahm zwei kräftige Züge. Sofort wurde es ihr schwindlig, gleichzeitig erstrahlte aber alles in viel bunteren Farben. Susan verspürte eine Ausgelassenheit, die sie nie zuvor empfunden hatte. Das Letzte, woran sie sich erinnerte, war, dass sie und Jaques zu einem schnellen Musikstück getanzt hatten, dann wusste sie nichts mehr.

Susan kam erst wieder zu sich, als die fahle Wintersonne ihr mitten ins Gesicht schien. Ihr Kopf schmerzte, und ihr war übel, trotzdem registrierte sie sofort, dass sie in einem fremden Bett lag. Die Tapeten in ihrem Gästezimmer waren gelb-grün gestreift, während der Raum, in dem sie sich befand, mit Eichenholz getäfelt war. Als sie Atemgeräusche neben sich hörte, drehte sie sich voll böser Ahnung um. Neben ihr im Bett lag Jaques Marais, der tief und fest schlief. Da sie beide nackt waren, hatte Susan keinen Zweifel, was in der vergangenen Nacht geschehen

war, auch wenn ihr jegliche Erinnerung daran fehlte. Hastig und leise, um Jaques nicht zu wecken, zog sie sich an und schlich über den Gang in ihr Zimmer. Glücklicherweise schienen noch alle im Haus zu schlafen, so blieb ihr eine peinliche Begegnung erspart. Susan ließ sich ein Bad ein, und erst, als sie sich im warmen Wasser entspannte, begann sie, sich zu erinnern, wie sie an dieser seltsamen Zigarette gezogen hatte. Sie hatte zuvor schon von Rauschmitteln gehört, diese jedoch nie selbst ausprobiert. Viele ihrer Kollegen und Kolleginnen konsumierten regelmäßig Cannabis oder Marihuana, Susan hatte dies jedoch bisher vehement abgelehnt. Sie erinnerte sich an die Leichtigkeit und die Freude, die das Rauchen ihr beschert hatte, und bedauerte nicht, es ausprobiert zu haben. Das Einzige, was sie bedauerte, war, dass sie sich nicht an die Liebesnacht mit Jaques erinnern konnte, denn er war ein sehr attraktiver Mann und sicher ein guter Liebhaber.
Als sie sich wenige Stunden später beim Frühstück, das eher schon ein Mittagessen war, begegneten, rührte Jaques mit keinem Wort und keiner Geste an dem Thema. Er war freundlich und aufmerksam wie immer, reiste jedoch an diesem Tag ab.
»Ein Engagement in La Rochelle«, sagte er bedauernd. »Finanziell stehe ich nicht so gut da, um mir das entgehen lassen zu können, Peggy, auch wenn ich lieber noch ein paar Tage in deiner Gesellschaft verbracht hätte.«
Man küsste einander zum Abschied auf die Wangen, tauschte aber keine Adressen aus und sprach nicht von einem Wiedersehen. So war es eben in diesen Kreisen: Man genoss, was einem geboten wurde, man liebte, wenn man dazu gerade in Stimmung war, man schmiedete jedoch keine privaten Zukunftspläne.
Sarah Bernhardt, der sich Susan in einer ruhigen Minute am Spätnachmittag des Tages anvertraut und ihr von Jaques erzählt hatte, lachte nur laut.
»Ach, Kind, es ist bedauerlich, dass du dich nicht erinnern kannst, ob er ein guter Liebhaber war und du auf deine Kosten gekom-

men bist. Cannabis ist eine feine Sache, um in Stimmung zu kommen oder wenn man mal die Sorgen vergessen möchte, du musst damit aber vorsichtig sein. Es hilft auch gegen Lampenfieber, wenn du meinst, nicht einen Schritt auf die Bühne setzen zu können. Nimm aber nur so viel, dass du stets Herr deiner Sinne bleibst.«

Susan war entschlossen, niemals wieder Rauschgift anzurühren, denn sie wollte nie wieder erleben, dass ihr in ihrer Erinnerung ein paar Stunden fehlten. Von dieser Geschichte würde hier in London niemand jemals erfahren.

Es war kurz vor Mitternacht, und Susan wollte gerade schlafen gehen, als es an ihrer Wohnungstür klopfte. Zuerst wollte Susan den späten Besucher ignorieren, dann jedoch sagte sie sich, dass vielleicht etwas geschehen sein könnte, darum öffnete sie die Tür einen Spalt. Davor stand Doro, die sie entschuldigend ansah.

»Ich weiß, es ist spät, aber ich muss mit dir sprechen.«

Mit einem Schlag war Susan hellwach. Im Wohnzimmer griff Doro nach einer Flasche Gin, schenkte sich ein Glas ein, leerte es mit einem Schluck, dann sagte sie: »Theo hat sie engagiert.«

»Was?« Perplex ließ sich Susan auf das Sofa fallen. »Diese hochnäsige, halbspanische Ziege gehört zu unserem Ensemble? Was soll sie spielen? Etwa die Hauptrolle in dem neuen Stück?«

Doro hob beschwichtigend die Hand.

»Ich verstehe, dass du dich ärgerst. Diese Montoya ist wirklich der unverschämteste Mensch, der mir jemals begegnet ist, aber ich habe sie beim Vorsprechen gesehen und gehört. Sie kann wirklich was. Es tut mir leid, das sagen zu müssen, aber als sie auf der Bühne stand und einen Monolog aus der Iphigenie vortrug, war es, als würden nicht nur sie, sondern auch Theo und ich in eine andere Welt versetzt. Theo hatte keine andere Wahl, als sie zu engagieren, denn ein solches Talent lässt er sich nicht entgehen.«

Susan presste die Lippen zusammen. Leise und undeutlich murmelte sie: »Wird sie die Hauptrolle in dem neuen Stück spielen?«
Doro schüttelte den Kopf. »Theo weiß, warum er dir die Rolle versprochen hat, auch wird er einer Neuen niemals gleich die Hauptrolle geben. Nein, Esperanza wird sich erst in einer Nebenrolle beweisen müssen. Allerdings …« Doro zögerte, und Susan erkannte an ihrem veränderten Tonfall, dass das noch nicht alles war.
»Allerdings was?«, fragte sie gespannt.
»Theo möchte, dass sie die Hauptrolle ebenfalls lernt. Als Zweitbesetzung, falls du krank werden solltest.«
»Und Hetty? Sie war als Zweitbesetzung eingeplant.«
»Du weißt, dass Hetty nicht dein Format und dein Können hat. Esperanza ist eine weitaus bessere Wahl.« Doro zuckte mit den Schultern. »So ist das Theater eben – Hetty wird sich damit abfinden müssen.«
Ja, Susan wusste, wie es in der Welt, in der sie seit Jahren lebte, zuging. Richtige Freundschaften unter den Schauspielerinnen gab es keine, wenngleich man sich gut verstand. In erster Linie zählte der Erfolg, und jede wollte die Beste sein und die gutbezahlten Rollen bekommen. Sie mochte Hetty, sie war ein nettes Mädchen und auf der Bühne ganz passabel. Seit einem Jahr war Hetty die Zweitbesetzung der Rollen, die Susan spielte, es war jedoch noch nie nötig gewesen, dass Hetty für sie einsprang. Wenn diese Esperanza wirklich so gut war, und zudem war sie die schönste Frau, die das *Blue Horizon* aufzuweisen hatte, dann war es nur eine Frage der Zeit, bis sie Susan ausbootete. Zum ersten Mal bereute Susan, die Angebote anderer Theater nicht angenommen zu haben. Sie lächelte bitter. Vielleicht war es noch nicht zu spät, und sie sollte dort vorstellig werden, bevor Theo sie in die zweite Reihe abschob.
Doro setzte sich neben sie und legte eine Hand auf Susans Schultern.

»Mach dir nichts draus, Mädchen. Wie Theo immer zu sagen pflegt: Du bist unser bestes Pferd im Stall. Die Montoya mag vielleicht gut auf der Bühne sein, menschlich wird sich jedoch niemand um sie scheren. Ich denke, in zwei, drei Monaten wird sie vom Blue Horizon die Nase voll haben, und wir werden sie wieder los sein.«

»Da bin ich nicht so sicher«, murmelte Susan. »Sei mir bitte nicht böse, aber es war ein langer Tag, und ich bin müde.«

Doro verstand. Sie erhob sich, nahm ihren Mantel und ging zur Tür.

»Morgen um zehn Uhr beginnen die Proben«, erinnerte sie Susan. »Ich bin sicher, du wirst alle anderen wie gewohnt an die Wand spielen.«

Susan antwortete nur mit einem müden Lächeln. Als sie wenig später im Bett lag, konnte sie lange nicht einschlafen. Die letzten zwei Jahre waren die schönsten und erfolgreichsten ihres Lebens gewesen, doch alles war vergänglich. Würde sie jetzt durch Esperanza Montoya ersetzt werden, so dass in kurzer Zeit niemand mehr ihren Namen kannte? Unter der Decke ballte sie die Hände zu Fäusten. Nein, das würde sie nicht zulassen! Sie war eine gute Schauspielerin und wollte sich nicht so einfach die Butter vom Brot nehmen lassen. Susan war es gewohnt, zu kämpfen, und sie würde um ihren Platz in der Welt des Theaters kämpfen. Wenn nun ihre Zeit am *Blue Horizon* zu Ende ging, dann sollte es eben so sein. Es gab zahlreiche andere Theater, die sie mit Kusshand nehmen würden.

Als Susan endlich einschlief, konnte sie nicht ahnen, dass ausgerechnet Esperanza Montoya die Person war, durch die sich Susans Leben nachhaltig verändern sollte.

Bereits zwei Tage später kam Susan nicht umhin, ihre Meinung über die neue Kollegin zu ändern. Esperanza Montoya mochte zwar eine völlig von sich überzeugte Person sein, dies jedoch nicht zu Unrecht, und Susan war ehrlich genug, die gute Leistung einer Kollegin anzuerkennen.

»Sie ist wirklich nicht schlecht.« Joan setzte sich, eine brennende Zigarette in den Fingern, neben Susan. Sie warteten hinter den Kulissen auf ihren Auftritt und konnten von der Seite die Bühne einsehen. »Ich möchte nur wissen, warum sie vom Royal Court weg ist.«

»Wahrscheinlich ist sie mit jemandem vom Theater ins Bett gegangen, verheiratet natürlich, und als es vorbei war, hat man sie rausgeworfen«, sagte Hetty, die neben Susan saß. »Darum muss sie sich jetzt bei uns durchschlagen, bis Gras über die Sache gewachsen ist.«

Susan konnte Hetty ihre spitze Bemerkung nicht verübeln. Sie hatte die Zweitbesetzung zugunsten von Esperanza verloren und musste sich nun mit einer Nebenrolle zufriedengeben.

»Das kann ich mir durchaus vorstellen.« Joan griff Hettys Vermutung auf. »Aus diesem Grund gilt bei uns ja der Grundsatz, niemals etwas mit einem Kollegen oder sonst jemandem, der am Blue Horizon beschäftigt ist, anzufangen.«

Theodor Murphy hatte diesbezüglich strenge Ansichten. Seiner Ansicht nach sollte Berufliches und Privates niemals vermischt werden, denn ein Techtelmechtel würde sich immer negativ auf die Arbeit auswirken. Alle Schauspieler und Schauspielerinnen des *Blue Horizon* hielten sich daran, und es war sogar in ihren Verträgen schriftlich fixiert. Eine Liebelei mit einem Kollegen würde Susan oder eine der anderen unweigerlich das Engagement kosten.

»Auf jeden Fall haftet ihr etwas Geheimnisvolles an.« Joan drückte ihre Zigarette aus und deutete auf die Bühne.

»Ach, zählst du auch schon zu ihren Bewunderinnen? Na, vielleicht darfst du ja ihre Kleider ausbessern, wenn du nett zu ihr bist.« Hetty war eindeutig eingeschnappt und drehte Joan demonstrativ den Rücken zu.

»Du bist ja nur neidisch, weil sie wirklich besser ist als du«, gab Joan schnippisch zurück.
Bevor Hetty den Mund öffnen konnte, hob Susan beschwichtigend die Hand.
»Bitte, keinen Streit, wir sind gleich dran. Hetty, ich verstehe, dass du über Esperanzas plötzliches Erscheinen nicht erfreut bist. Ich hatte und habe auch meine Bedenken, ob Theo mir die Hauptrolle lässt, denn Esperanza ist nicht nur talentiert, sondern auch wunderschön.«
»Sie ist kein Ersatz für dich, Peggy.« Joan legte eine Hand auf Susans Schultern. »Sieh doch, wie sie spielt! Viele ihrer Szenen wirken bemüht, manche regelrecht affektiert und übertrieben und haben nichts mit der Wirklichkeit zu tun.«
»Theater *ist* übertrieben.« Susan lachte. »Kein Mensch kommt ins Theater, um die Realität zu erleben. Die Besucher wollen für ihr Geld etwas sehen, was sie nicht tagtäglich zu Hause haben.«
»Kinder, euer Auftritt!« Doro trat zu den drei Frauen und klatschte in die Hände. »Na los, auf die Bühne, Theo mag es nicht, wenn man ihn warten lässt.«

Das neue Stück war wieder ein heiteres Singspiel aus der Feder von Marcus Jackmann, der bereits *Laura's Dream*, das erste Stück, in dem Susan aufgetreten war, geschrieben hatte. Es war eine romantische Verwechslungskomödie, und Susan trat als Hauptperson Betty beinahe in jeder Szene der drei Akte auf. Heute probten sie den zweiten Aufzug des ersten Aktes, und Theo war guter Stimmung. Jedenfalls kritisierte er kaum eine Passage, wenngleich – wie gewohnt – kein Lob über seine Lippen kam. Nachdem Susan mit ihrer Probe fertig war, bat Theo Esperanza, nun dieselbe Szene zu spielen. Abwartend blieb Susan hinter dem Vorhang stehen und beobachtete die Kollegin. In der Szene musste sie ein längeres, langsames Lied singen, das Susan sofort gemocht hatte, als man es ihr zum ersten Mal vorgetragen hatte. Während Susans Singstimme hoch und glockenhell war, sang Esperanza das Lied einige Oktaven tiefer. Ihre Stimme klang rauchig, und es schwang etwas Verruchtes darin. Susan konnte sich ein flüchtiges Gefühl von Schadenfreude nicht verkneifen, wenn Esperanza immer wieder einen Ton nicht richtig traf und Theo daraufhin seine buschigen Augenbrauen unwillig runzelte. Am Ende der Probe kritisierte Theo Esperanza vor dem gesamten Ensemble.

»Mädchen, wenn du singen willst, musst du noch viel üben. Du triffst die Töne nicht und wirkst dabei starr wie eine Puppe.«

»Am Royal Court habe ich regelmäßig gesungen, niemand hat sich über meine Vorträge beschwert …«

»Dann wärst du eben an dem Theater geblieben.« Theo konnte richtig böse werden, wenn jemand es wagte, ihn zu unterbrechen oder gar seine Meinung in Frage zu stellen. »Wenn du bei uns bleiben willst, dann wirst du das tun, was ich dir sage. Verstanden?« Esperanza presste die Lippen zusammen und nickte stumm. »Du bist zwar die Zweitbesetzung der Betty, ich hoffe jedoch, dass Peggy Sue mir keinen Grund gibt, dich einsetzen zu müssen, denn an deren Leistung reichst du bei weitem nicht ran«, fuhr Theo fort, und bei seinen Worten ging Susan das Herz auf. »Ein Singspiel ist eben etwas völlig anderes als die Iphigenie auf Tauris oder sonstige tragischen Rollen. Hier müssen die Lebensfreude und der Spaß aus jedem deiner Worte, aus jedem deiner Blicke und aus jeder Geste hervorsprudeln und auf das Publikum überspringen. Wenn du lieber tragische Rollen spielen willst, die einen Heldentod auf der Bühne erfordern, dann bist du am Blue Horizon falsch.«

Esperanza schien sich Theos deutliche Worte zu Herzen zu nehmen. Beinahe demütig faltete sie die Hände vor dem Körper, senkte den Kopf und murmelte: »Es tut mir leid, Theo. Ich verspreche, noch mehr zu proben.«

Beinahe hätte sie Susan leidgetan, wenn sie nicht gleich darauf ein ärgerliches Funkeln in Esperanzas Augen gesehen hätte, mit dem sie Theo wütend nachschaute, als dieser den Raum verließ. Esperanza scherte sich einen Dreck um Theos Meinung und Anweisung, und Susan vermutete, dass ihnen mit dieser Person noch viel Ärger ins Haus stehen würde.

Doro, die die Szene mitverfolgt hatte, trat zu Susan.

»Aus früheren Zeiten kenne ich eine Garderobiere, die im Royal Court arbeitet.« Sie zwinkerte Susan verschwörerisch zu. »Ich glaube, ich sollte meine alte Bekannte mal auf eine Tasse Tee einladen. In der Regel sind Garderobenfrauen ganz genau über alle Vorgänge am Theater informiert. Besonders über die pikanten …«

Susan nickte lächelnd und hakte sich bei Doro unter.

»Apropos Tee – ich könnte jetzt eine Tasse gebrauchen. Kommst du mit zu Meggie? Vorhin hörte ich jemanden sagen, sie habe heute wieder ihren köstlichen Apfelkuchen gebacken.«

Doros Augen leuchteten, zugleich klopfte sie sich auf ihre Hüften.

»Ich dürfte ja nicht, hatte nämlich vor, ein paar Pfund loszuwerden, aber Meggies Apfelkuchen kann ich mir einfach nicht entgehen lassen.«

Meggie – niemand wusste, wie sie eigentlich mit Nachnamen hieß – führte ein kleines Lokal, nur einen Block vom *Blue Horizon* entfernt, das alle Theaterleute der Gegend gerne aufsuchten. Neben köstlichen Speisen zu angemessenen Preisen schuf Meggie durch ihre herzliche, mütterliche Art eine warme Atmosphäre, in der man sich einfach wohl fühlen musste. Ihr Apfelkuchen mit gerösteten Mandelsplittern war weit über die Gegend hinaus berühmt, und Susan wusste, sie mussten sich beeilen, um noch ein Stück – am besten warm aus dem Ofen – zu ergattern.

»Wartet, ich komme mit.« Esperanza hatte ihre Unterhaltung gehört. »Ich hole nur schnell meinen Mantel.«

Doro rollte mit den Augen, und Susan seufzte leise. Sie hatte keine Lust, mehr Zeit als notwendig mit Esperanza zu verbringen, aus Höflichkeit schlugen sie ihre Begleitung jedoch nicht aus. Sie waren immerhin Kolleginnen und mussten im Team miteinander auskommen und auf der Bühne harmonieren. Unstimmigkeiten oder gar ein Streit wirkten sich unmittelbar auf das Spiel aus, und Theo verlangte, dass Privates keinen Einfluss auf ihre Arbeit haben durfte.

Obwohl Meggies Apfelkuchen wie gewohnt köstlich und ofenwarm war, wollte er Susan heute nicht schmecken. Mit der Gabel stocherte sie in dem Kuchen herum und sah, dass es Doro ähnlich erging. Die beiden Frauen ließen Esperanzas Gerede schweigend über sich ergehen.

»Bereits als Kind war mir klar, dass ich Schauspielerin werden würde.« Esperanza warf ihr schwarzes Haar, das sie entgegen der herrschenden Mode offen trug, mit einer eleganten Bewegung zurück. »Mein Vater war nämlich Musiker und Dirigent. So haben sich meine Eltern auch kennengelernt. Als mein Vater mit seinem Orchester, das er leitete, einen Auftritt in Weymouth hatte und er und meine Mutter sich das erste Mal ansahen, wussten beide, dass sie für den Rest ihres Lebens zusammenbleiben würden. Nach meiner Geburt zogen wir für einige Zeit nach Spanien, doch meine Mutter vertrug die Sommerhitze nicht, und so kehrten wir nach England zurück. Vater besuchte uns, sooft es seine Tourneen zuließen, und meine Mutter und ich reisten im Winter nach Spanien, wo es deutlich angenehmer als im kalten und feuchten England ist.«

»Was machen deine Eltern heute?«, fragte Susan mehr aus Höflichkeit denn aus Interesse.

»Meine Mutter starb vor fünf Jahren, und mein Vater ist nach Südamerika gegangen. Ich glaube, nach Argentinien oder Chile. Manchmal schreibt er, und ich schreibe ihm zurück, aber wir sind beide keine großen Briefeschreiber.«

»Das tut mir leid.« Dieses Mal meinte es Susan ehrlich. »Dann hast du dich die letzten Jahre ganz allein durchschlagen müssen?«

Esperanza sah Susan von oben herab an und lächelte spöttisch.
»Mit fünfzehn Jahren hatte ich mein erstes Engagement, seitdem stehe ich regelmäßig auf der Bühne. Von Durchschlagen kann also keine Rede sein. Mir ist es immer gut ergangen.«
»Trotzdem hast du das Royal Court verlassen und bist bei einer kleinen Bühne gelandet.« Diese Spitze konnte Doro sich nicht verkneifen.
Esperanza schenkte ihr einen kühlen Blick.
»Das Leben ist geprägt von ständigen Veränderungen. Das ist gut so, sonst wäre es doch sehr langweilig, oder? Ich finde das Blue Horizon sehr interessant, und es macht bestimmt Spaß, vor dem einfachen Volk zu spielen. Warum sollte ich nicht mal eine andere Seite an mir ausprobieren?«
Susan spürte, dass sie die Wahrheit, warum Esperanza eines der größten Londoner Häuser wirklich verlassen hatte, nicht von ihr erfahren würde. Eigentlich war es ihr auch egal, weshalb die kapriziöse Halbspanierin jetzt am *Blue Horizon* spielte. Theo befand sie für gut, wenngleich er mit Kritik nicht sparte, und da Susan sich in der Truppe wohl fühlte, wollte sie versuchen, sich mit Esperanza zu arrangieren.

14. Kapitel

Die Proben gingen gut voran, Susan machte die neue Rolle, in der sie ihr ganzes Talent zeigen konnte, großen Spaß. Gleichzeitig spielten sie noch an drei Abenden in der Woche das alte Stück, und manchmal legte sogar Esperanza ein freundliches Verhalten an den Tag, das sie regelrecht sympathisch machte.
Die Premiere von *Irrungen am Covent Garden* war auf den ersten Samstag im Mai angesetzt, und die letzten Wochen waren wie üb-

lich von hektischer Betriebsamkeit geprägt. Kostüme mussten ausgebessert oder neu angefertigt werden, eine neue Dekoration wurde gezimmert und gemalt, und die Musiker probten bis spät in die Nacht mit den Schauspielerinnen, die Gesangsparts hatten, damit die Töne übereinstimmten. Susan schlief wenig und aß unregelmäßig, sie liebte jedoch diese Zeit und empfand sie nicht als Stress, denn so kam sie nicht dazu, an ihre verlorenen Kinder zu denken. Vor zwei Jahren hatte sie erneut einen Privatdetektiv beauftragt, Paul zu finden, doch auch seine Bemühungen waren erfolglos geblieben und hatten Susan nur eine Menge Geld gekostet. Paul, Jimmy und diese Rose schienen vom Erdboden verschluckt zu sein. Paul, vorzeitig aus der Haft entlassen, sollte sich zwar regelmäßig bei den Behörden melden – was er nicht getan hatte –, diese waren jedoch derart überlastet, dass niemand Interesse daran hatte, Paul Hexton aufzuspüren. Sicher hatten er und Jimmy London längst verlassen, waren vielleicht sogar ins Ausland gegangen. Es war schwer, aber Susan musste sich damit abfinden, Jimmy wohl niemals wiederzusehen, ebenso wie sie Anabell niemals in ihre Arme schließen würde.

Am Nachmittag des Premierenvortages ging Susan allein nach Knightsbridge. Von Joan war ihr ein Hutgeschäft empfohlen worden, das schicke Mode zu erschwinglichen Preisen anbot, und Susan brauchte für den kommenden Sommer einen neuen Hut, denn ihr bisheriger war an den Kanten schon etwas ramponiert. Nach kurzer Suche und bei guter Beratung fand Susan ein Modell aus hellem Stroh mit einem duftigen Schleier und aus Wolle und Stoff gefertigten Früchten – »Das ist der letzte Schrei aus Paris, wir haben die Modelle gerade eben erst hereinbekommen«, meinte die Verkäuferin –, und Susan trat bestens gelaunt auf die Straße. Der Frühling meinte es gut, denn die Sonne schien angenehm warm, und es zeigte sich keine Wolke am stahlblauen Himmel.

Wenige Meter neben Susan hielt ein offener Landauer. Zuerst schenkte Susan der Kutsche keine Beachtung, denn in Knightsbridge herrschte um diese Tageszeit reger Verkehr, dann jedoch drang die Stimme der Dame, die dem Gefährt entstieg, an ihre Ohren.

»Danke, Charles, ich erledige jetzt meine Einkäufe. Hol uns bitte in zwei Stunden wieder hier ab.«

Susan erstarrte für einen Moment, dann begannen ihre Beine, unkontrolliert zu zittern. Schnell huschte sie in einen schmalen Durchgang zwischen zwei Häusern und spähte vorsichtig auf die Straße. Sie hatte sich nicht getäuscht – nur eine Armlänge von ihr entfernt stand Lavinia Callington. Obwohl seit ihrer letzten Begegnung Jahre vergangen waren, hätte sie deren Stimme überall wiedererkannt. Lavinia hatte sich kaum verändert. Sie war natürlich ein wenig älter geworden und sah in ihrem hellgelben, luftigen Kleid sehr elegant aus. Der überraschende Anblick von Lavinia war es aber nicht allein, was Susan in Aufruhr versetzte, denn an Lavinias Hand klammerte sich ein kleines Mädchen, das staunend die zahlreichen Geschäfte der Straße anschaute. Das Kind war gekleidet wie eine kleine Prinzessin: Rüschchen und Spitzen säumten ihr rotes Kleid, und auf ihrem hellen, braunen Haar, in dem die Sonne Lichtreflexe aufleuchten ließ, saß ein kleiner, kecker Hut mit einer kurzen, wippenden Feder.

»Mami, ich möchte ein Eis.«

Die Stimme ihrer Tochter zu hören, schnitt Susan ins Herz. Am ganzen Körper zitternd, lehnte sie sich gegen die Hauswand und atmete heftig.

»Zuerst müssen wir unsere Einkäufe erledigen, mein Kleines«, antwortete Lavinia. »Wenn du schön brav bist, gehen wir nachher in ein Café, und du bekommst den größten Eisbecher, den es in ganz London gibt.«

Die Kleine lachte, und Susan sah, wie die beiden das Geschäft betraten, in dem sie den Hut gekauft hatte. Wäre Susan nur we-

nige Minuten später oder Lavinia früher gekommen, dann wären sie sich in dem Laden begegnet.
»Anabell ...« Susan flüsterte den Namen und unterdrückte mühsam die Tränen, die ihr in die Augen stiegen. Wie hatte sie jemals glauben können, ihre Tochter zu vergessen? Anabell ging es offensichtlich gut. Das Mädchen war für ihr Alter groß gewachsen, wenngleich mit einer zierlichen Figur, und hatte gesunde runde, rote Wangen und eine klare, helle Stimme. Und sie war nicht *ihre* Tochter, sie war Anabell Callington, die künftige Erbin eines großen Vermögens.

Die unerwartete Begegnung hatte Susan so sehr aus der Bahn geworfen, dass sie am Abend bei der Generalprobe unkonzentriert war. Nach dem dritten Patzer, als sie ihren Gesangseinsatz verpasste, hieb Theo mit der Faust auf sein Pult.
»Peggy, reiß dich zusammen! Was ist heute mit dir los, gestern hat doch alles problemlos geklappt.«
»Es ist ein gutes Zeichen, wenn die Generalprobe nicht funktioniert«, sprang Doro für Susan in die Bresche. »Theo, du wirst sehen, Peggy wird morgen wie ein Engel spielen und singen.«
»Hoffentlich«, brummelte Theo und zog die Stirn in Falten. »Also, wir versuchen es noch mal.«
Dieses Mal ging alles glatt, und Susan war erleichtert, als das Lied zu Ende war. Sie hatte jetzt etwa fünf Minuten Pause, bis sie wieder auf die Bühne musste, und wollte die Zeit nutzen, ein Glas Wasser zu trinken, denn ihre Kehle war wie ausgedörrt. Später wusste Susan nicht mehr, wie sie die Kabelrolle, die direkt am Abgang der Bühne lag, übersehen konnte. Ihr rechter Fuß verfing sich in dem Gewirr der Kabel, und bevor sie haltsuchend nach etwas greifen konnte, stürzte sie kopfüber die drei Stufen der Treppe hinunter. Hart schlug sie mit der rechten Schulter auf die dort stehende Kiste auf, in der kleinere Requisiten, die ständig auf der Bühne benötigt wurden, gelagert waren.

»Peggy!« Sie hörte Hetty schreien, und einen Moment später waren ihre Kolleginnen und auch Theo bei ihr. »Ist dir etwas geschehen?«

Susan wollte schon den Kopf schütteln, da spürte sie den wahnsinnigen Schmerz, der von ihrer Schulter aus in den Arm und in die Brust ausstrahlte, und sie konnte nur schluchzend nicken.

Doro und Hetty brachten Susan zum Arzt, der einen Block weiter seine Praxis hatte und alle Angestellten des Theaters betreute. Glücklicherweise hatte er seine Wohnung unmittelbar über den Praxisräumen, so war er sofort zur Stelle. Nach einer gründlichen Untersuchung lächelte er Susan aufmunternd zu.

»Kein Grund zur Sorge, Miss Peggy. Ihr Schlüsselbein ist zwar gebrochen, das heilt aber schnell wieder. Ich lege Ihnen jetzt einen festen Verband an, der jeden zweiten Tag nachgezogen werden muss. Wenn Sie die Schulter schonen, werden Sie in acht bis zehn Wochen nichts mehr spüren.«

»In zehn Wochen!« Susan fuhr von der Untersuchungsliege hoch, obwohl der Schmerz in ihrer Schulter ihr beinahe den Atem nahm. »Aber morgen Abend ist Premiere ... Das neue Stück ...«

Der Arzt zuckte bedauernd mit den Schultern. »Da wird sich Theo wohl nach jemand anderem umschauen müssen, Miss Peggy, außer er möchte eine verletzte Schauspielerin, die vor Schmerzen kaum einen Ton herausbringt, auf der Bühne haben.«

Obwohl Susan den älteren, grauhaarigen Arzt eigentlich recht gern mochte, hätte sie ihm jetzt wegen seiner spöttischen Worte am liebsten die Augen ausgekratzt.

»Meine Stimme ist in Ordnung, und gegen die Schmerzen können Sie mir doch etwas geben, Doktor. Ich *muss* morgen auftreten!«

»Sie müssen jetzt erst mal gesund werden, Miss Peggy.« Seine Stimme wurde schärfer. »Sie haben verflixtes Glück gehabt, dass

Sie sich nur das Schlüsselbein und nicht das Schultergelenk gebrochen haben. Wenn Sie sich ruhig verhalten und die Schulter nicht bewegen, werden die Knochen wieder völlig zusammenwachsen, und es wird nichts zurückbleiben. Deswegen werde ich Ihnen auch kein Schmerzmittel verabreichen, denn wenn Sie keine Schmerzen verspüren, werden Sie sich nicht genügend schonen.«

Susan spürte, dass sie den Arzt nicht umstimmen konnte. Mit zusammengepressten Lippen ließ sie es über sich ergehen, als er ihren Oberkörper so fest in Binden schnürte, dass sie kaum noch Luft bekam. Als sie, auf seinen Arm gestützt, den Behandlungsraum verließ, sah sie in zwei entsetzte Augenpaare.

»So schlimm?«, fragte Doro.

Susan nickte. »Schlimmer.«

»Na, na, übertreiben Sie mal nicht.« Der Arzt tätschelte Susans Arm. »Sie müssen nur eine Zeitlang pausieren, im Herbst werden Sie wieder gesund und munter wie eh und je auf der Bühne stehen.«

»Oje, das wird Theo nicht freuen.« Hetty sah Susan mitleidig an. Die drei Frauen tauschten einen langen Blick. Jede von ihnen wusste, was Susans Unfall zu bedeuten hatte.

Am folgenden Abend saß Susan allein in ihrer Wohnung. Sie hatte keine Lampe angezündet und eine Flasche Rotwein geöffnet. Obwohl Doro sie gedrängt hatte, ins Theater zu kommen, wollte Susan es sich nicht antun, Esperanza Montoya in *ihrer* Rolle auf der Bühne zu sehen. Sie sah zur Uhr, die sie im Dämmerlicht nur schwach erkennen konnte. Jetzt hob sich der Vorhang zum ersten Akt, den Esperanza mit einem Lied begann.

Als Susan am Tag davor ins *Blue Horizon* zurückgekommen war, hatte sich Esperanza zwar ehrlich bestürzt gezeigt, das freudige Funkeln in ihren Augen jedoch nicht verbergen können. Ohne

dass jemand es aussprach, wussten alle, was Susans Sturz bedeutete: Esperanza erhielt ihre große Chance und würde der Star auf der Bühne sein. Theo hatte zwar auch ein paar bedauernde Worte gemurmelt, war in Gedanken jedoch bereits an der Umbesetzung und gab gleich Anweisung, das komplette Stück noch einmal durchzuspielen, obwohl es bereits nach zehn Uhr war, dieses Mal mit Esperanza in der Hauptrolle. Doro hatte Susan nach Hause begleitet und war geblieben, bis diese eingeschlafen war.
Die Schmerzen in der Schulter waren erträglich. Susan musste jedoch zugeben, dass ihr jede Bewegung schwerfiel. Den rechten Arm konnte sie so gut wie gar nicht gebrauchen, und wenn Doro heute nicht gekommen wäre, ihr etwas zum Essen gebracht und ihr beim Anziehen geholfen hätte, würde sie wahrscheinlich immer noch im Bett liegen.
Kurz nach Mitternacht klopfte es an Susans Tür. Es waren Doro, Joan und Hetty.
»Warum seid ihr nicht auf der Premierenfeier?«, fragte Susan anstelle einer Begrüßung. »Oder war das Stück so ein Reinfall, dass es dieses Mal kein Fest gibt?«
Doro schüttelte den Kopf. »Im Gegenteil, das Publikum war begeistert. Ich bin sicher, wir werden morgen in den Zeitungen die besten Kritiken bekommen. Uns war jedoch nicht zum Feiern, wenn unsere liebste Kollegin nicht dabei ist.«
Susan schluckte gerührt. »Ihr seid lieb, aber …«
»Kein Aber! Willst du uns nicht hereinlassen?« Energisch drängte sich Joan an Susan vorbei ins Wohnzimmer. »Oh, du hast uns erwartet und schon den Wein geöffnet. Mädels, holt die Gläser, wir werden jetzt hier feiern.«
Susan wusste nicht, was sie sagen sollte. Bevor sie ans *Blue Horizon* gekommen war, hatte sie niemals so etwas wie Freundinnen gehabt. Diese drei Frauen hatten sie jedoch von Anfang an in ihren Kreis aufgenommen, nicht nach ihrer Vergangenheit gefragt und sie einfach so akzeptiert, wie sie war. Und jetzt lie-

ßen sie sich die Party mit Champagner und köstlichen Häppchen entgehen, um ihr einen Krankenbesuch abzustatten.
Es war natürlich unvermeidlich, dass Doro, Joan und Hetty auf die Premierenvorstellung zu sprechen kamen.
»Esperanza war wirklich gut, das muss der Neid ihr lassen«, bemerkte Joan.
»Tja, das ist leicht untertrieben – sie war göttlich!« Obwohl Hetty allen Grund hatte, Esperanza nicht zu mögen, war sie ehrlich genug, zuzugeben, dass selten eine schillernde Schauspielerin auf der Bühne des *Blue Horizon* gestanden hatte. »Ich will damit nicht sagen, dass ihr Schauspiel außergewöhnlich ist«, fügte sie rasch hinzu, als sie Susans abweisenden Gesichtsausdruck bemerkte. »Es ist vielmehr die Art, in der Esperanza auftritt. Mag ihre Stimme sich auch nicht mit deiner, Peggy, messen lassen, so scheint es, als sänge sie um ihr Leben. Sie lässt sich völlig in die Melodie fallen, ihr Blick schweift in die Ferne, und das Publikum hat den Eindruck, sie wäre an einem fremden, exotischen Ort.«
»Dazu sieht sie auch noch fantastisch aus«, ergänzte Joan und schenkte sich ein zweites Glas Wein ein. »Theo ist jedenfalls ganz begeistert und hat Esperanza unmittelbar nach der Vorstellung einen Dreijahresvertrag angeboten.«
Susan wurde immer mulmiger zumute. Ihre Zeit im *Blue Horizon* schien endgültig vorbei zu sein, und das nur, weil sie eine Sekunde unaufmerksam gewesen war und nicht geschaut hatte, wo sie hintrat.
»Was hast du jetzt vor?« Doro, der nicht entgangen war, was die schwärmerischen Worte der Freundinnen in Susan auslösten, sah sie aufmerksam an.
Susan zuckte mit den Schultern. »Nun, die nächsten Wochen brauche ich mir keine Sorgen zu machen, mein Erspartes reicht noch ein Weilchen. Danach werde ich die Theater Londons abklappern, irgendjemand wird mir schon ein Engagement geben.«
Aber wahrscheinlich fange ich wieder ganz unten an, dachte sie

und schluckte. Die Freundinnen sollten nicht merken, wie nahe es ihr ging, von einer anderen – besseren – Schauspielerin so einfach ersetzt worden zu sein.
»Ach, wir möchten, dass du bleibst!« Spontan umarmte Hetty Susan. »Theo lässt dich bestimmt nicht hängen. Sieh mich an – ich möchte von diesem Verein auch nicht weg, obwohl ich an einem anderen Theater sicher bessere Rollen bekommen könnte. Wir sind doch so etwas wie eine große Familie, nicht wahr?«
Hetty hatte recht. Das Ensemble des *Blue Horizon* war tatsächlich wie eine große Familie. Eine Familie, die Susan nie zuvor gehabt hatte und auf die sie nicht mehr verzichten wollte. Dennoch wusste sie nicht, ob sie mit der Tatsache, nur in der zweiten Reihe zu stehen, zufrieden sein könnte. Wenn man einmal den Geschmack von Ruhm gekostet hatte, war es schwer, wieder darauf zu verzichten.
»Ach, kommt Zeit, kommt Rat.« Susan winkte betont fröhlich ab. »Bis Herbst werde ich ohnehin auf keiner Bühne stehen können, wer weiß, was bis dahin geschieht.«
»Vielleicht hat Esperanza in ein paar Wochen bereits die Nase von uns voll und geht an ein anderes Theater.« Doro sprach Susans Gedanken aus. »Jetzt wollen wir aber feiern und fröhlich sein, Mädels, denn die Nacht ist noch jung.«

Nach einer Woche raffte Susan sich auf, eine Vorstellung von *Irrungen am Covent Garden* zu besuchen. Ihre Kollegen und Kolleginnen begrüßten sie überschwenglich, selbst Theo ließ sich zu einem gemurmelten: »Schön, dich wiederzusehen. Hoffe, es geht dir besser«, hinreißen, was aus seinem Mund fast eine Liebeserklärung war.
Esperanza beherrschte die Bühne mit ihrem Spiel, das Publikum war begeistert, und die Kritiken sparten nicht mit Lob. Alle Vorstellungen waren ausverkauft, und die Leute standen Schlange, um einen Blick auf den *neuen Stern am Theaterhimmel* – wie

der *Daily Graphic* schrieb und dazu Fotografien von Esperanza veröffentlichte – zu werfen.

Eines Abends schrieb Susan einen langen Brief an Sarah Bernhardt, in dem sie der Schauspielerin ihr Leid klagte. Als sie fertig war, las sie die Seiten noch mal durch, dann zerknüllte sie das Papier und warf es ins Kaminfeuer. Ihre Zeilen trieften nur so von Selbstmitleid, und Susan wusste auch ohne Antwort, was die große Diva antworten würde: »Kopf hoch, auch wenn der Hals dreckig ist! Rückschläge, die einen zu Fall bringen, sind keine Schande. Liegen bleiben und sich selbst bemitleiden, allerdings schon.« Susan schrieb erneut ein paar Zeilen, schilderte Sarah lediglich ihren Unfall, ließ den Brief jedoch mit positiven Worten ausklingen. Leider erhielt Susan keine Antwort auf ihren Brief, den sie an Sarahs Pariser Adresse gesandt hatte, und erfuhr erst später, dass Sarah sich auf einer ausgedehnten Tournee in den Vereinigten Staaten befand und nicht vor dem Herbst nach Frankreich zurückkehren würde.

Susan versuchte, die freie Zeit, so gut es ging, totzuschlagen. Gelegentlich warf sie einen Blick in ihr Rollenbuch, denn sie war fest entschlossen, wenn sie im Herbst ans Theater zurückkehrte, die Hauptrolle immer noch zu beherrschen. Das Auswendiglernen der Texte langweilte Susan jedoch bald, denn es war eine Sache, einen Text zu lernen und zu wissen, diesen vor Publikum aufzuführen, oder es nur für sich selbst zu tun. Susan fehlte die Motivation, und sie begann, häufiger als früher auszugehen. Ende Juni konnte der Verband um ihre Schulter durch ein Klebeband, das unter der Kleidung nicht zu sehen war, ersetzt werden, und die Schmerzen waren auch fast verschwunden. Noch immer war die Beweglichkeit ihres rechten Arms eingeschränkt, der Arzt hatte jedoch gesagt, dass sich dies in den nächsten Wochen geben würde.

War Susan früher nur mit dem Ensemble des Theaters ausgegangen, so geriet sie jetzt in neue Kreise und lernte jede Menge Leute kennen. Die Feste, die sie besuchte, waren alle ebenso

oberflächlich wie die Menschen, die sich dort tummelten, sie lenkten Susan jedoch ab. Sie war jetzt siebenundzwanzig Jahre alt, immer noch schön und ihre Figur rank und schlank wie die eines jungen Mädchens. Nur Susan allein wusste von den feinen, hellen Streifen an Bauch und Hüfte, die ihre Schwangerschaften hinterlassen hatten. Ihr Gesicht war makellos, und eventuelle dunkle Schatten, die sich nach einer durchfeierten Nacht unter ihre Augen legten, überdeckte Susan mit einem Hauch Makeup, ohne geschminkt zu wirken.
Eines Abends fuhr sie zu einer Party in einem Haus in Pimlico. Es gehörte einer Bekannten von Charles Landsbury, den Susan in einem Lokal in Soho kennengelernt hatte. Der Mann war ihr aufgefallen, da er keinen Versuch machte, mit ihr zu flirten, obwohl sie einem solchen nicht abgeneigt gewesen wäre, denn Charles Landsbury war ein gutaussehender und eleganter Mann. Er war Journalist, Mitinhaber einer kleinen Zeitung, und Susan reizte es, die Bekanntschaft zu vertiefen, da er sie offenbar schätzte, sie jedoch nie bat, ihn allein zu treffen. Wenn sie miteinander ausgingen, dann waren immer zahlreiche Freunde von Charles dabei – Journalisten wie er, aber auch Künstler aller Gattungen oder einfach Personen, die keiner geregelten Arbeit nachgingen und das Leben genossen.

Susan hatte ein Taxi genommen, und als sie ankam, war die Party bereits in vollem Gange. In dem kleinen Haus, das unten lediglich aus einer Küche und einem Salon und oben aus drei kleinen Zimmern bestand, drängten sich die Leute so dicht, dass Susan Mühe hatte, sich einen Weg zu bahnen. Rauchschwaden durchzogen die Räume, und sie hatte ihren Mantel noch nicht abgelegt, als jemand ihr ein Glas Champagner in die Hand drückte. Susan fragte eine Blondine, die dieser Haarfarbe sicher mit chemischen Mitteln nachgeholfen hatte, nach Charles. Sie zuckte aber nur die Schultern.

»Keine Ahnung, Schätzchen, kenne ich nicht. Ist das aber nicht eine wunderbare Party?«

Susan erklomm die Treppe, denn oben spielte ein Grammophon laut und schrill schnelle Rhythmen, zu denen sich die Leute im Takt wiegten, wenngleich für einen richtigen Tanz gar kein Platz war. Seit Anfang des Jahres war es in Mode gekommen, diese Musikrichtung, die sich Ragtime nannte und aus Amerika stammte, zu spielen, allerdings nur in unkonventionellen Kreisen, denn die bessere Gesellschaft rümpfte über diese Art von Musik die Nase und befürchtete durch sie einen Untergang der Kultur.

Am anderen Ende des Zimmers sah Susan Charles, der jedoch mit dem Rücken zu ihr stand. Sie versuchte, sich bemerkbar zu machen, was aufgrund der lauten Musik aber nicht möglich war. Beim Versuch, sich zwischen den Leuten hindurchzudrängen, stieß Susan versehentlich einem Mann den Ellbogen in die Rippen.

»Entschuldigung«, rief sie, dann erkannte sie, wen sie angerempelt hatte – es war Ronald McPhearson-Grant. Seit seinem missglückten Heiratsantrag vergangene Weihnachten war sie ihm nicht mehr begegnet, und sie hätte Ronald auch nicht bei einem solchen Fest vermutet.

»Peggy …« Für einen Moment schien er ebenfalls irritiert zu sein, hatte sich aber gleich wieder im Griff. »Wie schön, dich zu sehen.«

»Ronald«, Susan nickte. »Was machst du hier?«

Er zuckte mit den Schultern, murmelte etwas von »geschäftlichen Beziehungen«, da drängte sich auch schon eine junge Frau an seine Seite. Sie war ebenso groß wie er und so schlank, dass sie schon hager wirkte, und ihr spitzes Gesicht mit den blassen blauen Augen war nichtssagend. Besitzergreifend hängte sie sich an Ronalds Arm.

»Möchtest du mir deine Bekannte nicht vorstellen, Ronald?«

Ronalds Gesicht rötete sich leicht, dann sagte er, zu Susan gewandt: »Das ist May … meine Frau.«

»Oh«, entfuhr es Susan. Den Nachsatz »Das ging aber schnell« konnte sie gerade noch hinunterschlucken.

»May, das ist Peggy Sue, wir wurden im letzten Jahr einander vorgestellt«, fuhr Charles fort. Mit einem Finger lockerte er seinen Kragen, es war ihm sichtlich unbehaglich zumute. »Miss Peggy ist Schauspielerin, ich besuchte ein oder zwei Mal eine ihrer Vorstellungen.«

»Ich erinnere mich.« May McPhearson-Grant zog die Stirn kraus und musterte Susan von oben bis unten. »Ich habe von Ihnen gelesen. Sie haben dem Theater inzwischen den Rücken gekehrt, nicht wahr?«

»Nur vorübergehend«, antwortete Susan und bemühte sich um ein zwangloses Lächeln. »Im Augenblick orientiere ich mich neu.«

In diesem Moment trat Charles Landsbury, der Susan inzwischen bemerkt hatte, an ihre Seite und begrüßte sie mit einem Wangenkuss.

»Wie schön, dass du gekommen bist, meine Liebe.« Mit einem leichten Neigen seines Kopfes sagte er zu Ronald und May: »Sir McPhearson-Grant und Lady McPhearson-Grant, es wundert mich, Sie auf unserem kleinen Fest anzutreffen.«

»Ich hoffte, hier einen Mr. Clashmore zu treffen.« Ronald hatte sich wieder im Griff. »Man sagte mir, er wollte sein Jagdhaus im Lake Distrikt veräußern, und meine Familie hat Interesse an einem Erwerb. Es ist mir jedoch bisher nicht gelungen, einen Termin mit Mr. Clashmore zu vereinbaren.«

»Der Herr hat viele Termine.« Charles lachte. »Aber ich habe erst vor wenigen Minuten mit ihm gesprochen, da stand er am Büfett. Kommen Sie, ich mache Sie miteinander bekannt.« Charles wandte sich an Susan. »Ich bin gleich wieder zurück.«

Susan war froh, dass May ihren Mann begleitete und das Gespräch mit ihr nicht fortsetzte. Offensichtlich wusste sie nicht, wie nahe sie und Ronald sich einst standen. Wenn es nach Susan

ginge, würde das auch so bleiben. Ronald McPhearson-Grant war eine Episode in ihrem Leben, mit der sie abgeschlossen hatte. Er war zwar ein guter Liebhaber gewesen, und bei seinem Anblick erinnerte sich Susan deutlich an seine fordernden Zärtlichkeiten, er hatte aber schnell Ersatz für sie gefunden. Obwohl Susan nichts über May wusste, ahnte sie, dass die junge Frau eher den Vorstellungen Ronalds Eltern von einer anständigen Schwiegertochter entsprach, als sie es getan hatte. Obwohl Susans Herz nicht an Ronald hing, lief ein Prickeln über ihren Rücken. Sie war eine junge und gesunde Frau und hatte seit Monaten nicht mehr in den Armen eines Mannes gelegen. Solange sie auf der Bühne gestanden und das Publikum mit ihrem Spiel und mit ihrem Gesang verzaubert hatte, hatte ihr das Körperliche nicht gefehlt. Nun jedoch sehnte sie sich nach einer liebevollen Umarmung und einer starken Schulter, an die sich anlehnen konnte.
Nach wenigen Minuten kehrte Charles zu ihr zurück und stellte Susan zahlreichen Gästen vor. Sie würde sich nur einen Bruchteil der vielen Namen merken können, was ihr jedoch gleichgültig war, denn die meisten Gäste auf diesem Fest würde sie ohnehin nie wiedersehen. Susan bediente sich an dem reichhaltigen kalten Büfett, trank mehrere Gläser Champagner und ließ sich von den heißen Rhythmen des Grammophons mitreißen. Die Morgendämmerung fiel durch die Fenster, als nur noch ein kleiner Kreis übrig war, Susan verspürte jedoch keine Lust, nach Hause zu gehen, wo niemand auf sie wartete. Jemand legte eine andere Platte auf. Es war ein langsames, sentimentales Lied, und Susan wiegte sich im Takt der Musik. Charles' Arme umschlossen sie von hinten, und sie ließ sich gegen seine breite Brust sinken. Als er ihr eine der selbstgedrehten Zigaretten mit dem süßlichen Geruch reichte, lehnte Susan nicht ab. Sie nahm allerdings nur einen Zug, auf keinen Fall wollte sie wieder die Kontrolle über ihre Sinne verlieren. So wusste Susan genau, was sie tat, als sie Charles in seine Wohnung, die nur zwei Blöcke weiter

lag, folgte und mit ihm ins Bett ging. Sie genoss jeden Augenblick, vergaß Ronald und ihre Situation, dass sie als Schauspielerin auf dem absteigenden Ast war. Charles liebte sie anders als Ronald – wilder und härter, aber Susan kam dennoch auf ihre Kosten.

Die Sonne schien schon lange durch die Fenster, deren Vorhänge nicht geschlossen waren, als Charles ihr sagte, er sei verheiratet und habe drei Kinder.

»Meine Frau lebt auf dem Land«, erklärte er. »Sie verträgt das Londoner Klima nicht, und für die Kinder ist die gute Luft auch besser.«

Im ersten Moment war Susan enttäuscht, obwohl sie Charles nicht liebte, aber sie empfand große Sympathie für ihn. Sie hatte gehofft, Charles würde ein dauerhafter Begleiter werden, er ließ jedoch keinen Zweifel daran, dass ihre gemeinsamen Liebesstunden eine einmalige Sache gewesen waren.

Anfangs nahm Charles, mit dem sie entgegen seiner Aussage noch ein paar Mal schlief, sie mit und stellte sie Leuten vor, die ihrerseits Susan einluden, so dass sie weitere Personen kennenlernte. Sie wusste, all diese Menschen waren keine Freunde, sondern man traf sich lediglich, um Spaß zu haben und sich die Zeit zu vertreiben. Längst hatte Susan sich daran gewöhnt, sich bei diesen Festen dem Konsum diverser Rauschmittel nicht zu entziehen. Wenn sie eine dieser Zigaretten rauchte, verschwanden plötzlich all ihre Sorgen und dunklen Gedanken an die Zukunft. Die Farben wurden leuchtender, das Lachen der Leute fröhlicher und die Musik mitreißender. Doro oder die anderen vom *Blue Horizon* sah Susan kaum noch, auch verzichtete sie darauf, ihre Rivalin Esperanza Montoya noch einmal auf der Bühne zu sehen. Wenn Doro sie besuchen wollte, dann traf sie die Freundin oft nicht an, oder – falls Susan zu Hause war – sie lag noch schlafend im Bett, obwohl es bereits Nachmittag war. Mehrmals versuchte Doro, Susan ins Gewissen zu reden und sie dazu zu bringen, mit Theo zu sprechen, dass er sie ab dem Herbst wieder in die Truppe aufnahm, doch Susan wollte davon nichts wissen. Sie lebte für den Augenblick, das Morgen schien unendlich weit entfernt, und sie war überzeugt davon, es würde sich so oder so alles fügen.

In den folgenden Wochen hastete Susan von einer Party zur nächsten. Als am zweiundzwanzigsten Juni George von Sachsen-Coburg und Gotha zu König George V. des Vereinigten Königreichs gekrönt wurde, feierte Susan mit Hunderttausenden Londonern drei Tage und drei Nächte. König Edward war bereits im Mai des Vorjahres gestorben, doch die Krönungszeremonie hatte so viele Vorbereitungen erfordert, dass erst jetzt dem neuen König die Krone aufs Haupt gesetzt werden konnte. Aus der Ferne konnte Susan einen kurzen Blick auf den König und seine Frau, Königin Mary, erhaschen, als diese vom Buckingham Palace über die Mall zur Westminster Abbey fuhren. Anlässlich der Krönung fand auch das *Festival of Empire* im Kristallpalast statt, dem Gebäude, das vor sechzig Jahren der damalige Prinzgemahl Albert von Sachsen-Coburg und Gotha für die erste große Weltausstellung erbauen ließ. In Anlehnung an die damalige Ausstellung wurden nun anlässlich der Krönung Produkte aus allen Ländern des britischen Empires präsentiert. Originalgetreu und im Maßstab von drei Viertel zu eins waren einige Parlamentsgebäude des Commonwealth errichtet worden, die eine ganz besondere Attraktion darstellten. Es gab einen Vergnügungspark mit Karussells, Schießbuden und Ständen mit Zuckerwatte und sonstigen süßen Leckereien. Die Ausstellung war natürlich über einen längeren Zeitraum geöffnet, doch am Tag der Krönung herrschte hier eine ausgelassene, beinahe überschäumende Stimmung. Charles hatte keine Bedenken, sich mit Susan in der Öffentlichkeit zu zeigen, denn seine Frau hatte sich geweigert, in die Stadt zu kommen. Ihr war der Trubel, den eine Krönung mit sich bringt, zu anstrengend. So schlenderten Susan und Charles über die schmalen Wege zwischen den Buden. An einem Stand hielt Charles an, um ihr eine Tüte mit gebrannten Mandeln zu kaufen, die Susan besonders gerne mochte. Als sie plötzlich jemanden ihren Namen rufen hörte, dachte sie unwillkürlich an die Begegnung mit Ronald McPhearson-Grant, doch so unvermittelt Stephen Polkinghorn gegenüberzustehen, das überraschte sie sehr. Nachdem Stephen seine Beziehung zu Hetty, die glücklicherweise außer einem gebrochenen Herzen keine weiteren Folgen gehabt hatte, beendete, hatte Susan ihn nicht wiedergesehen.

»Susan … oder ich sage besser Peggy Sue …«, begann er mit seinem für ihn so typischen, leicht spöttischen Lächeln, »es freut mich, dich hier so unerwartet zu treffen.«

»Geht es dir gut?« Die Frage war das Erste, was Susan einfiel.

Er nickte grinsend. »Ich habe geheiratet.«

»Oh!« Susan war sichtlich überrascht, dass es einer Frau gelungen war, Stephen zu zähmen. Sie sah sich um. »Ist deine Frau auch hier?«

»Nein, sie erwartet unser erstes Kind, es dauert nicht mehr lange. Da wollte sie sich dem Trubel dieses Tages nicht aussetzen.«

»Ich verstehe«, sagte Susan und überlegte, wie sie Stephen wieder loswerden konnte.

»Meine Frau ist übrigens mit den Callingtons verwandt«, sagte Stephen plötzlich. »Du erinnerst dich doch noch an Lavinia Callington und an Sumerhays, nicht wahr? Dort haben wir uns kennengelernt.«

Susan lief ein kalter Schauer über den Rücken, obwohl es ein warmer und sonniger Sommertag war. Warum musste immer dann, wenn sie meinte, mit der Vergangenheit abgeschlossen und diese vergessen zu haben, jemand auftauchen und sie daran erinnern. Sie lachte, aber es klang gekünstelt.

»Dann bist du also wieder gesellschaftsfähig? Den Callingtons wird eine Verwandtschaft mit dir weniger gefallen, nicht wahr?«
Stephen stimmte in ihr Lachen ein. Er schien nicht zu merken, wie unwohl Susan sich fühlte. Er bot ihr seinen Arm.
»Hast du Hunger? Komm, ich lade dich zum Essen ein, dabei können wir über alte Zeiten sprechen.«
In diesem Augenblick trat Charles Landsbury zu ihnen. Kühl musterte er Stephen und sagte: »Die Dame ist mit mir hier.«
»Dame?«, sagte Stephen mit ironischem Unterton, und dann an Susan gewandt: »Ich hätte mir denken können, dass ein Galan auf dich wartet. Es hat sich nichts geändert, nicht wahr?«
»Du gehst jetzt am besten.« Susan machte aus ihrer Verärgerung keinen Hehl.
Stephen deutete eine Verbeugung an.
»Ich nehme nicht an, dass ich Lady Callington von dir grüßen soll?«
»Das ist nicht nötig.«
Susan ergriff Charles' Arm und wandte sich zum Gehen, konnte aber nicht verhindern, dass Stephen ihnen nachrief: »Lavinias Kind ist übrigens ein entzückendes Mädchen. Wie schade, dass du deines verloren hast.«
Susan merkte, wie Charles zusammenzuckte. Er wartete, bis Stephen außer Sicht war, dann fragte er mit einem scharfen Unterton: »Was sollte die Bemerkung eben? Hast du etwa ein Kind?«
»Ich wurde krank und erlitt eine Fehlgeburt.« Susan wusste, sie würde Charles' Fragen nicht ausweichen können. »Es ist Jahre her …«
»Du hättest mir das sagen sollen.« Der Vorwurf in seiner Stimme war unüberhörbar.
»Warum? Das ist lange, bevor wir uns begegneten, geschehen.« Susan war nicht gewillt, sich Charles gegenüber zu rechtfertigen. »Für unsere Beziehung spielt es keine Rolle, dass ich einmal ein Kind verloren habe.«

Charles war stehen geblieben und sah Susan ernst an. Fast bedeutungsvoll schob sich eine Wolke vor die Sonne, und wie der Himmel, so verdunkelte sich auch sein Blick.

»Ich bin davon ausgegangen, dass du keine Kinder bekommen kannst«, sagte er offen. »Du bist schließlich nicht mehr die Jüngste, und ich dachte …«

»Was dachtest du?« Ein bitterer Geschmack stieg Susan in den Mund, sie ahnte, worauf er hinauswollte.

»Nun ja, bei deinem Lebenswandel … ich meine, ich war ja nicht der einzige Mann, mit dem du das Bett teilst. Zuerst wunderte es mich, dass du kein Kind hast, dann sagte ich mir jedoch, dass es eben Frauen gibt, die nicht empfangen können. Ich kann das Risiko einer Schwangerschaft nicht eingehen, das verstehst du doch, oder?«

Susan verstand es nicht. Obwohl sie wie auch Charles recht unkonventionell lebten und die Leute, mit denen sie hauptsächlich verkehrten, alle bestehenden Moralvorstellungen über den Haufen warfen, war das Thema Schwangerschaft immer noch etwas, über das nur hinter vorgehaltener Hand gesprochen wurde. Sie hatte keine Veranlassung gesehen, Charles zu erzählen, dass sie vor zwei Jahren von der Schottin Marie Stopes gehört hatte, der es als erste Frau gelang, am University College in London Botanik und Geologie zu studieren. Aber nicht nur deswegen war Miss Stopes interessant, sondern auch, weil sie sich für die Geburtenkontrolle einsetzte. Susan hatte die junge Frau besucht und von ihr den Rat bekommen, nur an bestimmten Tagen während ihres monatlichen Zyklus mit einem Mann zu schlafen. Das war zwar kein hundertprozentiger Schutz vor einer ungewollten Schwangerschaft, bisher hatte es jedoch funktioniert, denn Susan wollte unter keinen Umständen jemals wieder ein Kind haben. Dies machte sie Charles nun unmissverständlich klar.

»Glaubst du etwa, ich möchte schwanger werden? Ich bin Schauspielerin und ruiniere mir nicht meine Karriere wegen eines Kindes.« Die Worte klangen härter, als Susan wirklich empfand.

Ihr war das Gespräch unangenehm, und sie hoffte, Charles würde es dabei belassen.
Er besaß den Anstand, leicht zu erröten.
»Es war mir nicht bekannt, dass Frauen etwas … dagegen tun können«, sagte er leise. »Vielleicht sollten wir uns trotzdem trennen, das Risiko ist zu hoch. Wenn du doch schwanger werden solltest und meine Frau davon erfährt …«
Woher diese plötzlichen Skrupel?, dachte Susan, sagte aber nur: »Dann wird es wohl das Beste sein.«
»Ach, Peggy, du musst mich verstehen.« Charles sah sie entschuldigend an. »Ich bin nur ein kleiner Journalist, der mal hier, mal dort eine Geschichte schreibt. Unsere Zeitung gehört nicht gerade zu den auflagenstärksten. Meine Frau jedoch hat ein kleines Vermögen geerbt, das es mir ermöglicht, so zu leben und mich nicht in einer Firma oder gar Fabrik abrackern zu müssen. Ich kann es mir einfach nicht vorstellen, von morgens bis abends, sechs Tage die Woche, an einem Schreibtisch zu sitzen und für fremde Leute zu arbeiten.«
Susan verstand. Ihre Beziehung zu Charles Landsbury war vorbei. Obwohl sie ihn ebenso wenig wie Ronald geliebt hatte, war er ein unterhaltsamer Gesellschafter gewesen, ein guter Liebhaber, und es gab Situationen, in denen es angenehm war, eine starke Schulter zum Anlehnen zu haben. Gerade jetzt, da Susan nicht wusste, wie es weitergehen sollte. Im Augenblick war sie ohne Engagement, ihre Schulter würde noch ein paar Wochen brauchen, bis sie völlig geheilt war und sie wieder mit ganzem Körpereinsatz spielen konnte. Mit Charles auszugehen, war allemal besser, als allein zu Hause zu sitzen und Trübsal zu blasen. Natürlich kannte sie inzwischen genügend andere Leute, bei denen sie auch allein willkommen war, dennoch bedauerte Susan, dass ihre Beziehung zu Charles zu Ende war.
Nach diesem Gespräch hatte keiner von ihnen mehr Lust, weiter zu feiern. Charles brachte Susan nach Hause, verabschiedete sich

höflich vor der Tür und wünschte ihr alles Gute. Susan wusste, sollten sie sich zufällig begegnen – was bei ihrem gemeinsamen Freundeskreis zu erwarten war –, würden sie nicht mehr als flüchtige Bekannte sein.

Zwei Tage lang vergrub Susan sich in ihrer Wohnung, dann ging sie wieder aus. In ihren Kreisen war es als Frau nicht notwendig, nur in männlicher Begleitung auf Festen zu erscheinen, zudem war sie Schauspielerin, denen man ohnehin so manches nachsah. Die Partys wurden ausgelassener, die Musik lauter und die Tänze wilder. Längst hatte Susan begonnen, gleich nach dem Frühstück ein Glas Wein zu trinken, um in Schwung zu kommen, wie sie es nannte.

Der Juni ging in einen regnerisch kühlen Juli über, und manche ihrer Bekannten verließen London und fuhren aufs Land. Dort war das Wetter zwar auch nicht besser, der wolkenverhangene Himmel und der Regen waren auf dem Land aber leichter zu ertragen als in der Stadt.

Die durchfeierten Nächte, der regelmäßige Alkoholgenuss und der gelegentliche Genuss von Rauschgift hinterließen ihre Spuren. Eines Tages, als sie nach dem Aufstehen im Bad stand – es ging bereits auf drei Uhr am Nachmittag zu, aber Susan war erst im Morgengrauen nach Hause gekommen –, erschrak sie über ihr Spiegelbild. Die Haut unter ihren Augen war geschwollen und dunkel, ihr Blick müde und ihr Haar stumpf. Gestern war sie allein auf einer Party in einem Haus am Sloane Square gewesen und hatte sich prächtig amüsiert. Ein Mann – Susan konnte sich an seinen Namen nicht mehr erinnern – hatte sie nach Hause gebracht. Glücklicherweise wusste Susan, dass sie ihn nicht mit in ihre Wohnung genommen, sondern seine Aufdringlichkeiten auf der Straße vehement abgewehrt hatte. Als er versuchte, ihre Brüste zu berühren, hatte sie ihm eine Ohrfeige verpasst.

Sie wusch sich das Gesicht mit kaltem Wasser und kam langsam zu sich. Deutlich erinnerte sie sich an die Worte des Mannes: »Jetzt stell dich doch nicht so an. Ihr Schauspielerinnen seid doch alle Huren, besonders die, die keiner mehr auf der Bühne sehen will.«

»O Gott!« Susan stöhnte und presste die Finger auf die Schläfen. Ihr Kopf dröhnte, und ihr war schwindlig.

»Ihr seid doch alle Huren …« Die Worte gingen ihr nicht mehr aus dem Kopf. Er hatte recht. Oh, wie recht er mit seinen Worten hatte, die er ihr an den Kopf geworfen hatte. Sie war regelmäßig mit einem Mann ins Bett gegangen, den sie nicht liebte und dessen ehrenvollen Heiratsantrag sie abgelehnt hatte, und mit Charles Landsbury hatte sie das Bett geteilt, wenn ihnen beiden danach zumute gewesen war. Auch wenn sie aus diesen Beziehungen keine Vorteile zog oder sich gar bezahlen ließ, war sie doch nicht besser als eine Prostituierte. Viele Schauspielerinnen mussten ihren Körper verkaufen, um den Traum von der Bühne leben zu können, denn die Gagen, die Frauen erhielten, waren meistens lächerlich gering und reichten kaum zum Überleben. Dazu kam, dass sie für die Kosten der Kostüme selbst aufkommen mussten, ebenso für die Reisekosten, wenn sie auf Tourneen gingen. Dies alles hatte Susan dank Lavinia Callingtons Geld mühelos finanzieren können und war, frei von jeglichen Skandalen, zu einer gefeierten Schauspielerin aufgestiegen. Obwohl am *Blue Horizon* leichte, wenig anspruchsvolle Stücke gespielt wurden, sah sich Susan nicht als Tingeltangel-Schauspielerin, sondern hatte gehofft, eines Tages als ernsthafte Mimin anerkannt zu werden. So wie Sarah Bernhardt, die zwar auch ihre Liebschaften und allerhand Allüren hatte, der aber die Leute dennoch zu Füßen lagen.

»Auf diesem Weg erreichst du es nicht.« Susan streckte ihrem Spiegelbild die Zunge heraus, dann wandte sie sich ab. Sie musste aufhören, vor etwas davonzulaufen, was nicht zu ändern war. Mit den unseligen Partys, dem Alkohol und dem Rauschgift ver-

suchte sie nur, ihre Gedanken und ihre Erinnerungen zu betäuben, dabei glitt sie immer tiefer in einen Sumpf, aus dem es eines Tages keinen Ausweg mehr gab.
Susan straffte die Schultern, ging in die Küche und brühte sich einen starken Tee auf. Sie brauchte eine Auszeit. Musste ein paar Wochen raus aus London, und sie wusste auch schon, wohin sie fahren würde.

15. Kapitel

Cornwall, August 1911

In diesem Jahr war Susan nicht in einer Pension abgestiegen, sondern hatte sich ein Cottage auf den Klippen von Polperro gemietet. Von dem kleinen Garten hatte Susan einen unbegrenzten Blick über die verwinkelten, engen Gässchen des Dorfes, auf den kleinen Hafen, in dem bei Ebbe die Fischerboote im Schlick dümpelten, und auf das kristallblaue, unendlich weite Meer. Tag für Tag schien die Sonne, kaum eine Wolke zeigte sich am Himmel, und es war sehr warm. Tief sog Susan die frische, nach Salz, Tang und Moor riechende Luft ein, und es war, als würden alle Sorgen und Probleme von ihr abfallen. Sechs Wochen wollte sie in Cornwall bleiben. Sechs Wochen, in denen sie, weit weg von den zweifelhaften Partys mit noch zweifelhafteren Leuten, die sich ihre Freunde nannten, Zeit hatte, über ihr Leben nachzudenken. Gut, sie war durch eine bessere Schauspielerin ersetzt worden, das war jedoch kein Grund, den Kopf hängen zu lassen und sich mit Alkohol und Rauschmitteln zu betäuben. So etwas geschah jeden Tag, und sie musste nach vorn sehen. In den vergangenen drei Jahren hatte sie sich als Schauspielerin und

Sängerin über die Grenzen Englands hinaus einen Namen gemacht. Es wäre doch gelacht, wenn kein anderes Theater sie engagieren würde. Dazu musste sie allerdings gesund und kräftig sein, wozu die durchgemachten Nächte nicht beitrugen. Susan merkte auch, dass ihre Stimme durch das Rauchen gelitten hatte, darum war damit jetzt Schluss. Natürlich wusste sie, dass sie mit ihrer Reise ausgerechnet nach Cornwall ihrem Seelenheil nichts Gutes tat. Sie hätte auch an die Südküste nach Brighton oder in die Seebäder in der Grafschaft Dorset reisen können, dennoch hatte sie sich wieder für Cornwall entschieden. Obwohl sie niemals in die Nähe von Anabell Callington gelangen würde, machte allein der Gedanke, in der Nähe ihrer Tochter zu sein, sie zwar sentimental, aber auch glücklich. Vor fast fünf Jahren hatte sie sich für dieses schändliche Geschäft entschieden, es genau genommen sogar forciert, und sie musste lernen, mit den Schuldgefühlen, ihre Tochter verkauft zu haben, für den Rest ihres Lebens fertig zu werden.

»Schau niemals zurück«, hatte Sarah Bernhardt einmal zu ihr gesagt. »Sieh immer nach vorn, denn es geht immer irgendwie weiter. Misserfolge und Fehlschläge stärken uns, und niemand kann die Vergangenheit ändern.«

Die flüchtige Begegnung mit Lavinia Callington und Anabell in London hatte Susan mehr aufgewühlt, als sie sich eingestehen wollte, dennoch war sie wieder nach Polperro gefahren. Während die Städte Penzance und St. Ives im Westen der Grafschaft schon seit längerem vermehrt von Sommerfrischlern aufgesucht wurden und sich zu gefragten Seebädern entwickelt hatten, schien in Polperro die Zeit stehengeblieben zu sein. Nur wenige Touristen verirrten sich in das verschlafene Dorf, denn Vergnügungen wurden hier keine angeboten. Es gab drei Pubs, die jedoch nur von den Einheimischen frequentiert wurden und die eine alleinreisende Frau nicht betreten konnte, und an den Sommerwochenenden sang am Hafen manchmal ein Männerchor traditionelle Lieder, die von dem schweren Leben der Fischer erzählten. Susan war nicht auf der Suche nach Unterhaltung und Vergnügen – im Gegenteil: Sie war dem allen entflohen, um endlich wieder zu sich selbst zu kommen.

Die Sonne brannte vom stahlblauen Himmel herab, so dass Susan trotz ihres leichten Musselinkleides ins Schwitzen kam. Spitz stachen die Steine durch die dünnen Sohlen ihrer Lederstiefel, während sie den östlichen Küstenweg in Richtung Looe beschritt. Der Pfad, der sich vom Hafen Polperros aus erst steil nach oben wand, verlief jetzt eben, war jedoch so schmal, dass sich Susan immer wieder durch üppig wucherndes Farnkraut und fast mannshohe Fingerkrautgewächse den Weg bahnen musste. Über ihrem Kopf kreisten Möwen und stießen schrille Schreie aus, ansonsten lag eine Ruhe über der Landschaft, die Susan die Hektik Londons vergessen ließ. Sie war ohne Ziel losgelaufen, bis nach Looe würde sie auf keinen Fall gehen. Ein Einheimischer hatte ihr gesagt, dass es über den Küstenweg viereinhalb Meilen waren. So eine weite Strecke, die sie ja auch wieder zurückgehen musste, traute sich Susan bei dieser Hitze nicht zu. Nach etwa einer Meile fiel der Pfad wieder ab und führte steil zum Meer hinunter. Susan erkannte die Bucht sofort wieder – es war die Talland Bay, der Platz, an dem sie sich das eine Mal mit Lavinia Callington getroffen hatte. Damals war sie über den Landweg von der Park Farm aus gekommen, doch in der Bucht hatte sich kaum etwas verändert. Es war Ebbe, und ein schmaler Streifen Sandstrand glitzerte in der Sonne. Dann bemerkte Susan ein kleines Haus, das bei ihrem letzten Besuch noch nicht dort gewesen war. Beim Näherkommen erkannte Susan, dass es sich um eine Teestube handelte. Ein paar wenige Tische, Stühle und Sonnenschirme standen draußen und boten einen herrlichen Blick über die Bucht auf das Meer hinaus. Offenbar kamen doch immer wieder Besucher in diese Gegend, so dass sich hier eine Teestube lohnte. Susan stieg der Geruch von frisch gebackenem Kuchen in die Nase, und sie merkte, wie hungrig sie war. Von den Tischen war nur einer besetzt. Das ältere Ehepaar nickte Susan freundlich zu, als sie sich an den Nebentisch setzte. Bei der Bedienung, einem jungen Mädchen mit Sommersprossen und kleinen, spitzen Zähnen, bestellte sie Tee und Nusskuchen, der gleich darauf serviert wurde. Der Sonnenschirm spendete genügend Schatten, so dass Susan ihren eigenen Schirm zusammenklappen konnte. Im seichten Wasser der Bucht standen zwei Jungen, die Hosen hochgekrempelt, und versuchten, Krabben zu fischen, und einzelne Spaziergänger führten ihre Hunde aus und genossen den herrlichen Sommertag ebenso wie Susan. Mit halbem Ohr verfolgte sie das Gespräch des Paares am Nachbartisch, das sich um einen drohenden Streik der Bergarbeiter in Cornwall drehte, die für höhere Löhne kämpften. Als Susan so überlegte, dass sie sich seit Monaten für nichts anderes als ihr eigenes Schicksal interessiert hatte, flog ein Ball auf ihren Tisch, stieß die Tasse um, und der Tee ergoss sich mit einem Schwall auf ihren hellen Rock. Gleich darauf ertönte eine scharfe Stimme: »Kannst du denn nicht aufpassen? Wie oft habe ich dir schon gesagt, du sollst in der Nähe von Leuten nicht mit dem Ball spielen.«

Eine aufgeregte junge Frau eilte auf sie zu. Sie war in dunkles Blau gekleidet und kaum älter als zwanzig Jahre. Susan versuchte, mit der Serviette die Flecken von ihrem Rock zu tupfen, wobei sie diese aber nur verschmierte, darum gab sie es auf. Vielleicht würden die Flecken bei der Wäsche herausgehen.

»Es tut mir so leid, Miss«, entschuldigte sich die junge Frau. »Die Kleine ist ein richtiger Wildfang, manchmal kaum zu bändigen. Ich hoffe, Ihr Kleid ist nicht ruiniert.«

Susan schüttelte den Kopf. »Es ist nicht mein bestes.«

Die junge Frau rang verzweifelt die Hände. »Es tut mir so leid«, wiederholte sie. »Ich habe dem Kind verboten, hier Ball zu spielen, aber sie konnte mal wieder nicht hören.«

Erst jetzt bemerkte Susan das kleine Mädchen, das sich, halb hinter der Frau verborgen, ängstlich an deren Rock klammerte. Ihr stockte der Atem, und ihr Herzschlag beschleunigte sich. Sie hätte das Kind überall wiedererkannt. Susan bemühte sich um ein zwangloses Lächeln.

»Wie gesagt, es ist nichts geschehen, die Flecken gehen sicher wieder heraus.«

»Ist die Frau böse, Nanny?« Dem Mädchen standen Tränen in den Augen, und ihr kleiner Mund verzog sich weinerlich.

»Und das zu Recht, Anabell. Mit dem Ball hast du ihre Teetasse umgestoßen und ihr Kleid beschmutzt.« Die junge Frau zog das Kind hinter ihrem Rücken vor. »Komm und entschuldige dich bei der Dame.«

Zögernd kam Anabell näher, blieb mit gesenktem Kopf vor Susan stehen und streckte ihr die Hand entgegen.

»Entschuldigung«, schluchzte sie, und Tränen strömten aus ihren Augen.

Mit aller Macht widerstand Susan der Versuchung, das Kind in ihre Arme zu reißen, es an ihre Brust zu drücken und zu trösten. So ergriff sie nur die kleine, nicht ganz saubere Hand und sagte liebevoll: »Es ist schon gut. Du hast ja nur gespielt.«

»Eigentlich ist sie sehr lieb, nur manchmal geht das Temperament mit ihr durch, und sie hört auf nichts, was man ihr befiehlt«, sagte die junge Frau, doch der Blick, mit dem sie das Mädchen ansah, sprach von großer Liebe zu dem Kind. »Darf ich Ihnen eine neue Tasse Tee bestellen?«

»Nur, wenn Sie sich zu mir setzen und auch einen trinken.«

Susan wusste, während sie die Worte sprach, dass sie einen Fehler machte, sie konnte jedoch nicht anders handeln. Die Bedienung eilte mit einem Lappen herbei, säuberte den Tisch und brachte gleich darauf zwei Tassen mit frischem Tee. Susan wandte sich an Anabell.

»Möchtest du vielleicht ein Eis essen?«

Die Tränen des Kindes versiegten. Unsicher sah sie von Susan zu ihrem Kindermädchen, das skeptisch die Stirn runzelte.
»Ich weiß nicht, eigentlich sollte die Kleine für ihre Unachtsamkeit nicht auch noch belohnt werden.«
»Ach was.« Susan winkte ab und bestellte eine Portion Vanilleeis. »Sie hat es ja nicht mit Absicht getan, sondern nur gespielt. Außerdem ist sie noch sehr jung, vier, fünf Jahre, schätze ich, oder?«
»Anabell ist im Frühjahr vier Jahre alt geworden.« Plötzlich besann sich die junge Frau auf die Höflichkeit. »Ach, verzeihen Sie, dass ich mich noch nicht vorgestellt habe. Mein Name ist Nancy Lewarne.«
»Sind Sie die Mutter der Kleinen?« Susan stellte bewusst diese Frage, deren Antwort sie kannte, aber sie wollte keinen Verdacht erregen.
Miss Lewarne schüttelte den Kopf. »Ich bin das Kindermädchen von Anabell. Ich hoffe jedoch, eines Tages auch so ein entzückendes Kind zu haben, auch wenn Anabell mich mit ihrer Wildheit manchmal zur Weißglut bringt. Trotz allem liebe ich sie sehr und verzeihe ihr schlussendlich alles.«
»Leben Sie hier in der Nähe?«
»Ja, eine knappe halbe Stunde Fußweg entfernt. Bei diesem schönen Wetter wollte Anabell ans Meer, denn sie liebt das Wasser sehr. Vorhin hat sie ganz brav mit ihrem Ball gespielt, warum sie diesen plötzlich auf Sie geworfen hat, weiß ich nicht. Manchmal tut sie solche verrückten Sachen.«
Susan nickte und lächelte verständnisvoll. Alles in ihr war in Aufruhr, sie konnte kaum verhindern, dass ihre Hände zitterten, es gelang ihr jedoch, mit ruhiger Stimme zu sagen: »Kindern muss man vieles nachsehen, Miss Lewarne. Sie werden so schnell erwachsen, dass man sich dann nach der Zeit der Unbeschwertheit zurücksehnt.«
»Haben Sie Kinder?«, fragte Nancy Lewarne direkt.

»Nein, leider nicht.« Susans Stimme zitterte nur leicht, als die Lüge über ihre Lippen kam. Ihr Blick glitt zu Anabell, deren Tränen nun versiegt waren und die genüsslich ihr Eis löffelte. Unter ihrem Strohhut fiel das Haar offen und glänzend auf ihre Schultern, ihre Pausbacken waren gerötet, und das rosa Kleidchen war von zahlreichen Spitzen und Borten verziert.
Mein Kind … mein kleines Mädchen … Für einen Moment begann der Boden, unter Susans Füßen zu schwanken.
»Ist Ihnen nicht wohl, Miss?« Nancy Lewarne sah Susan erschrocken an. »Sie sind ja ganz blass. Soll ich Ihnen ein Glas Wasser holen?«
»Ja, Wasser, das wäre sehr freundlich. Es ist nur die ungewohnte Hitze …«
Während das Kindermädchen in die Teestube ging, um das Gewünschte zu holen, konnte Susan der Versuchung, Anabells Hand zu ergreifen, nicht widerstehen. Ihre Haut war warm und samtig weich.
»Bist du glücklich, Anabell?«, flüsterte sie. Das Kind hob den Kopf und sah ihr ins Gesicht. Susan las in Anabells Augen, dass das Mädchen mit ihrer Frage nichts anfangen konnte, und fuhr schnell fort: »Mach dir keine Sorgen, die Sache mit dem Tee ist nicht schlimm. Schau, mein Rock ist schon wieder getrocknet.«
»Papa wird schimpfen. Papa schimpft immer, wenn ich etwas kaputt mache, dabei will ich doch ein braves Mädchen sein.«
Anabells Worte schnitten Susan ins Herz.
»Und deine Mutter?«
Ein Strahlen ging über Anabells Gesicht. »Mami ist immer lieb. Papa ist auch nicht oft da, meistens bin ich mit Mami und Nanny allein.«
Nancy Lewarne hatte die letzten Worte gehört. Sie reichte Susan ein Glas kühles Wasser, das diese an die Lippen setzte und einen langen Schluck nahm.

»Die Kleine sagt immer Nanny zu mir«, erklärte Miss Lewarne. »Ihre Mutter möchte nicht, dass sie mich beim Vornamen nennt, aber Miss Lewarne klingt so streng. Und Nanny heißen ja bekanntlich alle Kindermädchen.«

Susan lächelte. »Stammen Sie aus der Gegend, Miss Lewarne?«

»Ja, ich komme aus der Nähe von Launceston, mein Vater hat dort eine kleine Pfarrei. Wir sind jedoch acht Kinder, davon fünf Mädchen. So musste ich schon früh selbst für meinen Lebensunterhalt sorgen. Da ich Kinder über alles liebe und sechs meiner jüngeren Geschwister mit versorgt habe, lag es nahe, eine Stellung als Kindermädchen anzutreten.«

»Und Sie haben es gut getroffen, dass Sie in Ihrer Heimat bleiben konnten«, stellte Susan fest. Sie wusste, dass sie dabei war, die freundliche und auch etwas naive Nancy auszufragen, aber sie konnte nicht anders handeln. Überraschend bot sich ihr hier die Möglichkeit, etwas über Anabell und ihr Leben zu erfahren.

»Nun, die Familie ist sehr oft in London.« Ein Schatten fiel über Nancys hübsches Gesicht. »Ich mag die Stadt nicht, auch Lady Lavinia hält sich viel lieber auf dem Land auf.«

»Lady Lavinia?«, fragte Susan unschuldig, als hätte sie den Namen nie zuvor gehört.

Nancy nickte. »Lady Lavinia Callington, die Viscountess of Tredary und Herrin von Sumerhays.« Plötzlich musterte Nancy Susan skeptisch. »Sie sind nicht von hier, Miss …?«

»Landsbury«, antwortete Susan schnell. Charles' Name war der erste, der ihr einfiel. »Mrs. Dorothea Landsbury, ich bin Witwe«, fuhr sie fort. »Mein verstorbener Mann und ich verbrachten einst unsere Flitterwochen in Cornwall, ursprünglich komme ich aus London.«

»Oh, das tut mir leid.« Nancys Gesicht überzog eine leichte Röte. »Ich meine, nicht, dass es mir leidtut, dass Sie aus London stammen, sondern dass Sie in so jungen Jahren bereits verwitwet sind. Ich wollte allerdings nicht neugierig sein.«

Susan nickte wohlwollend. Wenn du wüsstest, wie neugierig ich bin, dachte sie. Sie sah, dass Anabell das Eis aufgegessen hatte, und fragte das Kind: »Möchtest du mit mir etwas Ball spielen? Vielleicht am Strand, wo man keine Leute treffen kann?«
Anabell sprang so schnell von ihrem Stuhl hoch, dass sie die kleine Schale, in der das Eis gewesen war, umstieß und diese scheppernd zu Boden fiel. Zum Glück war sie aus Metall, so dass es keine Scherben gab.
»Anabell!« Nancy stieß einen Schrei aus. »Kannst du dich nicht ein Mal beherrschen?«
»Tut mir leid«, nuschelte das Kind und griff nach Susans Hand. Als sich ihre kleine Hand in Susans schob, spürte Susan ein so starkes Glücksgefühl wie nie zuvor. Gemeinsam liefen sie zum Strand, und in der folgenden Stunde warfen sie einander den roten Ball zu. Es war beinahe so, als wäre Anabell Susans Kind, und Susan vergaß, dass es nur eine geliehene Zeit war, die sie mit Anabell verbringen durfte.
Als Nancy Lewarne zum Aufbruch mahnte – »es ist Zeit fürs Abendessen, ich fürchte jedoch, das Kind wird nach dem Eis keinen Hunger mehr haben« –, machte Susans Herz einen Sprung, als Anabell unschuldig fragte: »Bist du morgen auch wieder hier, Tante?«
»Anabell, du sollst fremde Leute nicht einfach duzen!«, ermahnte Nancy, Susan winkte jedoch ab. Sie ging vor Anabell in die Hocke und zog das Kind kurz an sich.
»Wir sind doch keine Fremden mehr, nicht wahr? Wir sind Freunde. Ja, ich werde morgen wieder hier sein. Wir können dann wieder Ball spielen.«
»Ich weiß nicht, ob das Mylady recht sein wird.« Nancy sah Susan bedauernd an. »Lady Callington möchte nämlich nicht, dass Anabell viel Kontakt mit anderen Menschen hat. Sie vergöttert das Kind und lässt sie kaum aus den Augen. Nur am Nachmittag,

wenn Mylady sich hinlegt, um etwas zu ruhen, oder allein ausreitet, können wir Sumerhays verlassen.«
»Nun, Lady Lavinia muss von unseren kleinen Treffen ja nichts erfahren.« Verschwörerisch zwinkerte Susan Nancy zu. »Es hat mich sehr gefreut, Sie kennenzulernen, Miss Lewarne, und ich hoffe, wir können unsere Bekanntschaft fortsetzen.«
Nancy knickste und lächelte. »Ich denke, Mylady wird nichts dagegen haben, denn Sie sind ja eine richtige Dame.«
Während Anabell an Nancys Hand fortging, blickte Susan den beiden nach. Plötzlich drehte sich Anabell um und winkte ihr noch mal zu.
»Verzeihen Sie bitte, aber …«
Während der letzten Stunde hatte Susan das ältere Ehepaar, das ebenfalls den Teegarten aufgesucht hatte, völlig vergessen. So war sie erstaunt darüber, die beiden immer noch vorzufinden, und auch, dass die Dame sie plötzlich ansprach.
»Mein Mann und ich … wir wurden Zeugen Ihres Gesprächs«, sagte die Dame. »Nicht, dass wir lauschen wollten, aber als das kleine Missgeschick mit Ihrer Teetasse geschah, war es unvermeidlich, Ihrer weiteren Unterhaltung zu folgen.«
»Das macht doch nichts«, wiegelte Susan ab und fragte sich, was die Dame von ihr wollte.
»Nun, schon bevor dieses Kind kam, sagte ich zu meinem Mann, dass ich Sie irgendwoher kenne. Mein Gedächtnis ist jedoch nicht das beste, ich bin aber davon überzeugt, Sie schon einmal gesehen zu haben.«
Susan musterte die Dame von oben bis unten, dann ging ihr Blick zu deren Mann. Sie schüttelte den Kopf.
»Es tut mir leid, aber ich kann mich nicht erinnern …«
»Ach, Beth irrt sich häufig.« Nun mischte sich der Mann in das Gespräch. »Es ist ja auch gleichgültig, ob wir uns kennen oder nicht.«
»Ich bin überzeugt, dass wir uns nie vorgestellt worden sind«, sagte Susan bestimmt und griff nach ihrem Sonnenschirm. Vor

ihr lag noch ein langer Weg über den Küstenpfad zurück nach Polperro, und es war Zeit, aufzubrechen. Die Dame ließ jedoch nicht locker.
»Als Sie vorhin Ihren Namen nannten, ich glaube, Sie sagten, Sie heißen Dorothea Landsbury, nicht wahr?« Susan nickte, ihr wurde plötzlich unbehaglich zumute. Keinen Moment hatte sie daran gedacht, dass ihre Unterhaltung mit Nancy Lewarne ungebetene Zuhörer haben könnte. Die Dame zog grübelnd die Unterlippe zwischen die Zähne und fuhr dann fort: »Ich bin mir sicher, Sie schon mal gesehen zu haben, da trugen Sie aber einen anderen Namen. Einen kurzen Namen …«
»Ach, Beth, so lass doch.« Dem Mann wurde das Verhalten seiner Frau immer unangenehmer. »Die junge Dame kennt dich nicht, und du verwechselst sie bestimmt mit jemandem.«
»Nein, ganz sicher nicht.« Plötzlich ging ein Lächeln über ihr Gesicht. »Jetzt weiß ich es, woher ich Sie kenne. Ja, ich bin mir ganz sicher! Es war im letzten Herbst, im Oktober, um genau zu sein, als ich unseren Sohn in London besuchte. Er schleppte mich ins Theater. Es war ein furchtbares Stück mit viel Singsang und ohne große Handlung und furchtbar ordinär, wie ich fand, meinem Sohn schien es jedoch zu gefallen.«
Ein Klumpen bildete sich in Susans Magen. Mühsam beherrscht sagte sie: »Da ich in London lebe, kann es natürlich möglich sein, dass ich an diesem Abend auch im Theater war. Als mein Mann noch lebte, gingen wir oft aus …«
»Nein, Sie waren nicht im Publikum«, unterbrach die Dame und schüttelte den Kopf. »Sie waren auf der Bühne, ich bin mir ganz sicher. Ach, wenn mir nur Ihr Name einfallen würde …«
Entschlossen spannte Susan ihren Schirm auf und wandte sich zum Gehen.
»Sie *müssen* sich irren«, sagte sie bestimmt. Lediglich das leichte Zucken eines Augenlids verriet ihre Anspannung. »Wenn Sie mich jetzt bitte entschuldigen würden?«

Sie ließ das Ehepaar stehen und ging mit erhobenem Kopf davon. Am liebsten wäre sie gerannt, als ob der Teufel hinter ihr her wäre, aber sie durfte sich nicht verdächtig machen. Nach ein paar Schritten hatte der Herr sie jedoch eingeholt.
»Ich möchte mich für das aufdringliche Verhalten meiner Frau entschuldigen, Mrs. Landsbury«, sagte er zerknirscht. »Wenn sie sich etwas in den Kopf gesetzt hat, dann ist sie nur schwer davon abzubringen. Bitte, seien Sie ihr nicht böse.«
Susan bemühte sich um ein verständnisvolles Lächeln.
»Ich muss jetzt aber wirklich gehen …«
Der Mann zog seinen Hut und verbeugte sich vor Susan.
»Zudem waren wir so unfreundlich, uns nicht vorzustellen. Wir sind Lord und Lady Polkinghorn, und wir leben hier in der Nähe. Vielleicht möchten Sie uns mal zum Tee besuchen? Unser Sohn Stephen und seine Frau halten sich nämlich die meiste Zeit in London auf, und manchmal ist es ganz schön einsam auf Polkinghorn Hall …«

Zurück in ihrem Cottage, zog Susan ihren Koffer unter dem Bett hervor, öffnete die Schranktüren und warf ihre Kleidung unordentlich in den Koffer. Dann jedoch hielt sie inne, sank auf das Bett und schlug die Hände vors Gesicht. Sie wusste, es wäre das Beste, Cornwall noch heute zu verlassen und niemals zurückzukehren. Damals hatte sie Stephens Eltern nie kennengelernt. Welch ein seltsamer Zufall, diesen ausgerechnet in der Talland Bay zu begegnen. Ein ebensolcher Zufall wie die Begegnung mit Anabell. In den letzten zwei Sommern hatte sie sich immer für einige Zeit in dieser Gegend aufgehalten, Anabell lediglich nur ein Mal aus der Ferne gesehen.
»Bist du morgen wieder hier?« Anabells Frage klang in ihren Ohren, und sie begann, ihre Sachen wieder auszupacken. Sie würde nicht erneut davonlaufen, sie würde nicht fliehen, nur weil Stephens Mutter meinte, in ihr die Schauspielerin Peggy

Sue erkannt zu haben. Deren Mann glaubte ihr ohnehin kein Wort, und Stephen war in London. Sollte die Frau doch denken, was sie wollte, sie, Susan, würde Anabell zuliebe bleiben. Es gab so vieles, was sie wissen wollte und von dem Kindermädchen erfahren könnte. Wie war Anabell als Säugling gewesen? Hatte sie viel geschrien, oder war sie ein ruhiges Baby gewesen? Anabell liebte ihre Mutter offenbar sehr, während sie vor ihrem Vater beinahe Angst zu haben schien. Es hatte Susan geschmerzt, als Anabell von ihrem Vater sprach. Sie war noch keine fünf Jahre alt und spürte dennoch, dass der Vater sie nicht so liebte, wie die Mutter es tat. Susan wunderte das nicht. Lord Callington hatte sich einen Sohn gewünscht und sich wahrscheinlich nur schwer mit einer Tochter abgefunden. Susan wusste, welch gefährliches Spiel sie trieb, es war ihr jedoch unmöglich, auf eine weitere Begegnung mit Anabell zu verzichten.

Am folgenden Nachmittag ging sie wieder zur Talland Bay, obwohl der Sommer einen Tag Pause einlegte und grauer Nieselregen die Landschaft verdunkelte. Die Teestube war geschlossen, und Susan traf auf keine anderen Spaziergänger. Sie wartete über eine Stunde, dann sagte sie sich, dass Anabell und Nancy Lewarne heute nicht kommen würden. Lady Lavinia würde es nicht zulassen, dass Anabell bei diesem Wetter nach draußen ging.

Susan musste vier Tage warten, bis sie Anabell wiedersah. Täglich war sie trotz des anhaltenden Regens zur Talland Bay gegangen, hatte sich einmal mit einem älteren Herrn, der seinen Hund ausführte, ein paar Minuten unterhalten, um dann unverrichteter Dinge wieder in ihr Cottage zurückzukehren. Dann änderte sich endlich das Wetter, und ein strahlend schöner Sommertag lockte die Menschen ins Freie, auch die Teestube stellte ihre Tische und Stühle wieder in den Garten. Susan hatte zwar die Befürchtung, erneut auf die Polkinghorns zu treffen, dies blieb ihr jedoch erspart. Stattdessen wartete Anabell mit ihrem Kindermädchen Nancy bereits am Strand, als Susan die steilen Klippen hinabstieg.

»Tante, willst du meine Puppe sehen?«

Stolz reichte Anabell Susan eine große Puppe, und Susan erkannte an dem kunstfertig gearbeiteten und handbemalten Porzellangesicht und der aufwendig, ebenfalls in Handarbeit gearbeiteten Kleidung, dass die Puppe sehr teuer gewesen sein musste.

»Wie heißt sie denn?«, fragte Susan und ging vor Anabell in die Hocke, um dem Kind in die Augen sehen zu können.

»Clara«, kam prompt die Antwort.

»Clara ist der Name eines der Pächterkinder«, bemerkte Nancy Lewarne mit einem Lachen. »Eine gewisse Ähnlichkeit ist jedoch unbestreitbar.«

Susan stimmte in ihr Lachen ein. Die nächste Stunde war sie damit beschäftigt, sich von Anabell erklären zu lassen, was Clara alles konnte, und das Kind zeigte ihr, wie man sie an- und auskleidete. Dabei tranken sie Tee, aßen Apfelkuchen – Anabell bekam natürlich wieder eine kleine Schale Eis –, und Susan ließ es sich nicht nehmen, die Rechnung zu begleichen.

»Es macht mir Freude, die Zeit mit Ihnen und der Kleinen zu verbringen«, sagte sie, als Nancy protestieren wollte. »Ich kenne sonst niemanden in Cornwall, und meine Ferien sind bald zu Ende. Lassen Sie mir bitte die Freude, Miss Lewarne.«

»Ich weiß nicht …« Nancy zögerte. »Ich sagte Ihnen bereits, dass meine Herrin nicht möchte, dass Anabell Kontakt zu Fremden hat.«

Lächelnd legte Susan eine Hand auf Nancys Arm.

»Aber meine Liebe, wir sind doch keine Fremden mehr.«

Das Kindermädchen schien beruhigt, und die Zeit, bis die beiden zum Herrenhaus zurückgehen mussten, verging für Susan wie im Flug. Sie stellte fest, dass Anabell für ihr Alter zwar recht mager war – sie selbst war ja auch eher zierlich –, dass ihre Intelligenz, ihre Auffassungsgabe jedoch die einer Viereinhalbjährigen weit übertrafen. Anabell war sehr klug und verfügte über einen reichhaltigen Wortschatz. Auch sprach sie schon in vollständigen, grammatikalisch richtigen Sätzen. Vor Stolz ging Susan das Herz auf. Offenbar hatte das Mädchen nichts von ihrem Erzeuger, diesem schmierigen und einfältigen Vermieter, mitbekommen, sondern schlug ganz nach ihr. Im Gegensatz zu Jimmy, der im Aussehen und im Verhalten stets Pauls Sohn gewesen war. Dennoch hatte Susan Jimmy nicht minder geliebt, und noch heute, Jahre nach seinem Verschwinden, tat jeder Gedanke an ihren verlorenen Sohn weh.

In den folgenden zwei Wochen traf Susan Anabell und Nancy Lewarne noch fünf Mal. Einmal machten sie einen Spaziergang ins Landesinnere zu den wenigen Häusern, die das Dorf Talland bildeten. Beherrscht wurde der Ort von einer alten Kirche mit einem niedrigen, langgestreckten Kirchenschiff und einem normannischen Turm. Bei der Besichtigung der Kirche kam Susan mit einer Frau, die den Blumenschmuck auf dem Altar arrangierte, ins Gespräch. Sie erfuhr, dass *Saint Tallanus' Church*, wie das Gotteshaus hieß, nach dem Heiligen St. Tallanus benannt worden war, der hier im fünften Jahrhundert siedelte.
»Funde haben jedoch ergeben, dass hier bereits zu Zeiten der Kelten eine Siedlung bestanden hat«, erklärte die freundliche Dame. »Nach dem Heiligen wurden auch das Dorf und die Bucht benannt.«
»Wo ist der Heilige?« Anabells Blick suchte das Kircheninnere ab, dann richteten sich ihre Augen unschuldig auf Susan. »Ich habe noch nie einen Heiligen gesehen.«
Die Frauen lachten, und Susan strich Anabell zärtlich übers Haar. »Der ist schon lange nicht mehr hier, meine Kleine, aber jeder, der in dieser Kirche weilt, spürte seine Anwesenheit. Heilige kann man nämlich nicht sehen, Anabell.«

»Aha.« Anabell steckte einen Daumen in den Mund und begann, von einem Fuß auf den anderen zu treten. Ihr wurde langweilig, bei dem schönen Wetter wollte sie lieber draußen spielen.
Als Susan sich wenig später von Anabell und Nancy verabschiedete, schlang das Kind plötzlich seine Arme um ihren Nacken und flüsterte: »Ich hab dich lieb, Tante.«
Susan musste schlucken, konnte jedoch nicht verhindern, dass ihre Augen feucht wurden.
Ich dich auch, mein Kind, dachte sie. Oh, du weißt gar nicht, wie sehr ich dich liebe.
Während ihre Tochter an der Hand des Kindermädchens fortging, sah Susan den beiden lange nach. Vielleicht war es ein Fehler gewesen, die Bekanntschaft mit Anabell nicht nur zu suchen, sondern diese auch noch zu vertiefen. Doch um nichts in der Welt wollte sie auf die letzten Tage, die mit zu den glücklichsten in ihrem Leben zählten, verzichten.

Der August neigte sich dem Ende zu. In der Luft lag bereits der erste Hauch des nahenden Herbstes, der in Cornwall zwar später als im Osten des Landes Einzug hielt, sein Kommen jedoch nicht mehr verbergen konnte. Die Tage waren noch warm, der Himmel von einem fast überirdischen Blau, doch an den Abenden zündete Susan das Kaminfeuer in ihrem Cottage an. Es wurde ihr bewusst, dass sie bald eine Entscheidung treffen musste, wie es weitergehen sollte. Sie musste sich zwar keine finanziellen Sorgen machen, was für Susan, die über zwanzig Jahre ihres Lebens mehr schlecht als recht von der Hand in den Mund gelebt hatte, zwar eine neue Erfahrung war, sie merkte aber auch, dass sie nicht für Müßiggang geschaffen war. Sie wollte wieder spielen, wollte wieder auf den Brettern, die die Welt bedeuteten, stehen. Der Bruch ihres Schlüsselbeins war vollständig verheilt, ihren Arm zu bewegen, bereitete ihr keine Schmerzen mehr, und, sosehr sie die Landschaft Cornwalls auch liebte, London begann ihr zu fehlen. Nicht nur die Stadt, sondern auch ihre Freunde. Damit meinte Susan nicht die Menschen, denen sie auf den zahlreichen Partys begegnet war, sondern die, die ihr wirklich nahestanden, wie Doro, Joan und Hetty. Ja, Susan begann sogar, Theo und seine knappe, manchmal schon barsche Art zu vermissen. Die Zeit am Meer hatte ihr gutgetan. Sie wusste nun, dass sie ans *Blue Horizon* zurückwollte, wenn Theo sie wieder in die Truppe aufnehmen würde. Sollte Esperanza Montoya doch die Hauptrollen spielen – sie, Susan, würde sich auch mit Nebenrollen zufriedengeben. Hauptsache, sie konnte wieder auf der Bühne stehen und mit den Menschen zusammen sein, die ihr etwas bedeuteten.

Sie, Nancy und Anabell hatten sich erst am Vortag getroffen, dennoch ging Susan an diesem Nachmittag zur Talland Bay. Der Weg dorthin war ihr eine liebe Gewohnheit geworden, und sie wollte sich auch von der freundlichen Serviererin der Teestube verabschieden und ihr ein großzügiges Trinkgeld zustecken. Susan rechnete nicht damit, Anabell heute zu sehen, denn das Kind kam nie an zwei aufeinanderfolgenden Tagen in die Bucht. Nancy Lewarne hatte ihr erklärt, dass Lady Lavinia darauf bestand, selbst Zeit mit ihrer Tochter zu verbringen. In den letzten Monaten hatte die Lady aber zahlreiche Termine in diversen Komitees wahrzunehmen oder musste Pflichtbesuche in der Nachbarschaft erledigen, so dass Lady Lavinia am Nachmittag oft nicht in Sumerhays war. Sie richtete es aber stets so ein, dass sie immer zwei oder drei Tage zu Hause war. Diese Zeit gehörte dann ganz ihr und Anabell.

Während sich Susan dem schmalen Sandstrand näherte, sah sie, dass an einem der wenigen Bäume ein Pferd angebunden war. Das war ungewöhnlich, denn auch über das Dorf Talland war der Abstieg zur Bucht steil und steinig, so dass sich hierher nur selten Reiter verirrten. Als sie dann jedoch die hochgewachsene, schlanke Dame in dem taubenblauen Reitkostüm erkannte, die

aus der Teestube trat, durchfuhr Susan ein eisiger Schreck. Die Frau hatte offenbar auf sie gewartet, denn sie kam mit energischen Schritten auf Susan zu, packte sie am Arm und zischte: »Lassen Sie uns ein paar Schritte gehen.«
Lavinia Callington zog Susan von den Tischen weg, an denen Gäste saßen, damit niemand ihre Unterhaltung verfolgen konnte.
»Lady Lavinia …« Es kam selten vor, dass es Susan die Sprache verschlug, nun jedoch wusste sie nicht, was sie sagen sollte. Lavinia ließ sie ohnehin nicht zu Wort kommen.
»Was fällt Ihnen eigentlich ein?« Jetzt, da niemand mehr in Hörweite war, hob Lavinia ihre Stimme. »Haben Sie wirklich geglaubt, ich fände es nicht heraus, dass Sie sich an meine Tochter heranmachen?«
»Unsere erste Begegnung war Zufall«, begann Susan zu erklären, wurde von Lavinia sogleich scharf unterbrochen.
»Ich glaube nicht an Zufälle. Dieses verantwortungslose Kindermädchen, der ich meinte, meine Tochter anvertrauen zu können, habe ich auf der Stelle entlassen.«
»Nancy trifft keine Schuld, Mylady.« Susan machte einen erneuten Versuch der Erklärung. »Sie hat keine Ahnung, wer ich bin und …«
Erneut fiel Lavinia ihr ins Wort. »Verschwinden Sie von hier, und lassen Sie mich und meine Familie in Ruhe.«
In Susan regte sich Trotz. »Ich habe jedes Recht, ein paar Urlaubstage in dieser Gegend zu verbringen …«
»*Sie* haben überhaupt keine Rechte!« Der Blick aus Lavinias Augen war so voller unterdrückter Wut, dass Susan fürchtete, Lavinia könnte die Beherrschung verlieren und sie schlagen. »Wir haben eine Vereinbarung, bei der Sie zugestimmt haben, keinen Kontakt zu *meiner* Tochter aufzunehmen.«
Susan straffte die Schultern und hob das Kinn. Sie würde sich nicht mehr behandeln lassen wie vor ein paar Jahren. Damals

war sie verzweifelt und in einer finanziellen wie auch persönlichen Notsituation gewesen, heute jedoch sah das anders aus. Sie trug zwar keinen adligen Namen, war aber deswegen nicht weniger wert als Lavinia Callington.

»Bei allem Respekt, Mylady«, sagte sie leise, aber bestimmt, »Sie können es mir nicht verbieten, meine« – sie zögerte – »Anabell zu sehen. Selbstverständlich habe ich dem Mädchen nicht gesagt, wer ich bin und …«

»Wenn Sie das tun, dann gnade Ihnen Gott!«

Lavinia umklammerte Susans Handgelenk so fest, dass sie vor Schmerz aufschrie. Die Wut in ihren Augen wandelte sich in Hass, und unwillkürlich dachte Susan daran, dass sie einst vermutet hatte, Lavinia habe mit Hilfe des Jungen der Nankerris den Unfall des Mannes ihrer Schwiegermutter zu verantworten. Sie bemühte sich jedoch, keine Angst zu zeigen, und hielt Lavinias Blick mit hocherhobenem Kopf stand.

»Ich habe keine Angst vor Ihnen.« Susans Stimme klang selbstbewusster, als ihr zumute war. »Was können Sie schon unternehmen, Lady Lavinia? Es wird kaum in Ihrem Interesse sein, wenn die Wahrheit ans Licht kommt, oder?«

»Dies wird, solange ich lebe, niemals geschehen«, antwortete Lavinia im Brustton der Überzeugung. »Selbst wenn Sie reden sollten – wer würde Ihnen schon glauben?« Lavinia lachte spöttisch. »Ihnen, eine Frau mit zweifelhaftem Ruf, die sich den Blicken fremder Männer darbietet und sich ihnen an den Hals wirft, um ihren Lebensunterhalt zu verdienen.«

Susan schnappte nach Luft. »Ich bin eine ernsthafte Schauspielerin, die …«

»Ach, halten Sie den Mund!« Scharf unterbrach Lavinia Susan. Sie beugte sich so dicht zu Susan vor, dass ihre Nasen nur eine Handbreit voneinander entfernt waren. »Wir alle wissen, welchen Lebenswandel sogenannte *Schauspielerinnen* führen, und ich möchte davon nichts mehr hören. Sie verschwinden noch heute aus Cornwall und bleiben meiner Tochter fern. Es wäre doch schade, wenn Sie einen kleinen Unfall erleiden würden, oder?«

Die Drohung war unmissverständlich. Susan ballte die Hände zu Fäusten, wusste jedoch, dass Lavinia in der besseren Position war. Wenn sie mit der Wahrheit an die Öffentlichkeit trat, würde ihr niemand Gehör schenken. Man würde annehmen, die Geschichte entspränge ihrer übersteigerten Fantasie, sie wolle damit Aufmerksamkeit, Ruhm und auch Geld erringen. Sie wäre für alle Zeiten erledigt und würde niemals wieder ein Engagement an einem anständigen Theater bekommen. Trotzdem machte sie einen letzten Versuch und sah Lavinia herausfordernd an.

»Was ist mit den Menschen, die wissen, wessen Kind Anabell ist? Caja Nankerris oder das Ehepaar Windle? Gut, sie alle mögen bisher geschwiegen haben, doch ich bin jetzt vielleicht in der Lage, ihnen mehr zu bezahlen als Sie, Lady Lavinia. Geld löst so manche Zunge.«

Lavinia lachte abfällig.

»Die Nankerris sind schon lange nicht mehr in Cornwall. Mein Mann und ich haben Denzil seinen langgehegten Wunsch nach einer eigenen Farm erfüllt. Bevor Sie jetzt versuchen, die Familie ausfindig zu machen, kann ich Ihnen gerne verraten, dass sie sich nicht mehr in England befinden. Der gute, alte Mr. Windle ist im letzten Jahr gestorben. Er war zwar ein guter Arbeiter, hat aber leider nie einen Penny für später zurückgelegt. Da Mrs. Windle keine Verwandten hat oder sonst jemanden, an den sie sich wenden könnte, würde für sie nur der Weg ins Armenhaus bleiben, wenn ich meine treue Haushälterin aus Sumerhays rauswerfen würde. Sind Sie nicht auch meiner Meinung, Susan?«

Susan senkte den Kopf und wandte sich zum Gehen. Es gab nichts mehr, was sie sagen konnte oder wollte. Es war ein Fehler gewesen, hierherzukommen, dennoch wollte sie die Tage mit Anabell nicht missen und würde sich für den Rest ihres Lebens daran erinnern. Kurz überlegte sie, ob sie Lavinia sagen sollte, dass sie sie für den Unfall an ihrem Stiefvater verantwortlich machte, verwarf den Gedanken aber sofort wieder. Es war eine reine Spekulation, für die sie ebenso wenige Beweise hatte wie dafür, dass Anabell ihre Tochter war. Lavinia Callington besaß nicht nur das Geld, sondern auch die Macht, während ihr, Susan, die Hände gebunden waren. Langsam und müde, als wäre sie etliche Jahre älter, ging Susan davon. In ihrem Rücken hörte sie das Kichern von Lavinia Callington, die ihr leise nachrief: »Versuchen Sie nicht, sich mit mir anzulegen, wenn Sie gesund und unverletzt bleiben möchten.«

Susan hatte keinen Zweifel, dass Lavinia die Drohung, ihr etwas anzutun, wahr machen würde. Sie musste Anabell ein für alle Mal vergessen und aus ihren Gedanken streichen.

16. Kapitel

Lavinia Callington war keinesfalls so ruhig und überlegen, wie sie sich in der Talland Bay gegeben hatte. Kaum war Susan außer Sicht, sank sie auf den nächstbesten Felsen, die zahlreich den Strand säumten, und versuchte, ihren zitternden Körper unter Kontrolle zu bekommen. Ihre schlimmsten Befürchtungen hatten sich bewahrheitet. Gestern Abend hatte sie zuerst gedacht, sich verhört zu haben, als Anabell unbedarft geplappert hatte: »Die Tante hat Clara auch lieb«, und dabei ihre Puppe an die Brust drückte.

»Von welcher Tante sprichst du?«, hatte Lavinia gefragt, überzeugt, Anabells Fantasie schlüge mal wieder hohe Wellen. Das

Mädchen hatte jedoch genickt und ernsthaft entgegnet: »Na, die Tante, Mami, die immer in der Bucht ist und mit mir spielt. Oft essen wir dann auch Eis. Sie ist eine ganz liebe Tante.«
Lavinia war äußerlich ruhig geblieben und hatte sich gesagt: Das hat nichts zu bedeuten. Anabell ist ein entzückendes Mädchen, das die Aufmerksamkeit von Fremden auf sich zieht. Tief in ihrem Inneren jedoch keimte die Saat der Angst auf, dass ihre Befürchtung, die sie seit Jahren hegte, nun Wirklichkeit geworden war. Lavinia ließ sich ihre Beunruhigung nicht anmerken. Wie jeden Abend brachte sie Anabell zu Bett, las ihr noch eine Gutenachtgeschichte vor, die heute jedoch kürzer als gewöhnlich ausfiel, dann ging sie in die Bibliothek, schenkte sich ein Glas Brandy ein und läutete nach dem Kindermädchen.
Da Lavinia Anabell stets selbst zu Bett brachte, wenn sie in Sumerhays weilte, war Nancy Lewarne gerade dabei gewesen, sich zum Ausgehen fertig zu machen. Es war Samstag. In Looe fand an diesem Wochenende ein Jahrmarkt statt, und heute Abend spielte eine Kapelle zum Tanz auf. Nancy hatte ein Auge auf den jungen Freddie, einen der Stallburschen, geworfen, der sie gefragt hatte, ob sie ihn zu dem Tanzvergnügen begleiten wollte. Da Nancy sich keiner Schuld bewusst war, betrat sie gutgelaunt und in ihrem schönsten Sommerkleid die Bibliothek, in der Erwartung, Lady Lavinia würde ihr lediglich Anweisungen für den nächsten Tag geben. Hoffentlich beeilte sie sich damit, denn Freddie wartete bereits am Tor. Bevor Nancy jedoch ein Wort sagen konnte, fuhr Lavinia sie an: »Packen Sie auf der Stelle Ihre Sachen. Sie verlassen noch heute mein Haus, und ich möchte Sie niemals wieder in der Nähe von Sumerhays sehen.«
»Mylady ... was ... ich verstehe nicht ...«, stammelte Nancy verwirrt, der kalte Blick aus Lavinias Augen ließ sie jedoch verstummen.
»Ihren Lohn für den Rest des Monats bekommen Sie von Mrs. Windle ausbezahlt, auf ein Zeugnis müssen Sie allerdings ver-

zichten. Oder soll ich in ein solches etwa schreiben, dass Sie unzuverlässig sind und mein in Sie gesetztes Vertrauen schamlos missbraucht haben?«

Haltsuchend griff Nancy nach einer Stuhllehne. Am liebsten hätte sie sich gesetzt, wusste jedoch, dass eine Angestellte dies niemals ohne ausdrückliche Aufforderung der Herrschaft tun durfte. Sie rang nach Atem.

»Mylady, ich habe mir nichts zuschulden kommen lassen, das müssen Sie mir glauben«, flehte Nancy, denn sie wusste nicht, wohin sie gehen sollte, wenn sie ihre Stellung verlor. »Was werfen Sie mir vor?«

»Wollen Sie etwa leugnen, sich seit Tagen hinter meinem Rücken heimlich mit einer Fremden zu treffen und dieser Anabell anzuvertrauen?«

Nancy begann zu verstehen. Sie hatte gewusst, dass Lady Lavinia nicht begeistert darüber sein würde, dass Anabell Kontakt zu Personen aufnahm, die Mylady nicht selbst für ihre Tochter auswählte. Niemals jedoch hätte sie mit einer solch heftigen Reaktion gerechnet.

»Verzeihen Sie, Mylady, Ihre Tochter und ich trafen die Dame rein zufällig bei einem Spaziergang. Anabell warf ihren Ball gegen sie und beschmutzte ihr Kleid. Die Dame war daraufhin nicht verärgert, sondern sehr nett. So kamen wir ins Gespräch.« Nancy beschloss, sich zu verteidigen, und sie straffte die Schultern. »Anabell und die Fremde waren niemals allein, ich war immer in ihrer Nähe. Wir tranken lediglich Tee und machten kleine Spaziergänge in der Talland Bay. Es handelt sich bei der Frau um eine wirkliche Dame, das müssen Sie mir glauben. Sie ist Witwe und verbringt ihren Urlaub in der Gegend.«

»Pah! Dame!« Für einen Moment fiel die Maske der Wut von Lavinias Gesicht, und Nancy konnte ein ängstliches, beinahe schon panisches Flackern in deren Augen erkennen. »Sie haben doch gar keine Ahnung, wer der besseren Gesellschaft angehört und wer nicht. Um eine Dame zu sein, gehört mehr dazu als feine Kleidung und ein geschliffener Tonfall. Ich sehe keine Veranlassung, mit einem Dienstboten darüber zu diskutieren. Sie hatten Anweisung, ein Auge auf Anabell zu haben. Warum sind Sie nicht gleich nach dem ersten Treffen zu mir gekommen und haben mir von der Frau berichtet?«

Nancy senkte beschämt den Kopf. Sie konnte die Wahrheit in Lady Lavinias Worten nicht leugnen.

»Ich hielt es nicht für wichtig, denn es war wirklich harmlos.«

»Wie sieht die Frau aus?«, fragte Lavinia scharf.

Nancy runzelte die Stirn, dann beschrieb sie Susan so detailliert, wie es ihr möglich war. Bei Lavinia zerstreute sich die Hoffnung, es würde sich wirklich nur um eine zufällige Spaziergängerin handeln. Obwohl sie Susan Hexton seit Jahren nicht gesehen und nur ein paar Mal von ihr als Schauspielerin in der Zeitung gelesen hatte, war Nancys Beschreibung eindeutig.

»Mylady, es tut mir wirklich sehr, sehr leid«, sagte Nancy in larmoyantem Tonfall. »Es wird nicht wieder vorkommen …«

»Ganz sicher nicht«, fiel Lavinia ihr ins Wort. »Denn Sie werden nie wieder auch nur in die Nähe meiner Tochter kommen. Und jetzt verlassen Sie mein Haus, und heulen Sie mir nicht die Ohren voll. Ihre Entlassung haben Sie sich selbst zuzuschreiben.«

Lavinia seufzte bei der Erinnerung an den gestrigen Abend. Eigentlich hatte ihr das Kindermädchen leidgetan. Sie wusste, dass Nancy kaum etwas besaß, und ohne Zeugnis würde es für sie schwer werden, schnell eine neue Anstellung zu finden. Dennoch hatte Lavinia nicht anders handeln können. Seit Jahren schwebte das Damoklesschwert, Susan würde Kontakt zu Anabell suchen, über ihrem Kopf, und nun waren ihre schlimmsten Befürchtungen eingetreten. Sie glaubte Susan nicht, dass sie zufällig ausgerechnet in der Nähe von Sumerhays die Ferien verbrachte. Diese Frau hatte Anabell bewusst aufgelauert und sich an sie herangemacht. Sie, Lavinia, konnte von Glück sagen, dass sie rechtzeitig dahintergekommen war und Schlimmeres verhüten konnte. Vielleicht hatte Susan sogar geplant, Anabell zu entführen, oder sie war gekommen, um mehr Geld für ihr Schweigen zu erpressen.

»Mein Gott!« Lavinia seufzte und erhob sich langsam. »Bitte, nimm mir nicht mein Kind!«, murmelte sie, während sie zu ihrem Pferd ging. Den ersten steilen Anstieg nach Talland hinauf führte sie das Tier, dann, als der Weg flach wurde, schwang sie sich in den Sattel und begann zu galoppieren, als wäre der Teufel persönlich hinter ihr her. Sie schlug aber nicht den Weg nach Sumerhays ein, sondern ritt querfeldein über die Wiesen und Felder nach Westen. Ihr Pferd, eine kräftige fünfjährige braune Stute, nahm mit Leichtigkeit die Steinwälle, mit denen die Felder gesäumt waren, um diese vor den ständigen Winden zu schützen, und bald rann Lavinia der Schweiß über den Körper. Sie drosselte ihren halsbrecherischen Ritt aber erst, als die ersten Häuser des Städtchens Lostwithiel vor ihr auftauchten. Jetzt gab es nur einen einzigen Menschen, zu dem Lavinia wollte, und sie hoffte, er würde zu Hause sein.

Sie umrundete Lostwithiel in nordöstlicher Richtung, überquerte den Fluss Fowey auf einer kleinen Brücke direkt unterhalb der Ruinen des mittelalterlichen Restormel Castle und hatte bald darauf ihr Ziel erreicht. Das Haus lag einsam inmitten eines verwilderten Gartens, in dem hohe Bäume so dicht vor den Fenstern standen, dass es im Haus nie richtig hell wurde. Üppig blühende, dunkelblaue und violette Hortensienbüsche, die auch ohne Pflege ihre volle Farbenpracht entfalteten, versperrten beinahe den Zugang zur Vordertür, und die kleine Veranda war von Unkraut und Farnkraut überwuchert. Auf den ersten Blick schien es, als wäre das Haus unbewohnt, aber Lavinia wusste es besser. Sie band ihre Stute an einen Pfosten des schiefen Zaunes, der fest im Boden verankert war, und klopfte an die schwere, dunkle Holztür.

Zweimal lang, dreimal kurz, zweimal lang – das war das vereinbarte Zeichen. Sie musste nicht lange warten, bis sie ein Geräusch hörte und die Tür geöffnet wurde.

»Lavinia? Ich hatte dich heute nicht erwartet.«

Sie sah sich ängstlich um, obwohl das Haus so abgelegen lag, dass sich nur höchst selten Spaziergänger hierher verirrten und niemand sie sehen konnte.

»Darf ich reinkommen?« Sie wartete die Antwort nicht ab und drängte sich an dem Mann vorbei in die kleine Eingangshalle, deren Steinquader auf dem Fußboden sowie die niedrige Balkendecke vom Alter des Hauses – es war Mitte des siebzehnten Jahrhunderts erbaut worden – zeugten. Kaum hatte der Mann die Tür hinter ihr geschlossen, warf sich Lavinia in seine Arme, vergrub ihr Gesicht an seiner Brust und begann zu schluchzen.

»Was ist passiert?« Seine Stimme klang zärtlich und liebevoll, und für einen Moment war Lavinia versucht, ihm von Anabell zu erzählen. Aber sie musste sich beherrschen. Nein, von dieser Schuld, die seit Jahren auf ihren Schultern lastete, durfte er niemals etwas erfahren. Er liebte sie zwar, liebte sie mit der gleichen verzehrenden Leidenschaft und Intensivität, wie sie ihn liebte, würde jedoch für den Betrug an Edward und auch an Anabell kein Verständnis aufbringen.

»Kann ich einen Cognac bekommen?«, fragte sie, löste sich von ihm und wischte sich mit dem Handschuh die Tränen aus den Augen.

»Ist dein Mann überraschend nach Cornwall gekommen?«, fragte er, während er in das Zimmer ging, das ihm gleichzeitig als Bibliothek, Arbeitszimmer und Salon, wenn er mal Gäste hatte, diente. »Oder warum bist du so aufgelöst?«

Lavinia wartete mit der Antwort, bis sie das Cognacglas, das er ihr reichte, mit einem Schluck geleert hatte. Warm rann der Alkohol durch ihre Kehle, und sie merkte, wie sie sich langsam beruhigte.

»Es ist nichts Besonderes«, sagte sie leichthin, und nun lächelte sie wieder, wenngleich das Lächeln ihre Augen nicht erreichte. »Ich hatte einfach Sehnsucht nach dir.«

Die Freude über ihre Worte stand in seinen Augen.

»Ich fürchtete schon, dein Mann wäre hinter unser Geheimnis gekommen.« Er streckte die Hand nach Lavinia aus. »Wollen wir nach oben gehen? Mein Diener ist mit dem Wagen nach Looe auf den Markt gefahren, ich erwarte ihn nicht vor dem Abend zurück.«

Sie nickte, nahm seine Hand und folgte ihm in sein Schlafzimmer.

In den letzten Monaten hatte Lavinia oft darüber nachgedacht, wann genau sie sich eigentlich in Sebastian Eathorne verliebt hatte. Wahrscheinlich war es schon bei ihrer ersten Begegnung geschehen. Die berühmte Liebe auf den ersten Blick – von Poeten und Dichtern tausendfach beschrieben und gerühmt –, es gab sie also wirklich. Im Gegensatz zu ihrer Schwiegermutter und den meisten ihrer Nachbarinnen war Lavinia auf den geheimnisvollen Fremden, der Ladbrooke House gekauft und sich dort niedergelassen hatte, nicht sonderlich neugierig gewesen. Als Edward letztes Weihnachten vorschlug, ihn nach Sumerhays einzuladen, hatte Lavinia gedacht, es wäre eine gute Gelegenheit, den Mann, der derart abgeschieden lebte, mit der ländlichen Gesellschaft bekannt zu machen. Es war ein angenehmer Abend gewesen, an dem sich Sebastian Eathorne freundlich und aufgeschlossen gezeigt hatte, Lavinia mit der Bitte, mit ihm auszureiten, indes überrascht hatte. Sie war sich natürlich bewusst, dass sich *so etwas* für eine verheiratete Frau nicht schickte, trotzdem hatte sie sich wie verabredet mit ihm getroffen und war mit ihm zur Küste geritten. Edward und ihrer Schwiegermutter Zenobia hatte sie von einem Treffen des Komitees zur Erhaltung des Kirchendaches von Pelynt, einem Dorf in der Nähe von Sumerhays, erzählt. Bei dem einen Ausritt war es nicht geblieben, und nach vier Wochen war Lavinia seine Geliebte geworden. Es war einfach geschehen, fast so, als wäre es seit ihrer ersten Begegnung Bestimmung gewesen, dass sie miteinander ins Bett gehen würden. Die ersten Wochen ihrer Treffen hatten nur dazu gedient, einen kleinen Rest Anstand sich selbst gegenüber zu wahren. Als Lavinia Ladbrooke House zum ersten Mal betreten hatte, hatte sie gewusst, dass sie es als andere Frau wieder verlassen würde. Sebastian war ein aufmerksamer und zärtlicher Liebhaber, dabei auch fordernd, und Lavinia erlebte eine Seite der Sexualität, die ihr bisher fremd gewesen war. Am meisten überrascht war sie über ihren eigenen Körper, der auf jede noch so flüchtige Berührung Sebastians reagierte, und die Tage, an denen sie sich nicht treffen konnten, zogen sich endlos dahin, und sie vermisste ihn in jeder Sekunde. Das nächtliche Zusammensein mit Edward war Lavinia immer eine lästige Pflichtübung gewesen, der sie Folge leisten musste, besonders, seit sie wusste, dass es Edward nur darauf ankam, sie so bald wie möglich zu schwängern. In den ersten Wochen ihrer verbotenen Beziehung zu Sebastian Eathorne hatte sie nicht gewusst, ob es wirklich Liebe oder nur Begierde war, die sie immer wieder in seine Arme trieb. Lavinia hatte geglaubt, wenn nach einer Weile das lodernde Feuer ihrer Leidenschaft schwächer würde, schliefe auch ihre Beziehung ein, und jeder würde wieder seine eigenen Wege gehen. Es kam der Frühling, dann der Sommer, der sich jetzt dem Herbst entgegenneigte, aber an ihren Gefühlen füreinander hatte sich nichts geändert. Im Gegenteil, Lavinia spürte, wie diese von Mal zu Mal, wenn sie sich trafen, intensiver wurden. Sebastian erging es ebenso, und die Wochen, die Lavinia gezwungenermaßen an der Seite ihres Mannes in London verbringen musste, erschienen beiden wie eine Ewigkeit.

Nachdem sie sich ausgiebig geliebt hatten, angelte Sebastian nach dem Päckchen Zigaretten auf seinem Nachttisch und zündete eine an. Abwechselnd rauchten sie. Durch das geöffnete

Fenster drang der Duft der Kletterrosen, die die Rückseite des Hauses überwucherten, und irgendwo sang eine Amsel. Es war ein Augenblick absoluten Glücks, der Lavinia für einen Moment Susan Hexton und die unerfreuliche Begegnung am Nachmittag vergessen ließ.

»Warum verlässt du ihn nicht?« Sebastian unterbrach die friedvolle Stille, und Lavinia seufzte. Er sprach nie Edwards Namen aus, nannte ihn immer nur *ihn* oder *deinen Mann*.

»Du weißt, dass das nicht geht«, antwortete Lavinia und drückte den Rest der Zigarette im Aschenbecher aus. Du meine Güte, wenn Edward oder Zenobia sehen würden, dass sie rauchte – das gäbe vielleicht eine Auseinandersetzung.

Sebastian zog sie an sich heran.

»Ich weiß, dass ich dir nicht das Leben bieten kann, das du gewohnt bist.« Er machte eine lapidare Handbewegung und deutete auf das Zimmer. »Ladbrooke ist in keiner Weise mit Sumerhays zu vergleichen, und die Nachbarn würden sich ihre Mäuler zerreißen, aber …«

»Das ist es nicht«, unterbrach Lavinia, »und das weißt du.« Lavinia machte sich aus seiner Umarmung frei und richtete sich so weit auf, dass sie Sebastian in die Augen sehen konnte. Er hatte unheimlich schöne, dunkelbraune Augen, in denen Wärme und Zuneigung standen. »Wenn ich Edward verlasse, dann verliere ich mein Kind.«

»So hartherzig wird er nicht sein. Nach deinen Erzählungen kümmert sich dein Mann kaum um eure Tochter, ich bin sicher, er wird dir keine Steine in den Weg legen. Du weißt, dass ich Anabell liebe wie ein eigenes Kind.«

»Woher willst du das wissen?« Lavinia lachte mit einem bitteren Unterton. »Du kennst Anabell ja gar nicht.«

»Nun, ich habe sie ein- oder zweimal gesehen, und allein die Tatsache, dass sie deine Tochter ist, sagt mir, dass sie ein äußerst liebenswertes Mädchen sein muss.«

Meine Tochter … Die Worte klangen in Lavinia nach. Anabell war ebenso wenig ihre Tochter, wie sie jemals eine Trennung von Edward auch nur in Betracht ziehen konnte.

»Wir könnten von hier fortgehen«, fuhr Sebastian fort. »Irgendwohin in den Norden, vielleicht auch nach Schottland. Ich bin zwar nicht reich, verfüge jedoch über ein kleines Vermögen, das es uns ermöglichen würde, anderswo ganz von vorn anzufangen. Irgendwo, wo uns niemand kennt und wo es keinen bösen Klatsch über dich geben wird.«

Lavinia zündete sich eine neue Zigarette an. Während sie tief den Rauch inhalierte, dachte sie daran, welch seltsame Wege das Schicksal doch ging. Einst hatte sie Edward geheiratet, weil sie nicht mehr arm sein, sondern in finanzieller Sicherheit und auf einem hohen gesellschaftlichen Niveau leben wollte. Als sie dies dann durch ihre Kinderlosigkeit bedroht sah, hatte sie sich auf den Handel mit Susan eingelassen, um ihre Stellung und den Luxus, an den sie gewöhnt war, zu sichern. Sie hatte Anabell bekommen und lebte weiter ihr Leben ohne materielle Sorgen. Heute jedoch bedeuteten ihr Geld, Schmuck und schöne Kleider nichts mehr. Ja, selbst der Skandal, den eine Scheidung von Edward unweigerlich nach sich ziehen würde, wäre ihr gleichgültig, wenn sie offen und frei mit Sebastian zusammen sein konnte. Auf Anabell konnte und wollte sie jedoch niemals verzichten. Seit ihrer Geburt hatte Lavinias Leben einen Sinn erhalten, und sie hatte längst vergessen, dass sie das Kind nicht selbst zur Welt gebracht hatte. Vergessen, bis zum gestrigen Abend, als sie in aller Deutlichkeit an die größte Lüge ihres Lebens erinnert worden war. Das Gesetz war auf Edwards Seite. Sollte sie ihn verlassen, würde man sie des Ehebruchs bezichtigen, und sie würde ihr Kind niemals wiedersehen. Mehr als sie selbst würde Anabell darunter leiden, die mit zärtlicher Liebe an ihr hing, während sie Edward und auch Zenobia gegenüber immer etwas ängstlich war.

»Wir könnten Anabell entführen«, sagte Sebastian in ihre Gedanken. »Wir könnten nach Frankreich oder auch nach Italien gehen.«

»Und gejagte Verbrecher sein, die sich nirgendwo auf dieser Welt sicher fühlen können. Stets würden wir von einem Ort zum anderen ziehen, immer auf der Flucht und mit der Angst, Edward könnte uns eines Tages finden.« Lavinia schlug die Decke zur Seite und stand auf. »Nein, ein solches Leben werde ich Anabell nicht zumuten.«

»Ach, Lavinia, Schatz …« Er sah sie entschuldigend an. »Mein Vorschlag war doch nicht ernst gemeint. Du weißt, dass gerade ich auf keinen Fall mehr mit dem Gesetz in Konflikt geraten möchte.«

Damals, als Sebastian Eathorne nach Cornwall gekommen war, waren Gerüchte über den Tod seiner Frau in aller Munde gewesen, vor allem auch, dass Sebastian etwas damit zu tun haben könnte. Nach drei Monaten ihrer Bekanntschaft hatte Sebastian Lavinia gegenüber offen und ehrlich über seine Ehe und deren tragisches Ende gesprochen.

»Die Ehe wurde von unseren Eltern arrangiert. Mary-Ellen stammte zwar ebenso wenig wie ich aus altem Adel, dennoch waren unsere Familien seit langer Zeit recht vermögend. Meine Vorfahren hatten sich mit Wollhandel einen Namen gemacht, Mary-Ellen stammte aus einer Spinnereifamilie. So war es nur natürlich, dass wir heirateten, schlugen doch alle daraus Profit. Meine Familie bekam nun eine eigene Spinnerei, und mein Schwiegervater musste die Wolle nicht mehr zu teuren Preisen von anderen Händlern einkaufen. Ich durchlebte eine strenge Erziehung, in der das oberste Gebot war, die Wünsche der Eltern zu respektieren und zu befolgen. Zwischen Mary-Ellen und mir war nie von Liebe die Rede, wir glaubten jedoch, uns mit der Zeit mit der Situation arrangieren zu können, die für alle Beteiligten das Beste war. Bald schon mussten wir allerdings feststellen, dass wir wie Hund und Katze waren. Meine Frau liebte es, auszugehen, ins Theater und in die Oper, sie war Gast bei zahlreichen Festen, und an den Wochenenden war unser Haus stets mit Fremden überfüllt, die unsere Zimmer belagerten, unseren Wein tranken und sich wie zu Hause fühlten. Für mich waren diese Leute allesamt Schmarotzer, außerdem sehnte ich mich nach der anstrengenden Arbeit in der Firma nach Ruhe. Mary-Ellen und ich stritten nur noch, bald war kein vernünftiges oder ruhiges Wort mehr zwischen uns möglich. Sogar von Scheidung war die Rede.

An dem Abend, bevor der Unfall geschah, hatten wir wieder mal eine heftige Auseinandersetzung gehabt. Es war unvermeidlich, dass die Dienerschaft Zeuge unserer Differenzen wurde. Trotzdem ritten wir am nächsten Vormittag gemeinsam aus. Wir beide liebten Pferde und den Aufenthalt in der Natur, das war wahrscheinlich das Einzige, das uns verband. Ich hoffte, an diesem klaren und frischen Frühlingsmorgen noch einmal in Ruhe mit meiner Frau reden und sie davon überzeugen zu können, eine geplante Party, zu der sie am kommenden Wochenende über fünfzig Personen eingeladen hatte, abzusagen. Obwohl es uns nicht schlechtging, merkte ich an meinem Bankkonto, wie viel Geld diese Feste kosteten. Auf Dauer konnten wir uns das nicht leisten.

Bevor es allerdings zu einer erneuten Aussprache kam, scheute Mary-Ellens Pferd und ging durch. Vielleicht war es durch ein Kaninchen oder ein Wiesel erschreckt worden, ich weiß es nicht. Mary-Ellen, eine gute Reiterin, war an dem Tag jedoch mit ihren Gedanken bei unserem Streit und wurde abgeworfen. Sie fiel so unglücklich, dass bei dem Sturz ihr Genick brach. Sie war sofort tot, es gab nichts mehr, was ich hätte tun können. Da es jedoch für den Unfall keine Zeugen gab, fiel der Verdacht, ich hätte bei dem plötzlichen Tod meiner Frau die Hände im Spiel, sofort auf mich. Jeder wusste, wie schlecht es um unsere Ehe bestellt war und dass ich im Falle einer Scheidung eine hohe Summe an Mary-Ellen hätte bezahlen müssen. Geld, über das ich nicht verfügte.«

»Aber du wurdest freigesprochen?«, warf Lavinia ein, die ihm gebannt gelauscht hatte.

Er nickte. »Freispruch aus Mangel an Beweisen.« Er lachte, einen bitteren Unterton in der Stimme. »Du weißt, was das bedeutet? Nicht, dass ich beweisen konnte, an Mary-Ellens Tod unschuldig zu sein, nein, man konnte lediglich meine Schuld nicht eindeutig feststellen. Meine Schwiegereltern sorgten dafür, dass jeder im Umkreis von hundert Meilen davon erfuhr, und sie ließen keinen Zweifel daran, in mir den Mörder ihrer einzigen Tochter zu sehen. Die Aufträge blieben aus, und schließlich war ich gezwungen, die Firma und das Haus, in dem unsere Familie seit vier Generationen lebte, zu verkaufen. Aus diesem Grund bin ich nach Cornwall gekommen. Es erschien mir weit genug von Bristol entfernt, ich musste jedoch feststellen, dass selbst hier Gerüchte über meine Schuld im Umlauf sind.«

»An die ich nie geglaubt habe!« Lavinia sah Sebastian voller Vertrauen an. »Es war ein Unfall, und jeder, der dich näher kennt, kann unmöglich denken, du hättest ihn verschuldet.«

Sebastian küsste sie leidenschaftlich, dann sagte er leise: »Ich hatte nicht zu hoffen gewagt, in meinem Leben jemals so glücklich zu sein wie jetzt. Du bist ein Geschenk, das Gott mir gemacht hat.«

Aus dem Mund jedes anderen Mannes hätten diese Worte übertrieben und kitschig geklungen, bei Sebastian spürte Lavinia jedoch, dass sie seinem tiefsten Inneren entsprangen. Die Liebe, die sie für Sebastian empfand, hatte sie verändert. Sie hatte das Gefühl, zum ersten Mal in ihrem Leben wirklich richtig zu *leben*. Vorher hatte sie funktioniert – immer das getan, was ihre Eltern und später dann ihr Mann von ihr verlangten, und sich sogar auf ein Verbrechen eingelassen, um allen Erwartungen gerecht zu werden. Sie wollte dieses Gefühl von Freiheit, von Glück und von Lebendigkeit niemals wieder missen, wusste aber gleichzeitig, dass ihre Zeit mit Sebastian nur gestohlene Stunden waren, die rasend schnell vorbeigingen, und dass sie danach immer wieder in ihr altes Leben zurückkehren musste. Es wäre so einfach, Edward zu verlassen und mit Sebastian neu anzufangen. Ganz gleich, ob in England, Schottland oder vielleicht sogar auf dem Festland. Sie brauchte kein Geld, brauchte kein großes, schönes Haus und für jeden Tag vier Kleider, sie brauchte nur Sebastian an ihrer Seite. Nein, das stimmte nicht – Anabell brauchte sie ebenfalls. Ohne ihre Tochter würde sie niemals glücklich sein, und die Gewissheit, ihre Tochter in der Obhut der strengen Zenobia und eines Mannes, der sich keinen Deut um das Mädchen scherte, zurückzulassen, würde ihr Leben zerstören. Aus diesem Grund gab es keine andere Möglichkeit, als an dem Bestehenden festzuhalten und mit Sebastian auch forthin nur heimlich Zeit zu verbringen und zu hoffen, niemand möge ihre Liaison entdecken.

Natürlich war es unvermeidlich, dass sie sich bei dem einen oder anderen gesellschaftlichen Ereignis begegneten. Sebastian Eathorne nahm zwar nach wie vor nicht viele Einladungen an, es gab jedoch Verpflichtungen, denen er sich nicht entziehen konnte. Bei diesen Gelegenheiten begrüßten sie einander höflich, wechselten jedoch kaum ein Wort miteinander, und Lavinia hoffte, niemand würde bemerken, wie ihre Blicke immer wieder zu seiner schlanken Gestalt wanderten und dass sie regelrecht an seinen Lippen hing, wenn er sprach. Bisher schien jedoch niemand Verdacht geschöpft zu haben. Die Vorstellung, die Viscountess of Tredary könnte mehr als eine nachbarschaftliche Freundschaft zu einem ehemaligen Kaufmann, der unter dem Verdacht gestanden hatte, seine Frau getötet zu haben, unterhalten, war sogar in einer Gesellschaft, deren größtes Vergnügen Tratsch war, derart unvorstellbar, dass sich Lavinia sicher fühlte.

Manchmal ritt sie zwar ein kleines Teufelchen, das ihr ins Ohr flüsterte, sie möge dieser ganzen elitären Gesellschaft die Wahrheit ins Gesicht schreien, aber sie wusste, sie würde niemals etwas tun, was Anabell schaden könnte.

Es dunkelte bereits, als Lavinia nach Sumerhays zurückkehrte. Sie hatte gerade die Halle betreten und war dabei, ihre Handschuhe abzustreifen, als Zenobia regelrecht auf sie zugeschossen kam.

»Wo warst du so lange?« Ihr Gesichtsausdruck zeigte Missfallen über Lavinias langes Ausbleiben, denn sie hatte ihre Schwiegermutter nicht darüber informiert.

»Ich bin ausgeritten, Mutter.« Lavinia blieb ruhig und löste die Hutnadeln. »Es war ein solch herrlicher Tag, vielleicht einer der letzten dieses Sommers.«

Zenobia baute sich, die Arme vor der Brust verschränkt, vor Lavinia auf.

»Was geht hier eigentlich vor? Gestern Abend entlässt du Knall auf Fall das Kindermädchen, obwohl sich Nancy Lewarne nie etwas zuschulden kommen ließ und Anabell an ihr hängt, und heute reitest du einfach aus, ohne jemandem etwas zu sagen? Als Anabell aus ihrem Mittagsschlaf erwachte, war niemand da. Sie hat dich und Nancy gesucht, ein Glück, dass ich in der Nähe war.«

»Das tut mir leid.« Lavinia senkte schuldbewusst den Kopf. Sie war von dem Gedanken, bei der fremden Frau in der Talland Bay könnte es sich um Susan Hexton handeln, derart besessen gewesen, dass sie an nichts anderes gedacht hatte, als diese Frau zur Rede zu stellen. Ihr Verdacht hatte sich ja auch bestätigt. Natürlich hätte sie danach sofort nach Sumerhays zurückreiten können, sie war jedoch so aufgewühlt gewesen, dass sie Sebastian einfach sehen *musste*. Die Liebesstunden mit ihm hatten sie so weit beruhigt, dass sie nicht mehr befürchtete, Susan würde kommen und ihr Anabell fortnehmen.

»Lady Tremayne war hier«, fuhr Zenobia fort. »Sie wollte mit dir über das Herbstfest im Kirchengarten sprechen. Offenbar wart ihr verabredet.«

Vor lauter Aufregung hatte Lavinia Lady Tremayne völlig vergessen. In der Tat hatten die beiden Damen vor einigen Tagen beschlossen, die Hauptorganisation des jährlichen Herbstfestes der Kirchengemeinde in Polperro zu übernehmen, und sie hatte die Lady am heutigen Nachmittag zum Tee eingeladen, um die ersten Schritte zu besprechen.

»Ich werde Lady Tremayne ein paar entschuldigende Zeilen schreiben«, murmelte Lavinia und ging an ihrer Schwiegermutter vorbei. »Ich möchte jetzt nach Anabell sehen und mich umziehen, denn es ist Zeit fürs Abendessen.«

»Aber Lavinia, du kannst nicht einfach …«

Lavinia wollte sich keine weiteren Vorwürfe Zenobias anhören. Was Anabell betraf, hatte sie sicher recht. Sie hätte das Kind nicht einfach allein lassen sollen. Dass sie jedoch Lady Tremaynes Besuch vergessen hatte, war Lavinia gleichgültig. Die Nachbarin würde gemeinsam mit Zenobia ohnehin die gesamte Organisation an sich reißen, die Lobeshymnen entgegennehmen und Lavinia lediglich als Statistin agieren lassen. Edward erwartete von ihr jedoch ein gewisses Maß an sozialem Engagement. Nicht, weil ihm die Menschen hier in Cornwall etwas bedeuteten oder er, wie in diesem Fall, an der Renovierung des normannischen Taufbeckens, für die der Erlös des Festes verwendet werden sollte, interessiert war. Für Edward wäre es ein Leichtes gewesen, die gesamte Summe, die für den Erhalt des Taufbeckens benötigt wurde, der Kirche zu spenden, das kam für ihn aber nicht in Betracht.

»Wo kämen wir denn da hin, wenn die Gutsbesitzer alles bezahlen?« Das war seine Meinung. »Dann haben wir bald jede Woche irgendwelche Bittsteller in unserem Haus, und die Leute denken, keinen Finger mehr selbst krumm machen zu müssen, und lassen die Arbeit ruhen.«

So würde Lavinia also jetzt Strümpfe stricken, Deckchen häkeln und Taschentücher besticken, die dann für den guten Zweck verkauft werden würden. Sie hasste diese Arbeiten, ebenso wie das wohlgefällige Getue des Landadels, der nicht oft genug betonen konnte, wie wichtig ihnen das Wohl ihrer Pächter, Bauern und Fischer waren. Bis vor wenigen Monaten war dies auch Lavinias Welt gewesen, und sie hatte diese nie in Frage gestellt. Seit sie jedoch Sebastian kannte, schien alles verändert, dennoch gab es für sie keine Möglichkeit, aus den gesellschaftlichen Gepflogenheiten ihres Lebens dauerhaft auszubrechen.

17. Kapitel

Bereits nach wenigen Tagen wusste Susan, dass ihre Entscheidung, ans *Blue Horizon* zurückzukehren, richtig gewesen war. Nach der unerfreulichen Begegnung mit Lavinia Callington war Susan am nächsten Tag aus Cornwall abgereist und hatte noch am selben Abend, an dem sie in London eintraf, Theodor Murphy aufgesucht.

»Du kannst mir natürlich nicht wieder eine große Rolle geben«, sagte sie, »vielleicht hast du jedoch etwas Kleineres für mich in dem neuen Stück? Für mich wäre es sehr wichtig, wieder in diesem Theater auftreten zu dürfen.«

Theo musterte Susan von oben bis unten. Seine dichten, buschigen Augenbrauen zogen sich über der Nasenwurzel zusammen, und für Susan schienen bange Minuten zu vergehen, bis er endlich sagte: »Wie kannst du daran zweifeln, dass ich dich nicht mehr an diesem Theater will, Peggy? Dein Unfall war ein unglücklicher Zufall, der uns zwar eine hervorragende Schauspielerin in Gestalt von Esperanza Montoya beschert hat, aber ich brauche dir doch nicht zu sagen, dass dir mein Haus immer offen steht. Ich habe allerdings gedacht, du würdest dich an anderen Theatern bewerben, anstatt wieder in unser kleines Ensemble zu kommen. An Häusern, in denen du Hauptrollen bekommen könntest …«

»Ich habe daran gedacht.« Bei Theos freundlichen Worten senkte Susan leicht beschämt den Kopf. »Hier kenne ich jedoch das ganze Team, weiß, wie du arbeitest und was du von uns verlangst und …« Sie zögerte, dann flog ein Lächeln über ihr Gesicht. »Ach, ich habe euch einfach vermisst und bin froh, wieder hier zu sein.«

In das laufende Programm konnte Susan nur noch in einer kleinen Nebenrolle integriert werden, Theo versprach ihr jedoch eine größere Rolle in dem Stück *You never can tell* des irischen Dramatikers George Bernard Shaw, das er ab Januar auf die Bühne bringen wollte. Susan sollte darin die Dolly, die Schwester der Gloria, spielen, die Hauptrolle bekam Esperanza, die den entsprechenden Vertrag bereits unterschrieben hatte.

»Wenn du willst, kannst du auch die Gloria einstudieren«, sagte Theo mit einem Augenzwinkern. »Es ist immer gut, wenn man eine talentierte Zweitbesetzung in petto hat.«

Susan verbarg nicht ihre Freude. Noch am selben Tag setzte Doro, die über Susans Rückkehr völlig aus dem Häuschen war, den Vertrag auf, und Susan gehörte wieder zum *Blue Horizon.* Als sie spät in der Nacht in ihrer Wohnung im Bett lag und von draußen die nie versiegenden Geräusche einer geschäftigen Stadt an ihr Ohr drangen, wusste sie, dass sie die richtige Entscheidung getroffen hatte. Die Zeit der zügellosen Partys war vorbei, ab sofort wollte sie sich nur noch auf ihr Spiel konzentrieren. Vielleicht würde sie nie eine solche Brillanz wie Esperanza Montoya erreichen und ewig nur die Zweitbesetzung bleiben, doch sie würde ihr Auskommen haben und einen Platz, an dem sie glücklich war. Als das kleine, rosige Gesicht Anabells und ihre Freude, als sie gemeinsam Ball spielten, sich in ihre Erinnerung bohrten, versuchte Susan, dieses Erlebnis schnell zur Seite zu schieben. Nie wieder würde sie nach Cornwall fahren. Jede Begegnung mit Anabell schmerzte sie viel zu sehr. London war groß und die Wahrscheinlichkeit, hier erneut auf Lavinia und Anabell zu treffen, gering. Sollte es dennoch geschehen, würde sie einfach die Straßenseite wechseln.

Es war Theodor Murphys Strategie und seine Geschäftspolitik, die Art der Stücke in jeder Saison zu wechseln und neben neuen, von Marcus Jackmann geschriebenen Dramen auch die Klassiker im Programm zu haben. Mit einer Komödie von Shakespeare würde er ein anderes Publikum ansprechen als mit *Laura's Dream* oder mit *Irrungen am Covent Garden*, das noch bis Weihnachten gespielt wurde. Als Susan am nächsten Tag bei den Proben zusah, bemerkte sie, dass nun auch vermehrt Tanzszenen vorkamen, die Esperanza zugegebenermaßen mit Bravour meisterte. Die Kollegen und Kolleginnen hatten Susan allesamt freudig zurück in ihrer Mitte begrüßt, selbst Esperanza umarmte sie und küsste sie auf die Wange.
»Nun brauche ich mir keine Sorgen mehr zu machen, einmal krank zu werden, denn wir haben wieder eine hervorragende Zweitbesetzung«, scherzte sie. Bei ihren Worten zog jedoch ein Schatten über Hettys Gesicht. Erneut wurde sie wieder weiter nach hinten gedrängt, aber so war das Geschäft eben. Susan war froh, dass Hetty keinen Neid kannte und ihr das neue Engagement von Herzen gönnte. Susan beherrschte die kleine Rolle als Dienstmädchen in dem laufenden Stück schnell, und als sie zum ersten Mal wieder vor Publikum auf der Bühne stand, war es, als hätte sie nicht Monate pausiert.

Wie in jedem Jahr gingen sie im November auf Tournee. Sie fuhren wieder nach Belgien und in die Niederlande, und zum Abschluss standen vier Aufführungen in Paris auf dem Programm.

Noch von England aus hatte Susan an Sarah Bernhardt geschrieben und ihr die Daten, an denen sie in Paris gastierten, mitgeteilt. Susan hatte sich keine Antwort erhofft – da sie ja nicht wusste, ob Sarah überhaupt in Frankreich weilte –, umso erstaunter war sie, am Abend ihrer ersten Aufführung in dem kleinen Pariser Theater Sarah Bernhardt im Publikum zu sehen. Die Anwesenheit der großen Diva erregte natürlich die Aufmerksamkeit aller Zuschauer, obwohl Sarah, in einen für sie eher unüblichen dunklen Mantel gehüllt, still im Parkett saß. Auch durch das Ensemble ging eine nervöse Unruhe.

»Ich werde keinen Ton herausbekommen«, jammerte Joan und rang die Hände.

»Mir zittern jetzt schon die Knie, wenn ich daran denke, vor Madame Sarah aufzutreten.« Hetty schüttelte sich. »Du meine Güte, hoffentlich machen wir alles richtig.«

Esperanza, die ihr langes, schwarzes Haar offen trug, warf dieses mit einer selbstsicheren Bewegung zurück.

»Pah, warum macht ihr euch verrückt? Die großen Tage einer Sarah Bernhardt sind schon lange vorbei, jetzt ist sie nur noch eine alte Frau mit faltigem Gesicht, die sich in den letzten Strahlen ihres untergehenden Ruhmes sonnt.«

»Wie kannst du nur so etwas sagen?«, fuhr Susan die Kollegin an. »Madame Sarah war und ist die beste Schauspielerin, die diese Erde jemals gesehen hat, auch heute noch. Wenn sie auf der Bühne steht, vergisst man ihr Alter, denn keine andere Frau hat jemals so gespielt wie sie und wird es jemals tun.«

Esperanza sah Susan spöttisch an und schüttelte den Kopf.

»Meine liebe Peggy, wenn man dein Talent mit dem Sarahs vergleicht, mag es wohl sein, dass du ihr nicht das Wasser reichen kannst. Ich hingegen …« Sie sah beifallheischend in die Runde. »Nun, heute Abend wird die göttliche Sarah mal sehen, wie man heutzutage das Publikum begeistert und mitreißt. Das antiquierte Spiel des letzten Jahrhunderts ist passé, heute gehört mehr dazu, als nur seine Texte einigermaßen passabel rezitieren zu können.«

Allen war klar, dass Esperanza damit einzig und allein ihre eigene Leistung meinte, und nicht nur Susan wandte sich verärgert ab. Sie hatte sich damit abgefunden, dass Esperanza der Star ihrer Truppe war, würde es jedoch nicht zulassen, dass sie den Namen Sarah Bernhardts in den Schmutz zog. Unfreundlich sagte sie: »Es wundert mich immer wieder, warum du dein übergroßes *Talent* in einer so provinziellen Truppe wie der unseren verschwendest, Esperanza. Nun, vielleicht wirst du hier in Paris ja entdeckt, und die Comédie Française bittet dich händeringend, zu ihnen zu stoßen. Ich bin sicher, die haben seit Jahren auf dich gewartet.«

»Was dir gerade recht wäre, nicht wahr?«, gab Esperanza giftig zurück. »Wenn Sarah Bernhardt wirklich eine Freundin von dir ist, dann kannst du sie ja bitten, bei den einflussreichen Männern, die Sarah sicherlich kennt, ein gutes Wort für mich einzulegen. Allerdings – ist sie nicht kürzlich mit einem Theater pleitegegangen, weil niemand mehr sie auf der Bühne sehen wollte? Hast du vergessen, was die Londoner Presse im letzten Jahr über Sarahs Gastspiel in London schrieb? Es war wenig schmeichelhaft.«

Susan hätte am liebsten mit den Zähnen geknirscht, denn es stimmte, was Esperanza sagte. Nach diversen, wenig glücklichen Auftritten von Sarah Bernhardt im Jahr 1910 ging die Presse nicht mehr so wohlwollend mit ihr um.

Ihr Schauspiel lässt zu wünschen übrig, Sarah Bernhardt ist jedoch eine Institution, und sie wird auf der Bühne stehen, bis sie stirbt. Dabei wäre es für alle, ganz besonders für das Publikum, besser, sie würde sich der Blumenzucht auf ihrer französischen Insel widmen …

Susan hatte damals den Kommentar mit Entrüstung gelesen und sich gefragt, wie man derart respektlos mit einer Dame, die seit Jahrzehnten das Theater beherrschte und nachhaltig geprägt hatte, umgehen konnte. Immer mehr Stimmen regten sich, dass die Italienerin Eleonora Duse längst aus dem Schatten der Bernhardt herausgetreten war. Deren Spiel wäre von einer ergreifenden Schlichtheit und damit etwas erfrischend Neues, was das Theater dringend brauchte. Ob diese Kritiken Sarah Bernhardt verletzten, wusste Susan nicht zu sagen, denn die Diva schien auch im Privatleben eine Rolle zu spielen und ließ niemanden hinter ihre Maske schauen.

Susan wandte ihre Aufmerksamkeit wieder Esperanza zu, die ihr dichtes Haar bürstete.

»Ich glaube kaum, dass sich Sarah bereit erklärt, sich für dich zu verwenden, wenn sie erfährt, wie du über sie denkst.«

»Ich weiß, die meisten Menschen können die Wahrheit nicht vertragen, Schauspielerinnen im Besonderen nicht.« Esperanza zuckte mit den Schultern. »Kannst es ja trotzdem versuchen, wer weiß, vielleicht kehre ich gar nicht mehr mit euch nach England zurück. In Paris gibt es so viele Möglichkeiten.«

»Das können wir nur alle hoffen.« Doro, die das Streitgespräch bisher ruhig verfolgt hatte, konnte nicht länger schweigen. »Du benimmst dich unmöglich, Esperanza Montoya. Du magst zwar eine gute Schauspielerin und ganz passable Sängerin sein, deine Manieren lassen jedoch zu wünschen übrig. *Du* bist noch lange keine Diva wie Sarah Bernhardt, die meint, sich alles erlauben zu können.«

Wie eine Furie ging Esperanza auf Doro los und riss sie an den Haaren.

»Und du bist nichts weiter als eine ältliche Jungfer, nicht hübsch genug, um auf der Bühne zu stehen, ja nicht einmal ansehnlich genug, um überhaupt einen Mann abzubekommen, und darum …«

»Schluss jetzt, sonst sage ich die Vorstellung ab!« Donnernd unterbrach Theodor Murphy den Streit, der unbemerkt eine Weile in der Tür gestanden und alles mitverfolgt hatte. »Ja, bin ich denn hier in einem Affenhaus? Ihr macht euch jetzt fertig, und dann möchte ich auf der Bühne die Leistung sehen, für die ich euch bezahle. Übrigens nicht schlecht bezahle, wenn ich euch daran erinnern darf. Wenn es jedoch jemandem hier nicht mehr passt« – er deutete zur Tür –, »der kann jederzeit gehen. Ich dulde keinen Zwist und Hader in meiner Truppe. Habt ihr das verstanden?«

Susan senkte betroffen den Kopf, Doro grummelte unverständliche Worte vor sich hin, Esperanza jedoch setzte ihr bezauberndes Lächeln auf.

»Ach, Theo, reg dich doch nicht so auf, das ist nicht gut für dein Herz. Du weißt, dass ich professionell genug bin, um nicht nur eine gute, sondern eine hervorragende Leistung zu zeigen. Niemand, auch nicht Sarah Bernhardt, wird auch nur den kleinsten Grund zur Klage haben.«

»Hm, dann ist ja gut«, brummte Theo und stieß mit der Spitze seines Stockes wie zur Bekräftigung zweimal auf den Boden. Seit einiger Zeit plagten ihn Schmerzen in der linken Hüfte, weswegen er immer häufiger nur mit Hilfe eines Stockes gehen konnte.

Trotz des unerfreulichen Streits verlief die Aufführung ohne Zwischenfälle. Obwohl sie in englischer Sprache spielten und sangen, schien das Publikum begeistert zu sein und sparte nicht mit Applaus. Susan war hocherfreut, als nach der Vorstellung ein Herr in ihrer Garderobe erschien und sie bat, ihn in ein nahe liegendes Lokal zu begleiten, in dem Sarah Bernhardt auf sie wartete. Madame Sarah wolle aber nur sie treffen, was Susan sehr stolz machte. Sie beeilte sich mit dem Abschminken und Umziehen und bemerkte, dass Esperanza beleidigt war. Bevor sie ging, konnte sie sich die Spitze: »Ich werde meiner Freundin sagen, dass du am liebsten in Paris bleiben möchtest«, nicht verkneifen.

Das Theater lag in einer ruhigen Seitenstraße am Montmartre, und das Lokal war nur wenige Schritte entfernt. Es war klein, mit niedriger Decke, runden Tischen mit einfachen Stühlen, und in der Luft waberten Rauchschwaden, und es roch nach Wein. Es handelte sich um einen dieser typischen Treffpunkte für Künstler, von denen es in Paris zahllose gab und die man in London leider vergeblich suchte. Sarah Bernhardt saß an einem kleinen Tisch in der hinteren Ecke. Während Susan sich ihr näherte, musterte Sarah die junge Freundin kritisch von oben bis unten. Statt einer Begrüßung und einem Lächeln, sagte Sarah mit gerunzelter Stirn: »Diese kleine Rolle ist deiner nicht würdig. Warum spielst du nicht die Hauptrolle?«

»Im Frühjahr war ich einige Zeit krank und konnte nicht auftreten, da wurde die Hauptrolle mit Esperanza Montoya besetzt. Sie ist doch sehr gut …«

»Ach was!« Rigoros unterbrach Sarah sie mit einer Handbewegung. »Sie hat ein hübsches Lächeln, einen wogenden Busen und ein kokettes Auftreten, als Schauspielerin ist sie jedoch völlig ungeeignet.«

Sarahs Worte gingen Susan runter wie Öl. Sie bedauerte nur, dass Esperanza diese nicht hören konnte.

»Das Publikum in London liebt sie, und Theo, der Regisseur und Theaterleiter, hält große Stücke auf sie und gibt ihr immer die Hauptrollen.«

Sarah lächelte süffisant. »Wahrscheinlich geht sie mit ihm ins Bett.«

Susan stockte der Atem. Zum Glück kam in diesem Moment der Ober und fragte nach ihren Wünschen, so war sie einer direkten Antwort enthoben. Nachdem der Rotwein gebracht und Susan am Glas genippt hatte, sagte sie leise: »Ich glaube nicht, dass Theo und Esperanza etwas miteinander haben. Er ist doch so viel älter als sie.«

Sarah schüttelte lächelnd den Kopf und hob mahnend den Zeigefinger.

»Gerade alte Männer fühlen sich von den Avancen junger Frauen, besonders wenn sie so hübsch sind wie diese Esperanza, magisch angezogen und fallen auf deren Liebesschwüre herein. Ich möchte hier niemanden verdächtigen oder gar eine falsche Behauptung aufstellen, aber meine Lebenserfahrung sagt mir, dass deine Kollegin ihren Ruhm nicht nur aufgrund ihrer Leistung errungen hat. Auf jeden Fall setzt sie auf der Bühne mehr auf ihren Sex-Appeal als auf ihr schauspielerisches Können.«

»Sex… was?« Susan hatte den Ausdruck nie zuvor gehört.

»Sex-Appeal«, wiederholte Sarah und lächelte süffisant. »Das ist ein Ausdruck, der in Amerika verwendet wird, wenn jemand – meist eine Frau – über die gewisse Ausstrahlung verfügt, die Männer nur an das *eine* denken lassen. Du verstehst, was ich meine?« Sarah zwinkerte Susan verschwörerisch zu. »Da du ja keine Jungfrau mehr bist, weißt du, dass Männer gerne ihren Verstand verlieren, wenn sie wogende, große Brüste, eine schmale Taille und lange, wohlgeformte Beine sehen.«

Bei jedem anderen wäre Susan über solche Worte schockiert gewesen, bei Sarah Bernhardt schienen sie jedoch selbstverständlich zu sein. Kurz warf sie einen Blick auf ihr eigenes Dekolleté. Ihre Figur konnte sich zwar sehen lassen, aber sie war ebenso wie Sarah sehr schlank und ihre Brust eher knabenhaft, auf keinen Fall üppig. Sarah hatte ihren Blick bemerkt und lachte laut.

»Tja, meine Liebe, mit solchen Reizen können wir nicht dienen, trotzdem habe ich es geschafft, das Publikum auf der ganzen Welt zu bezaubern. Du wirst es auch schaffen, denn letztendlich setzen sich Talent und Können immer noch gegen weibliche Reize durch.«

Susan nickte lächelnd. Sarah hatte es mal wieder auf den Punkt gebracht. Sie würde jedoch niemandem von deren Vermutung erzählen, Esperanza hätte Theo umgarnt. Erst recht nicht Doro, die nach wie vor in Theo verliebt zu sein schien, der sie zwar als Assistentin schätzte, ihr als Frau jedoch keinerlei Aufmerksamkeit schenkte. Susan konnte sich vorstellen, was Doro mit Esperanza machen würde, sollte es sich bestätigen, dass diese und Theo eine intime Beziehung führten.

»Wie geht es dir?« Susan wechselte das Thema und griff über den Tisch hinweg nach Sarahs Hand. Sie erschrak, wie knochig diese war und wie dünn sich die Haut über den blauen Adern spannte. Es stimmte, Sarah Bernhardt war eine alte Frau, ihre Augen jedoch leuchteten mit einer jugendlichen Frische, die ihre zahlreichen Falten vergessen ließen.

»Mir geht es gut, danke«, antwortete Sarah. »Du hast sicher davon gehört, dass ich ein bisschen Pech mit meinem eigenen Theater hatte.« Susan antwortete nicht, deutete nur ein Nicken an. »Wir suchten die falschen Stücke aus und besetzten sie mit den falschen Leuten. Ich wollte einem jungen Dramatiker, der mir leidtat, helfen, denn seine Stücke waren nicht schlecht. Das Publikum war offensichtlich anderer Meinung.« Sie seufzte leise und trank einen Schluck Wein, bevor sie fortfuhr: »Mitleid ist in unserem Beruf fehl am Platze. Mich hat die Sache eine Menge Geld gekostet, ich musste sogar mein Privatvermögen angreifen, aber jetzt gehe ich bald wieder mit einem neuen Stück auf Tournee.« Sie lächelte, und ihre Augen strahlten. »Ich bin sicher, das wird wieder ein großer Erfolg, und wir planen auch eine erneute Amerikatournee.«

»Ich wünsche es dir so sehr«, sagte Susan und versuchte, überzeugend zu klingen. Sarahs Leben war die Bühne. Sie würde tatsächlich ihren letzten Atemzug auf einer solchen tun und damit in die Fußstapfen von Molière treten, der auf der Bühne der *Comédie Française*, dem Theater, das Sarah berühmt gemacht hatte, ausgerechnet in der Rolle des *Eingebildeten Kranken* gestorben war.

Sarah gähnte verhalten und machte Susan damit deutlich, dass sie gehen wollte. Die beiden Frauen umarmten einander und tauschten die üblichen drei Wangenküsse aus.

»Vergiss niemals, wer du bist, Susan«, sagte Sarah zum Abschied. »Stell dein Licht nicht unter den Scheffel und kämpfe für die Rollen, die du haben möchtest, ebenso wie du für das kämpfen musst, was dir im Leben wichtig ist.«

Als Susan später in dem kleinen Hotelzimmer in ihrem Bett lag, dachte sie an die Worte der Freundin. Das Wichtigste in ihrem Leben waren ihre Kinder. Jimmy, der sich mit seinem Vater irgendwo aufhielt und den sie nie wiedersehen würde, und Anabell, die nie erfahren würde, wer ihre leibliche Mutter war. Susan lenkte ihre Gedanken auf ihre Arbeit. Vielleicht sollte sie von Theo wirklich fordern, ihr im nächsten Stück wieder die Hauptrolle zu geben, ansonsten würde sie das *Blue Horizon* verlassen. Wenn Sarah jedoch recht hatte und Esperanza ihre Rollen nur dadurch bekam, weil sie mit Theo ins Bett ging, würde Susan sich nur ins eigene Fleisch schneiden. Wobei sie diese Möglichkeit ausschloss. Während der Proben sparte Theo nicht mit Kritik an Esperanza. Es war schwierig, wenn nicht sogar unmöglich, zu glauben, dass zwischen den beiden tatsächlich eine sexuelle Beziehung bestand. Esperanza würde sie es durchaus zutrauen. Die Frau ging über Leichen, wie man so sagte, um ihre ehrgeizigen Pläne zu verfolgen, aber Theo …? Nun, im Prinzip ging Susan dies nichts an. Sie wollte das Jahr abwarten und dann entscheiden, was sie tun würde.

Den Weihnachtstag verbrachte Susan mit Doro, die ebenso wie sie selbst keine Angehörigen hatte. In ihrer Wohnung schmückte Susan einen kleinen Tannenbaum, und die beiden Frauen kochten gemeinsam. Danach gingen sie im Hyde Park spazieren. Das Wetter mit Schneeregen und frostigen Temperaturen lud zwar nicht zu einem Aufenthalt im Freien ein, trotzdem tummelten sich zahlreiche Menschen im Park. Hauptsächlich waren es Familien mit Kindern, die lachend über die Wege sprangen, ungeachtet dessen, dass dabei ihre Röcke und Hosen beschmutzt wurden.

Den Jahreswechsel zu 1912 feierte das Ensemble des Theaters gemeinsam. Es gab ein kaltes Büfett, zu dem jeder etwas beisteuerte, und um Mitternacht knallten die Champagnerkorken. Susan stieß mit ihren Kollegen und Kolleginnen an, nippte jedoch nur an ihrem Glas. In Gedanken erneuerte sie ihren Vorsatz, künftig ein ruhigeres Leben zu führen und sich wieder voll und ganz auf ihre Arbeit zu konzentrieren. Sie freute sich auf das neue Stück, wenngleich sie in diesem nur die Schwester der Hauptdarstellerin spielen sollte. *You never can tell* war eine turbulente und überhaupt nicht dramatische Komödie, die bereits 1899 am *Royal Court Theatre* uraufgeführt, danach jedoch in der Versenkung verschwunden war. In Absprache mit dem Autor hatte Theo die Inszenierung nun etwas moderner gestaltet, mit Musik und Tanzeinlagen ausgestattet, so dass daraus ein Schauspiel wurde, wie es die Besucher des *Blue Horizon* erwarteten. Es würde aber Liebhaber klassischer Stücke anziehen und dadurch Theo ein größeres Publikumsspektrum eröffnen. Natürlich spielte Esperanza Montoya die tragende Rolle der Gloria, während Susan die Dolly übernahm. Allerdings wurde Susan als Zweitbesetzung für die Gloria eingesetzt und lernte neben ihren eigenen Parts auch die komplette andere Rolle. Die Rolle von Glorias Mutter spielte Hetty, die dafür zwar auf älter geschminkt werden musste, aber endlich wieder eine größere Rolle erhielt. Die ersten Proben verliefen vielversprechend, und Esperanza brillierte auf der Bühne. Sie hatte an ihrer Stimme und ihrer Ausdrucksweise gearbeitet, und niemand konnte bestreiten, dass sie die Bühne dominierte. Da die Handlung von *You never can tell* in einem englischen Seebad im ausgehenden neunzehnten Jahrhundert spielte, entfiel die Anfertigung von Kostümen, da die Schauspieler und Schauspielerinnen ihre eigene Kleidung trugen. Esperanzas Kleider waren meistens weit ausgeschnitten, ohne jedoch ordinär zu wirken, und brachten ihr üppiges Dekolleté hervorragend zur Geltung. Susan dachte an Sarahs Worte und an den Begriff Sex-Appeal, der bei Esperanza hundertprozentig zutraf.

Die Premiere fand Ende Februar statt, und das Theater war bis auf den letzten Platz gefüllt. Bis zuletzt hatte Theo gehofft, der Autor George Bernard Shaw würde seiner Einladung folgen und sich das Stück ansehen, doch der große Dramatiker weilte leider nicht in London. Der Stimmung tat dies keinen Abbruch, und das Publikum war begeistert. Wie nach Premieren üblich, ging das Ensemble, nachdem der letzte Vorhang gefallen war, zu Meggie, um den Erfolg gebührend zu feiern. Susan fiel gleich auf, dass Theo und Esperanza fehlten. Sie wandte sich an Doro.
»Weißt du, wo Theo ist?« Ihr Verdacht, dieser würde zusammen mit seiner Hauptdarstellerin den Erfolg lieber in trauter Zweisamkeit feiern, behielt sie für sich.
Doro zuckte die Schultern. »Bevor ich ging, habe ich mitbekommen, dass zwei Herren Theo in seinem Büro aufsuchten. Sie sahen beide etwas … seltsam aus.«
»Seltsam?« Susan runzelte die Stirn. »Wie seltsam? Bedrohlich? Hoffentlich ist Theo nichts geschehen. Vielleicht sollten wir rübergehen und nachsehen, ob …«
Susan war schon aufgesprungen, aber Doro hielt sie zurück.
»So meinte ich es nicht, sondern ich denke, es handelt sich um Ausländer. Ich konnte zwei, drei Worte aufschnappen. Die Männer sprachen zwar Englisch, aber mit einem seltsamen Akzent. Und ihre Anzüge waren nach einer Mode geschnitten, die ich hier noch nie gesehen habe.«
»Um unseren guten Theo braucht ihr euch nicht zu sorgen.« Marty hatte die letzten Worte gehört. Er setzte sich neben Susan und lachte vergnügt. Er hatte die Rolle des Zahnarztes, in den

sich Gloria verliebt, übernommen und war so in den Genuss gekommen, Esperanza mehrmals im Arm halten und sie im Schlussakt sogar küssen zu können, was ihm sichtlich gefiel, obwohl er verheiratet war. »Wahrscheinlich handelt es sich um zwei Kritiker, die diesen großartigen Regisseur interviewen möchten, bevor ihre Artikel morgen in den Zeitungen erscheinen.«

Jemand kam mit einer frisch geöffneten Flasche vorbei, und Susan ließ es zu, dass ihr Glas neu gefüllt wurde. Sie wollte gerade einen Schluck nehmen, als sich die Tür öffnete und Esperanza eintrat. Nein, eintreten war das falsche Wort. Sie schwebte regelrecht in das Lokal, den Kopf hocherhoben, und sie strahlte, als wäre sie eben dem König höchstpersönlich begegnet.

»Ihr glaubt nie, was gerade passiert ist!«

Sofort verstummten alle Gespräche und das zwanglose Gelächter, und die Aufmerksamkeit aller richtete sich auf Esperanza. Lediglich Doro sagte leicht unterkühlt: »Ich bin sicher, du wirst es uns gleich brühwarm erzählen. Die Gefahr, zu platzen, wäre ja sonst zu groß.«

Esperanza beachtete die Spitze nicht. Sie trat zu Marty und legte eine Hand auf seinen Arm.

»Besorgst du mir ein Glas Champagner, ja? Es gibt Grund, zu feiern.« Erst als Marty ihr das Gewünschte gebracht hatte, blickte Esperanza von einem zum anderen und erhob ihr Glas. »Lasst uns anstoßen, meine Freunde, heute ist ein großer Tag«, rief sie, als würde sie noch auf der Bühne stehen. »Denn mein Triumph wird auch der eure sein.«

Susan runzelte die Stirn, und Hetty rief von hinten: »Na los, erzähl schon, damit wir weiterfeiern können.«

Esperanza schenkte ihr nur einen kurzen, arroganten Blick, dann fuhr sie fort: »Ich weiß, dass ihr mich nicht mögt. Nun ja, die meisten jedenfalls, und dass ihr mich am liebsten auf dem Mond sehen würdet.«

Es wurde sehr still, und alle sahen betreten zu Boden. Lediglich Pete flüsterte in die Stille hinein: »Das ist doch nicht wahr …«, wurde jedoch von Esperanza zum Schweigen gebracht. »Nun, dann sollten wir darauf anstoßen, dass ihr mich bald nicht mehr sehen müsst. Ich werde euch nämlich verlassen. Anfang April seid ihr mich los.«

»Was?«

»Wieso denn das?«

»Wo gehst du hin? Zurück ans Royal Court?«

Nun schwirrten die Fragen durcheinander. Esperanza war sich der vollen Aufmerksamkeit sicher, was sie sichtlich genoss. Mit einer selbstsicheren Geste warf sie ihr offenes Haar zurück und sagte leicht verächtlich: »Ans Royal Court? Sicher nicht, was kann dieses Provinztheater schon bieten?« Nicht nur Susan schnappte nach Luft, denn das *Royal Court* war nach wie vor das größte und bekannteste Theater des ganzen Landes. Langsam und genüsslich fuhr Esperanza fort: »In der heutigen Vorstellung saß Nathan Schneyder …« Den Rest des Satzes ließ sie offen.

»Nathan … wer?«, fragte Joan, und Doro stieß Susan den Ellbogen in die Seite. An Doros überraschtem Gesichtsausdruck erkannte Susan, dass der Freundin dieser Name etwas sagte.

»Nathan Schneyder ist der Intendant des Pigeon-Theatre«, sagte Esperanza, und zu Joan gewandt: »Ist mir schon klar, dass *du* solche Männer nicht kennst und auch niemals kennenlernen wirst.«

»Das Pigeon-Theatre am … Broadway?« Susan holte tief Luft. »In Amerika?«

Esperanza bedachte sie mit einem anerkennenden Blick.

»Ganz recht, meine Liebe. Der Broadway befindet sich in New York, und New York bekannterweise in Amerika. Nathan Schneyder und sein Assistent, ein gewisser Leonard Kingsley, reisen derzeit durch England, um eine Darstellerin für ein neues Stück zu finden.« Susan hatte begriffen, noch bevor Esperanza

weitersprach. »Die beiden Herren waren heute in meiner Vorstellung und haben danach sofort das Gespräch mit Theo und mir gesucht. Der Vertrag ist bereits unterzeichnet.«
In den Sekunden der Stille, die folgte, hätte man eine Nadel fallen hören können, dann brach der Sturm los. Alle sprangen auf, umarmten Esperanza und beglückwünschten sie. Auch Susan hielt sich nicht zurück. Auf der einen Seite freute sie sich wirklich über den Erfolg der Kollegin, andererseits erkannte sie sofort, dass nach Esperanzas Weggang ihr wieder die besten Rollen offenstanden. In den letzten Jahren hatte die britische Presse regelmäßig über den Broadway, einem Viertel in New York am Times Square, berichtet, in dem neue Theater wie Pilze aus dem Boden schossen. In der Gegend rund um die berühmte *Metropolitan Opera*, die neben der Mailänder *Scala* das führendste Opernhaus der Welt war, waren Dutzende von Theatern entstanden, die ein breites Spektrum von ganz unterschiedlichen Stücken zeigten. Neben dem *Lyceum* und dem *Empire Theater* war in den letzten beiden Jahren auch in England immer wieder von dem *Pigeon* und seinem Intendanten Nathan Schneyder zu lesen gewesen. Binnen kurzer Zeit hatte sein Theater einen so großen Erfolg erreicht, dass Schneyder einer der einflussreichsten und vermögendsten Männer in der New Yorker Theaterwelt geworden war. Es gab wohl kaum einen Schauspieler oder eine Schauspielerin, die nicht davon träumten, an den Broadway engagiert zu werden, und Susan musste ehrlich zugeben, dass sie Esperanza diesen Erfolg neben der Freude auch ein kleines bisschen neidete. Wenn man es schaffte, am Broadway Erfolg zu haben, dann stand einem die ganze Welt offen. Susan hatte keinen Zweifel daran, dass Esperanza diesen Erfolg für sich verbuchen würde.
Weitere Flaschen Champagner wurden geöffnet, auch Susan hielt sich mit dem Anstoßen nicht zurück, und man feierte, bis die Morgendämmerung anbrach.

In den nächsten Tagen erfuhr Susan Einzelheiten, denn Esperanza erzählte jedem, der es hören wollte oder auch nicht, von ihrem neuen Engagement.
»Sie wollen etwas Frisches in New York haben«, entgegnete sie auf die Frage, ob es denn in Amerika nicht genügend eigene Schauspielerinnen geben würde. »Nathan Schneyder meinte, mein Akzent wäre ganz entzückend und würde das Publikum sofort begeistern.«
Nicht nur Susan hätte diesen Nathan Schneyder gerne einmal persönlich kennengelernt. Da dieser jedoch seine neue Hauptdarstellerin gefunden hatte, reiste er bereits zwei Tage später wieder nach New York zurück. Leonard Kingsley, sein Assistent, würde in England bleiben, alles regeln, was zu regeln war, und dann Anfang bis Mitte April gemeinsam mit Esperanza nach Amerika fahren.
»Natürlich brauche ich eine neue Garderobe«, sagte Esperanza. »Die Mode dort drüben ist eine völlig andere. Viel offener und lockerer als im prüden England. Ich habe gehört, in Amerika soll es Frauen geben, die darauf verzichten, ein Korsett zu tragen. Man stelle sich das mal vor!«
»Sarah Bernhardt trägt nie ein Korsett«, murmelte Susan so leise, dass Esperanza sie nicht verstehen konnte, denn sie wollte keine neuerliche Diskussion über Madame Sarah vom Zaun brechen.
Die Aussicht, bald der neue Star am New Yorker Theaterhimmel zu werden, hatte Esperanza regelrecht beflügelt. Sie sang und spielte die Rolle der Gloria in *You never can tell* mit einem Enthusiasmus, der sie von Tag zu Tag besser werden ließ. Susan, die nach wie vor ebenfalls die Rolle der Gloria probte, war sich bewusst, dass sie noch sehr viel üben musste, wenn sie Esperanza ab April ersetzen sollte. Es war nämlich geplant, Shaws Stück bis mindestens zum Sommer zu spielen, auch wenn die Hauptdarstellerin das Theater verlassen würde. Susan war fest entschlos-

sen, Esperanza nicht zu ersetzen – nein, sie wollte ja keine Kopie von ihr sein –, sondern der Rolle ihre eigene Persönlichkeit einzuhauchen.

Obwohl bisher niemand richtig mit Esperanza befreundet gewesen war, bedauerten nun doch einige, sie als Kollegin zu verlieren. Es war unbestritten, dass Esperanza trotz ihrer Art eine gute Schauspielerin war, die dem Theater stets ein volles Haus bescherte. Als nun allgemein bekannt wurde, dass sie an den Broadway nach New York wechseln würde, rannten die Leute dem *Blue Horizon* die Türen ein, um Esperanza Montoya noch einmal auf der Bühne zu erleben. Für alle war klar, dass sie wohl niemals nach England zurückkehren würde. Wer einmal in Amerika Fuß fasste und dort Erfolge feierte, verließ das Land nicht mehr. Esperanzas Vertrag war vorerst nur für drei Monate abgeschlossen worden, sie hatte aber keinen Zweifel daran, dass ihr die Stadt zu Füßen liegen und das Publikum sie nie wieder fortlassen würde.

18. Kapitel

London, Samstag, 6. April 1912

Und in New York werde ich ein eigenes Apartment bekommen. Wahrscheinlich in einem dieser Wolkenkratzer, ganz weit oben, von wo aus ich über die ganze Stadt schauen kann …«

Susan seufzte leise und sah aus dem Augenwinkel, dass es ihren Kolleginnen nicht anders ging. Obwohl sie Esperanza diese neue Chance von ganzem Herzen gönnten, waren sie alle von Esperanzas endlosen Erzählungen über New York genervt, wo alles größer, moderner und besser als im spießigen London war. Sie mussten es aber nur noch kurze Zeit ertragen. In vier Tagen ging das Schiff, mit dem Esperanza nach New York und damit in ein neues Leben aufbrechen würde.

»Natürlich wird das Engagement verlängert werden«, fuhr Esperanza fort, nicht merkend, dass ihr eigentlich niemand richtig zuhörte. »In drei Monaten werde ich die Stadt erobert haben. Der Broadway! New York! Kinder, da ist das Leben, nicht hier in unserem öden, alten London.« Ihre Wangen waren stark gerötet, und in ihren dunklen Augen glomm ein Schimmer, der einem Fieber gleichkam.

»Jaja, und bald werden alle Bühnen der Welt nach dir rufen«, entgegnete Joan spöttisch und wandte sich zur Tür. »Du solltest jetzt deine Träume zur Seite schieben. In einer Stunde ist Probe, und wir müssen uns noch umziehen. Du willst doch bei deinem letzten Auftritt im alten, staubigen London glänzen, oder?«

»Ach, du bist ja nur neidisch.« Überheblich zog Esperanza die Augenbrauen hoch. »Deine plumpen Füße will in Amerika nämlich niemand sehen und …«

»Hört auf, euch zu streiten!« Energisch fiel Susan der Kollegin ins Wort. »Joan hat recht, wir müssen uns auf die Probe vorbereiten. Esperanza, du weißt, dass heute die Mehrheit des Publikums nur deswegen kommt, um dich ein letztes Mal zu sehen. Theo hat ja zur Genüge dafür gesorgt, dass ganz London weiß, dass die große Esperanza Montoya an den Broadway nach New York geht.«

Esperanza stand auf und sah verächtlich in die Runde. Ihr Blick blieb auf Susan hängen, als sie sagte: »Keine Sorge, *ich* beherrsche meine Rolle bis ins letzte Detail. Ich frage mich nur, wie das Publikum reagiert, wenn du ab nächster Woche die Gloria spielen wirst. Als Zweitbesetzung bist du ja ganz passabel, aber …«

Sie ließ den Satz unvollendet und rauschte, einer Diva gleich, zur Tür hinaus. Susan presste die Lippen zusammen. Obwohl sie Esperanza ebenso wenig mochte wie alle Kolleginnen, war sie

dem Star gegenüber nie unfreundlich gewesen. Darum verletzten Esperanzas Worte Susan, auch wenn sie wusste, dass sie ihre Sache gut machen würde. Heute Abend würde sie ein letztes Mal in der Nebenrolle der Schwester, die in jedem Akt nur drei oder vier Dialoge hatte, auf der Bühne stehen, ab nächster Woche dann jedoch die Hauptrolle spielen. Es würde wie früher sein, bevor Esperanza in ihr Leben getreten war und sie zur Seite gedrängt hatte. Susan wünschte der Kollegin wirklich großen Erfolg in Amerika. Natürlich war sie nicht so selbstlos, dies aus Sympathie für Esperanza zu tun, sondern in erster Linie, weil diese dann nicht wieder nach London zurückkehren und Susan wieder die Nummer eins am *Blue Horizon* sein würde.
Nachdem Theo von dem Angebot für Esperanza erfahren hatte, hatte er Susan sofort wieder die Hauptrolle angeboten, da sie diese als Zweitbesetzung auch perfekt beherrschte. Diesen einen letzten Abend, an dem Esperanza Montoya der unbestrittene Star auf der Bühne war, würde Susan auch noch überstehen. Sie würde lächeln, wie sie das die vergangenen Monate getan hatte, und bei der anschließenden Party, die Doro für Esperanza zum Abschied organisiert hatte, wohlwollende Worte für die Kollegin finden – wie es alle taten. Ab morgen wäre dieser Spuk dann endgültig für sie vorbei.

Es war um die Mittagszeit, als die Probe begann. Obwohl sie das Stück bereits mehrmals aufgeführt hatten, bestand Theo vor jeder Aufführung auf einer Probe. Susan schätzte seine Professionalität, wenngleich Esperanza dies als reine Zeitverschwendung betrachtete. Die erste Viertelstunde verlief reibungslos, doch dann bemerkte Susan, wie Esperanza sich bei ihrem Text zweimal versprach. Theo runzelte die Stirn, klopfte mit seinem Stock auf den Boden und forderte sie auf, die Szene zu wiederholen. Joan und Hetty kicherten hinter vorgehaltener Hand, und auch Susan konnte sich ein leichtes Gefühl der Schadenfreude nicht verkneifen, dass die *große* und *ach so perfekte* Esperanza Montoya auch einmal Fehler machte. Dann jedoch bemerkte Susan, wie Esperanza leicht schwankte und haltsuchend nach einer Stuhllehne griff, obwohl das in dieser Szene nicht vorgesehen war. Auch war ihr Gesicht immer noch unnatürlich gerötet, und sie verhaspelte sich erneut.

»Esperanza, was soll das?« Theo war sichtlich verärgert. »Auch wenn es heute Abend deine letzte Vorstellung an meinem Theater ist, erwarte ich volle Konzentration, denn ich bezahle dich schließlich. Noch bist du nicht der große Star in Amerika, der sich alles erlauben kann. Also reiß dich zusammen.«

»Es tut mir leid, Theo.« Esperanza wischte sich über die schweißbedeckte Stirn, obwohl es im Saal kühl war. »Mir ist schrecklich warm, und ich habe Kopfschmerzen.«

Die nächste Szene meisterte Esperanza ohne Patzer, doch als die Geschwister, zu denen auch Susan gehörte, zum Abschlusslied die Bühne betraten, taumelte Esperanza und wäre gestürzt, wenn Susan sie nicht im letzten Moment aufgefangen hätte.

»Du bist glühend heiß!« Susan war nun ernsthaft besorgt. »Theo, ich glaube, Esperanza hat Fieber.«

»Verdammt!« Theos Stockspitze knallte auf den Boden, als er auf die Bühne hinaufhumpelte, sein Blick war jedoch besorgt. »Musst du ausgerechnet heute krank werden?«

Esperanza bemühte sich um ein Lächeln, was jedoch sehr gequält aussah. »Es tut mir leid, aber ich fühle mich seit dem Aufstehen schon so komisch. Mir ist gleichzeitig heiß und kalt, und seit ein paar Stunden juckt meine Haut so furchtbar.«

Susan schob den Kragen von Esperanzas Kleid zur Seite und erschrak. Der schmale, sonst schneeweiße Hals war mit roten Flecken übersät. Auch Theo und die anderen hatten den Ausschlag gesehen.

»Wir müssen den Arzt holen«, sagte Susan, und Theo nickte. Er rief nach Pete und schickte den Jungen zu Doktor Croggan, der alle Schauspieler betreute und auch Susans Schlüsselbeinbruch behandelt hatte. Gemeinsam brachten sie Esperanza in die Garderobe und legten sie aufs Sofa. Dankbar nahm sie ein Glas Wasser, das Kay ihr reichte, und Susan befeuchtete einen Lappen und legte diesen auf die fieberheiße Stirn.

»Es tut mir so leid …«, wiederholte Esperanza. Ihre Stimme schien von Minute zu Minute schwächer zu werden. »Es ist sicher nur eine leichte Grippe … mein Schiff geht am Mittwoch …«

Theo und Susan tauschten einen kurzen Blick. Sie dachten beide das Gleiche – wenn Esperanza eine ernsthafte Krankheit ausbrütete, dann würde es wohl nichts mit ihrer Reise nach New York werden.

»Du spielst heute Abend die Hauptrolle.« Theo wandte sich an Susan. »Geübt hast du sie ja oft genug, nicht wahr? Ob erst nächste Woche oder bereits heute, das ist eigentlich egal.«

Susan nickte, aber ihr war beklommen zumute. Natürlich war sie perfekt auf die Rolle der Gloria vorbereitet, diese jedoch so plötzlich zu übernehmen, ließ Susans Puls in die Höhe schnellen.

Als der Doktor kam und einen Blick auf Esperanza warf, bestätigten sich die schlimmsten Befürchtungen.

»Ich denke, es sind die Masern«, sagte er ernst. »In der letzten Woche gab es zwei Dutzend Fälle in London, und nicht immer sind es Kinder, die sich infizieren.«

»Aber ich werde doch nach New York fahren können?« Bang stellte Esperanza die Frage.

Doktor Croggan, der über Esperanzas große Chance in Amerika informiert war, schob seine Brille, die ihm immer wieder auf die Nasenspitze rutschte, nach oben und schüttelte den Kopf. Er war kein sehr feinfühliger Mann, und gerade mit Künstlern, die gerne mit Samthandschuhen angefasst werden wollten, ging er besonders direkt um.

»Miss Montoya, wenn es wirklich die Masern sind, dann werden Sie nirgendwohin reisen. Jetzt nicht und auch nicht in ein paar Wochen.«
»Das geht nicht!« Esperanza stemmte sich hoch, ihre Augen füllten sich mit Tränen. »Ich habe ein Engagement in New York. Doktor, verstehen Sie? Ich soll am Broadway auftreten! Wissen Sie überhaupt, was das bedeutet?«
Doktor Croggan blieb von Esperanzas Ausbruch unberührt. »Meine Liebe, Sie müssen froh sein, wenn Sie die Krankheit überhaupt überleben.«
Bei diesen harten und direkten Worten zog Susan scharf die Luft ein. Zwar las man immer wieder, dass Menschen an den Masern starben, aber waren das nicht nur Kinder, Alte oder Geschwächte? Esperanza hingegen war kräftig, bisher immer gesund gewesen und wirkte nicht so, als stünde sie bereits an der Schwelle des Todes.
»Ich werde veranlassen, dass man Sie ins Hospital bringt«, sagte der Arzt. »Wir müssen Sie isolieren und können nur hoffen, dass sich niemand von Ihren Kolleginnen bereits angesteckt hat.«
Sofort begannen Hetty, Joan und Kay, ihre Arme nach den verräterischen roten Flecken abzusuchen, auch Susan fuhr der Schreck in die Glieder. Sie fühlte sich jedoch völlig gesund und wollte sich nicht unnötig beunruhigen.
Theo scheuchte sie alle zurück auf die Bühne, allerdings war an eine Fortsetzung der Probe nicht mehr zu denken.
»Glaubt ihr, sie kann wirklich daran sterben?«
»Du hast den Arzt gehört. Viele Menschen sterben an den Masern.«
»Wie schrecklich für Esperanza! Jetzt kann sie nicht nach New York fahren.«
»Das geschieht ihr ganz recht.«
Die letzte Bemerkung kam von Joan, und Susan fuhr sie barsch an: »Wie kannst du so etwas sagen? Das ist mehr als gemein.«

Joan zuckte mit den Schultern. »Jetzt tut mal nicht so, als würdet ihr Esperanza ernsthaft bedauern. Seit Wochen ist sie uns allen mit ihrem Geschwätz über New York und das neue, tolle Leben, das sie dort erwartet, auf die Nerven gegangen. Habt ihr vergessen, wie abfällig sie uns behandelt und sich selbst schon als Millionärin mit einer Villa am Strand gesehen hat? Dass aus dieser großen Karriere nun nichts wird, ist vielleicht nur die Strafe für ihre Arroganz. Vielleicht bringt das Esperanza zur Besinnung, künftig weniger verächtlich auf Kolleginnen, die nicht so gut sind wie sie, herabzuschauen.«

Widerwillig musste Susan Joan zustimmen, wenngleich sie selbst nie solch harte Worte ausgesprochen hätte, aber im Kern lag Joan nicht falsch. Das Sprichwort *Hochmut kommt vor dem Fall* bewahrheitete sich mal wieder.

»Ich möchte aber nicht, dass sie stirbt«, sagte Susan leise und sah in die Runde.

Alle senkten betroffen den Blick und murmelten: »Nein, natürlich nicht.«

Eine bange Stunde verstrich, dann kam Theo in den Aufenthaltsraum und sagte, der Verdacht, Esperanza habe die Masern, hätte sich bestätigt.

»Man hat sie im Hospital isoliert, und sie darf bis auf weiteres keine Besuche empfangen. Doktor Croggan ist jedoch guter Hoffnung, dass die Krankheit nicht allzu schwer verlaufen wird. Glücklicherweise hat man die Symptome rechtzeitig erkannt, und es wird alles Menschenmögliche für Esperanza getan.« Er klatschte in die Hände. »Es wird Zeit, Mädchen, macht euch jetzt fertig und zieht euch um. Bei aller Sorge um unsere Kollegin – das Publikum hat es verdient, eine großartige Show zu erleben.« Er trat vor Susan, kniff sie leicht in die Wange und zwinkerte ihr zu. »Nur Mut, ich bin sicher, du schaffst das.«

Die Aufführung flog wie im Rausch an Susan vorbei. In den ersten Minuten zeigte sich das Publikum im ausverkauften Haus zwar enttäuscht, statt der berühmten Esperanza Montoya *nur* die Zweitbesetzung in der Hauptrolle zu sehen, aber schon bald zog Susan mit ihrem Spiel die Menschen in den Bann. Der Applaus am Ende war nicht weniger, als hätte Esperanza auf der Bühne gestanden, und sie mussten sechs Vorhänge geben, bevor sie sich erschöpft, aber glücklich in die Garderobe zurückziehen konnten. Die Kolleginnen klopften Susan auf die Schulter.

»Gut gemacht, Peggy«, sagte Hetty anerkennend. »Also, ich habe Esperanza nicht vermisst. Im Gegenteil, ich fand dich sogar besser. Du hast deine alte Form wiedergefunden.«

»Treffen wir uns noch bei Meggie?«, fragte Joan. »Ich bin viel zu aufgedreht, um jetzt schlafen zu gehen.«

Susan nickte, beeilte sich mit dem Abschminken und Umziehen. Eine Stunde später – es war beinahe schon Mitternacht – stieß das ganze Ensemble in dem gemütlichen Lokal mit Rotwein auf den Abend an. Meggie hatte das Lokal geschlossen, da die Sperrstunde längst vorüber war, gegen eine private Feier in ihren eigenen Räumen konnte jedoch niemand etwas sagen. Lediglich Theo fehlte, er hatte sich auch nach der Vorstellung nicht bei Susan blicken lassen. Sie hatte erwartet, er würde ihr sagen, wie ihm ihr Auftritt gefallen hatte. Offenbar war er nicht mit ihr zufrieden, denn sonst wäre er doch zu ihr gekommen, auch wenn er nur selten lobte. Dennoch hätte sich Susan über ein paar anerkennende Worte gefreut. Dies trübte Susans Stimmung ein wenig, denn sie selbst war der Meinung, die Rolle gut und überzeugend gespielt zu haben.

Gerade als Meggie begann, ausgiebig zu gähnen, die Stühle auf die Tische zu stellen, und damit das Zeichen gab, das Café zu schließen, klopfte es heftig an die Tür. Durch die Scheibe erkannte Meggie den jungen Pete, der aufgeregt gestikulierte und um

Einlass bat. Nachdem Meggie die Tür geöffnet hatte, lief er direkt auf Susan zu.

»Ich dachte mir, dass du noch hier bist«, sagte er.

»Gibt es Neuigkeiten von Esperanza?«, fragte Susan gespannt und fürchtete, der Junge würde sagen, der Zustand der Kollegin habe sich plötzlich verschlechtert. Zu ihrer Erleichterung schüttelte Pete den Kopf.

»Hab nichts aus dem Hospital gehört. Theo möchte dich sprechen, du sollst zu ihm ins Büro kommen.«

»Wie? Jetzt?« Susan sah auf die Uhr. »Es ist nach zwei …«

»Sofort«, unterbrach Pete bestimmt. »Theo meinte, wenn du bereits zu Hause im Bett wärst, dann soll ich dich, wenn nötig, im Nachthemd zu ihm bringen.«

»Oh, Pete, Pech für dich, dass Susan noch nicht im Bettchen liegt«, rief Joan und lachte. »Du hättest sie wohl gerne mal im Negligé gesehen, nicht wahr?«

Susans Kolleginnen lachten laut, und Joan machte eine anzügliche Geste, die dem armen Jungen die Röte ins Gesicht trieb.

»Hab meinen Auftrag ausgeführt«, murmelte er verlegen und machte, dass er fortkam.

Susans freudige Stimmung verflog. Wenn Theo sie erst jetzt zu nachtschlafender Stunde sprechen wollte, so konnte das nichts Gutes bedeuten. Theodor Murphy hatte ein aufbrausendes Temperament und sagte in der Regel gleich, wenn ihm etwas missfiel. Dass er nach ihrem Auftritt kein Wort an sie gerichtet hatte und auch nicht bei der Feier erschienen war, verhieß nichts Gutes. Wahrscheinlich hatte Theo sich die Worte, die er Susan sagen wollte, erst gut überlegen müssen. Vielleicht war sie sogar so schlecht gewesen, dass er ihr die Hauptrolle wieder absprach. Mit einem bangen Gefühl ging Susan über die Straße auf das inzwischen in völliger Dunkelheit liegende Theater zu. Lediglich über dem Bühneneingang brannte eine kleine Lampe und in den Gängen die Notbeleuchtung. Sie stieg in den zweiten Stock hinauf, verharrte vor Theos Bürotür und versuchte, sich innerlich gegen die zu erwartende Kritik zu wappnen. Da hörte sie eine zweite, ihr unbekannte Stimme im Raum. Theo war offenbar nicht allein. Susan klopfte und wurde sofort aufgefordert, einzutreten.

Außer Theo, der hinter seinem wuchtigen Schreibtisch saß, erhob sich ein untersetzter, älterer Mann aus dem Sessel und blickte sie erwartungsvoll an. Susan fiel sofort sein schütteres, gelbliches Haar und die Hornbrille mit den dicken Gläsern auf.

»Ah, das ist also Peggy Sue. Sehr schön.« Die Stimme des Fremden war dunkel und tief und von einem für Susans Ohren unbekannten Akzent geprägt. Sie suchte Theos Blick, konnte darin aber nichts Negatives oder gar Unwillen entdecken. Im Gegenteil, er nickte ihr wohlwollend zu.

»Peggy, gut, dass du so schnell gekommen bist, auch wenn es mitten in der Nacht ist, aber die Sache ist dringend. Wir Theaterleute machen ohnehin die Nacht zum Tag, nicht wahr?« Theo lachte ungezwungen, und Susan blickte verwirrt von ihm zu dem Fremden.

»Welche Sache?«, fragte sie.

»Darf ich dir Leonard Kingsley vorstellen?«

»Kingsley?« Susan durchfuhr ein eisiger Schreck. In den letzten Wochen hatte sie diesen Namen so häufig aus Esperanzas Mund gehört, dass sie sofort wusste, wer er war. Dennoch fragte sie: »Mr. Kingsley vom Pigeon Theatre in New York?«

»Ebendieser.« Kingsley erhob sich aus dem Sessel und kam einen Schritt auf Susan zu. Er war ein großer, breitschultriger Mann, der zur Fülligkeit neigte, und er musste die fünfzig bereits überschritten haben. Er deutete eine Verbeugung an. »Ich habe Sie heute Abend auf der Bühne gesehen, Miss Peggy. Eigentlich bin ich gekommen, um unseren neuen Star zu erleben und Miss Montoya nach New York zu begleiten. Ich muss schon sagen, es war ein furchtbarer Schreck, zu erfahren, dass sie so schwer erkrankt ist.«

»Oh!« Mehr fiel Susan dazu nicht ein, darum sagte sie rasch: »Es tut mir so leid, was mit Esperanza Montoya geschehen ist. Wir hoffen alle, dass sie bald wieder gesund ist und ihre Reise nach New York noch rechtzeitig antreten kann.«
Kingsley schüttelte bedauernd den Kopf und sagte: »Selbstverständlich hoffe auch ich auf eine baldige Genesung, aber mit dem Engagement am Broadway ist es vorbei. Unser Schiff geht in drei Tagen, und die Proben beginnen unmittelbar nach unserer Ankunft in New York. Die Premiere ist in vier Wochen, das halbe Haus ist bereits jetzt ausverkauft, und Mr. Taft höchstpersönlich wird zu dieser Vorstellung erwartet.«
»William Taft? Der Präsident?« Susan schnappte nach Luft. Esperanza hatte bisher nicht erwähnt, dass der Präsident der Vereinigten Staaten höchstpersönlich der Premiere beiwohnen wollte. Wahrscheinlich hatte sie es nicht gewusst, denn Susan konnte sich kaum vorstellen, sie hätte mit dem Wissen hinterm Berg gehalten, vor dem mächtigsten Mann der Welt aufzutreten.
Kingsley lächelte sichtlich entzückt über Susans Überraschung. Er forderte sie auf, sich einmal im Kreis zu drehen.
»Sie sind eine gute Schauspielerin, Miss Peggy, davon habe ich mich heute Abend persönlich überzeugen können, und Ihre Stimme ist klar und kräftig. Gut, Sie verfügen zwar nicht über die Eleganz und den Charme wie Esperanza Montoya, machen das jedoch mit einer natürlichen Anmut, die einen fast an Unschuld denken lässt, wieder wett. Ich bin sicher, das Publikum wird begeistert sein.«
»Ich verstehe nicht …« Unsicher sah Susan von Kingsley zu Theo. Letzterer lächelte etwas wehmütig.
»Tja, liebe Peggy, Mr. Kingsley möchte, dass du an Esperanzas Stelle das Angebot am Pigeon-Theatre annimmst, wenngleich ich dich nur ungern ziehen lasse und mir nun wieder eine neue Hauptdarstellerin suchen muss.«

»Das ist ein Scherz!« Fassungslos ließ sich Susan auf einen Stuhl fallen und sah Theo an. »Doch nicht ich.«
»Warum nicht, meine Liebe?« Kingsley trat vor sie und musterte sie von oben bis unten. Durch die dicken Brillengläser wirkten seine Pupillen unnatürlich groß. »Die Zeit ist zu knapp, um jetzt alle Londoner Theater auf der Suche nach einer anderen Schauspielerin abzuklappern, und Nathan hat sich in den Kopf gesetzt, dem Publikum eine englische Schauspielerin in der nächsten Saison zu präsentieren. Wie gesagt, es ist von dringender Notwendigkeit, das Schiff zu erreichen, denn sonst kommen wir in erhebliche Zeitnot. Theodor hat mir versichert, Sie sind eine fleißige junge Dame, die ihren Beruf sehr ernst nimmt, und von Ihrem Talent habe ich mich heute Abend selbst überzeugen können. Alles Weitere, zum Beispiel, wie man sich in der eleganten Gesellschaft richtig bewegt und so fort, werde ich Sie lehren. Während der Überfahrt haben wir dafür genügend Zeit. Nun, Miss Peggy, nehmen Sie mein Angebot an?«
Theo kramte in einem Stapel Papier und legte ihr ein Blatt vor.
»Ich habe den Vertrag bereits vorbereitet. Sollte es dir wider Erwarten in New York nicht gefallen, dann kannst du nach Ablauf der vereinbarten drei Monate selbstverständlich wieder an mein Theater zurückkommen.« Er zuckte bedauernd mit den Schultern. »Allerdings glaube ich nicht, dass dies der Fall sein wird. Peggy, der Broadway ist die Chance deines Lebens! Die Amerikaner werden dich lieben, wie es die Europäer tun, und dir steht die ganze Welt offen.«
»Was ist mit meiner Wohnung?« Sie runzelte die Stirn. »So schnell kann ich diese unmöglich auflösen, und dann gibt es noch so vieles, was zu erledigen ist …«
»Deine Wohnung kannst du untervermieten«, unterbrach Theo. »Ich weiß, dass deine Kollegin Kay auf der Suche nach einer neuen Bleibe ist, denn in ihrer bisherigen Unterkunft zieht es an allen Ecken und Enden, trotzdem erhöht ihr der Hausbesitzer

laufend die Miete. Du kannst vorerst mit kleinem Gepäck reisen, und wenn du dich entschließt, in New York zu bleiben, werden wir dir deine restlichen Sachen nachschicken.«

Susan schluckte mehrmals, die Gedanken in ihrem Kopf wirbelten wild durcheinander. Heute war Samstag. Ach nein, sie warf einen Blick auf die Uhr, es war bereits Sonntagmorgen. Das Schiff legte am Mittwochvormittag ab, und ihr blieb nur wenig Zeit, ihre Sachen zu packen. Andererseits – der Broadway war der Traum einer jeden Sängerin und Schauspielerin. Amerika – das Land der unbegrenzten Möglichkeiten, wo niemand sie kannte und wo sie ganz von vorn anfangen konnte …

Sie zögerte nicht länger und setzte ihre Unterschrift unter den Vertrag. Nun würde also sie an Esperanzas Stelle über den Atlantik in eine für sie völlig fremde Welt reisen und dort auftreten, wo bereits Sarah Bernhardt umjubelt und gefeiert worden war.

Susan wusste nicht, wodurch sie so viel Glück verdient hatte.

In der Nacht vor der Abreise schlief Susan keine Minute. Sie war viel zu aufgeregt, außerdem gab es noch tausend Dinge, die zu erledigen waren. Fünfmal packte sie ihren Koffer neu, bis sie sich entschieden hatte, was sie sofort nach New York mitnehmen wollte. Hetty und Doro gingen ihr dabei zur Hand. Die beiden Freundinnen konnten auch nicht schlafen, obwohl am nächsten Vormittag eine Probe angesetzt war.

»Weißt du, Peggy, auch wenn ich jetzt die Gloria spielen darf, könnte ich nur heulen, wenn ich daran denke, dass du bald so weit weg sein wirst.« Hetty sah Susan mit einem waidwunden Blick an. »Esperanza hätte ich mit Freude verabschiedet, bei dir jedoch …«

Susan schloss die Kollegin in die Arme, und Doro schluchzte verhalten.

»Mädels, jetzt reißt euch mal zusammen!« Susan tat betont forsch, sonst wären ihr auch noch die Tränen gekommen. »Ich fahre vorerst mal für drei Monate. Wer weiß, ob mich das Publikum überhaupt mag oder ob ich in diesem Land bleiben möchte. Außerdem hat dieser Schneyder, der Intendant des Theaters, auch noch ein Wort zu sagen, er hat ja schließlich nicht mich, sondern Esperanza während seines Aufenthaltes in London engagiert. Mr. Kingsley hat ihm lediglich telegrafiert, dass er nun mit einer anderen Schauspielerin nach New York kommt. Wer weiß, vielleicht ist Schneyder keinesfalls von meinem Talent überzeugt, oder meine Nase passt ihm ganz einfach nicht. Dann werde ich den Vertrag erfüllen und bin ruck, zuck, ehe ihr es euch verseht, wieder in London.«

Doro und Hetty waren nicht überzeugt. Hetty schneuzte in ihr Taschentuch, dann griff sie nach einem eleganten, taubenblauen Kleid mit einem mit zahlreichen kleinen Perlen bestickten Überrock aus zartem, durchscheinendem Stoff.

»Möchtest du dieses Kleid auch mitnehmen?«

Susan nickte, nahm Hetty das Kleid aus der Hand und legte es zusammen.

»Es ist das beste, das ich habe.«

»Was ist das eigentlich für ein Schiff, mit dem du nach Amerika fährst?«, fragte Doro. »Vielleicht musst du dich ja jeden Tag dreimal umziehen und beim Dinner in großer Abendgarderobe erscheinen?«

»Mr. Kingsley hat gemeint, ich solle alle meine eleganten Kleider einpacken«, erwiderte Susan und runzelte die Stirn. »Offenbar sind in Amerika Schauspieler anerkannte Mitglieder der besseren Gesellschaft und verkehren auch in dieser. Er meinte, es kämen zahlreiche Einladungen und Empfänge auf mich zu, für die ich gewappnet sein muss. Über das Schiff weiß ich nichts, denn Mr. Kingsley hat die Fahrkarten. Er wollte gleich am Montag in das Londoner Büro der Schifffahrtslinie gehen und diese auf meinen Namen umschreiben lassen. Ich habe lediglich irgendein Formular ausfüllen, unterschreiben und ihm meinen Pass geben müssen.«

»Nun, es wird wohl ein größeres Schiff sein«, bemerkte Hetty und betrachtete die Auswahl von Susans Hüten. »Ich denke, du brauchst mindestens vier, am besten fünf verschiedene Hüte. Hoffentlich weht der Seewind keinen ins Meer.«

Die drei Frauen lachten, und die Zeit verging wie im Flug. Keine von ihnen war müde, und je weiter die Zeit voranschritt, desto aufgeregter wurde Susan. Sie war zwar schon oft aufs Festland gereist, doch eine so weite Reise hatte sie vorher noch nie unternommen. Die Ankunft in New York war für kommenden Dienstagabend vorgesehen. Das bedeutete sechs Tage auf See.

Pünktlich um vier Uhr am Morgen hielt das von Leonard Kingsley gemietete Automobil vor Susans Haus. Der Zug, der sie zur Küste bringen sollte, ging eine Stunde später. Nachdem ihr Gepäck verladen war, stand Susan leicht verlegen vor ihren Freundinnen.

»Sollen wir nicht doch zum Bahnhof mitkommen?«, fragte Doro, aber Susan schüttelte den Kopf und versuchte, unbekümmert zu lächeln.

»Ich hasse Abschiedsszenen an Bahnhöfen. Lasst uns hier auf Wiedersehen sagen.«

»Ja, auf Wiedersehen und nicht adieu«, rief Hetty und umarmte Susan.

»Meine Damen, ich möchte nicht drängen, aber der Zug wartet nicht.« Leonard Kingsley mahnte zum Aufbruch.

Eine letzte Umarmung, dann stieg Susan in das Automobil. Etwas völlig Neues lag vor ihr, und sie war gespannt, was sie auf der anderen Seite des Atlantiks erwarten würde.

Der Trubel am Hafen von Southampton war unbeschreiblich. Susan, an die hektische Betriebsamkeit großer Städte wie London, Brüssel oder Paris gewöhnt, fühlte sich hier wie in einem Hexenkessel, der brodelnd aufkochte, je näher sie dem Kai kamen, von dem aus das Schiff ablegen würde. Am Bahnhof hatte

Kingsley eine Droschke gemietet – ein Automobil hatte nicht zur Verfügung gestanden –, die sie und das Gepäck zum Schiff brachte. Nun jedoch steckte die Kutsche in der Menschenmenge fest, und es ging keinen Meter mehr voran. Susan war es, als hätte sich halb England im Hafen von Southampton versammelt. Kurzentschlossen stieg Kingsley aus und reichte Susan die Hand.

»Kommen Sie, Miss Peggy, wir sind schneller, wenn wir zu Fuß gehen.«

»Was ist mit dem Gepäck?«

»Ich werde dem Zahlmeister sagen, dass die Zufahrtswege hoffnungslos verstopft sind. Das Schiff wird warten müssen, bis alle Passagiere an Bord und alles Gepäck verladen worden ist.«

Kingsley bezahlte den Kutscher und gab ihm die Anweisung, sich irgendwie zur Gepäckverladestelle durchzuschlagen, dann umschloss seine Hand fest Susans Oberarm. Kingsley drängte sich rücksichtslos durch die Menschenmenge und schubste die Leute, die ihm im Weg standen, einfach zur Seite. Susan fing Gesprächsfetzen auf, dass aufgrund des vorausgegangenen Kohlestreiks mehr Schiffe als sonst im Hafen ankerten und die Hafenmeisterei mit der Abfertigung mehrere Tage im Rückstand lag.

»Hauptsache, unser Schiff legt pünktlich ab«, knurrte Kingsley. »Wir dürfen auf keinen Fall zu spät in New York ankommen, denn sonst wird die Rolle mit einer anderen Schauspielerin besetzt. Ich hoffe, der Kapitän lässt die Kessel mächtig heizen, damit es eine schnelle Überfahrt wird.«

Gespannte Erregung befiel Susan, als das Schiff, das sie nach Amerika bringen sollte, in Sicht kam. Sie hatte bereits einige Schiffe gesehen, hatte auf großen und auch komfortablen Fähren den Kanal nach Frankreich überquert, was sich jedoch hier ihren Augen darbot, ließ ihr den Atem stocken. Das war kein Schiff, sondern eine ganze Stadt! Wie ein Hochhaus, höher als

jedes Wohnhaus in London, erhob sich der schwarze Rumpf vor ihren Augen, und die Personen, die bereits an der Reling standen und herunterwinkten, wirkten nicht größer als Stubenfliegen.
»Du meine Güte, was ist denn das?« Fassungslos starrte Susan auf das Schiff.
Kingsley lachte so dicht an ihrem Ohr, dass sie seinen Atem im Gesicht spürte.
»Es handelt sich um ein Wunderwerk der Technik, wie die Menschheit es nie zuvor gesehen hat. Sie können der Gesellschaft des Pigeon-Theatre dankbar sein, dass sie uns das Privileg gestatten, die Überfahrt ausgerechnet auf diesem Schiff zu machen, denn die Passagen waren heißbegehrt und die guten Kabinen binnen kurzer Zeit ausverkauft. Es handelt sich nämlich um die Jungfernfahrt dieses beeindruckenden Schiffes, das an Größe und Luxuriösität mit keinem anderen auf der Welt zu vergleichen ist. Man nennt das Schiff auch die *Königin der Meere*.«
Susan war voller gespannter Erwartung, das Schiff von innen zu sehen und zu erkunden. Dafür würde sie Tage brauchen, wahrscheinlich würde sie sich andauernd verlaufen, und so würde die Überfahrt rasend schnell vergehen. Susan war so aufgeregt, dass es ihr nicht auffiel, dass Kingsley ihren Arm immer noch umklammert hielt, obwohl sich das Gedränge auflöste, als sie zur Gangway schritten, über die die Passagiere das Innere dieses schwimmenden Riesen betraten. Kingsley nahm die Passagierscheine aus seiner Tasche, als ein Steward sie um ihre Papiere bat. Während der Mann die Fahrkarten überprüfte und ihnen die Schlüssel für die Kabinen aushändigte, betrachtete Susan die dunkelblaue Uniform mit den goldenen Knöpfen, die dem jungen Mann hervorragend stand, und las auf seiner Mütze zum ersten Mal den Namen der Reederei, die dieses beeindruckende Schiff gebaut hatte. Kingsley und sie hatten nie über den Namen des Schiffes gesprochen – warum auch? In den letzten Tagen hatten sie andere Dinge zu besprechen und zu regeln gehabt.

Susan las auf der Mütze die mit goldenem Garn eingestickten Buchstaben: WHITE STAR LINE.
Nachdem sie das Innere des Schiffes betreten hatte, stach Susan sofort ein bekannter Geruch in die Nase. Es roch nach frischer Farbe und Holz, beinahe so wie im Theater, wenn neue Kulissen gebaut wurden. Die Eingangshalle war der eines Theaters nicht unähnlich, wenngleich hier alles erheblich größer und luxuriöser war. Um sie herum drängten sich gutgekleidete Frauen, Männer und Kinder, und zahlreiche Stewards standen bereit, um die Passagiere zu ihren Kabinen zu geleiten. Kingsley zeigte erneut die Fahrkarten vor, und ein Steward bat sie, ihm auf das B-Deck zu ihren Kabinen zu folgen. Während Susan dem Mann folgte, flüsterte sie Kingsley zu: »Wie ist eigentlich der Name dieses Schiffes?«
»Es wurde auf den Namen Titanic getauft.« Kingsley sah sie stolz an. »Einen besseren Namen hätte die Reederei für diesen Giganten der Meere nicht auswählen können, nicht wahr, Miss Peggy? Ich bin sicher, die Jungfernfahrt dieses Schiffes wird in die Geschichte eingehen.«

19. Kapitel

Obwohl Susan sich bemühte, ebenso gelassen wie die anderen Passagiere, die offenbar an größten Luxus gewöhnt waren, aufzutreten und sich nicht anmerken zu lassen, wie beeindruckt sie von der *Titanic* war, verschlug es ihr die Sprache, als sie durch das Schiff ging. Der Steward öffnete die Tür zu ihrer Kabine – B 62 auf dem B-Deck –, und als sie eintrat, zog sie vor Überraschung hörbar die Luft ein. Die Kabine bestand aus zwei Räumen: einem großen Wohnzimmer mit grün-gelb gemusterter Seidentapete und polierten Mahagonimöbeln und einem etwas kleineren Schlafzimmer, das von einem Himmelbett mit grünen Vorhängen beherrscht wurde. Hier waren die Wände bis zur Hälfte mit Holz getäfelt, darüber setzte sich das Muster der Tapete des Wohnzimmers fort. Neben elektrischem Licht gab es sogar ein kleines Bad mit einer Badewanne und fließendem Wasser.

»Haben Sie noch Wünsche, Mylady?« Der Steward verbeugte sich und sah Susan erwartungsvoll an.

Susan konnte nur stumm den Kopf schütteln. Auf einer Anrichte, über der in einem goldenen Rahmen ein großer Spiegel befestigt war, stand ein Korb mit frischem Obst, daneben eine Flasche Champagner und zwei Gläser.

»Sind Sie sicher, dass das hier meine Kabine ist?« Susan wartete mit der Frage, bis der Steward sich zurückgezogen hatte.

Leonard Kingsley lächelte wohlgefällig.

»Nathan Schneyder scheut keine Mühen und Kosten, um seinen Mitarbeitern und Schauspielern so viele Annehmlichkeiten wie möglich zu bieten. Er war der Meinung, wenn wir schon mit der RMS Titanic reisen, dann sollten wir das auch in der ersten Klasse tun.«

»Die Überfahrt war jedoch nicht für mich, sondern für Esperanza Montoya geplant«, gab Susan zu bedenken. »Was wird Mr. Schneyder sagen, wenn Sie nun anstatt mit dem erwarteten Star mit mir ankommen? Wird er nicht furchtbar wütend werden und einen Teil der Reisekosten zurückverlangen?«

»Zerbrechen Sie sich darüber nicht Ihren hübschen Kopf, Miss Peggy.« Er sah sie wohlwollend an. »Nathan Schneyder ist ein großzügiger Mensch mit einem beträchtlichen Vermögen. Wir sollten die Überfahrt und die Annehmlichkeiten, die uns die Titanic bietet, genießen. Wobei, Miss Peggy, wir nicht vergessen dürfen, dass wir auch ein wenig an Ihrem Auftreten arbeiten müssen.«

Bereits in den Tagen zuvor hatte Kingsley mit Susan besprochen, sie während der Überfahrt nach New York mit den in Amerika herrschenden Sitten und Gebräuchen bekannt zu machen. Sie würde dort mit Damen und Herren der ersten Gesellschaftsschicht zusammentreffen. Auch wenn diese Leute nicht von Adel waren, unterschieden sich Lebensart und Standesdünkel kaum von denen in England. In Amerika jedoch galt der Schauspielerberuf, auch bei Frauen, als angesehen, solange man nicht in einer schlechten Tingeltangel-Show auftrat. Ein Engagement am Broadway in New York war wie eine Eintrittskarte zu den ersten Familien der Stadt und zu allen Festen und Veranstaltungen der guten Gesellschaft. Susan wusste, die Fahrt auf diesem Schiff und der Umgang mit den anderen Passagieren der ersten Klasse würde ihre erste Bewährungsprobe sein. Sie war dankbar für die Gesangsstunden, in denen nicht nur ihre Stimme, sondern auch ihr Benehmen geschult worden war.

»Hier ist übrigens meine Kabine.« Kingsley riss sie aus ihren Gedanken. Er öffnete in Susans Wohnzimmer eine Verbindungstür, die sie zuvor nicht bemerkt hatte. »Wenn Sie also in der Nacht plötzlich Angst bekommen, brauchen Sie nur zu klopfen.«

Den letzten Satz hatte er zwar mit einem Lächeln und betont beiläufig gesagt, der Ausdruck in seinen Augen jedoch missfiel Susan und berührte sie unangenehm. Sie erinnerte sich, wie Kingsley bei ihren Vorbesprechungen immer so nahe neben ihr gesessen hatte, dass sich ihre Körper manchmal berührten, und wie er am Kai ihren Arm länger als nötig festgehalten hatte. Mit einem raschen Blick auf die Verbindungstür vergewisserte sie sich, dass in deren Schloss ein Schlüssel steckte, was sie zumindest beruhigte. Vielleicht entsprach Kingsleys Verhalten der Art und Weise, die Amerikaner an den Tag legen, und Susan fehlte nur die Erfahrung mit Menschen aus diesem Land. Vielleicht versuchte er aber auch, mit ihr zu flirten. Susan war zwar einem

Flirt grundsätzlich nicht abgeneigt, Leonard Kingsley war ihr jedoch … Ja, was war er? Unsympathisch war nicht das richtige Wort, zudem hatte sie dem Mann sehr viel zu verdanken. Ohne Kingsley würde sie sich jetzt nicht auf dem Weg nach Amerika befinden und einem Engagement an der berühmtesten Theatermeile der Welt entgegensehen. Auch nicht die Tatsache, dass Kingsley mindestens doppelt so alt wie sie war, ließ Susan einen Schritt zurückweichen. Er war einfach nicht ihr Typ, und sie hoffte, sein Verhalten bedeutete keinen Annäherungsversuch. Sollte dies der Fall sein, würde sich Susan seinen Avancen zu erwehren wissen. Darum ging sie auf seine Bemerkung nur mit der Andeutung eines Lächelns ein.

»Ich bin kein ängstlicher Mensch, Mr. Kingsley«, sagte sie leichthin. »In der Nacht schlafe ich wie ein Murmeltier. Ich glaube, selbst wenn das Schiff untergeht, würde ich es erst bemerken, wenn das Wasser die Matratze erreicht hat.«

Er kam näher und legte seine Hand auf ihren Unterarm.

»Darüber müssen Sie sich keine Sorgen machen, Miss Peggy. Die Titanic ist das sicherste Schiff, das jemals gebaut wurde. Sie ist unsinkbar und wird uns sicher über den Ozean bringen.«

Susan lächelte etwas gezwungen und sagte: »Ich würde dieses Wunderwerk gerne erkunden, wenn Sie nichts dagegen haben.«

Er nickte, reichte Susan seinen Arm, und ihr blieb nichts anderes übrig, als sich zusammen mit Leonard Kingsley auf Entdeckungstour zu begeben.

Als sie auf dem Oberdeck angekommen waren und Susan sich die anderen Passagiere betrachtete, war sie froh, Kingsleys Ratschlag, ihre besten und elegantesten Kleider einzupacken, gefolgt zu sein. Diese konnten sich mit den Roben und den Hüten der Damen, die auf dem Deck promenierten, zwar nicht messen, dennoch musste sie sich nicht vor den eleganten Damen verstecken. Der Gedanke, sie könnte Lavinia Callington begegnen, kam ihr plötzlich in den Sinn. Sie hätte in diese Gesellschaft gepasst, denn hier waren genau die Menschen versammelt, für die Lavinia die Lüge mit dem Kind aufgebaut hatte. Am Arm von Leonard Kingsley grüßte sie nach links und nach rechts, wurde zurückgegrüßt, wechselte ein paar Worte über das Wetter und gab ihrer Hoffnung Ausdruck, dieses würde während der Überfahrt ruhig und trocken bleiben. Als genau um zwölf Uhr mittags die Leinen gelöst und das Schiff aus dem Hafenbecken geschleppt wurde, stand Susan ebenso wie hundert andere Passagiere an der Reling. Die Menschen auf dem Kai sahen aus wie Ameisen, die meisten winkten und riefen den Reisenden etwas zu, was hier oben jedoch nicht verstanden werden konnte. Plötzlich liefen alle zum Bug. Kingsley zog Susan mit sich, so sah sie, wie sich die Titanic auf der Höhe des Dampfers *New York* befand, der an der Seite der *Oceanic* im Hafenbecken lag. Auf der Kaiseite der *New York* flogen plötzlich dicke Taue schlangenförmig durch die Luft, direkt in die Menschenmenge am Kai, die erschrocken zurückwich. Offenbar wurde niemand getroffen, doch dann, wie von unsichtbarer Hand gezogen, bewegte sich die *New York* auf den Bug der *Titanic* zu. Eine Kollision schien unausweichlich. Auf der *New York* wurden Befehle gerufen, die Seeleute liefen hektisch durcheinander und warfen Fender über die Seite, um einen möglichen Zusammenstoß zu dämpfen. Der Schlepper, der kurz zuvor vom Bug der *Titanic* losgemacht worden war, fuhr zur Kaiseite der *New York*, machte dort fest und versuchte mit aller zur Verfügung stehenden Kraft seiner Maschinen, das Schiff zurückzuziehen. Zuerst sah es nicht so aus, als hätten seine Bemühungen Erfolg, und nicht nur Susan befürchtete eine Kollision der beiden Hecks. Unwillkürlich klammerte sie sich fester an Kingsleys Arm, der sofort seine Hand auf die ihre legte.

»Nun haben Sie doch Angst, Miss Peggy. Wie gut, dass ich bei Ihnen bin, nicht wahr?«

Susan verzichtete auf eine Antwort und starrte auf das Geschehen im Hafenbecken. Die *Titanic* wurde plötzlich langsamer, der

Sog, der die beiden Schiffe zueinandergetrieben hatte, ließ nach, und das Heck der *New York* glitt nur einige Meter an dem der *Titanic* entlang. Die Gefahr für ihr eigenes Schiff war gebannt, dieser Zwischenfall hatte jedoch gezeigt, wie schwer ein so großes Schiff zu manövrieren war. Aufgrund der geringen Geschwindigkeit wäre bei einer Kollision zwar niemand zu Schaden gekommen, die *Titanic* jedoch so beschädigt worden, dass sich ihre Abfahrt um mehrere Tage verzögert hätte.

»Ich glaube, jetzt brauchen wir einen Drink«, sagte Kingsley. »Das Mittagessen wird gleich serviert. Bitte, begleiten Sie mich zu Tisch.«

Beim Essen drehte sich das Gespräch natürlich um den Zwischenfall beim Auslaufen. Außer den Passagieren, die sich zu dem Zeitpunkt auf dem Oberdeck befunden hatten, hatte niemand etwas von dem Zwischenfall bemerkt. Eine Dame am Nebentisch warf, nachdem ihr ein Herr davon berichtet hatte, theatralisch die Hände hoch und stöhnte: »Das ist ein böses Omen! Ein sehr böses Omen, es wird noch etwas viel Schrecklicheres geschehen.«

Kingsley warf Susan einen amüsierten Blick zu, und ein Herr, der mit ihnen am Tisch saß und sich ebenfalls auf dem Oberdeck befunden und sich als Mr. James Holt vorgestellt hatte, bemerkte: »Es war eindeutig der Fehler der *New York*. Auf dem Meer werden wir mehr oder weniger allein sein, da droht uns ganz bestimmt keine Kollision mit einem anderen Schiff. Selbst wenn …« Er sah Susan freundlich an. »Sie haben bestimmt gehört, dass die Titanic nicht sinken kann? Haben Sie die große Anzahl von Rettungsbooten gesehen? Also, meiner Meinung nach sind zwanzig Boote eine völlig unnötige Maßnahme … ein unsinkbares Schiff mit Rettungsbooten auszustatten. Den Platz hätte man lieber für Liegestühle nutzen sollen, das Deck bietet ohnehin nicht genügend Platz zum Flanieren.«

Da war Susan nun völlig anderer Meinung, behielt diese jedoch für sich. Bei ihren Überfahrten nach Frankreich hatte sie immer sofort nach dem Standort der Rettungsboote Ausschau gehalten, um, sollte es zu einer Notsituation kommen, auf dem kürzesten Weg zu diesen zu gelangen.

Nach dem Essen zog sich Leonard Kingsley in seine Kabine zurück, er wollte ein paar Briefe schreiben. Susan begab sich an Deck und setzte sich in einen Liegestuhl, auf dem Decken bereitlagen. Da es erst April war, war die Luft noch kühl, aber hier im Ärmelkanal war es recht windstill, und in der Sonne ließ es sich aushalten. Das Schiff passierte die Isle of Wight, in der Ferne erkannte sie einen Schlepper der White Star Line, der auf Innenreede lag und auf ein Schiff wartete, und in der Ferne lagen einige Kriegsschiffe, flankiert von schwarzen Zerstörern, die die Einfahrt von der See her bewachten. Als es dunkelte, erreichten sie Cherbourg in Frankreich, wo die *Titanic* weitere Passagiere an Bord nahm. Zuvor hatte sich Susan zum Abendessen umgekleidet, denn sie und Kingsley wollten in den Speisesaal gehen, sobald das Schiff angelegt hatte, zuerst jedoch betrachteten sie von der Reling aus das Treiben am Kai. In Cherbourg ging es ruhig und besonnen zu, es waren kaum andere Menschen zu sehen als die, die eine Passage auf der *Titanic* gebucht hatten. In Frankreich erregte die Jungfernfahrt dieses Schiffes weit weniger Aufmerksamkeit als in Southampton.
»Oh, nein, auch das noch!« Neben ihr stöhne Kingsley und deutete auf eine Frau, die mit einem großen, federgeschmückten Hut, der beinahe ihr ganzes Gesicht verdeckte, an Bord ging.
»Kennen Sie die Dame?«, fragte Susan höflich.
»Nicht persönlich«, antwortete Kingsley. »Ihr Name und ihr Ruf sind jedoch im ganzen Osten Amerikas bekannt. Es handelt sich um Margaret Tobin Brown, eine sehr eigenwillige Persönlichkeit, die sich für das Wahlrecht der Frauen einsetzt.«
Susan zuckte unmerklich zusammen. Unwillkürlich dachte sie

an die kurze Begegnung mit Emmeline Pankhurst, der ebenfalls der Ruf vorauseilte, eine Frauenrechtlerin zu sein.

»Ist diese Mrs. Brown Engländerin?«

Kingsley schüttelte den Kopf.

»Sie stammt aus einer Stadt in Missouri, wuchs dort in ärmlichen Verhältnissen auf und verdiente bereits in jungen Jahren eigenes Geld, indem sie in einer Tabakfabrik arbeitete. Sie heiratete gut, ihr Mann war leitender Direktor irgendwelcher Minenanlagen. Sie engagiert sich in allen möglichen Gremien, hält ständig irgendwelche Vorträge und bildet sich ein, allein durch ihre Stimme die Rechte der Frauen stärken zu können. Dadurch hat sie eine gewisse Berühmtheit erlangt. Allerdings verließ Mrs. Brown ihren Ehemann vor drei Jahren, ohne sich jedoch scheiden zu lassen.«

»Sehr interessant«, murmelte Susan, obwohl sie die betreffende Person nicht kannte und an deren Geschichte auch nicht interessiert war.

»Ich gebe Ihnen einen guten Rat, Miss Peggy«, fuhr Kingsley fort. »Halten Sie sich von Margaret Brown fern.«

Susan verzichtete auf eine Antwort. Mit wem sie sprach und mit wem sie sich umgab, war immer noch allein ihre Entscheidung.

Während des Dinners machte Kingsley Susan auf einige interessante Passagiere aufmerksam. Er deutete auf einen hochgewachsenen, gutaussehenden Mann mittleren Alters mit dunklem Haar.

»Miss Peggy, diesem Mann haben wir das wundervolle Schiff zu verdanken: Thomas Andrews, der die Titanic konstruiert hat. Direkt neben ihm sitzt Bruce Ismay, der Direktor der White Star Line, der es sich natürlich nicht nehmen lässt, die Jungfernfahrt dieses Schiffes mitzumachen. Sogar von hier aus ist zu erkennen, wie er beinahe platzt vor Stolz.«

Susan nickte und blickte interessiert auf die beiden Männer. Thomas Andrews war ihr sofort sympathisch, während Ismay auf sie einen etwas verschlagenen Eindruck machte. Das konnte aber auch an seinem mächtigen Schnurrbart und den dunklen, beinahe schon stechenden Augen liegen.

Zu der Gesellschaft an diesem Tisch gesellte sich nun ein älterer Gentleman mit ergrautem Haar und einem freundlichen Gesichtsausdruck.

»Mister Benjamin Guggenheim«, flüsterte Kingsley Susan ins Ohr. »Einer der reichsten Männer in den Vereinigten Staaten. Sehen Sie die junge dunkelhaarige Frau hinter ihm? Das ist seine französische Geliebte, die vom Alter her seine Tochter sein könnte. Dabei ist Guggenheim seit vielen Jahren verheiratet.«

Susan interessierte solcher Klatsch nicht. Ihre Aufmerksamkeit richtete sich auf die soeben eintretende Margaret Brown, die mit ihrem perlenbestickten Abendkleid, einer rosafarbenen Federboa um die Schultern und einem ausladenden Hut mit Straußenfeder auf dem Kopf sofort alle Blicke auf sich zog, was wohl auch an ihrer männlichen Begleitung lag, wie Kingsley Susan sofort aufklärte.

»Mister John Jacob Astor der Vierte ist beinahe so vermögend wie Guggenheim. Mit diesem hat Astor gemein, dass auch er junge Frauen bevorzugt, allerdings hält er sich diese nicht als Geliebte, sondern er heiratet sie. Es war selbst für amerikanische Verhältnisse ein Skandal, als sich Astor von seiner Frau scheiden ließ und nur wenig später eine erst Achtzehnjährige heiratete. Ach, das ist sie ja – Mistress Madeleine Astor, die junge Frau in dem grünen Kleid. Man munkelt, sie sei schwanger.«

Susan murmelte ein höfliches »Wie interessant« und widmete sich dem Karamellpudding, der als Nachspeise gereicht wurde, dennoch schweifte ihr Blick immer wieder zu Margaret Brown hinüber. Die Dame war schon im fortgeschrittenen Alter, hatte aber ein so freundliches Gesicht, dass Susan hoffte, mit ihr ins Gespräch zu kommen. Kingsley hatte ihr noch verraten, dass Mrs. Brown auch gerne *Molly Brown* genannt wurde, was aufgrund ihrer korpulenten Figur nicht verwunderlich war.

Kingsley bemerkte ihr Desinteresse. Für einen Moment legte er seine Hand auf Susans und sagte eindringlich: »Miss Peggy, Sie *müssen* über solche Personen informiert sein. Männer wie Guggenheim und Astor sind sehr wichtig, und ich hoffe, auf dieser Reise mit ihnen ins Gespräch zu kommen. Ihr Wohlwollen kann den Theatern am Broadway und seinen Schauspielern sehr nützlich sein.«

Susan verstand. In dem Land der unbegrenzten Möglichkeiten lief es nicht anders als zu Hause in England. Beziehungen waren das A und O, wenn man Erfolg haben wollte. Sie hob den Kopf und sah Kingsley in die Augen.

»Das mag wohl sein, Mr. Kingsley, dennoch werde ich mich nicht an irgendwelchem Klatsch beteiligen. Das Privatleben dieser Männer geht mich nichts an, mögen sie auch noch so einflussreich sein.«

»Gut gesprochen!« Ein Herr an ihrem Tisch, dem Susan zuvor wenig Beachtung geschenkt hatte, klatschte kurz in die Hände. Er hatte wohl einen Teil ihres Gespräches mit Kingsley mitverfolgt, wenngleich sie leise gesprochen hatten. Nun neigte der Mann leicht seinen Kopf. »Mister Daniel Draycott.«

Kingsley stellte sich seinerseits vor und fragte: »Sie sind Amerikaner, Mr. Draycott? Auf der Heimreise, nehme ich an.«

Susan fand Kingsleys Neugierde schrecklich aufdringlich, Mr. Draycott blieb jedoch unverändert freundlich.

»Aus Boston«, antwortete er. »Geschäfte haben mich nach London geführt«, antwortete er, ohne jedoch zu erwähnen, welcher Art seine Geschäfte waren. Nun richtete sich sein Blick auf Susan. »Die junge Dame ist wohl Ihre Tochter, Mister Kingsley?«

Susan verkniff sich ein Schmunzeln, als eine leichte Röte über Kingsleys Wangen zog.

»Darf ich Ihnen Miss Peggy Sue aus London vorstellen, Mr. Draycott? Ich bin Assistent der Geschäftsleitung des Pigeon-Theatre in New York, Sie haben von unserem Haus sicher schon gehört, und Miss Peggy wird in der nächsten Saison an unserem Haus spielen.«

»Sehr erfreut, Miss Sue«, sagte Draycott höflich und ließ seinen Blick über Susan schweifen. »Sie sind also Sängerin?«

Susan nickte. »In erster Linie Schauspielerin, aber ich singe auch sehr gerne.«

»Dann können wir hoffentlich auf eine Kostprobe Ihres Könnens gespannt sein? Werden Sie auf dem Schiff auftreten?«

Susan durchfuhr ein Schreck. Schnell tauschte sie einen Blick mit Kingsley, denn ein Auftritt während der Überfahrt war nie erwähnt worden. Kingsley erkannte jedoch die Chance, Susan einem breiten und vor allen Dingen elitären Publikum vorzustellen.

»Das ist eine hervorragende Idee, Mr. Draycott. Ich werde mit dem verantwortlichen Kapellmeister sprechen, vielleicht kann man für morgen Abend etwas arrangieren?«

Am liebsten hätte Susan Kingsley unter dem Tisch einen Fußtritt verpasst, sie verhielt sich jedoch ruhig und beschloss, ihm später zu sagen, dass sie keinesfalls gewillt war, aus dem Stegreif hier ein Lied zum Besten zu geben. Susan war zwar nicht schüchtern – Schüchternheit stand einer Schauspielerin schlecht zu Gesicht –, und sie hätte sich durchaus einen Auftritt in der zweiten oder dritten Klasse vorstellen können, scheute jedoch vor der Gesellschaft, die hier im Speisesaal versammelt war, zurück. Ja, wenn sie so bekannt und auch so gut wie Sarah Bernhardt wäre, dann wäre es ihr eine Freude gewesen. So jedoch würden die eleganten Damen nur abfällig die Nase rümpfen, wenn bekannt würde, dass eine Schauspielerin ohne Rang und Namen sich unter ihnen befand.

»Es wäre mir eine Freude, Sie singen zu hören«, sagte Daniel Draycott und sah Susan lächelnd an.

Er hat schöne Augen, dachte Susan sofort. Dunkelbraun, mit einem grünen Kranz um die Pupille, und auch sonst war Daniel

Draycott ein attraktiver Mann. Vielleicht ein oder zwei Jahre älter als sie, mittelgroß und von gutem Körperbau, und in seinem dunkelbraunen Haar zeigte sich noch keine graue Strähne.
Er griff zu seinem Weinglas, trank es aus und erhob sich dann. Mit einer leichten Verneigung zu Susan sagte er: »Sie entschuldigen mich bitte? Ich möchte mich früh zu Bett begeben.«
Susan merkte, wie sie Draycott nachschaute, als er den Speisesaal durchquerte. Sein Gang war aufrecht und leicht federnd, und so manche Blicke anderer Damen folgten dem Gentleman aus Boston ebenfalls.

Nach dem Essen brachte Kingsley Susan zu ihrer Kabine. Er selbst wollte noch in den Rauchsalon gehen und hoffte, dort ein paar Herren zu finden, die er zu einer Pokerrunde überreden konnte. Susan war sehr müde, hatte sie in der Nacht zuvor ja kein Auge zugetan. Sie vergewisserte sich, dass die Verbindungstür zu Kingsleys Kabine abgeschlossen war. Nicht, dass sie befürchtete, Kingsley könnte mitten in der Nacht vor ihrem Bett stehen, aber sicher war sicher. Obwohl Susan müde und erschöpft war, konnte sie lange nicht einschlafen. Sie lag in ihrem Bett, ließ eine kleine Lampe brennen und blickte zum grünen Baldachin hinauf, der sich wie ein Himmel über ihr spannte. Nie zuvor hatte sie in einem Himmelbett geschlafen, und sie begann, sich an den ungewohnten Luxus zu gewöhnen. Wenn Schauspielerin am Broadway zu sein bedeutete, künftig immer so leben zu können, dann würde sie alles daransetzen, um nach den drei Monaten in New York bleiben zu können. Sie lauschte den leisen, nur bei Stille wahrnehmbaren Motorgeräuschen des Schiffes. Bei ihren Schiffsreisen über den Ärmelkanal hatte Susan stets das laute Dröhnen der Motoren gehört und ein stetiges Schwanken des Schiffes gespürt. Hier auf der Titanic war jedoch kaum etwas zu hören, und das Schiff schien völlig bewegungslos auf dem Wasser zu liegen. Sie legte eine Hand auf die polierte

Platte ihres Nachtschränkchens. Jetzt spürte sie etwas. Es war eine leichte, kaum wahrnehmbare Vibration, die anzeigte, dass sich die Titanic in voller Fahrt auf dem Meer bewegte.

Am nächsten Vormittag erreichten sie gegen elf Uhr Queenstown an der irischen Südküste. Die kleine Hafenstadt, die ursprünglich einmal Cobh hieß und nach einem Besuch von Königin Victoria im Jahre 1849 unbenannt wurde, war die letzte Station der Titanic auf ihrer Reise über den Ozean. Der Wind hatte aufgefrischt, und es war zu kalt, um an Deck zu sitzen. Dennoch ließ Susan es sich nicht nehmen, die Ankunft der neuen Passagiere vom Deck aus zu beobachten. Es handelte sich hauptsächlich um Iren, die in Amerika versuchen wollten, sich ein neues Leben aufzubauen, Passagiere der ersten Klasse stiegen keine zu, und nur sieben Personen der zweiten Klasse. Zusätzlich wurden 1385 Postsäcke und einige Tonnen mit Lebensmitteln verladen. Irgendjemand, der in Susans Nähe stand, sagte, die Titanic habe jetzt 2207 Menschen an Bord, ihre Kapazität sei jedoch nicht völlig ausgeschöpft. Für Susan war das eine unvorstellbare Anzahl von Menschen, die sich auf diesem schwimmenden Riesen tummelten. Von ihrem Platz aus blickte Susan auf das unter ihr liegende Deck, das zu dem Bereich der Zwischendeckpassagiere gehörte. Diesen, auch Dritte-Klasse-Passagiere genannt, war es untersagt, die Decks der ersten und der zweiten Klasse zu betreten. Susan fiel eine Frau ins Auge, die allein an der Reling stand und ihren Blick starr auf den immer kleiner werdenden Küstenstreifen Irlands richtete. Ihre Kleidung war ärmlich und für diese Jahreszeit viel zu dünn, so viel konnte Susan von hier oben erkennen. Durch ihr rötlich blondes Haar zogen sich graue Strähnen, und tiefe Falten hatten sich in dem Gesicht, das früher einmal sehr schön gewesen sein musste, eingegraben. Plötzlich drehte die Frau den Kopf, und ihre Blicke kreuzten sich. Die Frau war nicht mehr jung, sicher schon Mitte bis Ende vierzig, in ihren Augen lag so viel Schmerz und Hoffnungslosigkeit, als würde sie nicht in ein neues Leben, sondern zu ihrer eigenen Hinrichtung fahren.

»Sie sieht aus, als hätte sie großen Kummer.« Susan sprach ihre Gedanken laut aus.

»Wer?«

Sie hatte nicht bemerkt, wie Leonard Kingsley neben sie getreten war.

»Ach, ich habe zufällig jemanden beobachtet.« Susan deutete auf die Frau auf dem unteren Deck. »Sie wirkt auf mich so traurig, fast schon verzweifelt. Die anderen auf dem Deck sind alle vergnügt, denn für sie beginnt in Amerika ein neues Leben, doch die Frau scheint ihre Heimat nur ungern zu verlassen.«

Kingsley lachte. »Sie haben eine blühende Fantasie, Miss Peggy. Sie wissen doch gar nichts über die Frau. Es ist jedoch sehr wahrscheinlich, dass sie Irin ist und in den Staaten auf ein besseres Leben hofft.« Kingsley zog unwillig die Mundwinkel nach unten, als er fortfuhr: »Sehen Sie sich diese Auswanderer an! An Bord befinden sich nicht nur Iren, sondern auch Russen, Polen, Rumänen und Italiener. Amerika ist zwar ein sehr großes Land, dennoch werden es immer mehr, die aus Europa kommen und denken, bei uns fließe Milch und Honig. Besonders die Iren haben in den letzten Jahrzehnten zu Hunderttausenden ihr Land verlassen. Es heißt, allein in New York leben mehr Iren als in Irland selbst.«

»Sie halten nicht viel von den Iren?« Susan bemerkte den abfälligen Tonfall in Kingsleys Stimme, als er über die Iren sprach.

Er zuckte die Schultern. »Ich kenne kaum jemanden aus dem Land, weiß aber, dass die Iren ein sehr streitlustiges Volk sind. Die Männer lassen gerne die Fäuste fliegen, besonders, wenn sie zu viel getrunken haben. Und dies tun sie nur zu gern. Erst kürzlich kam es in Dublin wieder zu einem Aufstand, bei dem viele Menschen getötet wurden. Ich bin Amerikaner und durchaus dafür, dass Männer für ihre Freiheit einstehen. Anstatt jedoch mit friedlichen Mitteln die Missstände in ihrem Land zu beseitigen, kennen die Iren nur eines: Gewalt! Oder sie wandern aus und erwarten, dass wir sie in unserem Land mit offenen Armen empfangen.«

Susan war von Kingsleys Worten schmerzlich berührt. Sie wusste nicht viel über Irland und die dort herrschenden Probleme. In den Londoner Zeitungen wurden zwar hin und wieder Aufstände erwähnt, die britische Regierung habe diese jedoch im Griff. Zu ihrem Bekanntenkreis zählte niemand, der aus Irland stammte, und so hatte sie keinen Bezug zu dem Land und dessen Geschichte.

»Es sind viele Auswanderer auf diesem Schiff, nicht wahr?«, fragte sie, um das Thema zu wechseln. »Jemand sagte, die meisten hätten ihre letzten Pennys zusammengekratzt, um sich die Überfahrt leisten zu können.«

Kingsley nickte. »Es sind doppelt so viele Passagiere in der dritten Klasse als in der ersten und zweiten zusammen an Bord. Dabei sind diese Menschen bereits zu sechst oder zu acht in Kabinen gepfercht, die gerade so groß sind wie unsere Badezimmer hier auf dem Schiff.«

Susan hatte sich bisher keine Gedanken um die Menschen auf dem Zwischendeck gemacht, sondern war von ihrer eigenen Umgebung derart gefesselt, dass sie sich nicht vorstellen konnte, dass es auf diesem Schiff auch weniger komfortable Unterkünfte gab. Sie wusste, dass viele Menschen das alte Europa verließen, in der Hoffnung, im Land der unbegrenzten Möglichkeiten schnell reich zu werden, hielt das jedoch für einen Traum. Arbeiten musste man überall, auch in Amerika würde niemandem etwas in den Schoß fallen. Sie sah wieder zum Deck hinunter, doch die Frau war verschwunden.

Ein schriller Signalton rief zum Mittagessen, und Susan ließ sich von Kingsley in den Speisesaal begleiten. Nach dem Essen, das von zwangloser Plauderei mit den Mitreisenden begleitet war – zu Susans Bedauern war Daniel Draycott jedoch nicht anwesend –, erhielt Susan von Leonard Kingsley ihre erste Lektion. Er führte sie in einen hellen, luftigen Raum, der wie ein Wintergarten eingerichtet war und in dem die Damen und Herren zwanglos Tee tranken und den neuesten Klatsch austauschten. Sie setzten sich in eine ruhige Ecke, und Kingsley begann zu erläutern, wie sich Susan künftig zu verhalten habe.

»In erster Linie muss Ihr Ruf untadelig sein, Miss Peggy.«

Susan nickte. »Das ist selbstverständlich, Mr. Kingsley. Manche mögen zwar glauben, dass Schauspielerinnen mit Prostituierten gleichzusetzen sind, jedoch …«

»Pst!« Kingsley legte einen Finger auf die Lippen und sah Susan eindringlich an. »Dieses Wort oder ein ähnliches dürfen Sie niemals in den Mund nehmen. Von einer Dame erwartet man, dass diese nicht einmal weiß, dass es solche Frauen gibt.«

»Jeder weiß darüber Bescheid, doch niemand spricht darüber, nicht wahr? Nun, was ich sagen wollte, war, dass es zwar Frauen meines Berufsstandes gibt, die es mit der Moral nicht so genau nehmen, dass ich jedoch nicht dazu zähle.«

»Das ist mir bekannt, ansonsten würde ich es niemals wagen, Sie an den Broadway zu holen.«

Susan schluckte und hoffte, Kingsley würde die leichte Röte, die bei seinen Worten über ihre Wangen flog, nicht bemerken. Sie dachte an Ronald und Charles und an die ausschweifenden Feste, auf denen sie Alkohol in Mengen getrunken und Rauschgift zu sich genommen hatte. Was Kingsley wohl sagen würde, wenn er wüsste, dass sie auf dem Papier immer noch verheiratet war, von einem anderen Mann ein Kind zur Welt gebracht und dieses regelrecht verkauft hatte? Nun, dies alles lag hinter ihr, und niemand würde jemals die Wahrheit erfahren. Das Engagement in New York war für Susan das Sprungbrett in ein neues Leben, das sie nutzen wollte.

In der folgenden Stunde erklärte Kingsley ihr, wie sie mit amerikanischen Damen zu sprechen und wie sie sich gegenüber den Herren zu verhalten habe.
»Sie werden in einer Pension unweit des Theaters wohnen«, sagte Kingsley. »Mrs. Ross, die Wirtin, führt ein sehr gutes Haus, in dem alle unsere ledigen Akteurinnen untergebracht sind. Sie achtet sehr auf die Einhaltung guter Sitten. Herrenbesuche sind natürlich keine erlaubt, auch nicht in den Nachmittagsstunden.«
Susan hoffte, er würde ihr jetzt etwas über die Rolle, die sie spielen sollte, erzählen, und fragte: »Haben Sie das Textbuch dabei?«
»Textbuch?« Er runzelte die Stirn. »Von welchem Textbuch sprechen Sie?«
»Na, das von dem Stück, in dem ich auftreten soll. Ich könnte mich während der Überfahrt bereits auf die Rolle vorbereiten.«
Erneut tätschelte Kingsley ihre Hand, was Susan unangenehm berührte, denn er kam ihr oft viel zu nahe. Auf der einen Seite predigte er Moral und Sittsamkeit, andererseits ließ er sich keine Gelegenheit entgehen, sie zu berühren.
»Miss Peggy, machen Sie sich darüber keine Gedanken. Den Text werden Sie sehr schnell lernen. Viel wichtiger ist, dass Sie einen guten Eindruck auf Nathan Schneyder machen, wenn er uns in New York am Kai erwartet.«
In Susan stieg eine Ahnung hoch.
»Sie haben ihm doch telegrafiert, dass nicht Miss Montoya, sondern ich Sie nach New York begleite?«
»Ähm … nun also, zuerst wollte ich wirklich ein Telegramm schicken, dachte dann jedoch, es wäre besser, Nathan vor vollendete Tatsachen zu stellen.« Kingsley sah die Unmutsfalte über Susans Nasenwurzel und fuhr rasch fort: »Ich bin sicher, er wird Ihrem Charme ebenso schnell erliegen, wie ich es tat.«
Susan durchschaute Kingsleys Beweggründe. Sie sagte mit einem bitteren Unterton in der Stimme: »Sie haben genau gewusst, dass Mr. Schneyder niemals die Passage erster Klasse

bezahlen würde, hätte er gewusst, dass nicht der Star, den er persönlich eingekauft hat, sondern stattdessen nur die Zweitbesetzung auf dem Weg nach New York ist. Haben Sie mich in noch mehr Punkten getäuscht, Mr. Kingsley?«

Als er erneut nach ihrer Hand greifen wollte, zog Susan diese schnell zurück. Sie wollte aufstehen und gehen, Kingsley bat sie jedoch zu bleiben.

»Es tut mir leid, Miss Peggy, aber es ist nicht mehr zu ändern. Ich finde es wichtig, dass Sie bereits hier auf dem Schiff einen Eindruck von der Gesellschaft erhalten, in der Sie künftig verkehren werden, und ich bin sicher, Nathan wird meine eigenmächtige Entscheidung gutheißen. Ich werde ihm in den höchsten Tönen von Ihnen vorschwärmen.« Seine letzten Worte waren von einem vertraulichen Augenzwinkern begleitet.

Susan seufzte und lehnte sich in dem bequemen Korbsessel zurück. Zum ersten Mal fragte sie sich, ob sie das Angebot nicht zu überstürzt angenommen hatte. Bei dem Gedanken, dass sie das Engagement ganz allein Kingsleys Wohlwollen zu verdanken hatte, beschlich sie ein unangenehmes Gefühl. Jetzt war es jedoch zu spät. Sie war mitten auf dem Ozean, eine Rückkehr nach England war ohnehin nicht mehr möglich. Da war es gut, wenn sie vorher wusste, mit wem sie es bald zu tun haben würde. Somit hörte sie den weiteren Erläuterungen Kingsleys aufmerksam zu.

Susan fühlte sich in vielem an die englische Gesellschaft erinnert und erkannte, dass es auch in Amerika eine Schicht gab, in der der äußere Schein das Wichtigste war. Unwillkürlich fühlte sie sich von dieser Erkenntnis unangenehm berührt. Sie hatte gedacht, in New York würde es zwangloser und offener als in London zugehen. Kingsley machte ihr jedoch klar, dass sie, wenn sie am Broadway Erfolg haben wollte, auch außerhalb eine Rolle spielen musste, die Susans Charakter wenig gerecht wurde. Der einzige Unterschied zu England war jedoch, dass in Amerika nicht zählte, unter welchem Dach man geboren worden war, sondern dass ganz allein die Leistung, die man heute brachte, honoriert wurde.

»Ein Mädchen aus den ärmsten Verhältnissen kann durchaus in höchste Kreise aufsteigen, ohne dass jemand abfällig die Nase rümpft«, sagte Kingsley. »Solange sie sich untadelig verhält und sich den Konventionen der guten Gesellschaft fügt.«

Dies traf, was Susan anging, den Nagel auf den Kopf. In New York würde ihr niemand ihre Herkunft vorhalten, sollte jemand davon überhaupt erfahren. Susan war fest entschlossen, die Chance, die ihr dieses neue Leben bot, mit beiden Händen zu ergreifen und nicht wieder loszulassen.

Verwirrt von Kingsleys Erklärungen und ihren eigenen Gedanken, begab sich Susan auf das Promenadendeck. Der Ozean erstreckte sich blau und ruhig wie ein glatter Spiegel, so weit das Auge reichte, die Sonne schien von einem wolkenlosen Himmel, lediglich der kühle Fahrtwind ließ Susan frösteln, und sie war froh, sich ein wärmendes Schultertuch über ihren Mantel gelegt zu haben. Um diese Zeit hatten sich viele Passagiere in ihre Kabinen zurückgezogen, um für das Dinner ausgeruht zu sein. Ein paar Kinder spielten auf der Steuerbordseite mit Springseilen und Holzkreiseln, in einer Sitzgruppe debattierten drei Herren über Politik, aber nur wenige Damen promenierten über das Deck. Susan ging zum Heck, von wo aus man einen Blick auf das darunterliegende Deck hatte, auf dem die Zwischendeckpassagiere Luft schnappen durften. Da sah sie wieder die Frau, die ihr am Mittag aufgefallen war. Sie stand jedoch nicht auf dem ihrer Klasse zugehörigen Deck, sondern an der Reling auf dem Promenadendeck. Offenbar war sie über die Absperrung, die die Klassen voneinander trennte, geklettert. Ihr Gesicht war unbewegt, sie hatte die Hände in den Taschen ihres viel zu dünnen Mantels vergraben, und der Fahrtwind zerrte an ihren rotblonden Haaren, auf denen sie weder Hut noch Mütze trug. Mit ausdrucksloser Miene starrte sie über das Deck, und erneut erkannte Susan in ihren Augen einen Ausdruck abgrundtiefer Verzweiflung und völliger Hoffnungslosigkeit. Einem inneren Impuls folgend, ging Susan auf sie zu und wollte sie ansprechen, als sich von links ein Steward näherte. Er sah die Frau und runzelte die Stirn. Mit einem Schritt war er neben ihr und griff nach ihrem Arm.

»Sie haben hier nichts zu suchen.« Seine Stimme war nicht unfreundlich, aber bestimmt. »Bitte begeben Sie sich sofort wieder auf Ihr Deck.«

»Ich möchte doch nur schauen …«

»Gehen Sie!« Der Steward zog sie in Richtung der Absperrung. »Sie haben auf dem Promenadendeck nichts zu suchen.«

»Das geht in Ordnung, Mister. Ich habe die Dame eingeladen, mit mir auf diesem Deck zu promenieren.« Spontan waren Susan diese Worte entschlüpft, und der Steward sah sie erstaunt an. An ihrer Kleidung erkannte er sofort, dass sie eine Passagierin der ersten Klasse war.

»Wenn das so ist …« Sein Blick ging zwischen Susan und der Fremden hin und her. »Ich habe meine Anweisung, keine Passagiere der dritten Klasse auf dieses Deck zu lassen. Die anderen Passagiere könnten sich beschweren.«

Mit der Hand deutete Susan über das Deck.

»Ich glaube nicht, dass es jemanden stört, Mister. Es sind ja kaum Reisende hier. Vielleicht wären Sie so freundlich, uns Tee zu bringen?« Sie sah den Steward mit einem entwaffnenden Lächeln an und wies auf zwei Liegestühle, die durch ein Vordach vor dem Wind geschützt an der Bordwand standen. »Wir möchten uns setzen, und ein heißer Tee wäre bei dem kühlen Wind eine wahre Wohltat.«

Der Steward zögerte kurz, aber die Zehnpfundnote, die Susan aus ihrer Geldbörse holte und ihm in die Hand drückte, überzeugte ihn davon, sich keine weiteren Gedanken zu machen. Er fuhr seit vielen Jahren zur See und erlebte immer wieder, dass Passagiere, besonders die vermögenden, seltsame Spleens hatten. Wenn es auch gegen die Vorschriften war, dass sich eine Reisende der dritten Klasse auf dem Promenadendeck aufhielt – sofern diese von einer Dame eingeladen worden war, würde es wohl in Ordnung gehen. Er tippte an seine Mütze, versprach, so schnell wie möglich Tee zu bringen, und verschwand.

Nun griff Susan nach dem Arm der Frau und zog sie zu den Liegestühlen.

»Wir sollten uns setzen«, sagte sie freundlich, aber die Frau blieb stehen.

»Warum haben Sie das getan?«

Susan zuckte mit den Schultern. »Um Ihnen Ärger zu ersparen. Vielleicht auch, weil Sie mich interessieren. Ich habe Sie bereits heute Mittag gesehen, als Sie an Bord gingen.«

Langsam sank die Frau in den Liegestuhl. In diesem Moment fegte eine Windbö übers Deck, und Susan bemerkte, wie sie erschauerte. Spontan nahm sie ihr Tuch ab und legte es um die Schultern der Frau, die sofort heftig protestierte.

»Keine Widerrede«, sagte Susan bestimmt. »Ihnen ist kalt, und ich habe noch einen warmen Mantel an.«

»Warum tun Sie das?«, wiederholte die Frau. »Sie gehören zu einer Gesellschaftsklasse, die sich normalerweise nicht um Menschen wie mich kümmert.«

Susan hatte die Frau für eine Irin gehalten, jetzt fiel ihr jedoch auf, dass sie ein völlig akzentfreies Englisch sprach. Auch drückte sie sich gewählt und keinesfalls gewöhnlich aus. Offenbar hatte die Frau früher bessere Tage gesehen. Susans Interesse, das beim ersten Blick auf die Frau geweckt worden war, wurde stärker.

»Warum sind Sie auf das Promenadendeck gekommen?«, antwortete sie mit einer Gegenfrage. »Es muss Ihnen doch bekannt sein, dass auf diesem Schiff die Klassen streng getrennt sind.«

Zum ersten Mal zeigte sich eine Reaktion auf dem Gesicht der Frau. Ihre Augen flackerten, und Susan meinte, für einen Moment einen zornigen Ausdruck in ihnen erkennen zu können.
»Ich wollte die Menschen sehen, die andere zu ihrem eigenen Vorteil rücksichtslos ausbeuten und ein ganzes Volk mit samt seiner Geschichte, seiner Religion und seiner Kultur unterdrücken.«
Susan betrachtete die Frau interessiert. Ihr erster Eindruck hatte sie nicht getrogen. Die Frau war deutlich älter als sie selbst, und die Jahre waren nicht spurlos an ihr vorbeigegangen. Dennoch war zu erkennen, dass sie früher eine Schönheit gewesen sein musste. Die Proportionen ihres Gesichtes waren perfekt ausgewogen, die vollen, roten Lippen in einer sanften Linie geschwungen, und ihre grünen Augen waren von einem Kranz dichter, dunkler Wimpern umgeben.
»Vielleicht fangen wir damit an, uns vorzustellen?«, sagte Susan und reichte ihr die Hand. »Ich heiße Peggy Sue, bin Schauspielerin und gehöre keinesfalls zu den Reichen, wie Sie es nannten. Diese luxuriöse Überfahrt habe ich nur einem spendablen New Yorker Intendanten zu verdanken, an dessen Theater ich ein Engagement bekommen werde. Und wer sind Sie?«
Sie zögerte zuerst, schließlich ergriff sie Susans Hand.
»Mein Name ist Rose Cassidy. Ich komme aus Dalkey. Das ist eine kleine Stadt in Irland einige Meilen südlich von Dublin«, fügte sie hinzu, als sie merkte, dass Susan mit dem Namen des Ortes nichts anfangen konnte.
»Wandern Sie nach Amerika aus?« Susan verbarg ihre Neugier nicht.
»Es bleibt mir nichts anderes übrig, wenn ich überleben will.« Die Antwort war von einem bitteren Unterton begleitet, und Rose Cassidy presste die Lippen aufeinander.
Der Steward, der den Tee brachte, enthob Susan für den Moment einer Antwort. Die beiden Frauen tranken einen Schluck, dann

fragte Susan: »Reisen Sie allein, oder werden Sie von Ihrer Familie begleitet?«

Rose' Kopf ruckte hoch, und erneut glomm ein zorniges Funkeln in ihren Augen.

»Ich habe keine Familie mehr. Ich stehe ganz allein auf dieser Welt. Ganz allein …«

Mitleid durchflutete Susan. Spontan drückte sie Rose' Hand.

»Das tut mir leid«, sagte sie aufrichtig. »Ich weiß, wie Sie sich fühlen, denn auch ich habe keine Verwandten mehr.«

Rose' Blick glitt abschätzend über Susans feinen Mantel.

»Sie haben jedoch einen Beruf, der Ihnen offenbar viel Geld einbringt. Alleinstehend und reich zu sein, das ist allemal besser, als einsam und arm zu sein.«

»Was haben Sie in Amerika vor?«, fragte Susan rasch, denn eine Diskussion über ihre Vermögensverhältnisse war hier fehl am Platz.

Rose zuckte die Schultern. »Irgendetwas wird sich schon ergeben. Ich kann arbeiten, hart arbeiten, und ich fürchte mich vor nichts und niemandem. Nicht mehr, seit …«

Sie brach ab und senkte den Kopf, aber Susan ließ nicht locker.

»Seit was?«

Rose Cassidy sah ihr in die Augen, seufzte und sagte dann: »Warum soll ich es Ihnen nicht erzählen? Wenn wir unseren Tee ausgetrunken haben, gehe ich wieder dorthin, wohin ich gehöre, und Sie kehren zurück in Ihre feine und warme Kabine. Unsere Wege werden sich nie mehr kreuzen.« Susan unterbrach sie nicht und hörte gespannt zu. »Einst hatte ich eine Familie. Einen Mann, den ich über alles liebte und er mich ebenfalls, und zwei wunderbare, kräftige und gesunde Söhne. Wir hatten zwar nicht viel Geld – mein Mann und die Jungs, die eigentlich schon junge Männer waren, züchteten Pferde, keine Rassetiere, sondern kräftige, robuste Ackergäule –, aber irgendwie reichte es immer zum Leben. Und wir hatten uns, das war das Wichtigste. Vor sechs Wochen jedoch wurde mir alles genommen.«

»Was ist geschehen?« Susan wagte nur, zu flüstern. »Hatten sie einen Unfall?«
Rose schüttelte den Kopf und lachte bitter.
»Haben Sie jemals von der Partei Sinn-Féin gehört?«
»Es tut mir leid, nein.« Susan hob entschuldigend die Hände. »Ich habe mich bisher nicht für die Politik in Irland interessiert.«
»Das dachte ich mir.« Zornig runzelte Rose die Stirn. »Ihr Engländer sitzt da in eurem feinen Land, lasst es euch gutgehen, während wenige Meilen entfernt, nur getrennt durch den schmalen Streifen der Irischen See, ein Land ausblutet und die Menschen, die sich dort gegen das System auflehnen, kaltblütig umgebracht werden. Mein Mann setzte sich für ein freies Irland ein. Ein Irland, das wieder den Iren gehört und in dem die Iren ihre Religion, ihre Sitten und Gebräuche und ihre Sprache ausüben können.«
Susan erinnerte sich an Kingsleys Worte und auch an einige Artikel in den Zeitungen, denen sie jedoch keine Aufmerksamkeit geschenkt hatte.
»Es gab da einen Aufstand«, sagte sie langsam. »Vor einigen Wochen ...«
Rose Cassidy nickte grimmig. »Meine Söhne waren nicht davon abzuhalten, ihren Vater zu begleiten. Es war ein kurzer und unfairer Kampf, an dessen Ende zweiundfünfzig Iren ihr Leben ließen, während nur ein Engländer eine leichte Schussverletzung erlitt.«
»Oh.« Susan wusste nicht, was sie sagen sollte. Rose Cassidy tat ihr unendlich leid, aber jedes Wort des Trostes hätte nur lapidar und hohl geklungen.
»Man nahm uns unser Haus, das zwar nicht groß und elegant, aber doch unser *Zuhause* war. Drei Tage lang verhörte man mich, um von mir Namen von weiteren Verrätern, wie die Engländer die Freunde meines Mannes nannten, zu erfahren. Ich kann von Glück sagen, dass sie mich nicht gefoltert haben und schließlich gehen ließen. Ich hatte jedoch nichts mehr, außer den

Kleidern, die ich auf dem Leib trage. Daraufhin entschloss ich mich, Irland zu verlassen, denn ich konnte nicht länger in dem Land, das mir alles genommen hat, was von Bedeutung war, bleiben.«

»Wenn ich Ihnen irgendwie helfen kann …« Im selben Moment, als sie die Worte aussprach, wusste Susan jedoch, dass Rose Cassidy viel zu stolz war, um von ihr auch nur einen Penny anzunehmen. Obwohl offenbar Irin aus der unteren Gesellschaftsschicht, drückte sie sich gewählt und fehlerfrei aus, und ihr Stolz sprach aus jedem ihrer Worte.

Rose ging auf das Angebot nicht ein. Sie erhob sich, nahm das Tuch von den Schultern und reichte es Susan.

»Es wird Zeit, wieder zu meinesgleichen zu gehen.«

»Bitte, behalten Sie das Tuch.«

»Ich brauche keine Almosen …«

»Es ist kein Almosen, sondern ein Geschenk«, unterbrach Susan. »Ein Geschenk, das von Herzen kommt. Ich kann nicht ungeschehen machen, was passiert ist, Sie jedoch brauchen etwas Warmes. Bitte, nehmen Sie es an.«

Man sah Rose an, wie die unterschiedlichsten Gefühle in ihr kämpften. Schließlich legte sie sich das Schultertuch wieder um. »Danke«, sagte sie leise. »Auch danke für den Tee. Ich glaube, jetzt sollten Sie gehen und sich zum Dinner umkleiden. Nicht, dass der Kaviar auf Ihrem Teller ranzig, der Hummer kalt wird und der Champagner in den Gläsern ausperlt.«

Rose Cassidy wandte sich zum Gehen, doch Susan rief sie zurück.

»Ich möchte Ihnen wirklich helfen, wenn ich kann. Wenn Sie jemanden zum Reden brauchen – ich habe jederzeit ein offenes Ohr für Sie.«

Rose stieß ein verächtliches Schnauben aus.

»Ich würde Sie nur langweilen. Bleiben Sie bei Ihren Leuten, so wie ich bei den meinen bleibe.«

20. Kapitel

Sofort nachdem sie Leonard Kingsley von dem Gespräch mit Rose Cassidy erzählt hatte, wusste Susan, dass es ein Fehler gewesen war. Kingsley zog verächtlich die Brauen hoch und sagte abfällig: »Diese Iren meinen, als einziges Volk der Welt ungerecht behandelt zu werden. Irland befindet sich seit langer Zeit unter britischer Herrschaft, und das ist auch gut so. Die Menschen dort sind doch gar nicht in der Lage, selbständig zu denken und zu leben. Sie, Miss Peggy, sollten sich jedoch über solche Dinge nicht Ihren kleinen, hübschen Kopf zerbrechen.«

»Das Schicksal der Frau hat mich berührt«, entgegnete Susan. »Schließlich wurden ihr Mann und beide Söhne am selben Tag getötet, und sie wurde verhaftet. Sagen Sie, Mr. Kingsley, werden in Irland tatsächlich noch Menschen gefoltert?«

Er verzog unwillig das Gesicht.

»Das weiß ich nicht, ich bin schließlich Amerikaner und habe mit den Problemen Irlands nichts zu tun. Jetzt wechseln wir das Thema, denn ich möchte mir nicht den Appetit verderben lassen.«

Susan war über so viel Hartherzigkeit entsetzt, spürte jedoch, dass Kingsley weder über Rose Cassidy noch über Irland sprechen wollte. Der Kellner servierte den zweiten Gang – pochierter Lachs in Weißwein-Kapern-Soße mit zarten Buttererbsen –, und Kingsley wandte sich dem Herrn zu, der bei Tisch auf seiner anderen Seite saß. An ihrem Tisch hatte auch wieder Daniel Draycott Platz genommen, der ihrem Gespräch erneut aufmerksam gelauscht hatte.

»Ich finde es bemerkenswert, dass Ihnen das Schicksal anderer Menschen nicht gleichgültig ist«, raunte er Susan zu.

Susan senkte den Blick und verzichtete auf eine Erwiderung.

Kingsley hatte tatsächlich mit dem Kapellmeister der Bordkapelle, die die Gäste nach dem Abendessen im Salon unterhielt, gesprochen, und Susan blieb nichts anderes übrig, als eine Kostprobe ihres Könnens zu geben. Susan entschloss sich, drei Lieder aus *Die Elenden* von Victor Hugo vorzutragen, das in London großen Erfolg gehabt hatte. Susan gab ihr Bestes, aber während sie sang, wurden die Gespräche fortgesetzt, in einer Gruppe machte jemand einen Scherz, über den laut gelacht wurde, und keiner schenkte ihr besondere Aufmerksamkeit. Nachdem Susan ihr zweites Lied beendet hatte und nur spärlicher Applaus erklungen war, raunte der Kapellmeister ihr zu: »Machen Sie sich nichts daraus. Wir spielen uns jeden Abend die Seele aus dem Leib, aber niemand hört zu. Die Damen und Herren erwarten, unterhalten zu werden, ohne dabei an die Künstler zu denken.«

Susan schenkte ihm ein dankbares Lächeln und begann ihr drittes und letztes Lied. Aus dem Augenwinkel sah sie Daniel Draycott den Salon betreten. Er lehnte sich an eine Säule und hörte ihr aufmerksam zu, dabei ließ er sie nicht aus den Augen. Wenigstens einer, dachte sie ironisch, und erwiderte seinen Blick, während sie ihr Lied beendete. Draycott sparte nicht mit Beifall und trat an ihre Seite.

»Sie haben eine schöne Stimme, Miss Sue. Ich bin sicher, New York wird Ihnen zu Füßen liegen.«

»Ja, ebenso wie die Damen und Herren hier«, entgegnete Susan spöttisch. »Sie werden sich zu Begeisterungsstürmen hinreißen lassen.«

Daniel Draycott lachte und reichte ihr seinen Arm.

»Ich glaube, Ihr künftiges Publikum wird Ihre Leistung weitaus mehr zu würdigen wissen. Erweisen Sie mir die Ehre, mit mir einen Drink an der Bar zu nehmen?«

Susan sah sich nach Leonard Kingsley um, konnte diesen aber nirgends entdecken, also hängte sie sich bei Draycott ein.

»Sehr gerne. Ich kann jetzt einen Drink gebrauchen. Hier werde ich auf jeden Fall nicht mehr auftreten.«

Daniel lachte und führte sie in die Bar. Auf sein Anraten hin wählte Susan einen Manhattan, einen Cocktail aus Whisky, süßem Vermouth und einem Bitterlikör, garniert mit einer gezuckerten Kirsche.

»Wo sind Sie bisher aufgetreten, Miss Sue?«, fragte Daniel, nachdem er ihr zugeprostet hatte.

»Bitte, nennen Sie mich Peggy«, antwortete Susan. »Mein Name lautet nämlich Peggy Sue. Wenn Sie mich mit Miss Sue anreden, klingt das so komisch.«

»Peggy Sue und weiter?«

»Nichts weiter.« Susan zuckte mit den Schultern. »Peggy Sue ist mein Künstlername, dafür braucht man keinen Nachnamen.«

Daniel Draycott beugte sich vor und sah Susan tief in die Augen. »Ich würde ihn trotzdem gerne erfahren.«

Sie lachte. Der freundliche Amerikaner begann eindeutig mit ihr zu flirten. Warum nicht? Er war charmant und sah gut aus. Allerdings würde Kingsley einen Flirt nicht gutheißen, und er würde noch seltener von ihrer Seite weichen. Susan war erstaunt, dass Kingsley ihren Auftritt nicht verfolgt hatte und sie jetzt nicht mit Beschlag belegte.

»Wenn Sie möchten, schicke ich Ihnen eine Freikarte für das Pigeon-Theatre, wenn ich meinen ersten Auftritt habe.« Susan wusste zwar nicht, ob ihr überhaupt erlaubt werden würde, Freikarten zu verteilen, sie glaubte aber auch nicht daran, Draycott nach dieser Reise jemals wiederzusehen. Er schüttelte sofort bedauernd den Kopf.

»So verlockend das Angebot auch ist, Miss Peggy, aber leider werden meine Geschäfte in Boston mir nicht erlauben, in naher Zukunft nach New York zu reisen. Ich verbrachte die letzten drei Monate in London. In dieser Zeit ist sicher vieles liegengeblieben, was es nun aufzuarbeiten gilt.«

»Was machen Sie denn beruflich?« Susan fragte mehr aus Höflichkeit denn aus Interesse.
»Ich bin Anwalt.« Sie zuckte zusammen, hatte sich zwar sofort wieder im Griff, dennoch hatte es Draycott bemerkt. »Sie sind doch nicht auf der Flucht vor dem Gesetz, dass Sie die Nachricht, ich vertrete dasselbe, erschreckt?« Sein Tonfall war scherzend, und Susan versuchte, darauf einzugehen.
»Oh, sicher doch, Mr. Draycott. Bevor ich dieses Schiff bestieg, habe ich die Bank von England ausgeraubt. Das Geld habe ich in meiner Kabine unter der Matratze versteckt.«
Er lachte und zwinkerte ihr zu.
»Dann bleibt mir nichts anderes übrig, als Sie sofort dem Zahlmeister zu übergeben, der Sie in Gewahrsam nehmen wird, bis wir unser Ziel erreicht haben.«
Sie stimmte in sein Lachen ein und bestellte sich einen zweiten Manhattan.
»Im Ernst, Mr. Draycott, in der Vergangenheit habe ich schlechte Erfahrungen mit Anwälten gemacht. Vor einigen Jahren haben mir die Vertreter Ihres Berufsstandes in einer wichtigen Sache nicht helfen können.« Susan wusste nicht, warum sie Draycott gegenüber so offen war. Wahrscheinlich lag es an dem Alkohol und der gelösten Stimmung, in der sie sich befand.
»Daniel«, sagte er, berührte für einen flüchtigen Moment ihre Hand und sah ihr tief in die Augen. »Bitte, sagen Sie Daniel zu mir. Möchten Sie mir Ihre Geschichte erzählen? Vielleicht kann ich Ihnen helfen?«
Susan rann ein Schauer durch den Körper. Schnell schüttelte sie den Kopf und nippte an ihrem Glas. Auch wenn sie Daniel Draycott nach dieser Reise niemals wiedersehen würde – auf keinen Fall durfte er von ihrer großen Schuld erfahren, ihren Sohn im Stich gelassen zu haben.
»Es ist spät«, sagte sie ausweichend. »Ich werde mich jetzt zurückziehen.«

Hilfsbereit half Daniel ihr in den Mantel und geleitete sie zu ihrer Kabine. Vor der Tür zögerte er. Für einen Moment dachte Susan, er würde versuchen, sie zu küssen, oder sie sogar bitten, mit in ihre Kabine kommen zu dürfen. Dann jedoch verbeugte Daniel sich, deutete einen Handkuss an und meinte: »Danke für den schönen Abend, Miss Peggy. Wir sehen uns morgen früh.«
Schnell huschte sie in die Kabine und schloss die Tür. Dann lehnte sie sich mit dem Rücken gegen die Tür und lauschte auf ihr pochendes Herz. Sie merkte, wie sehr sie bedauerte, dass Daniel keinen Versuch gemacht hatte, sie zu küssen.
»So ein Unsinn«, sagte sie laut zu sich. »Was ich jetzt am wenigsten brauchen kann, ist eine Liebelei auf diesem Schiff.«
Trotzdem konnte Susan nicht verhindern, dass ihr letzter Gedanke, bevor sie einschlief, dem sympathischen Amerikaner galt.

Susan sah Leonard Kingsley erst am nächsten Morgen beim Frühstück wieder. Als sie den Speisesaal betrat, saß er bereits an seinem angestammten Platz. Sein Teint war bleich, und er sah ihr aus rotgeäderten und kleinen Augen entgegen.
»Guten Morgen, Mr. Kingsley …«
Er hob die Hand.
»Bitte, nicht so laut.« Er stöhnte. »Ich habe schreckliche Kopfschmerzen.«
Susan verbiss sich ein Schmunzeln. Offenbar hatte Kingsley am Abend zuvor dem Alkohol mehr zugesprochen, als gut für ihn war, denn sie konnte seine Fahne deutlich riechen.
»Mein Auftritt gestern Abend war ein Reinfall, ich werde es nicht wiederholen«, sagte sie leise, ließ sich von einem aufmerksamen Steward Tee einschenken und bestellte ihr Frühstück. Kingsley winkte ab, als er nach seinen Wünschen gefragt wurde, und begnügte sich mit Kaffee.
»Es tut mir leid, dass ich nicht da war. Ich habe ein paar Herren getroffen, die sich auf das Pokerspiel verstehen.« Zum ersten

Mal an diesem Morgen lächelte Kingsley. »Ich habe jetzt zwar einen ausgewachsenen Kater, denn die Herren können nicht nur spielen, sondern auch jede Menge vertragen, dafür befindet sich in meiner Börse ein hübsches Sümmchen.«

»Wie schön«, murmelte Susan, die von Glücksspiel nichts hielt. »Passen Sie nur auf, dass es Ihnen nicht gestohlen wird.«

Kingsley schüttelte den Kopf.

»Keine Sorge, Miss Peggy. Ich habe das Geld bereits heute Morgen beim Zahlmeister im Safe deponiert.« Er nahm einen Schluck Kaffee, der ihn offenbar belebte, denn langsam kehrte Farbe in seine Wangen zurück. »Es macht Ihnen doch nichts aus, wenn wir unsere heutige Lektion erst am Nachmittag fortsetzen? Ich glaube, ich lege mich noch ein wenig hin.«

Susan war das mehr als recht. Durch die Fenster sah sie, dass es ein herrlicher und sonniger Morgen war. Sie beeilte sich mit dem Frühstück und ging dann in die Bibliothek. Dieser große, helle, mit bequemen Sofas, Sesseln und Stehpulten eingerichtete Raum war gemütlich und vollständig mit Mahagoni ausgestattet. Durch die Fenster war ein geschützter Korridor zu sehen, in dem Kinder spielten und lachend einen Ball hin und her warfen. Susan wählte aus dem vielfältigen Sortiment einen Roman und begab sich auf das Promenadendeck. Wie am Tag zuvor war die See ruhig und der Himmel beinahe wolkenlos. Die Luft war etwas kühler geworden, aber Susan fand einen Liegestuhl mit einer dicken Decke, in die sie sich einhüllte. Sie schlug die erste Seite des Buches auf, merkte aber schnell, dass sie sich nicht auf das Geschriebene konzentrieren konnte. Sie lehnte sich zurück und schloss die Augen. Tief atmete sie die frische Seeluft ein, ließ sich die Sonne auf das Gesicht scheinen und verfolgte Gesprächsfetzen der vorbeiflanierenden Passagiere.

»Verzeihung, darf ich Ihnen Gesellschaft leisten?« Susan erkannte die Stimme sofort, und ihr Herz begann ein paar Takte

schneller zu schlagen. Sie öffnete die Augen und blickte Daniel Draycott freudig an.
»Selbstverständlich.«
Er zog einen Liegestuhl neben den ihren und setzte sich.
»Was für ein herrlicher Morgen. Etwas kühl, aber was können wir um diese Jahreszeit in dieser Gegend anderes erwarten?«
»Ich finde es wunderschön«, entgegnete Susan. »An kühle Temperaturen sind wir Engländer gewöhnt.«
»Vorhin habe ich zufällig ein Gespräch zwischen Bruce Ismay und dem Kapitän mit angehört.« Daniels Gesicht wurde plötzlich ernst. »Ismay forderte Smith auf, die Geschwindigkeit zu erhöhen und auch den letzten Kessel zu heizen, damit das Schiff einen Tag früher als erwartet in New York eintrifft.«
»Oh, das würde ich bedauern, denn ich genieße die Reise.«
Daniel lachte. »Das tut wohl jeder hier an Bord. Wo sonst werden wir derart verwöhnt und genießen einen solchen Luxus.« Er wurde wieder ernst. »Ich habe die Fahrt über den Nordatlantik schon mehrmals unternommen, zuletzt mit der Olympic, dem Schwesterschiff der Titanic. Es wurde ebenfalls von Kapitän Smith befehligt. Damals kam es zu einer Kollision mit einem britischen Kreuzer. Das Schiff wurde nicht schwer beschädigt, es war jedoch eine umfangreiche Reparatur erforderlich. Das ist auch der Grund, warum sich die Fertigstellung und damit die Jungfernfahrt der Titanic um drei Wochen verzögerte.«
Susan sah Daniel interessiert an.
»Das ist mir neu. Ich wusste nicht, dass die Titanic ursprünglich früher nach Amerika fahren sollte. Nun, der Unfall mit ihrem Schwesterschiff ist unser Glück, nicht wahr? Sonst würden wir jetzt nicht hier sitzen. Wissen Sie, Mister … Daniel, dass ich das Engagement ganz kurzfristig erhielt?« Susan wusste nicht, warum sie Daniel von Esperanza Montoya und deren plötzlicher Erkrankung erzählte, die ihr diese überraschende Chance geboten hatte.

Daniel lauschte aufmerksam und interessiert.
»Erzählen Sie mir von Ihrem Leben als Schauspielerin«, bat er.
»Oh, da gibt es nicht viel zu erzählen. Bisher bin ich auf einer eher kleinen, aber feinen Bühne in London aufgetreten. Wir tourten durch das ganze Land, hatten aber auch einige Engagements außerhalb Englands. Hauptsächlich in Belgien und Frankreich.«
»Bitte, erzählen Sie weiter, ich höre Ihnen gerne zu.«
Daniel Draycott schien sich wirklich für Susans Arbeit zu interessieren, und so verging der Vormittag mit angenehmer Plauderei. Daniel wurde Susan von Minute zu Minute sympathischer, und sie bedauerte, dass sie in wenigen Tagen ihr Ziel erreicht haben und sich ihre Wege trennen würden.
Als das Signal zum Mittagessen erklang, führte Daniel Susan in den Speisesaal, wo sie auch wieder auf Leonard Kingsley trafen. Die Ruhe hatte ihm gutgetan, von den Ausschweifungen der letzten Nacht war nichts mehr zu erkennen. Allerdings runzelte er unwillig die Stirn, als Susan an Daniels Arm den Speisesaal betrat und er ihr den Stuhl hinschob. Ohne Kingsley zu fragen, nahm Daniel an ihrem Tisch Platz.
Das Gespräch verlief zwanglos, nachdem sich andere Passagiere zu ihnen gesellt hatten. Man sprach über das Wetter, hoffte, in New York würde bald der Frühling einziehen, und lobte den erstklassigen Service auf der *Titanic*. Jeder von ihnen, der bereits mit anderen Schiffen den Ozean überquert hatte, bestätigte, dass die Reise mit der *Titanic* ein unvergleichliches Erlebnis war, das niemand von ihnen jemals vergessen würde.

Die nächsten zwei Tage verliefen in gleichförmiger Routine, und das Wetter blieb trocken, aber kühl. Jeden Vormittag und jeden Nachmittag unterwies Kingsley Susan in der amerikanischen Lebensart und sprach dabei auch zum ersten Mal von dem Stück, in dem sie auftreten sollte. Es handelte sich um eine Oper, ge-

schrieben von einem Amerikaner, dessen Namen Susan nichts sagte, der sich an der Ostküste jedoch großer Beliebtheit erfreute. Zu Susans Erleichterung verlangte Kingsley keinen zweiten Auftritt mehr von ihr, und sie verbrachte viele Stunden mit Daniel Draycott, der sich ihr gegenüber nach wie vor höflich und aufmerksam zeigte. Rose Cassidy sah Susan nicht wieder, obwohl sie mehrmals auf das Deck der dritten Klasse hinunterschaute.
Am Sonntag hielt der Zahlmeister eine Morgenandacht im Salon, die auch Susan, Kingsley und Daniel besuchten. Als sie später an Deck ging, bemerkte Susan eine drastische Temperaturveränderung, so dass sie es vorzog, wieder hineinzugehen, obwohl ihr die kühle Luft eigentlich nichts ausmachte. Am heutigen Tag war es jedoch nicht nur kalt, sondern regelrecht eisig. Auf keinen Fall wollte sie sich der Gefahr einer Erkältung oder gar Lungenentzündung aussetzen, die ihr Engagement gefährden könnte. In der Halle, von der eine breite und geschwungene Freitreppe zu den anderen Decks führte, fing Kingsley sie ab.
»Ah, Miss Peggy, schön, Sie allein zu treffen. Ich fürchtete schon, dieser aufdringliche Anwalt hat Sie wieder mit Beschlag belegt.«
»Meinen Sie Mister Draycott?«, fragte Susan erstaunt. »Ich finde seine Aufmerksamkeit keinesfalls aufdringlich, im Gegenteil. Er ist ein angenehmer Unterhalter.«
Leonard Kingsleys Augen verengten sich, sein Tonfall war schneidend, als er sagte: »In London und an dem Theater, wo Sie bisher waren, mögen lockere Sitten herrschen, am Pigeon-Theatre jedoch nicht. Merken Sie sich das, Peggy.« Susan war über Kingsleys Verärgerung überrascht und registrierte nur am Rande, dass er plötzlich das Miss in der Anrede wegließ. »Nathan Schneyder wird keine Schauspielerin, die sich dem Erstbesten an den Hals wirft, in seinem Ensemble dulden.«
»Mr. Kingsley, ich muss doch sehr bitten.« Susan schnappte nach Luft. »Mr. Draycott und ich sind lediglich Reisende, die gute Konversation zu schätzen wissen.«

»*Ich* bin die Person, mit der Sie zu sprechen haben.« Kingsley kam Susan so nahe, dass sie seinen Atem auf ihren Wangen spürte. »Vergessen Sie nicht, dass Sie es ausschließlich mir zu verdanken haben, dass Sie sich heute hier auf diesem Schiff befinden. Ohne mich würden Sie in dem kleinen Theater in London versauern, bis Sie zu alt sind, um überhaupt noch auf der Bühne zu stehen. Von heute an werden Sie nicht mehr von meiner Seite weichen, und Ihre Gespräche mit Draycott werden sich auf das Mindestmaß der Höflichkeit bei Tisch beschränken. Haben Sie verstanden, Peggy?«

Susans Atem ging stoßweise. Sie wusste nicht, was sie sagen sollte. Kingsley hatte nicht unrecht, das gab ihm aber noch lange nicht die Befugnis, sie wie sein Eigentum zu behandeln. Bevor sie etwas erwidern konnte, packte Kingsley sie an der Hand und zog sie einen Gang hinunter bis vor den Aufzug, der die einzelnen Decks miteinander verband. Nachdem der Aufzugsführer die Tür geöffnet hatte, sagte Kingsley: »Ganz runter, bitte. Zum E-Deck.«

»Sir, ich glaube kaum, dass dies das richtige Deck für Sie ist.« Der junge Mann, der mit dem Bedienen des Aufzugs betraut war, schüttelte den Kopf. »Dort unten sind …«

»Ich weiß ganz genau, was da ist.« Kingsleys Stimme war schneidend wie ein Messer. »Gerade darum möchte ich … möchten wir ja dahin.«

Der Führer zuckte mit den Schultern und drückte auf den entsprechenden Knopf. Die Wünsche der Passagiere waren für ihn Befehl – und mochten diese auch noch so ausgefallen sein.

Das Gitter des Fahrstuhls ging auf, und Kingsley zog Susan hinter sich in einen schmalen Gang, der viel enger und niedriger als die Gänge auf dem B- oder C-Deck waren. Zwar war hier auch alles neu und sauber, doch in der bedrückenden Enge hing der Geruch von Schweiß und anderen menschlichen Ausdünstungen. Die Türen der meisten Kabinen standen offen, auf den Gängen standen oder saßen Menschen, und in den unterschiedlichsten Sprachen wurden lautstark Gespräche geführt. Die Leute starrten die unerwarteten Besucher teils erstaunt, teils verächtlich an. Eine ältere Frau, deren einfaches Kleid abgetragen und nicht ganz sauber war, rief: »He, was wollt ihr feinen Pinkel denn hier? Pass auf, Schätzchen, dass du dein Kleidchen nicht dreckig machst.«

Andere stimmten in ihr gackerndes Lachen ein. Susan konnte einen Blick in eine Kabine werfen. Kingsley hatte recht gehabt – diese war gerade mal so groß wie das Badezimmer ihrer Kabine. Es gab kein Fenster, und vier Stockbetten standen links und rechts an den Wänden. Als Abort diente ein Eimer, der notdürftig mit einem Deckel verschlossen war und aus dem es furchtbar stank. Auf den Betten saßen zwei Männer, drei Frauen, und Susan zählte sieben Kinder. Zwölf Personen teilten sich also diesen kleinen Raum, der selbst für acht viel zu eng war.

Susan ahnte, was Kingsley ihr mit dem Besuch auf dem Zwischendeck sagen wollte, bevor er es aussprach.

»Hier, liebe Peggy, wärst du jetzt, wenn ich dich nicht unter meine Fittiche genommen hätte.«

»Das glaube ich nicht, denn wenn ich Sie nicht kennengelernt hätte, wäre ich überhaupt nicht auf diesem Schiff«, konterte Susan. »Es würde für mich keinen Grund geben, nach Amerika zu fahren.«

Kingsley lachte freudlos. »Damit hast du zwar recht, dennoch wird dir bewusst sein, dass du ohne meine Protektion nichts Besseres bist als all diese Leute hier. Ich finde, dafür hätte ich schon ein wenig Dankbarkeit verdient, meinst du nicht auch?«

Susan verschlug es die Sprache, denn Kingsleys Blick, der taxierend über ihren Körper schweifte, sagte ihr genau, welche Art von Dankbarkeit er sich vorstellte.

»Ich möchte gehen.« Susan machte sich aus seinem Griff frei. »Ich denke, wir sollten uns hier nicht länger zum Gespött dieser Menschen machen.«

»Deine Kollegin Esperanza verhielt sich wesentlich kooperativer.« Susan wich vor seinem schmierigen Lächeln zurück. »*Sie* wusste, dass man im Leben niemals etwas geschenkt bekommt.«

Susan war nicht überrascht, zu hören, dass Esperanza Kingsley wohl mehr als Freundlichkeit geschenkt hatte. Der Mann widerte sie immer mehr an, und sie wünschte, die nächsten drei Tage würden rasch vergehen, damit sie endlich New York erreichten. Im Augenblick konnte sie jedoch nichts weiter tun, als zu versuchen, sich Kingsley, so gut es ging, vom Hals zu halten.

»Bitte, Mr. Kingsley, die Leute schauen schon …«

»Wir sprechen heute Abend weiter«, lenkte Kingsley ein, legte einen Arm um ihre Taille und führte sie den Gang hinunter. In diesem Moment öffnete sich eine Kabinentür, und Rose Cassidy stand vor Susan. Ihr Blick ging zwischen Susan und Kingsley hin und her, blieb auf der vertraulichen Geste, mit der Kingsley Susan hielt, hängen, und ihre Mundwinkel zogen sich verächtlich nach unten.

»Mrs. Cassidy, wie schön, Sie zu sehen!«, rief Susan erleichtert und in der Hoffnung, Rose Cassidy möge sie nach oben begleiten. »Möchten Sie nicht wieder mit mir Tee trinken?«

Rose runzelte die Stirn. »Wohl kaum, denn wie ich sehe, sind Sie anderweitig beschäftigt. Ich dachte allerdings, dass Ihr eigenes Deck genügend Plätze für ein Stelldichein bietet und dass Sie dafür nicht extra zu uns nach unten kommen müssen.«

Sie drehte sich um und ließ Susan stehen.

Kingsleys Griff um ihre Taille verstärkte sich.

»Du sagtest ja bereits, dass du Freundschaft mit diesen Subjekten geschlossen hast. Nun, schlussendlich zieht es jeden immer wieder zu seinesgleichen.«

Um nicht noch mehr Aufmerksamkeit auf sich zu ziehen, verkniff Susan sich eine Antwort. Auch vor dem Fahrstuhlführer beherrschte sie sich, doch kaum waren Kingsley und sie allein

auf Deck, wand sie sich aus seinem Griff. Sie stemmte die Hände in die Hüften und funkelte ihn wütend an.
»Mr. Kingsley, ich weiß nicht, was Ihr Vorgesetzter, dieser Nathan Schneyder, sagen würde, wenn er wüsste, wie Sie Mitglieder des Ensembles behandeln. Versuchen Sie es eigentlich bei allen Frauen auf diese Art und Weise?«
Erneut griff Kingsley nach ihr. Seine Hände umklammerten Susans Hüften, und da er größer und stärker als sie war, konnte sie nicht verhindern, dass sein Gesicht dem ihren auf Handbreite nahe kam.
»Jetzt komm, zier dich nicht so, Kleine.« Sein heißer Atem, der trotz der frühen Stunde nach Brandy roch, stieg Susan in die Nase. »Ihr Schauspielerinnen treibt es doch mit jedem. Du hast sicher schon öfter für jemanden, der dir bei deiner Karriere behilflich sein könnte, die Beine breit gemacht, oder? Und eine größere Karriere als am Broadway wirst du nirgends auf der Welt machen können.«
Zu Susans Entsetzen pressten sich seine Lippen auf ihren Mund. Obwohl sie sich mit allen Kräften wehrte, konnte sie der Umklammerung seiner Arme nicht entkommen.
»Ich glaube, die Lady hat von Ihren Avancen genug.« Scharf schnitt die Stimme durch die Stille, die zuvor nur vom Dröhnen der Schiffsmotoren erfüllt gewesen war.
Wie von der Tarantel gestochen, fuhr Kingsley herum, und Susan trat schnell ein paar Schritte zur Seite, um aus seiner Reichweite zu gelangen.
»Sie?« Zornig starrte er Daniel Draycott an, der Susan in diesem Moment wie ein rettender Engel erschien. »Verschwinden Sie, das hier geht Sie nichts an.«
Äußerlich blieb Daniel ganz ruhig, er ballte jedoch die Hände zu Fäusten, als er zischte: »Es geht mich sehr wohl etwas an, wenn eine Dame bedrängt wird.«
Kingsleys Lippen verzogen sich spöttisch.

»Dame? Dass ich nicht lache, Peggy Sue ist keine Dame, sondern eine ganz ordinäre Schauspielerin, die sich Abend für Abend den Blicken zahlender Männer präsentiert.« Er schlug sich gegen die Stirn, als wäre ihm plötzlich eine Idee gekommen. »Ich verstehe. Sie sind bei ihr noch nicht zum Zuge gekommen, darum missgönnen Sie mir mein kleines Vergnügen.«

Daniel ging auf Kingsleys letzte Bemerkung nicht ein. Er reichte Susan die Hand, die diese dankbar nahm, und zog sie an seine Seite.

»Kommen Sie, Miss Peggy. Es ist wohl das Beste, diesen Herrn allein zu lassen. Vielleicht kühlt die Luft seinen Verstand, sofern davon noch etwas vorhanden ist.«

»Peggy, wenn du jetzt gehst, dann stehst du in New York ganz allein da. Vergiss nicht, ich bin im Besitz deines Passes, deines Geldes und auch des Vertrages.«

Susan erstarrte. »Der Vertrag ist gültig. Sie und ich haben ihn vor einem Zeugen unterzeichnet.«

Kingsley grinste höhnisch und machte eine wegwerfende Handbewegung.

»Was heißt das schon? Nathan Schneyder weiß nichts von dir, er hat deinen Namen nie zuvor gehört. Ich werde von Bord gehen und ihm mitteilen, dass Esperanza Montoya leider erkrankt ist und ich so schnell keinen Ersatz finden konnte.«

»Das können Sie nicht tun!«

Bevor sich Susan weiter echauffieren konnte, zog Daniel sie von Kingsley fort.

»Ich glaube, Sie brauchen jetzt einen Anwalt. Am besten erzählen Sie mir alles.«

Susan folgte Daniel ins Schiffsinnere. Er steuerte die kleine Bar an, die um diese Uhrzeit bereits geöffnet hatte. Außer drei Männern, die Zigarre rauchend und Zeitung lesend in den bequemen Ledersesseln saßen, war der Raum leer. Susan protestierte nicht, als er zwei doppelte Whiskys bestellte, obwohl sie am Vormittag eigentlich nie trank. Nachdem sie einen Schluck genommen hatte und der Alkohol warm in ihren Magen rann, ließ das Zittern ihrer Hände langsam nach.

»Ich danke Ihnen, Mr. Draycott.«

»Daniel«, erinnerte er und sah Susan eindringlich an. »Ich habe bereits am ersten Abend bemerkt, dass Kingsley Sie wie ein Bluthund bewacht. Zuerst dachte ich, er wäre Ihr Vater, für einen kurzen Moment befürchtete ich, er wäre eventuell Ihr Liebhaber. Nein, schauen Sie nicht so entsetzt, Peggy«, sagte er rasch, als sie ihn unterbrechen wollte. »Das Schiff ist voll von Männern mit wesentlich jüngeren Frauen. Ein Mister Guggenheim scheut sich nicht davor, sich hier mit seiner jungen Geliebten in der guten Gesellschaft zu zeigen.«

»Soweit es überhaupt eine gute Gesellschaft ist«, murmelte Susan. Die wenigen Tage an Bord der Titanic hatten ihr gezeigt, dass hinter all dem Pomp, hinter all den eleganten, teuren Kleidern und dem Schmuck, den die Damen allabendlich zur Schau trugen, Klatsch und Tratsch eine große Rolle spielten. All diese Leute hatten das Geld – einige von ihnen auch sicher die Macht –, an Menschen, die vom Schicksal nicht so begünstigt waren, Gutes zu tun. Stattdessen saßen sie in gepolsterten Sesseln, aßen und tranken den lieben langen Tag, und das Wichtigste, was sie beschäftigte, war, ob während ihrer Abwesenheit das Dienstmädchen zu Hause auch regelmäßig die Blumen goss und wer gerade mit wem auf irgendeine Weise verbandelt war.

»Stimmt es, dass Kingsley Ihre Papiere und den Vertrag unter Verschluss hat?«

Susan nickte, sie fühlte sich plötzlich so müde.

»Er meinte, er würde alles dem Zahlmeister geben, der es in einen Safe einschließt. Nur zur Sicherheit, weil sich auf diesem Schiff so viel Gesindel herumtreibt.«

»Was meinte er damit, als er sagte, niemand wüsste von Ihrer Ankunft in New York?« Daniel griff das Problem auf, dass Susan, die

Daniel bereits erzählt hatte, warum sie und nicht, wie ursprünglich geplant, Esperanza nach New York reiste, verschwieg, dass sie erst auf dem Schiff erfahren hatte, dass Kingsley dem Intendanten kein Telegramm über die Änderung geschickt hatte.

»Somit kann er mich fallenlassen wie eine heiße Kartoffel, wenn wir unser Ziel erreicht haben.« Susans Stimme klang bitter. »Natürlich kann ich diesen Nathan Schneyder aufsuchen und ihm alles erklären. Die Frage ist nur, wem er mehr glauben wird, denn ich bin überzeugt, dass Kingsley alles abstreitet und behaupten wird, mich nie zuvor gesehen zu haben.«

Nachdenklich legte Daniel die Fingerspitzen aneinander und betrachtete seine Nägel. Leise sagte er: »Wenn ich richtig verstehe, war Ihr bisheriger Intendant, dieser Theodor Murphy, bei der Vertragsunterzeichnung anwesend?«

»Ja, er hat mich sogar dazu gedrängt, das Angebot anzunehmen.«

»Nun, dann kabeln Sie ihm sofort und bitten ihn, dass er sich mit Schneyder in Verbindung setzt und die Sache aufklärt.«

In Susan keimte Hoffnung auf. Sie hatte sich bereits mittellos und ohne Papiere am Kai von New York gesehen, nicht wissend, wo sie die nächste Nacht verbringen sollte.

»Ist das denn von hier aus möglich?«

Daniel nickte. »Ich selbst habe gestern Abend ein Telegramm von meinem Bruder bekommen, in dem er mich bat, noch einen wichtigen Kunden in New York aufzusuchen, bevor ich nach Boston weiterreise. Sie müssen wissen, Peggy, dass die Kanzlei von mir und meinem Bruder geführt wird, zuvor gehörte sie unserem Vater, der sich inzwischen ins Privatleben zurückgezogen hat.«

»Nie zuvor habe ich von einem Anwalt einen so brauchbaren Rat erhalten.«

Susan lachte. Es war nicht nur der ungewohnte Alkohol am Vormittag, der sie sich leicht und beschwingt fühlen ließ, obwohl sie gerade von Kingsley derart bedrängt worden war.

Wenn Susan später zurückdachte, wusste sie, dass sie sich genau in diesem Moment in Daniel Draycott verliebt hatte. Er hatte ihr vom ersten Augenblick an gefallen und war sehr sympathisch gewesen, doch zu mehr als einem harmlosen Flirt hätte sie sich nicht hinreißen lassen. Wenn sie jetzt jedoch sein längliches Gesicht mit den hohen Wangenknochen und dem markanten Kinn betrachtete und in seine klugen, braunen Augen schaute, fühlte sie eine Sicherheit wie nie zuvor in ihrem Leben. Es war ein anderes Gefühl als bei Ronald McPhearson-Grant, Charles Landsbury oder gar Stephen Polkinghorn. Letzterem hatte sie nicht einmal einen Kuss gewährt, während sie mit den anderen Männern ins Bett gegangen war, ohne in sie verliebt gewesen zu sein. Über Susans Gesicht glitt ein Schatten bei dem Gedanken, wie Daniel wohl reagieren würde, sollte er von ihrer Vergangenheit erfahren. Die ganzen letzten Jahre war es ihr nie wichtig gewesen, was andere von ihr dachten, jetzt jedoch wünschte sie sich, ein weniger ausschweifendes Leben geführt zu haben. Auch wenn die Vereinigten Staaten als aufgeschlossener als *Good Old England* galten – die Moralvorstellungen waren ähnlich. Das hatte Kingsley ihr zur Genüge erklärt. Zudem war Boston eine Hochburg angesehener, alter amerikanischer Familien. Susan zweifelte nicht daran, dass Daniel aus einer solchen guten Familie stammte.

»Was ist mit Ihnen, Peggy?« Daniel hatte ihren Stimmungswechsel bemerkt. »Eben waren Sie noch voller Zuversicht, doch plötzlich wirken Sie, als sähen Sie alle Ihre Felle davonschwimmen. Dafür gibt es keinen Grund. Selbst wenn dieser Schneyder Ihr Engagement nicht bestätigt – dann fahren Sie eben wieder nach London zurück. Sie haben dort doch nicht alle Brücken hinter sich abgebrochen?«

»Nein, nein, zum Glück nicht«, versicherte Susan schnell. Es fiel ihr schwer, sich auf das Gespräch zu konzentrieren, jetzt, da sie sich ihrer Gefühle für Daniel bewusst geworden war. »Meine

Wohnung habe ich untervermietet, und Theo ... der Besitzer des Blue Horizon, nimmt mich sicher wieder in seine Truppe auf, aber ...«

»Sie hoffen auf die große Karriere in den Staaten«, vollendete Daniel den Satz, und aus seinem Mund klang das keineswegs ironisch, sondern voller Verständnis. »Nun, ich denke, der Broadway wird Ihnen die Chance geben, auch wenn Ihnen Kingsley in der Zeit das Leben schwermachen wird. Wenn es Ihnen nach den drei Monaten nicht mehr gefällt, fahren Sie nach Hause. Ich bin jedoch überzeugt, die Menschen in New York werden Sie so bald nicht mehr gehen lassen, wenn sie Sie erst singen gehört haben.«

»Danke, Sie sind sehr nett«, entfuhr es Susan, und sie hoffte, nicht zu auffällig zu erröten. »Ich denke, ich sollte jetzt das Telegramm an Theo aufgeben. An wen muss ich mich hier diesbezüglich wenden?«

Daniel bot ihr seinen Arm.

»Ich zeige Ihnen das Büro. Heute Abend wird Theo Ihre Nachricht haben, und wenn er gleich an Schneyder telegrafiert, dann wird Kingsley wahrscheinlich sein blaues Wunder erleben, sobald er in New York von Bord geht.«

Im Büro des Zahlmeisters nahm ein Offizier Susans Telegramm entgegen.

»Es kann aber einige Stunden dauern, bis Ihr Text übermittelt werden kann«, sagte er bedauernd. »Heute scheinen fast alle Passagiere Nachrichten verschicken zu wollen, vielleicht weil Sonntag ist. Beide Funker arbeiten ohne Pause, sie können den Stapel an Telegrammen jedoch kaum bewältigen.«

»Mein Telegramm ist aber sehr wichtig.« Eindringlich sah Susan den Mann an und setzte ein bezauberndes Lächeln auf, das nicht ohne Wirkung blieb.

»Ich werde sehen, was ich machen kann, Miss.«

Susan war bereits an der Tür, als Daniel fragte: »Ich hörte, auf dem Schiff gäbe es einen Safe, in dem man seine Wertsachen deponieren kann.«

»Das ist richtig. Die Obhut darüber unterliegt mir.«

»Ein Bekannter dieser Dame hat ihre Papiere dort eingeschlossen«, fuhr Daniel fort, und Susan dankte ihm im Stillen für seine Hilfe. »Wäre es möglich, dass Sie ihr diese aushändigen?«

Der Offizier nickte und lächelte freundlich.

»Selbstverständlich gerne, wenn Sie mir bitte den Kontrollabschnitt aushändigen.«

»Den hat doch mein Bekannter«, sagte Susan. »Ich möchte nur kurz meinen Pass und etwas Bargeld dem Safe entnehmen.«

Das Lächeln auf dem Gesicht des Mannes blieb unveränderlich.

»Es tut mir leid, ich kann den Safe nur öffnen, wenn mir der entsprechende Kontrollabschnitt vorliegt. Sonst könnte ja jeder kommen, und die Einlagen wären nicht mehr sicher. Das werden Sie bestimmt verstehen, nicht wahr? Ich bin aber noch etwa eine Stunde in meinem Büro, kommen Sie mit Ihrem Bekannten einfach wieder hierher, dann kann ich Ihnen das Gewünschte geben.«

Susan ließ sich ihre Enttäuschung nicht anmerken, sondern murmelte nur ein leises »Danke« und verließ zusammen mit Daniel das Büro. Draußen zuckte er die Schultern und meinte: »Nun ja, es war einen Versuch wert.«

Sie wollten gerade den Bereich des Schiffes verlassen, als der Offizier plötzlich die Tür öffnete und einen der Stewards, die stets in den Gängen standen, zu sich rief. Susan und Daniel bekamen mit, wie der Offizier dem Steward einen Zettel in die Hand drückte.

»Eben kam wieder eine Eiswarnung herein. Bereits die dritte heute. Bring sie sofort auf die Brücke zum Captain.«

»Aye, Sir!« Der Steward, kaum älter als vierzehn oder fünfzehn Jahre, salutierte und eilte davon.

»Eiswarnung?« Susan drückte Daniels Arm. »Was hat das zu bedeuten?«

»Um diese Jahreszeit nichts Besonderes«, beruhigte Daniel sie. »Wir durchfahren nördliche Gefilde, wo das Eis noch nicht vollständig getaut ist. Da kann es schon mal sein, dass man auf Eisberge trifft, die das Schiff jedoch weiträumig umfahren wird.«
Da sie beide keinen Hunger verspürten, ließen sie das Mittagessen ausfallen und gingen auf das Promenadendeck, suchten sich zwei Liegestühle mit dicken Wolldecken und ließen sich von einem Steward etwas zum Trinken und leichtes Gebäck bringen. Daniel trank einen starken türkischen Mokka, und während Susan an ihrer heißen Schokolade mit extra viel Sahne nippte, hatte sie die Nachricht von möglichen Eisbergen in der Nähe schon wieder vergessen.

21. Kapitel

Obwohl die *Titanic* mit ihren zweihundertsiebzig Metern Länge, knapp dreißig Metern Breite, dreiundfünfzig Metern Höhe und mit zehn Decks das größte jemals vom Stapel gelaufene Schiff war, war es unmöglich, Leonard Kingsley aus dem Weg zu gehen. Susan sah ihn am späten Nachmittag im Rauchsalon, wo er sich mit vier Herren angeregt unterhielt, Cognac trank und rauchte. Als er Susan bemerkte, legte er seine Zigarre in den Aschenbecher, erhob sich und sagte: »Meine Herren, bitte entschuldigen Sie mich für einen Moment.«
Susan versuchte, einer Konfrontation zu entgehen, Kingsley hatte sie jedoch an der Tür eingeholt. Mit ausgestreckten Händen, auf den Lippen ein unverbindliches Lächeln, als hätte es den Zwischenfall niemals gegeben, kam er auf sie zu.

»Miss Peggy, bitte warten Sie … auf ein Wort.«
Susan registrierte, dass er sie jetzt wieder formell ansprach. Da sie mit Kingsley die nächsten Monate würde auskommen müssen, blieb sie stehen, neigte zustimmend den Kopf, ihr Gesichtsausdruck blieb jedoch abweisend.
»Ich bitte mein Verhalten am heutigen Morgen zu entschuldigen.« Kingsley kam gleich zur Sache. »Einzig die letzte Nacht, in der ich gewissen alkoholischen Getränken mehr zugesprochen hatte, als mir guttat, lässt mein Verhalten erklären.«
»Nun, dann ist ja alles gesagt.« Kühl musterte Susan ihn, wobei sie darauf achtete, nicht in die Reichweite seiner Hände zu geraten. »Mir wird wohl nichts anderes übrigbleiben, als Ihre Entschuldigung anzunehmen, um unsere Zusammenarbeit nicht unnötig zu belasten. Ich muss Sie jedoch bitten, sich künftig nicht mehr in mein Privatleben einzumischen. Niemals wieder! Haben Sie das verstanden, Mr. Kingsley?«
»Selbstverständlich, Miss Peggy, wobei ich betonen möchte, dass ich stets nur Ihr Bestes im Auge habe.«
Er schien wirklich Reue zu zeigen. Susan traute ihm jedoch nicht, darum sagte sie bestimmt: »Ich möchte sofort meinen Pass, mein Geld, das ich Ihnen zur Aufbewahrung übergab, sowie den Vertrag ausgehändigt bekommen.«
Für einen Moment flackerten Kingsleys Augen unruhig.
»Sie können sicher sein, Miss Peggy, dass ich …«
»Ich möchte die Sachen *jetzt* haben«, unterbrach Susan in scharfem Tonfall. »Außerdem kann ich Ihnen sagen, dass ich Theodor Murphy gekabelt und ihn gebeten habe, ein Telegramm, in dem er die Vertragsunterzeichnung mit Ihrem Haus an Nathan Schneyder bestätigt, nach New York zu schicken. Theo wird sich darüber zwar wundern, meiner Bitte jedoch folgen. Somit hat Ihr kleiner Erpressungsversuch seine Grundlage verloren. Können wir jetzt ins Büro des Zahlmeisters gehen, damit ich meine Papiere und mein Geld bekomme?«

Nun war von Kingsleys anscheinender Unterwürfigkeit nichts mehr zu spüren. Zorn glomm in seinen Augen.

»Du bist ein ganz durchtriebenes Luder, Peggy Sue. Wie konnte ich nur so dumm sein, aus all den englischen Schauspielerinnen, die alles dafür tun würden, um an den Broadway zu kommen, ausgerechnet dich auszuwählen. Ich bin sicher, jede andere aus eurem kleinen Provinztheater hätte die einmalige Chance, die ich ihr bieten kann, mit Handkuss angenommen und sich nicht wie eine dumme und prüde Frauenrechtlerin benommen.«

Susan atmete schneller. Sie hatte Kingsley ohnehin nicht geglaubt, dass er sein Verhalten bedauerte. Nun zeigte er wieder sein wahres Gesicht.

»Meine Papiere!« Auffordernd sah sie ihn an, nicht bereit, nachzugeben.

Wie ein kleines, trotziges Kind stampfte Kingsley mit dem Fuß auf.

»Darauf kannst du lange warten.« Er drehte sich um, warf ihr aber noch einen wütenden, beinahe schon hasserfüllten Blick über die Schulter zu. »Eher geht dieses Schiff hier unter, bevor ich dich an den Broadway bringe. Darauf verwette ich meine eigene Großmutter.«

Als Susan Daniel später von diesem Gespräch erzählte, runzelte er nachdenklich die Stirn, wirkte aber nicht besorgt.

»Es wird sich alles regeln, Peggy. Ich werde so lange in New York bleiben, bis du entweder das Engagement und einen neuen Vertrag erhalten hast oder dich entschließt, nach England zurückzukehren.«

»Was soll ich bloß ohne Geld anfangen?«

Dieses Problem beschäftigte Susan sehr. Sie könnte sich selbst ohrfeigen, dass sie Kingsley beinahe ihr gesamtes Barvermögen ohne eine entsprechende Quittung ausgehändigt hatte, aber sie hatte dem Mann vertraut.

»Nun, spätestens wenn wir von Bord gehen, wird er dir deinen Pass geben müssen. Wenn du nichts dagegen hast, werde ich ab sofort an deiner Seite sein und dich nicht mehr aus den Augen lassen. Vielleicht kann ich Kingsley dazu bringen, dass er nachgibt.«

Daniel lächelte, und plötzlich fühlte sich Susan nicht nur beruhigt, sondern auch geborgen und von allen Sorgen befreit. Ein Gefühl, das sie seit vielen Jahren nicht mehr empfunden hatte. Wenn sie recht überlegte, dann hatte sie an der Seite eines Mannes noch nie Geborgenheit empfunden.

»Warum tust du das alles?«, fragte Susan leise und wich seinem Blick aus, denn das, was sie darin las, war so unfassbar, dass sie es nicht glauben konnte, obwohl es die Antwort auf all ihre Fragen war.

»Weißt du das nicht?« Auch Daniel senkte seine Stimme, obwohl niemand in der Nähe war, der ihr Gespräch hätte mit anhören können. »Wir sind uns zwar erst vor wenigen Tagen begegnet, es scheint mir jedoch, als würden wir uns schon ewig kennen. Manchmal geschieht das, wobei niemand weiß, warum und wieso, und ich glaube, dir geht es ähnlich, nicht wahr?«

Susan nickte, konnte Daniel jedoch nicht länger in die Augen sehen. Plötzlich steckte ihr ein Kloß im Hals, und Tränen stiegen ihr in die Augen. Mit aller Macht versuchte sie, sich gegen die Gefühle für Daniel, die von Minute zu Minute intensiver wurden, zu wehren. Sie wollte sich nicht verlieben! Sie hatte sich geschworen, ihr Herz niemals wieder an einen anderen Menschen zu verlieren, denn Liebe bedeutete nicht nur Glückseligkeit, sondern auch Schmerz, wenn man diesen Menschen irgendwann verlor. Sie hatte ihren Sohn Jimmy mehr als alles andere auf der Welt geliebt, und die Gewissheit, ihn niemals wiederzusehen, zerriss ihr auch heute noch fast das Herz. Auch ihre Tochter Anabell, mit der sie ein paar Stunden hatte verbringen können, fehlte ihr in jedem Moment, in dem sie nicht durch andere Dinge abgelenkt war, und ihre vermeintliche Liebe zu Paul hatte sie nur in Schwierigkeiten gebracht. Nein, ein Flirt, der über die übliche harmlose Tändelei hinausging, war durchaus in Ordnung, sie würde aber nicht zulassen, dass mehr daraus wurde.

Susan hatte nicht bemerkt, wie sie bei ihrem letzten Gedanken den Kopf geschüttelt und ihr Gesicht einen grimmigen Ausdruck angenommen hatte.

Sanft berührte Daniel ihre Wange.

»Ich wollte dich nicht erschrecken, Peggy, aber ich dachte, du empfindest ebenso. Ich bitte dich, wenn es deine Zeit erlaubt, mich und meine Familie in Boston zu besuchen. Falls ich das Leuchten in deinen Augen, wenn du mich ansiehst, jedoch falsch interpretiert habe, tut es mir leid.«

Die Traurigkeit in Daniels Stimme tat Susan sehr weh. Auch wenn sie von der Liebe nichts mehr wissen wollte, sie konnte und wollte einen anderen Menschen nicht derart verletzen und ihn glauben lassen, sie hätte nur mit ihm gespielt. Darum hob sie den Kopf und sah Daniel an.

»Du hast dich nicht geirrt, auch ich empfinde etwas für dich. Doch es kann für uns keine gemeinsame Zukunft geben. Ich stamme aus einfachen Verhältnissen und bin Schauspielerin, also nicht gerade das, was sich eine angesehene Anwaltsfamilie wünscht.«

Susan lächelte zwar, während sie dies aussprach, aber es war ein bitteres Lächeln. Sie merkte, wie Daniel erleichtert aufatmete.

»Wenn es nur das ist … Wir Amerikaner sind aufgeschlossener als ihr Engländer. Bei uns zählt einzig der Charakter des Menschen und nicht, aus welcher Gesellschaftsschicht man stammt oder welchen Beruf man ausübt, solange dieser nicht mit dem Gesetz in Konflikt gerät.«

»Das hat mir Kingsley auch erzählt«, warf Susan ein, wurde aber sofort von Daniel unterbrochen.

»Auch wenn Kingsley ein Idiot ist, in diesem Punkt hat er recht. Natürlich gibt es auch in Amerika, ganz besonders an der Ostküste, die sogenannte bessere Gesellschaft, die ja auch auf diesem Schiff hier vertreten ist. Du kannst mir aber glauben, dass meine Familie einen Menschen nicht nach dessen Stammbaum beurteilt. Seit dem Bürgerkrieg ist die alte Ordnung zerstört, auch wenn es im Süden immer noch Familien gibt, die sich für etwas Besseres halten. Im Norden dachte man niemals derart engstirnig.«

Susan wurde von ihren Gefühlen hin- und hergerissen, schließlich sagte sie ehrlich: »Ich würde mich freuen, wenn der Kontakt zwischen uns nicht abreißt und wir uns wiedersehen können. Gerne lerne ich auch deine Familie kennen, mehr kann ich jetzt aber nicht versprechen.«

Daniel riss sie so vehement in seine Arme, dass Susan vor Überraschung leise aufschrie. Seine Lippen berührten kurz ihren Mund, dann ließ er sie auch schon wieder los. Susan bedauerte, dass er sie nicht länger geküsst hatte – ein weiteres Zeichen, dass Daniel ihr alles andere als gleichgültig war. Dennoch wehrte sie sich gegen diese aufkeimende Liebe. Sie hatte Angst, Daniel wieder zu verlieren, so wie sie alles, was sie geliebt hatte, verloren hatte.

»Darf ich dich etwas fragen, Daniel?«

»Alles, was du möchtest«, antwortete er und schmunzelte.

»Es ist etwas, was deinen Beruf angeht. Einen anwaltlichen Rat, wenn du es so nennen möchtest.«

»Wenn ich dir helfen kann …«

Susan hob abwehrend eine Hand.

»Nein, es dreht sich nicht um mich«, sagte sie hastig. »Eine Freundin in England, ebenfalls Schauspielerin, ist verheiratet, die Ehe war jedoch unglücklich. Dann kam ihr Mann ins Gefängnis, und sie blieb mit ihrem kleinen Sohn allein und mittellos zurück.« Susan zögerte. War es richtig, Daniel davon zu erzählen, auch wenn sie es so hinstellte, als wäre es die Geschichte einer anderen Frau? Sie wollte jedoch seine Meinung hören, darum fuhr sie fort: »Also, kurz bevor der Mann aus dem Gefängnis entlassen wurde, musste meine Freundin verreisen. Es war sehr wichtig, dass sie wegging, sie konnte ihren Sohn jedoch nicht mitnehmen. Allerdings war er in der Obhut einer Nachbarin gut aufgehoben. Als meine Freundin dann zurückkam, hatte ihr Ehemann den Jungen zu sich geholt und war nicht bereit, ihn wieder herauszugeben. Von einem Anwalt erfuhr meine Freundin, dass sie keine Chance auf ihr Kind hätte, da sie ihren Mann und das Kind böswillig verlassen hatte. Seitdem ist sie sehr verzweifelt und würde alles tun, ihren Sohn zurückzubekommen.«

»Aha, dann lebt deine Freundin nicht mehr mit ihrem Mann zusammen?«, fragte Daniel, der ihr aufmerksam zugehört hatte.

»Nein, natürlich nicht, denn er ist ein schlechter Mensch!«, rief Susan heftig. »Er war ein Dieb und Betrüger und wird es immer bleiben. Unter seinem Einfluss wird der Junge ebenso werden. O Gott, Jimmy ist doch noch ein Kind!«

Leicht legte sich Daniels Arm um Susans Schultern. Er flüsterte ihr ins Ohr: »Nach der britischen Rechtsprechung sind deiner Freundin wirklich die Hände gebunden, Peggy, denn sie hat ihr Kind im Stich gelassen. Wenn du den Jungen aber wirklich liebst und wieder bei dir haben möchtest, dann darfst du nichts unversucht lassen. Irgendwo gibt es immer eine Gesetzeslücke.«

Susan nickte und lehnte ihren Kopf an Daniels Schulter. Dann wurde ihr bewusst, was er gesagt hatte. Mit einem Ruck machte sie sich frei und trat einen Schritt zurück.

»Ich … meine Freundin … ich werde es ihr sagen … ich meine, es ihr schreiben … Ich wollte nur wissen, ob du als Anwalt vielleicht eine Möglichkeit siehst.«

Daniel lächelte, und im Licht der langsam untergehenden Sonne tanzten goldene Sprenkel in seinen Augen. Er hatte Susans Ge-

schichte richtig interpretiert, wollte sie aber nicht noch mehr in Verlegenheit bringen.
»Es gibt die Gesetze, damit sie befolgt werden. Ich als Anwalt vertrete das Gesetz, was aber nicht heißt, dass man nicht nach Löchern suchen kann oder – wie in diesem Fall – auf den Vater des Kindes entsprechend einwirkt, damit er auf den Jungen verzichtet.«
»Du meinst, mit Gewalt?« Susan schüttelte den Kopf.
»Nein, natürlich nicht mit Gewalt«, sagte Daniel schnell. »Du sagtest, er wäre mit dem Gesetz in Konflikt geraten. Ich gehe davon aus, dass er nicht gerade vermögend ist. Vielleicht wäre Geld ein Anreiz, seinen Sohn wieder deiner Freundin zu übergeben? Vorausgesetzt, diese führt ein Leben, in dem sie ihrem Sohn auch eine gute Mutter sein kann.«
Betroffen senkte Susan den Kopf. Daniel hatte die Sache auf den Punkt gebracht. Selbst wenn es ihr gelänge, Paul und Jimmy zu finden – was für ein Leben konnte sie ihrem Sohn bieten? Sie war auf dem Weg nach Amerika und wusste nicht, wann sie, wenn überhaupt, nach England zurückkehren würde. Und dann? Konnte sie Jimmy ein solches Leben, wie sie es führte, überhaupt zumuten? Susan dachte an Sarah Bernhardt, die einen unehelichen Sohn hatte. Als Kind und Jugendlicher hatte Maurice von seiner Mutter wenig gesehen und die meiste Zeit in Internaten verbracht. Das wollte sie ihrem Sohn nicht antun.
In diesem Moment rief das Signal zum Abendessen, und Susan war froh, das Gespräch beenden zu können. Während Daniel sie in den Speisesaal führte, raunte er ihr zu: »Kämpfe um dein Kind, sonst wirst du es für den Rest deines Lebens bereuen.«
»Aber …«
Er lächelte und schüttelte den Kopf. Susan schwieg. Sie hatte Daniel unterschätzt, offenbar war er ein besserer Anwalt, als sie angenommen hatte. Jetzt wusste er, dass sie immer noch verheiratet und eine Rabenmutter war. Ein Stich fuhr in ihr Herz. Sie

war überzeugt, von seinem Plan, sie seiner Familie vorzustellen, würde er nichts mehr wissen wollen. Trotzdem tat es Susan nicht leid, Daniel von Jimmy erzählt zu haben. Sie konnte und wollte ihren Sohn nicht länger verleugnen.

Im Speisesaal nahmen sie nicht an dem gewohnten Tisch Platz, an dem bereits Leonard Kingsley saß und sie wenig freundlich anstarrte. Sie fanden zwei freie Plätze an dem Tisch, an dem auch Margaret Brown saß. Susan freute sich, die Dame endlich näher kennenzulernen, auch aus dem Grund, weil Kingsley ihr den Umgang mit Molly Brown verboten hatte. Susans Blick glitt immer wieder zu Molly Brown, denn auf irgendeine Art und Weise faszinierte sie Susan. Sie war nicht schön im landläufigen Sinn, ihr Gesicht jedoch strahlte neben Wärme auch eine Entschlossenheit aus, die man selten fand. Während der Vorspeise dümpelte das Tischgespräch über belanglose Themen dahin. Eine Dame, die sich Susan nicht vorgestellt hatte, meinte, dass es furchtbar kalt geworden sei.

»Hoffentlich wird es morgen wieder etwas wärmer. Ich brauche täglich die Bewegung an Deck und frische Luft. Eine schreckliche Vorstellung, noch ganze zwei Tage im Schiff eingesperrt zu sein.«

Der neben ihr sitzende Herr lächelte und meinte: »Meine Liebe, die Titanic läuft auf allen Kesseln und macht zweiundzwanzig Knoten. Wir werden bestimmt schon am Dienstagmorgen, wenn nicht sogar am Montagabend in New York einlaufen.«

»Das habe ich auch gehört.« Ein anderer Herr nickte zustimmend. »Wobei ich es bedaure, dass die Reise so bald zu Ende sein wird. Wenn mich meine Geschäfte noch einmal nach Europa führen, dann fahre ich auf jeden Fall wieder mit der Titanic. Auf einem schöneren und besseren Schiff bin ich noch nie gereist.«

Der Hauptgang wurde serviert, Wein in die geschliffenen Kristallgläser nachgeschenkt, und für ein paar Minuten verstummte das Gespräch, da sich jeder seinen Speisen widmete. Dann blick-

te Molly Brown Susan über den Tisch hinweg an und fragte: »Sie sind doch die Sängerin, die uns gestern Abend unterhalten hat, nicht wahr?«
Susan hoffte, nicht zu erröten, und antwortete verlegen: »Ach, es war keine gute Idee, eine so erlesene Gesellschaft mit diesen einfachen Liedern unterhalten zu wollen.«
Molly Brown lachte. »Stellen Sie Ihr Licht nicht unter den Scheffel, meine Liebe. Sie haben eine hübsche Stimme, doch das Klientel auf diesem Kahn entspricht nicht gerade dem Publikum, das Sie sonst gewohnt sind. Ich hörte, Sie werden am Broadway auftreten?«
Susan nickte und verbarg nicht ihren Stolz.
»Man bietet mir als Engländerin diese einmalige Chance. Ich hoffe, ich werde den Erwartungen und Ansprüchen gerecht.«
»Das werden Sie, meine Liebe, das werden Sie ganz sicher.« Molly Brown zwinkerte ihr vertraulich zu, dann wechselte sie das Thema und sagte in die Runde: »Haben Sie es gehört? In Finnland hat zum ersten Mal eine Wahl stattgefunden, bei der Frauen wählen durften. Seit sechs Jahren hat dieses Land das Frauenwahlrecht eingeführt, da sind Länder wie unser gutes Amerika, aber auch England noch schrecklich rückständig.«
Der Herr rechts neben ihr lachte laut und zwirbelte mit zwei Fingern seinen Schnurrbart.
»Nun, meine liebe Mrs. Brown, Sie setzen ja alles daran, dies zu ändern. Haben Sie eigentlich auf Ihrer Europareise auch Ihre englische Mitstreiterin Mrs. Pankhurst getroffen?«
Als der Name fiel, zuckte Susan unmerklich zusammen und erinnerte sich erneut an die kurze Begegnung mit der Genannten. Offenbar war diese Emmeline Pankhurst ein immer wiederkehrendes Gesprächsthema.
»Leider nicht, meine Reise führte mich nicht nach England. Ich schrieb ihr jedoch einen langen Brief und ermunterte sie, treu und beständig an ihre Ziele zu glauben, denn eines Tages werden wir

amerikanischen Frauen nicht nur zu den Wahlurnen schreiten, sondern uns auch für politische Ämter aufstellen lassen dürfen.«

»Sie scherzen, Mrs. Brown.« Der Herr schüttelte lachend den Kopf und blickte in die Runde. »Dass Frauen das Recht zu wählen erhalten sollten, ist eine Sache, sich aber selbst wählen zu lassen, ist doch eine völlig abwegige Vorstellung.«

»Keineswegs.« Molly Brown betrachtete den Herrn mit einem kühlen Blick. »Warum sollte eine Frau nicht ein Land regieren? Betrachtet man die europäische Geschichte, so waren es stets Frauen, die den Ländern Wohlstand und vor allen Dingen Frieden gebracht haben.«

»Ganz richtig, ich stimme Mrs. Brown zu.« Zu Susans Überraschung ergriff Daniel das Wort. »In England regierten die großen Königinnen Elisabeth und Victoria, nach denen sogar die entsprechenden Epochen benannt wurden, und keiner wagt zu bezweifeln, dass unter Königin Victoria das Land führend in der Welt geworden ist.«

»Die Königin hatte einen Stab männlicher Berater an ihrer Seite«, erinnerte der skeptische Herr. »Ohne männliche Hilfe wäre die Königin sang- und klanglos untergegangen.«

»Was ist mit Katharina der Großen und mit Maria Theresia?«, fuhr Daniel fort. »Wollen Sie die Macht und den Einfluss dieser Frauen etwa auch schmälern?«

»Oh, bitte, keine politischen Diskussionen während des Essens.« Zum ersten Mal sprach eine junge Dame, die bisher schweigend der Unterhaltung gefolgt war. »Die Herren können später im Rauchsalon politisieren, in Anwesenheit von Damen sollten wir uns jedoch erbaulicheren Themen zuwenden.«

Der Herr mit dem Schnurrbart warf Molly Brown einen triumphierenden Blick zu.

»Da sehen Sie es, Mrs. Brown, es gibt noch Damen, die wissen, wo ihr Platz auf dieser Welt ist.« Lachend schlug er sich auf die Schenkel und ließ seinen Blick über die Runde schweifen. »Wobei die Vorstellung, wir würden eines Tages eine Frau als Präsidentin der Vereinigten Staaten haben, einen gewissen Reiz hat. Wir wissen jedoch alle, dass dies niemals der Fall sein wird, ebenso wenig wie jemals ein Schwarzer zum Präsidenten gewählt wird. Sollte das geschehen, dann ist es um unser Land schlecht bestellt.«

Zwei Herren hoben ihre Gläser.

»Wir sollten darauf trinken, dass dies wohl der beste Witz ist, den ich während dieser Reise gehört habe«, sagte der eine. »Ein schwarzer Präsident der Vereinigten Staaten ist wohl noch weniger vorstellbar als eine Frau an der Spitze.«

Dieser Aussage verschloss sich auch Molly Brown nicht und stimmte in das allgemeine Gelächter ein. Sie war zwar nicht rassistisch, die Trennung zwischen Schwarz und Weiß jedoch war auch in ihren Augen unaufhebbar, obgleich die Schwarzen immer mehr Rechte erhielten.

Susan und Daniel tauschten einen Blick, und Daniel erhob sich.

»Wenn Sie uns bitte entschuldigen möchten? Auf den Nachtisch werde ich heute verzichten.«

Susan war froh, als er sie aus dem Saal führte. Obwohl sie den Gesprächen aufmerksam gelauscht hatte, hatte sie sich bei der Diskussion unwohl gefühlt und nicht gewagt, ihre Meinung zu äußern. Außer ihr waren alle am Tisch Amerikaner gewesen, da fand sie es als Ausländerin unpassend, sich zu politischen Themen zu äußern. Trotz der frostigen Temperatur gingen sie auf das Promenadendeck. Der Himmel war wolkenlos und sternenklar, wegen des Neumondes aber auch dunkel. Die Kälte schnitt Susan wie ein Messer ins Gesicht, und unwillkürlich zog sie fröstelnd die Schultern zusammen.

»Dir ist kalt«, stellte Daniel sogleich fest. »Wir sollten besser wieder hineingehen.«

Susan schüttelte den Kopf. »Ich möchte noch ein paar Minuten frische Luft schnappen und mich dann zurückziehen. In der letzten Nacht habe ich kaum geschlafen und bin sehr müde.«

Sie traten an die Reling und blickten auf das Meer, das dunkel und beinahe bewegungslos viele Meter unter ihnen lag. Nun fiel Susan auf, dass kein Wind wehte, lediglich den leichten Luftstrom, der von der Fahrt des Schiffes herrührte, spürte sie auf ihrem Gesicht.

»Begleitest du mich zu meiner Kabine?«, fragte Susan und zog den Mantel enger um ihre Schultern. »Ich meine, bis zur Tür«, fügte sie schnell hinzu.

Daniel lächelte. »Etwas anderes hätte ich nicht angenommen.«

Als sie durch die Halle zu der Treppe gingen, die auf das B-Deck hinunterführte, begegnete ihnen Reverend Carter, der die Morgenandacht gehalten hatte. Daniel hatte am Tag zuvor ein paar Worte mit dem freundlichen, älteren Herrn gewechselt, und der Reverend erkannte ihn wieder.

»Mr. Draycott, in wenigen Minuten findet im Salon ein kleiner, aber feiner Liederabend statt. Wir werden verschiedene Kirchenlieder singen, wobei sich jeder sein Lieblingslied aussuchen kann. Möchten Sie und Ihre Begleitung uns nicht Gesellschaft leisten?«

»Es tut mir leid, aber ich bin sehr müde.« Susan verneinte rasch, nicht nur, weil sie sich wirklich nach ihrem Bett sehnte, sondern weil sie befürchtete, von Carter aufgefordert zu werden, zu singen. Kirchenlieder kannte sie nämlich keine, zumindest nicht die vollständigen Texte.

Daniel deutete eine Verbeugung an.

»Ich komme gerne, Mr. Carter.«

Der Reverend verabschiedete sich mit einem »Dann bis gleich«, und Daniel führte Susan zu ihrer Kabine. Vor der Tür zögerte er, und Susan hoffte, er würde sie erneut küssen, doch er nickte nur kurz und lächelte ihr zu.

»Bis morgen, Peggy.«

In ihrer Kabine vergewisserte sich Susan zuerst, ob die Zwischentür zu Kingsleys Kabine verschlossen war, dann zog sie sich langsam aus. Im Bett versuchte sie, sich auf das Buch, das sie sich aus der Bibliothek geholt hatte, zu konzentrieren, aber bereits nach wenigen Zeilen fielen ihr die Augen zu. Sie löschte die Lampe und war binnen weniger Minuten eingeschlafen.

Sie wusste nicht, was es war, das sie geweckt hatte. In der Kabine war es dunkel, und Susan meinte, ein leises Geräusch zu hören. Sie brauchte einen Moment, bis sie erkannte, dass jemand atmete. Schnell tastete sie nach dem Lichtschalter und knipste die Lampe an. Vor ihrem Bett stand Leonard Kingsley. Er trug einen Smoking, den Kragen ebenso wie die Fliege geöffnet, und in der Hand hielt er ein halb gefülltes Whiskyglas mit Eiswürfeln. Susan fuhr hoch und presste instinktiv die Decke an ihren Körper.
»Verlassen Sie meine Kabine, aber sofort«, rief sie. »Wie kommen Sie überhaupt hier herein? Ich hatte die Tür doch abgeschlossen.«
Kingsley grinste, und als er sprach, war deutlich zu hören, dass er betrunken war.
»Du vergisst, dass auf meiner Seite auch ein Schlüssel steckt.« Er streckte die Hand nach Susan aus. »Jetzt zier dich nicht länger. So gut wie dieser Anwalt werde ich es dir schon lange besorgen.«
Da Kingsley schwankte, konnte Susan seinem Griff entkommen und aus dem Bett springen. Sie wollte zu der Klingel, mit der man einen Steward rufen konnte. Allerdings befand sich diese an der gegenüberliegenden Wand, und sie musste dazu an Kingsley vorbei. Es gelang ihm, sie am Arm zu packen und sie aufzuhalten. Sein Griff war eisenhart, und Susan spürte seine Nägel durch das dünne Nachthemd.
»Verschwinden Sie, sonst schreie ich das ganze Schiff zusammen!«
Kingsley schüttelte nur den Kopf. Er stellte das Whiskyglas auf einen Tisch und griff mit der freien Hand nach Susans Schulter. Unwillkürlich fiel Susans Blick auf die auf der Kommode stehen-

de Uhr. Später erinnerte sie sich, wie sich die Uhrzeit fest in ihr Gedächtnis einbrannte – es war acht Minuten nach halb zwölf.

»Meinst wohl, weil du dir einen Anwalt geangelt hast, ich hätte Angst vor diesem Schnösel.« Er lachte gackernd. »Wenn ich mit dir fertig bin, wird dieser saubere Herr dir keinen Blick mehr schenken.«

Panik stieg in Susan auf. Die Wände der Kabine waren dick, und zudem war es fraglich, ob sich gerade jetzt jemand auf dem Korridor befand, der sie hören könnte. Trotzdem öffnete sie den Mund und schrie, so laut sie konnte: »Hilfe! Bitte helfen Sie mir!«

Kingsley riss sie grob zu sich heran, und bevor sie etwas tun konnte, presste sich sein Mund auf ihre Lippen, während seine Arme ihren Körper wie in einem Schraubstock umklammert hielten. Sie roch seinen schlechten Alkoholatem und musste würgen. Verzweifelt versuchte sie, Kingsley mit dem Knie an seiner empfindlichsten Stelle zu treffen, doch er schien damit gerechnet zu haben und wich geschickt aus. Obwohl er betrunken war, konnte er seine Reaktionen noch koordinieren. Mit der Zunge versuchte er, Susans Lippen zu öffnen. Für einen Augenblick gab Susan nach, dann biss sie kräftig zu. Mit einem Schmerzenslaut fuhr Kingsley zurück, ließ sie jedoch nicht aus seiner Umklammerung entkommen. Blut floss über seine Lippen, und seine Augen funkelten voller Hass.

»Das wirst du mir büßen, du Miststück!« Er holte so schnell aus, dass Susan nicht mehr ausweichen konnte und von seiner Faust mitten ins Gesicht getroffen wurde. Benommen und bemüht, nicht das Bewusstsein zu verlieren, stürzte sie zu Boden und sah voller Entsetzen, wie sich Kingsley an seinem Hosenbund zu schaffen machte. Panisch überlegte sie, was sie tun sollte, als plötzlich ein Ruck durch das Schiff ging. Dieser war nicht heftig, da sie jedoch daran gewöhnt war, außer einer leichten Vibration nichts von der Fahrt zu bemerken, war die Bewegung außergewöhnlich. Dann verstärkte sich die Vibration, und die noch nicht geschmolzenen Eiswürfel in dem Whiskyglas klirrten. Auch Kingsley hatte das ungewöhnliche Geräusch bemerkt und hielt in der Bewegung inne. Dies gab Susan die Zeit, so schnell wie möglich aufzustehen und die Klingel zu erreichen. Heftig drückte sie darauf und hoffte, ein Steward würde so schnell wie möglich kommen.

»Was, zum Teufel, ist das?« Kingsley sah sich unsicher um, als plötzlich das Vibrieren aufhörte und alles ruhig wurde. Zu ruhig, wie Susan feststellte, denn es war nicht mehr das geringste Motorengeräusch zu hören. »Haben wir gestoppt?«, sprach Kingsley ihre Gedanken aus.

»Gleich wird Hilfe da sein«, rief Susan und versuchte, an ihm vorbei zur Tür zu gelangen, doch da packte er sie erneut am Arm. »Egal, warum das Schiff angehalten hat, mit dir bin ich noch nicht fertig …«

Es klopfte an der Tür, und Susan hätte einen Schrei der Erleichterung ausstoßen können. Eine männliche Stimme rief: »Sie haben geklingelt, Madam? Kein Grund zur Beunruhigung, das Schiff scheint nur seine Fahrt verlangsamt zu haben.«

Nun war Kingsley zwar betrunken, aber nicht so blau, um nicht zu erkennen, dass sein Vorhaben, Susan gewaltsam zu besitzen, gescheitert war. Vor der Tür stand ein Steward, der sofort, sollte Susan erneut um Hilfe schreien, mit seinem Nachschlüssel die Kabine öffnen und nachsehen würde. Er stieß Susan von sich und richtete seine Hose.

»Wir beide sind noch nicht miteinander fertig«, wiederholte er. »Ich bekomme schon noch das, was mir für meine Dienste, dich nach Amerika zu bringen, zusteht.«

Susan war nicht fähig, etwas zu sagen, starrte Kingsley nur stumm nach, als der durch die Verbindungstür in seine Kabine verschwand. Instinktiv schloss sie schnell hinter ihm ab und stellte einen Stuhl mit der Lehne vor die Tür, so dass die Klinke blockiert war. Sie zitterte am ganzen Körper, darum nahm sie Kingsleys Glas und trank den Whisky in einem Zug. Sie wusste, dass sie in dieser Nacht keine Ruhe mehr finden würde, daher kleidete sie sich an. Sie wollte jetzt nicht allein sein, sie musste mit jemandem sprechen. Obwohl es unschicklich war, ging Susan zu Daniels Kabine auf dem C-Deck. Glücklicherweise hatte er am Tag zuvor zufällig seine Kabinennummer genannt. Als sie um die Ecke in den Gang einbog, der zu der Treppe zum C-Deck führte, kam ihr Thomas Andrews entgegen. Er schien direkt aus dem Bett zu kommen, denn seine Haare waren ungekämmt, und der Kragen seines Hemdes war nachlässig geschlossen, obwohl ihn Susan zuvor immer nur äußerst korrekt gekleidet gesehen hatte. Unter dem Arm trug der mehrere Papierrollen. Andrews war für seine Freundlichkeit gegenüber den Passagieren bekannt, nun jedoch würdigte er Susan keines Blickes. Im Gegenteil, er stieß sie sogar leicht an, als er an ihr vorbeieilte. Es kam jedoch kein Wort der Entschuldigung über seine Lippen. Susan schien es, als habe Andrews ihre Anwesenheit überhaupt nicht bemerkt.

Zwei Minuten später hatte Susan Daniels Kabine erreicht und klopfte.

»Daniel, bist du da? Wenn ja, bitte öffne. Ich bin es, Susan, es ist sehr wichtig.«

Hinter der Tür blieb jedoch alles ruhig. Inzwischen musste es kurz vor Mitternacht sein. Vielleicht schlief Daniel bereits so fest, dass er ihr Klopfen nicht hörte, oder er war noch gar nicht zu Bett gegangen. Susan erinnerte sich an den von Reverend Carter organisierten Liederabend. Wahrscheinlich war Daniel danach mit einigen Herren noch an die Bar gegangen.

Nur wenige Passagiere waren noch unterwegs, als Susan sich mit dem Fahrstuhl nach oben fahren ließ. Während sie den langen Gang entlanglief, der vom Heck zum Bug führte und durch den man zum Rauchsalon kam, hatte Susan das Gefühl, der Boden unter ihren Füßen fiele leicht ab. Dies war ihr zuvor nie aufgefallen. Vielleicht war aber auch ihre seelische Verfassung schuld daran, dass sie meinte, das Schiff hätte eine leichte Schieflage. Im Rauchsalon befanden sich noch mehrere Herren beim Kartenspiel, sie konnte Daniel jedoch nirgends entdecken. Sie hielt einen vorübereilenden Steward an.

»Verzeihen Sie, Sir, ich suche Mister Daniel Draycott. Haben Sie ihn irgendwo gesehen?«

Der Steward zuckte mit den Schultern. »Tut mir leid, ich kann mich an den Herrn nicht erinnern.«

Susan seufzte und überlegte, was sie jetzt tun sollte. Wahrscheinlich war es das Beste, in ihre Kabine zurückzugehen und zu versuchen, wenigstens ein paar Stunden zu schlafen. Sie war sicher, in dieser Nacht würde Kingsley keinen weiteren Versuch einer Annäherung unternehmen. Sie konnte noch die Kommode vor die Verbindungstür schieben, so dass ihm der Zugang zu ihrer Kabine verwehrt war. Sie überlegte, ob es überhaupt sinnvoll war, Daniel von Kingsleys Belästigung zu erzählen, denn sie traute Daniel durchaus zu, Kingsley zu verprügeln. Gäbe es noch Duelle, wäre Daniel zu einem solchen durchaus in der Lage. Dies würde jedoch die Aufmerksamkeit der Passagiere nur unnötig auf sie ziehen, und das wollte Susan unter allen Umständen vermeiden.

»Auf was habe ich mich nur eingelassen?«, murmelte Susan. Sie wünschte sich, in London sein und mit Doro ein Glas Rotwein trinken zu können. Nein, Esperanzas Krankheit und die Reise nach New York in eine vermeintlich glänzende Zukunft hatten ihr bisher kein Glück gebracht.

Du vergisst Daniel, mahnte eine kleine Stimme in ihrem Hinterkopf. Ohne dies alles wärst du ihm nie begegnet.

Vielleicht wäre das auch besser gewesen, antwortete Susan stumm dieser Stimme. Daniel löste in ihr Gefühle aus, die sie für immer und ewig begraben glaubte.

Während Susan auf der Suche nach Daniel durch das Schiff irrte, kamen immer mehr Passagiere aus ihren Kabinen und eilten an Deck. Offenbar hatten sie auch mitbekommen, dass die *Titanic* an Fahrt verloren hatte. Als Susan auf der Backbordseite ins Freie trat, bemerkte sie erneut, wie kalt es geworden war. In ihrer Aufregung hatte sich Susan nur schnell ihr dünnes Abendkleid übergezogen, aber weder Mantel, Hut noch Handschuhe mitgenommen. Auf dem Deck standen einige Gruppen von Menschen, die heftig miteinander diskutierten. Die *Titanic* hatte tatsächlich die Motoren gestoppt. Bewegungslos und ruhig, nicht einmal den Schwingungen der Dünung folgend, lag sie auf dem spiegelglatten Meer, das fast einem Binnengewässer glich. Plötzlich kam ein halbwüchsiger Junge zu einem Paar, offenbar seine Eltern, gelaufen und rief aufgeregt: »Kommt mit, das müsst ihr euch ansehen!«

Nicht nur Susan folgte dem Jungen zum Bug des Schiffes, von wo man auf das darunterliegende Deck sehen konnte. Dieses war über und über mit Eisklumpen bedeckt, manche so groß wie Fußbälle. Jungen, aber auch einige erwachsene Männer, hatten dies entdeckt und machten sich einen Spaß daraus, mit den Eisklumpen Fußball zu spielen. Sie lachten und schrien laut durcheinander. Susan vergaß die schneidende Kälte und musste ebenfalls schmunzeln. In ihrer Nähe hörte sie einen Herrn sagen: »Wir haben offenbar einen Eisberg gestreift.«

»Wo?« Sofort drängten sich die Leute um den Herrn, der nach rechts hinten deutete.

»Ich hörte, das Schiff wäre mit der Steuerbordseite haarscharf an dem Eisberg vorbeigeschrammt. Irgendwo dahinten.«

Susan beugte sich über die Reling und blickte in die angezeigte Richtung. Es war jedoch so dunkel, dass man nur wenige Meter weit sehen konnte.

»Wurde das Schiff beschädigt?« Der ängstliche Unterton in der Stimme einer Dame war unüberhörbar.

»Keine Sorge, Madam, selbst wenn – die Titanic ist ein starkes Schiff. Vielleicht werden einige Reparaturarbeiten nötig sein.«
»Oje, oje«, jammerte eine andere Frau. »Hoffentlich verzögert sich dadurch nicht unsere Ankunft in New York. Unser erster Enkel wird nämlich am Donnerstag getauft, und mein Gatte und ich müssen unbedingt dabei sein.«
»Nun, da wir in den letzten Tagen eine schnellere Fahrt als vorgesehen gemacht haben, wird dieser kleine Aufenthalt hier vielleicht ein paar Stunden dauern, wenn überhaupt.« Ein Herr in Frack und Zylinder zog eine Zigarre aus der Innentasche seiner Jacke und zündete sie an. Nachdem er genüsslich eine Weile geraucht hatte, fuhr er fort: »Außerdem ist es gar nicht gesagt, dass das Schiff tatsächlich beschädigt wurde. Ich denke vielmehr, der Captain hat stoppen lassen, um die Navigation zu überprüfen. Immerhin soll es in diesen Gewässern von Eisbergen nur so wimmeln.«
In diesem Moment ertönte ein so lautes Geräusch, als würden zwanzig Lokomotiven in einer niedrigen Halle gleichzeitig ihren Dampf ablassen. Die Leute zuckten zusammen und starrten hinauf zu den mächtigen Schornsteinen, aus denen weißer, dicker Dampf aufstieg.
»Was ist das?«, fragte eine ängstliche Frau und lehnte sich zitternd an ihren Ehemann.
»Keine Ahnung. Es ist jedoch völlig natürlich, wenn eine Dampfmaschine Dampf ablässt. Vielleicht hat das Schiff auch einen Motorschaden, und um diesen zu beheben, müssen die Kessel geleert werden.«
Susan mischte sich nicht in die Gespräche ein. Die Gedanken wirbelten in ihrem Kopf durcheinander, denn sie spürte, dass mehr geschehen sein musste, als die Menschen hier an Bord glaubten. Deutlich stand ihr der besorgte Gesichtsausdruck des Schiffkonstrukteurs Andrews vor Augen, der vorhin an ihr vorbeigeeilt war. Sie musste Daniel finden! Er würde Genaueres

wissen. Sie beschloss, erneut an seiner Kabine zu klopfen, vielleicht schlief er tatsächlich und hatte von alledem nichts mitbekommen.

Auf dem Weg zu den Kabinen begegneten ihr immer mehr Frauen, Männer und Kinder. Die meisten trugen Schwimmwesten, und Susan durchlief ein Schauer, der nicht von der Kälte kam. Ein Steward hielt sie kurz auf und sagte: »Bitte gehen Sie in Ihre Kabine, und legen Sie Ihre Schwimmweste an, Madam. Und auch warme Kleidung, denn es ist sehr kalt heute Nacht. Dann begeben Sie sich bitte wieder an Deck.«

»Was ist denn geschehen?« Susans Stimme zitterte leicht.

Der Steward zuckte mit den Schultern. »Nur eine Vorsichtsmaßnahme, kein Grund zur Beunruhigung, Madam. Wenn Sie jetzt bitte gehen würden?«

Sacht schob er sie zur Seite und eilte zu anderen Passagieren, die noch keine Schwimmwesten trugen, um seine Worte zu wiederholen.

Susans Hände zitterten so sehr, dass sie drei Versuche brauchte, bis sie ihre Kabinentür aufgeschlossen hatte. Für einen Moment befürchtete sie, Kingsley anzutreffen, doch ihre Kabine war leer. Sie ließ sich in einen Sessel sinken und schlug die Hände vors Gesicht. Plötzlich war ihr bewusst, dass sie das Engagement am *Pigeon-Theatre* nicht würde annehmen können. Sie war zwar überzeugt, der Intendant wusste nichts von dem ungebührlichen Verhalten seines Assistenten, dennoch würde sie Kingsley nicht dauerhaft aus dem Weg gehen können, und dieser würde alles daransetzen, ihr das Leben schwerzumachen. Und dann war da noch ihr Sohn … Sie war sicher, Paul und Jimmy hielten sich irgendwo in England auf. Wie konnte sie am anderen Ende der Welt auf eine Karriere hoffen, wenn ihr Kind vielleicht litt?

»Daniel, wo bist du?«, flüsterte sie. Der junge Anwalt erschien ihr wie ein Rettungsanker, und sie stellte fest, dass sie keineswegs so stark war, wie sie bisher geglaubt hatte. Seit sie vor Jahren erfah-

ren hatte, dass sie von ihrem ehemaligen Vermieter ein Kind unter ihrem Herzen trug, hatte sie keine Angst mehr vor der Zukunft gehabt und gemeint, schlimmer könnte es nicht mehr kommen. Jetzt jedoch fühlte sie sich hilflos wie ein kleines Kind.
Ihr Blick fiel auf die Uhr. Es war kurz vor halb eins, auf dem Gang vor ihrer Kabine herrschte jedoch ein Tumult, als hätte das Signal gerade zum Dinner gerufen. Susan zog ihr Abendkleid aus und wählte ein einfaches Hauskleid aus einem dickeren Wollstoff, darüber legte sie ein Schultertuch und schlüpfte in ihren wärmsten Mantel. Dann suchte sie die Schwimmweste, die sie erst nach einigen Minuten in einem der Wandschränke fand. Mit der Schnürung der Weste kam sie jedoch nicht zurecht, darum warf sie sich die Weste nur locker über und steckte ihre Börse in die Manteltasche. Viel Geld war nicht darin, ihr restliches Barvermögen lag im Safe beim Zahlmeister. Erneut flammte Zorn in ihr auf. Kingsley würde es nicht wagen, sie um ihr Geld zu bringen! Dafür würde sie sorgen. Als sie die Kabine verließ, fiel ihr Blick in den Spiegel. Ihre linke Wange, die Kingsleys Faust getroffen hatte, war rot und geschwollen, Schmerz empfand sie jedoch kaum. Die Ereignisse, die seitdem geschehen waren, drängten alles andere in den Hintergrund.
Immer mehr Menschen strömten auf die Decks, so dass Susan Mühe hatte, sich ihren Weg zu bahnen. Offenbar waren alle Passagiere aufgefordert worden, ihre Kabinen zu verlassen. Zwar sprachen alle durcheinander und fragten sich, was der Sinn und Zweck dieser nächtlichen Aufregung war, es war jedoch weder Angst noch Panik zu bemerken. Susan überlegte, wie sie in diesem Gewimmel Daniel finden sollte. In der Nähe der Turnhalle auf dem Bootsdeck entdeckte sie Molly Brown. Die Dame trug ebenfalls einen warmen Mantel und hatte ordnungsgemäß ihre Schwimmweste angelegt.
»Mrs. Brown!« Erleichtert eilte Susan auf sie zu. »Wissen Sie, was das alles zu bedeuten hat?«

»Leider nicht, und ich glaube, die Offiziere wissen es selbst nicht. Die Stewards laufen wie kopflose Hühner durcheinander, und von niemandem erhält man eine Erklärung, wenn man fragt, warum man uns mitten in der Nacht in die Kälte hinausjagt.« Molly Brown runzelte grimmig die Stirn. »Bisher war ich mit dem Service auf diesem Schiff sehr zufrieden, doch jetzt überlege ich mir ernsthaft, der Schifffahrtsgesellschaft einen geharnischten Brief zu schreiben.«

»Ganz recht, Molly«, sagte eine neben ihr stehende Frau. »Wenn die meinen, etwas Außergewöhnliches zur Unterhaltung der Passagiere durchführen zu müssen, dann sollen sie das nicht mitten in der Nacht und bei dieser Kälte tun. Wenn ich mir eine Lungenentzündung hole, schicke ich die Arztrechnung an die White-Star-Linie.«

Molly lachte, und auch von Susan fiel ein Teil der Anspannung ab.

»Mrs. Brown, haben Sie Daniel … ich meine, Mr. Draycott gesehen? Den Gentleman, der heute Abend mit uns am Tisch saß?«, fragte Susan erwartungsvoll.

»Seit dem Liederabend im Salon, bei dem er eine Reihe hinter mir saß, nicht mehr«, antwortete Molly Brown. Als sie die Enttäuschung auf Susans Gesicht sah, fuhr sie fort: »Keine Sorge, Sie werden Ihren Liebsten schon wiederfinden. Schließlich befinden wir uns hier auf einem Schiff, da geht niemand verloren.«

»Mr. Draycott ist nicht mein Liebster …«, begehrte Susan auf, wurde aber sofort von Mrs. Brown unterbrochen, die ihr leicht die Wange tätschelte.

»Aber, meine Liebe, man braucht Sie beide nur anzusehen, um zu bemerken, dass Sie einander mögen.« Susan errötete, und Mrs. Brown nickte lächelnd, dann wurde ihr Blick aber plötzlich ernst, und sie fragte: »Was ist denn mit Ihrem Gesicht geschehen? Die eine Seite ist ja völlig geschwollen. Das sollten Sie dem Schiffsarzt zeigen.«

»Ich bin vorhin gestürzt«, antwortete Susan rasch. Der freundlichen Molly Brown wollte sie nichts von Kingsleys Überfall erzählen, dafür schämte sie sich zu sehr. Sie wurde einer Antwort ohnehin enthoben, denn plötzlich knallte es über ihren Köpfen. Gebannt starrte Susan nach oben. Eine Rakete stieg hoch hinauf in den nachtschwarzen Himmel, dann erfolgte eine Explosion, die die Stille der Nacht zu zerreißen schien, und eine Wolke von funkelnden Sternen sank langsam herab und verlöschte nach und nach.
»Raketen!« Das Wort hallte, von zahlreichen Menschen gerufen, über Deck.
Susan starrte Molly Brown, die nun auch etwas von ihrer Sicherheit verlor, erschrocken an. Jeder, auch wenn man nicht über viel Erfahrung in der Seefahrt verfügte, wusste, was das Abschießen von Leuchtraketen zu bedeuten hatte. In kurzen Abständen folgte eine zweite, dann eine dritte Rakete. Für einen Moment wurde es totenstill, dann begannen die Menschen zu schreien, und ein Gedränge setzte ein, wie es Susan vorher noch nie erlebt hatte.
Molly Brown straffte die Schultern, holte tief Luft und sagte bestimmt: »Meine Damen, die Situation scheint ernster zu sein, als man uns glauben ließ. Ich denke, es wäre besser, uns zu den Booten zu begeben.«
Im Schlepptau von Mrs. Brown und zwei weiteren Damen drängelte sich Susan durch die Menge in Richtung der Rettungsboote auf der Backbordseite. Als sie die kleine Pforte, die die zweite Klasse von der ersten trennte, passierten, hörte Susan, wie zwei Frauen den dort postierten Offizier fragten, ob sie hier durchgehen dürften, um zu den Booten zu gelangen.
»Nein, meine Damen«, antwortete der Offizier freundlich. »Ihre Boote befinden sich unten auf Ihrem eigenen Deck.«
Susan wechselte mit Molly Brown einen besorgten Blick. Offenbar war damit begonnen worden, die Passagiere in die Rettungsboote steigen zu lassen. Dass es sich hierbei nicht um eine außer-

gewöhnliche Art der Unterhaltung für die Passagiere handelte, war nicht nur Susan bewusst.

»Wahrscheinlich eine reine Vorsichtsmaßnahme«, murmelte Molly Brown und vergaß für einen Moment ihre gute Erziehung. »Sie wollen die Passagiere von Bord haben, bis das Schiff repariert ist. Wir werden uns auf See ein paar Stunden lang mächtig den Hintern abfrieren, dann jedoch wieder in unsere Kabinen zurückkehren können. Ich glaube, diesen Brief schreibe ich wirklich und verlange einen Teil des Reisepreises zurück …«

Dutzende von Menschen warteten geduldig auf das Klarmachen der Rettungsboote. Die Ersten waren bereits abgefiert worden und dümpelten auf dem ruhigen Wasser. Um Susan herum befanden sich ausnahmslos Passagiere der ersten Klasse, die ihrer Erziehung nach keine Angst zeigten, sondern sich unterhielten, als handle es sich um den Ausflug zu einer Landpartie. Auch Molly Brown und ihre Begleiterinnen warteten geduldig, bis sie an der Reihe waren.

»Frauen und Kinder für Rettungsboot sechs«, rief der Offizier und winkte ihnen, vorzutreten. Einige Frauen stiegen ein, dann war Molly Brown an der Reihe. Als sie im Boot Platz genommen hatte, winkte sie Susan.

»Nun kommen Sie schon.«

Susan zögerte, trat dann einen Schritt zurück und schüttelte den Kopf.

»Ich muss Mr. Draycott finden«, rief sie. »Ich werde ein anderes Boot nehmen.«

»Aber Miss Peggy …« Der Rest von Molly Browns Worten ging in dem Befehl zum Abfieren des Bootes durch den Offizier unter. Susan drehte sich um und drängte sich zwischen den Menschen hindurch zurück. Dabei sah sie sich immer wieder um. Molly Brown hatte recht – das hier war ein Schiff, Daniel musste irgendwo zu finden sein. Der Gedanke, er hätte bereits ein Rettungsboot bestiegen und das Schiff verlassen, kam Susan nicht.

22. Kapitel

Daniel Draycott irrte auf der Suche nach Susan ebenfalls durch das Schiff. Nach dem Liederabend, der gegen zweiundzwanzig Uhr beendet war, war Daniel im Rauchsalon gewesen, hatte dort ein paar Drinks zu sich genommen und war dann, um wieder einen freien Kopf zu bekommen, auf Deck gegangen. Die kalte Nachtluft hatte ihn nicht gestört, denn er hatte über Susan nachgedacht. In seinem Leben hatte es schon ein paar Frauen gegeben – er war schließlich kein Mönch –, darunter war aber keine gewesen, bei der er den Wunsch zu heiraten verspürt hatte. Mit einer Ehe hatte es Daniel nicht eilig, obwohl er im Mai seinen fünfunddreißigsten Geburtstag feiern würde. Sein älterer Bruder hatte bereits zwei Söhne, somit war die Nachfolge der Familie Draycott gesichert, und seine Eltern drängten ihn nicht zu einer Ehe. Einer Frau wie Peggy Sue war Daniel noch nie zuvor begegnet. Vielleicht lag es daran, dass sie Engländerin und dazu noch Schauspielerin war. Nach außen gab sie sich kühl und beherrscht, doch immer wieder flammte unter dieser Oberfläche ein Funke auf, der Daniel vermuten ließ, dass Peggy Sue eine durch und durch leidenschaftliche Frau war. Die Geschichte von ihrer angeblichen Freundin, die ihren Sohn verloren hatte, glaubte Daniel nicht. Er hatte sofort gespürt, dass es Peggys eigenes Schicksal war. Dies stimmte ihn nachdenklich. Nicht, dass Peggy bereits ein Kind hatte, nein, wenn es jedoch stimmte, was sie sagte, dann war sie verheiratet, auch wenn sie schon lange von ihrem Mann getrennt lebte und zu diesem keinen Kontakt mehr hatte. Er würde mit ihr darüber sprechen müssen. Eine Scheidung war heutzutage kein Problem. Selbst wenn seine Eltern die Nase rümpfen würden, wenn er eine geschiedene Frau heiraten wollte – er war schließlich alt genug, um selbst über sein Leben zu entscheiden. Das größere Problem war

Peggy selbst. Obwohl er meinte, sie würde ebenso empfinden wie er und ihm das durch Blicke und kleine, unbewusste Gesten zeigte, hatte sie ihn abgewiesen. Daniel war sich jedoch sicher, dass dies nur aufgrund ihrer Vergangenheit geschah. Nun, er würde nicht lockerlassen, und irgendwann würde Peggy sich ihm anvertrauen.

»Peggy Sue ...« Leise sprach Daniel den Namen aus. War das überhaupt ihr richtiger Name, oder handelte es sich um einen Künstlernamen? Er musste sie bei nächster Gelegenheit danach fragen.

Über diesen Überlegungen hatte Daniel die Zeit vergessen und wurde plötzlich durch einen lauten Ruf, der aus dem Krähennest kam, aus seinen Gedanken gerissen.

»Eisberg voraus! Mein Gott, der ist riesig!«

Daniel schaute zum Bug und erkannte das große, schattenhafte Gebilde, auf das die *Titanic* unweigerlich zuhielt. Wie gebannt, unfähig, sich zu rühren, blieb er stehen und erwartete jeden Moment den Aufprall. Dann jedoch drehte das Schiff nach links ab, und sie fuhren so dicht an dem Eisberg vorbei, dass Daniel nur seine Hand hätte ausstrecken müssen, um diesen berühren zu können. Unter seinen Füßen spürte er, wie das Schiff erzitterte, und unwillkürlich wusste er, dass die *Titanic* das Hindernis gerammt hatte. Es dauerte noch einige Minuten, bis er sich so weit gefangen hatte, ins Schiffsinnere und direkt zu Susans Kabine zu eilen. Wahrscheinlich schlief sie schon, er wollte sie dennoch wecken, denn die Sache mit dem Eisberg machte ihm Sorgen. Auf sein Klopfen hin regte sich nichts in ihrer Kabine. Vielleicht war sie an Deck gegangen, so wie zahlreiche andere Passagiere ebenfalls, die die Kollision bemerkt hatten.

In der folgenden Stunde durchkämmte Daniel das Schiff, nicht wissend, dass Susan ebenfalls auf der Suche nach ihm war, aber sie verfehlten sich immer wieder. Schließlich wurde auch er aufgefordert, sich eine Schwimmweste anzuziehen und sich an Deck zu begeben. Das Abschießen der Leuchtraketen ließ Daniel ebenso erschrocken aufschreien wie Hunderte von anderen Passagieren. In diesem Moment wusste er, dass sich die *Titanic* in größter Not befand.

Um ein Uhr dreißig brach unter den bisher beherrschten und ruhigen Passagieren Panik aus. Keiner glaubte jetzt mehr an einen geringfügigen Zwischenfall oder an eine Reparatur, denn ein Blick über die Reling sagte allen, dass die *Titanic* langsam, aber sicher über Bug sank. Das vordere Schiffsteil hatte sich deutlich gesenkt, und das Wasser stand nur noch knapp vier Meter unter dem Promenadendeck. Der Andrang auf die Rettungsboote war enorm, Menschen der dritten Klasse durchbrachen die Absperrungen und eilten zu den Booten. Längst war die Trennung der Klassen aufgehoben worden, denn auch die Matrosen, ja, selbst die Offiziere waren nicht mehr Herr der Lage und konnten die Menschen, die um ihr Leben fürchteten, nicht mehr zur Räson bringen.

»Nur Frauen und Kinder!« Der Ruf hallte über die Decks, und Daniel, der wusste, dass die Rettungsboote niemals für alle Passagiere ausreichen würden, unterdrückte seine aufsteigende Panik. Da endlich sah er Peggy Sue. Wie ein Häufchen Elend lehnte sie an einem Pfosten und schien nichts um sie herum zu bemerken.

»Peggy! Endlich!« Rücksichtslos drängte Daniel sich durch die Menge, bis er sie erreicht hatte, dann riss er sie in seine Arme und küsste sie. »Ich habe dich überall gesucht, dachte, du bist schon in einem der Boote.«

»Daniel …« Susan schluchzte und erwiderte seinen Kuss. Auch sie hatte erkannt, dass das Schiff sinken würde, sie war jedoch vor Angst so gelähmt gewesen, dass sie es nicht schaffte, zu einem der Rettungsboote zu gehen.

»Komm, du musst in eines der Boote.« Daniel zog sie an der Hand hinter sich her. »Sie lassen nur noch Frauen und Kinder einsteigen.«

»Was ist mit dir?«, schrie Susan.
»Ich komme schon irgendwie von diesem verdammten Kahn herunter.« Die derbe Wortwahl zeigte Susan, dass auch Daniel keineswegs so ruhig war, wie er ihr vermitteln wollte.
Als sie dort ankamen, wo zuvor Molly Brown in ein Boot gestiegen war, sahen sie, dass hier alle Boote bereits fort waren. Das Welldeck stand inzwischen vollständig unter Wasser, und die Neigung des Bugs wurde von Minute zu Minute stärker.
»Sind noch Boote da?« Unbeherrscht fuhr Daniel einen Offizier an, der hilflos herumstand und nicht wusste, was er tun oder wohin er sich wenden sollte.
»Vielleicht an Steuerbord, Sir«, sagte er so leise, dass Susan ihn kaum verstehen konnte.
Susan und Daniel hasteten durch die Gänge auf die andere Seite. Die Panik unter den Menschen wurde immer größer. Die meisten schrien und jammerten, es gab aber auch einige, die mit versteinerten Gesichtern einfach auf dem Boden saßen, wissend, dass ihr Leben verloren war. Auf der Steuerbordseite wurde gerade ein Boot abgefiert, es befand sich bereits auf dem Weg nach unten in Höhe des B-Decks. Susan und Daniel rannten, so schnell sie konnten, nach unten und erreichten die Reling, als das Boot auf deren Höhe war. Inzwischen überflutete das Wasser das Promenadendeck, und die ersten Gegenstände begannen in Richtung des untergehenden Bugs zu rutschen.
»Hallo, hier ist noch eine Frau!«, brüllte Daniel, so laut er konnte.
»Dann soll sie springen, aber schnell!«, kam die Antwort, und Susan kletterte über die Reling.
»Du auch, Daniel!«, flehte sie und klammerte sich an sein Revers.
Er nickte. »Ich komme nach, ich verspreche es dir.«
Susan starrte auf die Gesichter der Frauen und Männer, die in dem Rettungsboot einige Meter unter ihr saßen, holte tief Luft

und stieß sich von der Reling ab. In diesem Moment verfing sich eine Schnur ihrer Schwimmweste, die sie in der Aufregung zu schnüren vergessen hatte, an einem Haken, und die Weste wurde von ihrem Körper gerissen. Dadurch verlor Susan das Gleichgewicht und fiel, anstatt in das Boot, eine Handbreit daran vorbei ins Wasser. Der Aufprall war hart und schmerzhaft, und Susan versank in den Fluten des Ozeans. Verzweifelt schlug sie um sich. Das eiskalte Wasser drang wie tausend spitze Nadeln durch ihre Kleidung, und sie dachte, jeden Moment würde ihr Herz stillstehen und ihre Lungen platzen. Dann endlich tauchte sie auf und schnappte hektisch nach Luft.

»Schwimm!« Wie aus weiter Ferne hörte sie Daniels Stimme. »Wenn du schwimmen kannst, dann schwimm so schnell wie möglich weg von dem Schiff!«

Automatisch bewegte Susan ihre Arme und Beine, obwohl sie meinte, durch die Kälte des Wassers gelähmt zu sein. Unwillkürlich dachte sie an den Abend, als sie Lavinia Callington das Leben gerettet hatte. Wenn sie nicht hätte schwimmen können, wäre sie damals nie auf die Idee gekommen, in die Themse zu springen. Dann wäre ihr Leben anders verlaufen, und sie wäre niemals auf die *Titanic* gekommen. Wenn, wäre und hätte … Es war nun mal geschehen. Während sie versuchte, sich von dem Schiff, auf dem die Schreie der Menschen immer lauter und schriller wurden, zu entfernen, war es, als zöge ihr bisheriges Leben an ihr vorbei. Sie sah sich als Kind in den Fischhallen von Billingsgate, ihren ständig betrunkenen Vater und die Mutter, die ebenfalls zusehends dem Alkohol verfiel. Vor ihrem geistigen Auge tauchte Paul auf, und sie erinnerte sich an ihre erste gemeinsame Zeit, in der sie meinte, glücklich zu sein. Sie spürte den Schmerz, den sie beim Verlust ihres ersten Kindes gespürt, aber auch die Wärme, als man ihr Jimmy in den Arm gelegt hatte. Jimmys Gesicht vermischte sich mit dem von Anabell, und sie meinte, Daniels Stimme zu hören: »Wenn deiner Freundin ihr Kind wirklich wichtig ist, dann muss sie mit allen Mitteln darum kämpfen. Es gibt immer einen Weg, wenn man etwas ernsthaft will …«

Ihr war so kalt, so schrecklich kalt, dennoch bewegte sie weiter ihre Arme und Beine und entfernte sich von dem Schiff. Plötzlich tauchte vor ihr der Rumpf eines Bootes auf. Sie mobilisierte ihre letzten Kräfte und schrie: »Hallo! Hilfe!«

»Da schwimmt jemand! Na los, wir müssen näher ran.«

Ein Ruder wurde über die Bordwand gelegt, und Susan klammerte sich daran fest. Helfende Hände griffen nach ihr, und sie wurde an Bord gezogen. Nach Luft schnappend und am ganzen Körper zitternd, lag sie auf dem Boden. Jemand schlug ihr leicht ins Gesicht.

»Na los, machen Sie die Augen auf.«

Langsam richtete Susan sich auf und sah sich um. Sie kannte niemanden in diesem Boot, das vor allem von Frauen, aber auch von einigen Männern, fast ausschließlich von Besatzungsmitgliedern, besetzt war. Niemand sprach ein Wort, in den Gesichtern jedes Einzelnen stand der Ausdruck von Fassungslosigkeit, gepaart mit einer namenlosen Angst. Sie hatten es zwar geschafft, das sinkende Schiff zu verlassen, doch war das keine Garantie dafür, zu überleben. Sie befanden sich mitten auf dem Nordatlantik, Hunderte, wenn nicht sogar Tausende von Meilen vom nächsten Festland entfernt, und es war eiskalt. Auch hatten sie weder Wasser noch Proviant an Bord. Wenn nicht ein anderes Schiff kam, das sie aufnahm, würde ihr Tod nur noch eine Frage der Zeit sein.

Nach einigen Minuten hatte Susan sich so weit erholt, dass sie sich auf eine Bank setzen konnte. Gemeinsam mit den anderen Geretteten starrte sie zur Titanic hinüber oder vielmehr zu dem, was von dem einstigen Stolz der Ozeane noch zu sehen war.

Was sie sahen, war so unglaublich, dass Susan auch noch Jahre später meinte, nur einen unrealistischen Alptraum erlebt zu haben. Noch immer brannten alle Lichter auf der *Titanic*. Selbst unter Wasser schimmerte das Licht durch die Bullaugen der Kabinen, die längst unter dem Meeresspiegel lagen. Die Männer ruderten das Boot immer weiter vom Schiff weg, denn sie hatten Angst, von dem Sog, der unweigerlich entstand, wenn die *Titanic* versank, mit in die Tiefe gerissen zu werden. Als Landratte fiel es Susan schwer, die Entfernung einzuschätzen, sie glaubte jedoch, sich ungefähr eineinhalb Meilen vom Schiff entfernt zu befinden. Alle im Boot schwiegen, außer stoßweisem Atmen war nichts zu hören, als der Bug der *Titanic* unter Wasser gezogen wurde und sich das ganze Schiff aufrichtete, bis es vertikal in die Höhe ragte. Die *Titanic* verharrte völlig bewegungslos. Dann erlöschten plötzlich auf einen Schlag alle Lichter, und es gab einen unbeschreiblichen Lärm, wie ihn Susan nie zuvor gehört hatte und auch nie wieder hören wollte. Es war keine Explosion, wie ein Ruderer des Bootes annahm, sondern Susan sah fassungslos, wie das Schiff in zwei Teile zerbrach, als wäre es nicht mehr als ein Pappmodell. Das Vorderschiff versank vollkommen geräuschlos binnen weniger Sekunden, während das Heck wie ein Korken flach auf dem Wasser lag. Dann strömte das Wasser in den offenen Rumpf, und das Achterschiff sog sich voll wie ein Schwamm. Es richtete sich steil auf, verharrte in dieser Position ein paar Sekunden, die dem Betrachter wie Minuten vorkamen, dann schoss es einem Pfeil gleich in die Tiefe. An der Stelle, an der sich noch Augenblicke zuvor ein Schiff befunden hatte, war kein Hinweis zu finden, dass sich gerade die Wellen über dem wunderbarsten Ozeandampfer, der je gebaut worden war, geschlossen hatten. Die Sterne glitzerten am wolkenlosen Himmel, als wäre nichts geschehen.

»Zwei Uhr zwanzig«, murmelte ein neben Susan sitzender Mann und starrte auf seine goldene Taschenuhr. »Um zwei Uhr zwanzig am fünfzehnten April 1912 ist von der Titanic nichts mehr übrig.«

Für einen Moment war es völlig ruhig, und das Meer schien vor ihnen zu liegen wie in den Tagen zuvor, als noch niemand an ein solches Unglück auch nur dachte. Dann jedoch begannen die Schreie. Es waren verzweifelte Schreie der Menschen, die im eiskalten Wasser um ihr Leben kämpften. Susan wusste, sie würde, solange sie lebte, dieses Geräusch niemals vergessen, denn es übertraf alles, was sie zuvor gehört hatte. Schreie, ausgestoßen aus Hunderten von Kehlen, von Menschen, die wussten, dass sie keine Chance hatten, in dem eiskalten Wasser länger als einige Minuten zu überleben. Mütter, die nach ihren Ehemännern und Kindern riefen, Kinder nach ihren Eltern. Susan war versucht, sich die Ohren zuzuhalten, aber die Kälte und das Entsetzen lähmten ihren ganzen Körper.

»Wir müssen hinrudern«, sagte jemand. »Wir müssen versuchen, einige von ihnen zu retten. Wir haben doch noch Platz in unserem Boot.«

Der Hauptruderer, er trug die Uniform der White Star Line, schüttelte entschieden den Kopf.

»Sie würden uns umkippen. Hunderte von Menschen würden versuchen, in unser Boot zu kommen, und uns damit unweigerlich zum Kentern bringen.«

»Wir können diese Menschen doch nicht einfach ertrinken lassen!«

Der Offizier blickte in die Runde, in seinen Augen stand eine Leere, die Susan nie zuvor bei einem Menschen gesehen hatte.

»Wir müssen es, wenn wir selbst überleben wollen.«

Jeder in diesem Boot, gleichgültig, ob Mann oder Frau, ob aus der ersten oder der dritten Klasse, ob jung oder alt, ob Passagier oder Besatzungsmitglied, erkannte die Wahrheit in seinen Worten. Und keiner wollte in dem kalten Wasser treiben, dort erfrieren oder ertrinken. Jeder hatte Freunde, Bekannte und Verwandte, die auf seine Ankunft in New York warteten und die er wiedersehen wollte. Also schwiegen sie. Auch Susan schwieg, obwohl alles in ihr drängte, zur Unglücksstelle zurückzukehren und zu sehen, ob noch jemand zu retten war. Sie dachte an Daniel und daran, dass sie ihn niemals wiedersehen würde. Susan dachte aber auch an Jimmy und an Anabell, und sie wusste, wenn eines ihrer Kinder da draußen im eiskalten Meer treiben würde, dann würde sie selbst ins Wasser springen und zu ihm hinschwimmen, gleichgültig, ob ihr eigenes Leben in Gefahr war. Für ihre Kinder würde sie dieses bereitwillig opfern. Trotzdem hast du beide im Stich gelassen, und Geld war dir wichtiger, mahnte eine leise Stimme in ihrem Hinterkopf. Susan wusste, dass sie diese Stimme von heute an nicht mehr einfach würde ignorieren können, wie sie es die letzten Jahre getan hatte.

Nach und nach wurden die Schreie schwächer, bis sie schließlich ganz verstummten. Der Herr neben Susan schaute erneut auf seine Uhr, offenbar war er entschlossen, den Ablauf der Tragödie ganz genau zu dokumentieren.
»Es ist genau drei Uhr«, sagte er leise, so dass nur Susan und die direkt neben ihnen Sitzenden ihn verstehen konnten. »Sie haben vierzig Minuten gebraucht, um zu sterben. Vierzig Minuten!«
Er musste nicht sagen, wen er mit *sie* meinte. Susan fühlte eine völlige innere Leere, über die sie im Moment dankbar war. Nicht nachdenken, vor allen Dingen nicht an Daniel denken. Sie war sich sicher, dass auch er da draußen war. Da er eine Schwimmweste getragen hatte, würde er wahrscheinlich nicht versinken und als Leiche auf dem Wasser treiben.
Totenstille senkte sich über das Rettungsboot, die nur vom Geräusch der Ruderblätter, die durch das Wasser zogen, unterbrochen wurde. Später konnte Susan nicht mehr sagen, wie viel Zeit vergangen war, als in der Dunkelheit erst das Licht einer Laterne und dann ein weiteres Boot auftauchte, kurz darauf ein drittes und dann ein viertes. Die Boote steuerten aufeinander zu, und

die Männer warfen einander Taue zu, um die Boote miteinander zu vertäuen. Dies alles geschah in einer gespenstischen Stille, niemand sprach mehr als nur die absolut notwendigen Befehle. Im schwachen Licht der Sterne sah Susan immer wieder kleine Eisschollen vorbeitreiben, irgendwann reichte jemand eine flache metallische Flasche herum, in der sich Whisky befand. Für jeden Passagier gab es nur einen winzigen Schluck, kaum mehr, als dass der Gaumen benetzt wurde, aber der Alkohol belebte Susan ein wenig, die schreckliche Kälte würde wahrscheinlich niemals wieder aus ihrem Körper weichen. Im Osten färbte ein schmaler Streifen den Horizont rosa, als plötzlich der Ruf ertönte, der allen Passagieren wie ein Stromstoß durch die Glieder fuhr:

»Schiff voraus! O mein Gott, da kommt ein Schiff!«

Susan wandte den Kopf und erkannte einen großen Dampfer, offenbar ein Passagierschiff, das langsam auf sie zuhielt.

»Wir sind gerettet.« Eine Frau neben Susan brach in Tränen aus, während eine andere fragte: »Sie werden doch alle Boote aufnehmen, oder? Mein Mann ist in einem der anderen Boote. Er hat es mir fest versprochen, ein anderes Boot zu nehmen, als er mich zwang, in dieses Rettungsboot zu steigen.«

Niemand gab eine Antwort, denn alle wussten, dass sie die Männer, die an Bord geblieben waren, niemals wieder in die Arme schließen würden.

»Hoffentlich sehen sie uns!« Der kommandierende Offizier in ihrem Boot stand auf und schwenkte eine Lampe. »Hejo! Hier sind wir!«

Die Männer in den mit ihnen vertäuten Booten taten es ihm gleich, und tatsächlich verringerte das Dampfschiff seine Geschwindigkeit und drehte nach Steuerbord. Der Morgen zog schnell herauf, es würde ein weiterer klarer und sonniger Tag werden, und Susan erkannte immer mehr Rettungsboote auf dem spiegelglatten Meer. Sie waren alle nicht sehr weit vonein-

ander entfernt gewesen, hatten sich wegen der Dunkelheit aber nicht sehen können.
Bald hatte sich das Schiff genähert, und Susan konnte den Namen lesen: *Carpathia*.

Die nächste Stunde verging damit, die Schiffbrüchigen an Bord des Passagierdampfers zu nehmen. Die *Carpathia* war vier Tage zuvor in New York mit Kurs ins Mittelmeer ausgelaufen und hatte knapp achthundert Passagiere an Bord. Vorrangig vermögende Amerikaner, die einen Urlaub in wärmeren Gefilden verbringen wollten. Das Schiff hatte den Notruf der *Titanic* erhalten und sofort seinen Kurs geändert, um der *Titanic* zu Hilfe zu eilen, doch die *Carpathia* fuhr eine geringere Geschwindigkeit als die *Titanic*, außerdem wollte Kapitän Rostron nicht riskieren, ebenfalls mit einem Eisberg zu kollidieren, daher erreichte das Schiff erst Stunden nach dem Untergang die Unglücksstelle und kam somit für die Rettung so vieler Menschen viel zu spät.
Mit klammen Fingern, in denen sie kaum noch Leben spürte, zog sich Susan die Strickleiter hinauf. Helfende Hände hievten sie über die Reling. Sofort reichte ihr jemand einen Becher mit heißem Tee, und eine Decke wurde um ihre Schultern gelegt. Auf dem Deck der *Carpathia* standen Hunderte von Männern und Frauen, die den Schiffbrüchigen mitleidig entgegensahen. Man führte sie unter Deck in einen großen Raum, in dem kaum noch ein Fleckchen frei war. Susan war total erschöpft, so dass sie sich auf den Boden sinken ließ und an einen Pfeiler lehnte. Sie war so müde, so furchtbar müde und wollte nur noch schlafen …
»Sie müssen aus den nassen Sachen raus.« Eine Hand rüttelte an ihrer Schulter. »Nicht einschlafen, Miss, sonst holen Sie sich den Tod.«
Eine etwa gleichaltrige Frau mit dunklen Haaren und Augen musterte sie besorgt und bot ihr die Hand, um aufzustehen. Mit letzter Kraft kam Susan auf die Füße und ließ sich von der Un-

bekannten an die Hand nehmen. Diese führte sie zwei Decks nach unten, schloss eine Kabinentür auf und schob Susan hinein. Die Kabine war klein und ohne Fenster, jedoch zweckmäßig eingerichtet und mollig warm.

»Dort oben können Sie nicht bleiben«, sagte die fremde Dame, und Susan registrierte zum ersten Mal ihren fremdländischen Akzent. Sie hob den Kopf und sah ihr in die Augen.

»Danke, Sie sind sehr freundlich, Miss …?«

»Derrington, Mistress Antonia Derrington.« Sie deutete auf den Wandschrank. »Dort finden Sie trockene Kleidung, Miss, und legen Sie sich ruhig ins Bett und versuchen Sie, zu schlafen. Ich gehe derweil in den Speisesaal und sehe, ob ich helfen kann. Ich glaube, es gibt jede Menge Tee und heiße Suppe zu kochen.«

Susan nahm die entgegengestreckte Hand und drückte sie, so fest sie konnte.

»Susan Hexton«, sagte sie. »Ich weiß nicht, wie ich Ihnen danken soll.«

Antonia Derrington lächelte. »Eigentlich sollten alle Schiffbrüchigen in Kabinen untergebracht und entsprechend versorgt werden, aber das Schiff ist beinahe ausgebucht. Als ich Sie jedoch im Saal sah, sahen Sie so verloren aus, dass ich Sie nicht einfach dort sitzen lassen konnte. Auch, weil Ihre Kleidung völlig durchnässt ist.«

»Man hat mich aus dem Wasser gefischt«, entgegnete Susan und konnte ein Gähnen nicht unterdrücken. »Verzeihen Sie …«

Mrs. Derrington winkte ab. »Ruhen Sie sich aus, ich lasse Sie jetzt allein.« Die Hand bereits auf der Klinke, wandte sie sich noch mal den Kopf zu Susan. »Ich hörte, Mrs. Margaret Brown wollte mit der Titanic reisen. Haben Sie die Dame zufällig an Bord gesehen?«

»Molly Brown? Ja, wir haben uns sogar ein paar Mal unterhalten.«

»Und? Ist sie … ich meine …«
Antonia Derringtons Augen blickten besorgt. Schnell nickte Susan.
»Als ich Mrs. Brown das letzte Mal sah, saß sie in einem der Rettungsboote. Ich bin sicher, sie hat es geschafft.«
Erleichtert atmete Antonia aus. »Dann werde ich sie suchen. Es ist schon lange mein Wunsch, Molly Brown einmal persönlich kennenzulernen.«
Susan war zu erschöpft, um zu fragen, warum die freundliche Dame Mrs. Brown sprechen wollte. Mit zitternden Fingern entkleidete sie sich, hüllte sich in eine Decke und legte sich in die schmale Kajüte. Ihr Kopf hatte kaum das Kissen berührt, da war sie auch schon eingeschlafen.

Als Susan erwachte, brauchte sie einen Moment, bis sie sich besann, wo sie war. Dann kamen ihr die letzten Stunden in Erinnerung, und sie dankte Gott für ihre Rettung, obwohl sie seit Jahren nicht mehr gebetet hatte. Die kleine Kabine verfügte nicht über ein eigenes Bad, in der Kanne auf der Kommode war jedoch Wasser. Obwohl dieses kalt war, wusch Susan sich das Gesicht und die Hände, richtete notdürftig ihr Haar und öffnete dann den Wandschrank. Sie zögerte nicht, das Angebot von Antonia Derrington anzunehmen und sich eines ihrer Kleider auszusuchen. Ihre eigenen waren immer noch feucht, durch das Salzwasser verdorben und rochen unangenehm. Susan funktionierte wie eine Maschine, während sie frische Unterwäsche und ein dunkelblaues Kleid anzog. Sie war nicht fähig, einen klaren Gedanken zu fassen oder gar an Daniel Draycott zu denken. Niemand brauchte ihr zu sagen, dass er tot war. Sie hatte als eine der Letzten das sinkende Schiff verlassen – für alle, die da noch an Bord gewesen waren, hatte es keine Rettung mehr gegeben.
Susan verließ die Kabine und ging nach oben. Auf der Treppe schlug ihr Essensgeruch entgegen. Erst da merkte sie, wie hung-

rig sie war. Im Speisesaal ging es zu wie im Wartesaal der Victoria Station in London. Alle Stühle waren besetzt, und die Menschen standen mit Schüsseln und Tellern in den Händen an den Wänden und auf den Gängen. Susan reihte sich in die Schlange ein und musste zwanzig Minuten warten, bis sie einen Teller bekam. Sie bemühte sich, die Erbsensuppe nicht zu gierig hinunterzuschlingen. Selten hatte ihr ein Essen so gut geschmeckt. Als ihr erster Hunger gestillt war, sah sie sich um, konnte aber nirgendwo ein bekanntes Gesicht entdecken. Auch Antonia Derrington war nirgends zu sehen. Sie verließ den Speisesaal und ging an Deck, das ebenfalls voller Menschen war. Susan erkannte, dass sich hier draußen fast nur Passagiere der dritten Klasse aufhielten. Die meisten von ihnen waren mit Nachthemden und Morgenmänteln nur notdürftig und für diese Temperaturen viel zu leicht gekleidet. Stimmen von Passagieren der *Carpathia* drangen an ihr Ohr:

»Nicht nur, dass wir wegen diesen Leuten nun wieder umdrehen und nach New York zurückfahren, jetzt müssen wir das Deck auch noch mit den Zwischendeckpassagieren teilen«, hörte sie eine hochnäsige Frau sagen.

»So furchtbar es auch ist, was mit der Titanic geschehen ist, ich finde, man sollte darauf achten, dass die Klassen getrennt bleiben«, antwortete eine nicht minder blasierte Dame. »Stellen Sie sich vor, vorhin hat man von mir verlangt, ich möge nachsehen, ob unter meinen Sachen nicht ein Mantel ist, den ich spenden würde. Eventuell noch einer meiner fellgefütterten Mäntel, und das für das primitive Bauernpack!«

»Eine Unverschämtheit!« Die Stimme der ersten Frau überschlug sich beinahe vor Entrüstung. »Da freut man sich auf ein paar unbeschwerte Wochen unter südlicher Sonne, und nun sind wir in ein paar Tagen wieder zu Hause. Wissen Sie, meine Liebe, ich helfe ja wirklich gern, aber was zu weit geht, geht entschieden zu weit …«

Schnell wandte Susan sich ab, sonst hätte sie nicht garantieren können, den eingebildeten *Damen* nicht gehörig die Meinung zu sagen. Glücklicherweise dachten und handelten nicht alle so, Antonia Derrington war das beste Beispiel. Suchend sah sie sich um, von der freundlichen Frau war aber auch hier keine Spur zu entdecken. Stattdessen erkannte Susan Rose Cassidy, die an der Reling lehnte und auf das Meer starrte.

»Rose!« Mit ausgestreckten Armen eilte sie auf die Frau zu. »Sie haben es geschafft! Ich bin so froh, Sie zu sehen.«

Rose Cassidy drehte sich langsam zu Susan um. Für einen Herzschlag glomm in ihren Augen bei Susans Anblick so etwas wie Freude auf, sie wurde aber sogleich wieder ernst.

»Miss Peggy Sue«, sagte sie langsam. »Dann hat es auch mal jemand Gutes geschafft.«

»Wie meinen Sie das?«, fragte Susan verwundert, und Rose zuckte die Schultern.

»Na, meistens überleben ein solches Unglück ja nur die Leute, die rücksichtslos genug sind, sich einen Platz in den Booten zu sichern. Oder genügend Geld haben, sich einen solchen zu erkaufen. *Sie* sind aber nicht so, Miss. Sie nicht.«

Obwohl Rose Cassidy den Kopf wieder abwandte, schloss Susan sie in die Arme. Dabei merkte sie, wie knochig deren Körper war.

»Haben Sie schon etwas gegessen? Im Speisesaal gibt es warme Suppe, Brot und heißen Tee.«

Rose schüttelte den Kopf.

»Ich habe keinen Hunger. Ich wünschte, man hätte mich nicht in ein Rettungsboot geschubst, dann wäre es endlich vorbei.«

»So etwas dürfen Sie nicht einmal denken!«

Susan erschrak vor der Hoffnungslosigkeit, die Rose ausstrahlte. Bereits auf der *Titanic* hatte sie den großen Kummer der Frau gespürt, jetzt schien sie jedoch völlig gebrochen zu sein.

»Ach, Miss Peggy, wenn die Titanic mich mit in die Tiefe gerissen hätte, dann wäre ich jetzt bei meinem Mann und meinen

Söhnen. Warum hat Gott so viele Menschen sterben lassen und ausgerechnet mich verschont?«

Sprüche, wie *Gottes Wege sind unerklärbar* oder *Gottes Wille hat immer einen tieferen Sinn*, gingen Susan durch den Kopf, sie schwieg jedoch, da sie spürte, dass sie Rose nicht trösten und, noch weniger, aufheitern könnte. Kurz überlegte sie, ihr von Daniel zu erzählen, entschied sich aber dagegen. Stattdessen fragte sie: »Was werden Sie nun in Amerika machen?«

Ein bitteres, fast schon zynisches Lächeln erschien auf Rose' Lippen.

»Eigentlich hat sich nichts geändert, nicht wahr? Ich bin mit nichts, außer dem, was ich auf dem Leib trage, an Bord der Titanic gegangen, somit habe ich – im Gegensatz zu zahlreichen anderen – nichts verloren. Mein Mann sagte immer, wer nichts hat, der kann auch nichts verlieren. Wie recht er doch hatte.«

Diese Erklärung veranlasste Susan, die Frage zu stellen, die sie beschäftigte, seit sie Rose Cassidy kennengelernt hatte.

»Sie sind doch keine Irin, nicht wahr?«

Rose' Augenbraue ruckte nach oben. »Wie kommen Sie darauf?«

»Ihr Englisch ist akzentfrei, dazu drücken Sie sich … gewählter aus als üblicherweise Frauen Ihres Standes.«

»Sie haben recht.« Rose seufzte. »Warum sollte ich es Ihnen nicht erzählen? Ich stamme aus England, aber nicht nur das, sondern auch aus einer sehr angesehenen und vermögenden Familie. Leider verliebte ich mich in den falschen Mann, von dem meine Mutter und mein Bruder nichts wissen wollten. Es blieb mit nichts anderes übrig, als meinem Mann nach Irland zu folgen.« Ein bitteres Lächeln umspielte ihre Lippen, als sie hinzufügte: »Bei Nacht und Nebel, wie man so schön sagt, bin ich mit ihm durchgebrannt.«

»Lebt von Ihrer Familie … ich meine, Ihrer Familie in England, noch jemand?«, fragte Susan gespannt.

Rose nickte. »Ich nehme es an, obwohl mein Bruder einige Jahre älter, aber noch nicht alt ist. Mutter erfreute sich immer bester Gesundheit und hat eine robuste Konstitution.«

»Warum gehen Sie dann nicht nach Hause?«, entfuhr Susan die Frage. »Ich meine, nach England. Dort sind Sie doch nicht allein.«

Rose musterte Susan mit einem Blick, der diese an ein waidwundes Tier erinnerte.

»Als ich vor Jahren mein Elternhaus verließ, war ich mir bewusst, dorthin niemals zurückkehren zu können. Ab diesem Moment war ich für meine Familie gestorben. Nein« – sie schüttelte vehement den Kopf –, »niemals werde ich zu meinem Bruder kriechen und ihn um Hilfe bitten. Da gehe ich lieber betteln.«

Susan legte eine Hand auf Rose' Arm.

»Es mag sein, dass Ihr Bruder verärgert war, als Sie unter Ihrem Stand heirateten, dennoch sind Sie seine Schwester und Ihrer Mutter eine Tochter. Keine Mutter ist so hartherzig, ihr Kind abzuweisen, wenn es Hilfe braucht. Sagen Sie Ihrem Bruder, dass Sie auf der Titanic waren und dass das Schicksal Sie hat überleben lassen. Ich bin sicher, er wird glücklich sein, Sie wiederzusehen, und die Vergangenheit ruhen lassen.«

Rose lachte höhnisch. »Oh, Sie kennen meinen Bruder nicht. Das Ansehen der Familie und der Stand, welchen er in der Gesellschaft einnimmt, geht ihm über alles. Ich bin sicher, wenn er von dem Untergang in der Zeitung liest, dann wird er in seinem Sessel sitzen, französischen Cognac trinken, genüsslich eine Zigarre rauchen und bedauern, dass so viele Passagiere der dritten Klasse gerettet wurden, während die seiner Gesellschaftsschicht sterben mussten. Pah, ich sehe den guten Edward regelrecht vor mir, wie er in Sumerhays thront und sich aufführt, als wäre er ein Pascha ...«

Rose' weitere Worte rauschten wie aus weiter Ferne vorbei an Susans Ohren.

»Sagten Sie Sumerhays?«, hauchte sie, als Rose geendet hatte.

»Sumerhays in Cornwall? Bei Ihrem Bruder handelt es sich nicht etwa um Edward Callington?«

»Kennen Sie Sumerhays etwa?«, fragte Rose erstaunt. »Und meinen Bruder?«

Wie betäubt schüttelte Susan den Kopf. Die Vergangenheit holte sie immer wieder ein, gleichgültig, wie viel Zeit verging und wo sie sich befand. Auch wenn es mitten auf dem Atlantik war …

»Edward Callington, dem Viscount of Tredary, bin ich nie begegnet«, antwortete Susan wahrheitsgemäß. »Allerdings seiner Frau … Lavinia.«

Spöttisch rümpfte Rose die Nase.

»Lavinia«, wiederholte sie langsam. »Sicher eine vollendete Dame aus den besten Kreisen, wahrscheinlich mit einem großen Vermögen im Hintergrund. Als ich Sumerhays damals verließ, war Edward noch unverheiratet. Haben sie Kinder?«

»Eine Tochter.« Susans Kehle war ausgetrocknet und fühlte sich rauh an. »Ihr Name ist Anabell.«

Rose drehte den Kopf, blickte aufs Meer und schwieg für einige Minuten. Susan dachte schon, Rose hätte ihre Anwesenheit vergessen, da sagte sie leise: »Unsere Großmutter hieß Anabell. Ich wurde auch nach ihr benannt – Rosalind Anabell Callington. O mein Gott, ich habe den Namen seit Jahren nicht mehr ausgesprochen, dachte, diesen und alles, was damit zusammenhängt, ein für alle Mal vergessen zu haben.«

»Rosalind passt viel besser zu Ihnen als Rose«, sagte Susan spontan.

»Ja, Rosalind klingt nicht so gewöhnlich, nicht wahr?« Erneut schwang Spott in Rose' Stimme. »Dabei lebte ich die letzten Jahre ein sehr gewöhnliches Leben, zumindest wenn man unsere finanziellen Mittel betrachtet.«

»Ich werde Sie ab jetzt Rosalind nennen, und Sie sagen Susan zu mir.«

»Susan?«

Sie nickte. »Peggy Sue war ein Künstlername, unter dem ich als Schauspielerin aufgetreten bin. In Wahrheit heiße ich Susan Hexton.«
Susan war es nicht aufgefallen, dass sie in der Vergangenheitsform gesprochen hatte. Als ihr das bewusst wurde, wusste sie, dass sie eine Entscheidung getroffen hatte.
»Ah, hier sind Sie! Ich habe Sie schon auf dem ganzen Schiff gesucht.«
Antonia Derrington eilte zu den beiden Frauen. Sie zeigte sich nicht verwundert, dass Susan in ein Gespräch mit einer Frau aus der dritten Klasse vertieft war, sondern lud beide Frauen ein, in ihrer Kabine Tee und Gebäck zu sich zu nehmen. Susan, die dachte, dass Rosalind ablehnen würde, sah erstaunt, wie diese plötzlich lächelte und die Einladung annahm. Es schien so, als hätte Rosalinds Entschluss, jemandem ihre Geschichte zu erzählen, eine Blockade gelöst.

Die drei Frauen blieben den Rest des Tages in der Kabine von Antonia. Als der Abend anbrach, sagte Rosalind sofort, sie werde auf dem Fußboden schlafen, und Susan meinte, das Sofa sei für sie völlig ausreichend. Auf keinen Fall würden sie Antonia aus ihrer Koje verdrängen.
»Wir sind Ihnen so dankbar, dass wir überhaupt in Ihrer Kabine sein dürfen, Antonia.« Die Frauen hatten sich darauf geeinigt, einander mit den Vornamen anzusprechen. »Ich wünsche, ich könnte mich erkenntlich zeigen«, sagte Susan.
Antonia winkte ab.
»Es ist mir nicht nur Pflicht, sondern Vergnügen, Ihnen helfen zu können. Auch ich befand mich schon in Situationen, in denen ich Hilfe benötigte und diese von unerwarteter Seite erhielt.«
Da Antonia nicht fortfuhr, fragte Susan nicht, was sie damit meinte. Sie vermutete jedoch, dass Antonia Derrington es in ihrem Leben nicht immer leicht gehabt hatte.

Da es noch etwa drei Tage dauern sollte, bis die *Carpathia* New York erreichen würde, beschlossen sie nach einer längeren Diskussion, jede Nacht die Schlafplätze zu tauschen. Susan hatte das Gefühl, in Rosalind und in Antonia Freundinnen gefunden zu haben. Sie hoffte nur, mit beiden Frauen auch nach Ende der Reise in Kontakt bleiben zu können.

Als Susan am nächsten Morgen nach dem Frühstück das Deck betrat, regnete es in Strömen. Immer noch kampierten hier rund einhundert Menschen, die in den Räumen des Schiffes keinen Platz gefunden hatten. Susan hatte erfahren, dass alle Insassen der Boote gerettet und an Bord der *Carpathia* gebracht worden waren. Jeder wurde gebeten, sich beim Zahlmeister registrieren zu lassen, damit das Festland so schnell wie möglich verständigt werden konnte, wer den Untergang der *Titanic* überlebt hatte. Menschen eilten durch das Schiff auf der Suche nach Freunden oder Angehörigen, die vielleicht in einem anderen Rettungsboot gesessen hatten. Auch Susan wurde mehrmals nach Namen gefragt, die sie nie zuvor gehört hatte, und musste bedauernd den Kopf schütteln.

Das Büro des Zahlmeisters befand sich am anderen Ende des Decks, und vor der Tür hatte sich eine lange Schlange gebildet. Susan schlug die Kapuze des von Antonia geliehenen Mantels über den Kopf, um vor dem Regen geschützt zu sein, reihte sich bei den Wartenden ein und lauschte ihren Gesprächen.

»Ich habe gehört, es sind knapp fünfzehnhundert Menschen ertrunken.«

»Und nur siebenhundertzwölf konnten gerettet werden«, sagte ein anderer. »Nicht einmal die Hälfte …«

Es ging nur langsam vorwärts. Immer wieder öffnete sich die Tür, und jemand, der mit der Registrierung fertig war, kam heraus. Plötzlich schienen die Planken unter Susan zu schwanken, als ein Mann das Büro verließ.

»Daniel!« Ihr Schrei hallte über das ganze Deck und zog die Aufmerksamkeit eines jeden auf sich.
Sie stürzte in seine Arme, umklammerte ihn und starrte ihn fassungslos an.
»Peggy … Oh, mein Gott, ich habe dich gestern auf dem Schiff nicht gefunden und dachte … Du bist doch ins Wasser gefallen … neben dem Rettungsboot …«
»Mir geht es gut«, sagte Susan schnell. »Aber wie hast du es geschafft?«
Daniel grinste, der Schmerz in seinen Augen war jedoch unübersehbar.
»Als alle normalen Rettungsboote weg waren, wurde ein Notboot klargemacht. Das Vorschiff war bereits gesunken, und wir konnten nur mit knapper Not das Wrack verlassen. Unmittelbar, nachdem die Titanic gesunken war, zerbarst unser Boot, und wir stürzten alle ins Wasser. Es war unser Glück, dass ein Rettungsboot ganz in der Nähe war und uns aufnahm.«
Daniel sah Susan einen Moment lang an, dann küsste er sie ungeachtet der Dutzende von Zuschauern mitten auf den Mund. Susan erwiderte seinen Kuss leidenschaftlich, bis jemand hinter ihnen sich räusperte.
»Entschuldigen Sie bitte die Unterbrechung.« Es war ein Offizier der *Carpathia,* der einen Block in den Händen hielt. »Ich verstehe, dass Sie sich über das Wiedersehen freuen, aber ich glaube, Sie, Miss, sind noch nicht registriert.«
Susan fühlte keine Verlegenheit, als sie sich von Daniel löste.
»Ich hatte mich gerade angestellt, um es nachzuholen.«
Der Offizier nickte.
»Sie können auch mir Ihren Namen sagen, Miss …?«
»Hexton«, antwortete Susan mit fester Stimme. »Mrs. Susan Hexton aus England.«
»In welcher Klasse reisten Sie auf der Titanic?«, fragte der Offizier, während er ihren Namen notierte.

»In der dritten Klasse, Sir.«
Sie merkte, wie Daniel neben ihr schneller atmete, und gab ihm mit einem Blick zu verstehen, jetzt keine Fragen zu stellen.
Der Offizier verabschiedete sich mit einem Nicken und wandte sich dem nächsten Passagier zu.
»Du heißt also Susan«, sagte Daniel. »Und das Mistress habe ich beinahe schon befürchtet. Du bist die Frau, die ihren Mann und ihr Kind verlassen hat, nicht wahr?«
Susan nickte. »Warum sollte ich dir etwas vormachen, Daniel. Wenn du sie hören möchtest, erzähle ich dir meine Geschichte. Zuerst aber noch eine Frage: Hast du Leonard Kingsley irgendwo gesehen?«
»Nein, ich glaube, er hat es nicht geschafft«, antwortete Daniel. »Das letzte Mal, als ich Kingsley sah, saß er völlig betrunken im Rauchsalon und weigerte sich, eine Schwimmweste anzulegen. Sowenig ich den Herrn auch mochte, einen solchen Tod hat er nicht verdient.«
Susan nickte. Zu ihrem Erstaunen empfand sie Bedauern über Kingsleys Tod, wenngleich der Mann versucht hatte, ihr Gewalt anzutun.
»Mit Kingsleys Tod sind deine Probleme gelöst«, sagte Daniel. »Du wirst vor dem Intendanten vorsprechen und ihm eine Kostprobe deines Könnens geben, und dann wirst du den Vertrag, den Kingsley dir versprochen hat, erhalten. Da habe ich keine Zweifel.«
Ernst sah Susan ihn an, als sie ruhig und emotionslos sagte: »Ich werde nicht an den Broadway gehen.«
»Was willst du denn sonst machen?« Erstaunt runzelte Daniel die Stirn.
»Ich werde mit dem nächsten Schiff, das New York verlässt, nach England zurückkehren, auch wenn mir der Gedanke an eine erneute Atlantiküberquerung wenig behagt. Irgendwie werde ich mir das Geld für die Fahrt besorgen, vielleicht kann ich auf dem

Schiff als Sängerin oder auch als Servicekraft anheuern. Irgendeine Möglichkeit wird es geben.«
Sie brauchte nichts zu erklären, Daniel verstand.
»Du willst deinen Sohn suchen und um ihn kämpfen, nicht wahr?«
Und um meine Tochter, dachte Susan, doch von dieser großen Schuld, die auf ihren Schultern lastete, brauchte Daniel nichts zu wissen.
»Ich muss es tun, Daniel«, flüsterte sie.
Er nickte und sprach nicht aus, was er dachte: Was wird dann aus uns? Peggy oder vielmehr Susan musste erst ihren Sohn wiederfinden und ihr Leben in England regeln, bevor sie frei war für einen Neuanfang. Wenn das Schicksal sie füreinander bestimmt hatte, würden sie sich wieder begegnen.

Im strömenden Regen fuhr die *Carpathia* am Abend des 18. April 1912 in den Hafen von New York ein. Susan stand an Deck und blickte zur Freiheitsstatue hinauf. Mit welchen Hoffnungen war sie nach Amerika aufgebrochen, hatte geglaubt, all ihre Träume würden nun zum Greifen nahe sein. Und jetzt, beim Anblick des Wahrzeichens dieser Metropole, verspürte sie nur noch einen einzigen Wunsch: nach Hause zu kommen und Jimmy und Anabell in ihre Arme zu schließen.
Sie war entschlossen, wie eine Löwin um ihre Kinder zu kämpfen!

Dritter Teil

Susan

Juni 1912 bis März 1919

23. Kapitel

Liverpool, England, Juni 1912

Rosalind Cassidy riss die Tür auf und stürmte aufgeregt und mit hochroten Wangen in die schmale Kabine.

»Das Schiff legt in wenigen Minuten an, du musst an Deck kommen. Jetzt kann nichts mehr passieren, selbst wenn, dann können wir die paar Meter zum Kai zur Not auch schwimmen.«

Susan, in eine derbe Wolldecke gewickelt, erhob sich langsam aus der unteren Koje und sah Rosalind nachdenklich an, dann nickte sie.

»Ja, ich habe gespürt, dass die Maschinen gedrosselt werden und das Schiff seine Fahrt verringert.« Sie seufzte und schloss für einen Moment die Augen. »Obwohl ich mit der Kirche nie viel am Hut hatte, danke ich Gott, dass er uns sicher und heil wieder nach Hause gebracht hat.«

Lachend legte Rosalind einen Arm um Susans Schultern.

»Glaube bloß nicht, ich wäre während der letzten acht Tage vor Sorge nicht auch fast gestorben. Ich denke, das ist ganz normal. Keiner, der das Unglück der Titanic überlebt hat, wird jemals wieder sorglos die Planken eines Schiffes betreten. Jetzt wird es aber Zeit, dass du an die Luft kommst, Susan. Draußen ist herrliches Wetter – die Sonne scheint, und es ist sehr warm. Komm, lass uns rasch unsere Sachen zusammenpacken, damit wir zügig von Bord gehen können.«

Vor einer guten Woche waren Susan und Rosalind, Edward Callingtons verstoßene Schwester, in New York an Bord der *Adriatic* gegangen, ein Schiff, das ebenfalls zur Gesellschaft der *White*

Star Line gehörte. Bereits im Jahr 1906 gebaut, war es wesentlich kleiner und nicht annähernd so luxuriös wie die *Titanic,* für Susan war das jedoch ohne Bedeutung. Sie und Rosalind reisten ohnehin in der dritten Klasse, und diese sah auf allen Passagierdampfern ähnlich aus. Die beiden Frauen hatten Glück, dass das Schiff nicht voll belegt war, so konnten sie sich eine Kabine teilen, die eigentlich für vier Personen ausgelegt war. Das Zwischendeck wurde für Fahrten von Amerika nach Europa nicht sehr oft gebucht, denn kaum jemand wanderte dorthin aus. Die Kabine lag unter der Wasserlinie, hatte kein Bullauge und war klein und eng. Zwei Stockbetten auf jeder Seite bildeten die gesamte Einrichtung, ihre Sachen mussten die Frauen in den Koffern lassen, die sie in die freien Kojen gelegt hatten. Weder Susan noch Rosalind verfügten jedoch über viele Besitztümer, sie hatten alles beim Untergang der *Titanic* verloren. Susan hatte es zwar widerstrebt, sich von Daniel Draycott Geld leihen zu müssen, um sich wenigstens notdürftig einkleiden zu können, es war ihr aber keine andere Wahl geblieben. Allerdings hatte sie auf einen Vertrag über die geliehene Summe bestanden.

»Du brauchst mir das Geld nicht zurückzuzahlen«, hatte ihr Daniel versichert, doch Susan hatte vehement den Kopf geschüttelt.

»Bei meiner Bank in London habe ich genug Geld. Sobald ich wieder zu Hause bin, werde ich dafür sorgen, dass dir deine Auslagen bis auf den letzten Penny erstattet werden.«

Zwei Monate waren seit dem schrecklichen Unglück vergangen, bei dem knapp fünfzehnhundert Menschen ihr Leben verloren hatten. Obwohl Susan bereits bei ihrer Ankunft in New York fest entschlossen war, so bald wie möglich nach England zurückzukehren, hatte sie die Reise erst jetzt antreten können. Susan, sonst immer von robuster Natur, war an einer schweren Lungenentzündung erkrankt. Wahrscheinlich hatte sie sich die Krankheit geholt, während sie in ihren nassen Kleidern im Rettungsboot auf Hilfe wartete und furchtbar gefroren hatte. Bereits auf der *Carpa-*

thia waren die ersten Symptome in Form von Husten und leichtem Fieber aufgetreten, Susan hatte ihre Unpässlichkeit jedoch den Aufregungen zugeschoben. Doch kaum von Bord, klappte sie zusammen, als hätte jemand die ganze Kraft aus ihrem Körper gezogen. An die ersten Tage in New York fehlte Susan jegliche Erinnerung, denn ein heftiges Fieber hatte ihr die Sinne getrübt. Irgendwann kam sie in einem Hospital wieder zu sich, und Rosalind Cassidy saß mit besorgter Miene an ihrem Bett. Susan erfuhr, dass sie die ganze Zeit an ihrer Seite ausgeharrt hatte, besonders, nachdem Daniel dringend nach Boston hatte abreisen müssen. Als Rosalind erwähnte, dass Daniel Susans Einweisung ins Krankenhaus veranlasst hatte und für alle Kosten aufkam, wollte sie sich protestierend aufrichten. Sofort wurde ihr schwarz vor Augen, und sie sank in die Kissen zurück.

»Du warst sehr krank«, sagte Rosalind leise und verwendete ab diesem Moment wie selbstverständlich das Du, denn das gemeinsame Erlebnis hatte sie einander nahegebracht. »Vor ein paar Tagen meinten die Ärzte, wir müssten mit dem Schlimmsten rechnen. Ach, ich bin so froh, dass es dir wieder bessergeht, du brauchst jedoch noch sehr viel Ruhe.«

»Ich will nach Hause.« Susans Hals schmerzte, als wäre er mit Stacheldraht gespickt, und sie konnte nur krächzen. Tränen stiegen in ihre Augen. »Ich will zu meinen Kindern.«

Rosalind Cassidy konnte mit Susans Worten nichts anfangen, da Susan nie zuvor Kinder erwähnt hatte. Sie stützte Susan mit einem Arm und hielt ihr ein Wasserglas an die Lippen, aus dem Susan dankbar trank.

»Leider musste Mr. Draycott abreisen«, sagte Rosalind mit einem bedauernden Lächeln. »Dringende Geschäfte machen seine Anwesenheit in Boston erforderlich. Er versprach jedoch, so bald wie möglich nach New York zurückzukommen.«

Von Rosalind erfuhr Susan auch, dass Daniel für die beiden Frauen in einer kleinen Pension in der Nähe des Krankenhauses ein Zimmer gemietet und für Wochen im Voraus bezahlt hatte. Auch ein Bündel Dollarnoten hatte er Rosalind übergeben, das ihnen bei sparsamer Lebensweise für die nächste Zeit ihr Auskommen sicherte. In Susan war alles in Aufruhr, und sie sträubte sich, das Geld anzunehmen, sah jedoch ein, dass sie im Augenblick keine andere Wahl hatte. Für eine baldige Rückreise nach England war sie noch zu schwach, die Krankheit hatte ihren ohnehin zierlichen Körper regelrecht ausgezehrt, und sie musste erst wieder zu Kräften kommen.

In der folgenden Zeit entwickelte sich zwischen Susan und Rosalind eine aufrichtige Freundschaft, bei der Susan vergaß, aus welcher Familie Rosalind stammte. Die Jahre in Irland hatten aus Rosalind eine Frau gemacht, die nichts mehr mit einer Dame aus dem englischen Hochadel gemein hatte. Zwar drückte Rosalind sich immer noch gewählt und kultiviert aus, verfügte über eine hohe Intelligenz, und ihr stolzer, aufrechter Gang verriet die unzähligen Stunden Tanzunterricht, die sie in ihrer Jugend hatte absolvieren müssen. Rosalinds Gesicht jedoch war vor der Zeit gealtert, ihre Hände waren gerötet und rissig, und die Innenflächen von Schwielen übersät. Je mehr Susan über Rosalinds Leben in Irland erfuhr, desto mehr verstand sie ihre neue Freundin. Einst hatte Rosalind Callington alles gehabt, was man sich mit Geld kaufen konnte, und ihr stand eine glänzende Zukunft bevor – zumindest, was materielle Dinge anging. Nur Liebe hatte Rosalind nie kennengelernt, nicht, bis sie Patrick traf und für ihn ihr Leben völlig auf den Kopf stellte.

»Ich habe es keine Sekunde meines Lebens bereut«, sagte Rosalind leise, und ihre Augen schimmerten feucht. »Patrick hat mir durch seine Liebe all das gegeben, was man mit keinem Geld der Welt kaufen kann.«

Rosalinds Worte beschämten Susan zutiefst. Einst hatte sie für die lächerliche Summe von eintausend Pfund ihr eigen Fleisch und Blut verkauft, weil sie gehofft hatte, sich mit Geld Glück und Ansehen erkaufen zu können. Ansehen hatte sie als Schauspielerin errungen, das Glück jedoch war ihr nicht hold gewesen. Sie war jetzt achtundzwanzig Jahre alt und hatte an keinem einzigen Tag ihres Lebens von einem Mann auch nur annähernd eine solch tiefe Liebe erfahren wie Rosalind all die Jahre an der Seite Patricks, obwohl deren Leben hart und entbehrungsreich gewesen war.

Nein, das stimmt nicht, dachte Susan. In Daniel Draycotts Augen hatte sie tiefe Liebe gesehen und hatte bei jeder seiner Berührungen gespürt, was er für sie empfand, doch sie verschloss ihr Herz vor diesen Gefühlen. Einerseits aus Angst, diese Liebe zu verlieren und verletzt zu werden, aber auch, weil sie nicht einfach ein neues Leben in einem anderen Land beginnen und in England ihre Kinder vergessen konnte. Beim Untergang der *Titanic* hatte Susan dem Tod ins Auge geschaut, und das hatte ihr die Augen geöffnet. Wenn sie nicht alles tat, um wenigstens Jimmy wieder zu sich zu holen, würde sie bis ans Ende ihrer Tage nicht mehr glücklich sein können.

Sie erzählte Rosalind von Paul, ihrer gescheiterten Ehe und von Jimmy, verschwieg jedoch Anabell. Nicht, weil sie Lavinia Callington, Rosalinds Schwägerin, schonen wollte, auch nicht, weil sie mit dem Verkauf ihrer Tochter eine Straftat begangen hatte, sondern weil sie sich für ihr Verhalten furchtbar schämte. Susan wusste, Rosalind würde sie verachten und nichts mehr mit ihr zu tun haben wollen – und das zu Recht.

Nachdem Susan aus dem Hospital entlassen worden war, kümmerte sich Rosalind rührend um sie. In Dorothea Hawkins hatte Susan auch eine gute Freundin gehabt, doch ihre Beziehung zu Rosalind Cassidy war eine ganz besondere. So war es für Susan selbstverständlich, dass Rosalind sie nach England begleiten sollte, auch wenn diese den Vorschlag zuerst ablehnte.

»Als mein Mann und meine Söhne … ermordet wurden, habe ich Europa verlassen, um in einem anderen Land, wo mich nichts an die Vergangenheit erinnert, ein neues Leben zu beginnen«, sagte Rosalind bitter. »Ich muss versuchen, irgendwie weiterzuleben, wenn Gott mir schon das Privileg eingeräumt hat, den Untergang zu überstehen.«

»Damit hat Gott dir ein Zeichen gegeben«, warf Susan ein und sah die Freundin eindringlich an. »Offenbar möchte er nicht, dass du dich für den Rest deines Lebens vergräbst und trauerst. Halte mich bitte nicht für herzlos, Rosalind, wenn ich sage, dass dein Schmerz zwar niemals vergehen, aber irgendwann weniger werden wird. Auch für dich wird es wieder Tage geben, an denen du lachen und fröhlich sein kannst. Was erwartet dich hier in Amerika? Wenn du Glück hast, findest du eine Stelle als Hausmädchen, oder du schuftest in irgendeiner Fabrik, bis dein Rücken krumm und deine Augen trüb werden. Nein, warte, lass mich ausreden.« Susan hob die Hand, als Rosalind sie unterbrechen wollte. »In England kann ich dir zwar nicht viel bieten, denn ich werde niemals wieder auf die Bühne zurückkehren. Ich habe jedoch eine nette kleine Wohnung und etwas Geld auf der Bank, das es uns ermöglicht, in Ruhe nachzudenken, was wir anfangen wollen. Früher träumte ich einmal von einem eigenen Ladengeschäft, etwas mit Süßigkeiten und Schokolade. Vielleicht werde ich das jetzt realisieren, und du könntest mir dabei eine große Hilfe sein.« Susan nahm Rosalinds Hand und drückte sie fest. »Und ich möchte dich als Freundin nicht verlieren«, fügte sie leise hinzu.

Nach einigen Tagen Bedenkzeit stimmte Rosalind schließlich zu, Susan nach England zu begleiten. Auch sie sah durch das Unglück auf dem eiskalten Nordatlantik das Leben mit anderen Augen. Das Schicksal hatte ihr eine zweite Chance gegeben, und sie mochte Susan von ganzem Herzen. Wenn Rosalind ehrlich zu sich selbst war, so hatte sie sich immer ein wenig nach England gesehnt. Bevor Rosalind zustimmte, musste Susan jedoch hoch und heilig schwören, niemals zu versuchen, Rosalind mit ihrer Familie auszusöhnen.

»Mit meinem Bruder bin ich fertig«, sagte Rosalind entschlossen.
»Was ist mit deiner Mutter? Denkst du nicht, dass sie glücklich wäre, dich wieder in ihre Arme zu schließen?«
»Nein.« Rosalinds Stimme klang ungewöhnlich hart. »Du kennst Zenobia nicht, Susan. Diese Frau trägt keine Liebe in sich. Nicht für sich, nicht für ihre Kinder und nicht für andere Menschen. Für sie zählten einzig Vermögen, Ansehen und ihre Stellung in der Gesellschaft.«
Susan war Zenobia nie begegnet, ihre Schwiegertochter Lavinia schien jedoch aus dem gleichen Holz geschnitzt zu sein. Auch sie wollte das Kind unbedingt, um ihre Stellung zu behalten und zu festigen. Vielleicht wurde man so, wenn man in den Hochadel hineingeboren und entsprechend erzogen wurde. Rosalind hatte sich von diesen Fesseln befreit, wofür Susan sie bewunderte.

Zwei Wochen, bevor die *Adriatic* New York in Richtung Liverpool verließ, kehrte Daniel in die Stadt zurück. In der Zwischenzeit hatte er Susan regelmäßig geschrieben und versuchte nun alles, Susan von der Reise abzuhalten.
»Bitte, ich liebe dich«, sagte er eindringlich und hielt ihre Hände. »Heirate mich und beginne ein neues Leben.«
Obwohl Susan am liebsten in seine Arme gesunken und ja gesagt hätte, konnte sie seinen Antrag nicht annehmen. Nicht, weil sie glaubte, Daniel nicht zu lieben, sondern weil er nicht die Wahrheit über sie wusste. Außerdem war sie ja noch verheiratet. Wahrscheinlich würde kein Mensch jemals aufdecken, wenn sie mit Daniel nach Boston ginge und seine Frau würde, Susan selbst jedoch wollte sich nicht der Bigamie strafbar machen. Somit blieb sie bei ihrem Entschluss und versuchte, sich nicht anmerken zu lassen, wie sehr es sie schmerzte, Daniel wahrscheinlich niemals wiederzusehen. Nachdem sie die Sache mit den Finanzen geregelt hatten, buchte Susan für zwei Personen eine Passage nach Eng-

land. Bewusst entschied sie sich für das Zwischendeck, denn künftig würde sie sich einschränken und auf Luxus verzichten müssen. Zwar lag auf ihrem Konto bei der Londoner Bank noch eine größere Geldsumme, da sie jedoch nicht mehr als Schauspielerin arbeiten und sich ein eigenes Geschäft aufbauen wollte, musste sie mit ihrem Vermögen sparsam umgehen.
Während der acht Tage dauernden Überfahrt verließ Susan ihre Kabine nur, um den kleinen Speisesaal und die Waschräume aufzusuchen. Auch diese Räumlichkeiten verfügten über kein Fenster oder Bullauge, so blieb Susan der Anblick des Meeres, das sie fast das Leben gekostet hätte, erspart. Obwohl Rosalind täglich berichtete, dass der Ozean ruhig und das Wetter sonnig und warm war, war Susan nicht dazu zu bewegen, das Deck zu betreten. Rosalind fühlte bei der erneuten Atlantiküberquerung zwar ebenfalls eine starke Beklemmung, sie zwang sich aber dazu, sich dies nicht anmerken zu lassen, um Susan nicht noch mehr zu verunsichern.
»So etwas passiert einem nicht zweimal hintereinander«, sagte Rosalind betont heiter, dennoch war sie ebenso glücklich wie Susan, als die Küste Englands am Horizont auftauchte und sie in den Hafen von Liverpool einliefen.

Die folgende Nacht verbrachten sie in einem preiswerten Hotel am Hafen und nahmen in den frühen Morgenstunden des nächsten Tages den Zug nach London. Es war ein herrlicher Frühsommertag, sie mussten jedoch das Fenster ihres Waggons geschlossen halten, da der Fahrtwind Staub, Schmutz und Kohlenruß hereinwehte. Sie durchquerten die von zahlreichen Fabrikgebäuden und Schornsteinen durchzogenen Industriestädte Manchester und Birmingham, passierten malerische, kleine Dörfer und Städtchen in den Grafschaften Warwickshire und Oxfordshire und näherten sich aus nördlicher Richtung der Hauptstadt. Als sie in den Bahnhof Euston einfuhren, setzte bereits die Dämmerung ein.

»Wir werden uns hier für eine Nacht ein Zimmer suchen«, sagte Susan, während sie den Bahnsteig entlanggingen. »Ich habe dir ja erzählt, dass ich meine Wohnung an eine ehemalige Kollegin untervermietet habe. Ich möchte nicht mitten in der Nacht bei Kay auftauchen und sie aus der Wohnung weisen. Wir werden sie morgen aufsuchen und bitten, sich baldmöglichst nach einer anderen Unterkunft umzusehen.«

»Warum hast du ihr vor unserer Abfahrt in New York nicht telegrafiert?«

Susan zuckte bei Rosalinds Frage die Schultern, obwohl diese durchaus berechtigt war. Sie hatte niemandem in London eine Nachricht geschickt, dass sie das Unglück überlebt hatte und nach England zurückkommen würde. Alle Kontakte, über die Susan in London verfügte, gehörten zu der Welt des Theaters, außerhalb hatte sie weder Bekannte noch Freunde. Die Schauspielerin Peggy Sue war mit der *Titanic* untergegangen und würde niemals wieder in Erscheinung treten. Aus diesem Grund hatte Susan sich weder mit Nathan Schneyder noch sonst jemandem vom *Pigeon-Theatre* in Verbindung gesetzt. Da sie vermutete, ihr Telegramm an Theo Murphy, das sie am Tag der Kollision mit dem Eisberg im Büro des Zahlmeisters aufgegeben hatte, sei nicht mehr übermittelt worden und Theo habe sich somit auch nicht an Nathan Schneyder gewandt, wusste der Intendant auch nichts von ihr. Als die Verlustlisten in New York veröffentlicht wurden, fand Susan neben ihrem Künstlernamen Peggy Sue auch den Namen von Leonard Kingsley unter den Toten. Er hatte es also nicht geschafft. Obwohl Susan allen Grund hatte, Kingsley zu verabscheuen, bedauerte sie seinen Tod.

Sie fanden eine kleine Pension in der Nähe des Bahnhofes, nicht weit vom Britischen Museum entfernt. Plakate kündigten die Neueröffnung einer großen Ausstellung mit ägyptischen Mumien und sonstigen Grabfunden an.

»Das sollten wir uns vielleicht ansehen«, sagte Susan, und Rosalind nickte eifrig.

»Gern, ich habe mich immer schon für Geschichte interessiert. Als Kind hat mich meine Mutter mit ins Museum genommen, damals jedoch waren mir die großen, hohen Räume mit den vielen unbekannten Sachen darin unheimlich gewesen.«

Die Pensionswirtin musterte die beiden Frauen, die zu so später Stunde noch ein Zimmer wollten, skeptisch und nannte den Mietpreis.

»Das Geld ist im Voraus zu bezahlen«, fügte sie hinzu, denn die einfache Kleidung der Frauen ließ sie an deren Liquidität zweifeln. Susan hatte die Dollar, die Daniel ihr gegeben hatte, bereits auf dem Schiff in britische Pfund umgetauscht, so bezahlte sie mit einem überlegenen Lächeln das Zimmer für eine Woche im Voraus. Diese Zeit sollte reichen, damit Kay eine andere Bleibe finden und sie und Rosalind in ihre Wohnung ziehen konnten. Die Wirtin steckte die Pfundnoten in ihre Rocktasche und meinte: »Abendessen ist vorbei. Wenn Sie noch Hunger haben … einen Block weiter gibt es ein Restaurant, das noch geöffnet hat. Das Essen dort ist auch recht günstig.«

Susan ließ sich den Weg zu dem Lokal erklären, dann stellten sie ihr Gepäck in das kleine, aber peinlich saubere Zimmer, erfrischten sich und machten sich auf den Weg zu dem Restaurant. Weder Susan noch Rosalind hatten seit dem Frühstück, das sie noch auf dem Schiff eingenommen hatten, einen Bissen gegessen, und beiden knurrte vernehmlich der Magen.

Sie waren gerade in die Whitfield Street eingebogen, als Susan laute Stimmen und Gesang hörte.

»Was ist denn hier los?«

Rosalind folgte Susans Blick und schüttelte verwundert den Kopf. Eine große Menschenmenge, sicher über hundert Personen – die meisten trugen brennende Fackeln in den Händen –, näherte sich ihnen und füllte die gesamte Breite der Straße aus.

»Vielleicht eine Parade?«, mutmaßte sie. »Aber so spät?«
Sie drückten sich an die Hauswand, um den Zug passieren zu lassen. Es waren ausschließlich Frauen, die ein Lied sangen, das Susan unbekannt war und von dem sie nur wenige Wörter verstehen konnte, denn die Frauen waren keine guten Sängerinnen. Viele trugen große Tafeln über ihren Köpfen, auf denen in Blockbuchstaben Worte wie *Gerechtigkeit für Lucy!*, *Nieder mit den maskulinen Gesetzen!* oder *Lasst Lucy Sheldon frei!* gemalt waren.
»Ich glaube, das ist eine Demonstration.« Susan griff nach Rosalinds Arm. »Es ist besser, wenn wir da nicht reingeraten. Komm, lass uns verschwinden.«
In diesem Moment hörten sie das Getrappel von Pferdehufen, ebenso die schweren Schritte von zahlreichen Stiefeln. Von der anderen Seite näherte sich im Laufschritt ein Trupp Polizisten, gefolgt von mindestens zwanzig uniformierten Reitern. Was dann geschah, ging so schnell, dass weder Susan noch Rosalind eine Chance hatten, die Szenerie zu verlassen. Ohne ein Wort der Warnung stürmten die Beamten auf die unbewaffneten Frauen zu, rissen ihnen die Fackeln und die Plakate aus den Händen und drängten sie zurück. Entsetzt und hilflos mussten Susan und Rosalind zusehen, wie die Männer mit Gummiknüppeln auf die Frauen einschlugen, oft so lange, bis diese wimmernd am Boden lagen. Laute Schreie hallten von den Häuserfassaden wider, und plötzlich flogen Pflastersteine. Direkt vor Susan wurde ein Polizist von einem Stein im Rücken getroffen. Er strauchelte kurz, riss dann seinen Knüppel hoch und schlug wie von Sinnen auf die neben ihm stehende Frau ein, obwohl diese den Stein nicht geworfen hatte. Einige Frauen begannen zu flüchten, während andere laut riefen: »Das ist die Gewalt der Männer! Nieder mit den Unterdrückern! Wir fordern Gerechtigkeit!«
Inzwischen waren motorisierte Polizeidroschken herangekommen, und die Polizisten sammelten die Frauen, die hilflos am

Boden lagen, ein, als wären sie Müll, und stießen sie in die dunklen Wagen. Die anderen ließen sich nicht so einfach unterkriegen. Zwei Frauen in Susans Nähe stürmten mit geballten Fäusten auf die Polizisten zu, wurden jedoch von deren Knüppeln sofort niedergestreckt. Eine, mit voller Wucht am Kopf getroffen, stürzte direkt vor Susan auf das Pflaster. Im Schein der Straßenlaternen erkannte Susan ihr Gesicht und schrie auf. Sie handelte blitzschnell, packte die beinahe Besinnungslose am Arm und zog sie wieder auf die Beine.

»Hilf mir und dann nichts wie weg von hier!«, rief sie Rosalind zu, und gemeinsam gelang es ihnen, mit der verletzten Frau in einen dunklen Hauseingang zu flüchten. Dort warteten sie stumm und bewegungslos noch einige Zeit, bis die Polizei ihr Treiben beendet und alle Frauen entweder verhaftet oder vertrieben waren. Erst als die Straße wieder so ruhig vor ihnen lag, als wäre nichts geschehen, wagten sie sich aus ihrem Versteck heraus. Das Licht einer Laterne fiel auf Susan, und die Frau, die sie gerettet hatte, stöhnte laut auf.

»Susan! O mein Gott … wie kann das sein …?«

»Scht, ruhig, Doro. Wir bringen dich fort von hier.«

Rosalind stellte keine Fragen, sondern umfasste beherzt die Hüfte der Frau und schleppte sie gemeinsam mit Susan zu ihrer Pension. Hier war alles dunkel, die Wirtin schien bereits zu schlafen, so gelangten die drei Frauen unbemerkt in ihr Zimmer. Mit einem Stöhnen ließ sich Dorothea Hawkins auf ein Bett fallen. Fließendes Wasser gab es keines in dem Raum, so goss Susan etwas Wasser aus der Kanne in die Waschschüssel und befeuchtete einen Waschlappen. Das Wasser war abgestanden und lauwarm, aber sie konnte Doros Verletzung an der Stirn reinigen. Dort, wo der Knüppel sie getroffen hatte, bildete sich eine eigroße Beule, die Haut war blau-rot verfärbt. Nachdem Doro ein Glas Wasser getrunken hatte, blickte sie von Susan zu Rosalind. Ihre grauen Augen hinter den dicken Brillengläsern weiteten sich ungläubig.

»Ich dachte, du bist tot …«
Mit einem beruhigenden Lächeln setzte sich Susan neben die Freundin.
»Ich habe den Untergang überlebt. Zwar nur knapp, aber ich habe es geschafft. Ebenso wie Rosalind Cassidy, die mich nach England begleitet hat.«
Doro nickte Rosalind kurz zu, die Frau interessierte sie jedoch nicht sehr. Vielmehr wollte sie wissen, wie es kam, dass sie plötzlich Susan gegenüberstand.
»Als die Listen der Überlebenden in den Zeitungen veröffentlicht wurden, stand nirgends dein Name.« Sie hob eine Hand und fuhr Susan über die Wange, ganz so, als wollte sie sich vergewissern, kein Trugbild vor sich zu haben. »Wir … ich habe tagelang geweint … und ich …«
»Du hast sicher nur die Listen der Passagiere der ersten Klasse durchgesehen?«, mutmaßte Susan, und Doro nickte. »Ich habe mich als Zwischendeckpassagier registrieren lassen. Warum – das ist eine längere Geschichte. Jetzt möchte ich aber zuerst wissen, was das gerade für eine Demonstration gewesen ist und wie du da reingeraten bist.«
Doro versuchte zu lächeln, verzog aber schmerzhaft das Gesicht. »Hast du von Lucy Sheldon gehört und was ihr passiert ist?«
Susan schüttelte den Kopf. »Wir sind erst seit heute wieder in England.«
»Nun, der Fall Lucy Sheldon machte in den letzten Wochen nicht nur in London Schlagzeilen, sondern auf der ganzen britischen Insel. Lucy ist eine Witwe, die fünf unmündige Kinder durchbringen muss. Seit Frühjahr arbeitete sie in einer Hemdenfabrik in Blackheath. Obwohl die Arbeit hart und ihr Lohn gering war, schaffte es Lucy Sheldon, dass ihre Kinder keinen Hunger leiden mussten. Allerdings sah sie sich von Anfang an den Nachstellungen eines Vorgesetzten ausgeliefert. An einem Abend Ende April war Lucy die Letzte in dem Fabrikgebäude. Da

lauerte ihr der Mann auf und wollte ihr Gewalt antun. Lucy wehrte sich und stieß den Mann von sich. Dabei stürzte er unglücklich mit dem Hinterkopf auf eine Tischkante. Anstatt abzuhauen, wie es vielleicht die meisten von uns getan hätten, denn es gab ja keine Zeugen für den Vorfall, holte Lucy Hilfe, weil der Mann schwer verletzt war. Er starb jedoch, kaum dass man ihn in ein Krankenhaus gebracht hatte, und Lucy Sheldon wurde als Mörderin verhaftet.«

»Aber warum denn das?«, rief Susan erstaunt. »Sie hat sich doch nur gewehrt.«

Einen bitteren Zug um den Mund, zuckte Doro die Schultern. »Dafür gab es keine Beweise. Nun, langer Rede kurzer Sinn: Letzte Woche wurde Lucy Sheldon wegen Mordes zum Tod durch den Strang verurteilt. Das Urteil soll am kommenden Montag vollstreckt werden.«

»Das ist ja eine himmelschreiende Ungerechtigkeit!« Zum ersten Mal ergriff Rosalind das Wort. »Diese Frau ist doch unschuldig.«

Doro nickte grimmig. »Deswegen sind wir heute auf die Straße gegangen. Wir wollten zum Gefängnis ziehen, in dem Lucy Sheldon auf ihr Todesurteil wartet, und ihre Freilassung fordern.«

»Wir?« Susan zog fragend eine Augenbraue hoch.

»Wir – das ist die Women's Social and Political Union, kurz WSPU genannt, die unter der Führung von Emmeline Pankhurst und ihren Töchtern Christabel und Sylvia für die Rechte der Frauen kämpft.« Entschlossen straffte Doro die Schultern. »Wenn es sein muss, auch mit Gewalt.«

Fassungslos schüttelte Susan den Kopf. Immer wieder kreuzte der Name Emmeline Pankhurst ihren Weg, und erneut musste sie an die kurze Begegnung mit der Frau vor vielen Jahren denken. Dass jedoch ihre Freundin Doro sich dieser Organisation, die zwar gerechte Ziele verfolgte, dabei aber immer wieder mit

dem Gesetz in Konflikt geriet, angeschlossen hatte, konnte Susan nicht verstehen. Sie war doch nur etwas über zwei Monate fort gewesen. Was war in dieser Zeit geschehen?
Bevor Susan all die Fragen, die ihr auf der Zunge brannten, stellen konnte, fuhr Doro auch schon fort: »Du wirst dich sicher wundern, wie ausgerechnet ich zu diesen Frauen komme. Nun, ich lernte Sylvia Pankhurst im Royal Court kennen, und wir verstanden uns vom ersten Augenblick an sehr gut. Nach der Verhaftung ihrer Mutter Emmeline hat sie die Führung der WSPU übernommen.«
»Emmeline Pankhurst ist verhaftet worden?«, fragte Susan erstaunt.
»Bereits Anfang April, ja. Da warst du noch in London, aber irgendwie haben wir das nicht mitbekommen. Nun« – Doro sah Susan eindringlich an –, »damals beschäftigten uns auch andere Dinge, wie zum Beispiel deine Reise nach New York, und uns kümmerte nicht, was draußen vor sich ging. Am 3. April wurde Mrs. Pankhurst als Drahtzieherin eines Bombenanschlages auf das Landhaus des Schatzkanzlers David Lloyd George zu drei Jahren Haft verurteilt. Dieses Urteil löste eine Reihe von Straßenschlachten aus, bei denen die Polizei unvorstellbar hart und grausam gegen die Frauen vorging. Im Gefängnis trat Mrs. Pankhurst in einen Hungerstreik und wurde am 12. April aufgrund ihres schlechten gesundheitlichen Zustandes wieder entlassen. Die Demonstrationen gingen jedoch weiter, es gab zahlreiche Straßenschlachten, Kirchen und andere öffentliche Gebäude gingen in Flammen auf, und dies alles beschränkt sich nicht mehr nur auf London. Frauen in ganz England erhoben sich, um endlich für ihre Rechte einzustehen und, wenn nötig, auch dafür zu kämpfen.«
»Warum aber du?«, fragte Susan. »Du hast dich zuvor nie für Politik interessiert. Und wieso warst du im Royal Court? Du hast dir doch früher dort nie eine Aufführung angesehen.«

Doro seufzte tief und fuhr sich mit einer Hand über die Augen, bevor sie leise sagte: »Seit geraumer Zeit arbeite ich dort. Als Garderobiere …«
»Am Royal Court?« Susan sprang auf, sie verstand immer weniger. »Was ist mit dem Blue Horizon? Warum, um Himmels willen, bist du von dort weg? Und was sagt Theo dazu, der hat dich sicherlich nicht einfach gehen lassen.«
»Esperanza Montoya hat die Masern überlebt.« Doros Stimme war so leise, dass Susan sich neben sie setzen musste, um ihre Worte zu verstehen. »Darüber bin ich froh, wirklich, das musst du mir glauben, aber Theo …« Sie stockte, und Susan sah, wie Doros Augen feucht wurden. »Durch Esperanzas Krankheit hat Theo anscheinend erkannt, was die Frau ihm bedeutet, und er hat ihr einen Antrag gemacht. Vor drei Wochen haben sie geheiratet.«
Von diesen Neuigkeiten war Susan wie erschlagen. Ihr fehlten die Worte, doch sie verstand, warum Doro das *Blue Horizon* verlassen hatte. Jahrelang hatte sie gehofft, dass Theodor Murphy eines Tages nicht mehr nur die Angestellte, sondern auch die Frau in ihr sehen würde. Susan dachte an Sarah Bernhardts Vermutung, Esperanza habe ihr Engagement am *Blue Horizon* nur der Tatsache zu verdanken, dass sie mit Theo das Bett teilte. Damals hatte Susan dies weit von sich gewiesen, doch offenbar hatte Madame Sarah recht gehabt.
»Es tut mir so leid«, murmelte Susan und suchte nach Worten, mit denen sie Doro trösten konnte, wusste aber zugleich, dass es für eine verlorene Liebe keinen Trost gab.
Die Freundin winkte ab und versuchte ein unbekümmertes Lächeln, was ihr misslang. Deutlich erkannte Susan den Schmerz in Doros Augen, als diese sagte: »Im Leben eines Menschen geht immer mal wieder etwas zu Ende, das ist der Lauf des Schicksals. Die Jahre am Blue Horizon waren sehr schön, und ich möchte sie rückblickend nicht missen, habe ich dort doch viele nette Menschen kennengelernt, so wie dich, liebe Susan. Jetzt ist es an der

Zeit, nach vorn zu sehen. Mein Job im Royal Court mag vielleicht nicht ganz so aufregend sein, aber ich treffe dort manchmal recht interessante Leute.« Sie sah Susan eindringlich an und schmunzelte. »Zumindest weiß ich jetzt, warum Esperanza Montoya dieses Theater Hals über Kopf verlassen hat, vielmehr verlassen musste.«

»Warum?« Gespannt beugte Susan sich vor.

»Sie stand unter Verdacht, ihre Kolleginnen bestohlen zu haben. Zuerst waren es nur kleinere Geldbeträge, doch dann verschwanden Schmuckstücke oder ganze Geldbörsen, die die Schauspieler in ihren Garderoben aufbewahrten. An einem Abend wurde Esperanza dabei überrascht, als sie sich am Spind einer Kollegin zu schaffen machte. Sie leugnete natürlich, mit den Diebstählen etwas zu tun zu haben, und der Intendant verzichtete auf eine Anzeige, um dem Ruf seines Hauses nicht zu schaden. Esperanza aber musste auf der Stelle das Royal Court verlassen. Die Mitarbeiterin, die mir diese Geschichte erzählte, meinte, ab diesem Tag hörten die Diebstähle schlagartig auf, und seitdem wurde nie wieder etwas vermisst.«

»Weiß Theo davon?«, fragte Susan gespannt. »Du musst ihm sagen, dass er in eine Diebin verliebt ist.«

Doro schüttelte den Kopf. »Dazu ist es zu spät. Als ich von der Sache erfuhr, waren Theo und Esperanza bereits verheiratet. Außerdem … Susan, du kennst Theo, er gibt nichts auf Gerüchte.«

Susan musste zugeben, dass die Freundin recht hatte. Selbst wenn Esperanza ihr Einkommen durch Diebstähle aufgebessert haben sollte – sie war nun Theos Ehefrau, und er würde sich wegen eines Verdachtes, der nicht bewiesen werden konnte, nicht wieder von ihr trennen.

»Jetzt möchte ich aber wissen, wie du das furchtbare Schiffsunglück überlebt hast und warum keiner erfahren hat, dass du noch am Leben bist.« Doro wechselte das Thema und sah Susan gespannt an.

»Bist du nicht müde?«, fragte Susan und deutete auf Doros Stirn. »Vielleicht solltest du mit der Verletzung zum Arzt gehen, nicht, dass du eine Gehirnerschütterung hast.«
Doro schüttelte den Kopf. »Ich bin hart im Nehmen. Wenn ihr zwei« – ihr Blick ging von Susan zu Rosalind – »nicht zu müde seid, dann würde ich die Geschichte gerne erfahren. Jetzt und hier.«
Die Frauen sprachen die ganze Nacht über. Der frühe Morgen eines weiteren Sommertags brach bereits an, als Susan mit den Worten endete: »Ich habe also beschlossen, Jimmy zu finden und alles zu tun, um ihn wieder zu mir zu nehmen. Kein Kind sollte von seiner Mutter getrennt sein.«
Dorothea Hawkins, die in dieser Nacht zum ersten Mal von Susans Ehe und ihrem Sohn gehört hatte, war nicht schockiert, sondern voller Verständnis. Allerdings hatte Susan auch jetzt Anabell und die schwere Schuld, die auf ihren Schultern lastete, verschwiegen. Auch Doro gegenüber behauptete Susan, der Grund, warum sie Jimmy damals monatelang in der Obhut einer Nachbarin gelassen hatte, wäre eine Krankheit gewesen. Bei dieser Lüge fühlte Susan sich zwar alles andere als wohl, ihr blieb jedoch keine andere Wahl.
Bevor die Pensionswirtin erwachte, schlich sich Doro leise aus dem Haus. Seit sie das *Blue Horizon* verlassen hatte, wohnte sie nicht mehr mit Joan und Hetty zusammen, sondern hatte zwei Zimmer in der Nähe des *Royal Court* gemietet. Susan wollte Doro nach Hause begleiten, da um diese Uhrzeit noch keine Busse oder U-Bahnen verkehrten, aber Doro lehnte ab.
»Es ist nicht weit, und die frische Luft tut mir gut.« Auf einen Zettel kritzelte sie ihre Adresse. »Wir bleiben in Kontakt, ja?«
Susan umarmte die Freundin und drückte sie fest.
»Natürlich, liebe Doro. Du musst mir aber versprechen, niemandem zu erzählen, dass ich wieder in der Stadt bin. Jedenfalls niemandem von … früher.«

Früher … wie das klang, fast so, als wäre sie schon uralt. Seit dem Untergang der *Titanic* und den furchtbaren Stunden auf dem eiskalten Atlantik schien es Susan, als wäre sie erneut in ein anderes, in ein neues Leben aufgebrochen. Es war noch keine drei Monate her, seit sie auf den Brettern, die einst ihr Leben bedeuteten, gestanden hatte und von einer großen Karriere am Broadway träumte. Heute jedoch jagte der Gedanke, wieder in dieser halbseidenen Scheinwelt als Schauspielerin zu arbeiten, Susan einen kalten Schauer über den Rücken. Nichts auf der Bühne war echt, vor dem wahren Leben konnte sie jedoch nicht länger davonlaufen.

Bevor Doro die Tür hinter sich schloss, drehte sie sich noch einmal zu Susan um.

»Am Samstagabend findet eine Versammlung der WSPU statt. Emmeline Pankhurst wird dort sprechen, außerdem müssen wir beratschlagen, was wir für unsere Mitstreiterinnen, die gestern verhaftet worden sind, tun können. Möchtest du nicht kommen?«

Susan zögerte und wechselte mit Rosalind einen Blick. Diese nickte und meinte: »Warum nicht? Ich glaube, es kann nicht schaden, sich etwas mehr für die Politik dieses Landes zu interessieren. Es war furchtbar, wie die Polizei auf die wehrlosen Frauen eingeschlagen hat, es erinnert mich daran, wie mit den Iren umgegangen wird. Irgendwann wird jemand dabei getötet werden.«

Ein schmerzvoller Ausdruck stand in Rosalinds Augen, und Susan spürte, dass sie an den Tag dachte, an dem sie ihren Mann und ihre Söhne verloren hatte.

»Gut, Doro, wann sollen wir bei dir sein?«

»Holt mich gegen sechs Uhr am Abend ab. Der Versammlungsraum liegt nur ein paar Schritte von meiner Wohnung entfernt.«

24. Kapitel

Nachdem Doro gegangen war, begaben sich Susan und Rosalind zu Bett, jede hing jedoch noch ihren eigenen Gedanken nach, und beide wälzten sich unruhig hin und her. Obwohl sie in der vergangenen Nacht keine Minute geschlafen hatte, war Susan nicht müde, aber Frühstück würde es erst gegen acht Uhr geben. Außerdem waren die Banken nicht früher geöffnet, und Susan wollte zuerst zur Bank gehen, um eine größere Summe von ihrem Konto abzuheben. Die Pension war für eine Woche bezahlt, sie benötigten aber Geld für das Essen, und ein paar neue Kleider konnten auch nicht schaden.

»Nachdem ich bei der Bank war, werde ich mit Kay sprechen«, sagte Susan zu Rosalind, während sie sich das reichhaltige Frühstück mit Eiern und Speck schmecken ließen. »Sie wird zwar nicht begeistert sein, zu hören, dass sie so schnell wieder aus meiner Wohnung ausziehen muss, aber ich hatte sie ihr ohnehin nur für drei Monate untervermietet, da ich nicht wusste, ob ich nach meinem Engagement am Broadway in New York bleiben oder nach England zurückkehren würde.«

»Ich werde mich heute nach Arbeit umsehen«, sagte Rosalind leise und hob die Hand, um Susans Einwand abzuwehren. »Nein, ich werde nicht auf deine Kosten leben, Susan, sondern selbst für meinen Lebensunterhalt aufkommen. Nachdem ich mit Patrick aus England fortgegangen bin, habe ich gelernt, für mein Essen und für ein Dach über dem Kopf zu arbeiten.«

Susan griff über den Tisch nach Rosalinds Hand.

»Was hältst du von der Idee eines eigenen Ladens?« Während der Überfahrt nach Liverpool hatte sie Rosalind davon erzählt. »Nicht groß, dafür exklusiv. Wir könnten Pralinen und andere süße Köstlichkeiten anbieten.«

Rosalind runzelte skeptisch die Stirn.

»Ein solches Geschäft kostet jede Menge Geld, bevor es etwas einbringt. Die Miete und die Ausstattung der Räumlichkeiten, dann die Waren …«

»Meine Ersparnisse sollten dafür ausreichen.« Susan lächelte unbekümmert und schenkte sich aus der silbernen Kanne Tee nach. »Es ist zwar lange her, aber früher konnte ich gut backen, leider hatte ich immer zu wenig Geld, um Pralinen herzustellen. Ich denke jedoch, ich … wir bekommen das gemeinsam hin.«

Rosalinds Zweifel waren noch nicht ausgeräumt.

»Ich kann in ein Geschäft keinen Penny einbringen«, sagte sie leise, damit die anderen Gäste ihrer Unterhaltung nicht folgen konnten. »Ich besitze nicht mehr als die Kleider, die ich am Leib trage, und selbst diese wurden von dir bezahlt.«

»Vielmehr von Daniel Draycott«, erinnerte Susan sie und ignorierte den Stich, der ihr bei dem Gedanken an ihn durchs Herz schoss. »Als Nächstes werde ich ihm das Geld, das er uns freundlicherweise geliehen hat, zurückgeben. Daniel meinte, mittels Bankanweisung wäre dies auch über den Atlantik hinweg problemlos möglich. Nun, ich werde das noch heute regeln, ich mag es nicht, jemandem etwas schuldig zu sein.«

»Soll ich dich begleiten?«, fragte Rosalind.

Susan schüttelte den Kopf. »Du siehst müde aus, versuch, noch ein paar Stunden zu schlafen, bis ich wieder zurück bin. Heute Nachmittag ziehen wir dann los und schauen, was für Ladengeschäfte angeboten werden. Ich denke, wir sollten in der Gegend, in der sich meine Wohnung befindet, suchen, um einen kurzen Weg zu haben, da ich die Waren in meiner eigenen Küche herstellen werde.«

Je länger Susan über die Idee, ein Süßwarengeschäft zu eröffnen, nachdachte, desto mehr begeisterte sie sich dafür und hatte schon eine grobe Vorstellung der Einrichtung vor Augen. Damals, auf Sumerhays, hatte sie bereits mit dem Gedanken gespielt, sich selbständig zu machen, und Lavinia Callingtons tausend Pfund hatte sie ursprünglich dafür verwenden wollen, doch nach dem Verlust Jimmys hatte sie sich zu nichts mehr aufraffen können. Danach war sie mehr oder weniger zufällig in die Schauspielerei hineingestolpert und hatte den Gedanken an eine Selbständigkeit verworfen. Noch war es nicht zu spät, ihre einstigen Träume zu verwirklichen. Dabei würde sie natürlich die Suche nach Paul und Jimmy nicht außer Acht lassen. Wahrscheinlich würde sie wieder einen Detektiv engagieren müssen, um ihren Sohn zu finden. Wenn sie jedoch ein eigenes, gutgehendes Geschäft vorweisen konnte, würde sie Jimmy sicherlich zu sich holen können. Susan war überzeugt, dass Paul nach wie vor krummen Geschäften nachging. Sie musste einen Richter nur davon überzeugen, dass ein kleines Kind bei ihr, einer erfolgreichen Geschäftsfrau, besser aufgehoben war als bei einem ehemaligen Straftäter, der es mit dem Gesetz nicht so genau nahm.

Euphorisch und voller positiver Gedanken machte Susan sich auf den Weg zur Bank. Das Bankhaus *Manson & Hailsham* lag in der City, nicht weit von der imposanten Kathedrale St. Pauls entfernt. Während Susan auf das beeindruckende Portal mit den fünf, der Gotik nachempfundenen Säulen zuging, erinnerte sie sich an ihre einstige Abneigung gegenüber Banken. Sie schmunzelte, als sie daran dachte, wie sie Lavinia Callingtons Geld in einer Reisetasche mit sich herumgetragen und unter dem Bett versteckt hatte. Wenn sie sich vorstellte, sie würde das heute immer noch so handhaben, dann hätte sie ihr gesamtes Vermögen – das nicht unerheblich war – mit auf die *Titanic* genommen, und es würde nun auf dem Grund des Atlantiks liegen. Bei dieser Vorstellung fröstelte sie, obwohl es ein warmer Tag war. Bei dem Unglück hatte sie zwar mehrere hundert Pfund verloren, denn die Reederei entschädigte die Überlebenden nicht für deren Verluste, wenn diese keine Quittungen vorweisen konnten – und da Kingsley ihr Geld auf seinen Namen im Safe deponiert hatte, konnte Susan keine Ansprüche geltend machen –, auf ihrem Konto war jedoch noch genügend Geld, ihre Pläne zu verwirklichen.

Kühle empfing Susan, als sie die drei Stockwerke hohe und mit Marmor und dunklem Holz ausgekleidete Empfangshalle des Bankhauses betrat. Die Schalter hatten erst vor wenigen Minuten geöffnet, es herrschte noch nicht viel Betrieb. Susan sah sich um, konnte ihren Finanzberater aber nirgends entdecken, darum wandte sie sich an den Herrn am Informationsschalter.

»Guten Morgen, ich möchte gern Mr. Noland sprechen«, sagte sie freundlich.

Der ältere Herr musterte sie über die Gläser seiner randlosen Brille.

»Es tut mir leid, aber Mr. Noland ist nicht mehr in unserem Unternehmen beschäftigt.«

»Was?«, rief Susan erstaunt, senkte aber sogleich ihre Stimme, um keine Aufmerksamkeit zu erregen. »Dann bringen Sie mich zu jemand anderem, ich möchte Geld von meinem Konto abheben.«

Der Blick aus den wasserhellen Augen des Herrn glitt erneut abschätzend über Susans einfaches Kleid. Da es warm war, trug sie keinen Mantel, sondern hatte sich nur ein leichtes Schultertuch umgelegt. Susan konnte die Gedanken des Mannes regelrecht spüren, der wohl bezweifelte, dass eine Frau wie sie bei diesem exklusiven Bankhaus ein Konto hatte.

Er räusperte sich kurz, schob geschäftsmäßig ein paar Papiere zur Seite und fragte: »Wie lautet Ihr Name, Miss?«

»Hexton«, antwortete Susan und setzte eine arrogante Miene auf. »*Mrs.* Susan Hexton.«

»Einen Moment bitte.« Er zog ein dickes, in dunkelblaues Leder gebundenes Buch unter dem Tisch hervor, suchte nach dem Anfangsbuchstaben ihres Nachnamens, schlug an dieser Stelle auf, und sein kurzer, dicklicher Zeigefinger fuhr über die Namens-

listen. Dann hob er den Kopf und sah Susan erneut an. »Können Sie sich ausweisen?«
Susan seufzte kurz. Sie hatte diese Frage befürchtet. Aus ihrer Rocktasche holte sie einen Umschlag und legte ihn auf den Tresen.
»Ich hatte gehofft, Mr. Noland sprechen zu können, er kennt mich persönlich. Ich war auf dem Schiff Titanic, und meine sämtlichen Papiere, die ich im dortigen Safe deponiert hatte, liegen nun auf dem Grund des Meeres.« Sie entnahm dem Umschlag ein Schreiben und schob es dem Mann zu. »Hier, das ist eine Bestätigung des Konsulates in Amerika, mit der ich die Rückreise antreten und nach England einreisen konnte, wo ich gestern ankam. Ich muss mir erst wieder neue Papiere ausstellen lassen.«
Der Bankmitarbeiter studierte mit unbewegter Miene das Dokument, dann gab er Susan die Papiere wieder zurück und schüttelte bedauernd den Kopf.
»Dann tun Sie das, Mrs. Hexton. Kommen Sie bitte wieder, wenn Sie sich legitimieren können.«
»Aber, Sir …« Susan beherrschte sich und sagte betont ruhig: »Ich brauche sofort ein wenig Geld von meinem Konto. Wo kann ich Mr. Noland finden? Wie gesagt, er kennt mich persönlich und wird bestätigen, dass ich die Inhaberin des Kontos bei Ihrer Bank bin.«
Der Herr ließ sich nicht beeindrucken. Er zuckte die Schultern und meinte: »Mr. Noland hat uns von einem Tag auf den anderen ohne Angabe eines Grundes und unter Missachtung der Kündigungszeit verlassen. Sein Aufenthaltsort entzieht sich meiner Kenntnis. Auch wenn Sie mit diesem Herrn wiederkommen würden, dürfte ich Ihnen keine Auskünfte zu Ihrem Konto geben, da Mr. Noland kein Mitarbeiter von Manson und Hailsham mehr ist.«
»Das darf doch nicht wahr sein!« Um Susans Beherrschung war es beinahe geschehen. Nur mit Mühe widerstand sie dem Drang,

mit der Faust auf den Tresen zu hauen. »Hier steht doch, dass ich als Passagierin der Titanic alles verloren habe. Wenn unsere strengen Grenzer mich in Liverpool von Bord gehen und in unser Land einreisen ließen, dann wird es doch wohl möglich sein, etwas Geld von meinem Konto abzuheben, oder?«
Die Lippen des Mannes pressten sich zu einem schmalen Strich zusammen. So leise, dass Susan ihn nur mit Mühe verstand, sagte er: »Ich muss Sie jetzt bitten zu gehen, sonst sehe ich mich gezwungen, den Wachdienst zu rufen. Wir müssen Rücksicht auf unsere Kunden nehmen.«
Wütend drehte Susan sich um. Nun, dann würde sie eben gleich zum zuständigen Amt gehen und sich einen neuen Pass ausstellen lassen. Hoffentlich dauerte das nicht zu lange, denn ihre Barmittel waren begrenzt. Sobald sie wieder über ihr Konto verfügen konnte, wollte sie sich als Erstes eine neue Bank suchen, bei der man sie freundlicher behandelte.
»Hoppla! Verzeihen Sie vielmals, Miss …« In ihrer Erregung hatte Susan nicht auf den Weg geachtet und war mit einem hochgewachsenen Mann zusammengeprallt, der sogleich seinen Hut zog und sich entschuldigen wollte, doch dann weiteten sich seine Augen, und er stieß hervor: »Du meine Güte, Susan! Ich dachte …«
»Ich bin nicht tot, wie du siehst«, entgegnete Susan spöttisch. »Am besten hänge ich mir ein Schild um den Hals, damit ich diese Frage nicht immer wieder beantworten muss.«
Sie seufzte verhalten. Dass sie ausgerechnet hier mitten in der Schalterhalle auf Stephen Polkinghorn treffen musste, war ihr alles andere als angenehm. Sie versuchte, an ihm vorbeizugehen. »Du entschuldigst mich bitte? Ich habe noch viel zu erledigen.« Er hielt sie jedoch am Arm fest.
»Ich kam nicht umhin, deinen kleinen … Disput mit dem Herrn dort drüben zu verfolgen«, sagte er. »Dabei sah ich dich allerdings nur von hinten und habe dich nicht gleich erkannt. Wohl

auch, weil ich dich nicht mehr unter den Lebenden wähnte. Sie wollen dir also kein Geld auszahlen, weil du dich nicht ausweisen kannst?«

Susan nickte. Sie sah keinen Grund, zu leugnen, und Stephen hatte die Sache ohnehin mitbekommen.

»Bei dem Untergang habe ich alle meine Papiere verloren«, wiederholte sie. »Ich werde mir natürlich so schnell wie möglich neue ausstellen lassen, bis dahin benötige ich jedoch etwas Geld.«

»Vielleicht kann ich dir …«

»Auf keinen Fall!« Heftig wies Susan Stephens Angebot ab. »Auf meinem Konto bei dieser Bank ist genügend Geld, man will es mir nur nicht geben, solange ich keinen gültigen Pass vorlegen kann.«

Stephen lachte und berührte kurz Susans Schultern.

»Immer noch die gleiche ungestüme Susan, die einen nicht aussprechen lässt. Ich wollte lediglich sagen, dass ich dir vielleicht helfen kann. Komm, sehen wir zu, dass du an dein Geld kommst.«

In Susan glomm Hoffnung auf. Sosehr es ihr auch widerstrebte, Stephens Hilfe anzunehmen, vielleicht konnte er mehr erreichen als sie.

Der Bankangestellte schaute auf, als Stephen an den Schalter trat. Er erkannte den Kunden sofort.

»Sir Polkinghorn, es ist mir eine Ehre«, sagte er unterwürfig, dann fiel sein Blick auf Susan, die hinter Stephen stand. »Ich hoffe, die Frau hat Sie nicht belästigt, Sir?«

Stephen runzelte die Stirn.

»Ich hörte, es gibt Schwierigkeiten, der Dame ihr Geld auszubezahlen?«

»Äh …« Die Wangen des Mannes färbten sich rot. »Sir Polkinghorn, Mylord … Das ist nicht so einfach, sie hat keine Papiere, wissen Sie …«

»Papperlapapp!« Stephen wischte den Einwand zur Seite. »Wenn es Sie überfordern sollte, eine entsprechende Auszahlung zu machen, dann möchte ich sofort mit Mr. Manson oder mit Mr. Hailsham sprechen. Ich bin sicher, einer der Herren wird den Wünschen der Dame nachkommen.«

Der Kopf des Angestellten wurde puterrot, verlegen knetete er seine Finger.

»Ich weiß nicht, ob das möglich ist …«

Erneut wurde er von Stephen unterbrochen, der nun seine Stimme hob und die ganze Arroganz eines Aristokraten ausspielte.

»Es wäre sehr bedauerlich, wenn keiner der Herren Inhaber für einen ihrer besten Kunden etwas Zeit erübrigen könnte. Ihnen ist sicher bekannt, dass meine Frau, die ehemalige Lady Veronica Allerby, sowie deren Familie bei Ihrem Haus ebenfalls mehrere Konten unterhält. Es würde uns äußerst betrüben, wenn sich unsere Familie nach einem Institut umsehen müsste, in dem die Kunden besser betreut werden. Meinen Sie nicht auch, mein Herr?«

Flink wie ein Wiesel sprang der Mann hinter dem Tresen vor.

»Folgen Sie mir bitte, Mylord.«

Susan unterdrückte ein Grinsen, als sie dem Mann durch ein breites Treppenhaus in das oberste Stockwerk folgte. Es war ein Glücksfall, Stephen Polkinghorn getroffen zu haben. Sobald sie ihr Geld hatte, würde sie sich bei ihm bedanken, ihm jedoch unmissverständlich klarmachen, dass sie auf eine weitere Bekanntschaft keinen Wert legte.

Mr. Manson, einer der beiden Inhaber des Bankhauses, erhob sich hinter seinem Schreibtisch und kam mit ausgestreckten Händen auf Stephen zu, als er und Susan das pompöse und mit schweren, dunklen viktorianischen Möbeln eingerichtete Büro betraten. In knappen Worten schilderte Stephen Susans Problem, und Mr. Manson forderte den Angestellten auf, ihm unverzüglich die Bücher zu bringen. Während sie warteten, sagte Stephen: »Mr. Manson, ich bestätige hiermit mit meinem Ehrenwort, dass es sich bei der Dame um Mrs. Susan Hexton handelt. Sie war Passagierin auf der Titanic und hat nur durch einen glücklichen Umstand überlebt. Sie werden jedoch verstehen, dass sich meine Bekannte im Moment nicht ausweisen kann. Ich denke, es dürfte kein Problem sein, ihr trotzdem eine gewisse Summe von ihrem Konto auszubezahlen?«

»Sicher doch, Sir, Sie brauchen mir nicht Ihr Ehrenwort zu geben.« Auch Mr. Manson schien großen Respekt vor Stephen zu haben, wie Susan feststellte. »Sobald mir die Bücher vorliegen, werde ich die Auszahlung persönlich in die Wege leiten.«

Sie mussten nur wenige Minuten warten, dann lagen die erforderlichen Unterlagen vor Mr. Manson auf dem Schreibtisch. Susan wähnte sich schon am Ziel, doch dann verdüsterte sich der Blick des Bankiers. Verlegen hob er den Kopf und sah erst Stephen, dann Susan an.

»Mylord … Mrs. Hexton … es tut mir furchtbar leid, aber … Ihr Konto in unserem Haus wurde vor zwei Monaten aufgelöst.«

»Aufgelöst?« Susan fuhr von ihrem Stuhl hoch. »Das kann nicht sein, ich war doch gar nicht in England. Anfang April hob ich eine größere Summe ab, die ich mit an Bord nahm. Es sollten meiner Erinnerung nach aber noch knapp fünftausend Pfund auf dem Konto sein.«

»Fünftausend!« Anerkennend pfiff Stephen durch die Zähne. »Respekt, ich wusste gar nicht, dass man mit der Schauspielerei so viel verdienen kann.«

»Das spielt jetzt keine Rolle!« Zornig funkelte Susan erst ihn, dann Mr. Manson an. »Was wollen Sie damit sagen, dass das Konto aufgelöst wurde?«

Mr. Manson zuckte bedauernd mit den Schultern.

»So leid es mir tut, aber nach diesen Unterlagen hier existiert das Konto auf den Namen Susan Hexton bei unserer Bank seit Ende April nicht mehr. Ich kann das natürlich nachprüfen lassen …«

»Dann tun Sie das«, fiel Stephen ihm ins Wort und stand auf. »Aber sofort, Mrs. Hexton und ich kommen in einer Stunde wieder, dann erwarten wir, dass dieser offensichtliche Fehler Ihres Hauses aufgeklärt und entsprechend behoben ist.«

Wie betäubt folgte Susan Stephen nach draußen. Die Gedanken wirbelten in ihrem Kopf durcheinander. Es konnte sich nur um einen Irrtum handeln. Vielleicht gab es eine zweite Frau mit ihrem Namen, oder dieser Noland hatte einen schwerwiegenden Fehler begangen. Immerhin war er inzwischen spurlos verschwunden.

Stephen führte Susan in ein nahe liegendes Kaffeehaus und bestellte Tee und Sandwiches, Susan hatte jedoch keinen Hunger.

»Es wird sich alles aufklären.« Beruhigend legte er eine Hand auf die ihre. »Das Schicksal meinte es gut mit dir, dass wir uns ausgerechnet heute trafen. Jetzt erzähl – wie ist es dir ergangen? Was hast du auf der Titanic erlebt? Man las ja furchtbare Sachen über die dramatischen Szenen.«

Am liebsten wäre Susan aufgestanden und davongelaufen, aber sie wusste, sie schuldete Stephen Dank. Ohne ihn wäre sie nie bis zum Inhaber des Bankhauses vorgedrungen. So schilderte sie in knappen Sätzen ihre Erlebnisse an Bord und wie sie gerettet wurde.

»Und du willst wirklich nicht wieder auftreten?«, fragte Stephen fassungslos, als Susan erwähnte, sie habe die Schauspielerei an den Nagel gehängt.

»Ich habe andere Pläne«, antwortete Susan ausweichend. Auf keinen Fall wollte sie Stephen auch nur ein Sterbenswörtchen von Jimmy erzählen.

Die Stunde zog sich zäh wie Gummi, doch schließlich saß Susan wieder Mr. Manson gegenüber. Dieser lehnte sich in seinem Stuhl zurück, legte die Fingerspitzen aneinander und betrachtete eingehend seine Nägel, als er langsam sagte: »Mrs. Hexton, nach dem Untergang der Titanic galten Sie, da keine anderweitigen Informationen vorlagen, als tot. In unseren Unterlagen habe ich Einträge gefunden, aus denen ich schließen kann, dass Ende

April Ihr Ehemann, ein gewisser Paul Hexton, das gesamte Barvermögen von Ihrem Konto abgehoben und dieses aufgelöst hat. Es hatte alles seine Richtigkeit, denn Mr. Hexton konnte sich ausweisen und legte eine entsprechende Heiratsurkunde vor.« Er hob den Blick und sah Susan fest in die Augen. »Mrs. Hexton, ich hoffe, dieser Mann war kein Betrüger?«

Susan brauchte einige Minuten, um die Tragweite dieser Nachricht zu erfassen.

»Nein, ein Betrüger ist Paul Hexton nicht, jedenfalls nicht in diesem Fall. Wir sind tatsächlich verheiratet.« Aus den Augenwinkeln sah sie, wie Stephen sie erstaunt anstarrte, sie gab ihm jedoch mit einem Blick zu verstehen, jetzt keine Fragen zu stellen, und fuhr fort: »Darf ein Mann so einfach das Konto seiner Frau plündern, auch wenn diese tot zu sein scheint?«

Bevor Mr. Manson sprach, ahnte Susan die Antwort bereits. Eine verheiratete Frau hatte in diesem Land keine Rechte, nicht einmal das Recht auf ein eigenes Konto und eigenes Geld. Warum Paul jedoch überhaupt wusste, dass Susan ein Konto bei *Manson & Hailsham* unterhielt, war ihr äußerst suspekt. Ein Verdacht regte sich in ihr, und sie fragte: »Welcher Ihrer Mitarbeiter hat die Transaktion ausgeführt?«

»Mr. Noland, der uns nur wenige Tage später verließ.«

Als würde sich eine Nebelbank lichten, sah Susan plötzlich völlig klar. Irgendwie waren Paul und Noland, der Mann, dem sie ihr Geld anvertraut hatte, miteinander bekannt geworden. Wahrscheinlich hatte Paul London nie verlassen und ihren Weg als Peggy Sue verfolgt. Nach dem Unglück musste er dann, wie alle anderen auch, davon ausgehen, dass Susan nicht mehr am Leben war. Daran war sie selbst schuld, denn sie wollte kein Aufsehen um ihre Person und hatte sich daher unter ihrem bürgerlichen Namen als Zwischendeckpassagier registrieren lassen. Aus diesem Grund war sie nicht auf den Listen der Überlebenden aufgeführt worden. Paul hatte die Gelegenheit genutzt und ihr Geld abgehoben, wozu er alles Recht der Welt hatte, denn als ihr Ehemann war er automatisch ihr Erbe.

»Mr. Hexton hat nicht zufällig eine Adresse, unter der man ihn erreichen kann, angegeben?« Susans Frage war eine rein rhetorische, umso erstaunter war sie, als Mr. Manson nickte.

»Wir haben die Angaben auf seiner Legitimation selbstverständlich notiert, Mrs. Hexton, dazu sind wir verpflichtet. Allerdings können wir Ihnen die Adresse nicht nennen. Sie verstehen, das Bankgeheimnis …«

»Ach, Quatsch!« Stephen fuhr hoch. »Hier ist eine riesige Schweinerei abgelaufen, woran Ihr Haus die Schuld trägt. Offenbar wurde Ihr Angestellter, dieser Noland, von Hexton gut bezahlt, damit er bei der Sache mitmacht. Sein Verschwinden ist ja mehr als eindeutig. Ich denke, das Beste wird sein, wenn Mrs. Hexton zur Polizei geht und die Angelegenheit zur Anzeige bringt.«

Obwohl ihr alles andere als zum Lachen zumute war, musste Susan schmunzeln, als sie sah, wie während Stephens Worten jegliche Farbe aus Mr. Mansons Gesicht wich. Beschwichtigend hob er die Hände.

»Aber Sir … Mylord … ich bin sicher, wir können das auch anders regeln.«

»Dann rücken Sie die Adresse heraus!« Susan hätte nicht gedacht, dass ein Angehöriger des Hochadels einen solch rüden Ton anschlagen konnte, aber Stephen war schon immer anders als andere Aristokraten gewesen. Es wirkte jedenfalls, und eine Minute später hielt Susan die Adresse, unter der Paul Hexton vor zwei Monaten gemeldet gewesen war, in den Händen.

»Soll ich dich begleiten?«, fragte Stephen, als sie auf die Straße traten.

»Ich danke dir für deine Hilfe.« Entschlossen hob Susan den Kopf. »Aber das ist eine Sache, die ich allein erledigen muss.«

So einfach wollte Stephen sie jedoch nicht gehen lassen.

»Wann sehen wir uns wieder?« Noch immer redete er nicht lange um den heißen Brei herum.
Spöttisch zog Susan eine Augenbraue hoch.
»Ich glaube kaum, dass es deiner Ehefrau gefällt, wenn du dich mit anderen Frauen triffst.«
Er lachte, und Susan konnte sich seinem Charme nicht völlig entziehen. War Stephen Polkinghorn auch ein Filou, wie er im Buche stand, und hatte Susan nie mehr als freundschaftliche Gefühle für ihn gehabt, so freute sie sich jetzt doch, ihn wiedergetroffen zu haben.
»Ach, Veronica weiß, dass sie mir vertrauen kann.« Er winkte lapidar ab. »Du musst sie unbedingt kennenlernen, Susan, ich bin sicher, du würdest sie mögen. Meine wilden Zeiten sind vorbei, um unserer alten Freundschaft willen möchte ich dich aber gerne zum Essen ausführen. Wie wäre es heute Abend?«
Susan schüttelte ablehnend den Kopf, konnte sich ein Lächeln jedoch nicht verkneifen.
»Stephen Polkinghorn, du wirst dich niemals ändern. Es tut mir leid, aber ich muss jetzt erst meine Angelegenheiten regeln. Das verstehst du doch, oder?«
»Selbstverständlich«, versicherte Stephen im Brustton der Überzeugung und versuchte, ernst zu wirken. »Es hat mich jedoch sehr überrascht, zu erfahren, dass du verheiratet bist. Warst du das schon, als wir uns kennenlernten? Damals in Cornwall … war das Kind von deinem Mann, den du verlassen hast?«
Susans Gesichtsausdruck verschloss sich.
»Bitte, Stephen, ich bin dir für deine Hilfe wirklich sehr dankbar«, wiederholte sie nachdrücklich, »aber das ist ganz allein meine Privatangelegenheit.«
»Wir sollten bei einem Abendessen darüber sprechen.«
Susan spürte, dass sie Stephen nicht so leicht würde abwimmeln können, daher stimmte sie zu und nannte ihm ihre Pensionsadresse.

»Ich weiß allerdings nicht, wie lange ich dort noch wohnen werde«, fügte sie hinzu.
»Keine Sorge, du wirst von mir hören«, antwortete er und lachte. »Sehr bald schon ...«
Mit gemischten Gefühlen sah Susan ihm nach, als er die Straße hinabging und in sein Automobil stieg, das er selbst chauffierte, dann wischte sie sich mit dem Handrücken über die Stirn. Nein, sie würde jetzt nicht über Stephen nachdenken, sie hatte Wichtigeres zu erledigen. In ihrer Hand war immer noch der Zettel mit der Adresse von Paul. Ob sie Jimmy dort auch finden würde? Beim Gedanken an ihren Sohn, den sie seit fast sechs Jahren nicht mehr gesehen hatte, wurde es Susan warm ums Herz.

Die Fashion Street, die Paul Hexton als Adresse bei der Bank angegeben hatte, lag im Stadtteil Smithfield, unweit des Platzes, auf dem im sechzehnten Jahrhundert unter Queen Mary Tudor viele protestantische Märtyrer auf dem Scheiterhaufen ihr Leben lassen mussten. Heute lebten hier einfache Kaufleute und Beamte in schlichten, aus roten Ziegeln erbauten, zweistöckigen Reihenhäusern, die sich wie ein Ei dem anderen glichen. Das Haus mit der Nummer 12 hatte eine gelbgestrichene Eingangstür – der einzige Unterschied zu seinen Nachbarn. Susans Herz schlug schnell und hart, als sie den Türklopfer betätigte. Während ihres Fußmarsches von der City nach Smithfield – sie hatte bewusst auf Bus oder U-Bahn verzichtet, um Zeit zu gewinnen und ihre Gedanken zu ordnen – hatte sie sich verschiedene Versionen zurechtgelegt, was sie Paul sagen wollte, doch jetzt war ihre Kehle trocken, und ihre Zunge schien wie ein dicker Klumpen an ihrem Gaumen zu kleben.
Susan hörte Schritte, dann wurde die Tür geöffnet. Ihr Herz machte einen Sprung. Auch wenn Jahre vergangen waren – sie hätte Jimmy immer und überall wiedererkannt. Groß war er ge-

worden, natürlich, und sein Körper zeigte bereits die Ansätze von Stämmigkeit, die auch Paul zu eigen war.
»Sie wünschen?« Von unten herauf blickte Jimmy die fremde Frau misstrauisch an. »Wir kaufen nichts, und Betteln ist hier verboten.«
Susan musste alle Kraft aufbringen, sich nicht einfach auf die Knie fallen zu lassen und Jimmy in die Arme zu schließen. Es überraschte sie nicht, dass der Junge sie nicht erkannte. Sechs Jahre waren eine lange Zeit, eine viel zu lange Zeit ...
»Ist dein Vater zu Hause?« Susans Stimme klang gepresst und in ihren Ohren unnatürlich hoch.
»Nein, aber meine Mutter.«
Unmerklich zuckte Susan zusammen. Natürlich, da gab es ja noch diese unmögliche Person, mit der Paul zusammenlebte. Und Jimmy nannte sie Mutter ... Sie schluckte den Kloß, der sich in ihrem Hals bildete, hinunter und bemühte sich um ein freundliches Lächeln.
»Dann komme ich wohl besser wieder, wenn dein Vater da ist.« Sie wollte der Frau lieber nicht begegnen, denn diese würde sie sicher sofort wiedererkennen. Das, was sie zu regeln hatte, war eine Sache, die nur Paul und sie anging. »Wie geht es dir? Solltest du nicht in der Schule sein?« Diese Frage konnte sich Susan nicht verkneifen.
Verunsichert runzelte Jimmy die Stirn und sah dabei Paul sehr ähnlich.
»Danke, gut«, antwortete er höflich. »Ich muss nicht in die Schule gehen, alles, was ich wissen muss, bringt mir mein Vater bei.«
Ja, wie man einbricht und Leute bestiehlt, dachte Susan grimmig. Genau so hatte sie sich Jimmys Erziehung durch Paul vorgestellt.
»Wer ist es, mein Schatz?« Eine weibliche Stimme erklang im Hintergrund, und eine junge Frau, kaum älter als zwanzig Jahre, erschien in dem schmalen Flur. Sie musterte Susan kurz, aber nicht unfreundlich, und sagte: »Kann ich Ihnen helfen, Miss?«

Susan atmete erleichtert auf. Wer immer die Frau war, sie war nicht diese unmögliche Rose oder wie immer die frühere Geliebte Pauls hieß. Nicht nur, dass die Frau wesentlich jünger und attraktiver war, sie hatte auch freundliche Augen und war zwar schlicht, aber sauber und ordentlich gekleidet.

»Ich möchte Paul sprechen«, sagte Susan. »Paul Hexton, er lebt doch hier, oder?«

Die Frau nickte und trat einen Schritt zur Seite.

»Mein Mann ist derzeit nicht zu Hause, aber kommen Sie doch bitte herein. Er müsste in der nächsten Stunde kommen.«

Mein Mann ... In Susans Ohren hallten die Worte wider. Paul schien seine Frauen schneller als seine Unterhemden zu wechseln.

»Seit wann sind Sie denn verheiratet?« Ehe sie nachdenken konnte, war Susan diese Frage entschlüpft. Sie wusste, wie ungehörig dies war, doch die junge Frau schien sich nichts dabei zu denken. Ein Leuchten ging über ihr schmales Gesicht.

»Erst seit fünf Wochen. Kurz bevor wir hier eingezogen sind.«

Dann wird es dich sicher freuen, zu hören, dass eure Ehe ungültig ist, dachte Susan mit einem leichten Anflug von Schadenfreude. Paul hatte also geheiratet, als er glauben musste, sie – Susan – wäre beim Untergang der Titanic ums Leben gekommen und er folglich Witwer. Allein die Tatsache, was dies ihm für Scherereien bereiten würde, hob Susans Stimmung. Paul hatte es nicht anders verdient, da er sich ihr ganzes Vermögen unter den Nagel gerissen hatte.

»Einen entzückenden Sohn haben Sie.« Susan hatte ihre Mimik und ihre Stimme gut im Griff, sie war nicht umsonst eine erfolgreiche Schauspielerin gewesen.

»Ach nein, Jimmy ist der Sohn meines Mannes aus erster Ehe. Er war Witwer, müssen Sie wissen.«

Die junge Frau ließ Susan an sich vorbei in ein kleines Wohnzimmer treten. Vor dem offenen Kamin befanden sich ein Sofa und zwei Sessel, an der rechten Seite ein Esstisch mit vier Stühlen und an der fensterlosen Wand eine Kommode. Die Einrichtung war einfach, aber ordentlich und sauber. Immerhin hatte sich Paul mit der Wahl dieser Frau gegenüber früher deutlich verbessert. Die junge Frau bemerkte, wie Susans Blick über die Einrichtung glitt, und sagte entschuldigend: »Wir sind noch nicht vollständig eingerichtet. Es braucht Zeit, ein Haus zu einem gemütlichen Heim zu machen.«

Susan nickte und nahm in einem der Sessel Platz. Mrs. Hexton, wie sie meinte, sich rechtmäßig so nennen zu dürfen, bot Susan Tee an, die jedoch freundlich ablehnte. Pauls Frau nahm ihr gegenüber Platz. Susan scheute sich nicht, sie näher zu betrachten. Sie sah nicht schlecht aus, wenngleich sie keine strahlende Schönheit war. Dazu standen ihre Augen zu eng, und ihre Nase war breit und etwas zu lang. Dies glich sie jedoch mit ihrer Jugend und ihrer schlanken Figur aus.

»Möchten Sie gar nicht wissen, warum ich Ihren … *Mann* sprechen möchte?«, fragte Susan direkt.

»Sie werden Ihre Gründe haben.« Die Frau sah Susan offen ins Gesicht. »Paul sagt immer, ich müsse nicht alles wissen. Damit hat er recht, ich frage manchmal wirklich zu viel. Ich bin nämlich etwas neugierig.« Sie kicherte verlegen und wirkte dabei wie ein Schulmädchen. »Er ist schließlich der Mann und bringt das Geld nach Hause, und als gute Ehefrau habe ich die Wünsche meines Mannes zu erfüllen.«

Um Susans Mundwinkel zuckte es verdächtig, sie beherrschte sich jedoch. Da hatte Paul sich ja ein schönes Dummchen angelacht. Nun, das könnte ihr gleichgültig sein, wenn es nicht um das Wohl Jimmys ging. Leider war der Junge den Damen nicht in das Wohnzimmer gefolgt, so brachte Susan das Gespräch wieder auf ihn.

»Sie erwähnten, dass Sie erst seit kurzem verheiratet sind. Dennoch nennt der Junge Sie Mutter. Sie und Paul kennen sich also schon länger?«

Kate Hexton schüttelte den Kopf.

»Wir haben uns zwei Wochen, bevor wir heirateten, kennengelernt. Paul machte mir sofort einen Antrag, und mein Vater meinte, ich solle ihn annehmen. Paul besteht darauf, dass Jimmy mich Mutter nennt, obwohl ich mir dabei manchmal etwas seltsam vorkomme. Das liegt aber nicht an mir, sagt Paul, denn der Junge ist seltsam. Kein Wunder, wurde er doch als kleines Kind von seiner Mutter schändlich im Stich gelassen.« Sie beugte sich vor und senkte ihre Stimme zu einem Flüstern, als könne jemand ihr Gespräch verfolgen. »Sie müssen wissen, Pauls frühere Frau ist einfach abgehauen und hat das Kind ohne Essen und Trinken in einem Mietshaus zurückgelassen. Wenn Paul ihn damals nicht zufällig gefunden hätte, wäre der Junge qualvoll zugrunde gegangen.«

Susans Lächeln gefror. Einzig ihre Hände, die sich zu Fäusten ballten, verrieten ihre Erregung. Ihre Stimme klang jedoch völlig ruhig, als sie das Thema wechselte, um sich nicht zu verraten.

»Sie haben ein schönes Haus, Mrs. Hexton.«

Kate winkte verlegen ab, es war offensichtlich, dass sie sich über das Kompliment freute.

»Ja, mein Mann ist auch sehr stolz, es erworben zu haben, und dass wir gleich einziehen konnten. Möchten Sie nicht doch eine Tasse Tee?«

Susan nickte, obwohl sie keinen Durst verspürte. So würde sie aber ein paar Minuten allein gewinnen, um ihre Gedanken zu ordnen.

»Wenn es Ihnen keine Umstände macht …«

Kate versicherte, dies würde es nicht, und entschuldigte sich, um in die Küche zu gehen.

»Unser Mädchen hat heute frei, aber ich koche auch einen ganz hervorragenden Tee, meint Paul zumindest …« Sie kicherte verschämt und verließ das Zimmer.

Susan atmete tief durch. Ein Mädchen … und das Haus hier, und eingerichtet war es noch nicht vollständig …

Und all das von meinem Geld! Wütend runzelte sie die Stirn. Sie würde dieser naiven Frau und Paul schon klarmachen, dass es mit dem schönen Leben ab sofort vorbei war. Noch heute wollte sie ihr Geld haben, und zwar die gesamte Summe. Und Jimmy nahm sie am besten auch gleich mit sich. Sie würde dem Jungen erklären können, warum er nicht mehr bei seinem Vater leben konnte.

Kate Hexton hatte gerade den Tee eingeschenkt, als die Haustür klappte. Einen Augenblick später stand Paul unter dem Türsturz. Die Begrüßungsworte gefroren ihm auf den Lippen, als er Susan erkannte.

»Du?« Jegliche Farbe wich aus seinem Gesicht, das im Laufe der Jahre aufgedunsen und schwammig geworden war. Rotgeäderte Augen und Tränensäcke ließen darauf schließen, dass er nach wie vor oft und gerne dem Alkohol zusprach. »Wie kann das sein? Du bist … das Schiff … Es stand doch in allen Zeitungen.«

Langsam erhob sich Susan und ging auf ihren Mann zu.

»Du solltest nicht alles glauben, was in der Zeitung steht.« Ihre Stimme klang kühl, und verächtlich sah sie Paul an. »Wie ich sehe, lässt du es dir mit meinem Geld gutgehen. Ich möchte es zurückhaben. Sofort!«

»Paul, wer ist diese Frau, und was will sie von dir?« Haltsuchend griff Kate nach Pauls Arm, doch dieser schüttelte sie grob ab.

»Lass uns allein«, blaffte er unfreundlich.

»Aber Paul …«

»Hast du nicht gehört? Du sollst verschwinden. Hast du nichts in der Küche zu tun?«

Kate zog den Kopf ein, als hätte man sie geprügelt, und verließ das Wohnzimmer. Beinahe hätte sie Susan leidgetan, ihr Zorn auf Paul war jedoch größer.

»Hast du das Geld hier im Haus versteckt?«, fragte Susan herausfordernd. »Das wäre praktisch, dann kann ich es gleich mitnehmen.«

Paul Hexton hatte sich wieder gefangen und hielt Susans Blick stand.

»Ich hatte alles Recht der Welt, dein Vermögen an mich zu nehmen«, sagte er kalt. »Nachdem dein Name nicht auf den Listen der Überlebenden stand, gab es keinen Zweifel, dass du das Unglück nicht überlebt hast.«

»Mein Name?« Susan lachte schrill. »Nach welchem Namen hast du denn gesucht? Wohl kaum nach Susan Hexton, wie ich immer noch heiße, denn diesen Namen hättest du ohne weiteres gefunden. Wie du siehst, bin ich am Leben und erfreue mich bester Gesundheit. Ich möchte kein Drama aus der Sache machen, darum gibst du mir auf der Stelle mein Geld oder vielmehr das, was davon noch übrig ist. Ich nehme an, du hast dieses Haus hier davon bezahlt, nicht wahr? Nun, dann wirst du es wieder verkaufen, ich bin nicht bereit, auch nur auf einen Penny zu verzichten.«

Paul trat einen Schritt zurück, und seine Augen funkelten vor verhaltener Wut.

»Du brauchst dich hier gar nicht so aufzuspielen, du hast kein Recht auf gar nichts.« Sein Tonfall war gefährlich leise, etwas, was Susan von früher kannte, und es verhieß nichts Gutes. So leicht ließ sie sich aber nicht einschüchtern.

»Mein Geld!«, forderte sie. »Und meinen Jungen! Jimmy nehme ich am besten auch gleich mit.«

Paul lachte höhnisch.

»Schon vor Jahren hab ich dir gesagt, dass du Jimmy niemals bekommst. Daran hat sich nichts geändert. Wie du siehst, lebe ich inzwischen in geordneten Verhältnissen, bin sogar verheiratet …«

»Eine Ehe, die Bigamie ist«, warf Susan ein. »Sie ist ungültig. Ich bin gespannt, wie deine *Frau* auf diese Nachricht reagiert.«

Auch dieses Argument schien Paul nicht aus der Fassung zu bringen. Er zuckte lediglich mit den Schultern.

»Das ist eine reine Formalität. Ich bedauere, damals nicht die Scheidung vorangetrieben zu haben. Als ich jedoch verfolgte, wie du eine bekannte Schauspielerin wurdest, dachte ich mir gleich, dass die Tatsache, mit dir verheiratet zu sein, mir eines Tages nützlich sein würde. Tja, und ich hatte recht …«

»Ich werde dich verklagen!« Um Susans Beherrschung war es geschehen. »Ich werde dich wegen Betruges, nein, wegen Diebstahls anzeigen, dann wanderst du wieder dahin, wohin du gehörst – nämlich hinter Gittern.«

Paul ließ ihr Ausbruch völlig unbeeindruckt. Laut lachend stemmte er die Hände in die Hüften und entgegnete: »Mach, was du nicht lassen kannst. Ich hoffe, du kannst dir einen Anwalt leisten. Der wird dir aber nur sagen, dass ein Mann jederzeit das Recht hat, über das Vermögen seiner Frau zu verfügen, ob sie nun tot ist oder lebendig. Und was Jimmy betrifft …« Er winkte verächtlich ab. »Der Junge kennt dich überhaupt nicht, und was kannst du ihm schon bieten? Etwa das Leben einer halbseidenen Schauspielerin? Auch dir, liebe Susan, sollte bekannt sein, welchen Ruf ihr Schauspielerinnen genießt.«

»Was ist mit Noland?« Susan spielte ihren letzten Trumpf aus. »Ich weiß nicht, wann und wo du ihn kennengelernt hast, aber er hat dir geholfen, an mein Konto zu kommen. Was hat er dafür erhalten? Ich werde ihn finden und als Betrüger vor Gericht bringen, dann bist auch du dran.«

Paul hob eine Augenbraue. »Da du Mr. Noland ansprichst … es dürfte dir bekannt sein, dass der Mann seitdem verschwunden ist. Versuche, ihn zu finden, ich denke nicht, dass es dir gelingen wird. Und jetzt ist es besser, wenn du gehst. Du willst doch sicher nicht, dass sich Jimmy fragt, was das für eine hysterische Person ist, die grundlos seinen Vater anschreit, oder?«

Am liebsten hätte Susan eine Faust in Pauls feistes, grinsendes Gesicht geschlagen. Erneut war sie ihm unterlegen und musste einsehen, dass sie hier und heute nichts würde ausrichten können. Obwohl sie vor Wut schäumte, musste sie sich vorerst geschlagen geben.

»So einfach lasse ich dich nicht davonkommen. Dieses Mal nicht, das schwöre ich dir! Zumindest eine Anklage als Bigamist ist dir sicher.«
Im Flur traf sie auf Kate. Die junge Frau sah sie verunsichert an, und Susan hoffte, sie hatte ihren Wortwechsel mit Paul mitbekommen. In der Hoffnung, Jimmy noch einmal zu sehen, sah sie sich um. Der Junge schien jedoch im oberen Stockwerk zu sein. So verletzt und wütend sie auch war – Susan wusste, sie würde nichts tun, was dem Wohl ihres Sohnes schaden könnte. Paul würde – wenn es sein musste, auch mit Gewalt – verhindern, dass sie Jimmy mit sich nahm. Wieder einmal musste Susan einsehen, dass sie verloren hatte, doch dieses Mal würde sie nicht eher ruhen, bis sie Jimmy und das Geld, das Paul ihr gestohlen hatte, wiederbekam.

25. Kapitel

Der Saal war bis auf den letzten Platz gefüllt, viele mussten sogar stehen, obwohl der Raum gut und gerne dreihundert Personen Platz bot. Eine drückende Stimmung lag in der Luft, die nicht allein von dem warmen Sommerabend kam, sondern die Menschen fieberten der Versammlung entgegen. Eingezwängt zwischen Frauen aus allen Gesellschaftsschichten und unterschiedlichsten Alters, hatten Susan, Doro und Rosalind Sitzplätze in der dritten Reihe ergattern können. Susan war erstaunt, so viele Männer zu sehen, sie hatte gedacht, eine Versammlung der *WSPU* würde nur bei Frauen auf Interesse stoßen.
»Oh, es gibt viele Männer, die den Wunsch nach einem allgemeinen Wahlrecht für Frauen unterstützen«, erklärte Doro, nachdem Susan ihre Verwunderung geäußert hatte. Sie deutete auf

einen älteren Herrn mit Stirnglatze und einem mächtigen, weißen Bart, der gerade den Saal betrat. »Mr. Keir Hardy, beispielsweise. Er wird heute auch ein paar Worte an uns richten.«

Interessiert reckte Susan den Kopf, um den Mann besser sehen zu können. Zu ihrer Schande musste sie gestehen, dass sie den Namen Keir Hardy nie zuvor gehört hatte, dabei war er einer der Begründer der liberalen Partei und hatte fast sein ganzes Leben damit verbracht, die Lebensbedingungen von Arbeitern zu verbessern und das Frauenwahlrecht zu fördern. Dies alles erzählte Doro mit knappen Worten, dabei leuchteten ihre Augen wie fiebrig, und sie bekam hektische rote Flecken auf den Wangen. Es war offensichtlich, wie sehr Doro nicht nur Mr. Hardy, sondern die Arbeit der *WSPU* bewunderte und nach Kräften bemüht war, ihren Teil zum Erreichen deren Ziele beizutragen.

Nachdem Susan von Paul derart zurückgewiesen worden war, war sie aufgelöst und einem Nervenzusammenbruch nahe in die Pension zurückgekehrt. Rosalind hatte einige Zeit gebraucht, bis sie aus Susans wirren Worten, unterbrochen von Wutausbrüchen, die sie Susan nie zugetraut hätte, erfuhr, was geschehen war.

»Ich bin pleite!« Susan zitterte am ganzen Körper. »Wir haben nicht mehr als die paar Pfund, die von Daniels geliehenem Geld noch übrig sind.«

Beruhigend legte Rosalind einen Arm um Susans zuckende Schultern.

»Gleich morgen suche ich mir Arbeit. Ich bin es gewohnt, für meinen Lebensunterhalt hart zu arbeiten, und für dich finden wir auch etwas. Vielleicht möchtest du doch wieder auf die Bühne gehen?«

»Auf keinen Fall!« Brüsk wies Susan den Vorschlag zurück. »Diese Welt von Glitter und Falschheit hängt mir zum Hals heraus. Nein, ich werde um mein Recht kämpfen. Um mein Recht, um mein Geld und um meinen Sohn.« Mit flammendem Blick sah sie Rosalind an. »Es ist eine himmelschreiende Ungerechtigkeit, dass Paul – obwohl ich noch lebe – einfach mein Konto auflösen darf. Gut, damals war er vielleicht im Recht, aber es muss doch eine Möglichkeit geben, es rückgängig zu machen, nachdem feststeht, dass ich mich noch bester Gesundheit erfreue. Als Erstes muss ich die Scheidung einreichen und dann …«

An diesem Abend schmiedete Susan viele Pläne, und Rosalind hörte ihr schweigend zu. Sie wusste nur zu gut, dass Recht und Gerechtigkeit mit zweierlei Maß gemessen wurden, und wenn man kein Geld hatte, konnte man beides nicht erwarten. Auch wenn sich England für seine Demokratie rühmte – die Wirklichkeit sah anders aus. Das Recht lag in den Händen der Reichen, und niemand würde Susan Unterstützung gewähren, wenn sie nicht dafür bezahlen konnte. Sosehr Rosalind die Freundin verstand – im Augenblick war es wichtig, schnell Arbeit zu finden, wenn sie weiter ein Dach über dem Kopf und zu essen haben wollten.

Am nächsten Tag überredete Rosalind Susan, Dorothea Hawkins aufzusuchen. Da diese am Abend als Garderobiere im Theater arbeitete, war Doro am späten Vormittag zu Hause. Sie hatte zwar noch geschlafen und brauchte ein paar Minuten, um zu begreifen, was geschehen war, hörte sich dann aber aufmerksam an, was Susan zu berichten hatte. In ihr erwachte sofort der Kampfgeist, Susan zu helfen.

»Ich werde sehen, was ich machen kann«, versprach sie. »Am Samstagabend treffen wir uns ohnehin bei der Versammlung, bis dahin habe ich eine Lösung gefunden. Versprochen.«

Obwohl Susan sich nicht vorstellen konnte, wie Doro binnen weniger Tage für sie und Rosalind Arbeit und eine neue Unterkunft finden sollte, fühlte sie sich ein wenig getröstet. Susan, die sich vorher nie für Politik interessiert hatte, fieberte nun dem Samstagabend entgegen. Sie war gespannt, was Emmeline Pankhurst zu sagen hatte, und bereute es, sich nicht früher mit den Zielen der Frauenrechtlerinnen beschäftigt zu haben.

Susans Gedanken kehrten in die Gegenwart zurück, als es im

Saal plötzlich mucksmäuschenstill wurde. Für ein paar Sekunden hätte man eine Nadel fallen hören können, dann brandete Applaus auf, und Jubelrufe ertönten, wie sie Susan auf der Bühne nie jemals zuvor erlebt hatte. Eine hochgewachsene, schlanke ältere Frau mit kämpferischem Gesichtsausdruck betrat das Podest und stellte sich hinter das Rednerpult. Obwohl Jahre vergangen waren, erkannte Susan Emmeline Pankhurst sofort wieder. Der Hungerstreik während ihrer Haft hatte sie jedoch gezeichnet, denn ihre Wangen waren fahl und eingefallen, aber in ihren Augen brannte das Feuer der Entschlossenheit. Sie hob die Hand, und die Anwesenden verstummten.

»Meine lieben Mitbürgerinnen und Mitbürger, ich freue mich, dass ihr heute so zahlreich erschienen seid.« Mrs. Pankhursts Blick glitt wohlwollend über die Menge. Ihre Stimme hatte einen wohltuenden Klang, und sie sprach leise, trotzdem war sie bis in die letzte Ecke des Saales gut zu verstehen. »Die Ereignisse der vergangenen Woche haben uns erneut gezeigt, wie unsere Rechte … unsere Menschenrechte … in diesem Land nicht nur mit Füßen getreten, sondern mit brutaler Gewalt niedergeknüppelt werden. Mrs. Lucy Sheldon ist keine Mörderin, sondern das Opfer männlicher Willkür, gegen die sie sich lediglich gewehrt hat. Sie hat ihr Recht auf die Selbstbestimmung über ihren Körper verteidigt – dafür soll sie nun in zwei Tagen am Galgen baumeln. Das können und dürfen wir nicht zulassen!«

Jubelschreie ertönten, die Frauen trampelten mit den Füßen so heftig auf den Boden, dass die Wände des Saals erbebten.

»Ganz recht!«, schrie eine Frau eine Reihe hinter Susan. »Wir stürmen das Gefängnis und holen Lucy da raus.« Die Frau sprang auf, stützte die Hände in die Seiten und sah sich auffordernd um.

»Am besten, wir ziehen sofort los!«

»Worauf warten wir noch?«

»Wir sind so viele, sie können uns nicht alle einsperren!«

Immer mehr erhoben sich von ihren Plätzen, in den Gesichtern

Kampfbereitschaft und wilde Entschlossenheit, auf der Stelle zum Gefängnis zu ziehen und Lucy Sheldon zu befreien.
»Wartet!« Laut durchschnitt die Stimme von Keir Hardy den Tumult, und er trat neben Emmeline Pankhurst an das Rednerpult. »Gewalt erzeugt erneute Gewalt, und noch mehr von uns werden verhaftet. Mrs. Pankhurst und ich haben dem Unterhaus bereits eine Petition vorgelegt und um Begnadigung von Mrs. Sheldon gebeten. Ebenso habe ich mich persönlich an alle Tageszeitungen Londons gewandt und auch an den König höchstpersönlich ein Schreiben aufgesetzt.«
»Schreiben? Pah!« Die Sprecherin hinter Susan spuckte verächtlich aus. »Seit Jahren reichen wir Petitionen ein, verfassen Schreiben und versuchen, die Presse von unseren Zielen zu überzeugen. Mit welchem Erfolg? Mit gar keinem! Das wissen Sie ebenso wie ich.«
Mrs. Pankhurst nickte zustimmend.
»Sie haben ohne Zweifel recht, unser Kampf auf der friedlichen Ebene hat bisher wenig Erfolg gezeigt. Als Dutzende von euch versuchten, durch eine Demonstration … ich betone, durch eine *friedliche* Demonstration, die Freilassung von Lucy Sheldon zu erreichen, wurdet ihr brutal misshandelt. Sechsunddreißig von uns wurden verhaftet. Obwohl einige wieder entlassen worden sind, wird achtzehn von uns wegen Sachbeschädigung und Widerstand gegen die Staatsgewalt der Prozess gemacht. Aus zuverlässiger Quelle weiß ich, dass unsere tapferen Mitstreiterinnen in den Hungerstreik getreten sind. Die Regierung kann dies nicht erneut ignorieren.«
»Bis dahin ist Lucy Sheldon aber tot!« Susan wunderte sich nicht, dass Doro aufsprang und diese Worte rief. »Wir müssen schneller etwas unternehmen.«
Susan wurde von der herrschenden Euphorie angesteckt. Sie war wie eine Woge, die erst als kleine Welle von Mrs. Pankhurst aus entstanden war und mit jedem Wort größer, mächtiger und auch

gewalttätiger wurde. Niemand konnte sich dem entziehen, selbst der eher ruhigen Rosalind glühten die Wangen.

»Immerhin haben die Demonstrationen und die Straßenschlachten, die nach Ihrer Verhaftung, Mrs. Pankhurst, im ganzen Land stattfanden, Ihre Entlassung bewirkt«, gab Mr. Hardy zu bedenken und erntete damit erneuten Beifall.

Von links betrat eine junge Frau das Podium und rief: »Wir sollten das Gefängnis in Brand setzen!«

»Das ist Estelle Sylvie Pankhurst«, raunte Doro Susan zu. »Die zweitälteste Tochter von Emmeline. Sie ist besonders radikal, und ihre Vorstellungen werden von ihrer Mutter nicht immer gebilligt.«

Zur Bestätigung von Doros Worten sagte Mrs. Pankhurst streng: »Sylvia, du weißt, dass ich diese Brandstiftungen nicht gutheiße. Es könnten dabei Menschen verletzt oder gar getötet werden. Wir kämpfen um unsere Freiheit und sind keine Terroristen, denen das Leben anderer Menschen gleichgültig ist.«

Bei dieser öffentlichen Kritik zog eine tiefe Röte über Sylvia Pankhursts Gesicht. Sie öffnete den Mund zu einer scharfen Erwiderung, da ergriff Keir Hardy wieder das Wort.

»Meine Damen, meine Herren, ich schlage vor, wir ziehen morgen zur Downing Street und demonstrieren friedlich vor dem Haus des Premierministers. Sonntagvormittags frühstückt Mr. Asquith immer im Kreis seiner Familie.«

»Eine hervorragende Idee!« Doro sprang auf und klatschte begeistert in die Hände. »Wir müssen sofort neue Plakate anfertigen, die meisten alten sind letzte Woche zerstört worden.«

Emmeline Pankhursts Blick glitt wohlwollend zu Doro, und sie nickte.

»Wir treffen uns um neun Uhr am Trafalgar Square, meine Damen. Natürlich sind auch alle Herren, die uns unterstützen möchten, herzlich willkommen.« Sie hob den Arm und ballte die Hand zur Faust. »Die Gerechtigkeit wird siegen!«

»Die Gerechtigkeit wird siegen!« Vielstimmig hallte der Satz durch den Saal. Auch Susan hatte sich von der aufgeheizten Stimmung anstecken lassen, ihr Kampfgeist war geweckt. Sie war sich sicher – wenn es jemandem gelang, ihr zu ihrem Recht zu verhelfen, dann waren es Emmeline Pankhurst und die *WSPU*. Sie bedauerte, deren Karte damals achtlos fortgeworfen und ihre Einladung zum Tee nicht angenommen zu haben. Wahrscheinlich wäre ihr Leben dann anders verlaufen, und sie würde heute ihren Sohn längst wieder bei sich haben.

Nach der Versammlung, als sich der Saal langsam leerte, hatte Doro für Susan und Rosalind noch eine Überraschung parat. Mit schelmischem Grinsen überreichte sie Susan einen Schlüssel.

»Die Wohnung ist nicht groß. Sie hat nur zwei Zimmer, in einem ist die Küche untergebracht, und es gibt nur ein Etagenbad, dafür jedoch kostet sie wenig und liegt nur einen Straßenzug von meiner entfernt.«

Verblüfft nahm Susan den Schlüssel entgegen und schüttelte skeptisch den Kopf.

»Meine liebe Doro, auch wenn die Miete nicht hoch ist, so muss sie doch bezahlt werden. Bisher weiß ich nicht einmal, woher ich das notwendige Geld nehmen soll …«

»Ich habe mit Sylvia Pankhurst gesprochen«, unterbrach Doro. »Wenn ihr wollt, könnt ihr gleich am Montag bei der WSPU anfangen.«

»Anfangen?« Susan runzelte die Stirn. »Womit anfangen?«

»Mit der Arbeit. Die Gruppierung braucht Leute, die sich um den lästigen Papierkram kümmern. Bisher haben Mrs. Pankhurst und ihre Töchter dies weitgehend allein gemacht. Seit ihre älteste Tochter Christabel jedoch nach Paris flüchten musste, da sie regelmäßig verhaftet wurde, ist die Arbeit zu viel geworden. Na, was sagt ihr dazu? Die Bezahlung ist zwar nicht hoch, denn die WSPU finanziert sich ausschließlich aus Spenden von Gönnern, vielmehr Gönnerinnen, zum Leben dürfte es jedoch vorerst ausreichen. Wir kämpfen schließlich dafür, dass du das Geld, das dir dein Mann gestohlen hat, so schnell wie möglich zurückbekommst.«

Susan und Rosalind tauschten einen vielsagenden Blick, und Rosalind antwortete zuerst.

»Ich weiß nicht. Jahrelang haben mein Mann und ich in Irland gegen die Regierung kämpfen müssen, dabei habe ich meine gesamte Familie verloren. Viel lieber würde ich eine Stellung in einem Haushalt oder als Näherin in einer Fabrik annehmen. Ich habe genug von Kampf und Gewalt, und eure Vereinigung scheint mir recht radikal eingestellt zu sein.«

»Ohne ein gewisses Maß an Gewalt wird man auf dieser Welt nichts erreichen.« Entschlossen straffte Doro die Schultern. »Der Kampf, den wir führen, ist auch für Frauen wie dich, Rosalind. Wenn du jedoch nicht willst …« Die Enttäuschung, dass ihre Überraschung weder bei Susan noch bei Rosalind Begeisterungsstürme auslöste, stand Doro deutlich ins Gesicht geschrieben.

Susan drückte die Hand der Freundin.

»Du hast es sicher gut gemeint, Doro, und ich werde mir die Sache anschauen.« Sie sah zu Rosalind. »Wir können ja … sagen wir, einen Monat … bei der WSPU arbeiten und dann entscheiden, ob wir dabeibleiben wollen. Was meinst du?«

Rosalind zögerte, stimmte dann jedoch mit einem Seufzer zu. Sie wusste, dass Susans Freundin recht hatte. Wohl alle Frauen des Landes wollten ihre Situation verbessern, wollten mittels Wahlen die Regierung mitbestimmen und sich nicht länger von ihren Männern unterjochen lassen, doch nur wenige waren bereit, auch dafür zu kämpfen. Wenn die WSPU Erfolg hatte, dann würden alle davon profitieren. Vielleicht war es nicht schlecht, sein eigenes Scherflein dazu beizutragen.

Der Sonntagmorgen zog neblig-feucht herauf. Obwohl die Fabrikkamine der Stadt an diesem Tag ruhten, lag eine Dunstglocke über der Stadt, die das Atmen erschwerte. Als Susan und Rosalind das Haus verließen, konnten sie beinahe nicht die Hand vor den Augen erkennen, so tief und dicht hing der Nebel in den Straßen. Es war noch früh, erst kurz nach sechs Uhr morgens, doch die beiden Frauen wollten ihre Sachen in die neue Wohnung bringen, bevor sie sich mit den anderen am Trafalgar Square trafen. Ihre künftige Bleibe lag im Stadtteil Brompton, nur wenige Gehminuten vom *Royal Court Theatre* und Doros Wohnung entfernt, und das Gebäude, in dem die WSPU ihr Büro unterhielt, war schnell mit der U-Bahn zu erreichen. Als Susan sich in den zwei kleinen Zimmern im Erdgeschoss eines Mehrfamilienhauses umsah, fühlte sie einen Stich des Bedauerns, und sie dachte an ihre frühere schöne, helle Wohnung, die ihre Kollegin Kay jetzt bewohnte. Doro hatte das für sie geregelt, Susan selbst wäre nicht in der Lage gewesen, die Zimmer noch einmal zu betreten. Mit Wehmut dachte Susan an ihre Möbel, die sie hier nicht gebrauchen konnte, außerdem hatte sie Kay die Wohnung voll möbliert vermietet. Selbst wenn Kay auszog, konnte Susan sich die Miete für diese Wohnung nicht leisten. Doro hatte Susan die Kleider, die sie nicht mit nach Amerika genommen hatte, in ihr neues Zuhause gebracht. Susan warf nur einen kurzen Blick auf die Kleider, Schals, Hüte und Mäntel, die noch vor wenigen Monaten für sie von großer Wichtigkeit gewesen waren. Für ihr künftiges Leben waren diese Sachen viel zu elegant, und Susan überlegte, ob sie nicht das eine oder andere Stück zu Geld machen konnte. Einige Kleider waren kaum getragen, und sie würde sie auch nie wieder tragen, da sie nun keine eleganten Partys und Feste mehr besuchte. Diese Zeiten waren für immer vorbei, und Susan schämte sich vor sich selbst, wie leichtlebig sie von einem Fest zum anderen geflattert war und dabei unbekümmert getrunken, geraucht und sogar Rauschmittel konsumiert hatte. Vielleicht jedoch hatte sie dieses Unglück gebraucht, um zu erkennen, was ihr im Leben wirklich wichtig war.

Da sie noch etwas Zeit hatten, bevor Susan und Rosalind zum Treffpunkt aufbrechen mussten, sahen die beiden Frauen die Kleidungsstücke durch und legten diejenigen beiseite, die Susan verkaufen wollte. Zuerst wehrte Rosalind sich dagegen, ein paar Sachen von Susan anzunehmen, Susan winkte jedoch ab.

»Wir haben fast die gleiche Figur, und was nicht passt, können wir umändern. Rosalind, es wäre schade, all diese Sachen fortzugeben. Wir wissen nicht, wie es mit uns weitergehen wird, und wir müssen jeden Penny sparen.«

Der Weg zum Trafalgar Square war nicht weit, also gingen sie zu Fuß. An diesem frühen Sonntagmorgen begegneten ihnen kaum andere Menschen, zumal der Nebel noch dichter geworden war. Auch die hoch aufragende, weithin gut sichtbare Säule des Lord-Nelson-Monuments war kaum zu erkennen. Auf dem Platz hatten sich bereits mehrere Dutzend Frauen eingefunden, viele trugen, wie bei der Demonstration zuvor, Fackeln, andere schwenkten Plakate über dem Kopf, auf denen die Freilassung von Lucy Sheldon gefordert wurde.

»Und wenn uns die Polizei angreift?« Ängstlich klammerte Rosalind sich an Susans Arm. »So wie letzte Woche. Sie haben einfach auf die Frauen eingeschlagen, und viele wurden verletzt und verhaftet.«

Eine neben ihr stehende Frau hatte Rosalinds Worte gehört und sagte: »Das wird heute nicht geschehen. Wir werden nichts tun, was die Polizei reizen könnte. Wir werden nur dastehen, unsere Forderungen kundtun und die Plakate hochhalten. Außerdem wird der Premierminister direkt vor seinem Haus keine Kämpfe dulden.«

Pünktlich mit dem Neunuhrglockenschlag der direkt neben dem Platz gelegenen Kirche St. Martin-in-the-Field, setzte sich die Menge in Bewegung. Angeführt wurden die Frauen von Sylvia

Pankhurst, die ihre Fackel hoch über ihrem Kopf schwang. Als die Gruppe in das Regierungsviertel Whitehall einbog, wechselten einige Passanten erschrocken die Straßenseite. Der Weg war nicht weit, nur eine knappe halbe Meile, dann hatten sie die Downing Street, seit 1902 der ständige Wohnsitz des britischen Premierministers, erreicht. Gesang brandete auf, doch bevor die ersten Frauen sich vor dem aus dunklen Klinkersteinen erbauten Haus mit der Nummer zehn postieren konnten, tauchten aus dem Nebel plötzlich Polizisten auf. Es waren viele, sehr viele, wie Susan erschrocken feststellte. Ohne ein Wort der Warnung stürmten die Männer auf die Frauen los.

»Verdammt, wir sind verraten worden!«

Susan hörte Sylvia Pankhurst schreien, und im selben Moment traf sie auch schon ein Gummiknüppel im Rücken. Keuchend fiel sie auf die Knie. Binnen weniger Sekunden herrschte um sie herum das Chaos. Die Anzahl der Polizisten überstieg die Zahl der demonstrierenden Frauen um ein Vielfaches. Das war kein Zufall. Nein, Sylvia Pankhurst hatte es richtig erkannt: Irgendjemand hatte ihren erst am gestrigen Abend gefassten Plan den Behörden verraten, und diese hatten vorgesorgt. Wie zur Bestätigung hörte Susan die Stimme eines Mannes, der eine neben ihr kauernde Frau an den Haaren hochzog und brüllte: »Ihr glaubt doch nicht, dass der Premierminister im Haus ist und auf euren Angriff wartet. Er hat sich längst in Sicherheit gebracht.«

»Wir lassen uns nicht aufhalten!« Erneut gellte der Schrei Sylvia Pankhursts durch die Straße und wurde von den Häuserwänden zurückgeworfen. Ihr war es gelungen, ganz nahe an das Gebäude Nummer zehn heranzukommen, und jetzt warf sie ihre brennende Fackel durch ein Fenster im Erdgeschoss. Die Scheibe barst, und sofort fingen die Vorhänge Feuer. Unter ihrem Kleid verborgen hatte Sylvia Pankhurst einen mit Petroleum getränkten Lappen getragen, den sie dann um die Fackel gewickelt hatte. Das war nicht abgemacht gewesen, dachte Susan entsetzt. Sie wollten friedlich demonstrieren, doch Sylvia Pankhurst hatte von Anfang an vorgehabt, durch radikale Maßnahmen auf sich aufmerksam zu machen. Susan sah, wie zwei Polizisten die junge Frauenrechtlerin ergriffen, ein dritter boxte ihr mit solcher Gewalt in den Magen, dass ihre Knie einknickten, und ein schmaler Faden Blut rann aus ihrem Mundwinkel.

Langsam richtete Susan sich wieder auf. Sie fühlte sich wie in einem Theaterstück, das allabendlich in der gleichen Art und Weise aufgeführt wurde. Wie bereits vor Tagen rollten Gefangenenwagen an, die Polizisten packten die wild um sich schlagenden Frauen oder prügelten auf sie ein, wenn sie zu widerspenstig waren, und stießen sie in die Wagen. Im letzten Moment konnte Susan einem Schlag, der direkt auf ihren Kopf zielte, ausweichen, indem sie sich duckte und dem Mann einen heftigen Tritt gegen das Schienbein versetzte. Sie kämpfte sich durch die Menge und hatte das Ende der schmalen Straße fast erreicht, als sie Rosalind entdeckte. Die Freundin hing schlaff, wie leblos, am Arm eines Polizisten, der sie rücksichtslos über das Pflaster zog und in einen Wagen stieß. Susan war nicht feige, sie erkannte jedoch, wann weiterer Widerstand zwecklos war. Im Augenblick konnte sie Rosalind nicht helfen, sondern musste zusehen, dass sie nicht selbst verhaftet wurde. So schnell sie konnte, rannte sie über die breite Prachtstraße von Whitehall und tauchte in der Richmond Terrace, die zur Themse hinabführte, unter. Andere Frauen, die entkommen waren, hatten die gleiche Idee gehabt und waren ebenfalls in diese Richtung geflüchtet.

»Sie haben Sylvia!«, rief eine Frau, und eine andere fragte: »Emmeline Pankhurst war aber nicht dabei, nicht wahr?«

»Nein, ihre Tochter meinte, es wäre zu gefährlich, darum ist sie zu Hause geblieben.«

Zu Susans grenzenloser Erleichterung stolperte in diesem Moment Doro an ihre Seite. Sie war über und über mit Schmutz bedeckt, ihr Rock zerrissen und feucht, aber sie war unverletzt.

»Diese Schweine! Sie haben uns erwartet und angefangen, auf uns einzuschlagen, dabei haben wir gar nichts getan.«

Auch Susan war über die Brutalität, mit der die Polizei vorgegangen war, entsetzt. Bereits bevor Sylvia Pankhurst ihren Brandanschlag auf das Haus des Premierministers verübt hatte, waren sie angegriffen worden. Emmeline Pankhurst hatte ebenso wie Keir Hardy ausdrücklich zu einer friedvollen Demonstration aufgerufen. Es sollten keine Steine fliegen, keine Scheiben zu Bruch gehen oder gar jemand verletzt werden. Nun, die Frauen hatten sich zuerst daran gehalten – die Staatsmacht jedoch hatte mit brutaler Gewalt die Demonstration im Keim erstickt. Obwohl Susan kein Anhänger von Gewalt oder gar Zerstörung war, hoffte sie, dass der Schaden, den Sylvia Pankhursts Fackel angerichtet hatte, erheblich war, wohl wissend, dass Mr. Asquith dies wenig interessieren dürfte. Der Premierminister würde erst dann in sein Haus zurückkehren, wenn alles wieder in Ordnung gebracht worden war.

Die Frauen, es waren rund drei Dutzend, die einer Verhaftung entkommen waren, setzten sich in Bewegung.

»Wir müssen hier weg, sie werden nach uns suchen«, raunte Doro Susan zu und zog sie mit sich.

»Sie haben Rosalind«, sagte Susan. »Was werden sie mit ihr machen?«

Doro zuckte die Schultern.

»Man wird sie ein paar Tage in Haft behalten, vielleicht wird auch Anklage erhoben werden. Ich befürchte, wegen des Brandanschlages wird es dieses Mal für uns nicht glimpflich ausgehen.«

»Was willst du damit sagen?«

»Die Regierung wird es so darstellen, als hätten wir ein gezieltes Attentat auf den Premierminister geplant.« Sorgenvoll zog Doro die Stirn kraus. »Sie wollen die Vernichtung der WSPU und werden keine Gnade walten lassen.«

»O Gott!« Susan stöhnte. »Wir müssen Rosalind aus dem Gefängnis holen, sie steht das nicht durch.«
Von der Seite warf Doro der Freundin einen sorgenvollen Blick zu.
»Ich fürchte, das wird nicht einfach sein, wenn nicht sogar unmöglich. Allen Beteiligten könnte eine Anklage wegen Hochverrats drohen. Was das bedeutet, brauche ich dir wohl nicht zu erklären, oder?«
Susan nickte stumm, ein Schauer lief ihr über den Rücken. Obwohl Rosalind viel durchgemacht hatte, war sie nicht stark. Noch gestern Abend hatte sie Bedenken geäußert und wollte sich nicht der Demonstration anschließen. Sie, Susan, hatte sie überredet, und jetzt war Rosalind verhaftet worden. Verzweifelt überlegte Susan, was sie tun könnte, die Freundin zu befreien, wusste jedoch, dass ihr die Hände gebunden waren. Sie musste unbedingt mit Emmeline Pankhurst sprechen. Wenn jemand eine Lösung wusste, dann diese Frau.

Rosalind wusste nicht, wie lange sie schon hier war, denn die kleine Zelle – sechs Schritte in der Länge und drei in der Breite – war fensterlos. Lediglich eine Kerze diente als Lichtquelle. Dreimal am Tag öffnete sich die kleine Klappe in der massiven Eisentür, und ein Blechnapf mit Essen und ein Krug Wasser wurden hindurchgeschoben. Niemand reagierte auf Rosalinds Fragen und ihre Bitten, ihr doch zu sagen, was mit ihr geschehen würde. Zweimal war eine große, kräftige Frau gekommen, um ihr Wasser zum Waschen zu bringen und den Eimer, der Rosalind zur Verrichtung ihrer Notdurft diente, mitzunehmen.
»Bitte, ich möchte mit jemandem sprechen«, flehte Rosalind. »Ich bin unschuldig, ich wollte bei der Demonstration nicht dabei sein. Es war nur …«
»Halt's Maul!« Rigoros schnitt die Aufseherin Rosalind das Wort ab. Ihre Mundwinkel zogen sich nach unten, als sie Rosa-

lind mit kaltem Blick musterte. »Mit euch verrückten Weibern hat man nur Ärger. Alle Zellen sind belegt, und das Gericht kommt mit den Urteilen kaum nach.«

»Gericht? Urteile?« In Rosalind glomm ein Hoffnungsschimmer. »Ich möchte einen Anwalt sprechen. Bitte!«

Die Wärterin lachte höhnisch. »Wenn du den bezahlen kannst, gern. Gib mir zehn Pfund, und ich besorge dir einen Rechtsverdreher.«

Fest presste Rosalind die Lippen aufeinander, um nicht zu weinen. Sie hatte keine zehn Pfund, sie hatte nicht einmal ein Pfund, außerdem waren ihr die paar Pennys, die sie in der Rocktasche getragen hatte, bei der Inhaftierung abgenommen worden. Ohne ein weiteres Wort verließ die Aufseherin die Zelle. Als sich der Schlüssel mit einem knirschenden Geräusch im Schloss drehte, überkam Rosalind ein Gefühl von Panik. Sie haderte mit sich und der Welt. Warum war sie nur auf dieses vermaledeite Schiff gegangen, auf dem sie Susan Hexton kennenlernte? Und warum hatte sie deren Drängen, sie zurück nach England zu begleiten, nachgegeben? Rosalind wusste die Antwort – es war ihre Angst gewesen, in Amerika ganz allein zu sein. Vor vielen Jahren hatte sie ihre Familie verlassen, um dem Mann, den sie von Herzen liebte, in eine ungewisse Zukunft zu folgen. Die harten Jahre danach waren zugleich ihre glücklichsten, denn Patricks aufrichtige Liebe ließ Rosalind mit dem kargen Leben zurechtkommen, obwohl sie manchmal nicht gewusst hatten, wovon sie die nächste Mahlzeit oder neue Kleidung für die Kinder bezahlen sollten. Dann jedoch hatte sich Patrick der Partei Sinn Féin angeschlossen, in der Meinung, jeder aufrechte Ire müsse für ein freies Irland kämpfen – wenn es sein musste, auch mit Gewalt. Rosalind seufzte und wischte sich die Tränen von den Wangen, die ihr unaufhaltsam aus den Augen strömten. Rosalind erinnerte sich an ihre Ausbildung in dem feinen französischen Pensionat, wo sie auch von der Französischen Revolution gehört hatte. Freiheit,

Gleichheit, Brüderlichkeit … das waren doch nur leere Worte, die auch in Frankreich nicht umgesetzt worden waren. So viele Menschen mussten damals ihr Leben lassen – und wofür? Wenige Jahre später wurde die Monarchie wiederhergestellt, und ein diktatorischer Kaiser saß auf dem Thron und stürzte das Land ins Verderben.
Mit den Suffragetten war es genau das Gleiche – sie kämpften für etwas, das ohnehin nie erreicht werden würde. Dass Frauen eines Tages den Männern gleichgestellt sein würden, war nur ein schöner Traum. Ein unrealistischer Traum, denn die Welt wurde, solange sie bestand, von Männern beherrscht. Worauf hatte sie sich nur eingelassen? Rosalind war vielleicht nicht mutig, aber intelligent genug, um zu wissen, dass ihr eine Haftstrafe drohte. Immerhin war ein Anschlag auf den Wohnsitz des Premierministers erfolgt. Auch wenn sie selbst keine Schuld daran trug, ja, davon nicht mal etwas gewusst hatte, würde sie verurteilt werden. Da hätte sie gleich in Irland bleiben können …

Als endlich zwei männliche Aufseher kamen, sie grob aufforderten, aufzustehen und mitzukommen, war Rosalind erleichtert. Sie wusste nicht, was sie erwartete, aber alles war besser als diese hilflose Untätigkeit. Man führte sie in einen Raum, in dem bereits viele Frauen auf harten Holzbänken saßen. Vereinzelt erkannte Rosalind die Gesichter, die bei der Demonstration dabei gewesen waren. Eine ältere Frau zischte ihr zu: »Halt den Mund und schweig, gleichgültig, was sie dir einreden. Wir fordern unsere Freilassung, wenn nicht, treten wir in den Hungerstreik.«
Zwei Männer in grauen Anzügen betraten den Raum und musterten die Frauen. Während einer einen Stapel Papiere auf einen Tisch legte, sagte der Ältere: »Wir haben eure Geständnisse bereits vorbereitet, ihr braucht sie nur zu unterschreiben.«
»Wir haben nichts zu gestehen!« Rosalind erkannte Sylvia Pankhurst, die, die Arme vor der Brust verschränkt, vortrat.

»Unsere Demonstration war friedlich, bis sie von Ihrer Staatsgewalt niedergeknüppelt wurde. Wir haben uns lediglich gewehrt.«
Alle Frauen traten plötzlich vor und bekräftigten ihre Zustimmung.
»Wir fordern unsere Freilassung!«, rief eine und hob die geballte Faust. »Auf der Stelle, sonst …«
Die beiden Männer blieben unbeeindruckt. Der eine ließ seinen Blick über die Frauen schweifen und sagte kühl: »Euch wird wegen Aufwiegelung, Brandstiftung und versuchten Mordes der Prozess gemacht. Es würde sich positiv auf eure Urteile auswirken, wenn ihr gesteht.«
»Pah! Wir haben nichts zu gestehen, wir sind unschuldig!«, schrie Sylvia Pankhurst, und alle Frauen stimmten ein.
»Unschuldig! Unschuldig! Unschuldig!«
Auch Rosalind konnte sich diesem Gruppenzwang nicht entziehen. Die beiden Herren, die sich kein Gehör mehr verschaffen konnten, zuckten resigniert mit den Schultern. Die Tür öffnete sich, und ein Dutzend Wärter kam herein, um die Frauen zurück in ihre Zellen zu bringen.
»Hungerstreik!«, hörte Rosalind noch eine Frau rufen, dann war sie wieder allein.
Auf das Essen zu verzichten, fiel Rosalind nicht schwer, denn es war ohnehin nahezu ungenießbar. In Irland hatte sie oft hungern müssen. Vielleicht war es ohnehin besser, wenn sie starb. Verhungern war kein schlimmer Tod, man wurde nach und nach schwächer, irgendwann schlief man ein und wachte einfach nicht mehr auf. Dann wäre sie bei Patrick und ihren Söhnen.
»Gott, wenn es dich wirklich gibt – warum hast du mich auf dem Meer überleben lassen?«, rief Rosalind den kahlen Zellenwänden zu. Sie rollte sich auf der harten Pritsche zusammen, zog die rauhe, dünne Wolldecke bis ans Kinn und beschloss zu sterben.

Sie holten sie nach zwei Tagen, in denen Rosalind ihr Essen nicht angerührt hatte. Rosalind dachte, man würde sie zu einem weiteren Verhör bringen, daher leistete sie keinen Widerstand, als zwei kräftige Männer und eine Frau sie durch die Gänge des Gefängnisses schleppten. Man brachte sie jedoch in einen Raum, der einem Krankenzimmer glich. Rosalind sah sich erstaunt um. In der Mitte stand ein Stuhl, dem Behandlungsstuhl eines Zahnarztes ähnlich, auf diesen wurde Rosalind geschubst.

»Du willst also nicht essen?« Ein Mann in einem weißen Kittel musterte sie gehässig. »Meinst wohl, eine Märtyrerin aus dir zu machen, aber dagegen wissen wir uns zu wehren.«

Bevor Rosalind etwas sagen konnte, wurden ihre Ellbogen und Knie mit breiten Lederriemen an den Stuhl gefesselt, und jemand schob ihr einen Holzkeil zwischen die Zähne. Rosalind, die erst jetzt begriff, was man mit ihr vorhatte, versuchte, sich mit aller Kraft zu wehren, doch die Riemen hielten sie fest, und zusätzlich drückte ein Mann ihre Schultern nach unten, während ein zweiter mit seinen großen, starken Händen ihren Kopf festhielt. Rosalind wollte schreien, als sie den männerdaumendicken Gummischlauch sah, aus ihrem Mund kamen jedoch nur ein paar gurgelnde Geräusche. Grob wurde der Schlauch in ihren Hals gestoßen, während jemand ihr die Nase zuhielt, damit sie gezwungen war, durch den Mund zu atmen und den Schlauch zu schlucken. Rosalind meinte, ihre Kehle würde gespalten, und sie begann zu würgen. Obwohl sie sich zuvor den Tod herbeigesehnt hatte, reagierte ihr Körper instinktiv mit dem Überlebenswillen, der jedem Menschen eigen ist. Sie bäumte sich auf und zerrte an den Riemen, doch da floss durch den Schlauch der lauwarme Brei aus Eiern und Milch bereits in ihren Magen. Ihre Kehle brannte wie Feuer, und vor Schmerzen und ohnmächtigem Zorn tränten ihre Augen so sehr, dass sie kaum etwas sehen konnte. Nach wenigen Minuten war es vorbei, und der Schlauch wurde wieder aus ihrem Körper gezogen. Sofort revoltierte ihr

Magen. Rosalind schaffte es nicht, sich zur Seite zu beugen, so landete ein Teil ihres Erbrochenen auf ihrem Kleid.

»Künftig wirst du essen, oder wir machen das jetzt jeden Tag mit dir.« Eine Faust traf ihre Wange, doch der Schlag war nichts im Vergleich zu den Schmerzen in ihrer Brust und in ihrem Magen. Als man ihre Fesseln löste und sie aufstehen wollte, gaben die Beine unter ihr nach, und sie stürzte zu Boden. Hart schlug sie mit den Knien auf, wurde jedoch sofort wieder hochgezogen.

»Das ist keine von den Starken, die hält nicht lange durch.« Einer der Männer lachte böse und siegessicher. »Die wird bald wieder essen, da bin ich sicher.«

Grob zog man Rosalind an den Haaren hoch und schleppte sie zurück in ihre Zelle. Dort wurde sie auf die Pritsche geworfen, als wäre sie nur ein Bündel Lumpen. Blut lief aus ihren aufgerissenen Mundwinkeln, und erneut musste sie sich übergeben. Ihre Glieder begannen, unkontrolliert zu zittern, und ihre Zähne schlugen klappernd aufeinander. Obwohl es keine Stelle an ihrem Körper gab, die nicht schmerzte, wusste Rosalind mit erschreckender Klarheit, dass das Sterben nicht so einfach war, wie sie es sich vorgestellt hatte.

»Was wird jetzt geschehen?« Fragend blickte Susan in die Runde. Zwanzig Frauen hatten sich in einem Haus am Rande der Stadt eingefunden, denn die Häuser von Emmeline Pankhurst und anderen namentlich bekannten Suffragetten wurden rund um die Uhr überwacht.

Vier Tage waren seit dem Aufstand in der Downing Street vergangen, und die Zeitungen waren voll von Hetztiraden gegen die Frauen. Nicht in einem einzigen Satz wurde erwähnt, dass die Gruppe losgezogen war, um ruhig und friedlich zu protestieren, und von der Polizei regelrecht niedergeknüppelt wurde. Die Tatsache, dass Sylvia Pankhurst eine brennende Fackel in das Haus des Premierministers geworfen hatte, wurde als *absolut verwerfliche und völlig unakzeptable Tat* verurteilt.

»Diese Aktion wirft unsere Arbeit um Jahre zurück«, sagte Emmeline Pankhurst und seufzte.

Um ihre Tochter Sylvia sorgte sie sich nicht. In den vergangenen Jahren war Sylvia – wie sie selbst auch – bereits mehrmals inhaftiert worden. In den letzten zehn Monaten hatte Emmeline achtzehn Hungerstreiks überstanden. Zwar war sie danach jedes Mal mehr geschwächt gewesen, doch das Ziel, dass eines Tages Frauen und Männer die gleichen Rechte besitzen, trieb Emmeline Pankhurst immer wieder an.

»Im ganzen Land werden Razzien durchgeführt«, fuhr Emmeline fort. »Sie haben über zweihundert unserer Mitstreiterinnen verhaftet. Bei den meisten reichte es bereits, wenn sie schriftliches Material über unsere Gruppierung besaßen.«

»Die Regierung will dem Treiben der Suffragetten ein für alle Mal ein Ende bereiten«, warf Doro ein. »Wenn wir jedoch weiterhin alle zusammenhalten, dann haben sie keine Chance. Die Frauen müssen freigelassen werden. Die Regierung kann es sich nicht leisten, Märtyrerinnen zu schaffen.«

Ein Lächeln huschte über Emmelines Gesicht, und sie nickte zustimmend.

»Sie werden in den Hungerstreik treten und auch die Zwangsernährungen über sich ergehen lassen. Beim ersten Mal ist es zwar furchtbar, doch man gewöhnt sich daran. Wenn die Frauen dann körperlich völlig erschöpft sind, wird man sie auf freien Fuß setzen. Bisher ist noch keine in den Gefängnissen gestorben. Die Regierung kann sich nicht den Tod auch nur einer Suffragette leisten.«

Susan trösteten diese Worte nicht, im Gegenteil. Sie machte sich große Sorgen um Rosalind, da sie wusste, wie labil ihre Freundin war. In den letzten Tagen hatte sie sich ausführlich mit dem bisherigen Wirken der *WSPU* beschäftigt, und nicht alles, was sie entdeckte, hatte ihr gefallen. Zwar ging Susan mit der Forderung des Wahlrechtes für alle mündigen Frauen konform, die Methoden, dieses durchzusetzen, ließen sie jedoch zweifeln, ob die Suffragetten wirklich auf dem richtigen Weg waren. Die Gruppe zerschnitt Telegrafen- und Telefonverbindungen, so dass die Kommunikation zwischen Städten oft tagelang unterbrochen war, sie warfen Fensterscheiben exklusiver Londoner Clubs ein, in denen hochrangige Politiker verkehrten, schreckten nicht davor zurück, in den Gärten deren Privathäuser Brände zu legen, und vor drei Jahren hatten die Suffragetten sich nicht gescheut, das Juwelenzimmer im Tower zu stürmen und es zu verwüsten. Bei diesen Aktionen war bisher niemand zu Schaden gekommen – die Suffragetten waren zwar bereit, ihr eigenes Leben aufs Spiel zu setzen, doch sie wollten niemals das Leben anderer gefährden –, dennoch schreckte Susan diese Gewaltbereitschaft ab.

Als hätte Emmeline Pankhurst Susans Gedanken gelesen, sagte sie mit lauter Stimme: »Wir denken alle an den schwarzen Freitag von vor zwei Jahren. Dies war wohl das bisher grausamste Vorgehen gegen unsere Gruppierung.«

»Schwarzer Freitag?« Dunkel erinnerte sich Susan, darüber etwas in der Zeitung gelesen zu haben.

»Es war der achtzehnte November im Jahr 1910«, erklärte Doro bereitwillig. »Damals versuchten rund vierhundertfünfzig Suffragetten, in das Parlament zu gelangen, um das Frauenstimmrecht zu erlangen. Über eintausend Polizisten und sonstige Banden fielen über die Frauen her. Sie wurden niedergeschlagen und, sogar als sie am Boden lagen, mit schweren Stiefeln getreten und an den Haaren geschleift. Sechs Stunden dauerte die Straßenschlacht vor dem Parlament, und einhundertfünfzig Frauen wurden verhaftet. Zwei starben sogar an den Folgen der Misshandlungen, wobei die Regierung die Verantwortung strikt ablehnte.«

»Es war furchtbar«, ergänzte Emmeline Pankhurst, »trotzdem haben wir nicht aufgegeben. Das erneute äußerst brutale Vorgehen der Polizei am letzten Sonntag zeigt, dass wir noch einen langen und harten Weg vor uns haben. Daher werden wir nicht nur für unsere tapferen Schwestern im Gefängnis beten, sondern auch erneut auf die Straße gehen und ihre Freilassung fordern.«

Alle Frauen standen auf und klatschten Emmeline begeistert Beifall, nur Susan blieb zurückhaltend. Der Aufstand am vergangenen Sonntag hatte nichts bewirkt. Im Gegenteil – die bedauernswerte Lucy Sheldon war am Tag darauf wie geplant hingerichtet worden, und über fünfzig Mitstreiterinnen saßen im Frauengefängnis Holloway. Wie erste Quellen berichteten, sollten sie alle des versuchten Mordes auf den Premierminister Asquith angeklagt werden.

Eine Liste ging herum, auf die auch Susan ihren Namen setzte. Keir Hardy wollte sie zusammen mit einer Petition bei der nächsten Sitzung des Parlaments vorlegen. Diese würde jedoch erst in einer Woche stattfinden, und Susan bezweifelte, ob Rosalind so lange durchhalten würde. Krampfhaft überlegte sie, was sie tun konnte, um ihre Freundin aus dem Gefängnis zu holen.

26. Kapitel

Beschwingt stieß Lavinia Callington die Droschkentür von innen auf, bevor ein Lakai sie von außen öffnen konnte. Sie war bester Laune – die Sonne schien, es war jedoch nicht zu heiß, und sie hatte den Vormittag damit verbracht, Einkäufe zu erledigen, und alles bekommen, was sie gesucht hatte. Der Innenraum der Kutsche war voll mit Päckchen, die meisten davon waren für ihre Tochter Anabell. Die Kleine hatte ein neues Mäntelchen bekommen, ebenso drei Sommerkleider, denn sie wuchs so unheimlich schnell. Über den runden Strohhut mit den aus Wolle gefertigten Sommerfrüchten würde das Mädchen ebenso entzückt sein wie über den flauschigen Teddybären der Marke Steiff, der ebenso groß war wie Anabell.

»Tragen Sie die Einkäufe hinein«, wies sie den Diener an und eilte, ohne ihn eines weiteren Blickes zu würdigen, ins Haus. Im Vestibül empfing sie angenehme Kühle. Sie streifte ihre weichen, aus Kalbsleder gefertigten Handschuhe ab und griff nach der Karaffe mit Zitronenlimonade, die immer bereitstand, wenn sie heimkam. Sie schenkte sich ein Glas ein und trank durstig. Noch drei Tage – dann konnte sie ihre Tochter endlich wieder in die Arme schließen. Wahrscheinlich war Anabell ein Stück gewachsen, daher hatte Lavinia vorsorglich die Kleider eine Nummer größer gekauft. Seit sechs Wochen war sie nun schon in London. Edward hatte auf ihre Begleitung bestanden, natürlich ohne Anabell. Er war der Meinung, dass die Londoner Luft für das Kind nicht gut war, und Lavinia hatte ihm zugestimmt – was selten genug vorkam. Anabell war in der Obhut eines Kindermädchens und ihrer Großmutter, Lady Zenobia, auf Sumerhays besser aufgehoben. Nun, heute Abend musste sie Edward noch zu einem Empfang im Haus des Grafen von Faygate begleiten, und morgen fand bei Lady Granger eine musikalische Soiree statt, bei der sie und Edward wieder das perfekte Ehepaar spielen mussten, denn Lord Granger saß mit Edward im Oberhaus und hielt offenbar große Stücke auf ihren Mann. Nun, sie würde ihre Pflicht als liebevolle Ehefrau erfüllen, obwohl jeder, der sich die Mühe machte, sie und Edward genauer zu beobachten, bemerken musste, wie es wirklich um ihre Ehe bestellt war. Lavinia seufzte und schenkte sich ein weiteres Glas Limonade ein. Diese Abendveranstaltungen gingen schnell vorüber, wenngleich sie befürchtete, dass es wieder nur ein Gesprächsthema geben würde: der neueste Aufstand der Suffragetten, der sich dieses Mal direkt gegen den Premierminister gerichtet hatte. Seit einer Woche wurde über nichts anderes gesprochen und spekuliert, welche Strafen die Verantwortlichen wohl zu erwarten hätten. Erst gestern war dieses Thema bei einer Dinnerparty heftig diskutiert worden.

»Meines Erachtens sollte man sie alle hängen!« Edward vertrat laut diese Meinung, während die meisten ihrer Bekannten ebenso dachten und zustimmend nickten. »Diese verrückten Weiber machen uns seit Jahren das Leben schwer, jetzt sind sie entschieden zu weit gegangen. Sie wollten Mr. Asquith töten! Dafür kann es nur eine Strafe geben, meine Herren!«

Einst hatte Lavinia für Emmeline Pankhurst und die Ideen der Suffragetten eine gewisse Sympathie gehegt, allein schon, weil diese von Edward vehement abgelehnt wurden. Die Ereignisse der letzten Monate, die immer größere Gewaltbereitschaft der Frauen, die auch vor Brand- und Mordanschlägen nicht zurückschreckten, hatte Lavinia veranlasst, sich nicht weiter mit der Gruppierung zu beschäftigen, obwohl sie selbst von der Rechtlosigkeit der Frauen stark betroffen war. Ihre Ehe mit Edward war längst am Ende, und Lavinia hätte ihn sofort verlassen, wenn da nicht Anabell wäre. Bei einer Scheidung, ja, sogar bei einer Trennung, würde sie ihre Tochter verlieren und niemals wiedersehen. So war Lavinia an Edward gefesselt, zumindest so lange, bis Anabell erwachsen und mündig war. Dennoch war sie mit ihrem Leben recht zufrieden. Die meiste Zeit blieb sie in Cornwall, während Edward sich in London aufhielt, und Sebastian Eathorne war ein zärtlicher und aufmerksamer Liebhaber. Er drängte sie zwar immer wieder, ihren Mann zu verlassen, Lavinia war sich seiner unerschütterlichen Zuneigung jedoch sicher. Da ihre Schwiegermutter Zenobia seit dem letzten strengen Winter in allen Gliedern an schmerzhaftem Rheumatismus litt und deswegen oft das Bett hüten musste, konnte Lavinia die meiste Zeit frei schalten und walten. Sie und Sebastian waren überaus vorsichtig. Lavinia glaubte nicht, dass irgendjemand von ihrer Beziehung wusste. Beim Gedanken an Sumerhays wurde es Lavinia warm ums Herz. Die ersten Koffer waren bereits gepackt, in drei Tagen würde sie endlich wieder zu Hause sein – bei Anabell und bei Sebastian. Wenn sie an ihren Geliebten dachte, begann ihre Haut zu prickeln, und ihr Herz schlug ein paar Takte schneller.

Ein Hausmädchen trat aus dem Souterrain, knickste, als es seine Herrin erkannte, und eilte dann nach draußen, um Lavinias Einkäufe aus der Droschke zu holen. Dabei ließ es die Haustür ebenso wie die Tür zum Vestibül offen stehen. Lavinia setzte gerade einen Schritt auf die unterste Treppenstufe, um in ihr Schlafzimmer zu gehen und sich umzukleiden, als sie laute Stimmen vor der Tür hörte.

»Das ist jetzt unmöglich. Mylady ist gerade erst heimgekehrt. Hinterlassen Sie Ihre Karte, Mylady wird sich bei Ihnen melden.«

Lavinia war für die Strenge des Dieners dankbar, denn sie hatte jetzt weder die Zeit noch die Lust, Besuch zu empfangen. In zwei Stunden musste sie zum Empfang des Grafen aufbrechen, und zuvor wollte sie noch ein Bad nehmen.

»Es ist aber wichtig!« Die Frauenstimme klang beschwörend. »Ich *muss* Lady Lavinia unverzüglich sprechen. Jetzt! Sofort!«

Die letzten Worte hatte die Frau so laut gerufen, dass es beinahe in der ganzen Straße zu hören war. Lavinias Pulsschlag beschleunigte sich, sie meinte, die Stimme zu kennen. Das konnte doch nicht … das *durfte* nicht sein!

Langsam näherte sie sich dem Vestibül und hörte, wie ihr Diener entschlossen sagte: »Mylady empfängt heute nicht. Und jetzt scheren Sie sich fort, oder muss ich Sie erst vom Grundstück werfen lassen?«

Lavinia atmete tief durch, straffte die Schultern und trat vor die Haustür. Nein, sie hatte sich nicht getäuscht – es war diese vermaledeite Susan Hexton, die auf der untersten Stufe stand. Als Susan Lavinia sah, rief sie erleichtert: »Lady Lavinia! Endlich! Ich muss Sie unbedingt sprechen. Bitte, es ist wirklich wichtig.«

»Mylady, verzeihen Sie«, bemerkte der Diener und sah sie entschuldigend an. »Die Frau lässt sich nicht abweisen.«

Für einen Moment schloss Lavinia die Augen, dann sagte sie ruhig: »Es ist gut. Kommen Sie herein, bevor Sie die halbe Straße zusammenschreien.«

Der Diener warf ihr einen erstaunten Blick zu. Susan ging triumphierend an ihm vorbei und folgte Lavinia in das kleine Speisezimmer im Erdgeschoss, das die Familie benutzte, wenn sie unter sich war. Lavinia schloss die Tür und lehnte sich mit dem Rücken dagegen.

»Was wollen Sie in meinem Haus?« Sie war entschlossen, Susan erst gar nicht zu Wort kommen zu lassen. »Ich dachte, ich hätte mich im letzten Sommer klar und deutlich ausgedrückt. Wie können Sie es wagen, mich hier zu belästigen?«

»Mylady, bitte …« Susan versuchte, ihren Redefluss zu stoppen, aber Lavinia unterbrach sie mit einer Handbewegung.

»Zu Ihrer Information: Anabell ist nicht in der Stadt. Wenn Sie also gekommen sind, *meine* Tochter zu sehen, dann haben Sie sich umsonst bemüht. Auch sonst wüsste ich nicht, warum ich noch eine Minute länger Ihre Anwesenheit erdulden sollte. Ich denke, Sie finden allein hinaus, nicht wahr?«

Während Lavinias Worten hatte Susan ihrem Blick aus den kalten Augen standgehalten, jetzt erhob sie jedoch die Stimme und rief: »Jetzt hören Sie doch mal zu, Lady Lavinia! Es geht nicht um mich, es geht auch nicht um Anabell, sondern …«

»Worum sonst?«, hakte Lavinia nach, als Susan zögerte.

»Sagt Ihnen der Namen Rosalind etwas? Rosalind Callington?«

Lavinia zuckte zusammen.

»Rosalind? Die Schwester meines Gatten?«

Erleichtert, dass Lavinia von ihrer Schwägerin wusste, nickte Susan.
»Ganz recht, wegen dieser Frau bin ich hier. Glauben Sie mir, Lady Lavinia, es ist mir nicht leichtgefallen, ausgerechnet Sie aufzusuchen, ganz gewiss nicht. Rosalind befindet sich jedoch in Schwierigkeiten, und Sie sind die Einzige, die ihr helfen kann.«
In Lavinias Kopf brummte es wie in einem Bienenstock. Seit Jahren hatte sie den Namen ihrer Schwägerin, der verstoßenen Schwester Edwards, nicht mehr gehört oder selbst ausgesprochen. Nicht, seit Zenobia ihr schwere Vorwürfe gemacht hatte, als sie einmal deren Tochter erwähnte. Was aber hatte Susan Hexton mit Edwards Schwester zu schaffen? Die war doch damals nach Irland geflüchtet. Und überhaupt – warum lebte Susan noch? Im April hatte in allen Zeitungen gestanden, die Schauspielerin Peggy Sue habe den Untergang der Titanic nicht überlebt. Fragen über Fragen … Lavinia seufzte. Wie es schien, würde sie Susan wohl nicht so schnell wieder loswerden. Mit einem Blick auf die Uhr, der ihr sagte, sie müsse auf ihr Bad verzichten, wies sie seufzend auf einen Stuhl.
»Setzen wir uns«, forderte Lavinia Susan auf. Nicht, weil sie Susan gegenüber gastfreundlich sein wollte – dafür bestand kein Grund –, sondern weil ihre Knie zitterten. »Also, der Reihe nach«, fuhr Lavinia fort, als die beiden Frauen sich gegenübersaßen. »Ich hätte nicht erwartet, Sie jemals wiederzusehen. Die Zeitungen schrieben, dass Sie …«
»Ich habe überlebt«, schnitt Susan ihr das Wort ab. »Das ist zweitrangig. Jetzt geht es um Rosalind, die in großen Schwierigkeiten steckt.«
»Woher kennen Sie eigentlich meine Schwägerin?«
»Wir sind uns auf der Titanic begegnet«, antwortete Susan. Wenn sie Lavinias Hilfe wollte, dann musste sie ehrlich sein. »Die Schwester Ihres Mannes hat in Irland ihre ganze Familie

verloren und wollte nach Amerika auswandern. Ich bat sie jedoch, mit mir nach England zurückzukehren.«

»Ich fange an zu verstehen«, sagte Lavinia langsam. Ihre Augen verengten sich zu Schlitzen. »Rosalind hat Ihnen wahrscheinlich alles über ihre ach so böse Familie und das Unrecht, das ihr zugefügt wurde, erzählt. Die Gelegenheit, dieses Wissen nun gegen uns zu verwenden, lassen Sie sich nicht entgehen, Susan Hexton.« Lavinia beugte sich vor und fixierte Susans Blick. »Was wollen Sie? Mich erpressen, damit die Öffentlichkeit nichts von Rosalind erfährt? Die politische Karriere meines Mannes zerstören, wenn bekannt würde, dass er seine einzige Schwester verleugnet und aus dieser eine einfache irische Frau geworden ist? Bekommen Sie Ihren Hals immer noch nicht voll?«

»Sie missverstehen mich, Mylady.« Abwehrend hob Susan beide Hände. »Ich sagte bereits, dass Rosalind in Schwierigkeiten steckt. Auch wenn ich weiß, dass Ihr Gatte keinen Kontakt zu seiner Schwester wünscht, hoffe ich, dass Sie nicht so kaltherzig sind, Rosalind ihrem Schicksal zu überlassen.«

»Welchem Schicksal?« Scheinbar desinteressiert zuckte Lavinia mit den Schultern. »Wahrscheinlich ist sie völlig verarmt und möchte in den Schoß der Familie zurückkehren. Das liegt jedoch nicht in meiner Hand. Diese Entscheidung haben mein Mann und meine Schwiegermutter zu treffen.«

»So hören Sie doch einmal zu!« Allmählich wurde Susan wütend, und sie hob die Stimme. »Ihre Schwägerin Rosalind sitzt im Gefängnis und sieht einer Anklage entgegen. Wir müssen sie da rausholen, denn Rosalind steht das nicht lange durch.«

»Im Gefängnis?« Lavinia zuckte zusammen, ihre Augen weiteten sich ungläubig. »Warum? Was hat sie getan?«

»Endlich stellen Sie diese Frage.« Susan seufzte erleichtert. »Sie war bei der Demonstration in der Downing Street dabei. Eigentlich wollte Rosalind gar nicht mitgehen, ich habe sie dazu überredet und mache mir seitdem die größten Vorwürfe.«

»Rosalind hat versucht, den Premierminister zu töten?« Lavinia sprang auf und lief im Zimmer auf und ab. »Ich habe meine Schwägerin nie kennengelernt, sie verließ die Familie, lange bevor ich Edwards Frau wurde. Ich bin jedoch der Meinung, dass wir uns nicht mit Kriminellen abgeben sollten – gleichgültig, ob diese zur Familie gehören oder nicht. Dass Sie, Susan, sich diesen Suffragetten angeschlossen haben, wundert mich nicht. Haben Sie wirklich geglaubt, es würde Ihnen gelingen, Mr. Asquith zu töten?«
»Das war niemals unser Plan.« Entschieden schüttelte Susan den Kopf. »Wir zogen in friedlicher Absicht zur Downing Street und wollten vor dem Haus des Premierministers für die Freilassung einer unschuldig Verurteilten demonstrieren. Dann wurden wir von der Polizei grundlos angegriffen, und die Situation eskalierte. Rosalind hat damit nicht das Geringste zu tun, das müssen Sie mir glauben, Lady Lavinia.«
Lavinia blieb vor Susan stehen.
»Was soll ich Ihrer Meinung nach tun? Sie wissen, dass Edward seine Schwester verstoßen hat und ihr Name in diesem Haus nicht mehr genannt werden darf.«
»Sie müssen mit ihm sprechen und alles erklären.« Eindringlich sah Susan Lavinia an. »Sie ist seine Schwester, ebenso die Tochter Ihrer Schwiegermutter. Keine Mutter der Welt lässt ihr Kind im Stich, wenn diesem eine langjährige Haftstrafe, wenn nicht sogar der Tod, droht. So hartherzig kann keine Mutter der Welt sein.«
Du kennst Zenobia nicht, dachte Lavinia, und laut sagte sie: »Seit über zwanzig Jahren hat Edwards Mutter ihre Tochter nicht nur aus ihrem Leben, sondern auch aus ihrem Herzen verbannt, ebenso wie Edward leugnet, jemals eine Schwester gehabt zu haben. Ich glaube nicht, dass er …«
»Sie müssen es versuchen!« Susan klammerte sich an Lavinias Arm, und diese ließ es geschehen. »Glauben Sie mir, es ist mir

sehr schwergefallen, ausgerechnet Sie um Hilfe zu bitten, und Rosalind hat keine Ahnung, dass ich hier bin. Sie hätte das niemals gewollt und wird wahrscheinlich niemals wieder ein Wort mit mir sprechen, wenn sie erfährt, dass ich mich an ihre Familie gewandt habe. Rosalind ist nämlich sehr stolz, darin ist sie durch und durch eine Callington. Trotzdem müssen Sie ihr helfen. Ich bin schuld, dass Rosalind im Gefängnis sitzt, und ich könnte es mir nie verzeihen, wenn ihr etwas geschieht.«

Lavinia zögerte, dann sagte sie leise: »Ich werde sehen, was ich tun kann. Jetzt gehen Sie, und kommen Sie niemals wieder hierher. Auch nicht nach Sumerhays. Das ist meine Bedingung, wenn ich versuche, mich für Rosalind einzusetzen. Ich möchte Sie niemals wiedersehen, solange ich lebe, nicht. Haben Sie das verstanden?«

Susan hatte mit einer solchen Reaktion gerechnet, zugleich war sie aber froh, dass Lavinia das Ansinnen, sich für Rosalind bei ihrem Mann einzusetzen, nicht völlig von sich wies. Sie nickte und wandte sich zur Tür.

»Vor Jahren habe ich mich entschieden, Ihnen meine Tochter zu überlassen, Lady Lavinia. Einen größeren Fehler habe ich in meinem Leben niemals begangen, und für diesen Fehler werde ich bis an den Rest meines Lebens büßen müssen. Anabell ist Ihre Tochter, und dabei wird es bleiben. Ich werde Sie niemals wieder belästigen oder gar um Ihre Hilfe bitten.« An der Tür sah Susan über die Schulter zurück. »Übrigens – Rosalind ist in Islington im Frauengefängnis Holloway inhaftiert. Das sollten Sie vielleicht noch wissen.«

Zitternd sank Lavinia auf einen Stuhl, nachdem Susan gegangen war. Sie wusste nicht, ob sie deren Worten Glauben schenken konnte. Obwohl Susan gegen sie nichts in der Hand hatte, was Anabell betraf, würde sich Lavinia sicherer fühlen, wenn Susan ein für alle Mal aus ihrem Leben verschwand. Wenn sie dies erreichen konnte, wenn sie versuchte, Edward zu überzeugen, seine Schwester aus dem Gefängnis zu holen, dann wollte sie es versuchen. Es kam aber noch etwas anderes hinzu – Lavinia war äußerst gespannt auf Rosalind, auf die Frau, die es gewagt hatte, sich Edward und Zenobia zu widersetzen und ihren eigenen Weg zu gehen.

An diesem Abend ergab sich keine Möglichkeit, mit Edward über seine Schwester zu sprechen. Der Empfang beim Grafen von Faygate dauerte unendlich lange. Während sich die Männer nach dem Dinner in den Rauchsalon zurückzogen, blieben die Damen bei Kaffee und Tee unter sich, und das Gespräch drehte sich um den neuesten Klatsch über nicht anwesende Personen, die neuesten Modetrends aus Paris und die Hoffnung, der Sommer möge weiterhin warm und sonnig bleiben.

Als Lavinia endlich aufbrechen konnte, war es bereits nach Mitternacht und Edward derart betrunken, dass an ein vernünftiges Gespräch nicht zu denken war. Am nächsten Morgen hatte er das Haus bereits verlassen, als Lavinia zum Frühstück herunterkam. Monkton, der Butler, richtete ihr aus, Mylord wäre den ganzen Tag in einer Sitzung im Oberhaus, und er bitte sie, sich am Abend direkt bei Lady Granger zu treffen.

»Mylord wird in seinem Club speisen, Mylady.« Monkton verbeugte sich. »Sind Mylady zum Lunch im Haus?«

»Ja, Monkton, danke«, antwortete Lavinia und zerbröselte gedankenverloren ihren Toast auf dem Teller. Dann jedoch rief sie den Butler, der das Speisezimmer gerade verlassen wollte, zurück. »Monkton, nein, ich werde am Mittag nicht da sein. Ich habe etwas zu erledigen.«

Die Idee war Lavinia ganz spontan gekommen, und während sie sich umkleidete, begann sie, an ihrem Verstand zu zweifeln. Wenn Edward erfuhr, was sie vorhatte, würde ihr das jede Menge Ärger bescheren. Lavinia wählte eines ihrer besten Tageskleider aus dunkelgrünem Taft mit aufwendiger Spitze am Ausschnitt und an den Manschetten, legte ihren Perlenschmuck an und setzte sich einen eleganten, mit Straußenfedern verzierten Hut auf. Ihr Mantel war aus bestem Samt und ließ auf den ersten Blick ihre Stellung in der Gesellschaft erkennen. Als ihr Monkton in der Halle begegnete und fragte, ob er den Kutscher rufen solle, winkte Lavinia mit einem Lächeln ab.

»Danke, das ist nicht nötig. Es ist so schönes Wetter, ich werde ein wenig zu Fuß gehen.«

Monktons ausdruckslose Miene verriet nicht, was er über den Spaziergang seiner Herrin dachte, obwohl es unüblich war, dass eine Dame ohne Begleitung zu Fuß durch die Straßen Londons ging. Lavinia wusste, sie würde sich eine plausible Erklärung einfallen lassen müssen, sollte Edward von ihrem Ausflug erfahren. Langsam schlenderte sie die Straße hinunter. Erst als sie einen Block entfernt war, wagte sie, eine Mietdroschke anzuhalten. Der Kutscher erkannte in ihr sofort eine hochgestellte Persönlichkeit und erkundigte sich nach ihrem Ziel.

»Nach Islington zum Gefängnis Holloway.« Die Worte gingen Lavinia nur schwer über die Zunge. »Dorthin, wo diese Suffragetten inhaftiert sind. Sie wissen bestimmt, wo das ist, nicht wahr?«

Der Kutscher machte aus seiner Verblüffung keinen Hehl, doch die Münze, die Lavinia ihm in die Hand drückte, ließ ihn keine weiteren Fragen stellen.

»Selbstverständlich, Mylady«, sagte er dienstbeflissen und tippte sich an die Mütze.

Nach einer Fahrt von über einer Stunde – auf den Straßen herrschte viel Verkehr – hatte Lavinia ihr Ziel erreicht. Das Gefängnis lag am nördlichen Rand des Stadtteiles Islington in einer ärmlichen und baufälligen Gegend, in der Lavinia nie zuvor gewesen war. Barfüßige und schmutzige Kinder spielten auf den Straßen, die Häuserfassaden waren vom Ruß der Kamine naher Fabriken schwarz gefärbt, und an den Straßenrändern häuften sich Müll und Unrat.

»Soll ich auf Sie warten, Mylady?« Skeptisch sah der Kutscher Lavinia an. »Ist keine Gegend, wo Sie schnell wieder ´ne Droschke bekommen.«

Lavinia nickte, der Kutscher hatte recht. Die Menschen, die hier lebten, konnten sich sicher keine Fahrten in Mietdroschken oder gar in benzinangetriebenen Taxen, die immer mehr das Londoner Stadtgebiet beherrschten, leisten.

Entschlossen schritt sie auf das Portal des Frauengefängnisses zu und klopfte an die Pforte, an der sogleich ein kleines Fenster geöffnet wurde, und ein Mann mit kahlem Schädel fragte: »Sie wünschen?«

»Ich möchte die Gefangene Rosalind …« Lavinia zögerte, sie hatte keine Ahnung, wie ihre Schwägerin mit Nachnamen hieß, denn diesen hatte Susan nicht erwähnt. »Sie wurde nach dem Brandanschlag auf Downing Street Nummer zehn verhaftet«, sagte sie stattdessen.

»Das ist unmöglich.« Der glatzköpfige Kerl schüttelte den Kopf. »Die Suffragetten dürfen keine Besuche erhalten.«

Lavinia straffte die Schultern und setzte ihren hochmütigsten Blick auf.

»Mein Gatte ist der Viscount von Tredary, Abgeordneter im Oberhaus und eng befreundet mit Arthur James, dem Earl of Balfour, unserem früheren Premierminister. Mr. Herbert Henry Asquith zählt ebenfalls zu unserem Bekanntenkreis.«

Der Wärter zögerte. Dass er eine hochgestellte Dame vor sich hatte, hatte er gleich erkannt, und er zweifelte nicht an der Richtigkeit ihrer Angaben.

»Einen Moment, Mylady«, sagte er. »Ich muss erst mit meinem Vorgesetzten sprechen.«

Eine halbe Stunde später saß Lavinia endlich dem Leiter der Frauenhaftanstalt, einem gewissen Mr. Blessington, gegenüber.

»Es tut mir leid, Lady Tredary, aber die Frauen des Aufstandes dürfen keine Besuche empfangen«, wiederholte er die Worte des

Wärters. »Ich habe strenge Anweisungen von ganz oben erhalten.«
»Gilt das auch für Verwandte?«
Die Augenbrauen Mr. Blessingtons schossen nach oben.
»Verwandte?«, wiederholte er erstaunt. »Ihren Angaben zufolge handelt es sich um eine gewisse Rosalind Cassidy … eine Irin einfacher Herkunft. Ich denke kaum, dass eine Dame wie Sie mit so einer in einem verwandtschaftlichen Verhältnis steht.«
»Die Inhaftierte ist meine Schwägerin.« Lavinia wusste, es half nur Ehrlichkeit, wenn sie Rosalind sehen wollte. »Sie ist die Schwester meines Mannes, des Viscounts of Tredary.«
Die Verblüffung des Anstaltsleiters hätte nicht größer sein können, wenn Lavinia gesagt hätte, sie gehöre selbst zu den Suffragetten. Selbstverständlich war ihm Edward Callingtons Name und sein Einfluss im Oberhaus bekannt, trotzdem zögerte er weiterhin.
»Ich weiß nicht, Mylady. Die Anweisungen …«
»Es wird niemand von meinem Besuch erfahren.« Lavinia schenkte ihm ein bezauberndes Lächeln. »Das ist auch im Interesse unserer Familie, wie Sie sich denken können. Gerade meinem Gatten ist daran gelegen, diese peinliche Angelegenheit geheim zu halten. Welche anständige englische Familie hat schon gerne eine militante Frauenrechtlerin in ihren Reihen?«
Blessington gab sich einen Ruck und erhob sich.
»Also gut, Mylady, aber nur wenige Minuten. Und ich muss Sie bitten, mit niemandem darüber zu sprechen.«
»Selbstverständlich.« Lächelnd legte Lavinia für einen Augenblick ihre behandschuhte Hand auf seinen Arm. »Ich möchte Ihnen keinesfalls Ärger bereiten.«
Der Anstaltsleiter führte Lavinia persönlich in den Zellentrakt, der eng und düster war. Eine Stahltür reihte sich neben die andere, und Lavinia wurde es eng in der Brust. Sie konnte die Beklemmung, die sie an diesem Ort überfiel, nicht abschütteln und

versuchte, gleichmäßig zu atmen. Vor einer Zelle mit der Nummer 38 blieb Blessington stehen. Nach einem kurzen Blick durch die Klappe öffnete er die Tür.

»Sie haben zehn Minuten, Mylady. Ich warte hier draußen.«

Die Zelle wurde nur von einer Kerze beleuchtet, deren Licht gespenstische Schatten auf die nackten Steinwände warf. Lavinia blinzelte mehrmals, bis sie eine Gestalt auf der Pritsche liegen sah. Bei ihrem Eintreten drehte die Frau den Kopf in ihre Richtung.

»Rosalind?«, flüsterte Lavinia heiser. »Rosalind Callington?«

Die Frau zuckte zusammen und richtete sich auf.

»Wer sind Sie?«

Ihre Stimme klang rauh. Ihr einst dunkles Haar, durch das sich viele graue Strähnen zogen, war nachlässig zu einem Dutt gesteckt. Als Lavinia Rosalind ins Gesicht sah, erschrak sie. Die linke Seite war geschwollen und lila verfärbt, ihre Lippen waren spröde und dick geschwollen, und die Mundwinkel blutverkrustet. Ein säuerlicher Geruch nach Erbrochenem, nach Exkrementen und nach Schweiß lag in der Luft, und Lavinia musste sich beherrschen, um nicht ein Taschentuch vor ihre Nase zu pressen.

»Mein Gott!« Mit einem Stöhnen ließ sich Lavinia auf der Kante der Pritsche nieder. »Was haben sie mit dir gemacht?«

Rosalinds Augen verengten sich zu Schlitzen. Abwehrend rutschte sie zur Wand und starrte Lavinia unfreundlich an.

»Wer sind Sie, und was wollen Sie?«

»Du kennst mich nicht, Rosalind.« Lavinia zögerte, wusste nicht, wie sie beginnen sollte. »Mein Name ist Lavinia … Lavinia Callington, ich bin Edwards Frau.«

Erschrocken wich Rosalind noch weiter zurück, einen Ausdruck von Panik in ihrer Miene.

»Hat Edward Sie geschickt? Will er, dass man mich … hängt?«

Lavinia schüttelte den Kopf. »Mein Mann … dein Bruder hat keine Ahnung, dass ich hier bin.« Lavinia überwand ihren Ekel

vor der schmutzigen Gestalt und griff nach Rosalinds Hand. »Susan Hexton hat mir erzählt, was mit dir geschehen ist.«
»Dazu hatte sie kein Recht«, stieß Rosalind bitter hervor. »Sie hat mir versprochen, niemanden von meiner Familie zu informieren, wenn ich mit ihr nach England zurückkomme.«
»Susan konnte nicht anders handeln.« Beruhigend strich Lavinia über Rosalinds Handrücken. »Sie hat mir alles erzählt, und sie hat das Richtige getan. Du und ich … wir sind Schwägerinnen. Ich werde dich hier rausholen.«
Spöttisch lachte Rosalind. »Wie wollen Sie … wie willst du das bewerkstelligen? Man wird mich wegen versuchten Mordes vor Gericht stellen.«
»Edward verfügt über großen Einfluss …«
»Nein!« Rosalinds Aufschrei hallte von den Wänden wider. »Ich will nicht, dass er oder unsere Mutter etwas davon erfährt.« Sie sah Rosalind fragend an. »Ist Zenobia überhaupt noch am Leben? Sie ist ja bereits weit über siebzig.«
Lavinia nickte. »Zenobia lebt auf Sumerhays, und bis auf den Rheumatismus geht es ihr gut.«
»Ist sie immer noch so …«, zum ersten Mal zeigte sich ein Lächeln auf Rosalinds Lippen, »bestimmend?«
Lavinia drückte die Hand ihrer Schwägerin.
»Du musst hier raus«, sagte sie beschwörend. »Wenn Edward erfährt, was sie dir angetan haben, wird er alles tun, was in seiner Macht steht.«
Rosalinds Widerstand begann zu bröckeln. Die letzten Tage waren für sie die Hölle gewesen. Sie hatte gedacht, durch den Hungerstreik ihre Freilassung erreichen zu können, doch die brutalen Maßnahmen der Zwangsernährung hatten sie eines Besseren belehrt. Die Regierung war fest entschlossen, mit allen Beteiligten des Sonntagsaufstandes kurzen Prozess zu machen.
»Ich bin unschuldig«, flüsterte sie und hielt ihre Tränen nicht

zurück. »Ich habe mit den Suffragetten nichts zu tun, bin da nur zufällig reingeraten.«

»Ich glaube dir.« Das Geräusch des sich im Schloss drehenden Schlüssels zeigte Lavinia, dass sie wieder gehen musste. Obwohl Rosalind furchtbar aussah und nicht gerade angenehm roch, beugte sie sich vor und küsste die Schwägerin auf die Stirn. »Ich verspreche dir – wir holen dich nach Hause.«

Ein müdes Lächeln war die einzige Antwort.

Als Lavinia das Gefängnis verließ und in die Droschke stieg, zitterte sie am ganzen Körper. Sie war keinesfalls so zuversichtlich, wie sie Rosalind hatte glauben lassen. Lavinia hatte nicht vergessen, wie abwertend, beinahe schon bösartig Edward über seine Schwester gesprochen hatte, und bei Zenobia reichte allein die Erwähnung ihres Namens, dass die alte Dame einen Kreislaufkollaps erlitt. Sie wollte dennoch nicht aufgeben. Rosalind war trotz allem eine Callington, und es war an der Zeit, die Vergangenheit ruhen zu lassen.

Lavinia ließ sich von dem Kutscher zu einem Telegrafenamt fahren. Dort gab sie ein Telegramm nach Ladbrooke House auf.

ANKUNFT VERZÖGERT SICH +++ WICHTIGE GESCHÄFTE +++ TUT MIR LEID +++ GEORGIE

Da Sebastian Eathorne in seinem Haus keinen Telefonanschluss hatte, war *Georgie* zu Lavinias Decknamen geworden, unter dem sie Sebastian telegrafierte, wenn sie in London war. Wenn sie auch nicht glaubte, dass das Telegramm in falsche Hände geraten könnte – sicher war sicher. Nachdem das erledigt war, ließ sie sich von dem öffentlichen Telefon aus mit Sumerhays verbinden. Im letzten Winter hatte Edward endlich einen Anschluss legen lassen. Mrs. Windle hob nach dem zweiten Läuten ab.

»Ich kann morgen nicht kommen«, sagte Lavinia. »Wichtige familiäre Angelegenheiten halten mich noch ein paar Tage in London auf.«

»Oh, da wird Anabell aber enttäuscht sein«, erwiderte die Haushälterin, deren Stimme durch die Telefonleitung völlig verzerrt klang. »Sie fragt seit Tagen nach Ihnen und wann Sie endlich wieder zu Hause sind.«

Eine Welle der Traurigkeit durchflutete Lavinia bei dem Gedanken an ihre Tochter.

»Geben Sie Anabell einen Kuss von mir. Ich sehe zu, so bald wie möglich nach Sumerhays zu kommen. Und, Mrs. Windle – richten Sie bitte vorsorglich das beste Gästezimmer her. Es könnte sein, dass ich in Begleitung bin, sagen Sie aber meiner Schwiegermutter nichts davon, ja?«

Die Frage, wer Lavinia begleiten würde, stand Mrs. Windle nicht zu. Sie versprach, alles Notwendige zu veranlassen, dann beendete Lavinia das Gespräch. Heute würde sie keine Gelegenheit haben, mit Edward zu sprechen, aber gleich morgen früh wollte sie es tun. Sie glaubte nicht, dass er so hartherzig sein könnte, seine einzige Schwester weiter den Grausamkeiten des Gefängnisses auszusetzen. Wenn sie Edward schilderte, was dort mit Rosalind geschehen war und in welchem Zustand sie sich befand, dann musste selbst sein Herz weichwerden.

Eine leise Stimme in ihrem Hinterkopf mahnte Lavinia, dass die Jahre an Edwards Seite sie etwas anderes gelehrt hatten, doch sie ignorierte diese. Wenn es nicht anders ging, würde sie Zenobia informieren. Auch wenn es Lavinia widerstrebte, mit Susan einer Meinung zu sein – keine Mutter konnte so hartherzig sein, ihr eigen Fleisch und Blut dem Tode zu weihen.

Lavinia hatte erwartet, dass Edward zornig werden würde, wenn sie ihm von Rosalind erzählte, doch mit einer solch beherrschten Reaktion hatte sie nicht gerechnet. Nach dem Frühstück bat

Lavinia das Personal, sie und ihren Mann allein zu lassen, dann begann sie mit leiser und ruhiger Stimme, von Rosalind und deren Inhaftierung zu berichten – immer darauf gefasst, dass Edward sie brüsk unterbrechen und sehr ärgerlich werden würde. Lavinia hatte sogar mit einem regelrechten Wutausbruch ihres Mannes gerechnet und mit dem Befehl, sofort jeglichen Kontakt zu Rosalind abzubrechen und den Namen der Frau, die seiner Meinung nach Schande über die Familie gebracht hatte, nie wieder zu erwähnen. Niemals hätte Lavinia jedoch erwartet, dass Edward ihr ruhig und gelassen zuhörte und sie aussprechen ließ. Lediglich ein nervöses Zucken seines linken unteren Augenlides, was Edward stets bekam, wenn er innerlich erregt war, verriet, dass er keinesfalls so gelassen war, wie er sich gab. Sein Gesichtsausdruck blieb jedoch regungslos, sein Blick schien weder sonderlich interessiert noch verächtlich oder gar zornig. Mutig geworden, berichtete Lavinia von ihrem Besuch im Frauengefängnis Holloway.

»Deine Schwester wurde offenbar zwangsernährt. Du hättest sie sehen müssen, Edward! Sie ist wund und krank, eine längere Haft wird Rosalind nicht überstehen.«

»Die Frauen unserer Familie sind zäh.« Zum ersten Mal sprach Edward. »Jedenfalls die, die unter dem Dach von Sumerhays geboren wurden.«

Diesen kleinen Seitenhieb konnte er sich nicht verkneifen, aber Lavinia ging nicht darauf ein.

»Bitte, Edward, du hast doch bestimmt die Möglichkeit, Rosalind eine weitere Haft zu ersparen. Außerdem ist sie unschuldig. Wie ich bereits sagte, hat und hatte deine Schwester nie etwas mit diesen Suffragetten zu schaffen. Es war ein unglücklicher Zufall, dass sie sich an diesem Morgen in der Downing Street befand.«

Für einen Moment schloss Edward die Augen, und Lavinia meinte, ein verhaltenes Seufzen zu vernehmen, dann legte er seine Serviette ordentlich gefaltet neben den Teller und stand auf.

»Ich werde es mir überlegen. Wir sprechen heute Abend darüber, ich habe jetzt gleich eine Besprechung.« Er runzelte die Stirn und sah Lavinia fragend an. »Wolltest du heute nicht nach Sumerhays abreisen? Monkton sagte mir, du hättest deine Pläne geändert.«

Lavinia nickte. »Ich habe meine Abreise verschoben. Solange Rosalind im Gefängnis ist, möchte ich London nicht verlassen.«

»Warum nicht?« Edward trat so dicht vor Lavinia, dass sie seinen Atem riechen konnte. »Du kennst sie doch überhaupt nicht. Als du mich geheiratet hast, hatte meine Schwester das Land längst verlassen und unseren guten Namen in den Schmutz gezogen.«

Lavinia bemühte sich um ein freundliches Lächeln. Edward war offenbar in einer guten Stimmung, es galt, diese auszunutzen.

»Als deine Frau fühle ich mich der Familie natürlich eng verbunden«, sagte sie demütig. »Das Wohl einer Callington liegt mir am Herzen, selbst wenn sie einst von dir und deiner Mutter verstoßen wurde. Rosalind hat es in ihrem Leben offenbar nicht leicht gehabt. Ich denke, jeder Mensch hat eine zweite Chance verdient.«

Edward griff nach Lavinias Kinn und hob ihren Kopf, so dass sie ihm in die Augen sehen musste.

»Eine zweite Chance …«, murmelte er. »Vielleicht hast du recht, und wenn es nur darum geht, den Ruf unserer Familie nicht noch mehr zu schädigen.«

»Dann wirst du Rosalind also helfen?«

Edward ließ sie los und wandte sich zur Tür.

»Ich sagte bereits, dass ich darüber nachdenken werde. Bist du heute Abend zu Hause?«

Lavinia nickte. Da sie heute eigentlich abreisen wollte, waren für diesen Tag keine weiteren Einladungen geplant.

Nachdem Edward gegangen war, ließ sie sich auf einen Stuhl sinken und atmete tief durch. Konnte es wirklich sein, dass Edward seinen Groll auf Rosalind überwunden hatte? Dass sein Herz doch nicht so kalt war, wie Lavinia bisher angenommen hatte? Edward hatte nur diese eine Schwester – Lavinia war sich sicher, er würde Rosalind nicht im Gefängnis zugrunde gehen lassen oder sie gar dem Henker ausliefern.

Während des Dinners ließ Edward sich nicht anmerken, zu welchem Entschluss er gekommen war. Während er genüsslich erst dem pochierten Lachs in Weißweinschaumsoße und danach einem großen Stück Rinderfilet zusprach, stocherte Lavinia in ihren Speisen herum. Sie war viel zu nervös, um zu essen, Edward jedoch wartete, bis er den Karamellpudding, der als Nachspeise gereicht wurde, gegessen hatte, bevor er sich erhob.

»Wir nehmen den Portwein und den Kaffee im Salon«, wies er Monkton an, und Lavinia folgte ihrem Mann in den ersten Stock hinauf. Sie warteten, bis Monkton die Getränke serviert hatte und sie allein waren.

»Ich versprach, über meine Schwester nachzudenken«, sagte Edward und starrte in sein Glas, in dem der Portwein wie Blut schimmerte.

»Und?« Lavinia gelang es nicht, ihre Ungeduld zu verbergen.

»Bevor ich dir meine Entscheidung mitteile, beantworte mir folgende Frage: Wie hast du überhaupt Kenntnis davon erhalten, dass Rosalind nicht nur in London, sondern im Gefängnis ist?«

Da Lavinia diese Frage erwartet und sich bereits gewundert hatte, dass Edward sie nicht schon am Morgen gestellt hatte, sagte sie rasch: »Eine Frau, die ich vor Jahren zufällig traf, suchte mich auf und berichtete, sie hätte Rosalind kennengelernt. Offenbar hat deine Schwester ihr von ihrer Verbindung zu unserer Familie erzählt.«

»Eine von diesen widerlichen Suffragetten?«

Lavinia zuckte mit den Schultern. »Keine Ahnung, wir sprachen nicht darüber. Sie war auch nur wenige Minuten bei mir und bat mich, mich um meine Schwägerin zu kümmern.«

Mit diesen Worten sagte Lavinia nicht einmal die Unwahrheit. Sie hoffte, Edward würde nicht nachhaken, wann und wie sie Susan kennengelernt hatte, aber dies schien ihn nicht zu interessieren.

»Ich hoffe bloß, du hältst dich von diesem Weibsvolk fern. Ich wünsche nicht, dass du auch nur im Geringsten mit den Aufständen in Verbindung gebracht wirst.«

»Selbstverständlich nicht!«, versicherte Lavinia im Brustton der Überzeugung. »Wirst du dich nun für Rosalind einsetzen? Das heißt, hast du überhaupt die Möglichkeit einer Einflussnahme?«

»Das wäre kein Problem.« Edward winkte gelangweilt ab. »Ein paar Worte zu den richtigen Leuten, die ich selbstverständlich kenne, und meine Schwester kann noch heute Abend wieder ein freier Mensch sein. Außerdem gibt es da jemanden bei den Liberalen, der mir noch einen Gefallen schuldig ist, obwohl wir nicht die gleiche Gesinnung haben.«

Er schwieg, und in Lavinia begannen sämtliche Nerven zu vibrieren.

»Wirst du Rosalind zu uns holen?«, fragte sie heiser.

Edward hob den Blick und sah sie an. Seine Augen glitten über ihren Körper, seine Miene konnte Lavinia jedoch nicht interpretieren. Unwillkürlich dachte sie: Wenn der Preis für Rosalinds Freilassung der ist, dass ich wieder Edwards Bett teile, dann lasse ich das eben über mich ergehen. Sie musste dabei nur die Augen schließen und an Sebastian denken, dann würde die Situation einigermaßen erträglich sein. Allein der Gedanke an den geliebten Mann machte Lavinia völlig ruhig, und sie sehnte den Moment herbei, in dem sie wieder in seinen Armen liegen konnte.

»Ich habe eine Bedingung.« Edwards Stimme war so eisig wie sein Blick.

»Was wünschst du?«, fragte Lavinia leise. Sie hatte sich also nicht getäuscht, Edward tat nie etwas, ohne eine Gegenleistung zu fordern.

»Du hast davon gesprochen, dass ich Rosalind eine zweite Chance geben soll. Diese zweite Chance biete ich auch dir, meine liebe Lavinia, obwohl du es ebenso wenig wie meine Schwester verdient hast.« Lavinia runzelte die Stirn, sie hatte keine Ahnung, worauf Edward hinauswollte. Sie sollte es gleich erfahren, denn Edward sah sie streng an. »Du beendest auf der Stelle diese unselige Affäre mit Eathorne. Nicht nur das, du wirst erst nach Sumerhays zurückkehren, wenn er die Grafschaft verlassen hat.«
Alles Blut wich aus Lavinias Kopf. Obwohl sie saß, schwankte der Boden unter ihren Füßen, und für einen Moment befürchtete sie, ohnmächtig zu werden. Sie war nicht in der Lage, einen klaren Gedanken zu fassen, daher murmelte sie lediglich: »Ich muss doch allein schon wegen Anabell nach Hause.«
»Dein Zuhause ist dort, wo dein Ehemann ist.« Obwohl Edward seine Stimme nicht erhob, fuhr diese scharf in Lavinias Herz. »Du wirst Anabell erst wiedersehen, wenn Eathorne Cornwall für immer verlassen hat.«
Lavinia fragte nicht, woher und seit wann er von ihrer Beziehung zu Sebastian wusste. Wie hatte sie auch nur einen Moment annehmen können, irgendetwas, was sie tat, würde Edward verborgen bleiben? Mit belegter Stimme fragte sie: »Wie soll ich das bewerkstelligen? Eathorne besitzt ein Haus in Cornwall, ich kann ihn nicht zwingen, fortzugehen.«
Der Blick aus Edwards Augen war eisig kalt.
»Noch heute wirst du ihm einen Brief schreiben. Selbstverständlich werde ich dir jedes einzelne Wort diktieren. Wenn er sein Haus verkauft und verschwunden ist, kannst du von mir aus wieder nach Sumerhays fahren und dort bleiben, so lange du willst. Ich lege künftig keinen Wert mehr auf deine Anwesenheit hier in London. Rosalind wird dich nach Sumerhays begleiten und dort ein zurückgezogenes Leben führen. Ich habe endgültig genug von irgendwelchen Skandalen.«
Lavinia senkte den Kopf und schwieg, ihre Gedanken wirbelten

wild durcheinander. Sebastian verlassen … ihn nie wiedersehen … nie wieder die Wärme seiner Stimme und die zärtlichen Berührungen seiner Haut spüren …

Edward sprach ungerührt weiter. »Selbstverständlich kannst du noch heute Nacht nach Cornwall fahren und dich wieder wie eine gemeine Hure in die Arme deines Liebhabers werfen. In diesem Fall werde ich gleich morgen die Scheidung einreichen und deine ehebrecherische Beziehung öffentlich machen. Ich muss wohl nicht erwähnen, dass du Anabell nie wiedersehen wirst. Ebenso wirst du keinen einzigen Penny von mir erhalten. Wenn du schwörst, diese Sache zu beenden und dafür Sorge zu tragen, dass Eathorne für immer und ewig aus unserem Leben verschwindet, kommt Rosalind noch heute Abend frei. Wenn du allerdings auf deinen Liebhaber nicht verzichten willst, dann kann meine *liebe Schwester* von mir aus verrecken. Du hast die Wahl.«

Lavinia erinnerte sich an Edwards Frage, warum sie sich für Rosalind einsetzte, obwohl sie die Frau doch gar nicht kannte. Lavinia wusste, es wäre jetzt das Beste, Edward zu verlassen. Sebastian wartete seit Monaten darauf, dass sie sich zu ihm bekannte. Da war jedoch Anabell, und ihr Kind würde sie niemals im Stich lassen. Seit dem *Unfall* von Zenobias Mann machte sie sich ohnehin Vorwürfe. Als sie damals Ennis Nankerris nach Ravenwood geschickt hatte, hatte sie lediglich gewollt, dass Archibald krank würde, so dass Zenobia gezwungen war, abzureisen. Dass er gelähmt sein und bald darauf sterben würde, hatte sie niemals beabsichtigt. Jetzt bot ihr das Schicksal die Chance, einen Teil ihrer Schuld wiedergutzumachen, indem sie Rosalind befreite.

Edward war Lavinias Unentschlossenheit nicht entgangen, er wusste jedoch, dass er die besseren Karten in der Hand hielt. Emotionslos sagte er: »Also, meine Liebe, ich warte. Für wen hast du dich entschieden? Für deinen Geliebten oder für deine Schwägerin?«

27. Kapitel

London, Oktober 1912

Schweißgebadet richtete Susan sich auf, drückte eine Hand gegen ihren schmerzenden Rücken und fuhr sich mit der anderen Hand über die feuchte Stirn. Sie hinterließ dabei schwarze Schlieren im Gesicht, was sie weder bemerkte noch störte. Es war keine Zeit, eitel zu sein, denn in der nächsten Stunde musste sie noch knapp tausend Flugblätter fertigstellen, die am nächsten Tag verteilt werden sollten. Mit der dampfgetriebenen Druckerpresse, die die *WSPU* vor vier Wochen als Spende erhalten hatte, ging die Arbeit zwar schneller vonstatten als zuvor, wo jedes einzelne Blatt Papier per Hand gedruckt werden musste. Die Maschine heitzte den Raum jedoch so sehr auf, dass man binnen kurzer Zeit schweißgebadet war und einem das Atmen schwerfiel. Seit einigen Jahren gab es zwar Druckerpressen auf dem Markt, die mit Elektrizität angetrieben wurden, diese waren für ihre Gruppierung jedoch unerschwinglich. So waren sie über das Geschenk einer Londoner Druckerei, die ihre Produktion auf die neuen Maschinen umgestellt hatte, sehr dankbar, und die Druckerpresse lief zehn bis zwölf Stunden täglich.

Vor einem Monat hatte Susan ein eigenes, kleines Büro in dem mehrstöckigen Gebäude, in dem die Partei Räume angemietet hatte, bezogen. Hier konnte sie in Ruhe ihre Artikel schreiben und diese dann gleich im Nebenzimmer drucken. Auch Doro und zwei Dutzend andere Mitglieder ihrer Gruppierung arbeiteten hier, und Emmeline Pankhurst schaute täglich vorbei. Zuerst hatte Susan zwar an den Methoden gezweifelt, mit denen die Suffragetten versuchten, ihre Ziele durchzusetzen, hatte dann jedoch lange Gespräche mit Mrs. Pankhurst geführt und war in ihren Bann geraten. Diese Frau ließ sich von der Männerwelt nichts diktieren und lebte ihr eigenes Leben. Sie hatte eine glückliche Ehe geführt, als ihr Mann jedoch vor vierzehn Jahren starb und sie vier unmündige Kinder allein durchbringen musste, hatte sie festgestellt, dass Frauen in der Gesellschaft etliche Stufen unter den Männern standen, auch wenn sie ebenso hart, wenn nicht sogar härter arbeiteten. Mrs. Pankhurst hielt sich und ihre Kinder mit dem kläglichen Lohn einer Standesbeamtin über Wasser, bis sie im Jahr 1903 zusammen mit ihrer ältesten Tochter Christabel die *Women's Social and Political Union* gründete und seitdem jede Minute in die Vereinigung investierte und für deren Ziele lebte.

Susan begann, sich immer mehr mit der Gruppe zu identifizieren, und die Arbeit machte ihr großen Spaß. Es waren zwar nur kleine Schritte, mit denen die Suffragetten vorankamen, doch auch minimale Erfolge waren besser, als teilnahmslos in einer Ecke zu sitzen und die Hände in den Schoß zu legen. Immer mehr Länder der Welt führten das allgemeine Frauenwahlrecht ein – sie mussten dafür kämpfen, dass bald auch in England das Wort *Demokratie* für alle Bürger galt.

In den letzten Monaten hatte Susan wiederholt versucht, ihren Sohn zu sehen und mit ihm zu sprechen, Paul jedoch hatte jeden weiteren Kontakt verhindert und sie mit wüsten Beschimpfungen von der Schwelle seines Hauses gewiesen. Bei ihrem letzten Besuch war er angetrunken gewesen und hatte sogar die Hand gegen sie erhoben. Nach langem Überlegen hatte Susan erneut einen Anwalt aufgesucht. Dafür hatte sie ihr ganzes Geld zusammengekratzt, das sie bei der *WSPU* verdiente, und sich eine Woche lang kein Stück Fleisch leisten können. Die Antwort des Rechtsverdrehers, wie Doro diesen Berufsstand nannte, war wiederum niederschmetternd gewesen. Natürlich war die Ehe zwischen Paul und Kate ungültig, Paul würde jedoch keine Anzeige wegen Bigamie erhalten, da bei seiner zweiten Eheschließung alles dafürgesprochen hatte, dass seine erste Frau – sie, Susan – nicht mehr am Leben war.

»Kann ich mich von diesem Mann scheiden lassen?«, fragte Susan, und der Anwalt nickte.

»Selbstverständlich können Sie ein Scheidungsbegehren einreichen. Wie die Sachlage aussieht, wird Ihnen die volle Schuld am Scheitern Ihrer Ehe zugesprochen, da Sie Ihren Gatten verlassen haben und nicht gewillt sind, wieder mit ihm zusammenzuleben.«

»Was ist mit meinem Sohn?«

»Dieser bleibt selbstverständlich bei seinem Vater.« Der Anwalt sagte diese Worte, die Susans ganze Hoffnungen zerstörten, so nüchtern und sachlich, als würde er sich ein Sandwich bestellen. »Wenn Sie schuldig geschieden werden – und daran habe ich keinen Zweifel –, haben Sie jeden Anspruch auf Ihr Kind verloren. Es bleibt dann ganz allein dem Ermessen des Vaters und Vormundes überlassen, ob dieser gewillt ist, Ihnen Kontakt zu Ihrem Sohn zu gewähren.«

»Das wird er ganz sicher nicht tun.« Susan seufzte und verließ deprimiert die Kanzlei. Wie hatte sie auch nur einen Moment annehmen können, in den letzten Jahren hätte sich etwas geändert? Sie dachte an Daniel Draycott und seinen Vorschlag, Paul eine größere Summe Geld anzubieten, wenn er ihr Jimmy überließ. Susan lachte bitter auf. Nun, das Geld hatte er sich unter den Nagel gerissen, ebenfalls ganz legal, und sie war nicht in der Lage, Paul irgendetwas anderes zu bieten, das ihn dazu veranlassen könnte, Jimmy seiner Mutter zurückzugeben.

Da Doro über ihre Ehe Bescheid wusste, erzählte Susan der Freundin alles über Paul und ihren Sohn. Nur den wahren Grund, warum sie Jimmy damals für einige Monate verlassen hatte, verschwieg sie. Sie blieb bei der Aussage, sie wäre sehr krank gewesen, und nur ein Aufenthalt am Meer, zu dem sie ihren Jungen nicht hatte mitnehmen können, hatte ihren Zustand gebessert.

»Aus diesem Grund kämpfen wir für die Rechte der Frauen!« Doros Augen funkelten, als sie zustimmend nickte. »Die WSPU fordert nicht nur das allgemeine Wahlrecht für alle Frauen über einundzwanzig, sondern kämpft auch für eine vollständige Gleichberechtigung. In zahllosen Fabriken des Landes verrichten Männer und Frauen die gleiche Arbeit, der Lohn für die Frauen liegt jedoch deutlich unter dem der Männer. Wenn eine Frau ein Kind erwartet, verliert sie ihre Anstellung, auch, wenn sie aufgrund der Erkrankung eines Kindes ein paar Tage zu Hause bleiben muss. Dabei sind es oft die Frauen, die ihre Familien ernähren, während ihre Ehemänner das Geld in die Wirtshäuser tragen oder es mit Huren durchbringen.«

Dorothea Hawkins hatte sich sehr verändert. Sie war schon immer eine Kämpfernatur gewesen und hatte nur selten eine weiche, weibliche Seite gezeigt. Seit Theodor Murphy Esperanza Montoya ihr vorgezogen hatte, schien Doro von einem eisernen Panzer umhüllt zu sein. Immer wieder wetterte sie gegen die Männer, warf alle in einen Topf und redete jeden Mann schlecht. Diesbezüglich entsprach Doro hundertprozentig den Vorstellungen über frustrierte Suffragetten, die die meisten Männer von den Frauenrechtlerinnen hatten. Susan wusste nicht, wie sie der Freundin helfen konnte, denn Doro wich jedem Gespräch aus, wenn Susan versuchte, in sie zu dringen. Sie war zu einer regelrechten Männerhasserin geworden, was ihre nächsten Worte bestätigten.

»Lass dich scheiden, Susan, und pfeif auf den Typen, denn auch so siehst du deinen Sohn nie wieder. Sei froh, dass wir die Männer nicht brauchen. Allesamt sind sie Schweine, die uns Frauen nur zum Kochen und Waschen brauchen, und natürlich für die Befriedigung ihrer perversen Gelüste.«

Susan schwieg dazu. In ihrem Leben hatte sie bisher zwar auch nur Pech mit Männern gehabt, es hatte aber auch schöne Momente gegeben. In ihren Beziehungen zu Charles Landsbury und zu Ronald McPhearson-Grant hatte es zwar nicht die große

Liebe gegeben, dennoch hatte sie sich in der Gesellschaft dieser Männer wohl gefühlt. Und wenn sie an Daniel Draycotts Küsse dachte … Schnell wischte sich Susan wieder über die Stirn, um die Erinnerung an Daniel zu vertreiben. Vor einigen Wochen hatte sie ihm rund die Hälfte des geliehenen Geldes überwiesen und ihm dazu einen kurzen Brief geschrieben. Er hatte ihr jedoch nicht geantwortet. Boston war sehr weit von England entfernt – wahrscheinlich hatte er sie und ihre gemeinsamen Erlebnisse an Bord der *Titanic* längst vergessen.

Die Tür öffnete sich, und Doro trat in den Druckraum. Sie wedelte mit der Hand, um die Rauchschwaden zu vertreiben.
»Du meine Güte, ist das heiß hier! Du solltest mal eine Pause machen, Susan.«
Susan schüttelte den Kopf und deutete auf den Stapel weißen Papiers, der neben der Druckerpresse lag.
»Diese Seiten müssen heute noch fertig werden.«
Rigoros schob Doro sie zur Seite.
»Ich mach das für dich. Übrigens, Mr. Kenton wartet draußen.«
»Mr. Kenton?« Susan runzelte fragend die Stirn, und Doro nickte eifrig.
»Richard Kenton, der Reporter des Londoner Viewer. Ich habe dir schon von ihm erzählt. Die Zeitung unterstützt die Arbeit unserer Gruppe. Du solltest mit ihm sprechen, er ist an einem Interview mit dir sehr interessiert.«
Susan wischte sich die Hände an der Schürze ab und schüttelte den Kopf.
»Ich sagte bereits, dass ich mit der Vergangenheit abgeschlossen habe und meine Geschichte nicht auf den Titelseiten von irgendwelchen Klatschblättern sehen möchte.«
Beschwörend sah Doro die Freundin an.
»Der London Viewer ist eine seriöse Zeitung. Zwar klein und mit einer geringen Auflage, wir brauchen jedoch jede positive

Unterstützung der Presse, die wir bekommen können. Bitte, Susan, hör dir wenigstens an, was der Mann zu sagen hat.«

»Also gut, nur dir zuliebe.« Mit einem Seufzer band Susan die Schürze ab und wusch sich gründlich die Hände. Die Druckerschwärze hatte sich tief unter ihre Nägel und in ihre Haut eingegraben, aber Susan war Eitelkeit in der letzten Zeit fremd geworden.

Richard Kenton war noch ein recht junger Mann, wohl einige Jahre jünger als Susan. Seine mangelnde Erfahrung im Journalismus machte er mit Eifer wett. Seit ein paar Tagen versuchte er, ein Gespräch mit Susan Hexton zu bekommen, und war beinahe täglich in den Büroräumen erschienen. Susan wusste, sie würde den Reporter wohl nicht so einfach loswerden.

»Machen Sie es kurz, ich habe nicht viel Zeit«, sagte sie statt einer Begrüßung und verzichtete darauf, ihm die Hand zu geben.

»Sie sind noch viel schöner, als ich Sie in Erinnerung hatte.« Erstaunt musterte Susan den Journalisten.

»Ich wüsste nicht, dass wir uns schon einmal begegnet sind. Ich kann mich nicht an Sie erinnern.«

Er lächelte verlegen. »Wie sollten Sie auch. Sie standen damals auf der Bühne, und ich saß mit meiner Familie im Parkett. Mein Onkel war ein großer Bewunderer Ihrer Kunst, Miss Peggy Sue. Er ließ kaum eine Vorstellung aus, und einmal lud er mich ein, ihn zu begleiten.«

»Mein Name ist Susan Hexton«, bemerkte Susan barsch. »Die Schauspielerin Peggy Sue existiert nicht mehr.«

Richard Kenton schaute sie bedauernd an.

»Das ist sehr schade. London braucht Frauen wie Sie auf der Bühne.«

»Meine Arbeit hier ist wichtiger als der Tingeltangel einer seidenen Scheinwelt.« Susan winkte ab und sah demonstrativ zu der Uhr, die über dem Türstock hing. »Sie sind wohl kaum gekommen, um mit mir über meine Arbeit am Theater zu plaudern, nicht wahr? Ich sagte bereits, dass meine Zeit begrenzt ist. Also, was wollen Sie?«

Richard Kenton räusperte sich und bemühte sich um einen geschäftsmäßigen Gesichtsausdruck.

»Mrs. Hexton, in den letzten Monaten sind Sie zu einer der führenden Frauen der Women's Social and Political Union geworden. Seit Miss Sylvia die Gruppe verlassen hat, scheinen Sie mehr und mehr zur rechten Hand der verehrten Mrs. Emmeline Pankhurst zu werden. Unsere Zeitung ist sehr an Ihrer Arbeit interessiert.«

Susan nickte zustimmend. Sie wusste, dass sie sich die Chance eines objektiven Artikels nicht entgehen lassen durfte, wenngleich das Blatt klein und in London recht unbedeutend war.

»Fragen Sie«, forderte sie Kenton auf. Dieser sah sich nach einer Sitzmöglichkeit um und zückte Block und Bleistift. Auch Susan nahm Platz, denn die Unterredung würde wohl kaum nach ein paar Minuten beendet sein.

»Nach dem Aufstand vor dem Haus des Premierministers verließ Miss Sylvia Pankhurst Ihre Gruppe. Können Sie mir sagen, was sie dazu veranlasst hat? Immerhin wurden alle Inhaftierten freigelassen und gegen niemanden Anklage erhoben.«

»Es waren persönliche Gründe, die Miss Pankhurst veranlassten, das Land für einige Zeit zu verlassen«, antwortete Susan ausweichend. Es wäre Emmeline Pankhurst sicher nicht recht, in der Zeitung zu lesen, dass sie und ihre Tochter sich entzweit hatten. Nachdem Sylvia und die anderen aus der Haft entlassen worden waren und damit die Sache glimpflicher als erwartet verlaufen war, hatte Emmeline ihrer Tochter schwere Vorwürfe gemacht. Immerhin war es Sylvia gewesen, die die Fackel in das Haus des Premierministers geworfen hatte, Sylvia beharrte jedoch darauf, dass ihre Vorgehensweise richtig gewesen war. Da die Vereinigung geschlossen hinter Emmeline Pankhurst stand, verließ Sylvia wutentbrannt die Gruppe und reiste zu ihrer Schwester Christabel nach Amerika.

In den folgenden Minuten berichtete Susan von ihrer derzeitigen Arbeit, bei der sie versuchten, durch Flugblätter möglichst viele Frauen zu erreichen und diese für die *WSPU* zu begeistern. Diese Blätter wurden in Fabriken, in denen vorrangig Frauen arbeiteten, verteilt, und bei der kommenden Parlamentseröffnung im Herbst wollten die Suffragetten wieder geschlossen nach Westminster ziehen.

Als Susan dachte, alle Fragen Mr. Kentons ausreichend beantwortet zu haben, räusperte sich dieser und sah sie fragend an.

»Mrs. Hexton, Sie könnten mehr erreichen, wenn Sie uns erlauben, Ihre Geschichte öffentlich zu machen.«

»Auf keinen Fall!«

»Bitte, denken Sie darüber nach. Noch vor einem Jahr waren Sie eine gefeierte Schauspielerin, dann haben Sie den Untergang der Titanic überlebt und sind zurückgekehrt, um sich für die Rechte der Frauen einzusetzen. Die Menschen da draußen« – er deutete auf das Fenster –, »nicht nur die Frauen, sondern auch viele Männer interessieren sich für solche Geschichten. Sie, Mrs. Hexton, sind nicht nur eine der namenlosen Suffragetten, sondern Sie sind eine Frau mit interessanter Hintergrundgeschichte, deren Namen zahlreiche Menschen noch kennen. Ein solcher Artikel erregt immer mehr Aufmerksamkeit als ein Bericht über eine unbekannte Frau.« Kenton sah sie aufmerksam an, dann sagte er leise: »Von meiner Zeitung bin ich bevollmächtigt worden, Ihnen fünfzig Pfund für ein exklusives Interview anzubieten.«

Fünfzig Pfund! Susan riss die Augen auf, ihr Puls beschleunigte sich. Das war eine Menge Geld. Geld, das sie dringend brauchen konnte. Sie gab sich einen Ruck.

»Also gut, Sie haben gewonnen. Ich bestehe jedoch darauf, einen Vorabdruck lesen zu dürfen, denn ich möchte auf keinen Fall, dass irgendwelche Unwahrheiten verbreitet werden.«

»Das ist selbstverständlich.« Richard Kenton lächelte zufrieden. »Was halten Sie davon – ich lade Sie heute zum Abendessen ein?

In einer entspannten Atmosphäre plaudert es sich gleich viel zwangloser, nicht wahr?«
Susan wusste nicht, ob sie einen Fehler beging oder das Richtige tat, als sie zustimmte. Die *WSPU* konnte jede positive Berichterstattung gebrauchen. Wenn ihre frühere Popularität dazu beitragen konnte, würde sie es eben versuchen.

Das Essen mit Richard Kenton war nicht nur schmackhaft, ihr Gespräch war auch interessant gewesen. Er hatte sie nicht ausgefragt, wie sie es von einem Reporter erwartet hätte, sondern sie hatten entspannt geplaudert, dabei hatte Susan von ihrem Aufstieg zur Schauspielerin und von ihrer Reise nach Amerika erzählt. Die Schilderung der letzten Stunde auf der *Titanic* fiel ihr immer noch schwer, und sie kämpfte mit den Tränen. Mit jedem Wort schien sie die furchtbare Kälte der Nacht wieder zu spüren, und sie hatte in ihrem Bericht mehrmals unterbrechen müssen. Aufmerksam hatte Richard ihr sein Taschentuch über den Tisch gereicht und ihr Zeit gelassen, bis sie wieder in der Lage war, weiterzusprechen. Nun war sie auf den Artikel, der in der Samstagsausgabe erscheinen sollte, sehr gespannt.
Es war fast Mitternacht, als Susan an diesem Abend nach Hause kam. Bereits vor zwei Monaten war sie zu Doro gezogen, da sie beide knapp bei Kasse waren und sich so die Miete teilen konnten. Die Wohnung verfügte nur über zwei kleine Zimmer, hatte jedoch eine Küche und einen Waschraum mit Toilette, so dass die beiden Frauen diese nicht mit den anderen Mietern des Hauses teilen mussten. Da Susan tagsüber im Büro der Frauenrechtlerinnen und Doro abends im Theater arbeitete, sahen sich die Freundinnen nicht oft, und jede hatte ihren eigenen, kleinen Privatbereich. Für Susan war es eine gute Lösung, denn der Lohn, den die *WSPU* ihr bezahlte, war alles andere als üppig. Sie war jedoch davon abgekommen, sich nach einer anderen Stellung umzusehen, da die Arbeit in der Gruppe sie ausfüllte. Es galt,

Artikel für Flugblätter zu schreiben, diese zu drucken und zu verteilen, weiter führte sie Spendenlisten und Aufstellungen, wann und wo welche ihrer Mitstreiterinnen zum Einsatz kamen. Die *WSPU* bestand hauptsächlich aus ehrenamtlich helfenden Frauen, die entweder einem Beruf nachgingen oder mit Mann und Kindern beschäftigt waren, und die deswegen nur begrenzt zur Verfügung standen. Hauptamtliche, so wie Susan, gab es nur eine Handvoll. Zur Parlamentseröffnung im November war eine große Parade geplant, für die die Frauenrechtlerinnen noch zahlreiche Mitstreiterinnen suchten. Emmeline Pankhursts Traum war, mindestens zehntausend Frauen aufmarschieren zu lassen.
»Bei einer solchen Menge können wir nicht ignoriert werden!«, hatte sie bei einer Rede euphorisch gesagt, und Susan wollte alles tun, dieses Vorhaben zu verwirklichen. In den nächsten Tagen würde sie die zahlreichen Fabriken im Süden und Osten Londons aufsuchen, in denen viele Frauen arbeiteten, und dort die heute fertiggestellten Flugblätter verteilen. Susan hoffte, viele der Arbeiterinnen motivieren zu können, sich der *WSPU* anzuschließen – oder zumindest an der Parade teilzunehmen –, um gemeinsam für die Gleichstellung von Frau und Mann zu kämpfen. Die weibliche Bevölkerung derart gezielt anzusprechen, war Susans Idee gewesen.
»Tausende marschierende Frauen können mehr erreichen als tausend Unterschriften auf einer Petition!« Dies hatte Susan während der letzten Sitzung gerufen, und ihre Worte waren von donnerndem Beifall begleitet gewesen.
Anfang November wollten sie geschlossen nach Westminster marschieren. Susan hoffte, Mrs. Pankhursts Vorstellungen würden sich erfüllen – eine so große Menge konnte auch nicht vom König, der traditionell die Sitzungsperiode des Parlaments eröffnete, ignoriert werden. Der Monarch hatte sich bisher nicht um die Suffragetten gekümmert, es schien, als würde er gar nicht mitbekommen, welche Bewegung in England entstanden war.

George V. hatte zwar nicht die Macht, den Forderungen der Frauen nachzugeben oder das Unterhaus zu beeinflussen, die Meinung des Königs galt in diesem Land aber nach wie vor viel.

»Diese Parade wird ein Meilenstein in unserem Kampf sein«, sagte Emmeline Pankhurst. »Tausende von Menschen werden an den Straßen stehen, um den Zug des Königs vom Buckingham-Palast nach Westminster zu verfolgen. Somit ist ein großes Publikum garantiert, und auch die Presse wird zahlreich vertreten sein. Ihr werdet sehen, danach werden sich zahlreiche Türen und Ohren für uns öffnen.«

»Ja, was wir bisher gemacht haben, war doch nur Kokolores«, rief Doro dazwischen. »Kleinere Aufmärsche, Demonstrationen und Flugblätter … Die Politiker werden uns erst ernst nehmen müssen, wenn sie sehen, wie viele das Frauenwahlrecht fordern.«

Susan stimmte in den allgemeinen Applaus, der Doros Worten folgte, ein, wenngleich sie bezweifelte, dass sie wirklich so viele sein würden. Mit tausend Frauen wäre sie mehr als zufrieden, und selbst dafür war noch jede Menge zu tun.

»Wir werden uns bei der Parade vollkommen friedlich verhalten«, forderte Emmeline Pankhurst. »Keine Steine, keine Pöbeleien oder sonstigen Angriffe. Niemand wird etwas bei sich führen, was als Waffe ausgelegt werden könnte. Wir werden schweigend marschieren und unsere Transparente hochhalten. Einen solchen Vorfall wie in der Downing Street können wir uns nicht noch einmal erlauben, wenn wir ernst genommen werden wollen.«

Dies entsprach Susans Vorstellung von der Demonstration, und sie arbeitete nun fast Tag und Nacht an den Vorbereitungen.

Müde schloss Susan die Tür auf und war erstaunt, in ihrem Postkasten einen Brief vorzufinden. Seit sie hier wohnte, hatte ihr noch nie jemand geschrieben. Zwar hatte sie Daniel Draycott ihre neue Anschrift mitgeteilt, als sie ihm den restlichen Betrag der geliehenen Summe überwies, hatte inzwischen aber die Hoffnung, von ihm jemals wieder etwas zu hören, aufgegeben. Susan dachte zwar immer noch häufig an Daniel, doch sie war inzwischen zu der Erkenntnis gelangt, ihrer beider Begegnung als harmlosen Flirt abzuhaken und irgendwann schließlich zu vergessen.

Die runde, geschwungene Schrift auf dem Umschlag war Susan unbekannt, der Briefbogen, den sie dem Umschlag entnahm, war jedoch aus dickem, elfenbeinfarbenem Papier, von dem Susan vermutete, es wäre aus Bütten und recht teuer. Susans Herzschlag beschleunigte sich, als sie in der oberen rechten Ecke das Wappen derer von Tredary erkannte. Hastig überflog sie die engbeschriebenen Zeilen:

Liebe Susan,
zuerst war ich Dir ja böse, dass Du Lavinia Callington von mir erzählt hast, obwohl ich Dich gebeten hatte, Stillschweigen über meine Herkunft zu bewahren und meine Familie nicht zu informieren, dass ich wieder in England bin. Heute jedoch muss ich Dir meinen Dank aussprechen. Über die Zeit im Gefängnis möchte ich nichts schreiben. Ich versuche das, was ich dort erlebt habe, zu verdrängen, und meine Schwägerin Lavinia meint ebenfalls, das wäre das Beste, die Sache zu vergessen. Verzeih bitte, dass ich Dir erst heute schreibe, aber ich war sehr krank. Eine Zeitlang wurde um mein Leben gefürchtet, obwohl meine Krankheit mehr seelische als körperliche Ursachen hatte. Wie Du siehst, lebe ich jetzt wieder auf Sumerhays, dem Ort, an dem ich geboren und aufgewachsen bin. Meine Mutter wollte mich zuerst nicht sehen, als ich dann aber krank wurde, wich sie kaum eine Stunde von meinem Bett. Ebenso mein Bruder Edward. Er hat sich nicht verändert, und kaum, als es mir wieder besserging, machte

er mir lautstark Vorwürfe, dass ich die Familie einst verlassen und mich unter meinem Wert – das waren Edwards Worte! – verkauft hätte. Ich ließ ihn reden, denn ich bin nicht mehr die Jüngste und eines weiteren Kampfes müde. Hier auf Sumerhays habe ich meinen inneren Frieden wiedergefunden, wozu nicht unerheblich die kleine Anabell beiträgt. Anabell – das ist die Tochter von Lavinia und Edward, und jeden Tag wundere ich mich aufs Neue, wie mein Bruder ein so entzückendes Kind zustande gebracht hat.

Um Lavinia mache ich mir allerdings ein wenig Sorgen. Ich kenne sie ja nicht gut, mir erscheint sie jedoch sehr melancholisch, eigentlich schon traurig. Oft sitzt sie in ihrem Zimmer am Fenster und starrt stundenlang nach draußen. Meine Mutter erzählte, noch vor wenigen Wochen habe sich Lavinia regelmäßig in zahlreichen Komitees engagiert und wäre fast jeden Tag außer Haus zu einer Sitzung gewesen. Ihr Verhalten änderte sich offenbar nach unserer Rückkehr aus London im Sommer. Jetzt verlässt Lavinia das Haus nur noch selten, und auch dann nur, wenn ich sie zu einem Spaziergang überreden kann. Einzig Anabell gelingt es, ihre Mutter ab und zu aus ihrer traurigen Stimmung zu reißen.

Doch nun genug mit den Problemen anderer Menschen. Wie geht es Dir, liebe Susan? Ich denke, Du arbeitest immer noch für die WSPU, und ich hoffe, dass Du Dich nicht in Gefahr begibst. Glaube mir, eine Inhaftierung ist mit das Schlimmste, was einem widerfahren kann. Wir lesen hier keine Zeitung, Edward ist der Meinung, es ist Zeitverschwendung, wenn Frauen sich mit dem Weltgeschehen beschäftigen. Da ich ihm Dankbarkeit schulde, mich wieder in die Familie aufgenommen zu haben, möchte ich nichts tun, was seinen Zorn heraufbeschwören

könnte. Das verstehst Du sicher, liebe Susan, obwohl Edwards Verhalten genau das ist, wogegen Ihr Suffragetten ankämpft. Aus diesem Grund weiß ich nicht, was in London vor sich geht, hoffe jedoch, dass Du gut auf Dich aufpasst, ja? Gerne würde ich Dir anbieten, mich auf Sumerhays zu besuchen. Als ich Lavinia dies vorschlug, wies sie den Gedanken jedoch brüsk von sich. Ich weiß nicht, in welcher Verbindung Du und Lavinia steht (oder einmal standet), es geht mich auch nichts an. Ich jedoch bin Dir zu großem Dank verpflichtet und werde Dir niemals vergessen, dass Du mich aus dem Gefängnis geholt hast. Solltest Du irgendwann einmal Hilfe benötigen, so lass es mich bitte wissen. Leider kann ich Dir finanziell nicht unter die Arme greifen, denn ich habe kein eigenes Geld. Mein Bruder meint, dies wäre nicht notwendig, schließlich lebe und esse ich auf Sumerhays. Eigentlich brauche ich auch kein Geld, denn ich habe hier alles, was ich benötige.
Hast Du eigentlich Lavinias Tochter Anabell jemals kennengelernt? Wenn nicht, wäre das sehr schade. Ich glaube, sie ist das intelligenteste und liebreizendste Mädchen auf der ganzen Welt. Schon heute ist zu erkennen, dass Anabell einmal eine Schönheit werden wird, zudem ist sie ihrem Alter weit voraus und sehr intelligent …

Susan ließ das Blatt sinken. Seit Wochen hatte sie nicht mehr an Anabell gedacht, und jetzt riss Rosalinds Brief die Wunde, die langsam zu heilen begann, wieder auf. Dies trübte ihre Freude darüber, dass es Rosalind gutging und sie wieder im Kreis ihrer Familie lebte.
Nachdem die Frauen, die im Juni in das Gefängnis Holloway gebracht worden waren, in den Hungerstreik getreten waren, hatte

Susan ungeduldig auf jede Neuigkeit gewartet. Sie hatte Lavinias Reaktion nicht einschätzen und auch nicht beurteilen können, ob sie Rosalind wirklich helfen würde. Dann jedoch erfuhr sie, dass einzelne Frauen – darunter Rosalind Cassidy – aus der Haft entlassen worden waren. Nachdem Rosalind sie, Susan, nicht aufgesucht hatte, vermutete Susan, dass die Freundin bei ihrer Familie war. Einmal war sie in die Gegend gefahren, in der sich das Haus der Callingtons befand, in der Hoffnung, jemanden von der Familie, vielleicht sogar Rosalind selbst, zu sehen. Zu klingeln getraute sie sich nicht, und so kehrte sie unverrichteter Dinge zurück.

Als eine Frau, die zusammen mit Rosalind inhaftiert war, berichtete, dass die meisten Frauen nach Hause zu ihren Familien gegangen waren, fühlte Susan sich erleichtert. Durch ihre Schuld war Rosalind in etwas hineingeraten, was sie niemals gewollt hatte. Ihr Brief zeigte nun, dass sie, Susan, richtig gehandelt hatte, wenngleich es bedeutete, sich von Lavinia und vor allen Dingen von Anabell fernzuhalten.

Werde ich jemals vergessen können?, fragte Susan sich. Konnte ein liebendes Mutterherz jemals die Existenz ihres Kindes vergessen? Selbst Zenobia, die zwanzig Jahre so getan hatte, als hätte sie nie eine Tochter gehabt, hatte wieder zu Rosalind zurückgefunden.

Der Artikel über Susan und ihren Einsatz für das Frauenwahlrecht erschien zwei Tage später auf der Titelseite des *London Viewers* und war ein großer Erfolg.

»Seit heute Morgen steht das Telefon nicht mehr still«, sagte Jane Moore, eine hauptberufliche Mitarbeiterin, mit leuchtenden Augen. »Frauen rufen an, um zu fragen, wie sie uns unterstützen können, aber auch einige Männer. Nun, diese beschimpfen uns zwar meistens, dann hänge ich den Hörer einfach wieder ein.«

»Dann hoffen wir mal, dass die Leute ihre Geldbeutel öffnen und fleißig spenden«, erwiderte Susan und grinste. »Eigentlich hatte ich mit meiner Vergangenheit als Peggy Sue abgeschlossen, wenn es der Gruppe jedoch hilft, zu Geld zu kommen, dann ist meine frühere Popularität vielleicht von Vorteil.«

Die *WSPU* brauchte dringend finanzielle Unterstützung. Nach dem Aufstand im Juni hatten sich einige zahlungskräftige Mitglieder zurückgezogen, da ihnen das radikale Vorgehen der Gruppe missfiel. Die Miete für die Büroräume und die Kosten für die Materialien wurden ausschließlich aus Spenden finanziert. Für die geplante Parade mussten noch Hunderte von Transparenten und Plakaten entworfen und erstellt werden, dafür benötigten sie dringend Papier und Farbe, in der Kasse herrschte jedoch Ebbe.

Susan war dennoch optimistisch. Zwar war ihre Aktion, die Arbeiterinnen in den Fabriken aufzusuchen, nicht ganz so erfolgreich wie erhofft verlaufen, doch ein paar Dutzend Frauen hatte sie für die Parade gewinnen können.

»Am Montag marschieren wir auf Westminster zu, und am Dienstag werden wir gefeuert!«, rief eine der Arbeiterinnen und machte eine weit ausholende Handbewegung. »Wir alle hier brauchen diese Arbeit. Ich bin Witwe und habe drei Kinder zu ernähren, und die Ehemänner von anderen tragen ihren Lohn ins Wirtshaus. Ohne das Geld, das wir hier verdienen, müssten die meisten von uns betteln gehen. Wir können das Risiko einer Kündigung nicht eingehen.«

Aus einer Ecke zog Susan eine Apfelsinenkiste hervor und stellte sich darauf. Mit lauter Stimme rief sie: »Sie haben völlig recht, gute Frau! *Sie* machen den Rücken krumm, damit Ihre Kinder nicht hungern müssen, andere, damit ihre Männer das Geld versaufen können. Doch was ist der Lohn? Nicht einmal die Hälfte dessen, was ein Mann in dieser Fabrik verdient. Was ist, wenn ihr krank werdet? Oder ihr hier einen Unfall habt? Dann steht ihr auf der Straße, denn es gibt Hunderte anderer Frauen, die wegen eurer Arbeitsplätze Schlange stehen.«

»Ganz richtig!«, rief eine ältere Frau dazwischen. »Und darum werden wir den Teufel tun, unsere Stellung zu riskieren.« Verächtlich spuckte sie auf den Boden und wandte Susan den Rücken zu. »Gleichberechtigung – das ist doch nur ein schönes Wort. Die Gesetze werden von Männern für Männer gemacht und werden immer die Belange der Männer berücksichtigen.«

»Gerade das wollen wir ändern!« Kämpferisch hob Susan den Arm und ballte ihre Hand zur Faust. »Es werden Gesetze erlassen, nach denen auch wir Frauen uns richten müssen. Gesetze, nach denen wir verurteilt werden können. Wir fordern ein Mitspracherecht bei diesen Gesetzen! Unser Land bezeichnet sich als Weltmacht und will führend sein in allem, was geschieht. Nicht jedoch, was das Wahlrecht angeht, meine Damen! Seit sechs Jahren dürfen die Frauen in Finnland nicht nur wählen, sondern sich auch selbst wählen lassen.«

»Pah, was geht uns Finnland an!«, unterbrach die erste Sprecherin. »Wir leben und arbeiten hier. Niemals wird man uns erlauben, in der Politik mitzusprechen.«

Unbeirrt über diesen Einwurf, fuhr Susan fort: »Im Jahr 1906 zogen neunzehn Frauen in Finnland ins Parlament ein. Keinesfalls jedoch nur reiche und privilegierte. Nein, darunter sind Arbeiterinnen, ebenso wie ihr und wie ich. Die Frauen haben für ihre Rechte gekämpft, und sie haben gewonnen.«

Während Susans letzten Worten erklang die Werksirene und zeigte das Ende der Mittagspause an. Die meisten Frauen wandten sich ab, um an ihre Arbeitsplätze zurückzukehren. Nur wenige nahmen eines der Flugblätter, einige steckten es achtlos in ihre Rocktasche.

Am Abend suchte Susan die nächste Fabrik auf und wartete vor dem Tor auf die Frauen, die erschöpft und müde das Gelände verließen. Auch hier hatte sie keinen großen Erfolg. Die Frauen wollten nach Hause, mussten für ihre Kinder und Ehemänner das Essen kochen, die Wäsche waschen und den Haushalt machen. Dieses Mal verzichtete Susan auf eine Ansprache. Stattdessen drückte sie jeder Frau ein Flugblatt in die Hand und forderte sie mit knappen Worten auf, an der Parade teilzunehmen und die Mitteilung an alle Frauen in ihrer Nachbarschaft zu verteilen.

Als Susan an diesem Abend im Bett lag, war sie zwar erschöpft, aber voller Hoffnung. Bis zur Parade waren noch zwei Wochen Zeit – wenn sie täglich zwei bis drei Fabriken aufsuchte, würde sie rund fünftausend Frauen erreichen. Wenn davon nur die Hälfte zur Parade kam, wäre das ein großer Erfolg.

Es war ein milder und sonniger Novembertag, an dem der Herbst sich von seiner schönsten Seite zeigte, als dreitausend Frauen sich erneut am Trafalgar Square formierten. Sie wollten, bevor die Parade, die der Kutsche des Königs vorausging, die Mall herunterkam, nach Whitehall und von dort zum Parlamentsgebäude marschieren. Susan und Doro nickten sich zufrieden zu, als sie die große Menge überblickten, die nicht nur rund um die Säule von Admiral Nelson, sondern auch in allen Seitengassen Aufstellung genommen hatte. Die Transparente und Plakate wurden verteilt und die Anweisung gegeben, schweigend und mit hocherhobenem Kopf zu marschieren.

»Keine Gewalt«, rief Susan. »Wir werfen keine Steine, und wir greifen niemanden an, auch nicht, wenn wir provoziert werden.«

Langsam setzte sich der Zug in Bewegung. Die Straßen waren von Zigtausenden Menschen gesäumt, die auf die Kutsche des Königs warteten. Zuerst waren die Passanten, ebenso wie die Polizei, die zu Fuß und zu Pferd überall postiert war, um die Sicherheit des Königs zu gewährleisten, vor Überraschung stumm, als der Aufmarsch der Frauen an ihnen vorbeizog. Dann zeigten sich jedoch erste Reaktionen unter dem Publikum.

»Recht so! Zeigt's den Männern nur!« »Gleiches Recht für alle!« oder »Nieder mit der Unterdrückung der Frauen!«, ertönten einige Rufe.
Die Polizisten sahen sich unsicher an, sie wussten nicht, ob sie die Frauen gewähren lassen oder einschreiten sollten. Selbstverständlich hatte Mrs. Pankhurst die Parade nicht angemeldet, denn sie hätte niemals eine Genehmigung erhalten. Dieses Mal hatte offenbar auch niemand den Aufmarsch im Vorfeld verraten, daher gab es für die Polizei keine Anweisung, wie sie sich zu verhalten hatte. Die große Anzahl der schweigend marschierenden Frauen ließ sie erkennen, dass das hier heute keine normale Demonstration war.
Susan lachte in sich hinein. Ihr Plan schien aufzugehen. Immer wieder drängten sich Reporter durch die Menge und richteten ihre Fotoapparate auf die Frauen. Morgen würden die Bilder in allen Zeitungen Englands abgedruckt sein, und nach diesem Tag würde die Regierung die *WSPU* nicht mehr ignorieren können.
»Wenn du meine Frau wärst, würde ich dich windelweich prügeln!«, rief plötzlich ein Mann direkt neben Susan und schüttelte drohend die Faust.
»Genau, euch Weibern muss ein richtiger Mann nur zeigen, wo's langgeht«, stimmte ein anderer ein. »Ich würde euch solche Flausen schnell austreiben.«
»Frauenwahlrecht! Pah! Es besteht ja wohl kein Zweifel daran, dass eure Gehirne gar nicht in der Lage sind, zu begreifen, was das bedeutet.« Ein Mann drängte sich durch die Menge und stellte sich Susan in den Weg. Er grinste höhnisch. »Was wollt ihr denn machen, wenn ihr wählen dürftet? Uns etwa vorschreiben, was wir tun sollen, oder was?«
Mit unbewegter Miene ging Susan an dem Mann vorbei. Sie hatte geahnt, dass es Missstimmungen im Publikum geben würde, und auch an das Hohngelächter war sie gewöhnt.

Plötzlich flog ein matschiger Apfel und traf Doro am Hals. Stoisch wischte Doro die Reste ab und nickte Susan stumm zu. Dann jedoch brach plötzlich der Tumult los. Später hätte Susan nicht mehr sagen können, was der Auslöser war, dass die männlichen Zuschauer auf die Straße strömten und die Frauen angriffen.

»Ihr elendigen Weiber! Verschwindet endlich von den Straßen!« Offenbar hatte der Mann, der Susan grob zu Boden stieß, getrunken, denn während er mit seiner Schuhspitze ihr immer wieder in die Seite stieß, glänzten seine Augen glasig.

Obwohl sie mehrere tausend waren, waren sie dem Pöbel nicht gewachsen, denn es wurden immer mehr, die nun auf die Frauen einschlugen, sie zu Boden drückten und grob an den Haaren zogen. Die Männer grölten und lachten, machten sich einen Spaß daraus, die friedlich demonstrierenden Frauen zu misshandeln und zu quälen.

Susan sah, wie die Polizisten mit ausdrucksloser Miene dastanden und nicht eingriffen. Einige von ihnen drehten sogar den Kopf zur Seite und taten so, als würde nichts geschehen.

»So helft uns doch!«, schrie Susan. Ein Polizist direkt neben ihr wandte ihr jedoch demonstrativ den Rücken zu und schritt die Straße hinunter, als würde sie nicht mit schmerzverzerrtem Gesicht auf dem Boden liegen.

Aus Susans Mundwinkel spritzte Blut, als die Faust eines Mannes sie mitten ins Gesicht traf. Zu ihrem Entsetzen mischten sich nun auch Passantinnen in die Prügelei ein, und es war nicht mehr auszumachen, wer Freund und wer Feind war.

Dieses Mal wurde das Aufheulen der Polizeisirenen von Susan freudig begrüßt. Endlich schritten sie ein, den Pöbel aufzuhalten. Überall lagen wimmernde und blutende Frauen im Schmutz der Straße, manche bewegten sich nicht mehr, und Susan befürchtete das Schlimmste. Zu ihrem Entsetzen musste sie jedoch erkennen, dass die Polizei, die nun endlich in das Geschehen eingriff, nicht die Männer, die grundlos auf die Frauen eingeschlagen hat-

ten, in Gewahrsam nahm, sondern die Frauen packten und in die Wagen zerrten. Als zwei Polizisten sie an den Armen ergriffen und über die Straße schleiften, wehrte sich Susan verbissen. Die Männer waren jedoch stärker.
»Lasst mich los! Ich habe nichts getan! Wir wurden angegriffen!«
»Halt endlich dein Maul!« Eine Faust krachte gegen Susans Schläfe, und sie verlor das Bewusstsein. Sie merkte nicht mehr, dass sie wie ein Mehlsack in den vergitterten Wagen geworfen wurde.

28. Kapitel

Nur langsam kam Susan wieder zu sich. Ihr Kopf dröhnte, vor ihren Augen schien eine Nebelwand zu liegen, und ihr war furchtbar schlecht. Sie musste mehrmals blinzeln, bis sie begann, im Dämmerlicht verschwommene Konturen zu erkennen. Man hatte sie in eine Zelle gebracht, in der schmutzige Matratzen auf kaltem Zementboden lagen.
»Sie kommt zu sich.« Ein Schatten kniete neben Susan, und sie fühlte, wie sich ein kühler, feuchter Lappen auf ihre Stirn legte.
»Durst …«, flüsterte Susan, und gleich darauf wurde ihr ein Becher aus Blech an die Lippen gesetzt. Hastig trank sie, obwohl das Wasser lauwarm und abgestanden war. Plötzlich revoltierte ihr Magen. Sie konnte gerade noch den Kopf zur Seite drehen, um die Matratze nicht zu beschmutzen.
»Du hast wahrscheinlich eine Gehirnerschütterung. Bleib einfach ganz still liegen.«
Endlich gelang es Susan, die Frau, die neben ihr kniete, anzusehen. Sie erkannte in ihr eine der ehrenamtlichen Suffragetten, konnte sich aber nicht an deren Namen erinnern.

»Annie Kerr.« Die Frau, die etwa in Susans Alter war, lächelte, denn sie hatte die Frage in Susans Augen gelesen. »Und du bist Susan Hexton, nicht wahr? Die ehemalige Schauspielerin Peggy Sue. Ich habe dein Interview mit großem Interesse gelesen und mich daraufhin entschlossen, meinen Beitrag zum Kampf für unser Recht zu leisten.«

»Es tut mir leid …«, flüsterte Susan, wurde aber sogleich unterbrochen.

»Dazu besteht kein Grund. Wir sind alle aus freien Stücken zu der Parade gekommen und haben friedlich demonstriert.«

»Richtig, wir wurden grundlos angegriffen«, meldete sich eine Stimme aus dem Hintergrund. Erst jetzt bemerkte Susan, dass sie sich in einer Sammelzelle zusammen mit fünf anderen Frauen befand. Alle sahen ebenso lädiert aus wie sie selbst, hatten Blutergüsse im Gesicht und an den Armen, und ihre Kleider waren zerrissen und vom Straßenstaub verschmutzt. Zum Glück schien aber keine ernsthaftere Verletzungen davongetragen zu haben.

»Wo sind wir?«, fragte sie.

»Im Holloway. Uns hat man in London gelassen. Ich habe jedoch gehört, dass einige in die Gefängnisse Aylesbury und Winson Green in Buckinghamshire gebracht worden sind. Offenbar ist Holloway zu klein geworden.«

»Wie viele wurden verhaftet?«, fragte Susan bang. Annies Antwort bestätigte ihre schlimmsten Befürchtungen.

»Ganz genau hat man es uns nicht gesagt, es sollen jedoch über zweihundert Frauen sein.«

Susan richtete sich auf und ignorierte das Schwindelgefühl, das sie sogleich erfasste. Sie schloss die Augen und atmete tief durch, bis die Zelle aufhörte, sich zu drehen.

»Was ist mit Mrs. Pankhurst? Und kennt jemand von euch Dorothea Hawkins? Sie war direkt neben mir, als die Meute auf uns losging.«

Die Frauen schüttelten den Kopf, und Annie meinte, dass Emmeline Pankhurst nicht unter den Inhaftierten war.
»Ich bin froh, dass du wieder aufgewacht bist.« Sie lächelte Susan freundlich, aber auch besorgt an. »Du warst fast zwei Tage bewusstlos, die Wärter weigerten sich allerdings, einen Arzt kommen zu lassen. Sie meinten, wenn du verreckst, dann wäre das deine eigene Schuld.« In hilflosem Zorn ballte Annie die Hände zu Fäusten. »Heute Nachmittag werden wir vor Gericht gestellt.«
»Vor Gericht?« Susan lachte bitter. »Welchen Vergehens will man uns anklagen? Wir haben nichts getan. Was ist mit den Männern, die uns zusammengeschlagen haben?«
Annie Kerr stieß einen verächtlichen Laut aus.
»Von denen wurde natürlich niemand in Gewahrsam genommen. Die Polizei ist doch ganz froh, dass es dieses Mal nicht sie war, die uns niederknüppelten. Sie brauchten uns nur noch aufzulesen und einzusperren.«
»Man kann uns nicht verurteilen.« Entschlossen schüttelte Susan den Kopf. »Man wird uns noch heute gehen lassen, denn wir sind unschuldig. Mehr noch – wir sind die Opfer, die Gerechtigkeit fordern werden!«

Vier Stunden später gab Susan ihren Glauben an die Gerechtigkeit, den sie sich trotz allem noch bewahrt hatte, auf. Man hatte sie und rund drei Dutzend andere Suffragetten in einen provisorisch zu einer Art Gerichtssaal hergerichteten Raum geschleppt, damit man die Frauen nicht aus dem Gefängnis in die Stadt fahren musste. Der Richter sah die Frauen nur flüchtig und desinteressiert an, als er mit lauter, strenger Stimme verkündete, ihnen werde der Prozess gemacht.
Susan sprang auf. »Welchen Vergehens werden wir beschuldigt?«
Zum ersten Mal heftete sich der Blick des Richters auf sie. »Behinderung des Straßenverkehrs«, antwortete er knapp.

»Das soll wohl ein Scherz sein!« Susan lachte bitter. »Die Straße war wegen des Paradezuges des Königs ohnehin abgesperrt. Wir sind ganz friedlich in Richtung Westminster gegangen, als *wir* angegriffen wurden.« Susan deutete auf die verletzten Frauen, die ihre Blutergüsse demonstrativ zur Schau stellten. »Sehen Sie – *wir* sind die Opfer! Wo sind die Männer, die uns das angetan haben? Werden sie auch angeklagt?«

Der Hammer des Richters fuhr krachend auf das Pult.

»Halten Sie den Mund. Wie ist Ihr Name?«

Spöttisch zog Susan eine Augenbraue hoch.

»Soll ich jetzt den Mund halten oder Ihnen meinen Namen nennen? Sie müssen schon wissen, was Sie wollen, Hohes Gericht.«

Hinter Susans Rücken begannen einige Frauen zu kichern, und Susan hielt dem wütenden, beinahe hasserfüllten Blick des Richters mit hocherhobenem Kopf stand, obwohl dieser schmerzte, als würde der Richter mit seinem Hammer direkt auf ihre Schädeldecke einschlagen.

»Dein Name!« Ein Wärter schubste sie grob, und sie taumelte nach vorn.

»Susan Hexton«, sagte sie schließlich. Sie durfte den Bogen nicht überspannen, denn die Lage schien ernst zu sein.

»Hexton?« Der Richter runzelte nachdenklich die Stirn. »Die frühere Schauspielerin? Na, da haben wir ja gleich eine der Rädelsführerinnen vor uns. Ich verurteile Sie zu einhundert Tagen Haft. Die Nächste.«

»Warum werde ich verurteilt?« So leicht wollte Susan sich nicht geschlagen geben. »Hundert Tage wegen angeblicher Behinderung des Straßenverkehrs? Damit kommen Sie nicht durch. Ich möchte sofort einen Anwalt sprechen.«

»Genau, uns steht anwaltlicher Beistand zu.« Entschlossen trat Annie Kerr vor und wurde binnen weniger Sekunden ebenfalls zu einhundert Tagen Haft verurteilt.

»Wenn Sie jetzt nicht den Mund halten, verdopple ich die Stra-

fe.« Der entschlossene Ausdruck des Richters ließ keinen Zweifel, dass er seine Drohung ernst meinte. In hilflosem Zorn ballte Susan ihre Hände zu Fäusten. Sie zwang sich, zu schweigen, obwohl sie vor Wut zu platzen drohte. Zwei Wärter packten Susan und hielten sie vorsorglich an den Armen fest, wohl, weil sie befürchteten, Susan könne auf den Richter losgehen.
Die nächsten Urteile fielen im Minutentakt. Hilflos musste Susan mit ansehen, wie alle Frauen zu Haftstrafen – meistens zwischen zwanzig und sechzig Tagen – verurteilt wurden. Auf Annies Forderung nach einem Anwalt erfolgte keine Reaktion. Keine Stunde, nachdem der *Prozess* begonnen hatte, waren sie wieder zurück in ihrer Zelle.
Susan wusste, was sie zu tun hatte. Auf keinen Fall würde sie diese Verurteilung einfach hinnehmen. Sie würde kämpfen, damit die Öffentlichkeit erfuhr, mit welcher Willkür gegen die unschuldigen Frauen vorgegangen wurde.

Am Abend wurden sie in den großen Speisesaal geführt. An langen Holztischen saßen auf schmalen Bänken über hundert Frauen jeglichen Alters, die die Neuankömmlinge interessiert anstarrten. Susan hörte vereinzelt das Wort *Suffragetten*, und sie bemühte sich um einen gleichgültigen Gesichtsausdruck. Als eine Wärterin einen Blechteller mit zerkochten Kartoffeln und ebensolchem, gräulichem Gemüse vor sie stellte, schob sie den Teller demonstrativ zur Seite. Annie, die schräg gegenübersaß, zögerte keinen Moment und tat es ihr gleich. Dies blieb von den anderen Frauenrechtlerinnen nicht unbemerkt. Alle verweigerten das Essen und verschränkten die Arme abwehrend vor der Brust. Ein Raunen ging durch die Reihen der anderen Inhaftierten, das sofort mit dem scharfen »Beim Essen wird nicht gesprochen!« einer Wärterin unterbunden wurde.
Susan hatte keine Vorstellung davon, was nun folgen würde. Sie wusste jedoch, dass ein Hungerstreik bisher immer den ge-

wünschten Erfolg erzielt hatte. Emmeline Pankhurst hatte mehrere überstanden, ebenso ihre Töchter Sylvia und Christabel. Im Augenblick war es für sie und die anderen Frauen die einzige Möglichkeit, gegen die himmelschreiende Ungerechtigkeit, die ihnen widerfuhr, zu protestieren.

Am nächsten Tag brachte man Susan in eine fensterlose Einzelzelle. Blessington, der die Haftanstalt Holloway führte, hatte sofort erkannt, dass Susan Hexton die Rädelsführerin der hier inhaftierten Suffragetten war. Er musste ihren Willen brechen, dann würde er mit den anderen Frauen leichtes Spiel haben. Seit Jahren musste Blessington sich mit diesen militanten und radikalen Frauenrechtlerinnen herumschlagen. Gegen diese Weiber waren die einfachen Diebinnen oder gar Mörderinnen geradezu eine Wohltat. Diese wussten wenigstens, dass sie für ihre Taten ihre gerechten Strafen erhielten, während die Suffragetten fest von ihrer Unschuld überzeugt waren und darauf pochten, als politische Gefangene behandelt zu werden. Diesen stand nämlich eine andere Behandlung zu als einfachen Verbrecherinnen. Politische Gefangene durften ihre eigene Kleidung tragen, Briefe schreiben und erhalten, regelmäßig Besuch empfangen, und ihnen stand natürlich das Recht zu, jederzeit einen Anwalt zu Rate zu ziehen. Blessington hatte jedoch genaue Anweisungen von ganz oben erhalten – die Suffragetten mussten isoliert und auf keine ihrer Forderungen durfte eingegangen werden. Er war eingefleischter Junggeselle, was vorrangig daran lag, dass es bisher keine Frau gegeben hatte, die im Gefängnis leben wollte. Daher zeigte Blessington nicht einen Funken Verständnis für die Forderungen der Frauenrechtlerinnen. Für ihn waren die Suffragetten verrückte und frustrierte Weiber, die nichts anderes zu tun hatten, als ihre Zeit mit gewalttätigen Aufmärschen zu verbringen. Darüber hinaus kosteten sie die Regierung eine Menge Geld – Geld, das an anderer Stelle dringender verwendet werden könnte.

Diese Susan Hexton war eine von der ganz harten Sorte, das hatte Blessington beim ersten Blick in ihre grauen, eigentlich ganz hübschen Augen bemerkt. Natürlich hatte auch er gelesen, dass die Frau einst eine gefeierte Schauspielerin gewesen war, wenngleich er sie nie auf der Bühne gesehen hatte. Der Posten eines Gefängnisleiters ließ keine Zeit für solche Vergnügungen. Aus diesem Grund würde Blessington ihr gegenüber aber besonders streng sein müssen, denn einer Schauspielerin war alles zuzutrauen.

Nach zwei Tagen Einzelhaft, in der man ihr zweimal täglich ein Tablett mit Essen brachte, das Susan jedoch verweigerte, hörte sie auf dem Gang vor den Zellen eine Frau schreien. Diesem Schrei folgte ein klatschendes Geräusch, offenbar wurde die Frau geschlagen. Diese Geräusche wiederholten sich in etwa stündlichen Abständen. Die Zeit konnte Susan nur schätzen, denn man hatte ihr nicht nur ihre Kleidung, sondern auch all ihre persönlichen Gegenstände, darunter ihre Uhr, abgenommen. Sie musste die Einheitskleidung der Gefangenen tragen – einen dunkelblauen Kittel aus grobem Leinenstoff, rauhe, derbe Wollsocken und Halbschuhe aus hartem Leder. Ihre Bitte nach Lektüre, um sich die Zeit zu vertreiben, wurde ignoriert.

Als sie hörte, wie ihre Mitgefangenen misshandelt wurden, wusste Susan, dass mit den Zwangsernährungen begonnen worden war. Von Emmeline Pankhurst und ihrer Tochter Sylvia, die dies bereits mehrmals erleben mussten, war sie darüber informiert, was man mit ihr machen würde.

»Am besten ist es, wenn du dich nicht wehrst«, hatte Sylvia Pankhurst gesagt. »Die Männer sind ohnehin stärker und werden dir den Schlauch in den Magen stoßen – ob du zappelst und wild um dich schlägst oder nicht. Es widerstrebt einem zwar, diese schreckliche Prozedur ohne Widerstand über sich ergehen zu lassen, wir dürfen jedoch nicht riskieren, dass wir dabei ernsthaft verletzt werden.«

Obwohl Susan in den letzten Jahren mehr erlebt hatte wie andere in ihrem ganzen Leben und auf der *Titanic* dem Tod näher als dem Leben gewesen war, war sie keine mutige Frau. Sie würde jedoch versuchen, tapfer zu sein. Mut und Tapferkeit waren zwei verschiedene Dinge, sie hoffte, das Kommende durchzustehen, ohne Schwäche zu zeigen.

Man holte Susan am Nachmittag des vierten Tages ihres Hungerstreiks. Die Wärter mussten keine Gewalt anwenden, um sie in den Hospitalblock des Gefängnisses zu bringen, denn Susan war so schwach, dass sie ohnehin kaum laufen konnte. Außerdem hatte sie immer noch Kopfschmerzen, und ihr war schwindlig, was von der Gehirnerschütterung und dem Nahrungsmangel herrührte. Man schnallte Susan auf dem Stuhl fest und fixierte ihren Kopf zusätzlich mit einem Lederriemen. Als Susan den dicken Schlauch sah, kroch Angst in ihr empor. Sie versuchte jedoch, keine Panik zu zeigen, und sah ihren Peinigern entschlossen entgegen.
»Warum wehrt die sich nicht?«, fragte einer der Männer erstaunt, als er Susan den Holzkeil zwischen die Zähne stieß. »Es macht mehr Spaß, wenn die Weiber versuchen, um sich zu schlagen.«
Den Gefallen werde ich dir nicht tun, dachte Susan und schloss die Augen. Bereitwillig schluckte sie den Schlauch, es war nicht notwendig, ihr die Nase zuzuhalten. Obwohl Susan versuchte, sich zu entspannen und an etwas Schönes zu denken – in ihrem Fall war es die Erinnerung an die Zeit, die sie mit Anabell am Strand in Cornwall verbracht hatte –, waren die Schmerzen kaum auszuhalten. Susan meinte, ihr Oberkörper würde in zwei Teile zerrissen, als der Schlauch in ihren Magen stieß. Der Würgereiz war furchtbar, und gegen den konnte Susan nicht ankämpfen. Sie meinte, ersticken zu müssen, und erinnerte sich an Sylvias Worte, sie müsse langsam und tief durch die Nase atmen.

Sie werden dich hier nicht sterben lassen, sagte sie sich. Obwohl bei der unmenschlichen Prozedur kein Arzt anwesend war, wusste Susan, dass man die Frauen zwar misshandelte, dabei jedoch darauf achtete, keine ernsthaft zu verletzen. Das Letzte, was die Regierung brauchen konnte, waren Märtyrerinnen.

Unendlich lange Zeit schien zu vergehen, dabei waren es kaum fünf Minuten gewesen, bis der Schlauch wieder aus ihrem Körper gezogen wurde. Sofort begann Susan zu würgen und erbrach einen Großteil des Breis, der ihr eben eingeflößt worden war.

»Wir sehen uns dann morgen wieder.« Einer der Männer grinste höhnisch. »Und dann übermorgen und überübermorgen und so weiter, bis du Miststück anfängst, selbst zu essen.« Er gab ihr einen groben Stoß zwischen die Schulterblätter.

Susan bedachte ihn mit einem hasserfüllten Blick. Obwohl ihre Lippen geschwollen und ihre Mundwinkel blutig aufgerissen waren, sagte sie mit kraftvoller Stimme: »In meinem Leben habe ich so einige Rendezvous gehabt, auf unseres freue ich mich jedoch besonders, mein Herr.«

Die Ohrfeige, die er ihr daraufhin verpasste, kam so schnell, dass Susan nicht mehr ausweichen konnte. Ihr Kopf wurde zur Seite gerissen, und sie meinte, ihre Schädeldecke würde explodieren. Vor Schmerz und Wut schossen ihr Tränen in die Augen.

»Das werden Sie bereuen«, stieß sie hervor. »Sie haben kein Recht, mich zu schlagen. Sobald ich hier raus bin, werde ich Sie vor Gericht bringen.«

Ihre Worte lösten bei den Männern Hohngelächter und anzügliche Bemerkungen aus, dann schleppte man sie zurück in ihre Zelle. Als Susan an der Wärterin, die die ganze Zeit stumm an der Tür stehen geblieben war, vorbeikam und ihr Blick den ihren streifte, nickte die Wärterin ihr unbemerkt zu. Für einen Moment erkannte Susan in deren Augen Mitgefühl. Einige Zeit später – Susan lag zusammengekrümmt auf der Matratze, ihr Hals, die Speiseröhre und der Magen brannten wie Feuer – öffnete sich die Zellentür, und die Wärterin, die ihr zugenickt hatte, trat ein. Sie kniete sich neben Susan und holte aus ihrer Rocktasche ein Blatt Papier und einen Bleistift.

»Schnell, nur ein paar Zeilen. Aber beeilen Sie sich, in fünf Minuten werde ich abgelöst. Und kein Wort zu niemandem, wenn wir beide hier lebend rauskommen wollen.«

Susan fragte nicht, warum die Frau dies tat. Hastig kritzelte sie eine Beschreibung der Zwangsernährung und ihrer Misshandlungen auf das Blatt. Die Wärterin stand unter großer Anspannung. Kaum war Susan fertig, faltete sie schnell das Papier zusammen und stopfte es in ihre Rocktasche.

»Danke«, flüsterte Susan.

»Wir Frauen müssen doch zusammenhalten.« Ohne einen weiteren Blick auf Susan verließ sie wieder die Zelle. Nur wenig später hörte Susan draußen die Stimme der Frau, die die nächste Schicht übernahm.

Susan wusste nicht, was dies zu bedeuten hatte. Ihre Zuversicht kehrte jedoch zurück. Sollte man sie doch in Einzelhaft halten, sie zwangsernähren und schlagen – sie war nicht allein! In ganz England … nein, auf der ganzen Welt kämpften Frauen nicht nur für das Wahlrecht, sondern auch gegen die zahllosen Ungerechtigkeiten, unter denen Frauen zu leiden hatten. Ihr Kampfgeist erwachte erneut. Sie würde nicht aufgeben! Sie würde das hier durchstehen, wie lange es auch dauerte. Sie war stark, stärker, als sie bisher angenommen hatte.

Zuerst brachte die Zeitung *London Viewer* auf der Titelseite einen Bericht über die Umstände, unter denen die Frauen in den Gefängnissen inhaftiert waren.

> Und täglich wird diesen Frauen, die nichts weiter getan haben, als friedlich für ihre Rechte einzustehen, ein Schlauch, der so dick ist wie der Daumen eines Bauarbeiters, in den Hals ge-

stoßen und ein übler Brei aus faulen Eiern und saurer Milch in den Magen gegossen. Obwohl dies ein massiver Eingriff in den Körper eines Menschen bedeutet, ist bei dieser verabscheuungswürdigen Prozedur kein Arzt anwesend. Die Münder der Frauen bluten, die Speiseröhren sind wund, wenn nicht sogar verletzt, und was dies mit dem Selbstwertgefühl der Bedauernswerten macht, mag jeder Leser und jede Leserin – Letztere ganz besonders! – selbst beurteilen!

Man verweigert den Frauen nicht nur ärztliche Hilfe, sondern auch einen Anwalt, und behandelt sie schlimmer als einst die Sklaven, für deren Befreiung unser Land vehement gekämpft hat.

England rühmt sich als fortschrittliche Nation, wenn nicht als die modernste der ganzen Welt. Die verabscheuungswürdigen Maßnahmen der Zwangsernährung und die Behandlungen der Suffragetten sind jedoch ein Rückschritt in die finstersten Zeiten des Mittelalters, was von jedem intelligenten und aufrechten Bürger unseres Landes zutiefst verurteilt werden muss …

Wer nun glaubt, dies sei der Fantasie eines Journalisten entsprungen, dem sei gesagt, dass unserer Zeitung schriftliche Aussagen von Frauen vorliegen, die diese menschenunwürdige Behandlung genau jetzt, wenn Sie, liebe Leser und Leserinnen, diesen Artikel in den Händen halten, im Holloway-Gefängnis erleiden müssen. Während Sie sich Ihr Frühstück mit Eiern, gebratenem Speck und Toast schmecken lassen, wird soeben einer kranken, schwachen und vor allen Dingen unschuldigen Frau der Gummischlauch in den Rachen gestoßen …

Innerhalb von zwei Tagen verdreifachte sich die Auflagenstärke der Zeitung, und die Druckerpresse lief Tag und Nacht. Als Nächstes berichtete *The Guardian,* eine Zeitung, die den Liberalen zuneigte, und schließlich auch die konservative *The Daily Telegraph* über die Zustände in den englischen Frauengefängnissen und was den Suffragetten dort angetan wurde. Lediglich die konservative *Times* hielt sich bedeckt, brachte nur einen kleinen Artikel im Innenteil, der mit den Worten endete, die Frauen wären an ihrem Schicksal selbst schuld.

Obwohl Doro jeden Abend bis weit nach Mitternacht an der Garderobe des *Royal Court Theatre* arbeitete, war sie Morgen für Morgen um sechs Uhr im Büro der *WSPU*. Die Telefone standen nicht mehr still, und die Leute rannten ihnen regelrecht die Tür ein. Noch vor wenigen Tagen waren sie auf der Straße beschimpft, mit faulem Obst beworfen und geschlagen worden – jetzt plötzlich erhielt die Gruppierung so große Zustimmung wie niemals zuvor.

Manchmal kamen auch Frauen von Oberhausabgeordneten ins Büro. Sie verbargen ihre Gesichter hinter Schleiern, denn ihre Ehemänner durften nicht wissen, dass sie mit den Suffragetten sympathisierten. Von ihrem Haushaltsbudget zweigten sie Geld ab, das sie spendeten, und Doro nahm gern jeden Penny entgegen. Sie hätte sich zwar gewünscht, auch diese Frauen wären ihren Männern gegenüber zu ihrer Meinung gestanden, doch sie konnte nicht alles auf einmal erwarten. Von dem Geld bezahlte Emmeline Pankhurst renommierte Anwälte, die für die Freilassung der Inhaftierten kämpften, und auch Keir Hardy ließ nicht locker, im Unterhaus täglich auf die Zwangsernährungen hinzuweisen.

In der ersten Dezemberwoche wurden die Frauen freigelassen. Es gab keine Erklärung, keine Anhörung oder gar eine Entschuldigung. Zwei Wärter kamen in Susans Zelle, führten sie in einen Waschraum, wo sie ein Bad in lauwarmem Wasser nahm und ihre eigenen Kleider vorfand. Dann brachte man sie zum Tor. Susan stellte keine Fragen. Sie war so schwach, dass sie kaum laufen konnte, jeder Knochen und Muskel in ihrem Körper schmerzte, und die Kopfschmerzen raubten ihr beinahe den Verstand. Vor dem Tor warteten Emmeline Pankhurst, Doro und

Annie Kerr, die man bereits vor zwei Tagen entlassen hatte. Mit einem Stöhnen sank Susan in Doros Arme, und die Freundin strich ihr beruhigend übers Haar.

»Es ist vorbei«, flüsterte Doro. »Sie haben alle Suffragetten entlassen, der Druck der Bevölkerung war zu groß. Sogar in Amerika erregte dieser Massenhungerstreik Aufsehen, zumal es unseren amerikanischen Mitstreiterinnen keinen Deut besser ergeht.«

Susan nickte, zu geschwächt, um etwas erwidern oder sich gar freuen zu können.

Sie schlief drei Tage. Ihr Schlaf wurde nur unterbrochen, wenn Doro versuchte, ihr eine gehaltvolle Hühnerkraftbrühe einzuflößen.

»Langsam, Susan«, mahnte Doro, als Susan die Suppe gierig hinunterstürzen wollte. »Du musst dich erst wieder ans Essen gewöhnen.«

In den folgenden Wochen erholte Susan sich zusehends, ihr ohnehin zierlicher Körper war jedoch deutlich abgemagert. Die Wunden an und in ihrem Mund verheilten, sie hatte keine Magenschmerzen mehr, doch die Verletzungen, die die Haft und die Zwangsernährung in ihrer Seele angerichtet hatten, würden lange brauchen, um zu heilen. Wenn überhaupt – vergessen würde sie die Zeit im Holloway-Gefängnis niemals.

Durch die große Aufmerksamkeit der Presse war die Regierung gezwungen, sich erneut mit den Anliegen der Frauenrechtlerinnen zu beschäftigen. Keir Hardy kam regelmäßig vorbei und berichtete von den stundenlangen Debatten im Unterhaus, die jedoch zu keinem Ergebnis führten. Zwar begannen immer mehr Männer, über das Frauenwahlrecht wenigstens nachzudenken, für eine Mehrheit im Unterhaus würde es jedoch noch lange nicht reichen.

Der Kampf der *WSPU* ging weiter – gewalttätiger als jemals zuvor. Die Frauen fürchteten sich nicht vor eventuellen Maßnahmen, denn sie wussten, wenn sie jetzt nicht weiterkämpften, wäre alles, was sie bisher erreicht hatten, umsonst gewesen. Bis zum Frühjahr 1913 hielt sich Susan bei solchen Aktionen und bei Aufmärschen zurück, sie nutzte lieber ihre unfreiwillige Popularität und reiste durch England, um bei zahlreichen Veranstaltungen zu sprechen. Überall schlug ihr große Sympathie entgegen, wenngleich es auch immer wieder zu Pöbeleien kam. Angegriffen wurde sie jedoch nie. Beinahe war es so wie zu der Zeit, als sie noch Peggy Sue, die gefeierte Schauspielerin, gewesen war. Die Leute jubelten und pfiffen, wenn sie die Bühne betrat, sie lauschten schweigend, wenn Susan mit lauter und klangvoller Stimme sprach, und danach musste sie Dutzende von Händen schütteln. Irgendwie war es ähnlich und doch völlig anders. Früher hatte Susan die Menschen unterhalten, hatte versucht, mit ihrem Schauspiel und Gesang das zahlende Publikum für ein oder zwei Stunden von deren Alltagsnöten abzulenken und diese vergessen zu machen – heute wollte sie die Zuhörer aufrütteln. Wollte, dass die Menschen einsahen, dass ein Land sich nicht als modern und fortschrittlich bezeichnen konnte, das der Hälfte der Bevölkerung verbot, sich aktiv an den Gesetzen zu beteiligen.

»Ihr müsst streiken!«, rief Susan bei einer Rede in Manchester. Hier arbeiteten sehr viel mehr Frauen als Männer in den Baumwollspinnereien. »Legt die Arbeit nieder, dann werden die Männer sehen, dass ohne uns Frauen die Wirtschaft in diesem Land lahmgelegt wird.«

»Und wir verlieren unseren Arbeitsplatz!«, kam der berechtigte Einwurf einer Frau.

Susan nickte, sie wollte nichts beschönigen. »Solange ihr Einzelpersonen seid, mag das stimmen. Wenn jedoch Tausende von Frauen im ganzen Land in den Ausstand treten, dann wird uns nichts geschehen. Die hohen Herren können es sich nicht erlauben, alle zu entlassen. Dann können sie ihre Fabriken gleich schließen.«

Susans Worte und Forderungen fielen leider nur zum Teil auf fruchtbaren Boden. Die meisten Frauen hatten zu große Angst um ihre Arbeitsplätze, an denen ihre ganze Existenz hing.

Freudig überrascht erhielt Susan im März einen langen Brief von Alice Paul, der amerikanischen Emmeline Pankhurst, wie sie auch genannt wurde. Alice Paul, ein Jahr jünger als Susan, hatte in England Sozialarbeit studiert, dabei die Bekanntschaft von Christabel Pankhurst gemacht und war der *WSPU* beigetreten. Nach ihrer Rückkehr in die Staaten schloss sie sich der dortigen Frauenrechtsbewegung an und war heute eine der führenden Köpfe in Washington. Am Tag der Amtseinführung Präsident Wilsons organisierte Alice Paul eine große Parade, da der Präsident den Frauenrechtlerinnen gegenüber bisher nur Desinteresse bekundet hatte. Dieser Aufmarsch endete in einem ähnlichen Desaster wie der in England. Auch Alice Paul hatte Haft und Zwangsernährung zu ertragen, doch machte sie dies nur noch stärker. Sie schrieb:

Überall auf der Welt kämpfen Frauen für unsere Rechte. Wir dürfen nur niemals aufgeben, gleichgültig, mit welchen Maßnahmen versucht wird, uns zu unterdrücken. Vielleicht werden wir das Erreichen unserer Ziele nicht mehr erleben, wir müssen jedoch an unsere Töchter und deren Töchter denken und an alle Frauen, die ihnen folgen …

Dieser Brief gab Susan neuen Mut. Amerika war ein sehr großes Land und Vorreiter in so manchen Dingen. Sie dachte an Antonia Derrington, die sich auf der *RMS Carpathia* ihrer freundlich angenommen hatte, und natürlich auch an Molly Brown. Was die Frauen wohl heute machten? Engagierten sie sich nach wie vor für die Gleichstellung der Frau in der Gesellschaft?

Mit einem langen Brief dankte Susan Alice Paul für ihr Schreiben. Als sie den Brief zuklebte und zum Versand fertigmachte, dachte sie kurz daran, auch an Daniel Draycott zu schreiben. Nein, sagte sie sich und schüttelte wie zur Bestätigung den Kopf. Dreimal hatte sie ihm geschrieben, jedes Mal, wenn sie ihm das geliehene Geld zurücküberwiesen hatte, doch er hatte ihr nicht geantwortet. Wehmütig erinnerte Susan sich an ihre kurze gemeinsame Zeit und an die lieben Worte und zärtlichen Küsse Daniels. Jetzt, bald ein Jahr später, musste sie einsehen, dass sie seine damalige Freundlichkeit wohl überbewertet hatte. Susan wusste nicht, warum sie beim Gedanken an Daniel immer ein leichtes Ziehen in ihrer Brust empfand. Ja, damals war sie auf dem besten Weg gewesen, sich ernsthaft in ihn zu verlieben. Wie gut, dass sie solch tiefe Gefühle nicht zugelassen hatte. In ihrem Leben hatte es einige Männer gegeben, doch heute füllte ihre Arbeit bei der *WSPU* sie vollständig aus.

Am 3. April 1913 wurde Emmeline Pankhurst als Drahtzieherin eines Bombenanschlags auf das Landhaus des britischen Schatzkanzlers David Lloyd George zu drei Jahren Haft verurteilt. Susan und Doro waren in die Vorbereitungen des Anschlags involviert gewesen, wurden jedoch nicht gefasst, da Emmeline die Namen ihrer Helferinnen nicht nannte. Das Urteil löste erneut eine Welle von Straßenschlachten aus, unter anderem wurde Premierminister Asquith mit Pfeffer und einer toten Katze beworfen. Die Proteste weiteten sich über das ganze Land aus, in fast allen großen Städten explodierten Bomben und gingen Gebäude in Flammen auf. Es grenzte an ein Wunder, dass dabei niemand ernsthaft zu Schaden kam. Die Presse, nach dem Aufmarsch der Suffragetten im vergangenen Herbst eher auf Seiten der Frauenrechtlerinnen, sprach nun von einer *Herrschaft des Terrors* und distanzierte sich von der *WSPU*. Auch Susan ging mit diesen Gewalttaten nicht konform. Nicht, weil sie sich vor einer erneuten Verhaftung fürchtete, sondern weil sie der Meinung war, durch brennende Häuser und Säureanschläge auf Briefkästen niemals das Frauenwahlrecht erreichen zu können. Doro Hawkins hingegen war immer an vorderster Front dabei und lief in ständiger Gefahr, ebenfalls in Haft genommen zu werden.

Emmeline Pankhurst wurde am 13. April bereits wieder entlassen, nachdem sie erneut in den Hungerstreik getreten war. Dennoch gingen die Straßenschlachten in unveränderter Härte weiter. Am 4. Juni 1913 gipfelten die Aufstände im Tod der Suffragette Emily Davison. Die Frau, eine der Militantesten der Gruppe, besuchte das English Derby in Epson, lief während des Rennens auf die Galopprennbahn und warf sich vor das Pferd des Königs, um dessen Aufmerksamkeit zu erregen, und wurde unter den Pferdehufen begraben. Während der Jockey nur leicht verletzt wurde, zog sich Emily Davison schwerste innere Verletzungen zu, an denen sie wenige Tage später starb. Nun hatten die Suffragetten ihre erste Märtyrerin, und Davisons Begräbnis glich mehr einem Aufmarsch als einer feierlichen Prozession.

Im selben Jahr wurde das sogenannte *Cat-and-Mouse-Act*-Gesetz vom Parlament verabschiedet, das besagte, dass Gefangene aus der Haft zu entlassen sind, wenn sie durch Hungerstreik und die damit verbundene Zwangsernährung ernsthaft krank werden oder gar gesundheitliche Schäden davontragen. Allerdings durften diese Personen nach ihrer Genesung wieder inhaftiert werden.

Für die *WSPU* war dies ein Teilerfolg – ein kleiner zwar nur, aber dennoch der erste Schritt zu einer gerechteren Behandlung.

»Das Parlament kann sich keine weiteren toten Suffragetten leisten«, sagte Doro mit einem zufriedenen Lächeln. »Sie haben endlich gemerkt, dass wir zu allem, zu wirklich allem, entschlossen sind. Du wirst sehen, noch vor Ablauf dieses Jahres werden wir das Wahlrecht erhalten.«

Davon war Susan alles andere als überzeugt, mit Doro darüber zu diskutieren war jedoch sinnlos. Die Freundin hatte sich um hundertachtzig Grad gewandelt, und manchmal dachte Susan, eine Fremde würde vor ihr stehen. Dass dies vorrangig damit zusammenhing, dass Theodor Murphy ihre Liebe verschmäht und eine andere Frau geheiratet hatte, zeigte sich, als sie an einem Sommertag plötzlich Esperanza Montoya – die immer noch unter diesem Namen auftrat – gegenüberstanden.

Susan und Doro hatten Einkäufe erledigt und saßen auf einer Bank im Green Park, um die Sonne zu genießen. Bei einem Verkaufsstand hatten sie sich Tee geholt, als jemand plötzlich »Peggy Sue!« rief. Mit ausgestreckten Armen und einem freudigen Lächeln auf den Lippen eilte Esperanza auf sie zu, umarmte Susan und drückte ihr einen Kuss auf die Wange. Als sie sich Doro zuwandte, wich diese mit ausgestreckten Händen zurück. Esperanza schien die Ablehnung nicht zu bemerken, denn sie setzte sich ungefragt zwischen die beiden Frauen auf die Bank.

»Ein herrlicher Tag, nicht wahr?«, begann sie zu plaudern, als wären sie sich erst gestern zum letzten Mal begegnet. »Von euch, ganz besonders von dir, Peggy, liest man ja immer wieder in der Zeitung. Hätte nie gedacht, dass du mal solche … Sachen machst. Willst du denn nie wieder spielen? Nie wieder auf der Bühne stehen?« Sie sah Susan fragend an. »Du warst zwar nie die beste Schauspielerin, ich bin aber sicher, Theo würde eine kleine Rolle für dich haben, wenn ich ihn darum bitte.« Sie kicherte. »Er kann mir nämlich nichts abschlagen, weißt du …«

»Wie schön für dich«, erwiderte Susan kühl. Die einstige Kollegin hatte sich nicht verändert. Sie war immer noch schön, aber auch sehr von sich überzeugt und arrogant. Eine Änderung würde es in Esperanzas Leben bald geben – mit einem Blick hatte Susan die deutliche Wölbung unter deren Sommermantel bemerkt.

Auch Doro hatte den Zustand Esperanzas erkannt. Sie erhob sich und sagte abfällig: »Für oberflächliche Vergnügungen haben wir

keine Zeit mehr. Während du auf der Bühne stehst und es dir gutgehen lässt, kämpfen Tausende von Frauen für die Gleichberechtigung, von der auch du eines Tages profitieren wirst. Manche von uns bezahlen das sogar mit ihrem Leben.«
Esperanza runzelte die Stirn.
»Du wirst mir nie verzeihen, dass Theo mich geheiratet hat, nicht wahr?« Doro zuckte zusammen, und ihre Wangen färbten sich rosa. Esperanza lachte spöttisch. »Hast wohl gedacht, Theo hätte nicht bemerkt, wie du um ihn herumscharwenzelt bist? Dein waidwunder Blick war ihm ja schon richtig peinlich, dabei hat er nie mehr als eine Mitarbeiterin in dir gesehen, meine liebe Dorothea.«
»Es reicht!« Scharf unterbrach Susan Esperanzas Redefluss. »Ich glaube, wir müssen jetzt gehen. Grüß Theo von mir.«
Sie nahm Doros Arm und zog sie mit sich, obwohl Doro sich sträubte.
»Lass mich, ich möchte diesem Miststück die Augen auskratzen!«, zischte sie so laut, dass Esperanza es hören konnte. »Wer weiß, ob Theo überhaupt der Vater ist oder ob sie einen Bastard in ihrem Bauch trägt. Wahrscheinlich hurt die Person mit jedem jungen Mann herum, der ihren Weg kreuzt.«
»Doro, ich bitte dich! Du willst dich doch nicht mit ihr auf eine Stufe stellen, oder?« Susan war über Doros Reaktion zwar nicht überrascht, über ihre derben Worte zeigte sie sich jedoch entsetzt.
Mit in die Hüften gestemmten Händen kam Esperanza Doro ganz nahe.
»Das nimmst du sofort zurück!« Ihre schwarzen Augen funkelten wie zwei glühende Kohlen.
Bevor Doro etwas erwidern konnte, sagte Susan schnell: »Du solltest dich bei Esperanza entschuldigen, Doro. Auch wenn sie nie unsere Freundin war, deine Worte waren mehr als beleidigend.«
»Einen Teufel werde ich tun!« Verächtlich spuckte Doro aus. »Du bist nicht nur eine Diebin, die ihre Kolleginnen im Royal

Court bestohlen hat, sondern auch eine Hure, die für jeden die Beine breit macht, der ihr schöne Geschenke macht.«
Susan bemerkte, wie Esperanza zusammenzuckte und erbleichte. Wahrscheinlich hatte Doro mit der Behauptung, sie wäre eine Diebin, ins Schwarze getroffen, und Susan hatte keinen Grund, Esperanza zu verteidigen, dennoch ging die Sache entschieden zu weit, zumal einige Passanten stehen blieben und die drei Frauen verwundert anstarrten.
»Du bist nur neidisch«, sagte Esperanza leise und kalt. »Neidisch und eifersüchtig, weil Theo mich geheiratet hat und ich ihm jetzt ein Kind schenken werde. Kein Wunder, dass du dich diesen frustrierten Frauen angeschlossen hast. Die meisten von euch sind bestimmt ebenso hässlich wie du …«
Für einen Moment befürchtete Susan, Doro würde Esperanza in aller Öffentlichkeit ins Gesicht schlagen, doch dann drehte sich die Freundin um und lief davon.
»Es tut mir leid …« Hilflos hob Susan die Hände. »Ich meine, ich glaube nicht, dass du …«
»Ist schon gut.« Mit einem Seufzer winkte Esperanza ab. »Wir beide wissen, was Neid anrichten kann. Besonders der Neid von Frauen, die nicht über ansehnliche körperliche Attribute verfügen. Dennoch – es war nett, dich wiederzusehen.«
Susan konnte dies nicht erwidern, daher gab sie Esperanza nur kurz die Hand.
»Richte Theo meine Grüße aus. Ich wünsche euch beiden und eurem Kind alles Gute.«

An diesem Abend ging Doro zu einem Treffen einiger Frauen, die eine Bombe bauten. Es sollte eine große und starke Bombe werden, so viel wusste Susan. Mehr erfuhr sie jedoch nicht, und sie war froh darüber. Irgendwann würden weitere Menschen im Kampf für das Wahlrecht sterben, und Susan fragte sich nicht zum ersten Mal, ob dies die Sache wert war.

29. Kapitel

London, März 1915

Der Lärm der rund hundert Nähmaschinen im Saal war unbeschreiblich. Susan hatte sich auch nach fünf Monaten, die sie in der Fabrik arbeitete, weder an die ständige Geräuschkulisse noch an die Ausdünstungen der Frauen gewöhnt, die hier zehn Stunden täglich über die Maschinen gebeugt saßen. Obwohl der Frühling auf sich warten ließ, war es in dem Raum drückend heiß, ein Fenster zu öffnen, wurde jedoch untersagt. Sie arbeitete von acht Uhr morgens bis sechs Uhr am Abend, sechs Tage in der Woche – lediglich eine halbe Stunde Mittagspause unterbrach den eintönigen Tagesablauf. Ihr Rücken schmerzte von der gekrümmten Haltung an der Nähmaschine, und ihre Finger waren wund, denn die Stoffe waren hart und rauh, und nicht selten rutschte die Nadel ab. Nicht alles an den Uniformen wurde maschinell gefertigt: Die Schulterklappen, die Taschenaufsätze und die Ärmelaufschläge mussten mit Hand angenäht werden. Früher hatte Susan gerne genäht, hatte ihre Kostüme, die sie für die Bühne brauchte, selbst angefertigt und ihre eigenen kreativen Ideen einfließen lassen. Hier bei *Charlwood & Sons* war Kreativität unerwünscht. Früher hatte die bei den östlichen Docks gelegene Fabrik hauptsächlich Damen- und Herrenmäntel und derbe Kleidung für Arbeiter und Bauern hergestellt, seit Herbst letzten Jahres war ihre gesamte Produktion jedoch auf Armeeuniformen umgestellt worden. Hier wurden aber keine feinen Uniformen für Generäle oder Admiräle hergestellt, sondern die Kampfanzüge für die gemeinen Soldaten. Für Männer, die irgendwo da draußen ihr Leben einsetzten, um Großbritannien vor der Übernahme durch eine feindliche Macht zu schützen.

Bereits im Frühjahr 1914 waren die ersten Anzeichen eines Krieges spürbar gewesen. Susan, die sich durch ihre Arbeit bei der *WSPU* regelmäßig über die politische Lage informierte, hatte mit Sorge den Hexenkessel Balkan und die Aufrüstung des deutschen Kaisers verfolgt. Es braute sich etwas zusammen, das zu keinem guten Ende führen konnte. Als nach der Ermordung des österreichischen Thronfolgers in Sarajewo das Deutsche Reich, das mit Österreich verbündet war, Russland, welches auf der Seite Serbiens stand, den Krieg erklärte und zugleich in das neutrale Belgien einmarschierte, um von dort aus Frankreich zu besetzen, musste England handeln. Als Verbündeter Frankreichs erklärte am 4. August 1914 das Vereinigte Königreich Deutschland den Krieg. Freudig und motiviert zogen Hunderttausende von jungen Männern in den Kampf, entschlossen, das Deutsche Reich binnen kurzer Zeit zu zerschlagen.

»Weihnachten sind wir wieder zu Hause!«, riefen sie auf den Straßen, während sie stolz und mit hocherhobenen Köpfen zu den Bahnhöfen marschierten. »Spätestens, und wir bringen französischen Champagner und Cognac mit.«

Weihnachten ging vorbei, ebenso der lange und harte Winter, der auch jetzt im März immer noch Frost und Schnee brachte, doch die Soldaten kehrten nicht zurück, jedenfalls nicht lebend. Die Transporte von Toten wurden immer zahlreicher. Trotz allem konnten sich die Familien der Gefallenen glücklich schätzen, wenn die Körper ihrer Männer in die Heimat überführt werden konnten, denn Zigtausende blieben draußen auf den Schlachtfeldern und in den Schützengräben Frankreichs und lagen dort in anonymen Gräbern.

Susan sah auf die Jacke, die sie in den Händen hielt und an der sie gerade die linke Brusttasche annähte. Wer würde diese Uniform tragen? Würde es ein älterer Mann oder ein ganz junger sein? Gleichgültig – der Mann würde auf jeden Fall der Sohn einer Mutter sein, wahrscheinlich auch der Bruder einer Schwester oder ein Ehemann, vielleicht sogar ein Vater. Wie lange würde die Jacke so aussehen, wie sie jetzt vor Susan lag? Vielleicht würde bald eine Kugel den schweren, dicken Stoff durchbohren und dem Leben des Mannes ein Ende setzen. Oder Granatsplitter würden die Uniform und den Menschen darin in tausend Stücke reißen und die Stofffetzen blutgetränkt auf dem Schlachtfeld verstreuen. Seit den Zeiten von Napoleon Bonaparte, der vor über hundert Jahren aufgebrochen war, ganz Europa unter seine Herrschaft zu zwingen, hatte England nie wieder einer so großen Bedrohung ins Auge schauen müssen, und es hatte in Europa keine so grausigen Kämpfe gegeben.

Trotz der Hitze schauerte Susan. Sie musste sich zusammenreißen und auf die Arbeit konzentrieren, denn sie hatte ihr Tagessoll – fünf fertige Uniformen – noch nicht erfüllt. Ihre Vorgesetzte, eine ältliche, mollige Frau mit harten Gesichtszügen und schmalen Lippen, ließ keine Schlampigkeit gelten.

Die Dämmerung setzte bereits ein, als die Fabriksirene das Ende des heutigen Arbeitstages ankündigte. Da es Samstag war, seufzte Susan erleichtert. Morgen würde sie nur schlafen, am besten ihr Bett nicht verlassen, denn sie war furchtbar müde. In einem Waschraum legte sie ihre schweißnassen Kleider ab, wusch sich notdürftig mit kaltem Wasser und schlüpfte in die trockene Unterwäsche und in ein sauberes Kleid. Dass die Frauen hier ihre Kleider wechseln konnten, war recht fortschrittlich und in den Fabriken keinesfalls üblich. Normalerweise schloss Susan ihre Arbeitskleidung in einen Spind ein, den sie sich mit fünf anderen Frauen teilte, samstags nahm sie ihre Sachen mit nach Hause, um sie zu waschen. Bis Montag mussten sie wieder trocken sein.

»Zum Glück ist Samstag.« Seufzend trat Doro neben sie. »Endlich Wochenende. So wichtig ich unsere Arbeit auch finde, über einen freien Tag bin ich heilfroh.«

Susan lächelte sie an. Rund zwei Dutzend Suffragetten, darunter

Doro und Annie Kerr, arbeiteten bei *Charlwood & Sons*, wenngleich sie in dem großen Nähsaal nicht beisammensaßen. Für eine Plauderei während der Arbeit hätten sie ohnehin keine Zeit gehabt.

Mit dem Eintritt Englands in den *Großen Krieg*, wie er allgemein genannt wurde, war die Frauenrechtsbewegung abgeebbt. Eine offizielle Auflösung der *WSPU* hatte es zwar nicht gegeben, aber allen Frauen war klar, dass sie nicht demonstrieren konnten, während ihr Land einer großen Gefahr ausgesetzt war. Emmeline Pankhurst wandte sich der Werbung für die britische Kriegsanstrengung zu und forderte alle Frauen auf, sich im Rahmen ihrer jeweiligen Möglichkeiten an der Aufrüstung zu beteiligen. »Auch wenn wir in den letzten Jahren gegen vieles in England gekämpft haben – jetzt sind wir alle ein Land!« Mit donnernder Stimme hielt Emmeline Pankhurst eine Rede vor etwa fünftausend Frauen unmittelbar nach dem Kriegsausbruch. »Wir können nicht länger demonstrieren, während unsere Väter, Ehemänner und Söhne auf dem Festland sterben. Es gilt, jetzt eins zu sein! Eins mit England, damit der Sieg bald der unsrige sein wird. Das Frauenwahlrecht ist noch nicht tot, es schläft derzeit nur und wird, sobald wir all das Schreckliche hinter uns gelassen haben, ausgeruht und erfrischt erwachen.«

Durch den Abzug der Männer waren allein in London Zigtausende von Stellen vakant, doch die Rüstungs-, Munitions- und Uniformfabriken brauchten Leute, um die angestiegene Produktion zu bewältigen. Frauen, die bisher zu Hause geblieben waren, suchten sich nun Arbeit – die meisten in Fabriken, viele ließen sich aber auch zu Schwesternhelferinnen ausbilden und arbeiteten in Hospitälern, ganz Mutige zogen sogar an die Front, um den Soldaten in den Feldlazaretten zur Seite zu stehen.

Susan war ehrlich genug zu sich selbst, um zu wissen, dass sie sich als Krankenschwester nicht eignete. Der Geruch nach Blut und Eiter und der Anblick von Wunden waren ihr zuwider. So entschloss sie sich, ebenso wie Doro und Annie, in der Uniformfabrik zu arbeiten. Da die meisten Theater ihre Programme drastisch reduzierten, manche sogar ganz schlossen – man konnte nicht heitere Stücke aufführen, solange Menschen auf den Schlachtfeldern starben –, gab Doro ihre Anstellung im *Royal Court* auf. Bei *Charlwood & Sons* wurden sie zudem gut bezahlt, auch wenn die Arbeit anstrengend war.

»Habt ihr Lust, noch irgendwo einen Drink zu nehmen?« Annie Kerr betrat den Waschraum, in dem Susan gerade ihr Kleid in einen Beutel stopfte. Sie zögerte.

»Ich weiß nicht, ich bin ziemlich müde. Außerdem muss ich heute Abend noch die Wäsche machen.«

»Ach, komm.« Annie lächelte und zog sie am Arm. »Nur eine Stunde. Wenn ich jetzt gleich nach Hause gehe, fällt mir die Decke auf den Kopf, und ich fange zu grübeln an.«

Annie Kerr wohnte allein. Sie war unverheiratet, hatte jedoch einen Freund, der irgendwo in Frankreich stationiert war. Den letzten Feldpostbrief hatte sie kurz vor Weihnachten erhalten, seitdem gab es keine Nachrichten mehr. In der Gegend, in der sich ihr Freund befand, wurde heftig gekämpft, so war es kein Wunder, dass Annie voller Sorge war.

»Einen Drink, ja«, sagte Doro. »Gehen wir in den Pub an der Ecke, da treffen wir wahrscheinlich noch andere.«

Wäre es vor ein paar Monaten undenkbar gewesen, dass Frauen allein einen Pub aufsuchten, so war es inzwischen an der Tagesordnung. Es gab auch kaum noch Männer, die dort an der Bar saßen und ihr Bier genossen. Wenn, dann waren sie alt, krank oder verkrüppelt und damit nicht tauglich für den Dienst an der Waffe.

Auf der Straße schlug Susan ihren Kragen hoch, denn ein eisiger Ostwind fegte über die Stadt. Sie vergrub ihre Hände in den Manteltaschen, den Beutel mit der Schmutzwäsche über dem Handgelenk tragend. Nach wenigen Minuten hatten sie das Wirtshaus erreicht, und warme, nach Bier und paniertem Fisch riechende Luft schlug ihnen entgegen. Susan leistete sich ein dunkles Bier, das kühl ihre Kehle hinunterrann.

»Was meint ihr – wie lange wird dieser Krieg noch dauern?«, fragte sie und blickte in die Runde.

Doro zuckte mit den Schultern.

»Ich fürchte, noch sehr lange. Den Berichten, die wir in den Zeitungen zu lesen bekommen, kann man nicht unbedingt trauen. Die Regierung wird keine negativen Meldungen bringen, um die Moral der Engländer nicht zu untergraben.«

»Doro hat recht«, warf Annie ein. »Ich glaube auch nicht mehr an einen schnellen Sieg, so, wie es uns erklärt wird. Tatsache ist, dass auf dem Festland, besonders in Frankreich, die Linien festgefahren sind und die Männer manchmal tagelang um ein paar Fuß Land kämpfen.«

Ihre Worte wurden durch das Eintreten eines halbwüchsigen Jungen unterbrochen, der, Zettel in der Hand schwenkend, rief: »Die neuesten Verlustlisten. Große Verluste in der Winterschlacht in der Champagne.«

Susan nahm ein paar Pennys und kaufte dem Jungen ein Flugblatt ab. Regelmäßig kontrollierten die Frauen die Verlustlisten, sofern sie veröffentlicht wurden. Aufgeregt fuhr ihr Finger an der Tabelle entlang, dann stieß sie einen leisen Schrei aus.

»Jemand dabei, den du kennst?«, fragte Doro und blickte Susan über die Schulter.

»Ronald McPhearson-Grant.« Susan seufzte. »Wir waren einmal befreundet, es ist lange her, aber er hat mir sogar einen Heiratsantrag gemacht. Ich erzählte dir davon. Ronald war ein netter Mann, etwas weich, später habe ich auch seine Frau kennengelernt. Sie ist jetzt Witwe, und wahrscheinlich haben die beiden auch schon ein oder zwei Kinder.«

Susan dachte auch an Ronalds Eltern und seine Schwester, und die Begegnung im Hotel Ritz stand ihr so deutlich vor Augen, als hätte sie erst gestern stattgefunden. Warum war Ronald nicht

auf seinem Besitz in Schottland geblieben? Warum musste er, ebenso wie viele andere, den Helden spielen? Weil es die Pflicht eines jeden gesunden und einsatzfähigen Briten ist, unser Land vor dem Feind zu schützen, gab sie sich selbst die Antwort.
An diesem Tag fand Susan keinen weiteren bekannten Namen mehr auf den Verlustlisten, sie wusste jedoch, dass noch viele, viel zu viele, folgen würden.

Zur gleichen Zeit auf Sumerhays, Cornwall

Von den Kriegswirren war in Cornwall nichts zu spüren, hier verlief das Leben wie zuvor in ruhigen und gemächlichen Bahnen. Lediglich in den Häfen von Falmouth und Plymouth in Devon war die Gefahr zu bemerken, denn diese waren stark befestigt worden, und Dutzende von Kriegsschiffen lagen vor Anker. Von Falmouth aus wurden die neuartigen Unterwasserboote, kurz U-Boote genannt, ausgesandt, die vom Deutschen Reich aus immer mehr die Gewässer unsicher machten. Der Winter, der im Osten des Landes kalt und schneereich gewesen war, war in Cornwall mild verlaufen, und jetzt im März blühten bereits die ersten Rhododendren, Tulpen und sonstige Frühlingsblumen.
Rosalind Callington saß, das Gesicht der Sonne zugewandt, auf einer Bank auf der Terrasse, die von der Bibliothek aus betreten werden konnte. Sie wollte die letzten Sonnenstrahlen genießen, denn die Abende waren noch kühl, obwohl in allen Kaminen von Sumerhays Feuer brannte. Sie dachte an die vielen Soldaten, die irgendwo auf der Welt hungernd und frierend in ihren Stellungen lagen, und der Spätnachmittag verlor an Zauber. Wie hatte es nur zu so einem großen Krieg kommen können? Rosalind verabscheute alles, was mit Kampf und Gewalt zu tun hatte, nicht erst seit ihren schrecklichen Erlebnissen in London. Bereits

in Irland hatte sie Patrick immer wieder angefleht, sich von den Aufständen fernzuhalten, obwohl sie selbst für ein freies und eigenständiges Irland gewesen war. Patrick hatte sein Engagement mit dem Leben bezahlt, und nicht nur er – er hatte ihre Söhne mit in den Tod genommen.

Rosalind fuhr sich seufzend über die Augen. Es war vorbei und schien so lange zurückzuliegen. Das Schicksal – oder war es Gott? – hatte es gnädig mit ihr gemeint. Nicht nur, dass sie das furchtbare Schiffsunglück überlebt hatte, sie hatte Susan Hexton kennengelernt. Durch sie war sie zwar indirekt ins Gefängnis gekommen und hatte dort Schreckliches erleben müssen, war dadurch aber zu ihrer Familie zurückgekehrt. Zuerst hatte sie es nicht glauben können, als man sie aus dem Gefängnis entließ und in Edwards Haus brachte. Ihr Bruder hatte sie nur kühl gemustert und mit näselnder Stimme gesagt: »Ich gebe dir eine Chance, aber nur eine, verstehst du? Wenn du auch nur ein Mal irgendetwas tust, das unseren Namen in Verruf bringen könnte, dann werfe ich dich eigenhändig auf die Straße. Von mir aus kannst du dann betteln oder als Hure arbeiten, wenn dich überhaupt ein Mann will.«

In den nächsten Tagen hatte Edward ihre Anwesenheit weitgehend ignoriert, während Lavinia sich aufmerksam um sie kümmerte. Noch heute wusste Rosalind nicht, wie sie ihre Schwägerin einschätzen sollte. Sie war ihr sehr dankbar, denn auf Lavinias Veranlassung hin war sie wieder im Schoß der Familie Callington aufgenommen worden, dennoch besaß Lavinia Züge, aus denen Rosalind nicht schlau wurde. Sie neigte zu Arroganz und einer gewissen Art von Herrschsucht, manchmal war sie aber auch sehr still, in sich gekehrt und traurig, beinahe schon melancholisch. Außer Zweifel stand Lavinias tiefe Liebe zu ihrer Tochter Anabell. Bereits wenige Tage nach Rosalinds Entlassung waren die beiden Frauen nach Sumerhays gefahren, und Rosalind hatte der Begegnung mit ihrer Mutter angstvoll entgegengesehen. Zuerst

hatte sich Zenobia ebenso wie Edward zurückhaltend gezeigt, dann hatte sie sich jedoch ihrer Tochter gegenüber geöffnet, als diese, wohl als Folge ihrer Inhaftierung, schwer erkrankte. Rosalind erschrak, als sie ihre Mutter sah. Zenobia war alt geworden, ihr Rücken und die Gelenke waren von Rheumatismus gekrümmt. Es stand außer Frage, dass Rosalind sich von nun an um Zenobia kümmerte, und so taute das Eis, das Zenobias Herz jahrelang umschlossen hatte, nach und nach auf. Zwar würden sie niemals ein herzliches Verhältnis zueinander haben – das hatte es ja auch nicht gegeben, als Rosalind noch ein Kind gewesen war, denn Zenobia hatte einfach kein herzliches Naturell –, sie ließ jedoch die Vergangenheit ruhen und zeigte Rosalind in manchen Situationen, dass sie über ihre Rückkehr dankbar war.
»Tante Rosalind, bindest du mir bitte die Schleife?«
Die Stimme eines Mädchens riss Rosalind aus ihren Gedanken. Sie hatte Anabell nicht kommen hören. Das Mädchen stand mit geöffneten Bändern an ihrem Kleid neben ihr. Gerne folgte Rosalind der Aufforderung und machte eine große Schleife. Zärtlich strich sie Anabell übers Haar.
»So, jetzt siehst du aus wie eine Prinzessin. Du musst heute Abend aber bald zu Bett, denn morgen musst du früh aufstehen, um all deine Geschenke auszupacken.«
Rosalind nickte ernsthaft.
»Es ist schade, dass man nur ein Mal im Jahr Geburtstag hat.« Anabell lächelte und zeigte ein lückenhaftes Gebiss, denn erst vor wenigen Tagen waren zwei Milchzähne ausgefallen.
»Wenn du öfter Geburtstag hättest, würdest du dich bald nicht mehr darauf freuen«, erwiderte Rosalind und lachte. »Außerdem ist Weinachten noch nicht so lange vorbei, und bald kommt Ostern, da bekommst du wieder Geschenke.«
Anabell schmiegte sich an Rosalinds Brust, und diese musste den Kloß, der sich in ihrem Hals bildete, schlucken. Fast war es so wie damals bei ihren eigenen Söhnen.

Bis zum Herbst letzten Jahres hatte Rosalind ein Kindermädchen gehabt. Greta war allerdings deutscher Abstammung, und obwohl sie sehr freundlich und kompetent war, hatte Edward darauf bestanden, dass die junge Frau Sumerhays bei Kriegsausbruch verließ. Seitdem war kein neues Kindermädchen eingestellt worden, und Rosalind hatte diese Aufgabe übernommen. In ein oder zwei Jahren würde es notwendig sein, für Anabell eine Gouvernante zu engagieren, doch bis jetzt lernte das Kind alles, was in ihrem Alter notwendig war, von ihrer Tante und von Lavinia.

»Mama weint«, sagte das Kind plötzlich und hob den Blick. »Ich wollte zu ihr, damit sie meine Schleife bindet, aber sie schickte mich fort. Sie liegt im Bett und weint. Tut Mama etwas weh, oder ist sie krank?«

»Bestimmt nicht, mein Kind«, versicherte Rosalind schnell und suchte nach einer Erklärung. »Erwachsene haben das manchmal. Dann weinen sie ohne Grund, aber das geht vorbei. Du wirst sehen, morgen an deinem Geburtstag wird deine Mama wieder ganz fröhlich lachen.«

Rosalind wünschte, mit ihren Worten recht zu behalten. Obwohl Lavinia alles für ihre Tochter tun würde, gab es häufig Zeiten, in denen eine tiefe Traurigkeit ihre Schwägerin befiel, sie sich dann in ihr Zimmer einschloss und niemanden, auch nicht Anabell, sehen wollte. Auch sonst bemerkte Rosalind oft einen traurigen Ausdruck in Lavinias Augen, außerdem lachte sie selten. Nun, Rosalind kannte ihren Bruder zur Genüge. Eine Ehe mit Edward war gewiss nicht immer Grund zur Freude, aber Edward war seit Monaten nicht mehr in Sumerhays gewesen. Nicht einmal zu Weihnachten hatte er sich von seinen Geschäften in London loseisen können.

»Jetzt, da wir im Krieg stehen, muss ich in der Stadt bleiben«, hatte er am Telefon gesagt. »Man hat mir einen wichtigen Posten übertragen.« Welcher Art, dazu hatte Edward sich nicht geäußert. Auf jeden Fall war er zu alt, um in den Kampf geschickt zu werden, worüber Rosalind sehr froh war. Wenngleich sie und Edward nichts verband, wollte sie nicht, dass ihm etwas geschah. Er war immer noch ihr Bruder, und die Callingtons waren die einzige Familie, die sie noch hatte.

Rosalind nahm ihre Nichte an der Hand, und gemeinsam gingen sie ins Speisezimmer. Es überraschte Rosalind nicht, von ihrer Mutter zu hören, dass Lavinia nicht zum Essen herunterkommen würde.

»Ich weiß nicht, was in letzter Zeit mit Lavinia los ist«, sagte Zenobia mit heruntergezogenen Mundwinkeln. »Was soll ich denn sagen? Vor Schmerzen schlafe ich seit Wochen keine Nacht mehr durch, jede Bewegung ist eine Qual, trotzdem lasse ich mich nicht derartig gehen. Dabei ist Lavinia jung und gesund.«

Rosalind nickte stumm und griff nach der Schüssel mit den glasierten Karotten, um eine Portion auf Anabells Teller zu legen. Zenobia nahm ihr die Schüssel aus der Hand und fuhr zynisch fort: »Wäre Lavinia älter, könnte man denken, es sind schon die Wechseljahre.«

»Was sind Wechseljahre?«, fragte Anabell prompt, die ständig auf der Suche nach neuen Wörtern und deren Bedeutung war. »Muss man da etwas wechseln? Sein Kleid vielleicht?«

Rosalind lachte laut.

»Nein, mein Kind, aber das verstehst du noch nicht, dazu bist du zu jung. Ich erkläre es dir, wenn du älter bist.«

Anabell zog eine Schnute. »Immer heißt es, ich bin für alles zu jung. Ich wünsche, ganz schnell älter zu werden.«

»Ach, Kind, das wirst du von ganz allein.« Zenobia sah mit einem Seufzer auf ihre Enkelin. »Schneller, als dir lieb ist, glaub mir.«

Rosalind nahm die Gelegenheit wahr, ihre Mutter zu fragen, wie es ihr heute ginge.

»Schmerzen deine Knie immer noch so sehr? Ich kann dir wieder Umschläge machen ...«

»Ja, das wäre ganz gut.« Zenobia winkte ab. »Solange das Wetter mild und trocken bleibt, geht es einigermaßen, doch ich habe mich damit abgefunden, keine langen Spaziergänge mehr machen zu können.«

Das Gespräch wurde unterbrochen, als Mrs. Windle die Fleischplatte servierte. Sie aßen schweigend, danach brachte Rosalind Anabell ins Bett. Vor Lavinias Tür verharrte sie kurz, unsicher, ob sie das Kind hineinbringen sollte, damit Anabell ihrer Mutter gute Nacht sagen konnte, entschied sich jedoch dagegen. Es war für das Mädchen nicht gut, wenn es ihre Mutter in einem solchen Zustand sah. Rosalind hatte keine Erklärung für die Stimmungsschwankungen ihrer Schwägerin, die – laut Zenobia – erst nach ihrer Rückkehr aus London aufgetreten waren. In den letzten zwei Jahren war Rosalind regelmäßig von ihrer Mutter gefragt worden, was in London vorgefallen war, sie konnte jedoch keine Antwort geben.

»Lavinia suchte mich im Gefängnis auf, da sah ich sie zum ersten Mal. Dann wurde ich entlassen, und nach wenigen Tagen reisten wir nach Cornwall«, antwortete Rosalind und zuckte mit den Schultern. »Ich kann dir nicht mehr sagen, Mutter, da ich Lavinia vorher ja nicht kannte.«

Rosalind machte sich zusehends Sorgen um ihre Schwägerin, die von Tag zu Tag depressiver wurde. Sie wusste jedoch nicht, wie sie ihr helfen konnte, da Lavinia jedem diesbezüglichen Gespräch auswich. Einmal hatte sie sogar die Beherrschung verloren und Rosalind angeschrien, sie solle sich um ihre eigenen Angelegenheiten kümmern.

In ihrem Schlafzimmer hörte Lavinia, wie jemand vor der Tür verharrte. Sicher brachte Rosalind Anabell zu Bett. Lavinia seufzte. Früher hatte sie das immer selbst getan, es nicht einmal dem Kindermädchen überlassen, doch heute fühlte sie sich nicht in der Verfassung, ihrer Tochter gegenüberzutreten. Das Mädchen bekam ohnehin schon mehr mit, als gut für sie war.

Im Zimmer war es fast dunkel, denn Lavinia hatte keine Lampe angezündet. Durch die geöffneten Vorhänge fiel fahles Mondlicht und ließ die Möbel wie geisterhafte Schatten erscheinen. Lavinia sehnte sich nach Schlaf, wusste zugleich, dass ihr das nicht vergönnt sein würde. Vor den Nächten fürchtete sie sich mehr als vor den Tagen, an denen sie sich immer mal wieder ablenken konnte. Wenn der Schlaf irgendwann doch kam, dann träumte sie. Es waren jedoch keine Alpträume, die sie fürchtete, sondern glückliche Träume, in denen sie mit Sebastian zusammen war. Hand in Hand liefen sie über eine Wiese, scherzten und lachten, und irgendwann küsste Sebastian sie. Selbst im Traum spürte Lavinia die rauhe Haut seiner Wangen und die Wärme seiner Lippen. Dann erwachte sie ... und war allein. Sebastian war fort und würde niemals wiederkommen.

Langsam, als steckte auch in ihren Gliedern der Rheumatismus, erhob sie sich und ging zu ihrem Schreibtisch. Sie öffnete die oberste Schublade, und ihre Hände tasteten ganz nach hinten, bis sie ein kleines Buch erfühlte. Es war ein schmaler Gedichtband von Robert Burns. Sebastian hatte ihn ihr einmal geschenkt, als sie feststellten, dass sie beide die Verse des schottischen Dichters liebten. Lavinia knipste die Schreibtischlampe an und entnahm dem Buch eine abgegriffene Fotografie. Sie wusste, es wäre besser, sich nicht immer wieder Sebastians Bild anzusehen, denn so würde sie ihn niemals vergessen können. Das Foto und der Gedichtband waren jedoch die einzigen Erinnerungsstücke an ihn. Er hatte das Bild bei einem Fotografen in Truro machen lassen und es ihr geschenkt, als sie vor zwei Jahren Edward nach London begleiten musste.

»Damit du mich in der Stadt nicht vergisst«, hatte Sebastian mit einem wehmütigen Lächeln gesagt.

Lavinia hatte ihn umarmt und liebevoll geküsst.

»Wie könnte ich dich jemals vergessen. Du bist für immer in meinem Herzen.«

Fast zwei Jahre war dies nun her. Zwei Jahre, in denen kein Tag vergangen war, an dem sie nicht an Sebastian gedacht hatte. Er war ihr erster Gedanke, wenn sie morgens erwachte, und ihr letzter, bevor sie nachts einschlief. Und er kam in ihren Träumen zu ihr. Wenn Lavinia aufwachte, waren ihre Wangen nass von Tränen, und sie zitterte und fror, obwohl es unter der Decke warm war.

»Es war meine eigene Entscheidung«, sagte Lavinia laut, legte die Fotografie wieder zwischen die Buchdeckel und das Buch zurück in die Schublade. »Ich habe mich für meine Familie und gegen meine Liebe entschieden.«

Nachdem Edward ihr das Ultimatum gestellt hatte, entweder sie beendete ihre Beziehung zu Sebastian, oder er würde für Rosalind keinen Finger krümmen, war Lavinia zum Schein darauf eingegangen. Keinen Moment hatte sie wirklich vorgehabt, sich von Sebastian zu trennen. Wenn sie und Rosalind erst in Cornwall waren, würde sie mit Sebastian sprechen und ihm alles erklären. Vielleicht wäre es besser, sich einige Zeitlang nicht zu sehen – Sebastian könnte ja auf eine längere Reise gehen –, doch dass er Cornwall für immer verließ, hatte Lavinia nie beabsichtigt. Sie wusste zwar nicht, wie oder durch wen Edward von ihrer Affäre erfahren hatte, darum würden sie künftig vorsichtiger sein müssen, doch Edward hielt sich so gut wie nie auf Sumerhays auf. Lavinia vertraute Mrs. Windle nach wie vor, die Frau war so lange bei ihr, sie würde sie nicht hintergehen. Auch Zenobia konnte keine Ahnung haben.

Edward verlangte von ihr, bei dem Gespräch mit Sebastian dabei zu sein. Entgegen seiner ersten Idee, Lavinia einen Brief an Eathorne zu diktieren, fand er es wohl besser, wenn dieser es persönlich aus Lavinias Mund erfuhr, dass ihre *kleine* Affäre, wie Edward Lavinias glücklichste Zeit ihres Lebens nannte, ein für alle Mal beendet war. Nie würde Lavinia das Gesicht des geliebten Mannes vergessen, als sie und Edward plötzlich vor seiner

Tür standen. Sebastian konnte nicht anders, als beide hereinzubitten. Edward lehnte einen Drink ab, sah sich mit einem verächtlichen Blick in der kleinen, niedrigen Halle um und kam dann gleich zur Sache.
»Bevor Sie Fragen stellen, Eathorne«, begann Edward, »müssen Sie wissen, dass ich über Sie und meine Frau Bescheid weiß.« Edward hob die Hand, als Sebastian ihn unterbrechen wollte. »Ich bin nicht gekommen, um irgendwelche Entschuldigungen zu hören oder Sie gar zu fordern. Die Zeiten der Duelle sind glücklicherweise vorbei. Nein, *wir* sind gekommen, weil meine Frau Ihnen etwas zu sagen hat.«
Mit bleichem und starrem Gesicht hörte Sebastian Lavinias Worte an. Sie hatte keine andere Wahl, als ihm zu sagen, dass sie ihn bitte, die Grafschaft zu verlassen und nie wieder mit ihr in Kontakt zu treten. Edward hatte ihr jedes einzelne Wort eingebleut.
»Du wirst erkennen, dass es so das Beste für uns alle ist.« Verzweifelt suchte Lavinia Sebastians Blick, wollte ihm mit ihren Augen signalisieren, dass nichts von dem, was sie sagte, der Wahrheit entsprach, doch er wich ihrem Blick aus. »Ich habe eingesehen, dass ich zu meiner Familie gehöre«, vollendete Lavinia den Satz, und ihr Herz zerriss dabei. »Das mit uns … es war nett … hatte jedoch nichts zu bedeuten. Ich habe mich einsam gefühlt, doch ab jetzt werde ich regelmäßig in London bei meinem Mann sein. Dort, wo ich hingehöre … an die Seite meines Mannes …«
Edward ergriff ihren Arm und führte sie hinaus, bevor Lavinia in Tränen ausgebrochen war. Sebastian hatte kein Wort gesagt. Unter dem Türsturz drehte Lavinia kurz den Kopf zu ihm und erschrak. Binnen weniger Minuten schien Sebastian um Jahre gealtert. Ihre Lippen formten die Worte »Ich schreibe dir, Liebster«, und ihre Augen sahen ihn flehentlich an, doch Sebastian nahm es überhaupt nicht wahr.

Gleich am nächsten Tag schrieb Lavinia einen ausführlichen Brief, in dem sie versuchte, Sebastian alles zu erklären, auch, dass sie von Edward zu diesem Schritt gezwungen worden war. Wenn ihr Ehemann wieder nach London reiste, würden sie sich wieder treffen können. Lavinia vertraute das Schreiben Mrs. Windle an, die versprach, unverzüglich einen zuverlässigen Jungen nach Lostwithiel zu schicken.

Lavinia erhielt nie eine Antwort auf ihren Brief, erfuhr allerdings, dass Sebastian Eathorne zwei Tage nach ihrem Gespräch Cornwall verlassen hatte. Er hatte niemandem gesagt, wohin er wollte, und würde wohl nie zurückkommen, denn ein Makler hatte den Auftrag erhalten, Ladbrooke House zu verkaufen.

»Ich bin selbst schuld«, wiederholte Lavinia und schwankte zurück ins Bett. Sie schlang die Arme um ihren Oberkörper und wiegte sich wie ein kleines Kind vor und zurück. Heute wusste sie, dass sie Sebastians Drängen, ihren Mann zu verlassen, hätte nachgeben sollen. Irgendwie wäre es ihr gelungen, das Sorgerecht für Anabell zu bekommen. Man konnte alles erreichen, wenn man es nur ernsthaft wollte. Nun war es zu spät. Wahrscheinlich würde sie niemals erfahren, wohin Sebastian gegangen war, und ihn niemals wiedersehen.

30. Kapitel

Die Schlacht auf der türkischen Halbinsel Gallipoli im Sommer des Jahres 1915 war die bisher schrecklichste und verlustreichste für die britische Armee seit Beginn des Krieges. *Dardanellenschlacht* wurden die Gefechte von den Zeitungen betitelt. Die Seiten waren voll von negativer Berichterstattung, und die Verlustlisten wurden immer länger. Doro entdeckte den

Namen ihres einstigen Kollegen am *Blue Horizon*, Marty Galland, und Susan schickte seiner Frau eine Beileidskarte. Es fiel ihr jedoch schwer, die richtigen Worte zu finden, und sie hoffte, in diesem Krieg nicht noch mehr Bekannte zu verlieren.

An einem heißen Tag Ende Juli trat eine Frau auf Susan zu, als sie am Morgen das Haus verließ, um zur Arbeit zu gehen. Sie hatte offenbar auf Susan gewartet und sprach sie nun zögernd an.

»Susan? Ich meine, Mrs. Hexton … wobei … es ist schwer, Sie mit diesem Namen anzusprechen … Sie verstehen?«

Obwohl Jahre vergangen waren, erkannte Susan die Frau sofort – es war Kate Hexton, Pauls Frau, die eigentlich keine Berechtigung hatte, diesen Nachnamen zu tragen. Abwartend blieb Susan stehen, ihr Gesichtsausdruck war wenig freundlich.

»Was wollen Sie?«, fragte sie barsch. »Ich habe keine Zeit, ich muss zur Arbeit.«

Kate sah sie unsicher an. »Es ist wegen Paul …« Ihre Augen verdunkelten sich. »Er ist im Hospital und möchte Sie sehen.«

»Paul? Sie wollen mir nicht sagen, dass er an der Front war?«, fragte Susan ungläubig. Sie konnte sich nicht vorstellen, dass Paul zur Armee gegangen war, denn er hatte noch nie großen Patriotismus gezeigt, außer wenn es darum ging, die Wohnungen von vermögenden Engländern auszurauben oder auf der Straße diese um ihre Geldbörse zu erleichtern.

»Er ist verletzt … sehr schwer verletzt … er war in den Dardanellen.« Zu Susans Beklemmung fing Kate mitten auf der Straße an zu weinen. »Er wird sterben … Bitte, er möchte mit Ihnen sprechen …«

Nun war Susan doch erschrocken. Sie würde Ärger bekommen, wenn sie zu spät in die Fabrik kam, trotzdem konnte sie Kate die Bitte nicht abschlagen. Auch wenn sie und Paul nichts mehr verband und sie allen Grund hatte, diesen Mann, der sie um ihr Kind und um ihr Geld betrogen hatte, zu hassen – wenn er tatsächlich im Sterben lag, war es ihre Pflicht, seinen letzten

Wunsch zu erfüllen. Trotz allem waren sie vor dem Gesetz immer noch Mann und Frau.
Während die beiden Frauen auf den Bus warteten, erzählte Kate unter Stocken von Pauls Verwundung.
»Man hat ihn dort unten notdürftig zusammengeflickt. Das Lazarett musste dann aufgegeben werden, da die Feinde immer näher rückten, und die Verwundeten wurden nach Hause gebracht. Pauls Wunden haben sich während der Überfahrt entzündet, die Ärzte sagen, er habe eine Blutvergiftung.« Kate schluchzte laut auf, und Tränen liefen ihr über die Wangen, als sie in den Bus stiegen. Keiner der anderen Passagiere achtete jedoch auf sie, denn weinende und verzweifelte Frauen waren seit Jahren an der Tagesordnung. »Er wird sterben … Susan … vielleicht heute schon.«
Nun war Susan ernsthaft besorgt. Es schien ihr beinahe unvorstellbar, dass Paul – dieser starke und bullige Mann – dem Tode nahe war.
Nach einer halben Stunde erreichten sie das Hospital. Einst war es eine chirurgische Klinik für die Oberschicht gewesen, jetzt wurden hier verwundete Soldaten behandelt. Nachdem sie die Schwingtür aufgestoßen hatten, drang Susan der üble Geruch nach Blut, Eiter, Schweiß und menschlichen Exkrementen in die Nase. Das Krankenhaus war hoffnungslos überfüllt. Nicht nur in den Zimmern, sondern auch auf den Gängen und in den Waschräumen lagen Verwundete dicht nebeneinander. Viele hatten nicht einmal ein ordentliches Bett, sondern waren auf Feldbetten, andere nur auf Matratzen gelegt worden. Dutzende von Krankenschwestern mit müden und stumpfen Blicken und blutbesudelten Schürzen eilten durch die Reihen, konnten jedoch unmöglich jedem Schreienden helfen. Am schlimmsten waren die Männer, die schwiegen und bewegungslos dalagen. Susan wusste nicht, ob diese überhaupt noch am Leben waren.
Paul lag in einem weitläufigen Saal im ersten Stock. In drei Reihen standen je dreißig Betten, die nicht durch einen Vorhang

voneinander getrennt waren. Obwohl die Fensterflügel geöffnet waren, war die Luft zum Schneiden dick, und Susan versuchte, flach zu atmen, da sie einen Würgereiz in der Kehle spürte.
»Es ist der ehemalige Speisesaal«, flüsterte Kate. »Die normalen Krankenzimmer sind längst überfüllt.«
Susan folgte Kate durch die Reihen, bis sie vor einem Bett stehen blieben. Kate hatte nichts über die Verletzungen, die Paul erlitten hatte, erzählt, und Susan erschrak, als sie seinen fast vollständig bandagierten Kopf sah. Der Verband ließ lediglich die Augen, die Nase und den Mund frei, an der Stirn sickerte Blut durch die Mullbinde. Das war es aber nicht allein, was Susan entsetzt aufstöhnen ließ. Ab Pauls Unterleib lag die Bettdecke flach auf dem Laken. Dort, wo eigentlich Pauls Beine hätten sein müssen, war … nichts.
»Eine Granate«, flüsterte Kate, die Susans Blick gefolgt war. »Es grenzt an ein Wunder, dass er nicht sofort gestorben ist.«
Sie kniete sich neben das Bett – Stühle gab es keine –, nahm Pauls Hand, die unverletzt war, und sagte: »Paul, ich bin es, Kate. Ich habe Susan mitgebracht.«
Pauls Augenlider zuckten, und sein Blick irrte suchend zu ihr. Mit der Hand winkte er sie näher an sich heran.
»Susan …« Seine Stimme schien alle Kraft verloren zu haben. Susan setzte sich auf die Bettkante, darum bemüht, seinen Körper nicht zu berühren, um ihm keine Schmerzen zu bereiten, und beugte sich zu ihm hinab. »Danke, dass du gekommen bist.« Es war wohl das erste Mal, dass Paul sich bei ihr für etwas bedankte. Obwohl Susan ihr Ehemann schon lange gleichgültig war, kämpfte nun auch sie mit den Tränen. Es war so furchtbar, was dieser verdammte Krieg den Menschen zufügte.
»Du wirst wieder gesund«, murmelte Susan, nur um etwas zu sagen, obwohl ein Blick in Pauls fieberglänzende Augen ihr sagte, dass er wahrscheinlich diesen Tag nicht überleben würde.
Seine spröden Lippen kräuselten sich.

»Du hast noch nie lügen können, Susan. Ich weiß, dass ich sterben muss. Das ist auch besser so, als den Rest des Lebens als Krüppel zu verbringen.« Er rang mühsam nach Luft. Unruhig fuhr seine Zungenspitze über die rauhen Lippen.
»Ich schaue, ob ich irgendwo Wasser herbekomme«, sagte Kate und ließ sie allein.
»Es geht um Jimmy«, fuhr Paul fort. »Der Junge braucht jetzt seine Mutter … er braucht dich.«
»Was ist mit Kate?«, fragte Susan. »Sie ist mehr Mutter für ihn als ich. Ich habe meinen Jungen seit Jahren nicht mehr gesehen.«
»Kate wird zu ihrer Familie aufs Land gehen.« Jedes Wort bereitete Paul offensichtlich große Schmerzen, er war jedoch fest entschlossen, zu Ende zu bringen, was er sich vorgenommen hatte. »Ich war dir nie ein guter Ehemann und Jimmy kein guter Vater. Nimm ihn zu dir.«
Trotz der bedrückenden Atmosphäre und all dem Leid um sie herum, trotz der Erkenntnis, dass sie mit einem Sterbenden sprach, wurde Susan von einer großen Freude erfüllt. Lange hatte sie auf diesen Moment gewartet, hatte alles versucht, ihren Sohn zu bekommen, aber ihr Glück basierte jetzt auf dem Tod eines Menschen, und das schmälerte Susans Freude erheblich.
»Da ist noch etwas.« Paul versuchte, seinen Kopf zu heben. Unterstützend griff Susan nach seinen Schultern, und er richtete sich ein wenig auf. »Unter dem Kopfkissen … Kate brachte es gestern …«
Susan griff unter das Kissen und zog eine schmuddelige und abgegriffene Ledertasche hervor. Stöhnend ließ Paul sich wieder zurücksinken. Susan öffnete die Tasche und stieß einen leisen Schrei aus, als sie die gebündelten Geldscheine sah.
»Es ist nicht mehr viel«, flüsterte Paul. »Das meiste habe ich ausgegeben, für das Haus und so. Es ist aber dein Geld, es steht dir zu. Ich hatte es unter einem Bodenbrett im Schlafzimmer aufbewahrt. Es sind noch genau tausend Pfund.«

Der Boden begann, unter Susan zu schwanken. Tausend Pfund! Die Geschichte begann, sich zu wiederholen. Einst hatte sie ihre Tochter für tausend Pfund verkauft, um ein neues, ein anderes Leben zu beginnen, und jetzt bekam sie dieselbe Summe zurück und ihren Sohn dazu.

»Warum tust du das?«, fragte sie mit belegter Stimme. »Ich hätte wohl nie erfahren, dass du …«

»Dass ich tot bin?«, vollendete Paul den Satz, und für einen Moment glomm der frühere Spott in seinen Augen auf. »Wenn man dem Tod ins Auge blickt, so wie ich es in der Türkei getan habe, und wenn man weiß, dass man den heutigen Sonnenuntergang nicht mehr sehen wird, dann versucht man, wenigstens etwas aus seinem verkorksten Leben wiedergutzumachen. Nimm das Geld und geh mit Jimmy aus London fort. Irgendwohin aufs Land, wo vom Krieg nichts zu spüren ist.«

Mechanisch nickte Susan. Tausend Gedanken schossen ihr durch den Kopf. Durch das Geld war sie nicht mehr auf die Arbeit in der Uniformfabrik angewiesen. Sie konnte die Stadt verlassen, sie konnte ans Meer ziehen …

Sie erschrak über den letzten Gedanken und sagte schnell: »Ich möchte nicht, dass du stirbst. Du musst kämpfen, Paul, hörst du? Jimmy braucht seinen Vater.«

Susan war selbst erstaunt, dass sie ihre Worte ehrlich meinte, aber Paul schüttelte den Kopf.

»Es ist zu spät.« Er schnappte keuchend nach Luft und biss sich vor Schmerzen auf die Unterlippe, die zu bluten begann. Seine Stimme war kaum zu hören, als er fortfuhr: »Eine Bitte habe ich noch … Lass Kate das Haus, es ist alles, was ich ihr hinterlassen kann. Sie kann es verkaufen und vom Erlös wenigstens die nächsten Jahre leben.«

Susan nickte, sie bemühte sich nicht mehr, ihre Tränen zu unterdrücken.

»Ach, Paul … warum hat alles so kommen müssen?«

Paul drehte den Kopf zur Seite und murmelte: »Geh jetzt … bitte.«
Susan stand auf und umklammerte fest die Tasche. Am Fußende des Bettes stand Kate, die, in der Hand ein Glas Wasser, mit brennenden Augen auf Paul starrte. Sie musste Pauls Worte gehört haben. Bevor Susan etwas sagen konnte, nickte Kate ihr zu.
»Ich habe ihm zugeredet, Ihnen das Geld zu geben. Es steht Ihnen zu, denn ich war ja nie richtig seine Frau.« Ein bitteres Lächeln zuckte um ihre Lippen. »So, wie ich jetzt keine Witwe sein werde.«
Susan legte eine Hand auf Kates Arm. »Ich weiß nicht, was ich sagen soll …«
Kate sah sie nicht an, als sie leise sagte: »Lassen Sie mich jetzt bitte mit meinem … mit Paul allein. Kommen Sie heute Abend zu uns, dann werde ich Ihnen Jimmy geben. Bis dahin möchte ich bei Paul bleiben … es wird nicht mehr lange dauern.«

Paul starb am frühen Nachmittag. Er litt keine Schmerzen, sondern wurde müde und schlief ein. Und dann hörte er einfach auf zu atmen.

»Du musst etwas essen!« Eindringlich sah Susan Jimmy an. »Ich habe Roastbeef gekauft, weil heute Sonntag ist. Probier doch wenigstens mal, es schmeckt köstlich.«
Mit abwehrend vor der Brust verschränkten Armen lümmelte Jimmy auf dem Küchenstuhl und starrte verächtlich auf seinen unberührten Teller.
»Jetzt lass ihn doch«, mischte Doro sich ein. »Der Junge hat gerade seinen Vater und sein Zuhause verloren. Er braucht Zeit, sich einzugewöhnen.«
Sag mir nicht, wie man Kinder erzieht, lag es Susan auf der Zunge, vor Jimmy wollte sie aber nicht streiten, stattdessen versuchte sie, ihrem Sohn über den Kopf zu streichen. Er duckte sich blitzschnell weg und warf ihr einen wütenden Blick zu.

»Ach, Jimmy, es ist schrecklich, was geschehen ist«, sagte Susan leise und ließ sich ihre Enttäuschung, dass er jeglicher körperlicher Berührung auswich, nicht anmerken. »Du hast seit drei Tagen nichts gegessen. Glaub mir, ein Hungerstreik ist furchtbar, ich weiß, wovon ich rede. Jetzt komm, probier einfach mal, ich habe den Braten extra für dich gemacht.«
Jimmy senkte den Blick und presste die Lippen aufeinander, eine steile Unmutsfalte auf der Stirn. In dieser Haltung war er das jüngere Ebenbild Pauls. Jimmys Körperbau ließ jetzt schon darauf schließen, dass er nicht sehr groß, dafür aber stämmig werden würde, und er hatte das gleiche kantige Kinn wie sein Vater.
»Susan, sei nicht so streng mit ihm.« Erneut ergriff Doro das Wort. »Er wird schon essen, wenn er Hunger hat. Kinder verhungern nicht einfach so.«
»Ich bin kein Kind mehr!« Jimmy sprang so hastig auf, dass sein Stuhl polternd umstürzte. »Ich bin elf Jahre alt und fast erwachsen, und ich hoffe, dieser Krieg wird noch ganz lange dauern, damit ich groß genug bin, um Soldat zu werden. Dann erschieße ich die Männer, die meinen Dad umgebracht haben. Jeden Einzelnen …«
Seit Jimmy bei Susan wohnte, waren das die ersten zusammenhängenden Sätze, die er von sich gegeben hatte. Er lief zur Tür, riss sie auf und polterte die Treppe hinunter. Susan wollte ihm folgen, aber Doro hielt sie am Arm fest.
»Lass ihn«, sagte sie eindringlich. »Der Junge ist völlig durcheinander, was mich auch nicht wundert. Gestern wurde sein Vater beerdigt, und er hat das einzige Zuhause, das er kannte, verloren und muss künftig bei einer Frau leben, die eine Fremde für ihn ist. Susan, du weißt, wie ich mich für dich freue, dass du und dein Sohn endlich vereint seid, der Junge hat keine Erinnerung an dich. Du musst ihm Zeit lassen, sich daran zu gewöhnen, dass du seine Mutter bist.«
Obwohl Susan nicht immer mit Doro einer Meinung war, nickte sie seufzend.

»Du hast recht. Ich habe mir das nur so schön vorgestellt – mein Sohn und ich endlich zusammen. Ich habe nicht geahnt, dass Jimmy derart an seinem Vater hing. Paul konnte ihm doch unmöglich ein guter Vater gewesen sein, und die Frauen an Pauls Seite wechselten ständig.«

»Paul war sein Vater«, sagte Doro schlicht. »Der Einzige, den er kannte und der immer für ihn da war, während Jimmy sich ständig mit neuen Müttern konfrontiert sah. Das, was er jetzt am meisten braucht, ist Ruhe und Beständigkeit.«

»Und Liebe«, ergänzte Susan traurig. »So viele Jahre habe ich meine Liebe für Jimmy ganz tief in meinem Herzen vergraben, glaubte, ihn niemals wiederzusehen oder gar in die Arme schließen zu dürfen, doch jetzt weicht er jeder Annäherung aus.«

»Weil du ihn mit deiner Liebe geradezu überwältigst.« Doro nahm kein Blatt vor den Mund. »Du erdrückst den Jungen regelrecht mit deiner Fürsorge. Gib ihm Zeit, sich an die drastische Veränderung in seinem Leben zu gewöhnen.«

Susan seufzte und nickte.

»Ich werde es versuchen, denn ich möchte ihn nicht noch einmal verlieren.«

An dem Abend, nachdem Paul gestorben war, hatte Jimmy sie mit großen Augen angesehen, als sie zu ihm und Kate gekommen war. Obwohl Susan Kate als wenig intelligent, fast schon naiv, eingeschätzt hatte, musste sie der jungen Frau Bewunderung zollen, wie feinfühlig sie Jimmy die Nachricht über den Tod seines Vaters und dass er ab sofort bei seiner richtigen Mutter leben würde, beibrachte.

»Dein Dad hat es so gewollt«, sagte Kate. »Weißt du, ich gehe von hier fort und kann dich nicht mitnehmen. Außerdem wartet deine Mutter schon lange darauf, dass ihr beide zusammenleben könnt.«

Jimmy hatte unsicher von einer Frau zur anderen gesehen, schweigend seine Sachen gepackt und war Susan gefolgt. Allerdings hatte er kein Wort gesprochen, hatte nicht gefragt, warum Susan sich bisher nicht um ihn gekümmert hatte und was jetzt geschehen würde. Im Bus hatte Susan versucht, ein Gespräch mit dem Jungen zu beginnen, hatte über das Wetter geplaudert und ihn nach der Schule gefragt, in der jetzt gerade Ferien waren. Kate hatte ihr gesagt, dass sie Paul, bevor er zur Front ging, davon überzeugen konnte, Jimmy zur Schule zu schicken. Der Junge hatte jedoch mit gesenktem Kopf geschwiegen und auf keine ihrer Fragen reagiert. Auch die folgenden Tage blieb er stumm und weigerte sich, zu essen. Susan hatte in ihrem Zimmer ein zweites Bett aufgestellt, und in den Nächten hörte sie, wie Jimmy sich ruhelos von einer Seite auf die andere wälzte und von düsteren Träumen geplagt wurde. Wenn sie dann aufstand, ihn zu trösten, stemmte er sich mit all seiner kindlichen Kraft gegen sie und starrte Susan an, als hätte er regelrecht Angst vor ihr. Kein einziges Mal, auch nicht an Pauls Beerdigung, hatte Susan Jimmy weinen sehen. Der Junge schien wie versteinert zu sein.

Susan war Doro dankbar, dass sie ihren Sohn ohne weiteres in die Wohnung aufnahm. Von dem Geld, das Paul ihr gegeben hatte, hatte sie nichts erzählt. Nicht, weil sie Doro nicht vertraute, Susan war aber noch nicht schlüssig, was sie jetzt tun wollte. Um den ganzen Tag bei Jimmy sein zu können, hatte sie ihre Arbeit in der Uniformfabrik gekündigt. Doro hatte zwar verständnislos den Kopf geschüttelt, aber nur gesagt: »Du musst wissen, was du tust.«

Der erste Gedanke, der Susan am Krankenbett Pauls durch den Kopf geschossen war, nahm immer mehr Gestalt an. Obwohl der Krieg London nicht direkt bedrohte – ein Angriff der Deutschen auf die Stadt war nicht zu erwarten, dazu hatten die Feinde an den anderen Fronten genügend zu tun –, dennoch war die Kriegsstimmung überall zu spüren. In den Geschäften gab es nicht mehr alles zu kaufen, man sprach davon, dass bald auch

Lebensmittel knapp werden würden, die Fabriken fuhren Sonderschichten, so dass ihre Kamine rund um die Uhr qualmten und die Luft über der Hauptstadt zum Schneiden dick war, und überall herrschte eine gedrückte Stimmung. Die Erinnerung an das Cottage auf den Klippen von Polperro ließ Susan nicht los. Sicher würde auch in Cornwall dieser furchtbare Krieg allgegenwärtig sein, aber allein die klare Luft und die unendliche Weite des Meeres würden nicht nur Jimmy, sondern auch ihr selbst guttun.

Susan fragte sich, warum es, wenn sie aufs Land wollte, ausgerechnet Polperro sein musste. Sollte sie es sich wirklich antun, in der Nähe Anabells zu sein, ohne ihre Tochter sehen zu dürfen? Es gab zahlreiche schöne Orte an der Südküste – auch in Dorset oder in Devon würden sie und Paul sicher ein schönes Plätzchen finden. Susan wusste, dass sie unvernünftig war, dennoch konnte sie nicht anders handeln.

Am Montagmorgen suchte sie einen Makler in der King's Street auf, und eine Woche später unterschrieb sie den Kaufvertrag für ein Cottage in Polperro, ohne das Haus vorher gesehen zu haben. Der Makler hatte ihr lediglich ein paar Fotografien gezeigt, der Preis war jedoch überraschend niedrig.

»In diesen Zeiten werden kaum Häuser ge- und verkauft«, sagte der Makler. »Es gibt keine jungen Männer, die sich darum kümmern könnten, und die Frauen haben genug damit zu tun, ihre Familien durchzubringen.«

Der Schlüssel lag schwer in Susans Hand, als sie nach Hause ging. Sie wusste nicht, ob sie nicht einen großen Fehler machte, doch nun gab es kein Zurück mehr.

Jimmy, dem der Hunger schließlich doch im Magen rumorte und der vor ein paar Tagen angefangen hatte, lustlos in seinem Essen herumzustochern und ab und zu eine Gabel voll in den Mund zu schieben, hatte die Mitteilung, sie würden ans Meer

ziehen, mit seiner üblichen stoischen Ruhe zur Kenntnis genommen. Doro zeigte sich allerdings überrascht und traurig.
»Du kommst doch wieder?«, fragte sie bang.
»Ich weiß es nicht«, antwortete Susan ehrlich. »Für die nächste Zeit muss ich aus London fort. Das Haus in Cornwall ist groß genug, du kannst uns jederzeit besuchen.«
Skeptisch runzelte Doro die Stirn und musterte Susan durch ihre Brillengläser von oben bis unten.
»Woher hast du eigentlich das Geld, um ein Cottage zu kaufen?«
Susan, die die Frage erwartet hatte, antwortete mit einer lapidaren Handbewegung: »Ach, das Haus war sehr günstig, und ich hatte etwas gespart.«
»Von deiner Arbeit bei Charlwood and Sons?« Doro zuckte mit den Schultern. »Nun ja, das geht mich nichts an. Ich dachte nur, du würdest weiterhin in unserer Gruppe arbeiten. Der Krieg kann nicht ewig dauern, und dann werden wir uns wieder vehement für das Frauenwahlrecht einsetzen. Schau doch mal, Susan« – Doro deutete mit der Hand nach draußen, als ob das, was sie sagte, direkt vor ihrem Fenster stattfand –, »überall sind Frauen. Ohne uns würde die britische Wirtschaft zusammenbrechen. Die Regierung kann unser Recht, zu wählen, nicht länger ignorieren. So gesehen hat dieser Krieg für uns auch etwas Gutes.«
Susan dachte an die Tausende von Witwen und Waisen, die ihre Männer und Väter nie wiedersehen würden, und konnte Doro nicht zustimmen. Sicher, Busse, Straßenbahnen und Taxis wurden inzwischen vorrangig von Frauen gelenkt, Frauen erlernten den Beruf des Automechanikers, sie schufteten an den Fließbändern in den Fabriken und leisteten Schwerstarbeit, die bisher den Männern vorbehalten war, und waren somit in fast allen Bereichen gleichgestellt. Doch würde dies nicht alles vergessen sein, wenn wieder Frieden herrschte? Würden die Frauen dann nicht wieder zurück an den Herd verbannt werden? Im Moment war

das jedoch gleichgültig. Das Wichtigste war, diesen schrecklichen Krieg zu beenden, damit nicht noch mehr Menschen sterben mussten.

Das Haus mit dem fantasielosen Namen *Cliff Cottage* lag auf halber Höhe am Talland Hill. Es hatte zwei Stockwerke – unten war eine kleine, aber gut ausgestattete Küche, ein schmales Bad und ein Wohnzimmer mit einem offenen Kamin, das gleichzeitig als Esszimmer diente. Eine steile Treppe führte in zwei Schlafzimmer hinauf, und es gab noch einen kleinen Raum, den Susan als Gästezimmer einrichten wollte. Vielleicht kam Doro sie ja tatsächlich mal besuchen, wenngleich die Freundin bei ihrer Abreise aus London dies in Frage gestellt hatte.
»Solange man mich in London braucht, verlasse ich die Stadt nicht«, hatte Doro gesagt und Susan damit zu verstehen gegeben, dass sie deren Umzug nach Cornwall als Flucht ansah.
Das Cottage war im sechzehnten Jahrhundert erbaut worden und hatte sich seitdem mit seinen dicken, weißgetünchten Mauern kaum verändert. Natürlich waren im Inneren immer wieder Renovierungen durchgeführt worden, so hatte es elektrischen Strom und fließend warmes Wasser, der Charme der einstigen Fischerhütte war jedoch erhalten geblieben. Am besten gefiel Susan der kleine Garten. Er war nicht groß, aber von drei Seiten mit meterhohen Hortensienhecken gesäumt, deren Blüten jetzt im Spätsommer von Dunkelblau bis Violett leuchteten. Vom Garten aus hatte man einen weiten Blick über den kleinen Hafen Polperros bis hinaus auf das Meer. In der Luft lag der Geruch nach Salz, Tang, Fisch und Torf, über den Jimmy jedoch die Nase rümpfte.
»Es stinkt hier«, waren seine ersten Worte, als sie ihr neues Zuhause erreichten.
Susan verkniff sich eine Bemerkung. Sie nahm Jimmy seine Worte nicht übel, hatte er doch bisher London nie verlassen und

kannte keinen anderen Geruch als den einer Großstadt. Sie hoffte, der Junge würde sich in Polperro schnell einleben und Freunde finden. Eine Schule war ganz in der Nähe, Jimmy musste nur knappe fünfzehn Minuten laufen, und in einer Woche würde das neue Schuljahr beginnen.

Die Neuankömmlinge wurden von den Einheimischen neugierig beäugt. Natürlich kamen gerade in den Sommermonaten immer wieder Touristen in diese Gegend, jetzt im Krieg jedoch waren die Besucher ausgeblieben, und Susan war auch keine normale Sommerfrischlerin, sondern sie hatte *Cliff Cottage* gekauft. Um Gerüchten keine Nahrung zu geben, kleidete sich Susan dunkel, wenn sie ins Dorf zum Einkaufen ging, und begegnete den Menschen freundlich und aufgeschlossen.

»Ich bin Witwe«, erklärte sie bereitwillig, wenn sie gefragt wurde. »Mein Mann und der Vater meines Sohnes ist bei der Dardanellenschlacht gefallen.«

Im Vergleich zu ihrem früheren Aufenthalt entsprachen ihre Worte jetzt der Wahrheit. Niemand musste wissen, dass sie schon seit Jahren nicht mehr Pauls Frau war, denn auf dem Papier waren sie immer noch verheiratet gewesen. Da die Bewohner von Polperro in erster Linie einfache Fischer waren, die die Gegend selten verließen, erkannte niemand in ihr die einstige Schauspielerin Peggy Sue und noch weniger eine der führenden Londoner Suffragetten. Natürlich wurde auch in Polperro Zeitung gelesen, die Menschen interessierten sich hier jedoch weitaus mehr für die Belange ihrer Umgebung, für das Wetter und den Tratsch über die cornischen Familien als für das, was im fernen London oder sonst wo auf der Welt vor sich ging.

Für Susan war der Umzug wie eine Reise in die Vergangenheit. Nicht nur, weil sie vor neun Jahren bereits hier gewesen war, sondern weil das beschauliche Leben in Polperro ihr den Eindruck vermittelte, sich in vielen Dingen noch im vergangenen Jahrhundert zu befinden.

Nach ein paar Tagen wurde Susan von Jana Godrevy, der Frau des Dorfmetzgers, zum Tee eingeladen. Das Ehepaar hatte drei Kinder, darunter einen Sohn im selben Alter wie Jimmy. Der Junge aus der Stadt wurde zuerst skeptisch und zurückhaltend beäugt, doch kaum eine halbe Stunde später gingen die beiden Jungen zusammen zum Hafen.

»Wie, du hast noch nie in einem Fischerboot gesessen?«, fragte Lewis Godrevy. »Der alte Jack ist ein Freund von mir, der lässt uns sicher in sein Boot gucken. Vielleicht nimmt er uns auch mal mit raus aufs Meer. Dafür musst du aber früh aufstehen, denn den besten Fang macht man vor Sonnenaufgang ...«

Lächelnd sah Susan ihrem Sohn nach.

»Ich glaube, die beiden werden schnell Freunde«, sagte Jana, die Susan angeboten hatte, sie beim Vornamen zu nennen, und schenkte den Tee ein. »Lewis hält es nämlich für unter seiner Würde, mit seinen jüngeren Schwestern zu spielen, er ist lieber mit Jungs in seinem Alter zusammen. Leidet Ihr Sohn sehr unter dem Verlust seines Vaters? Und Sie, Susan, vermissen Ihren Mann sicher auch sehr, nicht wahr? Du meine Güte, so viele junge Frauen sind jetzt Witwen.«

Susan war über diese Fragen nicht pikiert, denn die Menschen hier waren stets offen und direkt.

»Der Tod meines Mannes liegt erst wenige Wochen zurück«, antwortete sie ausweichend. »Daher sind wir aus London fortgegangen. Dort erinnert Jimmy ... erinnert uns alles an meinen Mann.«

Die folgende Stunde verging mit angenehmer Plauderei, in der Susan sich interessiert den neuesten Klatsch der Gegend anhörte, jedoch nicht verriet, früher schon einmal hier gewesen zu sein. Es war unvermeidlich, dass Jana Godrevy auch auf Sumerhays und die Callingtons zu sprechen kam. Obwohl niemand sie hören konnte, beugte sich Jana zu Susan vor und flüsterte: »Die ganze Gegend zerriss sich den Mund, als vor zwei Jahren Lady Rosalind wieder auftauchte. Ich weiß noch, wie sie plötzlich von einem Tag auf den anderen verschwand, obwohl ich damals noch ein Kind war. Man sagte, sie wäre mit einem Tagelöhner durchgebrannt und die Callingtons seien deshalb furchtbar wütend. Es war ein unbeschreiblicher Skandal, und die Callingtons brachen danach die meisten Kontakte zu ihren Nachbarn ab. Oder diese zu ihnen, wahrscheinlich wegen des Skandals. Nun, wir alle dachten, Rosalind wäre längst tot, doch jetzt ist sie wieder da, zeigt sich aber nie im Dorf, ebenso wenig wie die Lady. Nee, die sind sich wahrscheinlich zu fein dazu, mal in ein Fischerdorf zu gehen, wobei sie ihren Fisch und ihr Fleisch von uns beziehen. Zweimal die Woche kommt ein Bursche vom Herrenhaus und holt die Bestellung ab.«

Susan rührte langsam in ihrer Tasse, obwohl sie weder Zucker noch Milch hineingetan hatte. Sie verstellte sich schon so lange, so war nichts an ihrer Haltung zu merken, dass sie über die Familienverhältnisse der Besitzer von Sumerhays mehr als gut Bescheid wusste und einige Zeit selbst im Herrenhaus gelebt hatte. Jana Godrevy schien eine herzensgute, aber auch sehr geschwätzige Frau zu sein, außerdem war der Metzgerladen neben der Bäckerei und dem Lebensmittelgeschäft der Dorfmittelpunkt für alle Einwohner. Susan beschloss, die Bekanntschaft mit Jana zu pflegen, zumal ihr die Frau wirklich sympathisch war.

Als es Zeit war, aufzubrechen, waren Jimmy und Lewis immer noch am Hafen.

»Ach, lassen Sie die Jungs«, sagte Jana lächelnd, als Susan Jimmy holen wollte. »Von mir aus kann Ihr Sohn bei uns zu Abend essen. Ich schicke ihn dann nach Hause, es sind ja nur ein paar Schritte die Straße hinauf.«

Spontan griff Susan nach Janas Hand und drückte sie.

»Ich danke Ihnen, Sie sind sehr freundlich. Es wäre so schön, wenn Jimmy einen Freund finden würde nach allem, was er durchgemacht hat. Das Leben auf dem Land ist für ihn noch sehr ungewohnt.«

Jana zwinkerte ihr vertrauensvoll zu.
»Unser Lewis ist in Ordnung, ebenso die Freunde, mit denen er zusammen ist. Ihr Jimmy wird sich hier bald eingewöhnen.«
Erleichtert kehrte Susan in ihr Cottage zurück. Sie hatte die richtige Entscheidung getroffen, nach Cornwall zu ziehen. Wenngleich jede Information über Sumerhays und über die Familie Callington sie aufwühlte und die Gewissheit, Anabell so nah zu sein, ohne mit ihr in Kontakt treten zu können, sie traurig stimmte, spürte sie, dass sie hier einen neuen Anfang machen konnte.
Während Susan ihren Hut absetzte, sah sie in den kleinen ovalen Spiegel in der Diele.
»Einen neuen Anfang …«, flüsterte sie ihrem Spiegelbild zu. »Wie viele neue Anfänge willst du noch machen, Susan Hexton? Du wirst langsam zu alt, um dein Leben alle paar Jahre von Grund auf zu ändern.«

Zu Jimmys Freude stellte sich heraus, dass Lewis Godrevy in dieselbe Klasse ging wie er, und Jimmy begann, sich auf seine neue Schule zu freuen. Erstaunt und zugleich erfreut, stellte Susan fest, dass Jimmy ein guter Schüler war. Offenbar hatte Paul trotz allem darauf geachtet, dass Jimmy lernte, um eines Tages ein besseres Leben als er führen zu können. Jimmy sprach nie von seinem Vater, und Susan drang nicht in ihn. Nach der Schule war er meistens mit Lewis und seinen Freunden zusammen, und Susan erlaubte ihm, mit ihnen und dem alten Jack zum Fischfang aufs Meer zu fahren. Binnen vier Wochen kehrte die Farbe in Jimmys Wangen zurück, er aß, als würde er den ganzen Tag Schwerstarbeit verrichten, und in den Nächten schlief er ruhig und traumlos. Zwar hatte Jimmy seine Zurückhaltung ihr gegenüber noch nicht völlig aufgegeben, Susan war sich jedoch sicher, auf dem richtigen Weg zu sein.
Als Ende September Jimmy sich eines Abends zu ihr setzte und in seiner kindlichen Unschuld fragte: »Warum haben du und

Dad euch eigentlich getrennt?«, sagte Susan ihm die Wahrheit, soweit sie es für vertretbar hielt. Sie erzählte Jimmy, dass Paul im Gefängnis gewesen war.

»Er war kein böser Mensch«, betonte sie. »Wir waren damals nur ganz schrecklich arm, und dein Vater musste für dich und für mich sorgen. Da macht man schon mal dumme Sachen, dein Vater hat es aber sehr bereut.«

Jimmy hörte aufmerksam zu, dann nickte er ernsthaft.

»Er hat mir immer gesagt, dass Stehlen nicht das Richtige ist. Hast du ihn deswegen verlassen?«

»Ja, ich hatte keine andere Wahl.« Susan schluckte, dann fuhr sie fort: »Weißt du, ich war einige Zeit sehr krank und musste aus London fort. Da konnte ich dich nicht mitnehmen, damit du nicht auch noch krank wurdest. Darum ließ ich dich bei deinem Vater.«

»Hattest du Tuberkulose?«

»Wie kommst du darauf?«, fragte Susan überrascht. »Woher kennst du dieses Wort überhaupt?«

Jimmy grinste. »Die Mutter eines Freundes von Lewis ist daran gestorben. Ich weiß zwar nicht, was es ist, aber Lewis sagte, es wäre sehr ansteckend, und man hat die Frau in ein Sano… Sanat…«

»Sanatorium«, half Susan ihm auf die Sprünge, und er nickte.

»Also, man hat sie fortgebracht, und niemand durfte sie besuchen.«

»Ja, so etwas Ähnliches war es bei mir auch.« Susan war über diese glückliche Fügung dankbar, denn niemals würde sie Jimmy die Wahrheit erzählen können. Sollte er jemals erfahren, warum sie ihn damals wirklich im Stich gelassen hatte, würde dies das Ende ihrer langsamen Annäherung bedeuten.

31. Kapitel

Der späte September zeigte sich von seiner schönen Seite, und Susan genoss die sonnigen Stunden in ihrem kleinen Garten. Jimmy war nun den ganzen Tag in der Schule, und die Hausarbeit im Cottage war schnell erledigt. Zum ersten Mal in ihrem Leben hatte Susan keinen festen Plan, sondern konnte in den Tag hineinleben, wie sie wollte. Sie las viel – dazu fuhr sie ein Mal in der Woche nach West Looe in die Bücherei – und erkundete jeden Winkel in den schmalen, gewundenen Gässchen Polperros. Sie genoss diese ruhige Zeit, wusste aber auch, dass es auf Dauer kein Leben für sie wäre. Irgendwann wollte sie sich wieder eine Aufgabe suchen. Ihr Geld würde auch nicht ewig reichen, zumal Jimmy noch wuchs und immer wieder neue Kleidung brauchte. In ein paar Jahren würde er auf eine höhere Schule gehen, danach vielleicht sogar studieren. Der Gedanke an einen Laden, den Susan schon häufiger gehegt hatte, war noch nicht völlig aus ihrem Kopf verschwunden. Sie bezweifelte allerdings, ob die Fischerfamilien mit einem Geschäft, in dem ausschließlich Süßigkeiten verkauft wurden, viel anfangen konnten. Solange der Krieg dauerte, war es ohnehin sinnlos, sich etwas Neues aufzubauen. Einmal in der Woche ging Susan in die Village Hall, in der die Frauen Polperros Mullbinden schnitten und rollten, die an die Feldlazarette und Hospitäler geschickt wurden. Diese Tätigkeit war ehrenamtlich und machte nicht gerade großen Spaß, Susan fand dadurch aber Kontakt zu den Einwohnern. Es war gut, sich so schnell wie möglich in das dörfliche Leben einzugliedern, um keine Außenseiterin zu werden. Jana Godrevy war Susan eine große Hilfe, denn als Metzgersfrau kannte sie natürlich jeden in der ganzen Umgebung. Regelmäßig tranken sie nach der Arbeit noch eine Tasse Tee in Janas Haus. Oft gesellten sich auch andere Frauen dazu. Susans Vermutung, die Leute hier interessierten sich nicht sehr für das, was in London vor sich ging, bestätigte sich, denn sie wurde nie auf ihre Vergangenheit als Schauspielerin oder gar als Suffragette angesprochen. Die Einwohner Polperros wussten nichts über Susans früheres Leben, und so sollte es auch bleiben. Bei den Gesprächen über die Familie Callington und über Sumerhays hielt sich Susan zurück. Sie wollte nicht durch eine unbedachte Äußerung verraten, dass sie mit dieser Familie eng verbunden war. Doch jedes Wort, das über die kleine Anabell gesprochen wurde, sog sie wie ein Schwamm in sich auf. Dabei war das Gerede der Frauen nicht mehr als Klatsch und Vermutungen, denn Kontakt hatte niemand zu denen vom Herrenhaus, und keine der Ladys ließ sich jemals im Dorf blicken.

An einem Nachmittag – Susan hatte wohl an die hundert Binden gewickelt und dann noch eine unterhaltsame Plauderstunde bei Tee und Keksen verbracht – schlenderte sie die Lansallos Street in Richtung Hafen hinunter. Sie war nicht in Eile, denn am Morgen hatte Jimmy gemeint, er würde nach der Schule mit Lewis Fußball spielen und dann bei dessen Eltern zu Abend essen. Auf der Höhe der kleinen Brücke, die sich über das Flüsschen Pol spannte, kam ihr ein Mann in Uniform entgegen. Er hinkte und trug den rechten Arm in einer Schlinge, Susan erkannte ihn jedoch sofort. Für ein Ausweichen war es zu spät, denn Stephen Polkinghorn hatte sie bereits erkannt. Ein erstauntes Lächeln flog über sein Gesicht.

»Susan! Du meine Güte, was machst du denn hier?«

»Ich lebe jetzt in Polperro«, antwortete Susan und fügte hinzu: »Ich und mein Sohn.« Es war besser, wenn Stephen es von ihr erfuhr, bevor es ihm von den Einwohnern zugetragen wurde.

»Dein Sohn Jimmy?« Stephen sah sie ungläubig an. »Wie ist es dir gelungen, deinen Mann davon zu überzeugen, dass der Junge zu seiner Mutter gehört?«

»Paul ist tot«, antwortete Susan knapp. »Gallipoli.«

»Das tut mir leid.« Die Bestürzung in Stephens Blick war echt. »Dann bist du jetzt wirklich Witwe.«

Die kleine Spitze konnte er sich nicht verkneifen, Susan nahm es ihm jedoch nicht übel. Einst hatte sie ihn belogen und erst später, als sie seine Hilfe brauchte, die Wahrheit gesagt.

»Hier in Polperro haben wir uns kennengelernt«, fuhr Stephen fort. »Weißt du noch? Es war ein sonniger, wenngleich kalter Tag, und es war draußen auf den Klippen. Du bist mir sofort aufgefallen, und ich war schrecklich in meiner Ehre gekränkt, weil du meinem Charme nicht erlegen bist.«

Stephen hatte sich nicht verändert, immer noch sprühte der Schalk aus seinen Augen, und Susan wusste nicht, ob sie seine Worte ernst nehmen sollte. Daher nickte sie nur leicht. Sie wollte nicht über die Vergangenheit sprechen und deutete auf Stephens Arm.

»Du warst an der Front? Ich hoffe, es war nicht allzu schlimm.«

»Frankreich«, antwortete Stephen knapp, und sein Blick verdunkelte sich. »Wenigstens bescheren mir die Verletzungen einen Heimaturlaub. Ich schätze, in drei, spätestens vier Wochen werden sie mich wieder rüberschicken.«

»Was ist mit deinem Bein?«, fragte Susan.

»Das ist halb so wild, ein glatter Oberschenkeldurchschuss. Mein Unterarm ist zweimal gebrochen, es wird aber alles wieder in Ordnung kommen.« Stephen sah sich um, dann ergriff er mit seiner gesunden Hand Susans Arm. »Darf ich dich zu einem Tee einladen?«

»Danke, nein«, lehnte Susan ab. »Ich habe soeben Tee getrunken. Außerdem muss ich nach Hause und das Essen vorbereiten. Mein Sohn wird bald kommen.«

Stephen musste nicht erfahren, dass sie eigentlich Zeit gehabt hätte. Obwohl Susan froh war, dass Stephen nicht ernsthaft verletzt war, wusste sie, es war besser, sich nicht mit ihm zu treffen. Stephen Polkinghorns Ruf war in der ganzen Gegend bekannt. Auch wenn er inzwischen verheiratet war – Susan wollte ihre neuen Bekanntschaften nicht aufs Spiel setzen, indem sie ihnen Grund gab, über sie zu klatschen. Es ging schließlich nicht nur um sie, sondern in erster Linie um Jimmys Zukunft.

»Ach komm, nur eine halbe Stunde.« Über die Jahre hatte Stephen nichts von seinem Charme verloren, und Susan wurde beinahe schwach, als er sie bittend anlächelte. »Hier auf der Straße spricht es sich so schlecht.«

»Ich glaube kaum, dass deine Frau erfreut wäre, wenn du mit einer anderen Tee trinken gehst.«

Stephen stutzte kurz, dann lachte er. »Oh, Veronica weiß, dass sie mir vertrauen kann. Ich habe mich geändert, Susan, und sehe nicht mehr in jedem weiblichen Wesen, das meinen Weg kreuzt, ein potenzielles Jagdobjekt. Wenn du mit mir jedoch nicht in der Öffentlichkeit gesehen werden willst, dann können wir auch zu dir gehen. Wo wohnst du eigentlich?«

Susan musste sich ein Grinsen verkneifen, denn Stephen hatte sich nicht wirklich verändert. Sie glaubte zwar kaum, dass er versuchen würde, sich ihr zu nähern, für ihren Ruf war es jedoch besser, wenn er sie – eine alleinstehende Frau – nicht besuchen würde.

»Es tut mir leid, aber ich habe wirklich keine Zeit. Es war nett, dich wiedergesehen zu haben. Ich wünsche dir eine baldige Genesung und … pass auf dich auf, wenn du wieder an die Front musst, ja?«

Susan wandte sich ab und ging schnellen Schrittes davon. Während des steilen Aufstiegs zum Talland Hill geriet sie außer Atem und musste einen Moment stehen bleiben, um zu verschnaufen. Beim Anblick der bunten Fischerboote im Hafen, die, da es Ebbe war, im Schlick lagen, ging ihr das Herz auf. Sie war über die Begegnung mit Stephen Polkinghorn nicht sonderlich überrascht, wusste sie doch, dass er in der Gegend lebte. Sie war nur froh, dass Stephen nicht von Lavinia Callington gesprochen hatte. Seit sechs Wochen war sie jetzt schon in Polperro, und bisher hatte sie dem Drang, nach Sumerhays zu gehen und das Haus wenigstens aus der Ferne zu sehen, widerstehen können, obwohl es Susan brennend interessierte, wie es Rosalind ging und wie sie sich wieder in ihr früheres Leben eingewöhnt hatte.

Als zwei Tage später mittags an die Tür ihres Cottage geklopft wurde, öffnete Susan in der Annahme, es wäre Jana Godrevy, die manchmal zu einer Plauderstunde vorbeikam, oder eine andere Frau aus dem Dorf. Susan hatte soeben die Küchenschränke ausgeräumt, um gründlich sauber zu machen, und trug eine karierte Schürze und ein Kopftuch. Das Wetter hatte sich geändert, feuchter Nebel lag über der Bucht, und das Meer war grau und aufgewühlt.

»Guten Tag, Susan.«

Vor Schreck fiel Susan der Schwamm aus der Hand.

»Rosalind! Woher weißt du …«

»Dass du hier lebst?« Rosalind lächelte bitter. »Ich musste es durch Zufall erfahren, denn *du* hast es nicht für nötig gehalten, mir zu schreiben. Was habe ich dir getan, dass du dich nie wieder bei mir gemeldet hast?«

Susan trat zur Seite. Sie seufzte.

»Komm erst mal rein, ich mache uns einen Tee.« Mit ein paar Handgriffen räumte Susan den Küchentisch frei. »Entschuldige bitte, ich bin gerade beim Putzen.«

Während sie den Wasserkessel aufs Feuer stellte und Teeblätter in die Kanne füllte, musterte sie Rosalind aus den Augenwinkeln. Die Frau, die sie als arme, irische Auswanderin kennengelernt hatte, hatte sich verändert. Rosalind hatte zugenommen, ihre Wangen waren voll und rot, und ihr Kleid und der Mantel waren zwar dunkel und schlicht, aber von bester Qualität. Offenbar schien es Rosalind gutzugehen.

Die Frauen warteten, bis der Tee gezogen und sie beide einen Schluck genommen hatten, dann legte Rosalind eine Hand auf Susans Arm.

»Warum hast du mir nie geschrieben?«, wiederholte sie ihre Frage.
Susan zuckte mit den Schultern und wich Rosalinds Blick aus. »Wir gehören einer unterschiedlichen Gesellschaftsschicht an, daher …«
»Das ist Unsinn!«, unterbrach Rosalind. »Als ich dich traf, war ich am Ende, körperlich wie auch seelisch, und besaß außer den Kleidern, die ich auf dem Leib trug, nichts mehr. Du hast dich trotzdem um mich gekümmert. Niemals werde ich vergessen, wie du mir dein Schultertuch geschenkt hast, weil ich keines hatte und fror. Du hast meinen Brief doch erhalten, oder?«
Susan nickte. »Darin hast du aber auch geschrieben, dass Lady Lavinia nicht möchte, dass ich dich besuche. Daher dachte ich, es wäre besser so.«
»Lavinia …« Den Ausdruck in Rosalinds Augen konnte Susan nicht deuten. »Ich weiß nicht, wie ich dir jemals danken kann, dass du damals zu meiner Schwägerin gegangen bist, obwohl ich mit der Familie nie wieder etwas zu tun haben wollte. Mein Bruder ignoriert mich zwar, so gut es geht, für ihn werde ich immer die Frau bleiben, die den Ruf der Familie ruiniert hat, Lavinia und meine Mutter haben mich jedoch gut aufgenommen. Und Lavinias Tochter, Anabell, ist ein entzückendes Kind! Ich könnte die Kleine den ganzen Tag herzen und küssen, und das Mädchen scheint mich auch zu mögen …«
Mit einem schwärmerischen Gesichtsausdruck erzählte Rosalind von Anabell, und Susan musste ihre ganze Kraft zusammennehmen, um sich nicht anmerken zu lassen, wie sehr diese Worte sie aufwühlten. Nicht umsonst war sie eine gute Schauspielerin gewesen, so lächelte sie, während ihr Herz blutete.
»Ich hörte, du lebst jetzt dauerhaft hier?«, fragte Rosalind plötzlich. »Ich wusste nicht, dass du eine Beziehung nach Cornwall hast? Verwandte vielleicht?«
Susan schüttelte den Kopf.

»Vor ein paar Jahren war ich mal eine Zeitlang in der Gegend, und ich dachte, es wäre gut für Jimmy, aus der Stadt rauszukommen.«

»Jimmy? Dann lebt dein Sohn endlich bei dir?«

In knappen Worten berichtete Susan von Pauls Tod. Rosalind gegenüber verschwieg sie auch nicht den Rest des Geldes, denn die Freundin hatte in London ja alles miterlebt.

»Jimmy und ich fühlen uns hier sehr wohl«, endete sie. »Er hat sogar schon Freunde gefunden, und die Schule macht ihm Spaß.«

Rosalind warf einen Blick auf die Uhr und stand auf.

»Es tut mir leid, aber ich muss gehen. Ich habe Anabell versprochen, heute Nachmittag mit ihr zu spielen. Lavinia wird ja mal wieder ruhen …« Sie verstummte, und Susan hakte sofort nach.

»Ist Lady Lavinia krank?«

Rosalind zögerte, dann schüttelte sie den Kopf und seufzte.

»Richtig krank würde ich es nicht nennen, wir wissen jedoch nicht, woran sie leidet. Manchmal ist sie fröhlich und unternehmungslustig, dann wieder gibt es Tage, an denen sie kaum ihr Zimmer verlässt, und sie weint sehr viel. Ich versuche dann, Anabell abzulenken, denn das Kind ist über die Stimmungsschwankungen ihrer Mutter völlig verwirrt.«

Susan wusste nicht, was sie darauf antworten sollte, daher begleitete sie Rosalind wortlos zur Tür. Erst, als diese sich mit einem festen Händedruck verabschiedete und Susan das Versprechen abnahm, sich künftig regelmäßig zu treffen, fragte sie: »Woher weißt du eigentlich, dass ich hier lebe? Ich nehme nicht an, ihr auf Sumerhays habt viel Kontakt zu den Dorfbewohnern.«

»Nein, ein Nachbar und Bekannter von Lavinia erwähnte es. Stephen Polkinghorn, er lebt mit seiner Familie nicht weit von Sumerhays entfernt. Da er an der Front verwundet wurde und derzeit zu Hause ist, haben er und seine Frau uns gestern besucht, und er erwähnte, er wäre dir in Polperro begegnet.« Skeptisch sah Rosalind Susan an. »Sir Stephen wollte allerdings nicht sagen, woher ihr euch kennt.«

Schnell suchte Susan nach einer plausiblen Erklärung.

»Ich sagte bereits, dass ich früher einmal in dieser Gegend lebte. Dabei sind wir uns ein oder zwei Mal begegnet.«

Susan konnte nicht einschätzen, ob Rosalind ihr glaubte, auch wusste sie nicht, was Lavinia erzählt hatte. Während die Freundin die Straße hinunterging und Susan ihr nachsah, dachte sie zum ersten Mal, dass es vielleicht doch ein Fehler gewesen war, nach Cornwall zu kommen.

Susan wunderte sich nicht, als Stephen vier Tage später vor ihrer Tür stand.

»Du bist mir gefolgt«, schlussfolgerte sie richtig, da er offenbar wusste, wo sie wohnte.

Stephen grinste mit seinem unwiderstehlichen Lächeln, trat ohne Aufforderung ein und sah sich in dem kleinen Cottage um.

»Gemütlich hast du es hier. Ich nehme nicht an, du hast irgendwo einen Brandy oder Cognac herumstehen?«

Mit vor der Brust verschränkten Armen blieb Susan unter dem Türsturz stehen.

»Was willst du hier?« Sie runzelte die Stirn. »Du weißt, wie schnell die Leute reden …«

»Ach, Susan, ich bitte dich!« Stephen lachte laut. »Es ist helllichter Tag, und jeder kann mich sehen. Wenn ich etwas anderes vorhätte, als dir einen harmlosen Freundschaftsbesuch abzustatten, würde ich mich in der Nacht herschleichen. Nein, ich komme aus einem anderen Grund. Ich darf mich doch setzen, oder?«

Unaufgefordert ging er in das kleine Wohnzimmer, setzte sich in den einzigen Sessel und streckte vorsichtig sein verletztes Bein von sich. Stephen war wieder in Uniform, die ihm unverschämt gut stand, wie Susan zugeben musste. Sie selbst blieb abwartend an der Tür stehen.

»Veronica … das ist meine Frau … und ich waren kürzlich auf Sumerhays«, begann er. Susan ließ sich nicht anmerken, dass sie das bereits wusste, und wartete gespannt, worauf er hinauswollte. »Als ich in einem Nebensatz deinen Namen erwähnte und dass du jetzt in Polperro lebst, reagierte Lady Lavinia … nun, sagen wir mal … sie reagierte recht seltsam.«

»Seltsam?« Susan setzte sich nun doch auf das Sofa. »Was meinst du mit seltsam?«

Stephen sah sie eindringlich an.

»Sie wurde erst rot, dann grau im Gesicht. Wir befürchteten, sie würde jeden Moment in Ohnmacht fallen, dann rannte sie aus dem Zimmer, als wäre der Leibhaftige hinter ihr her. Diese Reaktion hat mich sehr verwundert, ihr wart doch mal befreundet.«

Susan atmete mehrmals tief durch, bevor sie entgegnete: »Ich meine mich zu erinnern, dass ich dir bereits mehrmals sagte, dass Lavinia Callington und ich nie Freundinnen waren. Vor vielen Jahren hat sie mir einmal aus einer Notlage geholfen, das war's. Seitdem bestand kein Kontakt zwischen uns.«

»Aha.« In Stephens Gesicht stand deutlich zu lesen, dass er ihr nicht glaubte, und plötzlich wechselte er das Thema. »Bei der Teestunde war auch Anabell anwesend. Du kennst doch Lavinias Tochter Anabell, nicht wahr?«

Susan stand hastig auf.

»Ich glaube, es ist jetzt besser, wenn du gehst. Die Leute von Sumerhays und ich haben nichts miteinander zu tun.«

Stephen machte jedoch keine Anstalten, sich zu erheben, im Gegenteil. Mit einem entspannten Lächeln lehnte er sich zurück.

»Schon vor Jahren erschien es mir recht seltsam, dass eine Viscountess von Tredary ein armes Londoner Mädchen, das *angeblich* Witwe und schwanger war, aufnimmt und sich um sie kümmert. Dann verschwandest du plötzlich, und Lavinia bekam ein Kind, während du deines *angeblich* verloren hast. Wie ich heute weiß, war dein Mann damals noch am Leben, trotzdem wolltest du alles tun, um deine Schwangerschaft zu verbergen. Susan, das klingt doch wie aus einem schlechten Theaterstück entlehnt, das musst du doch selbst zugeben.«

»Wenn du jetzt nicht gehst, rufe ich den Nachbarn zu Hilfe.« Susans Gesicht war wie aus Stein gemeißelt, während in ihrem Inneren ein Sturm der Gefühle tobte. »Er ist Hufschmied und sehr kräftig …«

»Schon gut, ich gehe.« Stephen hob die Hand und stand auf. Er trat so dicht vor Susan, dass sich ihre Nasenspitzen beinahe berührten. »Du kannst sagen, was du willst, Susan, aber irgendetwas stinkt hier zum Himmel. Hast du Anabell Callington jemals in die Augen gesehen? Nein? Dann solltest du es tun, denn sie hat die gleichen Augen wie du. Lavinias Tochter sieht, je älter sie wird, immer mehr wie eine jüngere Ausgabe von dir aus. Mich wundert nur, dass dies bisher noch niemandem aufgefallen ist.«

Noch lange, nachdem Stephen gegangen war, saß Susan zitternd auf einem Küchenstuhl. Sie wünschte, sie hätte etwas Alkoholisches im Haus, ein Drink würde ihr helfen, ihre flatternden Nerven zu beruhigen. Stephen wusste es! Er wusste, dass Anabell nicht Lavinias, sondern ihre Tochter war. Wahrscheinlich ahnte er es seit Jahren, denn seine Bemerkungen, als sie sich vor dem Krieg in London getroffen hatten, zielten damals schon in diese Richtung. Was hatte Stephen jetzt vor? Wollte er sie erpressen? Was konnte sie ihm bieten? Seit seiner Heirat verfügte Stephen über mehr Geld, als sie jemals in ihrem Leben verdienen konnte, und um Sex ging es ihm bestimmt auch nicht, obwohl er früher versucht hatte, sich ihr zu nähern. Was konnte es also sonst sein, das Stephen veranlasste, in ihrem und Lavinias Geheimnis herumzustochern?

»Er hat keinen Beweis!«, sagte Susan laut zu sich selbst. »Keinen einzigen! Es ist nur eine Vermutung von ihm.«

Lavinia Callington würde kein Wort sagen, dessen war sich Susan sicher, wenngleich sie Rosalinds Aussage über Lavinias Verhalten nachdenklich gemacht hatte. Stephen meinte, dass Anabell ihr, Susan, sehr ähnlich sehe. Hatte Rosalind das auch bereits bemerkt? Über Zenobia machte sie sich keine Gedanken, Susan war Lavinias Schwiegermutter nie begegnet. Aber Rosalind war täglich mit Anabell zusammen und hatte nun auch sie, Susan, wiedergesehen. Wenn es stimmte, was Stephen sagte – würde Rosalind die Ähnlichkeit dann früher oder später auffallen?

»Wenn jemand keinen Verdacht hat, wie Stephen ihn hegt, dann wird niemand auf eine Ähnlichkeit achten«, murmelte Susan. »Du musst dich zusammenreißen.«

Für einen Moment dachte Susan daran, Cornwall zu verlassen und irgendwo in den Norden zu gehen. Nach Yorkshire oder am besten gleich nach Northumberland an der schottischen Grenze. Dort würde sie sicher niemandem begegnen, den sie kannte. Susan wusste aber auch, dass sie nicht wieder davonlaufen konnte, außerdem würde es schwer werden, das Cottage zu demselben Preis, für den sie es erworben hatte, zu verkaufen. Es war schließlich Krieg. Jimmy hatte hier Freunde gefunden und trauerte allmählich nicht mehr so heftig um seinen Vater. Er würde Paul zwar nie vergessen – das war auch gut so –, der Junge sprach aber immer weniger von seinem Vater. Wenn Susan ihn jetzt aus der Umgebung herausriss, würde das einen neuen gravierenden Einschnitt in Jimmys Leben bedeuten, und das konnte und wollte sie ihrem Sohn nicht zumuten.

Als Jimmy Stunden später nach Hause kam, wunderte er sich, dass Susan noch nicht mit den Vorbereitungen für das Abendessen angefangen hatte. Auch dass Susan den ganzen Abend über recht wortkarg, beinahe schon geistesabwesend war, war für Jimmy ungewohnt. Sonst fragte seine Mutter ihn immer bis ins kleinste Detail über die Schule aus, was er gelernt und welche Noten er erhalten hatte. Das war Jimmy eigentlich immer lästig gewesen, heute jedoch schien sie nicht einmal daran interessiert zu sein, dass er vor dem Schlafengehen noch seine Hausaufgaben erledigte. Nun, sein Freund Lewis hatte ihm gesagt, dass Frauen manchmal recht seltsam waren.

»Das hängt mit was zusammen, was man Hormone nennt«, hatte Lewis ihm flüsternd erzählt. »Wenn diese verrücktspielen, fangen die Frauen an zu spinnen.«

Jimmy bewunderte seinen Freund wegen seines Wissens, was weibliche Wesen anging. Lewis hatte sogar schon einmal ein Mädchen geküsst, war aber noch nie verliebt gewesen.

»Der Kuss war feucht und glitschig«, sagte Lewis, als Jimmy danach fragte. »Das Mädchen war älter und hatte furchtbar viele Pickel im Gesicht. Danach lief sie mir dauernd nach und wollte, dass wir zusammen auf den Klippen spazieren gehen. Ich war froh, als ihre Eltern nach Fowey zogen und sie Polperro verließ.«

Jimmy fragte sich, wie es wohl wäre, wenn er sich verliebte, und er hoffte, das würde noch ein Weilchen dauern, denn die Mädchen, mit denen er zusammentraf, kicherten nur die ganze Zeit und redeten dummes Zeug, allen voran Lewis' Schwestern, mit denen er sich ebenso wenig beschäftigen wollte wie sein Freund.

»Lass uns angeln gehen«, sagte Jimmy und schlug Lewis auf die Schulter. »Wer braucht schon Mädchen?«

Die nächsten Tage fühlte sich Susan, als würde sie auf einem randvoll gefüllten Pulverfass sitzen, an dem jederzeit jemand die Lunte entzünden konnte. Sie traute sich kaum noch aus dem Haus, um Stephen nicht zu begegnen, wusste aber zugleich, dass er keine Hemmungen haben würde, sie erneut in ihrem Cottage aufzusuchen, wenn er ihr etwas zu sagen hatte. Rosalind schrieb zweimal und fragte, ob sie sich in einem Tearoom in Looe treffen könnten, Susan beantwortete ihre Briefe jedoch nicht. Sie befürchtete, Rosalind gegenüber ihre Maske nicht aufrechterhalten zu können.

Anfang Oktober zogen die ersten Herbststürme über das Land. An manchen Tagen war der Wind so heftig, dass die Fischer nicht hinausfahren konnten, ohne ihr Leben zu riskieren. Von Stephen Polkinghorn hatte Susan nichts mehr gehört, und langsam begann sie, sich zu beruhigen. Trotzdem zuckte sie wie unter einem Schlag zusammen, als es an einem regnerischen Nachmittag vehement an ihrer Tür klopfte.

»Rosalind … bei dem Wetter …«, begann Susan, nachdem sie geöffnet hatte, aber Rosalind ließ sie nicht zu Wort kommen.

»Lavinia … sie hatte einen Unfall …«, stotterte Rosalind mit einem angstvollen Blick.

Eine kalte Hand schien nach Susans Herzen zu fassen.

»Ist sie …?« Sie wagte nicht, es auszusprechen, doch Rosalind schüttelte schnell den Kopf.

»Man hat sie nach Plymouth in ein Hospital gebracht. Wir wissen nicht, wie es ihr geht. Ich bin auf dem Weg dorthin. Ach, Susan, bitte, komm mit.«

»Ich?« Susan zuckte zurück. »Ich weiß nicht …«

Rosalind umklammerte ihre Hand.

»Bitte, ich kann jetzt nicht allein dahin fahren. Meine Mutter … Zenobia … sie kann kaum laufen, aber jemand muss nach Plymouth fahren. Ich habe so Angst, dass Lavinia … dass sie … wenn wir ins Krankenhaus kommen … Ich kann jetzt nicht allein sein.«

Susan zögerte, dann gab sie sich einen Ruck.

»Also gut, warte, ich hole nur schnell Hut und Mantel.« Sie spähte auf die Straße. »Du bist sicher mit der Kutsche hier?«

Rosalind nickte. »Das Automobil steht unten am Hafen, der Talland Hill ist zu schmal, um hier heraufzufahren.« Rosalind bemerkte Susans Erstaunen und fuhr fort: »Im Sommer hat Edward ein Automobil gekauft und einen Chauffeur eingestellt. Ich traue den Dingern zwar nicht, heute bin ich aber froh darüber, denn mit einer Kutsche würden wir bis nach Plymouth ewig brauchen.«

»Ich geb nur schnell den Nachbarn Bescheid, damit sie Jimmy, wenn er aus der Schule kommt, sagen, dass ich wegmusste. Der Junge soll sich keine Sorgen machen, falls ich bis dahin noch nicht wieder zurück bin.«

Das Automobil war schwarz mit chromglänzenden Scheinwerfern und einem stabilen Dach. Rosalind öffnete die Tür und kletterte hinein, Susan folgte ihr, doch dann stieß sie einen leisen Schrei aus. Auf der Rückbank saß Anabell, das Gesicht rot und geschwollen vom Weinen, und sah ihr fragend entgegen.

»Das Kind …« Hilflos blickte Susan zu Rosalind.

»Ich musste sie mitnehmen. Sie war dabei, als die Nachricht kam, dass Lavinia verunglückt ist, und ließ sich nicht davon abhalten, mich zu begleiten.«

Am liebsten wäre Susan sofort wieder in ihr Cottage gerannt, doch Rosalind hatte sie bereits auf den Sitz gezogen. Sie saß zwischen Anabell und Rosalind und konnte die Wärme des Kinderkörpers durch ihren Mantel hindurch spüren.

»Wird Mama sterben?«, schluchzte Anabell und sah die beiden Frauen angstvoll an.

Spontan legte Susan einen Arm um das Mädchen.

»Die Ärzte werden alles tun, damit deine Mama bald wieder gesund ist«, sagte sie überzeugter, als es ihr zumute war, und, mit einem Blick zu Rosalind: »Was ist eigentlich passiert?«

Rosalind zuckte mit den Schultern.

»So genau weiß ich es nicht. Am Spätvormittag ritt Lavinia aus, obwohl es stürmte und regnete. In der Nähe von Trencreek muss ihr Pferd dann gescheut und sie abgeworfen haben. Ein Farmer fand sie zufällig, Lavinia war bewusstlos. Da er Lavinia vom Sehen kannte, schickte er seinen Sohn nach Sumerhays, um uns zu informieren, und einen anderen zu einem Arzt nach Looe. Dieser hat dann die Einweisung ins Hospital veranlasst.«

Anabell schluchzte laut auf, und Susan konnte dem Drang, ihre Tochter fest an sich zu drücken, nicht widerstehen. Offenbar er-

innerte sich Anabell nicht mehr an sie, obwohl sie sich vor einigen Jahren mehrmals begegnet waren, oder die Aufregung und die Sorge um Lavinia ließen das Mädchen ihre früheren Treffen vergessen.
Rasant, aber sicher lenkte der Chauffeur das Automobil über die schmalen, gewundenen Straßen. An der Fähre bei Torpoint schien es Susan, als müssten sie ewig warten, bis diese endlich da war und sie auf die andere Seite des Tamars übersetzen konnten. Unwillkürlich erinnerte sie sich an ihre erste Ausfahrt mit Stephen Polkinghorn, die sie genau zu dieser Stelle hier gebracht hatte. Wieder Stephen … würde der Mann sie für den Rest ihres Lebens begleiten?

Lavinia war aus der Bewusstlosigkeit erwacht, als sie das Hospital erreichten, und der Arzt, mit dem sie kurz sprachen, meinte, sie hätte großes Glück gehabt.
»Sie hat eine Platzwunde am Kopf, die wir nähen mussten, dazu eine starke Gehirnerschütterung, drei Rippen sind gebrochen, ebenso ihr rechter Fußknöchel. Wir werden Lady Callington einige Tage zur Beobachtung hierbehalten, es besteht aber keine Lebensgefahr oder die Gefahr von bleibenden Schäden, wenn sie sich die nächsten Wochen schont. Wenn man sie nicht so schnell gefunden hätte, hätte es anders ausgehen können, denn mit Kopfwunden ist nicht zu spaßen.«
Susan wartete auf dem Flur, als Rosalind und Anabell das Krankenzimmer betraten. Nach den Worten des Arztes hatte Anabell wieder heftig zu weinen begonnen, dieses Mal aber vor Erleichterung. Trotz ihrer acht Jahre verstand sie nämlich genau, wie knapp ihre Mutter dem Tod entronnen war. Unruhig ging Susan in dem schmalen Gang, in dem es nach Desinfektionsmittel und Schmierseife roch, auf und ab. Sie hoffte, Rosalind würde sie nicht erwähnen, denn Susan konnte sich Lavinias Reaktion vorstellen, wenn diese erfuhr, dass sie, Susan, erneut mit Anabell

zusammengetroffen war. Dabei war sie dieses Mal völlig schuldlos daran. Stephens Worte im Ohr, hatte Susan nach einer Ähnlichkeit Anabells mit ihr selbst gesucht. Es stimmte – das Mädchen hatte die gleichen grauen Augen mit einem dichten Kranz dunkler Wimpern wie sie selbst. Auch der Schnitt der Augenpartie und die Bögen der Brauen entsprachen ihrem Aussehen. Die Nase und den Schwung ihrer Lippen hatte das Kind jedoch von dem schmierigen Vermieter geerbt, an den Susan auch heute noch nur schaudernd zurückdenken konnte. Anabell war ein sehr hübsches Mädchen, viel hübscher, als Susan jemals gewesen war, darüber hinaus war sie für ihr Alter sehr aufgeweckt. Nun, sie würden nachher zusammen zurückfahren, danach würde sie Anabell nicht wiedersehen.

Eine Stunde blieben Rosalind und Anabell bei Lavinia, dann meinte eine resolute Schwester, die Patientin brauche jetzt Ruhe. Bevor sie zurückfuhren, tranken sie in der Cafeteria des Hospitals noch einen Tee, und Anabell bekam eine Limonade. Der Tee war schwach und schmeckte nach gefärbtem Wasser, doch Anabell begann schon wieder zu lachen. Jetzt, nachdem sie sich selbst überzeugt hatte, dass ihre Mutter zwar krank war, bald aber wieder nach Hause kommen würde, richtete sich ihr Interesse auf andere Dinge.

»Ich kenne Sie«, sagte Anabell plötzlich und starrte Susan an. »Sie haben uns aber noch nie auf Sumerhays besucht.«

Rosalind runzelte die Stirn, und Susan sagte rasch: »Vor ein paar Jahren, da warst du noch ein kleines Kind, habe ich mal in der Gegend gewohnt. Vielleicht sind wir uns da mal begegnet?«

»Nein!« Entschieden schüttelte Anabell den Kopf. »Ich erinnere mich – damals hatte ich ein Kindermädchen. Sie hieß Nancy, ich nannte sie aber nur Nanny. Sie waren eine Freundin von ihr, aber plötzlich musste Nanny gehen, und Sie waren auch weg.«

Rosalinds Blick wurde immer fragender, und Susan zwang sich zu einem Lächeln.

»Die Kleine muss mich mit jemandem verwechseln«, flüsterte sie Rosalind ins Ohr. »Ich kenne niemanden mit dem Namen Nancy.«
»Wir sollten jetzt gehen.« Rosalind stand auf. »Anabell, trink aus. Deine Großmutter wird warten, um zu hören, wie es deiner Mama geht.«
»Bekomme ich noch ein Eis?« Schon war die Erinnerung an Susan vergessen. »Im Auto ist es so warm.«
Rosalind erfüllte den Wunsch des Mädchens und kam im Wagen auch nicht mehr auf deren Worte zu sprechen, stattdessen fragte Susan: »Was ist eigentlich genau geschehen? Hat Lady Lavinia sich erinnert, warum sie vom Pferd gestürzt ist?«
Ein Schatten fiel über Rosalinds Gesicht. »Sie meinte, ein Kaninchen hätte das Pferd erschreckt, woraufhin es sich aufbäumte. Da Lavinia damit nicht gerechnet hatte, rutschte sie aus dem Sattel und fiel unglücklich mit dem Kopf auf einen Felsbrocken, die in dieser Gegend ja zahlreich herumliegen. Es ist wirklich ein Wunder, dass sie sich nicht schlimmer verletzt hat.«
Susan bat den Chauffeur, an der Crumplehorn Mill oberhalb von Polperro zu halten.
»Die paar Schritte kann ich zu Fuß gehen«, meinte sie, »und Sie müssen den Wagen nicht durch die engen Gässchen manövrieren.« Sie gab erst Anabell, dann Rosalind die Hand. »Ich wünsche Lady Lavinia, dass sie ganz schnell wieder gesund wird. Danke, Rosalind, dass du mich informiert hast.«
Rosalind hielt ihre Hand fest.
»Susan, da meine Schwägerin jetzt wohl noch eine Weile im Hospital bleiben muss und meine Mutter auch nicht gerade die beste Gesellschafterin ist … hast du nicht Lust, uns die nächsten Tage zu besuchen? Anabell scheint dich zu mögen, und du könntest Jimmy mitbringen, ich würde deinen Sohn gerne kennenlernen. Vielleicht werden die beiden Kinder ja Freunde.«
Susan zuckte zurück, als hätte sie sich an Rosalinds Hand verbrannt.

»Jimmy stammt aus einfachsten Verhältnissen, wie du weißt. Er ist nicht der richtige Umgang für Anabell. Lady Lavinia oder deine Mutter würden das niemals gutheißen.«
Rosalind lächelte. »Das lass meine Sorge sein. *Ich* würde mich freuen, wenn wir uns häufiger sehen könnten, und ich würde dir gerne Sumerhays zeigen. Also, abgemacht – ich erwarte dich und deinen Sohn kommenden Sonntag zum Tee. Ja?«
Susan wusste, dass sie einen großen Fehler machte, als sie sagte: »Also gut, wir kommen sehr gern.«

32. Kapitel

Ich weiß wirklich nicht, was ich da soll.« Mürrisch trottete Jimmy, die Hände in den Hosentaschen vergraben, neben seiner Mutter die gewundene Auffahrt nach Sumerhays hoch. »Lewis und die anderen wollen heute Nachmittag Krabben fischen. In Richtung Looe gibt es eine Stelle, wo man prima fischen kann, und wir verkaufen die Krabben dann an den Pub.«
»Ich habe es dir schon erklärt.« Susan seufzte. »Rosalind ist eine frühere Bekannte von mir und die Schwägerin von Lady Lavinia Callington, der Herrin dieses Hauses.« Sumerhays mit seinen wuchtigen, mit wildem Wein überwucherten Mauern, den kleinen Sprossenfenstern und dem hohen Turm kam in Sicht. »Es wäre einfach unhöflich, die Einladung auszuschlagen.«
»Hm …«, brummte Jimmy wenig überzeugt. »Ich muss aber nicht mit diesem kleinen Mädchen spielen, oder? Kleine Mädchen sind nämlich blöd, das sagt Lewis auch immer.«
»Das kleine Mädchen heißt Anabell, und du wirst nett zu ihr sein«, mahnte Susan, dann hatten sie das Portal erreicht. Offen-

bar wurden sie erwartet, denn die Tür öffnete sich, bevor Susan die Klingel betätigen konnte.
»Sie?« Mae Windle starrte Susan fassungslos an. »Was wollen *Sie* hier?«
Susan schloss für einen Moment die Augen. Sie hatte die alte Haushälterin völlig vergessen. Natürlich lebte Mrs. Windle immer noch im Herrenhaus, wie hatte sie das nur vergessen können? Neben Lavinia war die Haushälterin die Einzige auf Sumerhays, nachdem die Nankerris fortgezogen waren, die die Wahrheit über Anabells Abstammung wusste. Susan holte tief Luft und versuchte, ihrer Stimme einen ruhigen und überlegenen Klang zu geben. »Mrs. Cassidy erwartet uns zum Tee.«
»Das sind ausgerechnet Sie?«, wiederholte Mrs. Windle ungläubig. »Mylady sagte mir, sie würde Gäste erwarten, ich kann nur hoffen, dass es sich um einen Irrtum handelt.«
Bevor Susan antworten konnte, trat Rosalind in die dämmrige Halle.
»Mrs. Windle, ist meine Freundin gekommen?« Mit ausgestreckten Armen eilte sie an der Haushälterin vorbei und auf Susan zu, umarmte sie und küsste sie auf die Wange. Dann sah sie zu Jimmy. »Und du musst Jimmy sein, nicht wahr? Es freut mich, dich endlich kennenzulernen.«
Rosalind reichte dem Jungen die Hand, und Jimmy blieb nichts anderes übrig, als diese zu ergreifen. Er machte allerdings keinen Diener, wie Susan es ihm eigentlich eingeschärft hatte, doch Rosalind schien das nicht zu stören.
Mrs. Windle blieb nichts anderes übrig, als zur Seite zu treten und Susan mit ihrem Sohn einzulassen. Susan meinte ein gemurmeltes »Wenn das Lady Lavinia erfährt« zu vernehmen, Rosalind hatte es glücklicherweise nicht gehört. Sie folgten der Freundin in den kleinen Salon im ersten Stock, in dem bereits ein runder Tisch gedeckt war. Susan zählte vier Gedecke, und Rosalind, die ihren Blick bemerkte, erklärte: »Meine Mutter

lässt sich entschuldigen. Der Rheumatismus zwingt sie, das Bett zu hüten. Dieses feuchte und neblige Wetter ist gar nicht gut für ihre Knochen.« Sie zwinkerte Susan zu und flüsterte: »So können wir besser plaudern. Du musst mir erzählen, wie es in London war, was Doro macht und warum du ausgerechnet nach Cornwall gekommen bist.«
Die Tür öffnete sich, und Mrs. Windle trat mit fest aufeinandergepressten Lippen und Anabell an der Hand ein.
»Bitte bringen Sie den Teewagen herein, Mrs. Windle«, bat Rosalind. »Dann können Sie uns allein lassen, das Einschenken übernehme ich.«
Susan ließ sich ihre Erleichterung, als die Haushälterin den Salon verließ, nicht anmerken. Anabell begrüßte sie mit einem freundlichen »Ein schöner Nachmittag, nicht wahr?« und gab auch Jimmy die Hand. Der Junge ergriff diese widerwillig und nannte seinen Namen, nachdem Anabell gesagt hatte: »Ich heiße Anabell und du?«
Der Tee war heiß und stark, doch von den sicherlich köstlichen Gurkensandwiches und den kleinen, in Fett ausgebackenen Apfelküchlein nahm Susan nur wenig. Sie stand unter großer Anspannung und konnte ihren Blick nicht von Anabell abwenden. Das Mädchen saß aufrecht auf dem Stuhl, hatte sich die Serviette auf den Schoß gelegt und führte ihre Teetasse mit abgespreiztem kleinem Finger zum Mund. In dem spitzenbesetzten grünen Samtkleid mit dem weißen Kragen und weißen, geknöpften Stiefelchen sah sie nicht nur aus wie eine kleine Lady, sondern benahm sich auch so.
Ach, Anabell, dachte Susan, *meine* kleine Anabell …
»Träumst du?« Rosalind stupste sie in die Seite. »Ich frage gerade, wie es Doro und den anderen geht. Kämpfen sie noch für das Frauenwahlrecht?«
Susan räusperte sich und richtete ihre Aufmerksamkeit auf Rosalind.

»Derzeit ruhen die Bemühungen der WSPU. Im Krieg wäre es unehrenhaft, etwas gegen die Regierung zu unternehmen. Ich hielt die vielen Gewalttaten und Anschläge ohnehin für wenig sinnvoll. Nein« – Susan schüttelte nachdrücklich den Kopf –, »wenn wir Frauen die gleichen Rechte wie die Männer erhalten wollen, dann nicht dadurch, dass wir Häuser in Brand setzen, sondern durch logische Argumente, die schlussendlich alle Verantwortlichen überzeugen werden.«

Rosalind nickte zustimmend. »Du weißt, dass ich die Letzte bin, die nicht für die Gleichberechtigung wäre, aber was ich im Gefängnis erleben musste …« Es fiel Rosalind offensichtlich schwer, darüber zu sprechen. »Derzeit können wir ohnehin nichts anderes tun, als zu beten und zu hoffen, dass dieser sinnlose Krieg bald ein Ende findet.«

»Ich hoffe, er dauert noch lange!« Jimmy sah die beiden Frauen mit flammendem Blick an. »Ich will in den Krieg ziehen und es den Deutschen zeigen. Die haben nämlich meinen Dad ermordet.«

»Ach, Kind, du weißt ja nicht, was du redest«, sagte Susan automatisch, obwohl sie wusste, wie wenig Jimmy es mochte, als Kind bezeichnet zu werden.

Jimmy runzelte die Stirn und öffnete den Mund, doch Anabell, die trotz ihres jungen Alters ein feines Gespür für einen aufkommenden Streit besaß, sagte rasch: »Willst du mein neues Puppenhaus sehen? Mama schenkte es mir zum Geburtstag.«

»Puppenhaus?« Jimmys Gesicht wurde lang. »Eher nicht …«

»Warum zeigst du Jimmy nicht die Welpen von Bice?«, warf Rosalind schnell ein. »Ich bin sicher, Jimmy mag junge Hunde, nicht wahr?«

Anabell sprang auf und zog Jimmy an einer Hand vom Stuhl. »O ja, die Kleinen sind allerliebst. Komm mit!«

Jimmys Gesichtsausdruck war alles andere als erfreut, und er folgte dem Mädchen nur widerstrebend. Susan starrte den Kin-

dern nach. Da gingen sie nun – Bruder und Schwester – und hatten keine Ahnung, wie nahe sie sich standen.
Die folgende Stunde verflog rasch, und Susan beruhigte sich so weit, dass sie sogar genussvoll in ein Apfelküchlein biss. Rosalind erzählte ihr, wie sehr es ihr zuerst schwergefallen war, sich wieder an ein Leben als Landadlige zu gewöhnen.
»Ich besuche regelmäßig unsere Pächter. Besonders die Frauen haben derzeit ein schweres Los, da sich sehr viele Männer an der Front befinden. Ich versuche zu helfen, wo ich kann, denn ich habe am eigenen Leib erfahren, wie es ist, arm zu sein und nicht zu wissen, woher man einen Penny für das nächste Essen nehmen und womit man die Kinder kleiden soll. Aus Partys und Bällen mache ich mir nichts. Ich bin froh, dass Lavinia auch nur selten ausgeht, und Besuch erhalten wir auch eher wenig. Nur wenn Edward auf Sumerhays weilt, ist es unvermeidlich, Empfänge zu geben. Während des Krieges hält sich das jedoch in Grenzen, denn niemandem ist zum Feiern zumute, wenn da draußen die Männer sterben.«
Susan stimmte ihr gerade zu, da öffnete sich die Tür, und die Kinder stürmten herein. Offenbar hatte Jimmy den Besuch bei den jungen Hunden genossen, denn seine Wangen waren gerötet, und seine Augen strahlten. Auf den Armen trug er einen Welpen, kaum älter als zwei oder drei Wochen.
»Mama, darf ich ihn behalten?« Bittend sah er Susan an. »Ach, bitte, bitte! Bice, der Gärtner, meint, in vier oder fünf Wochen kann er von seiner Mutter weg, dann darf ich ihn holen.«
Einen Hund! Susan verdrehte die Augen. Bisher hatte sie noch nie ein Haustier gehabt, wobei das in London und bei ihrer Arbeit auch schlecht möglich gewesen war. Jetzt jedoch hatte sie ein eigenes Haus und einen Garten, und Jimmy hatte bereits sein Herz an das kleine, schwarz-weiß gefleckte Fellknäuel, das Susan keiner Rasse zuordnen konnte, verloren.
»Wenn du weiterhin fleißig lernst und gute Noten nach Hause bringst – meinetwegen!«

Mit dem Welpen auf dem Arm, umarmte Jimmy sie stürmisch. Es war das erste Mal, dass der Junge sich freiwillig in ihre Arme geworfen hatte.
»Ach, danke! Ich bringe den Kleinen jetzt wieder zurück zu seiner Mutter. Sicher hat er Hunger …«
Susan und Rosalind sahen ihm lächelnd nach, und Anabell zupfte an Susans Ärmel.
»Wollen Sie mein Puppenhaus sehen?«
Susan zögerte und warf einen Blick zu Rosalind. »Ich weiß nicht …«
»Geh nur, sonst platzt Anabell noch vor Stolz. Das Puppenhaus ist nämlich ihr Ein und Alles. Sie wird nicht müde, andauernd die Zimmer neu einzurichten und die Möbel umzustellen.«
Während Susan hinter Anabell die Treppe in den Kindertrakt hinaufstieg, fühlte sie sich wie in einer anderen Welt. Zum ersten Mal war sie mit ihrer Tochter allein. Sie beobachtete genau jede ihrer Bewegungen, wie sie ihre kleinen Füße auf die Stufen setzte und wie sich ihre schmalen Finger um das Treppengeländer schmiegten. Am liebsten hätte Susan das Mädchen in die Arme gerissen und sie geküsst, doch das würde ihr niemals gestattet sein.
Anabells Spielzimmer – ihr Schlafzimmer und der Raum, in dem sie Unterricht erhielt, lagen gleich nebenan – war lichtdurchflutet und mit hellen Möbeln eingerichtet. Auf einem Tisch stand ein dreistöckiges Puppenhaus mit vielen Zimmern, die bis ins kleinste Detail eingerichtet waren. Mit leuchtenden Augen erklärte Anabell eifrig, welchem Zweck jeder Raum diente und wie die Menschen, die in Form von kleinen Puppen auf Sesseln und Stühlen saßen, hießen und welche Funktionen sie in dem Haus hatten. Dabei wanderte ihre Zungenspitze immer wieder über ihre Unterlippe. Susan erinnerte sich, dass sie das als Kind auch getan hatte. Ihre Mutter hatte sie häufig dafür getadelt und gemeint, es wirke, als wäre sie nicht ganz richtig im Kopf. Bei Anabell sah es aber reizend aus.

»Ich bin so froh, dass Mama bald wieder heimkommt«, sagte Anabell plötzlich. »Es ist nicht schön, wenn sie nicht da ist.«
»Du liebst deine Mama sehr, nicht wahr?«, fragte Susan, einen Kloß im Hals.
Anabell nickte. »Natürlich, auch Tante Rosalind mag ich. Aber Mama ist doch anders, auch wenn sie in letzter Zeit oft traurig ist und weint. Ich gehe dann immer zu ihr und versuche, sie zu trösten, sie sagt mir aber nicht, was ihr weh tut. Ich hoffe, in diesem Krankenhaus finden sie, was Mama traurig macht, und machen sie wieder ganz gesund.«
Erneut war Susan über Anabells altkluge Art erstaunt. Das hatte sie weder von ihr und noch weniger von ihrem Erzeuger. Offenbar prägten das Umfeld, in dem ein Kind aufwuchs, und die Erziehung den Charakter mehr als eine erbliche Vorbelastung.
»Deinen Vater liebst du auch, oder?«, fragte Susan. Sie wusste, es war nicht recht, das Kind derart auszufragen, aber eine solche Gelegenheit bot sich ihr wahrscheinlich nie wieder. Wenn Lavinia zurück war, würde sie, Susan, keinen Fuß mehr ins Herrenhaus setzen dürfen.
Susan entging nicht, wie Anabell erst nachdachte, bevor sie ihre Frage beantwortete.
»Vater mag ich ebenfalls, er ist ja auch mein Vater.«
Susan ging vor dem Mädchen in die Hocke, nahm ihre Hände und sah ihr in die Augen.
»Aber deine Mama magst du mehr?«
Eifrig nickte das Kind. »Vater ist die meiste Zeit in London, er kommt uns selten besuchen. Ich mag die Stadt nicht und bleibe lieber hier. Aber immer, wenn Vater hier ist, muss ich mit ihm ausreiten.«
»Magst du denn nicht reiten?«
»Schon, früher auf meinem Pony war es schön. Vater will aber, dass ich ein richtiges Pferd reite, doch die sind so furchtbar groß. Wenn ich aber weine, weil ich Angst habe, dann schimpft er ganz

schrecklich mit mir, und Mama wird dann auch immer so traurig.«
Susan zerriss es beinahe das Herz.
»Musst du sonst etwas tun, was du nicht möchtest?«, hakte sie vorsichtig nach.
Anabell nickte. »Ich mag nicht auf die Jagd gehen. Es ist nicht schön, wenn man Tiere tötet. Vater sagt zwar, ich esse ja auch das Fleisch dieser Tiere, aber ich weiß, dass ich niemals auf ein Tier schießen werde. Ich muss immer weinen, wenn Vater ein Reh oder einen Fasan totschießt.«
»Dein Vater will sicher nur das Beste für dich«, sagte Susan leise. »Eines Tages wirst du eine richtige Lady sein, und eine Lady muss gut reiten und auch jagen können.«
»Hm …« Grübelnd zog Anabell die Unterlippe zwischen die Zähne. »Ich weiß, warum Vater will, dass ich das mache. Ich bin nämlich nur ein Mädchen, und Vater wollte lieber einen Jungen haben, darum will er, dass ich mich wie ein Junge benehme.«
»Das ist bestimmt nicht wahr«, versicherte Susan ihr schnell, aber Anabell schüttelte trotzig den Kopf.
»Ich habe gehört, wie Vater zu Großmutter sagte, es sei schade, dass ich nur ein Mädchen bin. Er würde mich viel mehr lieben, wenn ich ein Junge wäre.«
Nun konnte Susan ihre Gefühle nicht mehr unterdrücken. Sie nahm Anabell in die Arme und zog sie an ihre Brust. Das Mädchen sträubte sich nicht, sondern schmiegte ihren Kopf an sie.
»Du bist lieb«, sagte sie leise und ging dabei unwillkürlich zum Du über. »Kommst du uns öfter besuchen? Jimmy ist auch ganz nett, für einen Jungen jedenfalls.«
Susan schmunzelte. »Wir werden sehen. Du und deine Tante, ihr könnt uns ja auch mal in unserem Cottage besuchen. Es liegt über dem Hafen, und man sieht direkt aufs Meer.«
Vertrauensvoll schob Anabell ihre Hand in Susans, als sie in den Salon zurückgingen. Als es Zeit wurde, sich zu verabschieden,

versprach Rosalind, Susan so bald wie möglich in Polperro zu besuchen.

»Ich bin so glücklich, dass du jetzt hier lebst«, sagte Rosalind, und Susan spürte, dass sie ihre Worte ehrlich meinte. Sie wusste allerdings, wenn Lavinia davon erfuhr, gäbe es eine Katastrophe. Im Augenblick verdrängte sie lieber den Gedanken daran, denn Susan war sehr glücklich, mit Anabell zusammen gewesen zu sein, und hatte jede Minute dieses Nachmittags genossen.

Die Nachricht, Stephen Polkinghorn wäre bei Ypern in Flandern gefallen, zog Susan im wahrsten Sinne des Wortes die Beine weg. Sie erfuhr es beim Bäcker, wo das natürlich Gesprächsthema Nummer eins war, da die Familie Polkinghorn allseits bekannt, wenngleich nicht unbedingt beliebt war.

»Die arme Frau!« Eine Kundin rang theatralisch die Hände. »So jung und schon Witwe.«

»So ergeht es derzeit Tausenden«, entgegnete Mrs. Finch trocken. »Auch wenn ich diesen aufgeblasenen Polkinghorn nicht sonderlich mochte – keiner hat es verdient, auf einem Schlachtfeld fern der Heimat zu verrecken.«

»Man sagt ja, viele Kinder aus der Gegend hätten Polkinghornsches Blut in den Adern«, flüsterte eine Dame hinter vorgehaltener Hand, jedoch so laut, dass es alle Kunden in der Bäckerei deutlich hören konnten. »Der hat nichts anbrennen lassen …«

»Man soll über Tote nicht schlecht sprechen.« Laut und streng unterbrach Susan die Frau. »Stephen Polkinghorn war seiner Frau treu, was er in seiner Jugend gemacht hat, sollte vergessen sein.«

Alle Blicke richteten sich auf Susan. Die Frau, die zuletzt gesprochen hatte, stellte sich vor sie und fragte spöttisch: »Ach, sieh mal an, unser Neuzugang.« Auch nach inzwischen drei Monaten war Susan immer noch die *Neue* in Polperro. »Sie haben wohl selbst einmal die Gunst Polkinghorns genossen? Sagten Sie nicht, Sie wären Witwe? Vielleicht sollte ich mir Ihren Jungen mal genauer ansehen, ob er nicht vielleicht die Nase oder die Augen einer gewissen aristokratischen Familie hat?«

»Rose, jetzt gehst du zu weit.« Mrs. Finch kam hinter dem Verkaufstresen vor und stellte sich zwischen Susan und die Frau. »Mrs. Hexton hat ihren Mann in diesem schrecklichen Krieg verloren und ist gezwungen, sich und ihren Sohn allein durchzubringen. Sie ist Sir Stephen nie im Leben begegnet, lebt sie doch erst seit kurzer Zeit hier.«

Susan war über Mrs. Finchs Hilfestellung dankbar. Auf keinen Fall würde sie die Worte der Bäckerin dementieren. Sie hoffte nur, dass niemand beobachtet hatte, als Stephen sie in ihrem Cottage aufsuchte.

Susan nahm ihre Einkäufe und warf Mrs. Finch einen dankbaren Blick zu, dann verließ sie den Laden. Mühsam, langsam einen Schritt vor den anderen setzend, ging sie durch die schmale Gasse zum Hafen hinunter. Hier erreichte sie gerade noch eine Bank und ließ sich darauf fallen, als ihre Beine unkontrolliert zu zittern begannen. Stephen war tot! Stephen – der Mann, der ihr die Zeit, als sie Anabell erwartete und fast von allen Menschen abgeschnitten gewesen war, versüßt hatte. Stephen – mit ihm war sie zum ersten Mal in einem Automobil gefahren. Stephen – er hatte sie ins Theater nach Plymouth geführt, wo sie sofort von der Atmosphäre fasziniert gewesen war. Und Stephen hatte sie schließlich Sarah Bernhardt vorgestellt und damit die Weichen für ihr künftiges Leben gestellt. Susan konnte es nicht fassen, dass er wirklich tot sein sollte. Nie wieder würde sie sein unbekümmertes Lachen und seine Stimme, in der stets ein wenig Spott mitklang, hören. Stephen war aber auch der Mann, der ihrem Geheimnis dicht auf der Spur gewesen war. So gesehen war sein Tod ein Glücksfall, denn nun würde niemand es lüften können. Trotzdem empfand Susan eine tiefere Trauer als bei

Pauls Tod. Sie und Stephen waren nie ein Liebespaar gewesen, doch in der Zeit, die sie miteinander verbrachten, waren sie Freunde geworden.

Zwei Wochen später ging Susan zu der Beerdigung. Stephens sterbliche Überreste waren nach Cornwall überführt worden, und die halbe Grafschaft schien sich auf dem Friedhof von Polkinghorn Manor eingefunden zu haben. Aus der Ferne sah Susan Veronica, Stephens Witwe. Obwohl ihr Gesicht von einem schwarzen Schleier bedeckt war, war sie sehr schön. An ihrer Hand ging ein kleiner Junge, der offenbar nicht verstand, warum die vielen Menschen gekommen waren. Auch Lady Lavinia, ihr Mann und Rosalind waren anwesend, sie schoben Zenobia in einem Rollstuhl. Susan machte sich nicht bemerkbar, sie wollte mit niemandem sprechen. Sie wartete, bis keiner mehr auf dem Friedhof war, dann erst trat sie vor die noch offene Gruft und legte eine blühende blaue Hortensienblüte, eine der letzten aus ihrem Garten, auf die Steinstufen.
»Leb wohl, Stephen«, sagte sie leise, und Tränen liefen ihr übers Gesicht. »Ich werde dich niemals vergessen.«

Das Jahr 1916 begann, wie das Jahr 1915 geendet hatte: Starke Stürme und heftiger Regen zogen über Cornwall, setzten die Felder unter Wasser und ließen die Flüsse anschwellen, so dass auch in Polperro einige Gassen nicht passierbar waren. Oft konnten Fischer tagelang nicht hinausfahren, und das Hafenbecken musste mit einer schweren Holzbarriere verschlossen werden, damit das Meer nicht die Häuser am Hafen überschwemmte.
Von den Kriegsschauplätzen gab es nichts Neues, die deutsche Armee schien immer noch auf dem Vormarsch zu sein. Die Briten kämpften an allen Fronten – in Frankreich und Belgien ebenso wie in der Türkei oder auf dem Balkan. England verhängte

gegenüber Deutschland eine Seeblockade, die sich nicht mehr nur auf kriegswichtige Güter, sondern auch auf Lebensmittel bezog. So kam es zu massiven Einschränkungen in der Lebensmittelversorgung, die auch auf dem Land spürbar wurde. Glücklicherweise waren die Keller der Häuser Polperros randvoll mit gepökelten Pilchards gefüllt, einem kleinen, sardinenartigen Fisch und seit Jahrhunderten das Hauptnahrungsmittel Cornwalls. Pilchards traten zwei oder drei Mal im Jahr in großen Schwärmen zu Abermillionen Fischen auf. Tagelang waren alle Menschen mit nichts anderem beschäftigt, als die Fische zu fangen, sie auszunehmen und sie in Salz einzulegen, damit sie mehrere Monate haltbar wurden. Nichts von den Pilchards wurde verschwendet, denn der Tran wurde zu Lampenöl verarbeitet. Susan mochte diese Fische nicht besonders, doch sie waren billig und nahrhaft. Zwar brauchte sich Susan keine Gedanken ums Geld zu machen, denn das Leben in Cornwall war um ein Vielfaches günstiger als in der Stadt, auch gab es keine Vergnügungen, bei denen Susan hätte Geld ausgeben können, dennoch lebte sie so sparsam wie möglich.

Lavinia Callington war längst aus dem Hospital entlassen worden und wieder auf Sumerhays. An Weihnachten kam auch Edward aus London und blieb bis Mitte Januar. In dieser Zeit sah Susan weder Rosalind noch Anabell. Sie hatte Rosalind gebeten, Lady Lavinia nichts von ihren Besuchen zu erzählen.

»Ich stamme nicht aus ihrer Gesellschaftsschicht«, erklärte sie und wusste, wie vage dies klang. »Deine Schwägerin würde nicht wollen, dass du mit jemandem wie mir verkehrst, zumal ich auch mal Schauspielerin und eine engagierte Suffragette war.«

Rosalind hatte Susan lange fragend angesehen, als jedoch keine weitere Erklärung folgte, hatte sie zustimmend genickt. Susan befürchtete dennoch, dass Lavinia durch Mrs. Windle von ihr erfahren würde. Als der Januar jedoch fortschritt und in den Februar überging und sie nichts aus Sumerhays hörte, wurde sie ruhiger. In unregelmäßigen Abständen besuchte Rosalind sie in ihrem Cottage, manchmal brachte sie Anabell mit. Jimmy verschwand dann immer. Er konnte mit dem Mädchen nichts anfangen, Anabell schien das jedoch nicht zu stören. Susan war für diese Stunden sehr dankbar, ermöglichten sie ihr doch, ein bisschen am Leben ihrer Tochter Anteil zu nehmen.

In Polperro hatte sie sich einen kleinen Freundeskreis aufgebaut, und mit Doro verband sie ein regelmäßiger Briefwechsel. Von ihr erfuhr Susan, dass Esperanza ein Mädchen zur Welt gebracht hatte und Theo der stolzeste Vater der Welt war. Zwischen den Zeilen von Doros Brief las Susan tiefe Bitterkeit heraus. Sie fragte sich, wie lange Doro noch einer verlorenen Liebe nachtrauern wollte. Irgendwann musste sie doch einsehen, dass ihre Gefühle für Theo nie erwidert worden wären, selbst wenn Esperanza nicht in sein Leben getreten wäre. Sie dachte schließlich auch nicht mehr an Daniel Draycott. Nun ja, jedenfalls nicht oft. Von Männern hatte Susan die Nase voll, sie hatten ihr bisher kein Glück gebracht. Sie lebte für ihren Sohn, mit dem sie inzwischen ein herzliches Verhältnis verband, und sobald der Krieg vorbei wäre, würde sie sich Gedanken machen, wie sie künftig ihren Lebensunterhalt bestreiten konnte.

Von den Kriegsschauplätzen der Welt kamen keine guten Nachrichten, es schien ein einziges Auf und Ab der Kampfhandlungen zu sein, denen immer mehr Menschen zum Opfer fielen. Längst waren es nicht mehr nur Soldaten, sondern auch immer mehr Zivilisten ließen ihr Leben, die meisten durch Hunger und Krankheiten. Susan war nicht feige, dennoch froh, in Cornwall in Sicherheit zu sein, wenngleich natürlich auch hier der Krieg das vorrangige Gesprächsthema war und es in Polperro kaum noch eine Familie gab, die nicht einen Vater, Ehemann oder Sohn unter den Opfern zu beklagen hatte.

Als im Mai 1915 der britische Passagierdampfer *Lusitania* von einem deutschen U-Boot torpediert und versenkt wurde, fühlte sich

Susan unweigerlich an das Unglück der *Titanic* erinnert. Während sie den Zeitungsbericht las, zitterte sie am ganzen Körper, und Tränen liefen über ihr Gesicht. Bei dieser Katastrophe waren fast ebenso viele Menschen, darunter zahlreiche Frauen und Kinder, ums Leben gekommen wie vor vier Jahren bei dem Untergang der *Titanic*. Unter den Opfern waren auch 128 amerikanische Staatsangehörige, daher hoffte man, die bisher neutralen Vereinigten Staaten würden in das Kriegsgeschehen eintreten.

»Wenn die USA Deutschland den Krieg erklären, ist es mit dem Kaiser bald vorbei!« So lautete die allgemeine Meinung.

»Ja, die Amis haben frische, unverbrauchte Männer und keine Probleme mit dem Versorgungsnachschub«, bemerkte Mr. Finch, der Bäcker, der aufgrund eines angeborenen Hüftschadens kriegsuntauglich war.

Trotz allem verlebte Susan ein ruhiges und glückliches Jahr. Niemand sprach mehr davon, dass der Krieg bald vorbei wäre, die Menschen stellten sich vielmehr auf eine lange Zeit der Kämpfe ein und versuchten, das Beste daraus zu machen. Ein Mal im Monat fand ein Tanzabend in der Village Hall statt, zu dem Susan gerne ging. An männlichen Tanzpartnern mangelte es selbstverständlich, denn es kamen fast nur alte Männer, die kaum noch gehen, geschweige denn tanzen konnten, oder Verwundete, die auf Heimaturlaub waren. Jimmy, der in den letzten Monaten in die Höhe geschossen und nun ebenso groß wie Susan war, tapste zwar etwas unbeholfen über die Tanzfläche, erfüllte seiner Mutter jedoch den Wunsch, wenigstens einmal den Ragtime mit ihr zu tanzen, und konnte sich dann vor Angeboten anderer Frauen kaum noch retten. Nach dem ersten Mal verließ Jimmy mit hochrotem Kopf den Saal, mit der Zeit zeigte er eine gewisse Begabung für das Tanzen.

Ende Mai 1916 lieferten sich die britische und die deutsche Flotte die größte Seeschlacht des Krieges bei Skagerrak vor der Küste Jütlands. Die Schlacht tobte einen Nachmittag und die ganze folgende Nacht hindurch, ohne dass eine Entscheidung fiel. Obwohl die Engländer doppelt so hohe Verluste erlitten wie die Deutschen, behielten sie in der Nordsee strategisch die Oberhand. Die deutsche Flotte zog sich nach Kiel zurück und unternahm keinen Versuch, die Ostsee zu verlassen. Erneut gab es eine Pattsituation. Die Lage änderte sich erst, als im April 1917 die USA endlich ihre Neutralität aufgaben und Deutschland den Krieg erklärten. Durch den Kriegseintritt der Vereinigten Staaten konnten die Alliierten erleichtert aufatmen. Zuerst machte sich dies auf den Meeren bemerkbar. Hatten die Engländer bereits vorher bewiesen, dass der Schutz von Schiffstransporten durch Kriegsschiffe gegen die deutschen Angriffe wirksam war, so konnte dieses Sicherungssystem nun durch die US-Marine wirkungsvoll verstärkt werden.

Erst jetzt erfuhr Susan von einem schrecklichen Ereignis, das beinahe ein ganzes Jahr zuvor stattgefunden hatte: Der inzwischen einundsiebzigjährigen Schauspielerin Sarah Bernhardt war das rechte Bein direkt unterhalb der Hüfte amputiert worden. Vor Jahren hatte Sarah sich bei einem Sprung auf der Bühne am Knie verletzt, was nie richtig ausgeheilt war und immer wieder zu schmerzhaften Entzündungen führte. Durch den Krieg bedingt, hatten auch die meisten Theater in Frankreich geschlossen, und die Nachrichten vom Festland, die nicht das Kriegsgeschehen betrafen, erreichten England nur schleppend und unvollständig. Susan schrieb sofort einen langen Brief an Sarah und fragte nach ihrem Befinden. Zu ihrer großen Freude erhielt sie drei Monate später eine Antwort, in der Sarah Bernhardt meinte, sie wäre nun ohne das »lästige und ständig schmerzende Bein« sehr viel besser dran, und sie war auch schon wieder aufgetreten. Sie verzichtete auf eine Prothese, sondern hüpfte auf einem Bein auf die Bühne und hielt ihre kraftvollen Monologe, für die Sarah weltberühmt war, in einem Sessel sitzend.

Wieder mal bewunderte Susan diese wahre Diva des Theaters. Jede andere Frau, vor allem in ihrem Alter, hätte sich verzweifelt zurückgezogen, Sarah Bernhardt jedoch tat genau das Gegenteil. Als wollte sie jedem beweisen, dass sie auch mit nur einem Bein die größte Schauspielerin der Welt war, reiste sie – soweit es der Krieg zuließ – durch Europa und gastierte sogar in den Feldlagern an der Front vor begeisterten Soldaten. Susan fragte sich, woher Sarah diese Kraft und Energie nahm, und hoffte, mit ebensolcher Stärke ihr künftiges Leben zu bewältigen.

Der Mai 1917 war ein wunderschöner, warmer und sonniger Monat. Überall blühten die Rhododendren in verschwenderischer Pracht, und die Sonne machte jeden Aufenthalt im Freien zu einem wahren Vergnügen. In den letzten Jahren hatte sich Susan mit der Gartenarbeit beschäftigt und zog jetzt in ihrem kleinen Garten neben Blumen auch Gemüse und Früchte. In dem milden, fast schon mediterranen cornischen Klima wuchsen alle Sorten von Beeren, köstlich süße Äpfel und Birnen, Mirabellen und Pflaumen, und täglich konnte Susan frischen Salat, Karotten und Radieschen ernten. Sie war gerade dabei, ein Beet umzugraben, in dem sie versuchen wollte, Kartoffeln anzubauen, als es an der Vordertür klopfte. Susan, die in der lockeren Erde gekniet hatte, erhob sich und wischte sich die erdigen Hände notdürftig an der Schürze ab. Sie wunderte sich, wer anklopfte, denn die Nachbarn kamen normalerweise einfach in den Garten. Bevor sie ins Haus ging, fuhr sie sich mit einer Hand über die schweißnasse Stirn und hinterließ dabei drei breite Schmutzstreifen auf der Haut. Dann ging sie zur Tür und öffnete.
Vor ihr stand Daniel Draycott.

33. Kapitel

Du bist bei der Armee?« Das war das Erste, was Susan einfiel, denn Daniel trug die olivfarbene Uniform der US-Soldaten, die flache Mütze hielt er in der Hand.

»Darf ich hereinkommen?« Daniels Augen flackerten nervös, und er sah sie bittend an. »Ich hoffe, ich störe dich nicht.«

Susan besann sich auf ihre Gastfreundschaft, bat Daniel in das kleine Wohnzimmer und fragte, ob er einen Tee haben wolle. Daniel verneinte und blieb abwartend an der Tür stehen.

»Wie geht es dir?«, fragte er nach einer für Susan beinahe unendlich erscheinenden Zeit, in der sie selbst krampfhaft nach Worten suchte.

»Gut, danke, und dir?« Susan wusste, wie ablehnend ihre Miene und ihre Körperhaltung wirken mussten, sie konnte sich jedoch nicht anders verhalten.

Warum bist du gekommen?, dachte sie und schloss für einen Moment die Augen. Sie hatte geglaubt, ihre Gefühle für ihn längst überwunden zu haben. Als er jetzt jedoch vor ihr stand, begann ihr Herz, wie das eines Schulmädchens zu klopfen, und sie schämte sich, dass ihr Kleid und ihr Gesicht schmutzig waren. Daniel hatte sich kaum verändert. Hier und da war in seinem Gesicht eine Falte hinzugekommen, doch in seinen dunkelblonden Haaren zeigte sich noch kein Grau, und sein Körper war ebenso schlank und muskulös, wie Susan ihn in Erinnerung hatte.

Mit einem Schritt war Daniel bei ihr. Nach einem kurzen Zögern legte er eine Hand auf ihre Schultern. Susan zuckte unter seiner Berührung zusammen, und ihre Knie schienen plötzlich aus Pudding zu bestehen.

»Endlich habe ich dich gefunden«, stieß er hervor, wobei sich seine Augen verdunkelten. »Seit wann lebst du hier? Warum hast du mir nicht geschrieben? So viele Jahre …«

Susan ignorierte das Zittern ihrer Beine und entgegnete mit kühler Stimme: »Ich sah keine Veranlassung, dir mitzuteilen, dass ich hier lebe. Mein Sohn und ich sind vor zwei Jahren aus London fortgegangen.«
»Dein Sohn?« Ein kurzes Erschrecken glitt über Daniels Gesicht. »Dann bist du verheiratet?«
»Ich bin Witwe«, antwortete Susan knapp. »Jimmy, mein Sohn, wird bald vierzehn Jahre alt.«
Daniel nickte. »Er ist der Junge, von dem du auf dem Schiff gesprochen hast, nicht wahr? Als du von einer angeblichen Freundin erzähltest. Es freut mich für dich, dass du deinen Sohn wieder bei dir hast.«
Susan machte sich aus seinem Griff frei und wandte sich ab. Dabei fiel ihr Blick in einen Spiegel, und sie erschrak. Sie sah furchtbar aus! Seit drei Tagen hatte sie ihre Haare nicht mehr gewaschen, ihr Gesicht war ebenso wie ihre Hände mit Erde beschmutzt, und auch ihre Strümpfe waren alles andere als sauber. Na und?, dachte sie, es kann mir gleichgültig sein, wie ich aussehe. Daniel Draycott ist nur vorbeigekommen, um mir einen Höflichkeitsbesuch abzustatten, da er offenbar als Soldat nach England geschickt wurde. Mehr durfte und wollte sie in Daniels Erscheinen nicht hineininterpretieren. Langsam richtete sie ihren Blick auf ihn.
»Du gehst aufs Festland?«, fragte sie und deutete auf seine Uniform.
Er nickte. »Nach Flandern, unser Schiff läuft heute Abend in Plymouth aus.«
»Warum bist du gekommen?«, fragte sie nun doch direkt.
Daniel seufzte und sah sich um.
»Du hast nicht zufällig etwas zu trinken im Haus?«, fragte er. »Ich meine, etwas Alkoholisches. Normalerweise trinke ich tagsüber nicht, aber bei dem, was ich dir zu sagen habe, könnte ich einen Schluck gebrauchen.«

»Tut mir leid.« Susan zuckte bedauernd mit den Schultern. »Derzeit ist es fast unmöglich, Alkohol zu bekommen, und wenn, dann ist er sehr teuer. Außer dem Bier, das im örtlichen Pub ausgeschenkt wird, gibt es im ganzen Dorf keinen Alkohol.«
Er seufzte erneut, schloss für einen Moment die Augen und setzte sich dann in den Sessel. Susan nahm auf dem Sofa Platz. Sie war gespannt, was Daniel ihr zu sagen hatte, und hoffte, es würde schnell gehen. Je schneller er wieder verschwand, desto besser. Zugleich wusste sie, dass diese unerwartete Begegnung sie für die kommenden Wochen aus der Bahn werfen würde.
»Warum hast du mir nie auf meine Briefe geantwortet?«
»Was?« Seine Frage traf Susan völlig unerwartet. »Das müsste ich dich fragen«, sagte sie mit einem bitteren Unterton. »Ich habe dir das Geld, welches du mir geliehen hast, zurückgeschickt und dir zwei Briefe geschrieben, in denen auch meine Londoner Adresse stand. Allerdings erhielt ich von dir nie eine Antwort.«
»Das ist nicht wahr!« Daniels Augenbrauen ruckten nach oben. »Ich habe dir geschrieben, ein ganzes Jahr lang, beinahe jeden Monat. Das war, bevor der Krieg ausbrach und die Post noch ungehindert durchkam. Irgendwann fand ich mich schließlich damit ab, dass du nichts mehr von mir wissen willst, da nie eine Antwort kam …«
Ein Verdacht regte sich in Susan.
»Ist das wirklich wahr?«, flüsterte sie. »Oder sagst du das jetzt nur so?« Der liebevolle, zugleich traurige Blick aus Daniels Augen beantwortete ihre Frage, und sie schlug eine Hand vor den Mund. »Doro …«
»Dorothea Hawkins?«, fragte er.
Susan nickte. »Du kennst sie?«
»Unsere Einheit wurde nach England geschickt, wir kamen vor ein paar Tagen in Liverpool an. Da ich etwas Zeit hatte, bevor wir uns nach Frankreich einschiffen, suchte ich die Adresse in London auf, die letzte, die ich von dir hatte. Dort lebt eine Miss

Hawkins, die alles andere als erfreut war, als ich sie nach dir fragte.« Er lächelte verschmitzt. »Es kostete mich all meine Überredungskunst und jede Menge Charme, damit sie mir verriet, dass du jetzt in Cornwall lebst. Allerdings nicht, ohne darauf hinzuweisen, dass du mit dem Thema Männer abgeschlossen hättest und sicher nicht erfreut wärst, mich wiederzusehen.«

Während Daniels Worten wurde Susan so einiges klar. Doro hatte seine Briefe abgefangen. Ach, Doro, warum hast du das getan?, dachte Susan, sie empfand jedoch keinen Zorn auf die Freundin, sondern konnte sie sogar ein wenig verstehen. Doros ganzes Denken und Handeln war seit Jahren auf den Kampf für das Frauenwahlrecht fixiert, wahrscheinlich hatte sie gedacht, Susan als Mitstreiterin an Daniel zu verlieren.

Langsam erhob sich Daniel aus dem Sessel, nahm Susans Arm und zog sie hoch. Sein Gesicht war dem ihren ganz nahe.

»Ich weiß, es ist verrückt, aber ich habe dich die ganze Zeit nicht vergessen können«, flüsterte er, obwohl sie allein waren. »Seit du damals aus New York abgereist bist, verging kein Tag, an dem ich nicht an dich dachte und mich fragte, was du machst und ob du gesund und glücklich bist. Als ich dann nichts mehr von dir hörte, hat mich das sehr verletzt. Ich musste jedoch kommen, auch wenn ich nicht wusste, was mich erwartet.«

»Daniel … nicht …«, wehrte Susan ab, als er sie küssen wollte. »Ich sehe furchtbar aus …«

»Du bist wunderschön.«

Sein Mund senkte sich auf ihre Lippen, und in Susan zerbrach jeglicher Widerstand. Sie schlang ihre Arme um seinen Körper und erwiderte seinen Kuss voller Leidenschaft. Es war so furchtbar lange her, seit ein Mann sie geküsst hatte. Als Daniel sich von ihr löste, sie auf die Arme nahm, als wöge sie nicht mehr als eine Feder, und sie nach oben trug, wehrte Susan sich nicht. Sie wollte jetzt nicht an den Abend, wenn Daniel in den Krieg ziehen musste, denken. Sie wollte an gar nichts denken, außer, dass der Mann, den sie von ganzem Herzen liebte, in diesem Moment bei ihr war, und jede Minute mit ihm genießen. Wie hatte sie jemals glauben können, Daniel würde ihr nichts mehr bedeuten?

Daniel zeigte Verständnis, dass Susan ihn nicht nach Plymouth begleiten wollte.
»Ich hasse Abschiede«, sagte sie, und Daniel nickte.
»Wir sagen nicht adieu, sondern auf Wiedersehen, mein Schatz.« Seine Worte rannen wie ein wohliger Schauer über Susans Rücken. »Der Krieg kann nicht mehr lange dauern. Wirst du auf mich warten?«
Seine Frage klang bang, und in Daniels Augen stand ängstliche Erwartung.
»Es gibt keinen anderen Mann in meinem Leben«, antwortete Susan ernst. »Wenn es das Schicksal will, dann wirst du gesund zurückkehren, und ich werde hier sein.«
Sie hörten unten eine Tür klappen, und schnell zog Susan sich an.
»Was wird dein Sohn sagen, wenn er mich hier findet?«, fragte Daniel, während er in seine Uniform schlüpfte.
Susan lachte. »Nun, er muss uns ja nicht gerade im Bett vorfinden, er wird aber gleich heraufkommen, da ich noch kein Abendessen gemacht habe.«
Susan fing Jimmy auf der Treppe ab, und der Junge merkte sofort, dass seine Mutter verändert war. Nie zuvor hatte er sie so fröhlich und strahlend erlebt, zudem war ihr Haar zerzaust und ihre Lippen rot und geschwollen.
»Ich mache gleich etwas zu essen«, sagte sie hastig und schob Jimmy vor sich die Treppe hinunter. Da polterte es plötzlich in ihrem Schlafzimmer, und Jimmy grinste.
»Wurde auch mal Zeit, Mama«, sagte er, blickte auf die Schlafzimmertür und dann Susan ins Gesicht. Er grinste. »Du bist schließlich keine Nonne.«

»Jimmy!« Susan war über seine Worte schockiert, aber Jimmy lachte nur laut.
»Mama, wann wirst du endlich einsehen, dass ich kein Kind mehr bin? Ich hoffe nur, der Kerl ist deiner auch wert. Wenn nicht, kriegt er es mit mir zu tun.«
Keine Äußerung von Jimmy hatte Susan bisher derart glücklich gemacht. Endlich hatten sie ganz zueinandergefunden, und ihr Sohn sorgte sich um sie. Spontan umarmte Susan Jimmy und küsste ihn auf die Stirn, was sich der Junge nur widerstrebend gefallen ließ.
Als Daniel die Treppe herunterkam, starrte Jimmy ihn mit offenem Mund an.
»Ein Soldat?« Er war offensichtlich beeindruckt. »Das ist doch keine englische Uniform. Zu welchem Regiment gehören Sie?«
»Jimmy, sei nicht so neugierig«, mahnte Susan, Daniel winkte jedoch ab und lachte.
»Ich bin Amerikaner.« Er streckte Jimmy seine Hand entgegen. »Ich heiße Daniel, und du bist bestimmt Jimmy. Deine Mutter hat mir schon viel von dir erzählt.«
Jimmy runzelte die Stirn.
»Glauben Sie bitte nur die Hälfte«, entgegnete er schlagfertig, und kam dann gleich zu dem Thema, das ihn am meisten beschäftigte. »Glauben Sie, dass der Krieg noch so lange dauern wird, bis ich mich auch melden kann?«
»Das möge Gott verhüten«, antwortete Daniel. »Mein Junge, glaube mir, die Heldengeschichten in deinen Büchern haben nichts, aber auch gar nichts mit der Realität zu tun.« Er warf einen Blick auf seine Uhr. »Ich muss jetzt gehen.«
»Kommen Sie uns wieder mal besuchen?«, fragte Jimmy. »Wenn der Krieg vorbei ist?«
»Ja, ich komme wieder.« Daniel sah erst ihn, dann Susan ernst an. »Ich verspreche, ich werde wiederkommen.«

In den folgenden Monaten wurde an allen Fronten hart gekämpft, doch durch die Unterstützung der Amerikaner gelang es den Alliierten, die Deutschen in Europa immer weiter zurückzudrängen. Gespannt verfolgte Susan jede Nachricht, die nach Cornwall durchdrang, und jedes Mal, wenn neue Verlustlisten veröffentlicht wurden, war ihr beinahe übel vor Angst, Daniels Namen irgendwo zu finden. War dies nicht der Fall, war Susan keineswegs beruhigt, denn sie bezweifelte, ob in englischen Zeitungen auch die Namen gefallener US-Amerikaner veröffentlicht würden.
Anfang Januar 1918 erhielt sie einen Brief von Daniel. Er klang unbekümmert und positiv, ging jedoch mit keinem Wort auf die aktuellen Kriegshandlungen ein oder erwähnte, wo sein Regiment gerade stationiert war.

Mach dir keine Sorgen, Liebste, mir geht es gut, und ich werde bald wieder bei dir sein …

Susan faltete den Brief und trug ihn vorn in ihrem Mieder. Sie war nicht sonderlich gläubig – denn wenn es einen Gott gab, warum ließ er dann ein solches Elend wie diesen Krieg überhaupt zu? –, dennoch betete sie jeden Abend. Nicht nur für Daniel, sondern für alle Männer auf den Schlachtfeldern.

Ein Lichtblick in dieser Zeit waren für Susan die Treffen mit Rosalind und Anabell. Lavinia Callington hatte sich von ihrem Unfall wieder vollständig erholt, war aber nach wie vor melancholisch, so dass sie entweder nicht wusste, dass Anabell mit Susan Kontakt hatte, oder es stillschweigend billigte. Im Frühjahr 1918 reiste sie für mehrere Wochen zu ihrem Mann nach London, und in dieser Zeit war Susan regelmäßiger Gast auf Sumerhays. Mrs. Windle, die Haushälterin, bedachte sie zwar stets mit unfreundlichen Blicken, richtete jedoch nie das Wort an sie. Susan lernte auch Lady Zenobia kennen, die sie zwar nicht in ihr Herz schloss, jedoch die Freundschaft Rosalinds zu einer *Frau aus dem Volk*, wie Zenobia sie nannte, akzeptierte. Nach solchen Treffen war Susan immer völlig durcheinander. Auf der einen Seite fieberte sie den Begegnungen mit Anabell entgegen, andererseits lag sie danach nächtelang wach und grübelte über ihre große Schuld nach. Mitzuerleben, wie Anabell wuchs und gedieh, wie sie lernte und von Monat zu Monat schöner wurde, hätte Susan um nichts in der Welt missen wollen.

»Ich habe Jimmy bei mir«, sagte sich Susan, wenn sie sich in Träumen verlor, in denen sie auch ihre Tochter in die Arme schließen konnte. »Ich sollte nicht zu viel verlangen.«

Außerdem hätte sie dem Mädchen niemals das Leben, das Anabell führte, bieten können. Susan hatte sich damit abgefunden, dass sie Anabell zwar in ihrem Bauch getragen und geboren hatte, sie aber niemals ihr Kind sein würde.

Eigentlich war Anabell nun alt genug, ein gutes Pensionat zu besuchen, in dem ihre Ausbildung gefördert und vervollständigt wurde, wegen des Krieges blieb das Mädchen aber weiter auf Sumerhays, wo Rosalind sie unterrichtete.

»Natürlich kommt für Lavinia und Edward nur eine Schule in Frankreich oder der Schweiz in Frage«, sagte Rosalind spöttisch bei einem ihrer Besuche in Susans Cottage. »Englische Pensionate sind für eine Callington nicht gut genug. Obwohl die Schweiz neutral ist, wäre eine Reise aufs Festland viel zu gefährlich, und Frankreich scheidet ohnehin aus.«

Susan war glücklich, dass Anabell vorerst in Cornwall blieb. Natürlich wusste sie, dass es unabdingbar war, dass das Mädchen in naher Zukunft eine gute Schule besuchte. Obwohl Susan das Kriegsende herbeisehnte, wünschte sie sich, es möge noch lange dauern, bis Anabell Sumerhays verlassen musste.

Als es im November 1918 endlich vorbei war und die Nachricht, Deutschland hätte kapituliert und einen Waffenstillstandsvertrag unterzeichnet, verbreitet wurde, liefen die Menschen auf die Straßen, tranken, sangen und tanzten. Nicht nur in den Großstädten, sondern auch in Polperro herrschte Ausnahmezustand. Der Wirt öffnete seine Zapfhähne und schenkte Freibier aus, der Bäcker buk Pasteten, und Mr. Godrevy, der Metzger, machte warme Würstchen, die ebenso wie die Pasteten kostenlos verteilt wurden. Selbst Jimmy, inzwischen vierzehn und damit alt genug, sich für die Reserve zu melden, freute sich über den Frieden. Die Erinnerung an seinen Vater würde ihn nie verlassen, sie begann jedoch zu verblassen, und er sprach nur noch selten von Paul.

Drei Tage vor Weihnachten stand Daniel Draycott vor der Tür des Cottage. Susan und er sahen sich minutenlang wortlos an, dann umarmten sie sich. Susan bemerkte, wie mager er geworden war, und war überglücklich, dass Daniel ohne eine Verletzung zurückgekommen war.

»Wenn du nichts dagegen hast, werde ich die nächste Zeit hier in Cornwall bleiben«, sagte Daniel, nachdem sie sich ausgiebig geliebt hatten. »Meinem Vater habe ich bereits gekabelt, er ist damit einverstanden. Vielleicht versuche ich auch, in England eine Anstellung als Anwalt zu bekommen, wenn du und Jimmy eure Heimat nicht verlassen möchtet.«

Susan setzte sich ruckartig auf.

»Soll das ...« Sie wagte kaum, es auszusprechen. »Willst du damit sagen, dass du ...«

»Verzeih, es war nicht gerade romantisch.« Daniel grinste verlegen. »Susan Hexton, ich frage dich jetzt ganz offiziell: Willst du meine Frau werden? Selbstverständlich werde ich Jimmy als meinen Sohn adoptieren, das heißt, wenn ihr beide das wollt.«

Susan hatte schon das Wort »Ja« auf den Lippen, als sie dennoch verstummte. Nichts in der Welt hätte sie lieber getan, als Daniel zu heiraten. Schon einmal hatte er sie darum gebeten, damals war sie aber noch mit Paul verheiratet gewesen. Jetzt war sie frei und ungebunden, konnte mit Daniel in die Staaten gehen und dort ein neues Leben beginnen. Ein Leben fernab von Sumerhays und von Anabell …

»Was ist, mein Liebling?« Daniel bemerkte den Sturm der Gefühle, der in Susan tobte. »Ich weiß, wir haben uns lange nicht gesehen, eigentlich kennen wir uns kaum, aber schon damals auf der Titanic spürte ich, dass du die Frau meines Lebens bist.«

»Du hast recht, du kennst mich nicht.« Leise sprach Susan diese Worte, Daniel unterbrach sie jedoch.

»Das, was ich von dir kenne, genügt mir.« Er sah sie ernst an und nahm ihre Hände. »Susan, ich weiß inzwischen, dass in deinem Leben einmal etwas geschehen ist, das dich dazu zwang, deinen Sohn im Stich zu lassen. Du warst eine bekannte Schauspielerin, dann eine führende Suffragette, und jetzt sorgst du seit Jahren allein für deinen Sohn. Du hast zugegebenermaßen ein sehr bewegtes Leben, du hast dich aber immer für das, was dir wichtig war, engagiert, und dafür bewundere und liebe ich dich.«

»Das ist nicht alles.« Susan wickelte die Bettdecke um sich und stand auf. Sie wusste, der Moment der Wahrheit war gekommen. Obwohl sie Daniel sehr liebte und die Vorstellung einer erneuten Trennung unerträglich für sie war, konnte sie nicht seine Frau werden, ohne ihm von ihrer großen Schuld zu erzählen. Das Geheimnis würde sie den Rest ihres Lebens begleiten und immer wie ein Damoklesschwert über ihrem Kopf schweben. Daniel hatte verdient, dass sie mit offenen Karten spielte, auch wenn er – wenn sie es ihm nicht sagte – wohl niemals erfahren würde, was sie einst getan hatte. Besonders nicht, wenn sie und Jimmy England verließen, um in Boston zu leben. Susan wollte aber eine neue Ehe nicht mit einer Lüge anfangen, wollte nicht riskieren, dass ihr Geheimnis eines Tages durch einen dummen Zufall ans Licht kommen und Daniel sie dann hassen würde. Besser, er erfuhr es jetzt. Jetzt – wenn ihre Gefühle noch nicht wieder so tief und innig waren und eine Trennung noch erträglich sein würde.

»Daniel, es gibt etwas, was ich dir sagen muss«, begann sie langsam. »Danach wirst du mich wahrscheinlich nicht mehr heiraten wollen, aber ich muss es dir erzählen. Ich kann kein Verständnis erwarten, dennoch bitte ich dich, mich anzuhören.«

»Hast du etwa jemanden umgebracht?«, fragte Daniel. Es sollte scherzhaft klingen, Susan sah jedoch das Erschrecken und eine bange Ungewissheit in seinem Blick.

»Nein, natürlich nicht«, versicherte sie schnell. »Dennoch habe ich etwas getan, was ungesetzlich war. Vom Gesetz abgesehen, ist es aber auch moralisch verwerflich. Damals erschien es mir jedoch der einzig richtige Weg.«

»Erzähle«, forderte Daniel sie auf.

Susan holte tief Luft, wandte den Kopf zur Seite, denn sie konnte Daniel nicht in die Augen sehen, und begann.

Sie erzählte von ihrer Kindheit und Jugend in einem der ärmsten Viertel Londons und von der harten und schmutzigen Arbeit in den Fischhallen von Billingsgate. Sie erzählte von Paul, dass sie einst meinte, diesen Mann zu lieben, und von seinen Diebestouren, durch die sie endlich zwar etwas besser leben konnte, doch auch immer Angst gehabt hatte. Als Susan zu Pauls Inhaftierung und zu ihrem schmierigen Vermieter kam, der als Miete Sex von ihr gefordert hatte, legte Daniel einen Arm um sie, zog sie stumm an sich und streichelte sie beruhigend. Susan schilderte den nebligen Tag im November, als sie Lady Lavinia aus der Themse rettete und wie der Gedanke, ihrem Kind ein besseres Leben zu ermöglichen, in ihr gewachsen war.

Sie sprach beinahe die ganze Nacht. Die Glocke des Kirchturms schlug die vierte Stunde, als Susan erschöpft endete. Sie hatten keine Lampe entzündet, und Susan konnte Daniels Gesicht im fahlen Schein des Mondlichts nicht erkennen. Einmal hörte sie, wie er den Atem anhielt, als sie zu der Stelle kam, als sie zu Lavinia gegangen war, behauptete, ihr Sohn wäre gestorben, und ihr den Vorschlag machte, ihr das ungeborene Kind für tausend Pfund zu überlassen, obwohl es ursprünglich Lavinias Idee gewesen war.

»Ich hätte das Angebot nicht annehmen müssen.« Susan seufzte, und ihre Finger kneteten nervös eine Ecke der Bettdecke. »Ich hatte die Wahl, verstehst du? Lavinia Callington war nicht Herr ihrer Sinne, als sie mir vorschlug, mir mein Kind abzukaufen. Sie hätte das schnell wieder vergessen. Doch für mich schien es die perfekte Lösung für alle meine Probleme zu sein.« Sie hob den Kopf und suchte Daniels Blick, sein Gesicht verschwamm jedoch im fahlen Mondlicht, das durch die Scheiben ins Zimmer fiel. »Ich verstehe, wenn du jetzt gehst und niemals wieder etwas mit mir zu tun haben möchtest.«

Susan fühlte sich plötzlich sehr müde und erschöpft, als hätte sie die ganze Nacht schwer gearbeitet. Am liebsten hätte sie sich die Decke über den Kopf gezogen und tagelang geschlafen.

Sie hörte, wie Daniel zu ihr herüberrutschte. Seine Hand tastete nach ihrem Arm, sanft zog er sie näher zu sich heran und bettete ihren Kopf an seine Brust.

»Was musst du seit Jahren durchmachen«, sagte er leise. »Es tut mir so leid. Du tust mir so unendlich leid …«

»Leid?« Susan glaubte, sich verhört zu haben. »Du scheinst nicht richtig zugehört zu haben, Daniel. *Ich* habe *mein* Kind verkauft, das ich als Last empfand, weil ich geldgierig und hungrig nach dem Leben der Reichen war.«

»Du hast das Kind niemals gewollt«, antwortete er verständnisvoll. »Es entstand durch eine Gewalttat.«

»Trotzdem wuchs ein neues Leben in mir. Ein Leben, das nicht danach gefragt worden war, ob es gezeugt werden wollte und wie es dazu kam. Anabell war … ist ein Teil von mir, und ich habe sie nicht nur weggeworfen, als wäre sie ein fauliges Stück Fleisch, nein, ich habe daraus auch noch Profit geschlagen.«

Susan schluchzte auf, und Daniel streichelte zärtlich ihr Haar.

»Warum weinst du, Susan?«, fragte er ernst. »Weinst du, weil du deine Tochter verloren oder weil du es mir gebeichtet hast und fürchtest, ich könne dich nicht mehr lieben?«

»Aus beiden Gründen«, antwortete Susan zögerlich. »Seit dem Tag von Anabells Geburt gab es keinen einzigen Moment, in dem ich meine Entscheidung nicht bereut hätte, wenngleich ich weiß, dass ich Anabell niemals ein solches Leben und solche Zukunftsaussichten wie die Callingtons hätte bieten können.«

»Wenn du die Wahl hättest – mich oder deine Tochter –, wen würdest du wählen?«

Die Frage traf Susan völlig unvorbereitet, die Antwort kam jedoch ohne das kleinste Zögern.

»Anabell.«

Daniel hob ihren Kopf und küsste sie. Wie eine Ertrinkende klammerte sich Susan an ihn. Minuten später sagte Daniel leise: »Dann sollten wir überlegen, was wir tun können, damit du Anabell bekommst. Ich habe noch ein paar Wochen Zeit, bis wir zu viert nach Boston reisen müssen.«

Susan glaubte, sich verhört zu haben. Mit einem Ruck machte sie sich von Daniel frei, tastete nach der Nachttischlampe und knipste sie an.

»Was hast du gesagt?« In seinem Gesicht suchte sie nach Spott oder einem Anzeichen, dass er sie auf den Arm nahm und sich an ihren Gefühlen weidete, doch Daniel sah sie an wie immer – voller Liebe und Zärtlichkeit. »Du willst … ich soll immer noch …?«

Er nickte. »Für jemanden wie mich, der nie wirkliche Geldsorgen kennengelernt hat, ist es zwar schwer, zu verstehen, dass man manchmal Dinge macht – illegale Sachen sowie auch unmoralische –, um ein besseres Leben führen zu können. Als Anwalt sehe ich jedoch regelmäßig in die tiefsten Abgründe der menschlichen Seele und weiß, dass die Verzweiflung einen Menschen zu allem treiben kann. Damals schien für dich der einzig richtige Weg zu sein, Lavinias Angebot anzunehmen, denn wie hättest du zwei Kinder durchbringen sollen? Heute jedoch solltest du zusehen, deinen Fehler von damals zu korrigieren.«

»Wie soll ich das bewerkstelligen?«

Daniel legte einen Finger auf seine Nasenspitze und zog grübelnd die Unterlippe zwischen die Zähne. Nach einer Weile sagte er: »Ich erinnere mich, dass mein Vater vor einigen Jahren einen ähnlichen Fall hatte. Eine vermögende Frau konnte keine Kinder bekommen, darum bat sie ihr Dienstmädchen, sich von ihrem Mann schwängern zu lassen, um dann das Kind als ihr eigenes anzunehmen. Als das Baby dann jedoch geboren war, wollte die Angestellte es nicht mehr hergeben. Es gab einen großen Skandal, denn das Mädchen ging vor Gericht, und die ganze Ostküste sprach monatelang davon.«

»Wie ging die Sache aus?« Susan wartete gespannt auf seine Antwort, Daniel schüttelte jedoch den Kopf.

»Ich weiß es nicht mehr. Es ist lange her, ich hatte damals gerade mit meinem Studium begonnen, ich meine aber, dass das Dienstmädchen ihr Kind behalten durfte. Ich werde aber gleich morgen meinem Vater kabeln und nachfragen.«

Susan versuchte, die aufkommende Hoffnung zu unterdrücken. Der von Daniel geschilderte Fall lag nicht nur lange zurück, sondern er geschah auch in Amerika, in dem völlig andere Gesetze herrschten. Außerdem …

»Es gibt keinen Beweis, dass Anabell meine Tochter ist«, sagte sie leise. »Lady Lavinia wird es niemals zugeben, im Gegenteil, sie wird eher versuchen, mich für irrsinnig zu erklären.«

»Was ist mit dieser Haushälterin?«, hakte Daniel nach. »Du sagtest, sie arbeitet immer noch im Herrenhaus.«

Susan zuckte mit einem Seufzer die Schultern.
»Mrs. Windle ist von den Callingtons abhängig und Lavinia treu ergeben. Die Frau würde niemals die Wahrheit sagen, und die Nankerris, auf deren Farm ich damals wohnte, haben das Land längst verlassen. Selbst wenn wir Caja, die Hebamme, finden sollten, würde auch diese schweigen, denn sie würde für Lavinia eher ihr Leben geben, als diese zu verraten.«
»Ich gebe zu, es wird ein schwieriger Fall werden.«
»Was soll das heißen?« Susan war völlig verwirrt. Daniels Gesichtsausdruck wirkte nun sehr geschäftig, und er schien nachzudenken. Obwohl er nackt war und die Bettdecke nur seinen Unterleib bedeckte, wirkte er wie ein Anwalt, der gleich eine wichtige Verhandlung zu führen hatte. Es fehlte nur noch die grau gepuderte Perücke. Über diese Vorstellung begann Susan zu lachen, obwohl ihre Situation alles andere als lustig war.
»Worüber lachst du?«, fragte Daniel prompt.
Susan sagte es ihm, wurde dann aber wieder ernst und fügte hinzu: »Heißt das, du willst mir helfen, Anabell zu bekommen? Du verachtest mich nicht oder hasst mich nicht wegen dem, was ich getan habe?«
»Ach, du Dummerchen.« Daniel gab ihr einen zärtlichen Nasenstüber. »Was geschehen ist, ist geschehen, daran gibt es nichts mehr zu ändern. Jetzt müssen wir versuchen, das Beste aus der Sache zu machen.«
Von seinen Worten klang das *wir* am stärksten in Susan nach. Ihr ganzes Leben war sie gewohnt, selbst für sich verantwortlich zu sein. Als sie sich auf Paul verlassen hatte, war es schiefgegangen, und später hatte Susan immer nur allein gegen alle Widrigkeiten gekämpft. Das Gefühl, nun nicht mehr allein zu sein, breitete sich wie warmer Wein in ihrem Körper aus und befreite ihre Gedanken.
»Ich habe dich gar nicht verdient, Daniel Draycott«, sagte sie leise.

Daniels Erinnerung war richtig gewesen. In dem Fall, den sein Vater vor einigen Jahren vor einem Gericht in Boston vertreten hatte, wurde dem Dienstmädchen das Recht auf ihr Kind zugesprochen, obwohl auch diese eine größere Summe Geldes für ihr Baby erhalten hatte. Tagelang war Susan hin- und hergerissen. Der Skandal, wenn sie an die Öffentlichkeit ging und sagte, dass Anabell ihre Tochter war, würde unbeschreiblich sein. Wenn jedoch eine Chance bestand, Anabell zu sich zu holen, dann wollte sie es wagen. Nach wie vor hatte sie allerdings keine Beweise.

»Wem, denkst du, schenkt ein Richter mehr Glauben?«, gab sie zu bedenken. »Mir, einer Frau aus der untersten Schicht, einer Schauspielerin mit zweifelhaftem Ruf und schließlich einer Suffragette, die inhaftiert war? Oder einem Viscount, dessen Familie seit Jahrhunderten zu den Ersten des Landes gehört und dessen Wort im Oberhaus großes Gewicht hat. Lord Callington hat zu jedem dort Beziehungen, und wo er diese nicht spielenlassen kann, da wird seine dicke Geldbörse nachhelfen.«

Daniel teilte Susans Zweifel, bestärkte sie jedoch darin, nicht einfach auf ihre Tochter zu verzichten.

»Zuerst werden wir das persönliche Gespräch mit Lady Lavinia suchen. Du hast mir gesagt, dass weder ihr Mann noch sonst jemand aus der Familie die Wahrheit weiß. Die Dame wird bestrebt sein, einen Skandal zu vermeiden …«

»Mir jedoch bestimmt nicht ihr Kind überlassen«, vollendete Susan den Satz mit einem bitteren Unterton. »Vor Jahren hat sie mich bedroht, und ich hege immer noch den Verdacht, dass die Frau an dem *Unfall* von Zenobias Ehemann Schuld trägt. Das ist aber auch etwas, was ich nicht beweisen kann.«

Susan dachte an Stephen Polkinghorn. Er hatte die Wahrheit geahnt und wäre jetzt vielleicht ein Verbündeter gewesen, doch Stephen war tot, und es war unwahrscheinlich, dass er über seine Vermutung mit jemandem gesprochen hatte.

An dem Tag, als Daniel nach Sumerhays ging, um ein Gespräch mit Lavinia Callington zu erbitten, lief Susan in ihrem Cottage nervös auf und ab. Sie war froh, dass Jimmy in der Schule war und danach bei Lewis' Eltern essen würde. Ihr Sohn hätte sofort die große innere Anspannung, unter der sie stand, gespürt. Sie wollte Jimmy jedoch erst einweihen, wenn wirklich die Aussicht bestand, Anabell zu sich zu holen.

Es dunkelte bereits, als Daniel zurückkehrte. Susan sah gleich an seinem Gesichtsausdruck, dass er wenig Erfolg gehabt hatte. Nachdem er den Mantel ausgezogen und sich einen Brandy genehmigt hatte, setzte er sich in den Sessel vor dem prasselnden Kaminfeuer und seufzte.

»Lady Lavinia hat natürlich geleugnet«, begann er. »Sie beschimpfte mich als Lügner und drohte, mich wegen infamer Verleumdung ins Gefängnis zu bringen.«

»Ich habe es dir gesagt«, entgegnete Susan resigniert.

»Warte.« Daniel hob die Hand, als Susan etwas sagen wollte. »Ich hatte das Gefühl, dass die Lady psychisch etwas angeschlagen ist, keinesfalls würde sie einen Prozess und den damit verbundenen Skandal durchstehen. Als ich ging … oder vielmehr, als ich von ihr an die Luft gesetzt wurde, gelang es mir, ein paar Worte mit dieser Haushälterin zu wechseln. Ich sagte ihr auf den Kopf zu, dass wir beabsichtigen, deine Tochter zu uns zu holen, und die Frau …«

»Mrs. Windle«, sprang Susan in die Bresche.

»Also, Mrs. Windle war sichtlich durcheinander. Sie ist nicht mehr die Jüngste, und ich glaube, wir sollten bei ihr ansetzen. Sie kennt die Wahrheit und kann diese vor einem Richter bezeugen.«

»Das wird sie niemals machen.« Susan schüttelte den Kopf. »Lady Lavinia würde sie auf der Stelle entlassen, und die Frau weiß nicht, wohin sie sonst gehen soll.«

Daniel lächelte und schenkte sich ein zweites Glas Brandy ein.

»Eigentlich ist es tragisch, aber Geld regiert nun mal die Welt. Ich bot Mrs. Windle eine gewisse Summe an, die es ihr ermöglichen würde, ein Cottage zu kaufen und für den Rest ihres Lebens sorgenfrei zu leben, wenn sie bereit ist, die Wahrheit zu sagen.«

»Du willst sie kaufen?« Erregt sprang Susan auf. »Lavinia wird ihr mehr bieten, aber davon abgesehen, ich habe nicht so viel Geld. Das, was Paul übrig gelassen hat, reichte gerade, um Jimmy und mich bis jetzt durchzubringen, künftig muss ich mich nach einer Arbeit umsehen.«

»Ach, Susan, du vergisst, dass wir bald verheiratet sein werden.« Daniel sagte die Worte so, als würde er fragen, was es zum Abendessen gäbe. »Selbstverständlich werde ich für alle Kosten aufkommen, und … nein, sag jetzt nichts … vergiss deinen Stolz, das Geld anzunehmen. Als meine Frau wird es zwischen uns kein *dein* und *mein* geben.«

»Nun, das sehen die Gesetze aber anders«, antwortete Susan und lächelte. »Zumindest in England ist es so, dass der gesamte Besitz einer Frau automatisch dem Mann gehört, wenn sie heiraten. Andersherum ist es allerdings nicht so. Das war ja der Grund dafür, dass Lavinia mir das Angebot überhaupt gemacht hat.«

»Lass uns jetzt nicht über die Gleichberechtigung der Frau diskutieren.« Daniel wechselte das Thema. »Ich versichere dir, als meine Frau wirst du in deiner Freiheit nicht eingeschränkt sein, und das Leben in Boston unterscheidet sich auch sehr von dem in England. Jetzt aber wieder zurück zu Anabell. In vier Wochen soll das Mädchen in das Pensionat abreisen. Derzeit sind die Straßen in Frankreich und in der Schweiz durch starke Schneefälle nicht passierbar, darum müssen wir handeln, bevor man sie fortbringt. Wenn das Mädchen erst mal außer Landes ist, wird es schwer sein, deine Ansprüche durchzusetzen, selbst wenn du vor einem Gericht recht bekommen solltest.«

Susan blickte ihn fragend an. »Was hast du jetzt vor?«

Daniel stand auf und sah sie liebevoll an.
»Ich werde nach London fahren, unsere Kanzlei hat ein paar Kontakte zu guten Anwälten. Wir müssen zuerst mal die Lage sondieren und Meinungen einholen. Ich denke, wir fahren gleich morgen früh.«
»Ich kann Jimmy nicht allein lassen«, gab Susan zu bedenken.
»Stimmt, den Jungen habe ich vergessen.« Daniel runzelte die Stirn und dachte nach. »Vielleicht ist deine Bekannte Jana bereit, Jimmy ein paar Tage zu sich zu nehmen. Er ist doch ohnehin immer mit ihrem Sohn zusammen.«
Susan nahm ihren Mantel, ging zur Tür und warf Daniel ein zuversichtliches Lächeln zu.
»Ich werde sie gleich fragen, und ich denke, Jimmy wird sich riesig freuen, einige Zeit meiner Aufsicht entrinnen zu können.«

34. Kapitel

London, Februar 1919

Der eiskalte Ostwind peitschte den Regen, in den sich immer wieder Graupelkörner mischten, beinahe waagrecht über die Stadt und machte einen Aufenthalt im Freien wenig angenehm. Nur wenige Menschen waren unterwegs, und die, die nicht zu Hause am warmen Ofen sitzen konnten, hatten ihre Mantelkrägen hochgeschlagen, Hüte und Mützen tief ins Gesicht gezogen und eilten mit gesenkten Köpfen durch die Straßen. Susan schien das Wetter jedoch nicht zu bemerken, sie spürte keine Kälte und ignorierte den Regen. Seit einer knappen Stunde lief sie den Gehweg auf und ab, ihr Mantel war längst durchnässt, und das Haar, das unter ihrem Hut hervorschaute, ringelte sich feucht in ihrem Nacken. Susan wusste nicht, wann sie zum letzten Mal derart aufgeregt gewesen war. Es war auch kein Wunder – denn schließlich war heute ihr Hochzeitstag. Seit zwei Stunden war sie Mrs. Draycott. Sie hielt kurz inne und warf einen Blick auf den schlichten Goldreif an ihrem linken Ringfinger. Daniel und sie hatten in aller Stille geheiratet. Lediglich Dorothea Hawkins und Annie Kerr, die einstige Frauenrechtlerin, waren als Trauzeugen dabei gewesen. Danach hatten sie zu viert in einem kleinen Restaurant am Covent Garden gegessen, dann mussten Doro und Annie zu ihrer Arbeit in der Fabrik zurückkehren.

Als Susan vor einer Woche Doro aufgesucht hatte – die Freundin lebte immer noch in der kleinen Wohnung –, war diese zuerst erbleicht und dann tief errötet.

»Du hast jedes Recht, mir Vorwürfe zu machen …«, begann Doro, Susan nahm sie jedoch in die Arme und flüsterte: »Ich verstehe, warum du die Briefe abgefangen hast, doch jetzt ist alles in Ordnung. Ich bin gekommen, um dich zu bitten, meine Trauzeugin zu sein.«

Während der Zugfahrt nach London hatte Daniel vorgeschlagen, in der Stadt zu heiraten. Er führte alle dafür notwendigen Papiere mit sich, auch Susan hatte die wichtigsten Unterlagen dabei.

»Bei unseren Plänen wird es einen guten Eindruck machen, wenn wir bereits verheiratet sind. Ein Richter gibt ein Kind eher in die Hände eines Ehepaars als in die einer alleinerziehenden Mutter.«

»Ach, nur deswegen möchtest du mich heiraten?« Susans Frage hatte zwar keck geklungen, es schwang jedoch auch ein leicht banger Unterton darin.

Ungeachtet der anderen Mitreisenden hatte Daniel sie geküsst und lachend gesagt: »Natürlich nicht, mein Schatz, und das weißt du. Warum sollten wir jedoch länger warten? Wir müssen ohnehin in England heiraten, damit du und Jimmy ohne Probleme in die Staaten einreisen könnt.«

Susan brauchte keine Zeit, um zu überlegen, und stimmte Daniels Vorschlag zu. Sie träumte nicht von einer großen Hochzeit in einem schönen Kleid und mit einer eleganten Kutsche. Außerdem war es ihre zweite Ehe, und in einem weißen Brautkleid vor den Standesbeamten zu treten, wäre selbst der unkonventionellen Susan eigenartig vorgekommen. Daniel versprach, das Fest nachzuholen, sobald sie in Boston wären.
»Meine Eltern wollen schließlich ihre neue Schwiegertochter gebührend empfangen.«
Susan bekam Bauchgrimmen, wenn sie an ihre neue Familie dachte, obwohl Daniel ihr versicherte, seine Eltern würden sie lieben, und sie würde schnell in die Bostoner Gesellschaft aufgenommen werden. Im Augenblick beschäftigte Susan aber nicht so sehr die Frage nach ihrer Zukunft, sondern sie fieberte dem Ergebnis der Anhörung entgegen, die jetzt gerade hinter geschlossenen Türen stattfand. In den letzten zwei Wochen war Daniel durch die ganze Stadt gefahren, hatte mit verschiedenen Anwälten und Richtern gesprochen und erreicht, dass Lord und Lady Callington nach London vorgeladen worden waren. Susan wagte nicht, sich vorzustellen, wie Sir Edward reagiert hatte, als er die Wahrheit über Anabells Geburt erfuhr. Für einen Moment tat Lavinia ihr leid, sie würde es ab jetzt in ihrer Ehe noch schwerer haben, vielleicht sogar von ihrem Mann verlassen werden, doch darauf konnte sie keine Rücksicht nehmen. Susan hatte sich entschlossen, für ihr Recht als leibliche Mutter von Anabell zu kämpfen – jetzt gab es kein Zurück mehr.
Bevor es jedoch zu einer offiziellen Gerichtsverhandlung kam, hatte ein Richter eine Anhörung der Parteien vorgeschlagen. Daniel erklärte Susan, was das bedeutete.
»Bei einer Anhörung wird geprüft, ob die Sachlage für eine ordentliche Gerichtsverhandlung ausreicht oder ob unser Begehren auf so wackligen Füßen steht, dass jedes englische Gericht unsere Klage auf Herausgabe des Kindes abschmettern wird. Selbstver-

ständlich wird hier auch die hohe und einflussreiche Stellung des Viscounts of Tredary berücksichtigt und der damit verbundene Skandal, sollte es zu einer Verhandlung kommen. Der Richter hoffte, die Angelegenheit im kleinen Kreis, wie er es nannte, regeln zu können, ohne dass die Öffentlichkeit etwas davon erfährt.« Daniel zuckte bedauernd mit den Schultern. »Unter den gegebenen Umständen habe ich einer solchen Anhörung zugestimmt.«

Susan seufzte. »Ich kann mir schon denken, was dabei herauskommen wird. Sicher hat Edward Callington den Richter bestochen, und ich muss dankbar sein, wenn ich keine Verleumdungsklage an den Hals bekomme. Diese hohen Herren halten doch alle zusammen. Eine Krähe hackt einer anderen kein Auge aus, so sagt man doch, nicht wahr?«

Beruhigend streichelte Daniel Susans Hand. »Sei nicht so pessimistisch, mein Schatz. Nach wie vor glaube ich an die Gerechtigkeit in diesem Land.«

Jetzt tagten sie im Gerichtsgebäude, und Susan musste draußen warten, bis man sie aufrief. Zuerst war sie auf dem Flur, in dem es penetrant nach Möbelpolitur roch, rastlos auf und ab gegangen, dann hatte sie die Enge nicht mehr ertragen und war auf die Straße gelaufen. Die frische Luft beruhigte sie aber nur wenig. Wie lange dauerte es denn noch? Was hatten die Anwälte und der Richter ohne sie – die Mutter! – zu besprechen? Sie, Susan, war doch die Hauptperson, warum ließ man sie nicht zu Wort kommen?

»Mrs. Draycott! Sie wurden bereits zweimal aufgerufen.« Susan reagierte erst, als ein Gerichtsdiener ihr auf die Schulter tippte. »Sie sind doch Mrs. Draycott, nicht wahr? Kommen Sie, der Richter wartet.«

»Ja, sicher.« Susan beeilte sich, dem jungen Mann zu folgen. Trotz ihrer Anspannung musste sie lächeln. Mrs. Draycott … diese Anrede war noch so neu und ungewohnt, dass sie darauf nicht reagiert hatte.

In dem kleinen Sitzungssaal saßen sich die beiden Parteien an wuchtigen, dunklen Holztischen gegenüber. Auf der rechten Seite Lady Lavinia und Sir Edward Callington, neben ihnen ein ältlicher, streng dreinblickender Anwalt in einer schwarzen Robe und einer grau gepuderten Perücke, auf der anderen Seite Daniel, neben ihm Mrs. Windle, die Haushälterin, die offenbar geweint hatte, denn ihre Augen waren gerötet und verquollen. In der Mitte, auf einem kleinen Podest erhöht, saß der Richter, der Susan erwartungsvoll und nicht unfreundlich entgegenblickte. Aus dem Augenwinkel warf Susan einen Blick nach rechts. Lady Lavinias Gesicht war wie aus Stein gemeißelt, kein Muskel regte sich, und kein Lid zuckte, als sich ihre Blicke für den Bruchteil einer Sekunde begegneten. Sir Edward hingegen starrte Susan zornig, beinahe hasserfüllt an. Seine schwabbeligen Wangen waren gerötet, und Schweißperlen standen auf seiner Stirn, obwohl es im Saal kalt war.

Der Richter fragte Susan nach ihren persönlichen Daten, dann durfte sie sich neben Daniel setzen. Mrs. Windle wich ihrem Blick aus, obwohl sie gekommen und bereit war, die Wahrheit auszusagen.

»Ich bin alt, und wer weiß, wie lange ich noch auf dieser Welt sein werde«, hatte Mrs. Windle gesagt, als Susan und Daniel sie gestern vom Zug abholten. »Meiner Herrschaft war ich zwar stets treu ergeben, wenn ich jedoch vor das Antlitz unseres Herrn treten muss, möchte ich das mit reinem Gewissen tun.«

Es war aber nicht nur der Wunsch, ihr Gewissen zu erleichtern, was Mrs. Windle dazu veranlasst hatte, auszusagen, wer Anabells Mutter war. Susan vermutete, es war vielmehr das von Daniel versprochene Geld, denn die Hausarbeit fiel Mrs. Windle immer schwerer, und die Aussicht, sich bald auf das Altenteil zurückziehen zu können, stand über ihrer Loyalität gegenüber den Callingtons.

Jeder Mensch ist käuflich, schoss es Susan durch den Kopf. Sie machte aber niemandem einen Vorwurf, denn sie selbst war es ja auch gewesen. Hoffentlich war es nicht zu spät, um diesen Fehler wiedergutzumachen.

Der Richter bat Susan, genau zu schildern, wie es zu der Begegnung zwischen ihr und Lady Lavinia und zu dem Angebot, ihr das Kind zu überlassen, gekommen war.

»Es war im Hyde Park, Hohes Gericht. Lady Lavinia rutschte am Uferrand der Serpentine unglücklich aus und stürzte ins Wasser. Ich war zufällig in der Nähe und half.«

Susan erwähnte nichts davon, dass Lavinia versucht hatte, sich in der Themse zu ertränken. Das war für das Verfahren unwesentlich und würde nur ein schlechtes Licht auf Lavinia werfen. Dann schilderte sie, wie sie in das Haus der Callingtons eingeladen und Lavinia ihre Schwangerschaft entdeckt hatte.

»Verstehe ich Sie richtig, Mrs. Draycott«, fragte der Richter nach. »Es war der Vorschlag der Viscountess of Tredary, Ihnen tausend Pfund zu bezahlen, wenn Sie ihr Ihr Kind überlassen?«

Susan nickte und schaute zu Lavinia, die immer noch völlig unbeweglich auf ihrem Stuhl saß. Ihre Augen blickten stumpf, es schien, als wäre jedes Feuer darin erloschen.

»Ich weiß, dass ich mich damals auf einen überaus verwerflichen Handel einließ«, fuhr Susan fort. »In meiner damaligen Lage erschien es mir jedoch die einzige Möglichkeit, außer betteln zu gehen oder mich zu prostituieren, damit mein Sohn und ich nicht hungern müssen.«

Daniel hatte ihr erklärt, dass er den Richter bereits im Vorfeld über Susans damalige Lebensumstände aufgeklärt hatte.

»Der Richter, der unsere Anhörung leiten wird, weiß, wie es ist, arm zu sein«, hatte Daniel gesagt. »Sein Vater war Straßenkehrer, und er hat sich von klein auf das Geld für seine Schulausbildung und später für sein Jurastudium hart verdienen müssen.«

»Wann dachten Sie zum ersten Mal darüber nach, das Kind zu behalten?« Der Richter sah Susan fragend an.
»Sofort nach seiner Geburt.« Susans Antwort kam wie aus der Pistole geschossen. »Als ich Anabells ersten Schrei hörte, wusste ich, dass ich mein Kind … mein eigen Fleisch und Blut nicht fremden Menschen überlassen kann. Doch es war bereits zu spät.«
»Das stimmt.« Zum ersten Mal, seit Susan den Saal betreten hatte, ergriff Mrs. Windle das Wort. »Miss Hexton … ähm … ich meine, Mrs. Draycott wollte ihr Kind sehen, doch Mylady brachte es sofort weg.«
»Das werden Sie bereuen!« Scharf und kalt wie Eis schnitt Sir Edwards Stimme durch den Raum, und ein Blick voller Hass traf die Haushälterin. »Wenn Sie auch nur einen Fuß in unser Haus setzen, hetze ich die Hunde auf Sie, und auf Ihren letzten Lohn können Sie lange warten.«
Mrs. Windle schluckte mehrmals, und Susan befürchtete, sie würde erneut in Tränen ausbrechen. Leise und stockend berichtete die Haushälterin von den Tagen, in denen Susan immer wieder nach ihrer Tochter gefragt, Lady Lavinia jedoch jeden Kontakt verboten hatte.
Der Richter hörte aufmerksam zu, keine Regung im Gesicht verriet seine Gedanken. Als Nächstes wurde Lady Lavinia befragt. Zu Susans Überraschung machte sie keinen Versuch, zu leugnen. Sie sprach so leise, dass der Richter sie mehrmals auffordern musste, lauter zu sprechen, und schilderte ihre Verzweiflung, als sie erfuhr, niemals ein Kind empfangen und austragen zu können.
»Alles, was ich wollte, war, ein Kind zu haben, Hohes Gericht.« Die Verzweiflung in Lavinias Augen war nicht gespielt. »Etwas, was ich liebhaben und umsorgen kann, denn mein Mann ist monatelang nicht zu Hause, und auf Sumerhays ist es oft sehr einsam.«

»Sie hätten offiziell ein Kind adoptieren können«, wandte der Richter ein.
»Auf gar keinen Fall!« Sir Edward ergriff das Wort. »Das Blut der Callingtons darf keinesfalls mit dem Blut einer niedrigen Klasse vermischt werden. Unser Familienstammbaum reicht viele hundert Jahre zurück.«
Verstehen Sie, was ich meine?, stand in Lavinias Augen, und der Richter nickte kaum merklich.
»Nun, dann wird es ja in Ihrem Interesse sein, Sir, dass besagtes Kind … Anabell Callington … seiner leiblichen Mutter übergeben wird.« Susans Herz klopfte heftig. »Das Mädchen stammt eindeutig aus der von Ihnen bezeichneten *niedrigen Klasse*.«
»Nein!« Lavinias Schrei hallte durch den Saal und war sicher auch auf den Fluren zu hören. »Anabell ist mein Kind! Meine Tochter! Ich habe sie gefüttert und gewickelt. Ich habe an ihrem Bett gewacht, als sie ihre Zähne bekommen hat und wenn sie Fieber hatte und nicht schlafen konnte. Anabell kennt nur mich als ihre Mutter.« Mit einem wilden Blick sah Lavinia in die Runde. »Denkt hier eigentlich jemand an Anabell? Was es für sie bedeutet, aus ihrer gewohnten Umgebung herausgerissen zu werden und zu einer völlig fremden Frau zu müssen?«
Betreten schaute Susan zu Boden. Natürlich hatte sie daran gedacht, wie Anabell wohl reagieren würde, wenn sie die Wahrheit erfuhr. Immerhin war sie, Susan, dem Mädchen nicht völlig fremd, doch das Leben, das sie künftig in Boston führen würden, unterschied sich völlig von dem, was Anabell bisher gewohnt war. Bei Jimmy war es ähnlich gewesen, und der Junge hatte sich nach relativ kurzer Zeit an sein neues Leben gewöhnt. Anabell war jünger, als Jimmy damals gewesen war, außerdem erwartete sie in Boston ein ebenso sorgenfreies und angenehmes Leben wie in England, denn die Draycotts waren sehr vermögend.
Laut schluchzend sank Lavinia auf dem Stuhl zusammen und schlug die Hände vors Gesicht. Ihr Mann machte keinen Ver-

such, sie zu trösten. Regungslos verharrte er in seiner Position und sagte kühl: »Wir sind heute hier zusammengekommen, um diese leidige Sache aus der Welt zu schaffen, bevor sie publik wird. In meiner Position kann ich mir keinen Skandal leisten. Daher plädiere ich dafür, das Kind in unserem Haus zu belassen. Selbstverständlich wird Anabell weiterhin unseren Namen tragen, und niemand wird etwas über ihre« – seine Mundwinkel zogen sich verächtlich nach unten –, »über ihre gewöhnliche Herkunft erfahren. Seit fast zwölf Jahren sehe ich Anabell als meine Tochter an, als mein Fleisch und Blut, und dabei wird es bleiben. Das Mädchen kann schließlich nichts für die Dummheit, Geldgier und Verderbtheit ihrer *beider* Mütter.«

Lavinia warf ihrem Mann einen erstaunten Blick zu. Sie hätte nicht gedacht, dass er so sprechen würde, hatte eher damit gerechnet, zusammen mit Anabell aus dem Haus geworfen zu werden. Lavinia machte sich allerdings keine Illusionen. Edward ging es nicht um ihre oder Anabells Gefühle. Nein, ihm ging es einzig und allein darum, einen Skandal zu vermeiden. Nicht auszudenken, was geredet werden würde, wenn bekannt wurde, dass der Viscount of Tredary zwölf Jahre lang ein Kind erzogen hatte, das nicht sein eigenes ist.

»Ich teile Ihre Meinung, Mylord, dass wir die Sache hier und heute regeln sollten«, sagte der Richter und sah langsam von einem zum anderen. »Es ist nicht notwendig, dass die Presse davon erfährt. Mr. Draycott hat mir versichert, dass nichts, was in diesem Saal besprochen wird, jemals an die Öffentlichkeit dringen wird.«

Fünf Augenpaare starrten den Richter gespannt an, über Lavinias Wangen liefen immer noch Tränen. Der Richter schwieg einige Minuten, die sich zu Stunden zu dehnen schienen, dann rückte er seine Perücke zurecht, erhob sich und sagte mit lauter und klarer Stimme: »Es handelt sich hier nicht um ein Gerichtsverfahren, sondern lediglich um eine Anhörung, in der entschieden werden

soll, ob ein Prozess sinnvoll ist und Aussicht auf Erfolg hat. Meines Erachtens liegt der Fall klar – das Kind Anabell Callington gehört zu seiner leiblichen Mutter, Mrs. Susan Draycott.« Sein Blick glitt zu Lady Lavinia, die wie zu Eis erstarrt war, dann zu Sir Edward. »Natürlich können Sie es auf einen Prozess ankommen lassen. Dabei wird es jedoch unvermeidlich sein, dass die Öffentlichkeit von der Angelegenheit erfährt. Ich kann nicht für meine Kollegen sprechen, denke jedoch, dass ein anderer Richter meiner Meinung folgen und das Kind seiner Mutter zusprechen wird.«
Mit einem Seufzer, als würde jegliches Leben aus ihr entweichen, sank Lavinia ohnmächtig zu Boden.

»Wir haben gewonnen!« Daniel strahlte und drückte Susans Hände. Sie saßen in einem kleinen Café unweit des Gerichtsgebäudes. »Du hast noch kein einziges Mal gelacht.«
Susans Mundwinkel zuckten, doch ein richtiges Lächeln brachte sie nicht zustande. Nach der Empfehlung des Richters war Sir Edward zu ihnen getreten und hatte gemeint, sie könnten nach Sumerhays fahren und Anabell mitnehmen.
»Meiner Mutter und meiner Schwester werde ich erklären, dass Sie Anabell in das Schweizer Pensionat begleiten werden.« Keine Gefühlsregung zeigte sich in seinen kalten, grauen Augen. »Ich hoffe auf Ihr Verständnis und Ihre Diskretion, dass diese leidige Angelegenheit nicht breitgetreten wird. In ein paar Wochen werde ich meiner Familie und den Nachbarn erklären, Anabell wäre in der Schweiz an einer Krankheit gestorben. Meine Frau werde ich die nächste Zeit in einem Sanatorium unterbringen, bis sie sich mit den Tatsachen abgefunden hat.«
»Es scheint Sie nicht zu berühren, Ihr Kind zu verlieren?«, fragte Daniel direkt und war über die Härte Sir Edwards entsetzt.
Dieser zuckte lapidar mit den Schultern.
»Wie ich bereits sagte, ich wäre bereit gewesen, Anabell weiter als meine Tochter anzuerkennen und niemandem die Wahrheit

zu verraten, wenn der Richter entschieden hätte, dass das Kind in unserer Obhut verbleibt. Ich sehe jedoch, dass Sie, Mrs. Draycott, einen öffentlichen Prozess nicht scheuen, was für mich auf keinen Fall in Frage kommt – gleichgültig, wie das Urteil lauten würde.« Sir Edward fuhr sich mit dem Handrücken über die schweißnasse Stirn, seine Lippen pressten sich zu einem schmalen Strich zusammen, dann zischte er: »Nie in meinem Leben bin ich derart betrogen und hintergangen worden, nicht einmal, als Lavinia und Sebastian …« Er brach rasch ab und drehte sich um. »Also, fahren Sie nach Sumerhays, und holen Sie das Kind. Ich werde meiner Schwester die entsprechenden Anweisungen gleich heute telegrafieren. Wie Sie das alles allerdings dem Mädchen erklären wollen … Nun, das ist Ihre Angelegenheit.«

Als die Räder des Zuges über die Schienen ratterten, starrte Susan aus dem Fenster, wobei sie kaum etwas sehen konnte, denn Regen und Schnee klatschten gegen die Scheiben. Sie erinnerte sich an ihre erste Fahrt nach Cornwall, als sie begierig jede Veränderung der Landschaft in sich aufgenommen und den kommenden Ereignissen gespannt entgegengesehen hatte. Damals trug sie Anabell in ihrem Bauch – und jetzt war sie unterwegs, um ihr Kind endgültig zu sich zu holen.

»Woran denkst du, Liebes?« Zärtlich legte Daniel einen Arm um ihre Schultern. Susan seufzte.

»Es ging alles so schnell und so leicht, beinahe erscheint es mir wie ein Traum. Ich hätte gedacht, Lavinia würde wie eine Löwin um ihre … um Anabell kämpfen.«

»Die Frau sieht nicht sehr gesund aus.« Daniel runzelte die Stirn. »Du hast mir ja bereits erzählt, dass sie melancholisch geworden ist. Kein Wunder, wenn man mit einem Mann wie diesem Edward Callington verheiratet ist.«

Ein schwaches Lächeln zeichnete sich auf Susans Lippen ab.

»Wir sollten überlegen, was wir Anabell sagen. Und wann. Sie meint ja, in ein paar Tagen in die Schweiz abzureisen, stattdessen nehmen wir sie mit nach Amerika. Es wird ein Schock für das Kind sein.«
Daniel stimmte ihr zu, und während der restlichen Fahrtzeit diskutierten sie alle Möglichkeiten, wie und wann sie Anabell am besten die Wahrheit sagen konnten.

Die Nacht senkte sich bereits über das Land, als sie in Liskeard ankamen und mit dem Bus nach Polperro fuhren. Obwohl Susan am liebsten sofort nach Sumerhays gegangen wäre, wusste sie, es war vernünftiger, bis zum nächsten Vormittag zu warten. Dann würde auch Sir Edwards Telegramm an Lady Zenobia und Rosalind eingetroffen sein, dass sie und Daniel Anabell in die Schweiz begleiten sollten. Wahrscheinlich würde sich Rosalind über diese Nachricht wundern, sich den Wünschen ihres Bruders jedoch fügen. Ein wenig bedauerte Susan, sogar Rosalind die Wahrheit verschweigen zu müssen, denn diese liebte Anabell fast wie eine eigene Tochter. Es würde für Rosalind ein schwerer Schlag sein, wenn Edward ihr in ein paar Wochen mitteilte, Anabell wäre gestorben.
In dieser Nacht machte Susan kein Auge zu. Freude, den Kampf um ihre Tochter gewonnen zu haben, wollte sich nicht einstellen. Anders als damals bei Jimmy, als Paul starb und der Junge zu ihr kam, fühlte sie keine tiefe Befriedigung, obwohl sie Anabell von ganzem Herzen liebte und jede Begegnung mit dem Mädchen herbeisehnte.
Am Morgen hing dichter Nebel über der Küste, und es war empfindlich kalt. Sie bat Daniel, der sie begleiten wollte, in Polperro zu warten.
»Ich möchte zuerst allein nach Sumerhays gehen. Das verstehst du doch, nicht wahr?«
Obwohl Daniel vorschlug, eine Mietdroschke zu nehmen, ent-

schloss sich Susan, zu Fuß zu gehen. Sie brauchte die frische Luft, und als sie kräftig ausschritt, wurde ihr Kopf immer klarer. Nächste Woche mussten sie abreisen, um die Geschichte glaubhaft zu machen, und für Jimmy würde es ein herber Schlag werden, seine Freunde verlassen zu müssen. Der Junge war jedoch alt genug, um zu verstehen, dass ihr künftiges Leben nicht mehr in England sein konnte. Daniel und sie hatten vereinbart, dass sie zuerst nach Liverpool gehen und von dort mit dem nächsten Schiff nach Amerika fahren würden. Susan graute es zwar vor einer erneuten Fahrt über den Atlantik, sie sagte sich jedoch, dass ein so schreckliches Schiffsunglück kein zweites Mal geschehen würde. Da auch der Krieg vorbei war, würde es bestimmt eine ruhige und sichere Überfahrt werden.

Ihr kleines Cottage wollte sie in die Hände von Jana Godrevy geben, die dafür einen Mieter suchen sollte. Verkaufen wollte Susan das Haus vorerst nicht, denn so war es, als bliebe ein Stück von ihr in England, wenn sie auf der anderen Seite der Welt ein neues Leben begann.

Sie musste mehrmals den Klopfer in Form eines Löwenkopfes betätigen, bis sich hinter der Tür endlich etwas rührte. Natürlich – Mrs. Windle, die früher geöffnet hatte, war nicht mehr auf Sumerhays, und sonst gab es nicht viel Personal. Endlich öffnete sich die Tür einen Spalt. Susan erschrak, als sie Rosalind sah. Die Freundin sah sehr schlecht aus, so, als hätte sie nächtelang nicht geschlafen. Ihr Haar war unordentlich zu einem Knoten aufgesteckt, und ihr Kleid wirkte, als hätte sie es seit Tagen nicht mehr gewechselt.

»Rosalind, was ist geschehen?«, frage Susan besorgt.

»Ach, du bist es …« Rosalind öffnete die Tür, damit Susan eintreten konnte, dann warf sie sich schluchzend in ihre Arme. »Ich dachte, es wären Lavinia … und Edward … sie müssen mein Telegramm doch erhalten haben …«

Eine furchtbare Ahnung breitete sich in Susan aus und erschwerte ihr das Atmen.
»Ist etwas mit … Anabell?« Sie fürchtete die Antwort, die zur Gewissheit wurde, als Rosalind schluchzte.
»Sie ist krank, furchtbar krank. Der Arzt meint, er wisse nicht, ob sie …« Rosalind wagte nicht, den Satz zu Ende zu führen, aber Susan verstand.
»Kann ich zu ihr?«, fragte sie leise.
»Ja, komm, sie wird dich aber nicht erkennen.«
Während Susan Rosalind in den Kindertrakt hinauffolgte, erzählte diese stockend, was geschehen war.
»Vor drei Tagen war ich mit Anabell in Plymouth, wir mussten noch einige Sachen für die Schule besorgen. Am Abend klagte sie über Halsschmerzen, und ihr Kopf war ganz heiß. Zuerst machte ich mir keine großen Sorgen, denn ein wenig Fieber bei Kindern ist normal, besonders, wenn sie aufgeregt sind. Und Anabell ist wegen ihrer Reise in die Schweiz sehr aufgeregt. Vorgestern jedoch begann sie zu husten, und als das Fieber immer weiter stieg, informierte ich Doktor van Roosen, den Hausarzt der Familie. Gestern diagnostizierte er eine schwere Lungenentzündung, er meinte, es könnte vielleicht die Spanische Grippe sein …«
Erschrocken zog Susan die Luft ein. Seit mehreren Monaten grassierte die Spanische Grippe auf der ganzen Welt und hatte bis jetzt mehr Todesopfer gefordert als der furchtbare Krieg.
»Aber wie sollte Anabell sich infiziert haben?«, fragte Susan. »Die Spanische Grippe grassiert doch gar nicht in England, jedenfalls hat man bisher von keinem Fall gehört.«
Auf dem obersten Treppenabschnitt blieb Rosalind stehen und sah Susan ernst an. In ihren Augen stand tiefste Verzweiflung.
»Der Hafen von Plymouth ist international, da treiben sich Seeleute aus der ganzen Welt herum. Krankheiten können sich leicht übertragen. Früher, als die Pest in England wütete, ging sie auch von den Hafenstädten aus.«

Susan schluckte. Rosalinds Vergleich mit der Pest war nicht übertrieben. Obwohl der Ursprung der Krankheit in den Vereinigten Staaten vermutet wurde und von dort aus durch die Truppen in die Schützengräben Europas gebracht wurde, bezeichnete man sie als *Spanische Grippe*, da Spanien durch seine Neutralität im Krieg keiner Zensur unterlag und somit als erste Nation ausführlich über diese heftige und meistens tödlich verlaufende Erkrankung berichtet hatte.
Anabells Zimmer war abgedunkelt und warm. Ein Dienstmädchen saß am Bett des Kindes. Als Rosalind und Susan eintraten, stand sie auf und knickste.
»Sie ist eingeschlafen, Mylady. Das Fieber sinkt jedoch nicht.«
»Danke, bring bitte einen neuen Krug mit kaltem Wasser. Dann leg dich ein wenig hin, ich werde jetzt bei Anabell bleiben.«
Zögernd trat Susan ans Bett und erschrak, als sie Anabells Gesichtchen sah, das so weiß war, dass es kaum vom Kopfkissen zu unterscheiden war. Unter ihren Augen lagen dunkle Schatten, und ihre kleine Brust hob und senkte sich in unregelmäßigen Abständen. Susan kniete sich auf den Vorleger und griff nach Anabells Hand. Sie war brennend heiß und schweißnass. Rosalind feuchtete ein Tuch an und betupfte dem Mädchen die Stirn. Durch die Berührung wachte Anabell auf. Ihre Lider flatterten, und unruhig warf sie sich hin und her.
»Kann man denn gar nichts tun?«, fragte Susan leise.
»Wir können nur abwarten und … beten.« Rosalinds Hände zitterten, während sie das Tuch auswrang. »Wenn das Fieber nicht sinkt und die Lungenentzündung stärker wird, dann …«
Sie brauchte nicht weiterzusprechen, Susan verstand.
»Du sagtest, du hast Lady Lavinia informiert. Hast du von deinem Bruder keine Nachricht erhalten? Ein Telegramm? Heute Morgen?«
Rosalind schüttelte den Kopf. »Gestern Mittag rief ich in London an, aber weder Lavinia noch Edward waren zu sprechen. Erst

gestern Abend rief mein Bruder mich zurück und meinte, sie würden, so schnell es geht, nach Sumerhays aufbrechen. Als es vorhin klopfte, dachte ich, Lavinia und Edward wären gekommen, allerdings reagierte er recht kurz angebunden am Telefon, ganz so, als kümmere es ihn nicht, dass seine Tochter krank ist. Ausgerechnet jetzt muss Lavinia in London sein … ausgerechnet jetzt … wenn Anabell stirbt und ihre Mutter ist nicht da … ich würde mir das niemals verzeihen.«

Susan umarmte Rosalind und drückte sie fest.

»So darfst du nicht sprechen. Sie wird nicht sterben! Hörst du, Anabell ist kräftig, sie wird wieder gesund werden.« Susan klang hoffnungsvoller, als ihr zumute war. Gerade hatte sie ihr Kind wiederbekommen – da konnte Gott es nicht zulassen, dass ihr Anabell wieder genommen wurde.

»Mama …« Ganz leise war Anabells Stimmchen zu vernehmen, und Susan beugte sich sofort näher zu dem Kind. »Mama … bist du da? Mama …«

Sanft legte Susan eine Hand auf die fieberheiße Stirn.

»Mama kommt bald, mein Kind«, flüsterte sie mit tränenerstickter Stimme. »Mama wird bald hier sein.«

Die folgenden Stunden vergingen in quälender Langsamkeit, und weder Susan noch Rosalind wichen von Anabells Seite. Gegen Mittag kam Doktor van Roosen und untersuchte Anabell. Konzentriert hörte er ihre kleine Brust ab, aus der der Atem rasselnd entwich.

»Die Entzündung ist seit gestern nicht schlimmer geworden«, sagte er, als er das Stethoskop in seine Tasche steckte. »Es besteht aber noch kein Grund zur Hoffnung. Am meisten Sorge bereitet mir das Fieber. Wenn es in der folgenden Nacht nicht sinkt, dann …«

Beide Frauen wussten, was er sagen wollte. Das Dienstmädchen brachte ständig frisches, kaltes Wasser, um Anabells heißen Körper zu kühlen. Immer wieder kam das Kind zu sich, seine Augen irrten suchend durch den Raum. Einmal schien sie fast bei sich

zu sein, denn sie erkannte Susan. Der Anflug eines Lächelns zog über ihre Lippen.
»Du bist nett. Wo ist Mama?«
»Bald ist deine Mama da«, sagte Rosalind leise. »Und dein Vater auch. Du musst wieder gesund werden, kleine Anabell, damit du in die Schweiz fahren kannst. Du hast dich doch so sehr auf die Schule gefreut, und auf die vielen neuen Freundinnen, die du da finden wirst.«
»Schule … ja … und Schnee … in der Schweiz gibt es Schnee … Aber Mama kommt nicht mit.«
Anabell fiel wieder in einen unruhigen Schlaf. Susan brauchte ihre ganze Überzeugungskraft, damit Rosalind sich etwas ausruhte.
»Du musst ein paar Stunden schlafen, denn du hast seit drei Nächten kein Auge zugetan. Ich bleibe bei Anabell und ruf dich sofort, wenn sich etwas ändert.«
Schweren Herzens verließ Rosalind das Zimmer. Susan legte ihren Kopf auf Anabells Brust. Zwischen ihren schweren Atemstößen hörte sie das kleine Herz schlagen, spürte die Wärme ihres Körpers und begann haltlos zu weinen. Stumm betete sie, obwohl sie nicht wusste, ob Gott sie hörte. Ob er sie überhaupt hören wollte nach alledem, was sie getan hatte.
Der Nachmittag dämmerte bereits, als Susan Geräusche im Haus wahrnahm. Türen wurden geschlagen, schwere Schritte eilten die Treppe herauf, und die Tür zum Krankenzimmer wurde aufgerissen. Auf der Schwelle stand Edward Callington, Lady Lavinia hielt sich dicht hinter ihm. Langsam stand Susan auf, ihr Blick begegnete dem von Sir Edward, während Lavinia zu Anabell stürzte und sich über das Kind warf.
»Mama.« Anabell erwachte, und Susan sah, wie sie lächelte. »Endlich … Mama …«
Ohne ein Wort zu sagen, verließ Susan den Raum, ging die breite Treppe hinunter und durch die Halle nach draußen. Es hatte

zu regnen begonnen, Susan fühlte die Nässe jedoch nicht. Die Kälte, die sich in ihrem Herzen ausbreitete, überschattete alles andere. Sie wusste nun, was sie zu tun hatte.

Die Koffer waren gepackt und standen vor dem kleinen Cottage, bereit, in das Automobil verladen zu werden, das Daniel gemietet hatte. In einigen Metern Entfernung scharrte Jimmy verlegen mit der Fußspitze im Straßenstaub. Sein Freund Lewis Godrevy und drei weitere Jungs standen, die Hände in den Hosentaschen, nicht weniger hilflos herum. Keiner der Jungen wusste, was er sagen sollte. Da zog Lewis etwas aus der Hosentasche und streckte es Jimmy entgegen. Es war die Holzfigur eines Pilchards.

»Hab ich selbst geschnitzt«, murmelte Lewis. »Soll dich an Cornwall erinnern. Vielleicht denkste ja mal an mich, drüben in Amerika.«

Eine leichte Röte zog über Jimmys Wangen, als er den geschnitzten Fisch betrachtete. Am liebsten hätte er seinen Freund umarmt, aber für so etwas war er zu alt. Ein Mann umarmte keinen anderen Mann.

»Ich schreib dir«, versprach er, und Lewis grinste.

»Aber nicht zu lange Briefe mit schweren Wörtern. Du weißt, ich bin nicht gut im Lesen, und erwarte nicht, dass ich dir gleich zurückschreibe.«

Susan betrachtete die Szene mit gemischten Gefühlen. Jimmy hatte erstaunlich gelassen reagiert, als sie ihm gesagt hatte, sie würden mit Daniel übers Meer fahren und künftig in Amerika leben. Über die Nachricht, dass sie und Daniel verheiratet waren und er nun einen neuen Vater hatte, war Jimmy allerdings sehr erfreut gewesen.

»Du gehst aber nicht wieder in den Krieg und lässt dich auch totschießen?«, hatte er nur gefragt.

»Nein, der Krieg ist vorbei.« Daniel lachte unbekümmert. »Und ich glaube, die Menschen haben daraus gelernt, so etwas niemals wieder geschehen zu lassen.«

Daniel begann, ihr Gepäck in das Automobil zu laden. Morgen Nachmittag lief ihr Schiff von Liverpool aus, die letzte Nacht auf englischem Boden wollten sie in einem kleinen Hotel am Hafen verbringen. Die Nachbarn kamen, um sich zu verabschieden. Jana Godrevy schneuzte sich kräftig die Nase, als sie Susan umarmte und ihr alles Gute wünschte.

»Ich passe auf dein Cottage auf«, versprach sie. »Und ich werde einen guten Mieter finden. Ich schreib dir dann, ja?«

Gerade als Daniel zum Einsteigen drängte, sah Susan Rosalind die Straße heraufkommen. Sie war außer Atem, und an ihrer Hand hielt sie Anabell.

»Oh, ich komme noch rechtzeitig«, rief Rosalind. »Es tut mir leid, aber Anabell ist noch nicht so kräftig, wir mussten die Kutsche nehmen, und die Wege waren durch den Regen aufgeweicht.«

Susans Blick hing an ihrer Tochter. Sie hatte die Spanische Grippe überwunden, brauchte aber noch einige Wochen, um wieder völlig gesund und kräftig zu werden. Anabells Gesicht war schmal geworden, ihre Augen noch dunkel umschattet, aber sie lächelte Susan herzlich zu.

»Tante Rosalind wollte ohne mich fahren«, sagte sie zu Susan. »Ich wollte dir aber auch auf Wiedersehen sagen.«

Susan umarmte Anabell und versuchte, das Mädchen nicht spüren zu lassen, wie sie am ganzen Körper zitterte.

»Ich freue mich, dich … euch noch mal zu sehen.« Sie blickte zu Rosalind und sagte leise: »Pass bitte auf Anabell auf.«

»Natürlich, sie ist doch Lavinias und mein Augapfel. Ich bin so froh, dass sich mein Bruder hat überzeugen lassen, Anabell nicht in die Schweiz zu schicken. In England gibt es auch gute Schulen. Sobald Anabell wieder ganz gesund ist, wird sie in ein gutes Internat in der Nähe von Barnstable, oben in Devon, gehen. Dann

kann sie während der Ferien nach Hause kommen. Lavinia hätte es nach dieser Krankheit ohnehin nicht zugelassen, dass man ihre Tochter ins Ausland schickt.«
»Das freut mich für deine Schwägerin«, sagte Susan leise. »Und natürlich für Anabell. Sie liebt ihre Mutter sehr.«
Rosalind nickte, trat näher und flüsterte, so dass es nur Susan hören konnte: »Als Anabell so krank war und wir befürchteten, dass sie stirbt, hat sie immer nach ihrer Mutter gerufen. Obwohl Lavinia in den letzten Jahren etwas … seltsam gewesen war, hängt Anabell mit zärtlicher Liebe an ihr. Nun, du hast es mitbekommen – sobald Lavinia bei Anabell war, ging es dem Kind gleich viel besser.« Rosalind drückte Susan einen Brief in die Hand. »Den soll ich dir von Lavinia geben.«
Susan nickte, bemüht, den Kloß in ihrem Hals hinunterzuschlucken. Sie konnte jedoch nicht verhindern, dass ihre Augen feucht wurden. Schnell umarmte sie erst Rosalind, dann Anabell. Zärtlich küsste sie das Mädchen auf den Scheitel ihres lockigen Haars und sog tief ihren Duft ein. Es war das Letzte, was sie von Anabell mit sich nehmen konnte.
»Also, es wird Zeit.« Sie nahm Daniels Hand, der ihr beim Einsteigen behilflich war. »Ich sage nicht adieu, sondern auf Wiedersehen. Ihr wisst, ihr seid uns in Boston immer willkommen.«
Rosalind nickte, aber Susan wusste, dass die Freundin keine so weite Reise unternehmen und niemals wieder ein Schiff betreten würde. Sie würde Rosalind und Anabell niemals wiedersehen.

Kurz auf die Hupe drückend, fuhr Daniel den Talland Hill hinab, vorbei am Hafen und The Coombe hinauf zur Crumplehorn Mill, wo sie in die Hauptstraße einbogen. Susan blickte nicht zurück.
Mit einer Hand tastete Daniel nach ihrem Oberschenkel.

»Was steht in dem Brief?«
Mit dem Fingernagel ritzte Susan den Umschlag auf, heraus fiel nur ein Blatt mit den Worten

Danke! Das werde ich Ihnen niemals vergessen.

»Sie ist eine gute Mutter«, flüsterte Susan, damit Jimmy, der auf dem Rücksitz saß, sie nicht hören konnte. »Eine viel bessere, als ich es jemals sein könnte.«
Daniel warf ihr einen raschen Seitenblick zu.
»Wir haben gekämpft und gewonnen, letzten Endes aber doch verloren. Ich bewundere dich für deine Entscheidung.«
Susan starrte durch die Windschutzscheibe auf die gewundene, schmale Straße. Obwohl sie wusste, dass sie die einzig richtige Entscheidung getroffen hatte – Anabell bei der Frau zu lassen, die sie als Mutter kannte und liebte, und das Kind nicht aus ihrer gewohnten Umgebung zu reißen –, war sich Susan bewusst, dass sie Anabell niemals vergessen würde. Es wäre grausam gewesen, Anabell nun mit der Wahrheit zu konfrontieren und ihr Leben zu zerstören.
Dennoch war und blieb Anabell ihr Kind. Ein Kind, das Susan niemals vergessen würde.
Solange sie lebte, nicht.

Epilog

Boston, USA, 19. April 1930

»Rosalind! Stephen! Wie seht ihr denn schon wieder aus?« Die Hände in die Hüften gestemmt, trat Susan durch die Hintertür in den weitläufigen Garten. »Onkel Jimmy und Tante Harriet werden gleich kommen, und ihr seht aus, als hättet ihr euch im Schlamm gewälzt.«

Zwei neunjährige Kinder, die sich fast wie ein Ei dem anderen glichen, stoben über die Wiese auf Susan zu.

»Ma, da hinten ist ein Beet schon ganz voll mit Krokussen«, rief das Mädchen, das mit seinen kurzen hellen Haaren auch ein Junge sein könnte, lediglich seine Stimme war etwas zarter als die seines Bruders, der sogleich rief: »Und im Teich sind Frösche. Rosalind wollte einen fangen und ist fast reingefallen.«

»Ist gar nicht wahr!« Das Mädchen boxte seinen Bruder in die Rippen. »Du hast mich gestoßen …«

»Schluss jetzt!«, unterbrach Susan streng, musste sich jedoch ein Lächeln verkneifen. Die Kleidung der Kinder war zwar feucht und schmutzig, ihre Augen strahlten jedoch glücklich. Seit drei Wochen hatte es fast ununterbrochen geregnet, heute war endlich mal ein schöner, sonniger Tag in diesem Frühling. Wie konnte sie es den Zwillingen verdenken, dass sie seit dem Morgen im Garten herumtollten. Außerdem war morgen Ostern, und die Kinder warteten schon gespannt auf ihre Geschenke, die dann im Garten versteckt werden würden.

Susan klatschte in die Hände.

»Ab mit euch nach oben ins Bad. Ihr wascht euch noch mal und zieht euch um.« Sie hielt ihre Tochter am Arm fest, als diese an ihr vorbeistürmen wollte. »Rosalind, du ziehst das gelbe Kleid an, das ich dir gestern rausgelegt habe. Und, bitte, versuch wenigstens ein Mal, dass deine Strümpfe länger als eine halbe Stunde weiß bleiben.«

Das Mädchen zog eine Schnute. »Ein Kleid …«, maulte sie gedehnt. »Warum muss ich immer diese scheußlichen Kleider tragen? Stephen muss auch nicht …«

»Ist ein Junge«, unterband Susan jede weitere Diskussion. »Außerdem bekommen wir Besuch. Und beeilt euch bitte, ja?«

Die Kinder jagten johlend davon, wobei Stephen rief: »Jetzt bin ich der Indianer, und wenn ich dich kriege, fessle und skalpiere ich dich …«

Mit einem Lächeln ging Susan zurück in die Küche. Ein junges, etwas dickliches, schwarzhäutiges Mädchen stand, beide Arme bis zum Ellbogen in einer Schüssel mit goldgelbem Teig, an dem großen Tisch und schmunzelte.

»Irgendwie sind sie süß, die beiden Rangen.«

Susan seufzte, aber aus ihren Augen blitzte der Schalk, und sie nickte. Mit einem Blick auf den Teig sagte sie: »Wenn du den Kuchen im Ofen hast, kannst du gehen, Daisy. Du hast die nächsten zwei Tage frei.«

»Aber Mrs. Draycott, die ganze Arbeit.« Das Dienstmädchen riss die Augen weit auf. »Es gibt noch so viel vorzubereiten für das Essen morgen und dann der ganze Abwasch …«

»Kann warten.« Susan winkte ab, trat zum Herd und öffnete den Deckel eines großen Topfes, aus dem es verführerisch nach Hühnersuppe duftete.

»Heute gibt es nur Suppe, und den Rest für morgen mache ich schon. Du weißt doch, dass ich gerne koche. Außerdem wird an Ostern nur die Familie hier sein, da geht es etwas legerer zu.« Sie sah Daisy fragend an. »Du hast das Gästezimmer geputzt und die Betten bezogen?«

Das Mädchen nickte. »Es ist alles vorbereitet, Mistress. Das Kinderbett habe ich ins Gästezimmer gestellt, denn die junge Mrs. Draycott meinte am Telefon, der kleine Henry würde bei seinen Eltern schlafen.«
Beim Namen ihres Enkels wurde es Susan warm ums Herz. Seit fünf Wochen hatte sie Henry nicht mehr gesehen, und der Kleine würde wieder ein Stück gewachsen sein. Jetzt war er bald ein Jahr alt, und bei ihrem letzten Besuch hatte Jimmy ihr augenzwinkernd versichert, er und Harriet wünschten sich bald ein zweites Kind und ließen nichts unversucht, damit dieser Wunsch bald in Erfüllung gehen würde.
Jimmy ... Susans Gedanken eilten in die Vergangenheit. Nach ihrer Ankunft in Amerika hatte Daniel sofort alles in die Wege geleitet, um den Jungen zu adoptieren und Jimmy seinen Namen zu geben. Ihr Sohn hatte sich überraschend schnell in Boston eingelebt, rasch neue Freunde gefunden und war ein guter Schüler geworden. Er beendete die Highschool als Jahrgangsbester, und Susan war mehr als überrascht, als er den Wunsch äußerte, Archäologie studieren zu wollen. Susan hatte keine Ahnung, woher das plötzliche Interesse Jimmys am Altertum kam, aber sie und Daniel hatten ihm keine Steine in den Weg gelegt. Er absolvierte sein Studium an der renommierten Universität von Harvard in der Mindestzeit, danach reiste er viel, hauptsächlich nach Ägypten, denn die Pharaonen und deren Baudenkmäler hatten es ihm besonders angetan, und seit nunmehr zwei Jahren hatte er einen Lehrstuhl für Archäologie in Harvard und arbeitete auf seine Professur hin. Susan schmunzelte, wenn sie an Jimmys Karriere dachte. Der Sohn einer Fischverkäuferin und eines Diebes und Betrügers als künftiger Professor – das gab es nur in den Vereinigten Staaten. Hier zählte nicht, woher man kam, unter welchem Dach man geboren war und was die Eltern geleistet oder getan hatten. Nein, in Amerika konnte es jeder zu etwas bringen, der intelligent und

fleißig war. Wenn Susan über Jimmy sprach, machte sie keinen Hehl aus ihrem Stolz.

Kurz nach seiner Festanstellung an der Universität lernte Jimmy die bezaubernde Studentin Harriet kennen und lieben. Da Jimmy inzwischen genügend verdiente, um eine Familie ernähren zu können, heirateten sie bereits nach vier Monaten, und ihre Liebe wurde durch die Geburt Henrys gekrönt. Obwohl sie und Jimmys Familie nicht weit voneinander entfernt wohnten, mit dem Auto war es nur eine knappe halbe Stunde, fand Susan, sie sahen sich viel zu selten. Das war wahrscheinlich ein typisches Großmutter-Verhalten, die ihren Enkel am liebsten jeden Tag um sich gehabt hätte.

Susan kam an einem Spiegel im Flur vorbei und warf einen Blick hinein. Großmutter ... Sie war jetzt sechsundvierzig Jahre alt, und es war unvermeidlich, dass sich erste graue Strähnen in ihrem Haar und feine Linien in ihren Augenwinkeln zeigten. Trotz der Geburt der Zwillinge vor neun Jahren hatte Susan ihre schlanke, grazile Figur behalten, um die sie von den meisten Frauen in ihrem Bekanntenkreis beneidet wurde.

Die Haustür klappte, und Susan riss ihren Blick vom Spiegel los. Mit einem Lächeln trat Daniel zu ihr und küsste sie auf den Mund.

»Die nächsten zwei Tage gehören ganz der Familie«, sagte er und stellte seine Aktentasche ab. »Es ist Ostern, und die Verbrecher müssen eben mal warten.«

Susan schmiegte sich an ihren Mann. Manchmal fragte sie sich, womit sie so viel Glück verdient hatte. Daniel und sie liebten sich wie am ersten Tag, Jimmy hatte eine bezaubernde Frau und einen gesunden, kräftigen Sohn, und ihr selbst war auch noch einmal das Glück vergönnt gewesen, Mutter zu werden. Als der Arzt feststellte, dass sie Zwillinge erwartete, war Susan erschrocken und hatte sich gefragt, ob sie mit dieser Doppelbelastung fertig werden würde. Eine Minute nach deren Geburt hätte sie

jedoch keinen von beiden missen wollen. Sie hatte die Kinder nach den Menschen genannt, die sie niemals vergessen konnte – Rosalind und Stephen. Stephen Polkinghorn war seit so vielen Jahren schon tot, und auch Rosalind weilte nicht mehr unter den Lebenden. Mit ihr war Susan nach ihrem Weggang aus England in regelmäßigem Briefkontakt gestanden und erschüttert gewesen, zu erfahren, dass die Freundin an Brustkrebs erkrankt war. Rosalind war vor zwei Jahren gestorben, Lavinia Callington war so aufmerksam gewesen, Susan die Todesanzeige zu schicken. Seit Rosalinds Tod bestand nun kein Kontakt mehr zu den Callingtons, so wusste sie nicht, wie es Anabell ging. Das Letzte, was sie von Rosalind erfahren hatte, war, dass Anabell kurz vor ihrer Verlobung mit einem jungen, charmanten, gutaussehenden und äußerst vermögenden Mann stand. Wahrscheinlich war Anabell heute schon verheiratet und selbst Mutter …
Rasch wischte Susan sich über das Gesicht, als könne sie damit die Gedanken an die Vergangenheit vertreiben. Obwohl Daniel mehrmals vorgeschlagen hatte, nach England zu reisen, hatte Susan das stets abgelehnt. Zuerst waren die Zwillinge zu klein für eine solch weite Reise gewesen, dann war Daniel in der Kanzlei nicht abkömmlich, da sich sein Vater nach und nach zurückzog, außerdem wusste Susan, dass es besser war, alte Wunden nicht wieder aufzureißen. Seit vier Jahren unterrichtete sie eine Laienspieltruppe in Boston, die zwei- bis dreimal im Jahr kleine Auftritte hatte. Diese ehrenamtliche Tätigkeit machte ihr sehr viel Spaß, wenngleich die Damen und Herren des Theaterkreises natürlich nicht mit richtigen Schauspielern zu vergleichen waren. Sie waren jedoch mit Fleiß und Enthusiasmus bei der Sache, aber niemand von ihnen wollte ein großer Star werden.
»Sind Jimmy und Harriet schon da?« Daniels Frage riss sie aus ihren Gedanken.
Susan blickte auf die Uhr. »Nein, sie müssen aber jeden Moment kommen. Die Kinder haben den ganzen Vormittag im Garten

gespielt. Wie sie aussahen, kannst du dir ja vorstellen.« Susan schüttelte lachend den Kopf. »Ich habe sie erst mal ins Bad geschickt. Ach ja, und Daisy habe ich die nächsten Tage freigegeben. Sie freut sich, Ostern mit ihrer Familie verbringen zu können.«

Daniel nickte zustimmend und wandte sich zur Treppe.

»Dann gehe ich auch rasch ins Bad und ziehe mir ein frisches Hemd an. Ich habe mächtigen Hunger. Können wir gleich essen, wenn die Kinder kommen?«

»Die Suppe ist fertig, Daisy wird noch den Tisch decken, bevor sie geht.« Susan rief Daniel zurück, als er bereits auf der Treppe war. »Sieh doch mal bei Rosalind rein«, bat sie. »Sie zeigt sich etwas unwillig, das neue gelbe Kleid anzuziehen.«

»Ist ein richtiger Wildfang.« Daniel lachte. »Unsere Tochter wird sicher mal Lokführerin oder gar Pilotin, pass nur auf.«

Susan ging ins Esszimmer, wo Daisy gerade die Servietten verteilte. Der Tisch war schlicht, aber nett gedeckt. Heute, am Samstag, machten sie kein Aufhebens um das Essen, morgen am Feiertag würde es jedoch eine große und festlich gedeckte Tafel geben.

»Schöne Ostern, Mrs. Draycott«, verabschiedete sich Daisy wenig später und verließ das Haus durch die Hintertür. Etwa eine Minute später klingelte es an der Vordertür. Susan, in Erwartung ihres Sohnes, eilte in die Halle und riss die Tür auf.

»Harriet! Jimmy! Endlich, wie geht es Henry …«

Die Worte blieben ihr im Hals stecken, denn vor der Tür standen nicht Jimmy und ihre Schwiegertochter, sondern eine fremde junge Frau. Susan schwankte, griff haltsuchend nach dem Türrahmen. Nein, es war keine Fremde! Susan meinte, in ihr eigenes Gesicht zu blicken, wenngleich die Form des Mundes ein wenig anders war, aber die Frau sah sie aus den gleichen grauen Augen an.

»Mrs. Draycott?«, fragte sie zögernd. »Mrs. Susan Draycott?«

Susan konnte nur nicken, sie war nicht fähig, ein Wort herauszubringen. »Entschuldige, dass ich einfach so vor der Tür stehe …« Sie hielt inne, eine steile Falte bildete sich über ihrer Nasenwurzel. »Ich komme gerade vom Schiff, und ich dachte …«
»Komm rein.« Ihre Stimme klang in Susans Ohren seltsam fremd und krächzend. »Anabell …«, fügte sie hinzu.
»Du erinnerst dich an mich?« Anabell lächelte, und Susan stellte fest, wie schön sie geworden war. Allerdings bemerkte sie auch, dass Anabells Wangen eingefallen, der Reisemantel fadenscheinig und das Leder an dem kleinen Koffer, den sie in der Hand trug, abgewetzt waren. Mit weichen Knien ging Susan voraus ins Wohnzimmer. Sie war froh, dass die Zwillinge und Daniel noch oben waren. In ihrem Kopf brummte es wie in einem Bienenstock, sie war kaum fähig, einen klaren Gedanken zu fassen.
»Sind deine Eltern auch hier?«, war das Erste, was Susan einfiel. Anabell schüttelte den Kopf und setzte sich vorsichtig auf die Kante eines Sessels.
»Sie sind tot.«
Diese schlichten drei Wörter rissen Susan aus ihrer Erstarrung. Sie trat zu der Hausbar und schenkte sich einen Cognac ein, obwohl sie vor dem Mittag niemals trank, und bot Anabell auch etwas an, aber die junge Frau lehnte ab.
»Was ist passiert?«, fragte Susan und setzte sich ihr gegenüber. Ein Schatten flog über Anabells Gesicht.
»Der Schwarze Freitag …«, begann sie flüsternd. »Letzten Oktober, als die Börse zusammenbrach … Vater … er hat alles verloren. Alles. Sumerhays wurde zwangsversteigert, mit allen Möbeln, Gemälden, und auch unseren Schmuck mussten wir verkaufen. Mama …«, Susan bemerkte das leichte Zögern, »und ich durften nur ein paar Kleider behalten. Bevor wir das Haus verlassen mussten, schoss sich Vater eine Kugel in den Kopf. Ich fand ihn in seinem Arbeitszimmer.«

»O Gott!« Susan sprang auf und schloss Anabell in ihre Arme. Sie merkte, wie sich die junge Frau unter ihrer Berührung versteifte, und ließ sie schnell wieder los.
»Mama und ich gingen nach London, weil ich hoffte, dort Arbeit zu finden«, fuhr Anabell fort, ohne Susan direkt anzusehen. »Mama war nicht in der Lage, zu arbeiten, der Verlust unseres ganzen Vermögens hat sie sehr krank werden lassen. Wir hausten in einer Dachkammer irgendwo im East End, und ich versuchte alles, um Geld zu verdienen. Ich schleppte Kisten, schrubbte Böden in Kneipen und spülte Gläser und Teller, aber es reichte nie aus. Die weltweite Wirtschaftskrise hat so viele arbeitslos gemacht, wer gab da schon einer jungen Frau, die keinen Beruf erlernt hat, eine Arbeit? Ich versuchte, meiner Ausbildung entsprechend, eine Stellung als Gouvernante zu bekommen, aber niemand wollte seine Kinder der Tochter eines Selbstmörders anvertrauen. Die Sache … der Tod meines Vaters hatte ja in allen Zeitungen gestanden.«
»Und dein Verlobter?«, flüsterte Susan. »Deine Tante Rosalind schrieb kurz vor ihrem Tod, du würdest bald heiraten.«
»Thomas?« Anabells Mundwinkel zogen sich verächtlich nach unten. »Seine Familie war zwar auch von Verlusten betroffen, aber Thomas' Vater hatte besser spekuliert als meiner. Eine völlig verarmte Frau, auf deren Familie der Skandal eines Selbstmords liegt, kam jetzt für ihren einzigen Sohn natürlich nicht mehr in Frage.«
»Und dieser Thomas hat nicht zu dir gestanden?«, fragte Susan überrascht. »Wenn ihr euch liebt, dann …«
»Ach was, Liebe!« Anabell winkte resigniert ab. »In unseren Kreisen heiratet man nicht aus Liebe. Thomas wäre eine gute Partie gewesen, seine angeblichen Gefühle übertrug er, als wir pleite waren, sehr schnell auf eine passendere und vor allen Dingen vermögendere Dame.«
»Was ist dann geschehen?«, fragte Susan interessiert.

»Der Winter war sehr kalt, wir hatten kaum Geld, um Holz zum Heizen zu kaufen. Meine Mutter … Lavinia erkrankte an Tuberkulose. Wir hatten nicht das Geld für gute Ärzte, geschweige denn für einen Sanatoriumsaufenthalt, wo man ihr Leben vielleicht hätte retten können. Sie starb vor drei Wochen.«

»Das tut mir so leid.« Susan sah Anabell traurig an. »Ich freue mich, dass du gekommen bist, aber wie …?«

»Ich verkaufte alles, was noch irgendwie Wert hatte, um mir die Fahrkarte leisten zu können«, beantwortete Anabell Susans Frage. »Natürlich fuhr ich auf dem Zwischendeck. Ich wusste nicht, wohin ich gehen sollte. Und da war es nur natürlich, dass ich hierherkomme …« Sie verstummte und sah Susan ernst an. »Lavinia … sie hat mir alles erzählt, zwei Tage, bevor sie starb.«

Susan zuckte zusammen und wurde weiß wie eine Wand.

»Was hat Lavinia dir gesagt?« Ihre Stimme war ein kaum hörbares Flüstern.

Anabells Blick war fest mit Susans verbunden, als sie leise, aber jedes einzelne Wort betonend, sagte: »Dass du meine Mutter bist.«

Susan schloss die Augen, der Boden schwankte unter ihren Füßen. Wie aus weiter Ferne hörte sie, wie Anabell fortfuhr: »Ich hatte keine Ahnung davon. Zuerst war es ein Schock, doch dann … Darum bin ich gekommen. Ich zürne weder dir noch meiner … meiner Mutter. Ich möchte nur wissen, warum.«

Susan nickte schwach.

»Das verstehe ich, und natürlich werde ich versuchen, dir alles zu erklären. Einst habe ich einen sehr großen Fehler gemacht, der mit nichts zu entschuldigen ist. Das Einzige, was vielleicht dafürspricht, ist, dass du ein sorgenfreies und gutes Leben führen konntest. Ein Leben, das ich dir niemals hätte bieten können.«

»Das hat Mama auch gesagt.« Zum ersten Mal lächelte Anabell, doch bevor sie weitersprechen konnte, hörte Susan die Türglocke anschlagen, Schritte im Flur, und gleich darauf wurde die Tür zum Wohnzimmer aufgerissen.
»Ma, wo versteckst du dich? Schöne Ostern …« Jimmys Blick fiel auf Anabell. »Verzeih, Ma, ich wusste nicht, dass du Besuch hast.«
Susan stand auf, und auch Anabell erhob sich. Anabell sagte leise: »Ich sollte besser wieder gehen. Keinesfalls möchte ich ein Familienfest stören.«
Susan griff nach ihrer Hand und hielt sie fest, und Jimmy runzelte die Stirn, nachdem er Anabell ins Gesicht gesehen hatte.
»Ich kenne Sie«, sagte er. »Irgendwo habe ich Sie schon einmal gesehen, obwohl Sie nicht zum Bekanntenkreis meiner Eltern gehören.«
Hinter Jimmy drängten nun seine Frau Harriet, die Zwillinge und auch Daniel in das Wohnzimmer. Daniel erfasste die Situation sofort. Obwohl er Anabell nur zweimal gesehen hatte, wusste er, um wen es sich handelte. Seine Augen weiteten sich, aber Susan signalisierte ihm mit einem Blick, jetzt keine Fragen zu stellen. Sie legte einen Arm um Anabells Schultern.
»Wir haben einen neuen Gast, meine Lieben.« Sie sah Anabell an. »Nein, eigentlich ist es kein Gast, denn Anabell wird künftig bei uns leben.«
Anabell runzelte überrascht die Stirn.
»Keinesfalls möchte ich euch zur Last fallen.«
»Last?«, unterbrach Susan und schüttelte lächelnd den Kopf. »Ich könnte mir keine schönere *Last* vorstellen. Das heißt, wenn du überhaupt bei uns bleiben möchtest.«
Anabell zögerte nur einen Moment, dann sagte sie: »Ja, das möchte ich. Nicht nur, weil ich nicht weiß, wohin ich sonst gehen sollte, sondern weil ich finde, es ist an der Zeit, dass wir einander kennenlernen. Ich denke, wir haben uns viel zu erzählen, darum

wäre ich sehr dankbar, wenn ich wenigstens die nächste Zeit bei euch bleiben kann, bis ich weiß, was ich mit meinem Leben anfangen soll.«

Susan umarmte ihre Tochter, und dieses Mal erwiderte Anabell ihre Umarmung.

»Bleib für den Rest deines Lebens … mein Kind. Von heute an beginnt für dich ein neues … ein anderes Leben.«

Nachwort

und Danksagung

Das Lied der Lüge ist ein historischer Roman, der – obwohl einige historische Persönlichkeiten und Ereignisse in der Handlung eine wesentliche Rolle spielen – auch als Roman gelesen werden soll. Nach bestem Wissen und Gewissen habe ich mich bemüht, mich an die historischen Fakten zu halten und um diese herum meine Geschichte aufzubauen. Manchmal war es jedoch notwendig, ein paar Details zu verändern und/oder hinzuzufügen, damit der Ablauf der fiktiven Handlung stimmig bleibt. Als in meinem Kopf die erste Idee zu diesem Roman entstand, hatte ich natürlich ein Grundwissen über die Handlungszeit, ebenso über Sarah Bernhardt, Emmeline Pankhurst und über die Suffragetten-Bewegung sowie über das Schiffsunglück der *RMS Titanic*. Doch erst bei meinen intensiven Recherchen bemerkte ich, wie interessant diese Zeit und diese Personen wirklich waren, und ich versuchte, aus den vielfältig gesammelten Informationen einen stimmigen Roman zu schreiben.
An dieser Stelle möchte ich Ihnen ein paar Hintergrundinformationen geben, die von allgemeinem Interesse sind:

Die Schauspielerin *Sarah Bernhardt* (1844–1923) wurde als Tochter einer niederländischen Jüdin in Paris geboren (über den Vater gibt es nur Spekulationen) und wuchs in Frankreich auf.

Sie gilt als erste große Diva des Theaters, denn Sarah Bernhardts Darstellung war zur damaligen Zeit nicht nur einzigartig, sondern auch ihre Lebensweise war absolut ungewöhnlich. Die Menschen waren von der Akteurin einerseits schockiert, zugleich aber auch von ihrer unnachahmlichen Art, wie sie sich auf der Bühne präsentierte, fasziniert. Man kann zu Recht sagen: Sarah Bernhardt revolutionierte das Theater des ausgehenden 19. Jahrhunderts.

In ihrem Leben gab es viele Männer, über den Vater ihres einzigen Sohns Maurice gibt es, ähnlich wie über ihre eigene Abstammung, keine gesicherten Angaben. Sarah Bernhardt war aber nicht nur wegen ihres großen schauspielerischen Könnens auf der ganzen Welt berühmt, sondern auch wegen ihres exzentrischen Lebenswandels. Meistens hüllte sie sich in duftige, flatternde bunte Gewänder, trug kein Korsett, rauchte Zigaretten und Zigarren, hielt sich exotische Tiere, wie Schlangen und einen Puma, und lebte äußerst verschwenderisch. Obwohl es um die Wende zum 20. Jahrhundert weltweit keine andere Schauspielerin gab, die auch nur annähernd so hohe Gagen wie Madame Sarah erhielt, litt sie unter ständiger Geldnot. Sie gab ihr Geld gern für schöne Dinge aus – und für Männer, die stets ihr Leben begleiteten und, je älter Sarah wurde, immer jünger waren.

Manche Quellen berichten, Madame Sarah sei aus Geldnöten gezwungen gewesen, weiterhin auf der Bühne zu stehen, als man ihr im Alter von 72 Jahren das rechte Bein amputierte. Sie weigerte sich, eine Prothese zu tragen, und hüpfte einbeinig auf die Bühne, wo sie sich in einem Sessel niederließ und ihre unvergleichlichen Monologe rezitierte, denn ihre Stimme und ihre Ausstrahlung hatten auch im Alter nichts von ihrer Faszination verloren. Ich persönlich bin der Meinung, dass Sarah Bernhardt einfach nicht von den »Brettern, die die Welt bedeuten« lassen konnte. Ihr Wunsch war es, wie ihr berühmter Kollege Molière

auf der Bühne während eines Schauspiels zu sterben. Dies war ihr jedoch nicht vergönnt. Im Jahr 1922 sollte sie in dem Stück *Un Sujet de Roman* von Sache Guitry eine der Hauptrollen übernehmen, wurde jedoch am Abend der Generalprobe für eine Stunde bewusstlos. Man verschob die Premiere, suchte nach einer anderen Schauspielerin, und das Stück wurde mit dieser ein großer Erfolg. Sarah Bernhardt, deren Herz an der Rolle hing, war gebrochen. Sie erkrankte schwer und konnte ihr Bett nicht mehr verlassen. Am 26. März 1923 starb sie in ihrem Haus in Paris. Entgegen ihrer Lebensweise wurde sie in einem schlichten Mausoleum auf dem Pariser Friedhof Père Lachaise zur letzten Ruhe gebettet.
Eine Begegnung zwischen Susan und Madame Sarah im London des Jahres 1907 ist durchaus möglich, da sich Sarah Bernhardt zu dieser Zeit auf einer Gastspielreise durch England befand. Auch ist es nicht reine Fiktion, eine spontane Sympathie und eine daraus resultierende Freundschaft zwischen den Frauen zu schildern, da Madame Sarah rasch neue Freundschaften schloss – diese aber ebenso schnell wieder vergaß, wenn neue, für sie interessantere Menschen ihren Weg kreuzten. Historisch fundiert ist die Geschichte, als der englische Offizier auf die Belle-Île eingeladen wurde und dann vor verschlossener Tür stand, weil sich die Diva weder an ihn noch an die Einladung erinnern konnte (oder wollte). So grandios Sarah Bernhardt als Akteurin war, so wankelmütig war sie gegenüber den Menschen, mit denen sie sich umgab.

Im weiteren Verlauf der Geschichte geht meine Protagonistin Susan an Bord der *RMS Titanic,* um ein Engagement in New York anzunehmen. Ich habe lange darüber nachgedacht, ob ich dieses Schiff wählen soll, denn es mag auf den ersten Blick vielleicht wie ein Klischee erscheinen. Dann habe ich mich jedoch intensiv mit den realen Hintergründen der bis dahin größten

Schiffskatastrophe in der weltweiten Seefahrt beschäftigt und festgestellt, dass es doch noch einiges zu erwähnen gibt, das nicht schon in vielfältiger Weise erzählt worden ist. Bei der Recherche richtete ich mein Hauptaugenmerk auf Augenzeugenberichte von Überlebenden, die einstimmig erklären, dass es – bis das Schiff sich steil aufrichtete – keine Panik unter den Passagieren gab. Man muss dabei die damalige Zeit beachten: Die Menschen, auch die adligen und vermögenden der ersten Klasse, waren es gewohnt, von Offizieren Anweisungen zu erhalten, ohne diese in Frage zu stellen. Außerdem gingen alle an Bord davon aus, dass die *Titanic* unsinkbar war, und die Menschen hatten Vertrauen in die Schiffsführung, dass der Schaden rechtzeitig behoben werden könnte. Erst um 2:17 Uhr am Morgen des 15. Aprils 1912, als die Bordkapelle ihr Spiel abbrach und als eine Minute später alle beweglichen Teile zum Bug rutschten und das Schiff begann, sich steil aufzurichten, begriffen die Menschen, dass es keine Rettung mehr gab. Die meisten Opfer kamen nicht ums Leben, weil sie im Schiffsrumpf ertranken oder von Gegenständen erschlagen wurden, sondern sie erfroren im eiskalten Wasser des Atlantiks.
Dass Susan nach diesem Erlebnis schwer traumatisiert war und nur unter großer Willenskraft wieder ein Schiff betrat, ist, glaube ich, durchaus verständlich.

Bereits im Jahr 1907 trifft Susan erstmals auf *Emmeline Pankhurst* (1858–1928), misst dieser Begegnung aber keine große Bedeutung bei. Obwohl das Frauenwahlrecht damals schon in aller Munde war und die *Women's Social and Political Union (WSPU)* regelmäßig mit Reden und Protesten auf sich aufmerksam machte, begann die Hauptzeit der englischen Suffragetten erst ab dem Jahr 1912. Wie meine Protagonistin Susan bin ich der Meinung, dass die zahlreichen Gewalttaten, mit denen die Frauen versuchten, ihren Forderungen Gehör zu verschaffen, nicht gerechtfertigt waren. Besonders Emmelines zweite Tochter *Estelle Sylvia Pankhurst* (1882–1960) vertrat den Standpunkt, dass nur mit massiven Mitteln wie Brand- und Bombenanschlägen und tätlichen Angriffen auf öffentliche Einrichtungen, Kirchen und Häuser von Parlamentsabgeordneten das Frauenwahlrecht durchzusetzen wäre. Dies spaltete beinahe die *WSPU* und endete mit Sylvia Pankhursts Ausschluss aus der Vereinigung. Daraufhin schloss sie sich der linkskommunistischen Bewegung an und tendierte später von der Kommunistischen Partei weg, hin zum Antifaschismus und Antikolonialismus.

Da der *WSPU* Tausende Frauen aus ganz England angehörten und viele von ihnen ehrenamtlich oder für ein kleines Entgelt für die Partei arbeiteten, ist es durchaus möglich, dass Susan Kontakt zu Emmeline Pankhurst hatte, zumal Mrs. Pankhurst auch regelmäßig öffentliche Reden hielt. Durch Susans engagierte Art und ihren Willen, etwas für die Gleichberechtigung der Frauen zu tun, ist es nachvollziehbar, dass sie eine führende Rolle in der *WSPU* übernahm, zumal ihr hier ihre frühere Popularität als Schauspielerin und Überlebende der *Titanic* zugutekam.

Den in meiner Geschichte geschilderten Aufmarsch am Tag der Parlamentseröffnung 1912 hat es ebenso wenig gegeben wie die tragische Geschichte von Lucy Sheldon und die damit verbundene Demonstration. Auch der Brandanschlag auf das Gebäude Downing Street No. 10 entspringt meiner Fantasie. Allerdings veranstalteten die Suffragetten regelmäßig Paraden und Aufmärsche in der von mir geschilderten Art und Weise, die häufig in einem Chaos und mit der Inhaftierung zahlreicher Frauen endeten. Ebenfalls historisch fundiert sind die Umstände, unter denen die Suffragetten in den Gefängnissen behandelt wurden, die Hungerstreiks der Frauen und die schrecklichen Zwangsernährungen, unter denen Hunderte von Frauen in ganz England zu leiden hatten. Allein Emmeline Pankhurst wurde mindestens ein Dutzend Mal verhaftet. Eine genaue Zahl ließ sich leider nicht recherchieren, da nicht alle ihrer Gefängnisaufenthalte dokumentiert wurden. Ihr Gesundheitszustand war jedoch durch die zahlreichen Inhaftierungen und Zwangsernährungen derart angeschlagen, dass sie sich davon niemals wieder vollständig erholte und für den Rest ihres Lebens immer wieder unter starken Beeinträchtigungen zu leiden hatte.

Bei Kriegsausbruch 1914 sah Mrs. Pankhurst von weiteren Aktionen ab, setzte sich stattdessen für Kriegsanstrengungen ein und dafür, dass Frauen die gleichen Berufe wie Männer ausüben dürfen. Dies war während des 1. Weltkrieges auch vonnöten, da ein Großteil der Männer als Soldaten ihrem Land dienten. Zwischen 1914 und 1917 ruhte weitgehend die Arbeit der *WSPU*, und im Februar 1918 erhielten alle Frauen, die älter als dreißig Jahre waren und über ein eigenes Einkommen verfügten, das aktive, im Dezember desselben Jahres auch das passive Wahlrecht.

Ab Ende 1919 lebte Emmeline Pankhurst mit vier minderjährigen Adoptivtöchtern in den USA, verbrachte 1925 aus gesundheitlichen Gründen einige Zeit auf den Bermudas, bevor sie an der Côte d'Azur eine Teestube eröffnete. Dort verbrachten viele Briten ihre Ferien, Mrs. Pankhurst galt als ehemalige Suffragette jedoch für nicht gesellschaftsfähig. Sie musste ihre Teestube wieder schließen und kehrte nach London zurück.

Am 29. März 1928 verabschiedete das Unterhaus die *Equal Suffrage Bill*. Damit stand endlich allen volljährigen Frauen im Vereinigten Königreich das allgemeine Wahlrecht zu. Emmeline Pankhurst saß währenddessen im Publikum – sie hatte ihr großes Ziel erreicht.

Zwei Monate später verschlechterte sich ihr Gesundheitszustand erneut, und sie wurde in ein Londoner Krankenhaus gebracht. Dort starb sie am 14. Juni 1928, genau einen Monat vor ihrem siebzigsten Geburtstag.

Sie wurde auf dem Brompton-Friedhof in Südwest-London beigesetzt.

An dieser Stelle gilt meiner erster Dank der Programmleiterin Belletristik des Knaur Taschenbuch Verlages, Frau Christine Steffen-Reimann, die mir die Möglichkeit bot, über diese ereignisreiche Zeit zu schreiben. Ebenso gilt mein Dank meiner Agentin, Frau Bettina Keil, die diese Geschichte sehr schön fand und vermittelte, sowie der Lektorin Frau Christa Pohl, die stets den ersten Blick auf meine Manuskripte werfen darf und mir seit meiner ersten Romanveröffentlichung mit Rat und Tat zur Seite steht. Nicht zu vergessen sei Frau Ilse Wagner, meine Redakteurin, die meinen Geschichten den letzten Schliff gibt. Diesen Damen ganz herzlichen Dank für die wunderbare und aufschlussreiche Zusammenarbeit, die zudem noch sehr viel Spaß macht.

Ein Dankeschön geht ebenso an meine Familie und an meine Freunde, die sich längst daran gewöhnt haben, dass ich nicht immer Zeit für sie haben kann, wenn die Figuren in meinen Romanen gerade etwas wirklich Wichtiges und Aufregendes erleben und damit Vorrang erhalten müssen. Dank auch an meine Kollegen und Kolleginnen der Autorenkreise DeLiA (Verein zur Förderung Deutschsprachiger Liebesromanliteratur e.V.) und Quo Vadis (Autorenkreis historischer Roman) – ich schätze unseren regelmäßigen Austausch sehr, da man als Autorin ja sonst nur allein im stillen Kämmerchen sitzt.

Zu guter Letzt hoffe ich, Ihnen, liebe Leserinnen und Leser, mit diesem Roman schöne Lesestunden bereitet zu haben, und möchte es natürlich auch nicht versäumen, Ihnen zu danken – für Ihre Zeit, die Sie damit verbracht haben, *meine* Susan durch die schicksalhaften Jahre ihres Lebens zu begleiten, und für Ihre zahlreichen positiven Kommentare und Zuschriften zu meinen bisherigen Romanen, die mir stets Freude und Motivation bereiten, noch viele schöne Geschichten zu Papier zu bringen.

Ricarda Martin

Ricarda Martin

Im Tal der Lügen

Roman

Cornwall, 1856. Lorna und Cathy, Nachbarskinder aus ärmlichen Verhältnissen, sind beste Freundinnen und glauben, dass nichts sie trennen kann. Dann zieht Cathy als Hausmädchen auf einen herrschaftlichen Besitz und überrascht ihre Freundin mit der Nachricht, dass sie ihren Dienstherrn, den Witwer Lord Lanyon, heiraten werde. Cathy überredet Lorna, als ihre Gesellschafterin zu ihr zu kommen. Vier Tage vor der Hochzeit findet Lorna Cathy neben der Leiche ihres zukünftigen Schwagers. Nun zeigt Cathy ihr wahres Gesicht: Nicht sie, sondern Lorna wird als Mörderin verurteilt und nach Tasmanien deportiert … Wird die Gerechtigkeit doch noch siegen?

Knaur Taschenbuch Verlag

Ricarda Martin

Insel der verlorenen Liebe

Roman

Die Insel St. Kilda vor der schottischen Küste im Jahre 1860. Die kleine Màiri genießt trotz aller Entbehrungen ihr Leben. Nichts scheint sich auf der abgeschiedenen Insel zu verändern – bis zu jenem Tag, an dem vor der Küste ein Schiff in Seenot gerät. Nur ein Mann kann gerettet werden: Adrian. Doch er hütet ein Geheimnis, das das Leben des Mädchens zu zerstören droht …

Knaur Taschenbuch Verlag

Ricarda Martin

Tochter der Schuld

Roman

Ein Familiengeheimnis, das erst nach Jahrzehnten ans Licht kommt, vor der atemberaubenden Kulisse Cornwalls.

Als Alayne im Haus ihrer geliebten Großmutter Edith altmodische Kinderkleidung mit einem geheimnisvollen Wappen findet, ist ihre Neugierde geweckt. Sie beginnt zu recherchieren und stößt auf eine Spur, die nach Cornwall führt: Hier bringt im Jahr 1940 die junge Lady Sarah ihr erstes Kind zur Welt, das kurz darauf entführt und nie wieder gefunden wird. Doch was hat Alaynes Großmutter damit zu tun?
Alayne steht vor einem Rätsel …

Knaur Taschenbuch Verlag

Ana Veloso

Unter den Sternen von Rio

Roman

1924. Als die schöne Brasilianerin Ana Carolina in Paris den geheimnisvollen Antoine kennenlernt und mit ihm den Rausch der ersten Liebe erlebt, ahnt sie nicht, dass dieser Mann ihr Schicksal werden wird. Durch einen unglücklichen Zufall ist ihr kein Wiedersehen mit ihm vergönnt, und sie reist zurück in ihre Heimat. Hier soll sie den Ingenieur Henrique heiraten, der am Bau der Christusstatue in Rio beteiligt ist. Da stellt dieser ihr eines Tages seinen besten Freund vor, und Ana Carolina glaubt zu träumen, denn vor ihr steht Antoine …

Knaur Taschenbuch Verlag